RINGWORLD 2
THE RINGWORLD
ENGINEERS

링월드 2
링월드의 건설자들

링월드의 건설자들

ⓒ 래리 니븐 2014

초판 1쇄 인쇄	2014년 11월 15일
초판 1쇄 발행	2014년 11월 15일

지은이	래리 니븐
옮긴이	김창규

펴낸이	박대일
편집	이문영 · 임유리 · 신지연
마케팅	송재진
디자인	김은희
일러스트	Silvester Song

펴낸곳	새파란상상(파란미디어)
출판등록	2004년 9월 14일 제313-2004-00214호

주소	121-897 서울시 마포구 성지1길 32-36
전화	02-3141-5589(영업부) 070-4616-2011(편집부)
팩스	02-3141-5590
전자우편	paranbook@gmail.com
트위터	@paranmedia
카페	http://cafe.naver.com/paranmedia

ISBN   978-89-6371-176-8 (03840)

RINGWORLD 2
THE RINGWORLD
ENGINEERS

링월드 2
링월드의 건설자들

래리 니븐 지음
김창규 옮김

새파란상상

THE RINGWORLD ENGINEERS

감사의 말

『링월드』가 세상에 나온 지 십 년이 되었다.[*] 나는 그동안 끊임없이 편지를 받았다. 편지를 보낸 분들은 명시적이거나 따로 언급되지 않은 가정에 대해, 링월드를 이루고 있는 수학과 생태계에 대해, 링월드가 품고 있는 철학적인 의미에 대해 조언을 해 주셨다. 꼭 보수를 받고 링월드 제작 프로젝트에 직접 참여하신 것처럼.

워싱턴 DC에 계시는 분께서는 완벽하게 교정을 본 『링월드』 초판을 보내시면서 거기에 '니븐-맥아더 논문 제1권'이라는 제목을 붙여 주셨다. 그 덕분에 엄청나게 큰 도움을 받았다—『링월드』의 첫 번째 페이퍼백에는 실수들이 고스란히 들어 있다. 돈을 주고 구입할 만한 가치가 있을 것이다.

---

[*] 이 작품은 『링월드』가 출간된 1970년으로부터 딱 십 년이 지난 1980년에 발표되었다.

플로리다 고등학교의 학생들은 링월드에 쇄관 설비가 필요하다는 점을 지적해 주었다. 캐임브리지 대학의 교수분은 스크리스의 최소 인장강도를 계산해 주셨다.

프리먼 다이슨―다이슨 구를 상상해 냈던 바로 그 프리먼 다이슨 본인이다!―은 아무 문제도 없이 링월드의 존재 가능성을 믿었다(!). 하지만 링월드 건설자들이 커다란 구조체 대신 작은 링월드를 많이 만들지 않은 이유는 이해하지 못했다. 작은 링월드 쪽이 더 안전하다는 얘기였다. 그가 본서에서 만족할 만한 해답을 찾기 바란다.

물론 링월드에는 석유화합제품이 없다. 프랭크 개스퍼릭은 우리와 비슷한 수준의 문명이라면 분명 알코올에 기반하고 있을 거라는 점을 지적했다. 기계인들은 채소 쓰레기로 플라스틱 산업을 일으키는 것은 물론, 그 이상의 용도로 활용할 수 있을 것이다.

보스턴에서 강연을 할 때 청중 한 분이 의견을 제시하셨다. 수학적으로 볼 때 링월드는 끝이 존재하지 않는 현수교와 같다는 얘기였다. 링월드란 개념을 세우기는 쉽지만 실제 짓기는 어려운 구조물이라는 얘기다.

자세제어 엔진이 필요하다는 의견을 제시한 분들의 수는 이루 헤아릴 수가 없다―1971년에 세계 SF 컨벤션에 참석했을 때 호텔 복도에서 MIT 학생들이 '링월드는 불안정해!'라고 노래를 부르는 걸 들은 적이 있다. 하지만 크타인과 댄 앨더슨이 각각 링월드의 불안정성을 정량화하기까지는 여러 해가 걸렸다.

크타인은 링월드를 이동시키는 데 필요한 계산까지 해 주었다. 댄 앨더슨은 고맙게도 나 대신 링월드의 운석 방어 체계에 필요한 수치들을 계산해 주었다. 그리고…… 내가 정말로 간절히 요청했던 정보는 그것뿐이었다.

수많은 계산을 해 주시고 편지를 보내 주신 모든 분들께. 본서는 여러분의 자발적인 도움 없이는 아예 존재할 수 없었다는 사실을 잊지 마시기를. 나는『링월드』의 후속작을 쓸 생각이 눈곱만큼도 없었다. 따라서 이 작품을 여러분께 바치는 바이다.

래리 니븐

차 례

1부

| 전기 자극 속에서 |

　두 남자가 침입했을 때 루이스 우는 전기 자극에 빠져 있었다.

　노란색 고급 실내용 잔디 깔개 위에 완벽하게 결가부좌를 한 채, 지고의 행복감에 젖어 꿈을 꾸듯 미소를 짓고 있었다. 그가 머물고 있는 아파트는 작았다. 실내 공간이라고는 커다란 방 하나가 전부였다. 따라서 그는 두 개의 문을 동시에 볼 수 있었다. 하지만 소위 '전선대가리wirehead', 전류 중독자만이 알 수 있는 쾌락에 빠져 있었기 때문에 침입자가 들어오는 모습은 보지 못했다. 침입자들은 하나같이 혈색이 창백한 젊은이였고, 키는 이백십 센티미터가 넘었다. 그들은 조소를 띠며 루이스를 관찰했다. 그들 중 하나는 코웃음을 치더니 무기처럼 생긴 물건을 주머니에 집어넣었다. 루이스가 자리에서 일어서자 그들이 다가섰다.

　침입자들은 루이스의 얼굴에 떠오른 행복한 미소만 보고 방심한 것이 아니었다. 그의 정수리에는 주먹만 한 드라우드droud가 검은색 플라스틱 궤양처럼 튀어나와 있었다. 전류 중독자라는 뜻이었다. 따라서 침입자들은 눈앞의 남자가 어떤 상태인지도 유추할 수 있었다. 수년 동안 남자는 뇌의 쾌락 중추로 전류를 집어넣어 주는 전선에 푹 빠져 아무 생각 없이 살았을 것이다. 자신을 잊게 되는 그 부작용으로 식사도 잊고 지냈을 것이다. 게다가 남자는 체격이 작고, 키도 그들보다 사십 센티미터 정도는 작았다. 그러므로……

침입자들이 팔을 뻗는 순간 루이스는 옆으로 죽 빠져 균형을 잡더니 한 번, 두 번, 세 번에 걸쳐 발길질을 했다. 두 침입자 가운데 한 사람이 호흡을 멈추고 몸을 웅크리며 쓰러졌다. 남은 한 사람은 그런 일이 벌어진 다음에야 뒤로 물러섰다.

루이스는 그를 쫓아갔다.

젊은 침입자는 자신을 죽이러 다가오는 루이스가 지고의 행복감에 젖어 있는 것을 보고 더 이상 몸을 움직일 수가 없었다. 주머니 속에 있는 충격기를 꺼내려 했지만 이미 늦은 다음이었다. 루이스는 발을 날려 젊은이의 손을 걷어찼다. 그리고 빠른 동작으로 묵직한 주먹을 내지른 다음, 무릎을 차고──얼굴이 해쓱해진 거구의 사내는 이때 움직임을 멈췄다. 사타구니와 심장을 차고── 사내는 이 순간 휘파람 같은 비명을 흘리며 앞으로 고꾸라졌다. 목을 찼다──비명이 즉시 멈췄다.

사내가 두 팔과 두 다리로 몸을 지탱하고 헐떡거렸다. 루이스는 손날로 그의 목을 두 번 가격했다.

침입자 두 사람이 노란색 고급 잔디 위에 얌전하게 뻗었다.

루이스는 문을 잠그러 갔다. 그러는 내내 그의 얼굴에서는 행복에 겨운 미소가 떠나지 않았다. 문이 잘 잠겨 있고 경보장치가 제대로 작동하고 있다는 사실을 확인했을 때에도 그 미소는 사라지지 않았다. 그는 발코니로 나가는 문을 점검해 보았다. 그 역시 걸쇠가 걸려 있고 그곳의 경보장치도 제대로 작동했다.

그렇다면 침입자들은 어떻게 실내로 들어왔을까?

루이스는 생각에 잠긴 채 본래 앉았던 자리로 돌아와 결가부좌를 틀고는 한 시간이 넘도록 움직이지 않았다.

마침내 타이머가 움직이더니 드라우드가 작동을 멈췄다.

전류 중독은 인류가 가장 최근에 저지르기 시작한 죄악이었다. 인간이 살고 있는 공간에 형성된 대부분의 문화에서 그런 유의 습관들을 중대한 재앙으로 간주하던 시기가 있었다. 중독 물질 상용자들이 노동시장에 참여하지 않고 자기 방임으로 죽어 갔기 때문이다.

하지만 시대가 바뀌었다. 수 세기가 지나자 중독을 재앙으로 간주했던 바로 그 문화권에서 전류 중독을 다층적인 축복으로 취급하는 현상이 나타났다. 알코올 의존, 마약중독, 강박적인 도박 등의 옛 죄악은 전류 중독의 경쟁자가 되지 못했다. 마약에 빠졌던 사람들은 전기 자극을 통해 더 행복해졌다. 그들은 더 오래 살아남았고, 자식을 낳지 않는 경향이 있었다.

감수해야 할 비용도 얼마 되지 않았다. 쾌락 판매상들은 수술 비용을 올릴 수도 있었지만, 그럴 필요를 느끼지 못했다. 구매자는 뇌 속의 쾌락 중추와 전선을 연결한 다음에야 전선대가리가 된다. 하지만 일단 드라우드를 설치하고 나면 집에 공급되는 전기를 이용해 쾌감을 얻을 수 있기 때문에 판매상은 더 이상 구매자를 제어할 수 없는 것이다.

전기 자극이 주는 즐거움은 지나침이나 숙취가 없이 순수했다. 그 결과 전기 자극에 목을 매거나 그보다 덜 강렬한 방식으로 자기 파괴를 행하는 사람들은 인류와 떨어진 곳에서 팔백 년에 걸쳐 스스로를 사육해 왔고, 루이스 우가 사는 시대에도 그런 경향은 계속 이어지고 있었다.

이제는 원거리에서 대상의 쾌락 중추를 자극할 수 있는 장치까지 개발된 상태였다. 타스프Tasp가 바로 그런 장치였다. 대부분의 세계는 타스프를 법으로 금지하고 있었다. 그리고 타스프는 제작 단가가 높았다. 그럼에도 불구하고 타스프를 사용하는 사람은 많았다. 여기 우울해 보이는 한 사람이 깊은 주름살 속에 깃들인 과거의 분노와 절망을 되새기고 있다. 하지만 '찌리링!' 소리가 나면 그의 얼굴이 밝아지고, 모든 걱정거리가 사라지고 마는 것이다. 게다가 타스프가 생명에 지장을 주는 일은 드물었다. 대다수의 사람들은 그런 위기를 겪지 않았다.

타이머가 움직이더니 드라우드가 작동을 멈췄다.

루이스는 내부로 침잠한 것 같은 모습이었다. 그는 손을 올려서 길고 검은 땋은 머리 속의 두피를 만졌다. 그리고 머리카락 안에 있는 소켓에서 드라우드를 뽑았다. 그는 드라우드를 손에 든 채 잠시 바라보았다. 그리고 여느 때와 마찬가지로 드라우드를 서랍에 넣은 다음 자물쇠를 잠갔다. 서랍이 사라졌다. 구시대의 유물처럼 보이는 커다란 책상은 사실 종잇장처럼 얇은 선체용 금속으로 만든 제품이었고, 그 안에는 넓이가 무한한 비밀 수납공간이 있었다.

타이머를 재조정하고 싶은 유혹은 여전했다. 중독 초기일 때만 해도 루이스는 반복적으로 타이머를 초기화했다. 그렇게 스스로를 돌보지 않은 탓에 뼈만 남은 종이 인형처럼 변했고, 늘 더러웠다. 하지만 그는 아직 남아 있는 옛 시절의 굳센 결의를 끌어모았다. 그리고 이십 분 동안 자질구레하게 신경을 써야만 시간을 맞출 수 있는 타이머를 만들었다. 현재 그는 열다섯 시간 동안 전기 자극을 즐기고, 열두 시간 동안은 잠도 자고 이른바 '유지 보수'를 할 수 있도록 타이머를 설정해 놓고 있었다.

시신 두 구는 여전히 그 자리에 남아 있었다. 루이스는 시체를 어떻게 처리해야 할지 알 수가 없었다. 곧바로 경찰에 신고를 한다 해도 원치 않게 주의를 끌게 되는 결과는 피할 수 없었다. 게다가 한 시간 삼십 분이나 지난 다음에 무슨 얘기를 할 수 있단 말인가? 그동안 기절해서 쓰러져 있었다고 할까? 그러면 경찰은 의학 장비를 동원해 그의 두개골에 미세 골절이 있는지 검사하려 들 것이다.

한 가지는 확실했다. 전선을 뽑고 나면 루이스는 언제나 깊은 우울감에 빠져들었고, 그 때문에 어떤 결정도 내릴 수가 없었다. 그는 기계적으로 '유지 보수 일과'를 따랐다. 저녁 식사 시간도 미리 정해져 있었다.

일단 물을 한 잔 가득 따라 마셨다. 그리고 주방을 준비 상태로 설정했다. 그런 다음 욕실로 갔다. 그는 십 분 동안 미친 듯이 운동을 하며 탈진 상태에 동반된 우울함과 맞서 싸웠다. 그러는 동안 사후경직 상태에 있는 시체에는 최대한 눈길을 주지 않았다. 운동을 마치자 저녁 식사가 준비되었다. 그는 아무 맛도 느끼지 못하며 음식을 먹었다. 문득, 드라우드를 이용해 정상 수치의 십분의 일에 해당하는 전류를 쾌락 중추에 받아들이면서 식사와 운동을 포함한 모든 행동을 하던 시절이 떠올랐다. 그와 마찬가지로 전선대가리였던 여인과 함께 살던 때도 떠올랐다. 두 사람은 전기 자극에 빠진 채 사랑을 나누고 전략 게임을 즐기고 끝말잇기 놀이도 했다. 하지만 그녀는 결국 전기 자극을 제외한 모든 것에 흥미를 잃게 되었다. 바로 그때 루이스는 타고난 조심성을 되찾아 지구를 떠났다.

그러고 보니 커다랗고 숨기기도 힘든 시체를 처리하는 것보다 지금 머무는 행성을 떠나는 편이 쉽겠다는 생각이 들었다. 하지만 이미 감시당하는 상태라면?

침입자들은 ARM 요원처럼 보이지는 않았다. 그들은 체격이 컸고, 근육은 그리 단단하지 않았으며, 노란색이 아니라 붉은색 햇볕 쪽을 더 많이 받고 살았는지 피부가 창백했다. 그들이 저중력 상태에서 생활한 것은 분명했다. 아마도 캐니언Canyon 출신인 것 같았다. 격투 방식도 ARM과는 달랐고……. 하지만 그들은 경보장치에 걸리지 않았다. 어쩌면 ARM이 고용한 자들일 수도 있고, 동료들이 대기하고 있을 가능성도 있었다.

루이스는 발코니 문의 경보장치를 풀고 밖으로 걸어 나갔다.

캐니언은 일반적인 행성들의 규칙을 따르지 않았다.

캐니언은 화성보다 아주 조금 컸다. 하지만 수백 년 전만 해도 행성의 대기 밀도가 광합성 식물이 생존할 수 있는 수준을 넘지 않았다. 산소가 있긴 했지만 그 양이 너무 적어서 인간이나 크진인은 살아갈 수 없었다. 토착 생물은 이끼처럼 원시적이고 생존 능력이 높은 종에 불과했고, 동물은 아예 발생하지도 못했다.

하지만 캐니언을 거느리고 있는 주황색 항성은 혜성처럼 헤일로halo에 둘러싸여 있었고, 그 안에는 자기단극magnetic monopole들이 들어 있었다. 그래서 크진 제국은 캐니언을 집어삼키고 반구형 구조물과 압축기를 이용해 거기에 크진인을 거주시켰다. 크진인들은 캐니언을 '탄두 행성'이라고 불렀다. 당시에는 점령 전이었던 피어린Pierin 종족의 행성과 가까웠기 때문이다.

확장 중이던 크진 제국과 인류가 만난 것은 그로부터 천 년 뒤의 일이었다.

루이스 우는 인간-크진 전쟁이 끝나고 오랜 시간이 지난 뒤에 태어났다. 인류는 크진 제국을 완전히 물리쳤다. 크진인들은 늘 준비가 끝나기 전에 공격을 개시하는 경향이 있었다. 캐니언에 자리한 문명은 3차 인간-크진 전쟁의 유물이었고, 그 당시 인류의 개척지인 분더란트에서는 비밀 병기를 개발하고 있었다.

이른바 '분더란트 협약 체결자'는 딱 한 번 사용되었다. 그 병기는 일반적인 채굴 장비를 거대하게 만든 것과 비슷했다. 채굴용 분해 장치는 전자의 전하를 강제로 억누르는 광선을 발사한다. 고체가 그 분해 광선을 맞으면 순식간에 급격하게 양전하를 띠고 산산조각이 나면서 원자 입자의 안개로 흩어져 버린다.

인류는 '분더란트 협약 체결자'를 만들어 탄두 항성계로 운송해 왔다. 그리고 엄청난 출력의 분해 광선과 양자의 전하를 억누르는 광선이 탄두 행성을 향해 발사되었다.

캐니언의 지면 위로 약 오십 킬로미터 간격을 두고 그 두 줄기 광선이 떨어졌다. 바위와 크진인의 공장과 집 들이 한 줌 먼지가 되어 사라졌고, 두 타격 지점 사이에는 굵은 번개 기둥이 흘렀다. '협약 체결자'는 이십 킬로미터 깊이에 이르기까지 지면을 찢어 버렸고, 그 결과 캐니언의 표면에는 지구의 캘리포니아 바자 지역에 필적하는 마그마가 솟아올랐다. 마그마는 대략 동서 방향으로 흘렀다. 크진인의 산업 지구는 소멸했다. 정지장으로 보호되고 있던 반구형 구조물들이 마그마로 뒤덮였고, 그 마그마는 지면에 난 커다란 상흔의 중심부에서 높이 솟아오른 다음 응고되었다.

그 결과, 수 킬로미터 높이의 깎아지른 듯한 절벽에 둘러싸인 바다가 형성되었고, 역시 절벽이 둘러싼 길고 좁은 섬이 탄생하게 되었다.

다른 행성의 인류는 '분더란트 협약 체결자'가 전쟁을 끝낸 게 아니라고 생각할 수도 있을 것이다. 크진 사회의 가부장적인 지도자들이 순전히 무기의 위력 때문에 겁을 먹는 경우는 드물었기 때문이다. 하지만 분더란트 사람들은 절대 그런 식으로 생각하지 않았다.

탄두 행성은 3차 인간-크진 전쟁이 끝난 뒤에 합병되었다. 그리고 이름이 캐니언으로 바뀌었다. 당연한 얘기지만, 표면에 수 기가톤의 분진이 내려앉았기 때문에 캐니언의 원주 생태계는 큰 변화를 겪었다. 물이 협곡 안에 모이면서 바다를 형성한 것도 커다란 환경의 변화였다. 협곡 안에는 쾌적한 기압이 형성되었고 자그마한 문명이 번성하게 되었다.

루이스 우가 살고 있는 아파트는 협곡의 북쪽 면에 자리한 십이 층 높이의 건물이었다. 그는 발코니로 나가 보았다. 밤의 어둠이 협곡의 바닥을 덮고 있었다. 하지만 협곡의 남쪽 면은 아직도 햇빛을 받아 빛을 내고 있었다. 절벽의 중턱에서 토종 이끼류가 정원을 이루며 아래로 흘러내렸다. 잘린 바위 면을 따라 수 킬로미터 높이로 뻗어 있는 가느다란 은색 가닥들은 오래전에 건조되었던 엘리베이터였다. 이동 부스 때문에 엘리베이터를 여행 수단으로 사용하는 사람은 없었지만, 그래도 관광객들은 경치를 감상하려고 엘리베이터를 이용하곤 했다.

발코니에서는 섬의 중심부를 따라 이어져 있는 커다란 정원이 내려다보였다. 정원의 수목들은 크진인의 사냥터처럼 야생적인 모습이었다. 지구에서 들어온 생태계 안에 분홍색과 주황색이 섞여 있었다. 크진 생물은 협곡 전역에 퍼져 있었다.

크진인은 인간 관광객만큼이나 많았다. 크진 남성은 마치…… 뒷다리로 걷는 뚱뚱한 주황색 고양이처럼 보였다. 하지만 분홍색

중국 양산처럼 펼쳐진 귀에, 매끈한 분홍색 꼬리가 달려 있었고, 도구를 사용할 줄 아는 생물답게 다리가 곧고 손이 컸다. 그리고 키가 이백사십 센티미터나 되었다. 그들은 인간 관광객과 부딪치지 않도록 신중하게 움직였으며, 인간이 아주 가까이 다가오면 손가락 끝에 달린 검은색 손톱을 조심스럽게 숨겼다. 아마도 반사적인 동작인 것 같았다.

루이스는 자신들의 영토가 아닌 곳에 크진인이 찾아오는 이유에 대해 종종 생각해 보았다. 그들 중에는 용암 섬의 아래, 반구형 구조물 속에 시간을 잊은 채 묻힌 이들의 후손도 있을 것이다. 언젠가는 조상을 파내야만 할 테니…….

그는 아직 캐니언에서 해 보지 못한 일이 많았다. 전기 자극의 유혹 때문이었다. 인간과 크진인은 낮은 중력의 도움을 받아, 협곡의 가파른 절벽을 운동 삼아 오르곤 했다. 이제 그에게 절벽 등반을 시도해 볼 기회가 온 것일 수도 있었다. 그가 생각해 낸 탈출 경로 가운데 하나가 절벽이었기 때문이다.

두 번째는 엘리베이터, 세 번째는 이끼 정원으로 가는 이동 부스였다. 그는 아직 이끼 정원에 직접 가 본 적이 없었다. 거기서부터는 커다란 서류 가방 안에 접어 넣을 수 있는 경량형 압력복을 입고 육로로 움직여야 했다.

캐니언의 표면에는 광산이 있었고, 비록 정성껏 관리하고 있지는 않아도 아직까지 살아남은 여러 종류의 원주 이끼를 위한 보호구역도 있었다. 하지만 거의 대부분은 달 표면처럼 황량했다. 조심스러운 사람이라면 들키지 않고 우주선을 착륙시킬 수 있고, 심부 레이더 탐색이 아닌 한 찾아낼 수 없는 장소에 우주선을 숨겨 둘 수도 있었다. 그리고 조심스러운 남자 한 사람이 바로 그런 일을 해 두었다. 루이스 우의 우주선은 저급 철광석이 묻혀 있는 어느 산의 북쪽 절벽 면에 위치한 동굴에 숨겨진 채, 십구 년 동안이나 주인을 기다리고 있었다. 그 동굴은 공기가 없는 캐니언의 표면에 드리운 영원한 그림자에 덮여 눈에 띄지 않았다.

이동 부스를 이용하든, 엘리베이터를 이용하든, 절벽을 오르든 간에 일단 행성의 표면에 도달하고 나면 자유롭게 고향에 갈 수 있다. 하지만 ARM이 그 세 경로를 모두 감시할 가능성도 있었다.

당장 탈출하는 대신 혼자서 편집증적으로 문제 풀이를 할 수도 있었다. 지구 경찰은 그를 어떻게 찾아낸 것일까? 루이스는 얼굴과 머리 모양과 생활 방식을 바꿨으며, 가장 사랑하던 것들을 포기했다. 그는 수면판 대신 침대에서 잤고, 좋아하던 치즈도 썩은 우유라고 생각하며 멀리했다. 아파트의 가구는 대량생산되는 접이식이었다. 옷도 광학적인 장식이 전혀 없는 고가의 천연 섬유 제품뿐이었다.

루이스는 비쩍 마르고 눈빛이 몽롱한 전선대가리가 되어 지구를 떠났다. 그리고 그때부터 합리적인 체중 조절을 강행했다. 그는 괴로울 정도로 운동을 하면서 매주 한 차례 무술—불법적인 면이 있어서 경찰에 잡히면 전과가 남을 수도 있었지만, 그렇다 해도 루이스 우라는 이름을 들킬 염려는 없었다!—을 연마했다. 그렇게 해서 그는 오늘날까지 찬란한 건강미의 대명사 같은 모습으로, 젊은 시절에는 관심도 없었던 탄탄한 근육질의 몸이 되었다. 어떻게 ARM이 그를 알아볼 수 있겠는가?

그들이 침입한 방법도 이해가 되지 않았다. 일반적인 강도는 루이스가 갖춰 놓은 경보장치를 뚫을 수 없었다.

침입자들은 잔디에 누워 있었다. 머지않아 환기장치도 악취를 막지 못할 것이 분명했다. 조금 늦기는 했지만 루이스는 살인자의 수치심을 느꼈다. 하지만 그들은 그의 영역을 침범했다. 게다가 전기 자극의 영향하에서는 죄책감이 들지 않기 마련이었다. 심지어는 고통마저도 즐거움을 북돋우는 향신료가 되었다. 전기 자극은 범죄 현장에서 잡은 도둑을 죽이는 인간의 기본적인 즐거움을 엄청나게 증폭시켰다. 침입자들은 그의 정체를 알고 있었다. 그 사실 자체가 이미 충분한 경고였고, 그와 동시에 루이스 우에 대한 모욕이었다.

저 아래쪽 거리에서 어슬렁거리고 있는 크진인과 인간 관광객과 현지 거주민 들은 아주 착해 보였다. 실제로도 그럴 것이다. 루이스를 감시하는 ARM 요원이 있다면 그들은 수많은 건물들 가운데 한 곳에서, 어두워 실내가 보이지 않는 유리창 너머에서 쌍안경을 이용하고 있을 터였다. 위를 올려다보는 관광객은 없었다. 하지만…… 루이스는 어떤 크진인을 알아보고는 몸이 굳고 말았다.

그 크진인은 키가 이백사십 센티미터쯤 되었고, 어깨너비는 구십 센티미터쯤이었으며, 주황색 털가죽 여기저기에 회색 반점이 있었다. 그것만으로는 주변에 있는 다른 크진인과 별 차이가 없었다. 루이스의 시선을 끈 것은 털이 자란 방식이었다. 그 크진인의 털은 촘촘하면서도 빠진 부분이 있었다. 그리고 신체의 절반에 해당하는 털이 하얗게 변색되었다. 마치 털 밑에 아주 커다란 흉터가 있는 것처럼. 눈 주변은 검은색이었고, 눈동자는 풍경을 보고 있지 않았다. 그 대신 지나가는 인간들의 얼굴을 살펴보고 있었다.

루이스는 멍하니 바라보고 싶은 욕구를 억누르고 몸을 홱 돌렸다. 그는 전혀 다급하지 않게 실내로 들어온 다음 발코니 문을 잠그고 경보장치를 다시 가동시켰다. 그리고 탁자의 비밀 공간에서 드라우드를 꺼냈다. 손이 떨리고 있었다.

방금 본 크진인은 동물 통역자였다. 그를 마지막으로 본 것은 이십여 년 전이다. 동물 통역자는 한때 인간의 우주에 들어갔던 대사였다. 루이스는 그자와 퍼페티어 하나 그리고 아주 이상한 인간 여자와 함께 링월드라 불리는 초거대 구조물의 아주 작은 구역을 탐험한 적이 있었다. 통역자는 그때 갖고 돌아간 보물 덕분에 크진의 족장으로부터 제대로 된 이름을 받았다. 이제 그를 이름 대신 직업으로 불렀다가는 죽을 수도 있었다.

루이스는 그의 새 이름이 기억나지 않았다. 독일어의 크ch 발음이나 기침 소리로 시작하는 이름이긴 했다. 사자가 경고로 내뱉는 소리와 비슷하기도 했다. 크미Chmee! 그 크진인의 이름은 '크미'였다. 하지만 크미가 왜 여기 있는 걸까? 진짜 이름도 생겼고 영지도 받았으며 하렘의 여성들은 아마도 임신까지 하고 있을 텐데. 크미는 두 번 다시 고향을 떠날 생각이 없었다. 그가 인간의 우주에 합병된 행성에서 관광객 흉내를 내고 있다니 그야말로 이상한 일이었다.

혹시 내가 여기 산다는 걸 알고 있는 건 아닐까?

그런 생각이 떠오르자 루이스는 당장 떠나기로 결심했다. 그는 절벽 면을 기어올라 우주선까지 가기로 했다.

루이스는 바로 이런 순간을 대비해서, 눈을 가늘게 뜨고 정신을 집중해 조정해야만 하는 조그마한 타이머를 드라우드에 붙여 두었다. 그는 떨리는 손 때문에 짜증을 냈다. 하지만 하루가 스물일곱 시간인 캐니언을 떠나면 어차피 타이머는 다시 조정해야 했다.

목적지도 정해 놓은 상태였다. 인간의 우주 가운데 지상이 아주 황폐한 행성이 또 하나 있었다. 루이스는 '징크스의 서쪽 끝' 진공을 통과해 누구에게도 들키지 않고 우주선을 착륙시킬 수 있었다. 그러니 이제 드라우드의 타이머를 조정하고 몇 시간 동안 전기 자극에 빠져 용기만 얻으면 되는 일이었다. 문제가 생길 여지는 없었다. 그는 타이머를 두 시간으로 맞추었다.

두 시간이 거의 다 되었을 때, 또 다른 침입자가 들어왔다. 전기 자극이 끝나 가고 있었기 때문에 루이스는 상황 변화에 신경 쓸 수 있었다. 두 번째 침입자는 첫 번째보다 덜 위협적이었다.

그 생물은 넓게 벌린 앞다리 두 개와 뒷다리 하나로 단단하게 서 있었다. 두 어깨 사이에 두개골이 툭 튀어나와 있고, 번쩍거리는 보석으로 장식한 금빛 갈기가 구불거리며 풍성하게 그 위를 덮었다. 두개골 양쪽에는 길고 유연한 목이 달려 있고, 목 끝에는 각각 납작한 머리가 있었다. 퍼페티어는 역사가 시작된 이래 지금까지 조금 벌어진 입을 손처럼 사용해 왔다. 그 입 가운데 하나가 인간이 만든 충격기를 쥐고 있었으며, 길고 갈라진 혀가 방아쇠를 휘감고 있었다.

루이스 우가 퍼페티어를 마지막으로 본 것은 이십여 년 전의 일이었다. 그리고 그래서 다행이라고 생각하고 있었다.

퍼페티어는 갑자기 나타났다. 이번에는 루이스도 침입자가 잔디 깔개 한복판에서 깜빡거리며 등장하는 순간을 목격했다. 그는 잠깐 쓸데없는 생각을 했다. ARM은 이번 일과 아무 관계 없었군. 캐니언 행성의 무장 강도 사건은 이걸로 종결된 셈이야.

"도약 원반이잖아!"

루이스는 행복한 목소리로 외쳤다. 그리고 외계인을 향해 달려갔다. 퍼페티어는 겁쟁이니 문제 될 것 없고…….

충격기가 주황색 불빛을 뿜었다. 루이스는 온몸이 마비된 채 깔개 위에 엎어졌다. 심장이 힘겹게 뛰고, 시야에 검은 점들이 나타나기 시작했다.

퍼페티어는 우아한 걸음으로 두 구의 시신 주변을 거닐었다. 그리고 두 방향에서 루이스를 내려다보더니 입을 뻗었다. 두 개의 납작한 머리에 달려 있는 이빨이 상처가 나지 않을 만한 세기로 루이스의 두 손목을 물었다. 퍼페티어는 뒷걸음질을 치며 그를 끌어다가 깔개 위에 내려놓았다.

그리고 아파트가 사라졌다.

사실 루이스는 걱정을 하지 않았다. 그런 불쾌한 감각을 느낄 수가 없는 상태였다. 그는 ─전기 자극이 견고한 쾌감을 공급한 덕분에 일반적인 인간과는 다르게 추상적인 사고를 펼치면서─ 아무런 감정도 없이 세계관을 다시 구축하고 있었다.

그는 퍼페티어의 고향 행성에서 도약 원반을 본 적이 있었다. 도약 원반은 인간이 사용하는 폐쇄적인 이동 부스보다 진일보한 개방형 순간 이동 시스템이었다.

퍼페티어가 루이스의 아파트에 도약 원반을 설치한 건 확실했다. 그리고 루이스를 데려오라고 캐니언인을 두 사람 보낸 것도 확실했다. 그 시도가 실패로 돌아가자 결국은 직접 왔던 것이다. 따라서 문제의 퍼페티어는 그만큼 간절하게 루이스를 원한다는 뜻이다.

근심거리가 완전히 사라진 셈이었다. ARM은 아무 관계가 없었다. 그리고 퍼페티어는 백만 년에 걸쳐 계몽적인 소심함을 철학의 기반으로 삼고 있었다. 만약 그들이 루이스를 죽일 생각이었다면 더 싸고 실패할 가능성이 적은 방법을 썼을 것이다. 그렇다면 퍼페티어를 겁주기는 어렵지 않을 것 같았다.

루이스는 아직도 노란색 잔디 깔개에 반쯤 걸쳐 누워 있었다. 도약 원반은 그 아래에 있는 게 분명했다. 방 저편에 엄청나게 큰 주황색 털 뭉치 베개…… 아니, 눈을 뜬 채 고꾸라져 있는 크진인이 보였다. 잠들었거나 마비되었거나 죽은 것 같았다. 그는 통역자였다. 그를 보자 루이스는 반가웠다.

그곳은 우주선 안이었다. 정확히 말하자면 제너럴 프로덕트

사GPC가 만든 우주선의 선체 내부였다. 표면이 날카로운 바위 뒤편에서 진공을 통과하는 항성의 밝은 빛이 비치고 있었다. 루이스는 투명한 벽 너머로 그 광경을 볼 수 있었다. 녹색과 보라색 이끼가 눈에 띄는 걸로 판단하건대 아직도 캐니언에 있는 게 분명했다.

그래도 그는 걱정하지 않았다.

퍼페티어가 그의 손목을 놓아주었다. 퍼페티어의 갈기에는 반짝거리는 장신구가 달려 있었다. 천연 보석이 아니라 검정 오팔과 비슷한 물체였다. 뇌가 들어 있지 않은 납작한 머리 하나가 고개를 숙이더니 루이스의 두개골에 있는 소켓에서 드라우드를 뽑아냈다. 퍼페티어는 드라우드를 들고 사각형 발판 위로 올라가더니, 사라졌다.

| 강제징집 |

크진인의 눈동자가 한동안 루이스를 지켜보고 있었다. 마비되어 있던 크진인은 시험적으로 헛기침을 해 보더니 으르렁거렸다.

"루……이 우."

"어."

루이스가 말했다. 그는 자살을 시도할까 생각해 보았지만 그럴 방법이 없었다. 할 수 있는 행동이라고는 간신히 손가락을 까닥거리는 게 전부였다.

"루이으, 너…… 전기 중도이어나?"

"어얼."

루이스는 시간을 벌려고 얼버무렸다. 효과가 있었다. 크진인은 질문을 그만두었다.

루이스의 머릿속에는 온통 빼앗긴 드라우드 생각밖에 없었다. 그는 오래된 습관에 따라 무의식적으로 주변을 관찰하며 상황이 어떤지 알아보려 애썼다.

그가 깔고 누운 육각형의 실내용 잔디에는 도약 원반 수신 장치가 있었다. 그 밑에 있는 검은색 원이 전송 장치인 것 같았다. 그 부분을 제외한 나머지는 좌현 쪽 선체나 후미 쪽 벽과 마찬가지로 투명했다.

바닥 아래로 우주선 전체 길이와 맞먹는 하이퍼드라이브 전환기가 있었다.

루이스는 그제야 기계 설비들을 알아보았다. 하이퍼드라이브 전환기는 인간이 만든 제품이 아니었다. 반쯤 녹은 것 같은 형태로 보아 퍼페티어가 만든 물건이 분명했다. 따라서 이 우주선은 초광속 여행을 할 수 있었다. 루이스는 자신이 장거리 여행에 끌려온 모양이라고 생각했다.

후미 벽 너머로 측면에 곡선형 해치가 달린 화물 창고가 보였다. 창고는 높이가 구 미터쯤 되고 길이는 그 두 배에 달하는 기울어진 원뿔로 가득 차다시피 했다. 원뿔의 꼭짓점 부위에 포트가 달린 회전 탑이 붙어 있어서 무기나 센서를 달 수 있었다. 회전 탑 밑에는 주변을 둘러볼 수 있는 창문이 있고, 그 아래에는 열면 계단으로 활용할 수 있는 해치가 있었다.

원뿔형 기체는 착륙선인 동시에 탐사선이었다. 인간이 만든 제품이었다. 그것도 공산품이 아니라 주문 제작한 착륙선이었다. 반쯤 녹은 것 같은 외형은 조금도 보이지 않았다. 착륙선 뒤로 얼핏 은색 벽이 보였다. 연료 탱크인 것 같았다.

루이스는 자신이 머물고 있는 객실로 통하는 문을 찾을 수 없었다. 안간힘을 써서 반대편으로 고개를 돌렸다. 그러자 우주선의 조종실 방향이 눈에 들어왔다.

조종실은 불투명한 녹색 벽으로 둘러싸인 커다란 구역이었다. 루이스는 그 벽 너머로 줄지어 있는 화면과 작은 숫자가 잔뜩 적힌 문자판, 퍼페티어의 입에 맞게 만들어진 손잡이를 볼 수 있었다. 조종석은 푹신하고 긴 완충 좌석으로, 착륙용 안전띠가 달려 있고 퍼페티어의 엉덩이와 어깨에 맞는 모양새였다. 녹색 벽에는 문이 없었다.

루이스는 다시 우주선의 우측으로 시선을 돌렸다. 그와 크진인이 있는 방이 꽤 큰 것은 분명했다. 방 안에는 샤워 시설과 수면판 한 쌍, 털로 잔뜩 뒤덮인 커다란 물건—아마도 크진인의 물침대인 것 같았다— 그리고 그 사이에 커다란 설비가 있었다. 루이스는 그 설비가 분더란트에서 만든 음식 재생기라는 것을 알아보았다. 침대 뒤는 녹색 벽으로 막혀 있었다. 벽에는 에어록이 없고 조종 장치도 보이지 않았다. 말하자면 그와 크진인은 출구가 없는 상자에 갇힌 셈이었다.

이 우주선은 아랫면이 평평하고 양 끝이 둥근 원통 모양인 GP 3번 선체로, 퍼페티어가 만든 것이었다.

퍼페티어의 상업 제국은 이런 우주선을 수백만 대는 팔아치웠다. 그들은 가시광선과 중력을 제외한 그 어떤 것도 선체를 통과할 수 없다고 광고했다. 그들은 루이스가 태어났을 무렵 알려진 우주를 포기하고 황급하게 마젤란 성운으로 이주했다.

그로부터 대략 이백 년이 지났건만 GPC의 우주선은 아직도 사방에 널려 있었다. 그중에는 주인이 십여 번 이상 바뀐 우주선도 있었다.

이십여 년 전, 퍼페티어들이 만든 '거짓말쟁이 자식'이라는 이름의 우주선이 초속 천이백 킬로미터의 속도로 링월드의 표면에 불시착한 일이 있었다. 루이스를 비롯한 승무원들은 정지장으로 보호를 받았고, 우주선의 선체에는 흠집 하나 나지 않았다.

"넌 크진 전사지."

루이스가 말했다. 입술에 감각이 없고 움직임도 둔했다.

"GPC 우주선의 선체를 부수고 나갈 수 있나?"

"아니."

통역자가 대답했다.

통역자가 아니라 크미야! 루이스는 스스로를 일깨우듯이 생각했다.

"뭐, 확인 삼아 물어본 거야. 크미, 넌 캐니언에 왜 온 거지?"

"전갈을 받았다. 루이스 우가 탄두 행성의 깊은 틈새에서 전기 자극에 빠져 살고 있다는 얘기였다. 그 사실을 증명하는 홀로그램도 있었다. 전기 자극을 받을 때 너 자신이 어떤 꼴인지 알고는 있나? 전류의 변동에 따라 잎을 흐느적거리는 해조류 같다."

루이스는 눈물이 콧등을 따라 흐르고 있다는 것을 깨달았다.

"염병할! 이건 통증 때문이야. 그보다, 날 왜 찾은 건데?"

"네가 얼마나 한심한지 얘기해 주고 싶었다."

"전갈은 누가 보냈지?"

"모른다. 아마 저 퍼페티어겠지. 저자는 우리 둘 다를 찾고 있었다. 루이스, 넌 뇌가 망가져서 못 알아챈 모양이지만 저 퍼페티어는……."

"네서스가 아니지. 맞아. 갈기를 장식하고 있는 거 봤나? 머리 모양을 그렇게 화려하게 유지하려면 매일같이 한 시간은 족히 걸려. 그런 머리 모양을 퍼페티어 행성에서 봤다면 지위가 아주 높은 자라고 생각했을 거야."

"그래서?"

"멀쩡한 퍼페티어는 목숨을 걸고 성간 여행을 하지 않아. 퍼페티어는 원하는 행성을 전부 손에 넣었지. 그중에는 농업 행성도 넷이나 돼. 우주선을 완전히 신뢰하지 못해서 광속 대신 아광속으로 수십만 년 동안 여행하는 게 바로 퍼페티어 종족이야. 따라서 저 퍼페티어가 누군지는 몰라도 제정신은 아닐걸. 인간에게 모습을 드러낸 퍼페티어는 다 마찬가지지. 저 녀석이 무슨 꿍꿍이인지 모르겠군."

루이스가 덧붙였다.

"마침 돌아왔네."

문제의 퍼페티어는 조종실의 육각형 도약 원반 위에 서 있었다. 벽을 통해 루이스와 크미를 지켜보던 그가 아름다운 콘트랄토의 목소리로 물었다.

"내 목소리가 들립니까?"

크미는 큰 동작으로 상체를 숙이며 벽에서 떨어지더니 재빨리 발을 붙들었다가 엎드린 채 앞으로 돌진했다. 그는 거세게 벽에 부딪쳤다.

다른 퍼페티어라면 깜짝 놀랐겠지만 둘을 지켜보고 있는 퍼페티어는 아니었다. 그가 다시 입을 열었다.

"탐험대가 거의 다 모였군요. 이제 한 명만 더 있으면 됩니다."

루이스는 마비가 조금 풀렸다는 것을 확인하고 몸을 굴렸다.

"잠깐만, 얘기를 처음부터 시작해야지. 우린 이 방에 꼼짝없이 갇혀 있잖아. 숨길 것 없다고. 넌 누구지?"

"아무거나 마음에 드는 이름으로 부르십시오."

"너 뭐야? 우리를 왜 데려온 거야?"

퍼페티어는 답을 머뭇거리다가 말했다.

"나는 우리 세계의 최후자입니다. 당신들이 네서스라고 부르는 이의 배우자이지요. 이제는 그 어느 쪽에도 해당되지 않습니다만. 나와 함께 링월드를 한 번 더 탐사해 줘야겠습니다. 그래야 내 지위를 되찾을 수 있으니까요."

"우리는 네 말에 따르지 않을 거다."

크미가 말했다.

"네서스는 잘 지내나?"

루이스는 물었다.

"걱정해 줘서 고맙습니다. 네서스의 정신과 육체는 건강합니다. 링월드에서 받은 충격으로부터 제정신을 되찾았지요. 그는 고향에서 우리의 두 아이를 돌보고 있습니다."

네서스가 받은 충격이라. 루이스는 생각했다. 그런 일을 겪고 충격을 받지 않을 존재는 없지.

링월드의 원주민들은 네서스의 머리 가운데 하나를 잘라 버렸다. 루이스와 틸라가 네서스의 머리에 지혈대를 사용할 생각을 하지 못했다면 그는 출혈 과다로 죽었을 것이다.

"네서스가 새 머리를 이식받았다는 얘기겠군."

"물론이지요."

"네가 제정신이라면 여기 있지 않을 거다. 그렇게 어마어마한 수의 퍼페티어들이 왜 너처럼 정신 나간 자를 지도자로 뽑았지?"

크미가 물었다.

"난 미친 게 아니라고 생각합니다."

최후자는 뒷다리를 쉬지 않고 접었다가 폈다. 두 개의 머리는 지능이 없는 것처럼 입을 벌리고 있을 뿐이었다. 루이스는 그게 표정인지 아닌지 분간할 수 없었다.

"이 이야기는 이번 한 번으로 끝내 주십시오. 나는 동족에게 제대로 봉사하고 있습니다. 앞서 간 네 명의 최후자도 마찬가지였지요. 하지만 보수당이 권력을 쥐고 우리 당을 밀어냈습니다. 그자들은 틀렸습니다. 난 그 사실을 증명해 보일 겁니다. 나와 함께 링월드에 가서 그 한심한 자들의 이해를 넘어서는 보물을 찾아내 주십시오."

"넌 크진인을 납치했다."

크미가 중얼거렸다.

"실수를 저질렀다고는 생각하지 않나?"

그가 기다란 손톱을 내밀었다.

최후자는 벽 너머에서 그 손톱을 바라보았다.

"당신은 순순히 따라오지 않았을 겁니다. 루이스도 그랬을 테지요. 당신은 지위와 이름을 얻었고, 루이스는 드라우드에 빠져 있었으니까요. 네 번째 승무원은 죄수였습니다. 부하들의 보고에 따르면 그녀가 풀려나서 이쪽으로 오고 있답니다."

루이스는 쓸쓸하게 웃었다. 드라우드가 없는 상태에서 듣는 우스갯소리는 하나같이 쓸쓸했다.

"정말이지 상상력이라곤 눈곱만치도 없군. 이러면 첫 번째 탐사대랑 똑같잖아. 나와 크미와 퍼페티어와 여자라니. 그 여자는 누구지? 새로운 틸라 브라운을 찾아낸 건가?"

"아닙니다. 네서스는 틸라 브라운을 두려워했습니다. 분명 그럴 만한 이유가 있었겠지요. 나는 ARM의 손아귀에서 하르로프릴라라를 빼냈습니다. 이제 링월드 원주민 안내인이 생긴 셈입니다. 이번 탐사대의 성격을 생각해 보십시오. 필승 전략이 필요하지 않겠습니까? 당신들은 이전에 링월드를 빠져나왔잖습니까."

"틸라만 빼고 그랬지."

"틸라 브라운은 자발적으로 거기에 남았습니다."

크미가 다시 말했다.

"지난번에는 고생한 대가를 받았다. 1.25초 만에 일 광년을 갈 수 있는 우주선을 받아서 고향에 가져갔지. 나는 그 우주선 덕분에 이름과 지위를 얻었다. 이번에는 그에 상응하는 보상으로 뭘 줄 거냐?"

"여러 가지입니다. 크미, 이제 몸을 움직일 수 있습니까?"

크미가 일어섰다. 충격기의 효과가 거의 다 사라진 것 같았다. 루이스는 아직도 어지러웠고 팔다리에 감각이 없었다.

"건강 상태는 어떻습니까? 현기증이나 통증이나 메스꺼움은 없습니까?"

"왜 그렇게 걱정을 하지, 초식동물? 너는 오토닥을 이용해서 나를 한 시간 이상 치료했다. 아직 몸이 제대로 말을 듣지 않고 배가 고프지만 다른 문제는 없다."

"잘됐군요. 우리는 그 물질을 실제로 사용해 본 적이 없었습니다. 이제 됐습니다, 크미. 당신은 보상을 받았습니다. 루이스 우가 이백이십여 년 동안 젊음과 건강을 유지했던 건 부스터스파이스라는 약물 덕분이었지요. 우리는 크진인에게도 같은 효과를 일으키는 물질을 개발했습니다. 탐사가 끝나면 그 제조 공식을 크진으로 가져가도 좋습니다."

크미는 크게 당황했다.

"내가 젊어질 거라고? 그런 오물을 이미 내 몸에 주입했단 말이냐?"

"그렇습니다."

"그런 건 우리도 직접 개발할 수 있다. 그러니 필요 없다."

"나는 당신을 젊고 강하게 만들어야 했습니다. 크미, 이번 탐사에 큰 위험은 없을 겁니다. 나는 링월드 본체에 착륙할 생각이 없으니까요. 우주항에만 내릴 겁니다. 우리가 그곳에서 찾아낸 지식을 공유할 수도 있습니다. 루이스, 당신도 마찬가지입니다. 그리고 당신에게 지금 당장 줄 보상은……."

도약 원반에 루이스의 드라우드가 나타났다. 드라우드를 한 번 열었다가 다시 닫은 흔적이 보였다. 루이스의 심장이 뛰었다.

"아직 그걸 사용하지 마라."

크미가 명령조로 말했다.

"알았어. 최후자, 넌 나를 얼마나 오랫동안 감시한 거지?"

"십오 년 전에 당신이 캐니언에 있다는 걸 알았습니다. 내 부하들은 그때 이미 하르로프릴라라를 빼내려고 지구에서 작업을 벌이고 있었지요. 하지만 이렇다 할 성과가 없었습니다. 나는 당신의 아파트에 도약 원반을 설치하고 적절한 때가 오기를 기다렸습니다. 아, 이제 가서 원주민 안내인을 맞이해야겠군요."

최후자는 입으로 조종 장치를 조작하고는 앞으로 걸어가더니, 사라졌다.

"드라우드를 사용하지 마라."

크미가 말했다.

"말씀대로 하지."

루이스는 몸을 돌렸다.

그는 전기 자극 없이 도저히 견딜 수 없는 때가 오면 자신이 이성을 잃고 크미를 공격하게 될 거라는 사실을 알고 있었다. 그러면 최소한 한 가지 긍정적인 결과는 얻을 수 있으리라. 그 생각이 루이스의 머릿속을 가득 채웠다.

예전에 루이스는 하르로프릴라라에게 아무 도움도 줄 수가 없었다.

하르로프릴라라는 루이스와 네서스와 동물 통역자가 링월드에서 빠져나올 방법을 찾고 있을 때 일행으로 합류했다. 그녀는 그곳에서 수천 년을 살아왔다. 그녀가 조종하는 공중 감옥 아래에 사는 링월드 원주민들은 그녀를 하늘에 사는 여신으로 섬겼다. 탐사대 전원은 하르로프릴라라의 도움을 받아 원주민들의 신인 척 행세했다. 그러는 한편으로 부서진 '거짓말쟁이'호를 천천히 찾아갔다. 그리고 하르로프릴라라와 루이스는 사랑하는 사이가 되었다.

탐사대는 세 종류의 링월드 원주민과 만났다. 그들은 하나같이 인간과 혈연관계에 있었지만 정확히 인간은 아니었다. 하르로프릴라라는 머리털이 거의 없고 입술은 원숭이처럼 툭 튀어나와 있었다.

아주 나이가 많은 사람들은 서로 다르다는 점 하나 때문에 사랑에 빠지는 경우가 있다. 루이스는 자신도 그랬던 거라고 생각했다. 프릴은 성격적인 결함이 있었어. 하지만 젠장, 내게도 결함은 얼마든지 있었으니까.

그리고 루이스는 하르로프릴라라를 지배하에 두었다. 탐사대에는 그녀의 도움이 필요했고, 네서스는 퍼페티어만의 특별한 힘을 그녀에게 사용했다. 즉, 타스프로 그녀를 조종했던 것이다. 그런 조언을 한 사람이 바로 루이스였다.

그녀는 루이스와 함께 인간의 우주로 왔다. 그리고 루이스와 함께 베를린에 있는 국제연합 사무실로 들어갔고, 두 번 다시 나오지 못했다.

최후자가 그녀를 탈출시키고 고향으로 돌려보내 준다면, 루이스는 하지 못했던 일을 해 주는 셈이었다.

크미가 말했다.

"저 퍼페티어는 거짓말을 하는 게 분명하다. 과대망상이겠지. 퍼페티어들이 정신적으로 문제가 있는 지도자를 따랐을 리가 없잖나."

"그들이 직접 감수할 수는 없으니까. 위험 말이야. 지도자라는 건 견디기 불편한 자리지. 퍼페티어의 특성을 생각해 보면 말이 안 되는 것도 아니야. 극소수의 과대망상 환자 가운데 제일 뛰어난 자를 고른달까……. 아니면 이렇게 생각해 봐. 최후자들은 다른 퍼페티어들이 고개를 숙이지 않을 수 없게 세뇌를 해 온 거야. '너무 큰 힘을 갈구하지 마라. 위험하니까.' 어느 쪽이든 간에 퍼페티어 세계는 그렇게 돌아가는 거지."

"저 퍼페티어가 사실을 말한다고 생각하나?"

"아직은 모르겠군. 하지만 거짓말이라면 뭐 달라지는 거라도 있나? 우린 어차피 사로잡힌 상태인데."

"너는 그렇겠지. 전기 자극 때문에 꼼짝도 못 하니까. 수치스럽지도 않나?"

루이스는 수치스러웠다. 그는 수치심이 정신을 좀먹고 어두운 절망이 자신을 에워싸지 않도록 애를 쓰고 있었다.

하지만 지금은 물리적인 밀실에서조차 빠져나갈 수 없는 상황이었다. 벽과 바닥과 천장은 GP 우주선의 일부였다. 뭔가 다른 요소가…….

그는 말했다.

"아직도 여기서 빠져나가고 싶다면 이걸 생각해 봐. 넌 점점 젊음을 되찾을 거야. 그건 거짓말이 아니겠지. 금세 밝혀질 일이니까. 넌 젊어지면 어떻게 변하지?"

"식욕이 더 커진다. 체력도 늘어나지. 그리고 더 호전적이게 된다. 아마 조심하는 게 좋을 거다, 루이스."

크미는 나이가 들면서 체격이 커졌다. 눈 주변에 있는 '멋진' 검정 반점은 거의 회색에 가깝게 변했고, 몸의 다른 곳에도 회색이 나타나고 있었다. 움직일 때면 단단한 근육이 드러났다. 제정신을 가진 크진 젊은이라면 절대로 싸움을 걸 것 같지 않은 근육이었다.

하지만 문제는 흉터였다. 지난번 링월드 탐사 때, 크미의 신체를 덮고 있던 털과 피부 가운데 절반 이상이 불에 타 버렸다. 이십여 년이 지나고 나니 털은 다시 자라났지만 손상된 피부조직 위의 털은 여기저기 뭉쳤고 들쑥날쑥했다.

루이스가 말했다.

"부스터스파이스는 흉터를 없애 줘. 그러니 털도 매끄러워질 거야. 흰색 털도 없어질 테고."

크미의 꼬리가 허공을 갈랐다.

"흠, 그럼 더 예뻐진다는 거냐. 초식동물을 죽여 버려야겠군. 흉터는 기억과 같다. 우리 종족은 기억을 없애지 않는다."

"네가 크미라는 건 어떻게 증명할 건데?"

크미의 꼬리가 움직임을 멈췄다. 그가 루이스를 쳐다보았다.

"저 퍼페티어는 전기 자극으로 날 붙잡고 있지."

루이스는 그렇게 말하고 나서 잠시 머뭇거렸다. 그가 하는 말은 고스란히 최후자에게 전달될 가능성이 있었다. 퍼페티어라면 반란의 가능성을 가만히 두고 보지 않을 것이다.

"너는 하렘과 영지와 특권과 늙은 영웅 크미에게 부여된 이름 때문에 붙잡혀 있고. 족장들은 네 얘기를 안 믿을지도 몰라. 하지만 크진인용 부스터스파이스를 보여 주고 최후자가 증언을 해 주면 얘기가 달라지겠지."

"그만해라."

루이스는 갑자기 더 이상 참을 수가 없었다. 그가 드라우드를 붙잡으려고 손을 뻗자, 크미가 달려들었다. 크미는 검붉은 손으로 검은색 플라스틱 드라우드를 쥐고 이리저리 돌려 보았다.

"원하는 대로 해 주지."

루이스는 그렇게 말하고 바닥에 드러누웠다. 어차피 수면 시간도 부족했으니…….

"넌 어쩌다 전선대가리가 된 거냐? 어떻게?"

"난…….."

루이스는 입을 열었다가 닫았다. 그리고 다시 말을 이었다.

"먼저 알아 둬야 할 건…… 우리가 마지막으로 만났던 때를 기억하나?"

"그렇다. 크진에 직접 초대를 받은 인간은 거의 없으니까. 그때만 해도 넌 그럴 자격이 있는 인간이었다."

"그래, 그랬는지도 모르지. 크진 역사박물관을 보여 줬던 것도 기억하나?"

"기억한다. 넌 크진인이 타 종족과의 관계를 개선해야 한다고 설득했다. 홀로그램 카메라를 가진 인간 기자들을 데리고 와서 박물관을 구경시키기만 하면 된다고 했지."

루이스는 그 일을 회상하며 미소 지었다.

"그랬지."

"난 그 말을 안 믿었다."

크진 역사박물관은 원대하고 웅장했다. 박물관은 두꺼운 화산암 석판의 모서리를 녹이고 붙여서 만든, 길고 거대한 건물이었다. 그 건물에는 곡선이 전혀 없었으며, 레이저포가 달린 네 개의 탑이 있었다.

크미와 루이스는 꼬박 이틀을 소비해 가며 끝없이 이어진 전시실을 돌아보았다.

크진의 공식적인 역사는 아주 오래전에 시작되었다. 루이스는 크진인의 선조들이 손에 쥐기 쉽도록 깎아 놓은 대퇴골을 보았고, 초기 크진인이 사용했던 곤봉도 구경했다. 휴대용 대포라고 할 수 있는 무기도 있었다. 평범한 인간은 들어 올릴 수도 없는 물건이었다. 금고 문만큼 두꺼운 은제 갑옷도 있었고, 다 자란 삼나무도 베어 넘길 것 같은 양손 도끼도 있었다.

루이스는 인간 기자가 박물관을 관람하게 하자는 얘기를 하다가 우연히 하비 모스바우어를 보게 되었다.

하비 모스바우어의 가족들은 4차 인간-크진 전쟁 당시 크진인에게 살해당하고 잡아먹혔다. 하비 모스바우어는 휴전 조약이 맺어진 다음 여러 해에 걸쳐 편집증에 가까울 정도로 치밀한 계획을 세웠다. 그리고 무장한 채 크진에 홀로 착륙했다. 그는 크진 남성 넷을 죽이고 족장의 하렘에 폭탄을 터뜨린 다음 경비병에게 살해당했다. 하지만 경비병들은 그를 손쉽게 죽이지 못했다. 크미의 설명에 따르면, 하비 모스바우어의 가죽을 손상시키고 싶지 않았다나.

'저렇게 해 놓고 손상시키지 않았다고 말하다니!'

'하지만 그자는 싸웠다. 그것도 아주 멋지게! 그 광경을 찍은 영상도 있다. 루이스, 우리는 용감하고 강력한 적의 명예를 어떻게 기리는지 알고 있다.'

박제해 놓은 가죽에 너무 상처가 많았기 때문에 자세히 들여다보지 않으면 어느 종족의 가죽인지 분간도 하기 어려울 정도였다. 하지만 그 박제는 높은 받침대 위에 있었고 우주선 선체용 금속판으로 만든 이름표도 붙어 있었다. 박제 주변에 다른 전시품은 없었다. 평범한 인간 기자라면 오해했겠지만 루이스는 그 뜻을 알 수 있었다.

그로부터 이십여 년 뒤, 납치당한 전선대가리인 데다 드라우드를 강탈당한 루이스가 말했다.

"내 말을 제대로 이해하려나 모르겠지만, 그때 하비 모스바우어가 인간이라는 걸 알고 얼마나 기분이 좋았는지 몰라."

"옛일을 추억하는 건 좋은 일이다. 하지만 우리는 지금 전류 중독에 대해 얘기하고 있다."

크미가 화제를 되돌렸다.

"행복한 사람은 전기 자극에 중독되지 않아. 그냥 가서 전선을 뽑아 버리면 그걸로 끝이지. 그 당시 난 기분이 좋았어. 영웅이 된 것 같았지. 그때 하르로프릴라라가 어디 있었는지 알아?"

"어디 있었나?"

"정부가 그녀를 감금했지. ARM 말이야. 그자들이 엄청나게 질문을 해 댔는데 난 아는 게 전혀 없었거든. 그리고 하르로프릴 라라는 내 보호하에 있었고. 나는 그녀를 지구로 데려가서……."

"루이스, 넌 그 여자에게 성적으로 빠져 있었다. 크진 여자에게는 지각 능력이 없어서 다행이지. 넌 그 여자가 바라는 거라면 뭐든 해 줬을 거다. 인간의 우주가 보고 싶다고 한 건 바로 그 여자였다."

"그랬지. 지구 원주민인 내가 안내를 해 주기 바랐던 거야. 하지만 일은 그렇게 돌아가지 않았어. 크미, 우리는 '롱샷'호와 하르로프릴라라를 크진-지구 연합에 넘겨줬다. 그리고 너와 나는 그때 이후론 만난 적이 없지. 다른 사람에게 그 일을 얘기할 수도 없었고."

"양자Ⅱ 하이퍼드라이브 전환기는 '족장의 비밀'이 되었다."

"국제연합도 그걸 일급 기밀로 취급했지. 다른 행성 정부에는 얘기도 하지 않았을 거야. 게다가, 염병할, 절대 얘기하지 말라고 으름장까지 확실하게 놓더군. 링월드에 관한 것도 마찬가지였어. '롱샷'호 없이는 링월드도 설명할 수 없으니까. 그러고 보니 최후자가 어떻게 링월드에 갈 생각인지 궁금해지는군. 지구에서 링월드까지는 이백 광년이야. 캐니언에서는 더 멀고. 이 우주선을 이용하면 일 광년을 가는 데 사흘이 걸리겠지. 최후자가 또 다른 '롱샷'호를 갖고 있는 건가?"

"얘기를 다른 데로 돌리지 마라, 루이스. 넌 왜 드라우드를 쓰는 거냐?"

크미가 몸을 웅크리면서 손톱을 내밀었다. 물론 그게 단순히 무의식적인 동작일 가능성도 전혀 없지는 않았다.

루이스는 말했다.

"난 크진을 떠나 고향으로 갔지. ARM은 프릴을 못 만나게 했어. 내가 링월드 탐사대를 만들겠다고만 했으면 프릴도 원주민 안내인으로 갈 수 있었을 텐데. 하지만 정부 말고는 그런 얘기를 꺼낼 만한 상대가 없었지. 물론 네가 있긴 했지만 넌 관심도 없었잖아."

"내가 어떻게 갈 수 있나? 내게는 영지와 이름이 있었고, 아이가 태어나기 직전이었다. 크진 여성은 아주 의존적이라 신경 써서 돌봐 줘야 한다."

"아이들은 이제 어떻게 되지?"

"장남이 내 재산을 관리하게 될 거다. 내가 너무 오랜 시간 떠나 있으면 그 아이가 재산을 소유하게 된다. 만약에……. 루이스! 넌 왜 전선대가리가 된 거냐?"

"어떤 얼간이 자식이 나한테 타스프를 썼어."

"뭐?"

"리오에서 박물관을 구경하고 있는데 누군가가 기둥 뒤에 숨어서 나한테 타스프를 썼다고."

"하지만 네서스가 링월드에 데려갔을 때 승무원을 조종하려고 이미 타스프를 썼잖나. 우리 둘한테 말이다."

"그래, 정말 퍼페티어다운 일이었지. 우리한테 도움을 주려고 타스프를 쓰다니! 그리고 이제 최후자도 같은 방식을 취하고 있어. 최후자는 내 드라우드에 원격조종 장치를 넣어 놨지. 너한테는 영원한 젊음을 줬고. 그 결과가 어떻게 될까? 우린 최후자가 시키는 대로 움직이게 될 거야."

"네서스는 나한테도 타스프를 썼다. 하지만 난 전선대가리가 되지 않았다."

"나도 그때 바로 전선대가리가 된 건 아니야. 하지만 어떤 기억이 남아 있었지. 프릴 생각만 하면 난 비열한 놈이 된 것 같았어. 그리고 휴식기를 좀 갖고 싶었지. 전에도 가끔씩 혼자 우주선을 몰고 알려진 우주 끝까지 날아가곤 했어. 그러면 사람들을 다시 마주할 수 있는 힘이 생기니까. 하지만 그때는 그럴 수가 없었어. 프릴을 배신하는 셈이 될 테니까. 바로 그런 상황에서 어떤 얼간이가 나한테 타스프를 쓴 거야. 아주 충격적인 일은 아니었지만 그 때문에 네서스가 썼던 타스프의 효과가 다시 나타났지. 게다가 두 번째 타스프는 열 배나 강력했어. 난…… 거의 일 년을 견디다가 결국 머리에 드라우드를 장치했고."

"네 머리에서 전기 자극 장치를 잘라 내야겠다."

"그럼 꽤 불쾌한 부작용이 생길걸."

"탄두 행성의 틈새에는 왜 왔나?"

"아, 그거. 어쩌면 내가 피해망상에 빠졌던 건지도 모르지. 하지만 상황을 생각해 봐. 하르로프릴라라는 ARM 건물 속으로 사라져서 두 번 다시 나오지 못했어. 루이스 우라는 놈은 전선대가리가 되어 가고 있었고. 이 멍청한 평지인이 언제 비밀을 떠벌리고 다닐지 모르잖아. 생각이 거기에 미치자 도망치는 게 나을 것 같았지. 캐니언은 아무도 모르게 착륙하기가 좋거든."

"최후자도 그 사실을 알아챈 모양이군."

"크미, 드라우드를 주든가 좀 자게 내버려 둘 생각이 없으면 차라리 날 죽여라. 이제 아무것도 하고 싶지 않으니까."

"그럼 자라."

| 승무원 속의 유령 |

　루이스는 잠에서 깨어 수면판 사이에 기분 좋게 떠 있었다. 그러다가 어떤 사실이 떠올랐다.

　크미는 붉은색 날고기의 관절 부위를 찢고 있었다. 분더란트는 둘 이상의 종족이 사용할 수 있는 음식 재생기도 생산하곤 했다. 그가 잠시 식사를 멈추고 말했다.

　"이 우주선에 있는 장비는 전부 인간이 만든 것들이다. 아니면 인간이 만들 수 있었던 장비들이거나. 선체까지도 인간의 우주에서 쉽게 구입할 수 있는 제품이다."

　루이스는 자궁 안에 든 태아처럼 눈을 감고 웅크린 채 자유낙하 상태에서 떠다니고 있었다. 하지만 자신이 어디에 있는지는 잊을 수가 없었다. 그가 말했다.

　"난 커다란 착륙선을 보고 징크스 제품이라고 생각했지. 주문 제작이긴 하지만 징크스에서 만들었다는 얘기야. 네 침대는 어때? 그건 크진 물건인가?"

"인공 섬유로 만든 거다. 크진인의 생가죽과 비슷하긴 하지만. 비밀리에 거래되는 물건이 틀림없다. 이상한 유머 감각을 가진 인간들이 샀겠지. 저런 걸 만들어 내는 놈을 찾아 죽이면 기분이 좋을 거다."

루이스는 손을 뻗어서 장 제어 스위치를 건드렸다. 수면장이 사라지자 그의 몸이 천천히 바닥으로 내려왔다.

밖은 밤이었다. 머리 위로 빛이 선명한 흰색 별들이 있었고, 주변 지형은 벨벳처럼 검고 형태가 불분명했다. 우주복을 구한다 해도 소용없을 것이다. 그가 있는 장소는 협곡과 반대편일 수도 있었다. 또는 지금 밤하늘을 향해 치솟아 있는 저 앞의 검은 산마루만 넘으면 협곡에 도달할 수도 있었다. 현재 위치를 알려 주는 단서는 전혀 없었다.

음식 재생기에는 두 개의 키보드가 있었다. 하나는 공용어로 된 키보드였고, 다른 하나에는 크진어, 소위 '영웅의 언어'가 적혀 있었다. 그리고 방 양쪽에 화장실이 있었다. 루이스는 그처럼 노골적인 배치가 별로 마음에 들지 않았다. 음식 재생기의 기능도 확인할 겸 그는 키보드를 건드려 아침 식사를 만들었다.

크미가 으르렁거렸다.

"루이스, 넌 이 상황이 즐겁기라도 한 거냐?"

"발밑을 봐."

크미가 무릎을 꿇었다.

"으르르…… 그렇군. 퍼페티어가 만든 하이퍼드라이브 전환기다. 최후자는 이 우주선을 타고 세계 선단에서 도망친 거다."

"그리고 도약 원반이 있지. 퍼페티어는 고향 행성에서만 도약 원반을 사용해. 그런데 최후자는 도약 원반을 이용해서 나를 잡을 부하를 보냈다고."

"최후자는 도약 원반과 우주선과 기타 몇 가지를 훔친 게 분명하다. 필요한 자금은 GPC에서 빌리고 안 갚은 걸 수도 있다. 루이스, 내 생각에 최후자는 퍼페티어들의 의사와 별개로 움직이고 있는 거다. 그러니 퍼페티어 선단과 접촉해야 한다."

"크미, 이 방엔 도청 장치가 설치돼 있을 거야."

"내가 초식동물 때문에 말조심을 해야 하나?"

"알았어. 한번 생각해 보지."

루이스는 우울감에 빠져 있었기 때문에 꽤 냉소적인 상태였지만 그게 문제가 될 거라고는 생각하지 않았다. 어차피 크미는 그의 드라우드를 손에 쥐고 있었다.

"퍼페티어 하나가 제멋대로 변덕을 부려서 인간과 크진인을 납치했어. 순수한 퍼페티어라면 당연히 겁에 질리겠지. 그런데도 네가 고향으로 도망가서 크진 정부에 일러바치도록 내버려 둘까? 크진 정부는 분명 전력을 다해서 '롱샷'을 대량으로 생산할 거야. 그럼 속도를 맞출 만큼 가속하는 데 걸리는 시간에다 네 시간만 더해도 퍼페티어 선단을 따라잡을 수 있을 테니까. 다시 말해서 3G면 삼 개월이 걸리는 거리를……."

"그만해라, 루이스!"

"염병할, 그러니까 네가 전쟁을 시작하게 만들고 싶다면 그럴 기회가 온 거라고! 네서스는 1차 인간─크진 전쟁 때 퍼페티어가 인간 편을 들었다고 했지. 그러니까 이제 생각해 봐. 네가 그 사실을 아무한테도 말하지 않았다는 거짓말은 하지 말고."

"그 얘기는 그만해라."

"그러지. 하지만 갑자기 이런 생각이 드는데 말이야……."

루이스는 둘의 대화가 녹음되고 있을 거라는 생각에 최후자에게도 조금 유리하게 말의 내용을 바꿨다.

"우리 셋이 누구한테도 얘기하지 않았다는 전제하에, 퍼페티어가 무슨 일을 해 왔는지 아는 건 알려진 우주 전체에서 너와 나와 최후자, 셋밖에 없다고."

"너와 내가 링월드에서 사라진다고 해서 최후자가 영원히 슬퍼하기라도 하겠느냐는 거구나. 무슨 얘긴지 알았다. 하지만 최후자는 네서스가 조심성이 없었다는 것조차 몰랐을 수도 있다."

한 번 더 링월드에 가면 알게 될걸. 실수했군. 나도 초식동물을 염두에 두고 말조심을 해야 했나? 루이스는 조금 거칠게 음식을 퍼먹었다.

오늘 그의 식단은 단순함과 복잡함을 동시에 추구했다. 자몽 반쪽, 초콜릿 수플레, 삶은 모아 새 가슴살, 휘핑크림을 얹은 자메이카산産 블루 마운틴 커피. 휘핑크림은 조금 이상했지만 그 밖에는 꽤 괜찮았다. 모아 새 고기에 대해서는 뭐라고 말할 수 없었다. 이십사 세기의 유전학자 한 사람이 멸종했던 모아 새를 되살려 냈다. 최소한 본인은 그렇다고 주장했다. 그리고 음식 재생기가 만들어 낸 것은 그 복제품이었다. 육질이 훌륭하고 담백한 새고기 맛이 났다.

하지만 전기 자극과는 비교도 할 수 없었다.

루이스는 우울한 상태가 어떤 것인지 익히 알고 있었다. 그런 상태는 전기 자극이 없을 때만 알아챌 수 있었다. 그는 그게 바로 인간의 보통 상태라고 믿었다. 따라서 이상한 목적을 갖고 있는 정신 나간 외계인 때문에 갇혀 있어도 크게 나빠질 것은 없었다. 어두운 아침이 너무나 끔찍한 것은 드라우드를 포기해야만 한다는 점 때문이었다.

그는 식사를 마치고 더러운 접시를 화장실 안에 던져 넣었다. 그리고 물었다.

"뭘 주면 드라우드를 넘길 건데?"

크미가 코웃음을 쳤다.

"이런 상황에서 뭘 줄 수 있나?"

"내 명예를 걸고 약속을 할 수 있지. 편한 잠옷도 한 벌 줄 수 있고."

크미가 꼬리로 허공을 갈랐다.

"넌 예전에 꽤 괜찮은 동료였다. 하지만 지금 드라우드를 넘겨주면 어떻게 될까? 그저 여기저기 쑤시고 다니는 짐승이 될 거다. 드라우드는 내가 갖고 있겠다."

루이스는 운동을 시작했다.

중력이 절반이었기 때문에 한 팔만으로 팔굽혀펴기를 하는 것도 쉬웠다. 하지만 한 팔당 백 번은 쉽지 않았다. 선체의 뒤쪽 곡면은 기울기가 크지 않아 평상시 하던 운동 가운데 몇 가지는 생략할 수밖에 없었다. 그는 손을 쭉 뻗어 발끝에 대면서 가위뛰기를 이백 번 하고…….

크미가 흥미롭게 그를 구경하다가 물었다.

"최후자가 왜 자리에서 밀려났다고 생각하나?"

루이스는 대답하지 않았다. 그는 수면장에 둘러싸인 수면판 아래쪽에 가로로 매달려 종아리 밑에 쟁반을 놓은 자세로 아주 느리게 윗몸일으키기를 하고 있었다.

"링월드 우주항에서는 뭘 찾으려 하는 거지? 우리가 거기서 뭘 봤는지 기억하나? 감속 고리는 옮기기에 너무 크다. 링월드인들의 우주선이 목표인가?"

루이스는 음식 재생기를 조정해서 모아 새의 다리 고기를 만들었다. 그리고 기름기를 닦아 낸 다음 커다란 목제 곤봉 같은 모아 새의 다리 고기로 저글링을 시작했다. 그의 얼굴과 가슴에 커다란 땀방울이 맺히더니 아주 느리게 흘러내렸다.

크미가 꼬리를 휘둘렀다. 커다란 분홍색 귀를 뒤로 접고 있는 것으로 보아 적의를 드러내는 건 아니었다. 그는 화가 나 있었다. 루이스와는 관계없는 일이었다.

최후자가 부술 수 없는 벽을 사이에 두고 갑자기 나타났다. 오팔이 있던 자리에 빛나는 뭔가를 다는 등 여러 모로 갈기 모양을 바꾼 모습이었다. 그리고…… 혼자였다. 그가 잠시 상황을 살피더니 말했다.

"루이스, 드라우드를 사용하십시오."

루이스는 모아 새 다리를 내려놓았다.

"난 선택의 자유가 없는데. 프릴은 어디에 있지?"

"크미, 루이스에게 드라우드를 주십시오."

최후자가 말했다.

"하르로프릴라라는 어디 있어?"

커다란 털북숭이 팔이 루이스의 목을 감았다. 루이스는 다리에 힘을 주어 온몸을 상대에게 던졌다. 크미가 신음을 냈다. 그는 이상하리만치 상냥하게 드라우드를 삽입해 주었다.

"이제 됐어."

루이스가 말했다. 그리고 크미가 풀어주자 자리에 앉았다. 물론 루이스는 이미 상황을 알아챘다. 크미도 마찬가지였다. 루이스는 자신이 프릴을 얼마나 보고 싶어 했는지, 그녀가 ARM에서 풀려나기를 얼마나 바랐는지, 그녀를 얼마나 보고 싶었는지 새삼 깨닫고 있었다.

최후자가 말했다.

"하르로프릴라라는 죽었습니다. 부하들이 나를 속였더군요. 그들은 하르로프릴라라가 표준력으로 십팔 년 전에 죽었다는 사실을 알고 있었습니다. 그들이 어디에 숨어 있든 끝까지 찾아가서 잡아들일까 생각도 했지만 그러려면 또 십팔 년이 걸릴 겁니다. 아니면 천팔백 년이 걸릴 수도 있지요. 인간의 우주는 아주 크니까 말입니다. 그래서 돈은 그냥 두기로 했습니다."

루이스는 미소를 지으며 고개를 끄덕였다. 그러면서도 드라우드를 뽑아내고 나면 자신이 크게 상심할 거라고 생각했다.

크미가 물었다.

"그 여자는 어떻게 죽었나?"

"부스터스파이스를 이겨 내지 못했습니다. 국제연합은 이제 하르로프릴라라가 인간과 다르다고 생각하고 있습니다. 그녀는 아주 빠르게 노화했습니다. 지구에 도착한 지 일 년 오 개월 뒤에 죽었지요."

"내가 크진에 있을 때…… 이미 죽었던 거네."

루이스가 중얼거렸다. 하지만 의문점이 남아 있었다.

"이상하군. 그녀는 자기에게 맞는 노화방지약을 갖고 있었는데. 부스터스파이스보다 나은 약이었어. 링월드를 떠나올 때 냉장 용기도 가지고 왔고."

"그건 도난당했습니다. 그 이상은 나도 모릅니다."

도난당했다고? 하지만 프릴은 지구의 거리를 돌아다닌 적이 없어. 그러니 도둑을 만날 기회도 없었지. 국제연합 과학자들이 내용물을 분석하려고 용기를 열었나 보군. 그랬다 해도 몇 마이크로그램이면 충분했을 텐데……. 진실이 뭔지 알아낼 길은 없겠군. 그 뒤로 국제연합 놈들은 그녀가 알고 있는 지식을 캐내기 위해 죽을 때까지 가둬 놨던 거야.

그것은 루이스에게 정말 가슴 아픈 일이었다. 하지만 지금 당장이 아니라 나중에, 두고두고 그럴 것이다.

최후자가 완충 좌석에 몸을 고정시켰다.

"더 이상은 출발을 미룰 이유가 없습니다. 자원을 아껴야 하니 당신들은 정지장에 들어가서 여행을 하게 될 겁니다. 이 우주선에는 하이퍼스페이스에 진입하기 전에 버릴 보조 연료 탱크가 하나 있습니다. 연료가 가득한 상태로 링월드에 도착하게 되는 거지요. 크미, 이 우주선에 이름을 붙여 주겠습니까?"

크미는 대답 대신 질문을 던졌다.

"그럼 안내인도 없이 탐험하자는 거냐?"

"우주항에만 들를 테니까요. 그 이상은 나아가지 않습니다. 우주선의 이름을 붙여 주겠습니까?"

"'탐구의 화침火針'이라고 부르지."

루이스는 미소를 지었다. 퍼페티어가 그 의미를 알아챘는지 궁금했다. 이제 그들이 탄 우주선은 크진인의 고문 도구 이름을 갖게 되었다.

최후자가 입으로 두 조종간을 물고 한데 모았다.

| 균형을 잃은 링월드 |

루이스는 체중이 두 배로 늘어나는 걸 느끼며 아래로 눌렸다. 어두운 캐니언의 풍경은 보이지 않았다. 그 풍경은 이제 우주 어딘가로 숨어 버린 것이 분명했다. 대신 항성 하나가 바로 발밑에서 그 어떤 별보다 밝게 빛나고 있었다. 최후자는 안전망과 조종석에서 빠져나온 상태였다. 그도 좀 달라져 있었다. 피로한 것처럼 행동이 굼떴고 갈기 모양도 달라진 데다 한동안 손질하지 못한 것 같았다.

전기 자극은 뇌 기능에 영향을 주지 않았다. 루이스는 여러 가지 사실을 분명하게 파악할 수 있었다. 그와 크미는 정지장에서 이 년을 보냈고, 최후자는 그동안 하이퍼스페이스 속에서 홀로 '탐구의 화침'호를 몰았다. 이미 탐험이 끝난 항성계들의 모음, 즉 알려진 우주의 반경은 약 사십 광년이다. 루이스 일행은 그보다 훨씬 더 멀리 나왔음에 분명했다. '화침'호는 애당초 퍼페티어가 조종하게 만들어진 우주선이었다. 따라서 다른 승무원들은 정지장에 들어가 있어야만 했다. 그들이 회복되느냐 마느냐는 최후자에게 달려 있었다.

루이스는 인간을 마지막으로 본 게 무척이나 오래됐다는 사실, 하르로프릴라라가 그의 부주의 때문에 죽었다는 사실을 기억했다. 그리고 머리에서 드라우드를 뽑아내는 순간 끔찍하게 외로워질 거라는 사실을 떠올렸다. 그 순간이 이제 머지않았다. 하지만 뇌로 전기 자극이 흘러 들어오는 동안에는 그 어떤 것도 그를 괴롭히지 못했다.

루이스는 추진기의 불꽃을 보지 못했다. '화침'호는 무반동추진기만으로 움직이는 게 분명했다.

'거짓말쟁이'호의 설계자는 커다란 삼각익에 엔진을 달았다. '거짓말쟁이'호가 링월드 위를 지나갈 당시 어마어마한 레이저포 같은 것이 발사되었고, 그 엔진은 타 버렸다. 루이스는 최후자가 같은 실수를 반복하지 않을 모양이라고 생각했다. '화침'호의 추진 장치는 침투 불가능한 선체 안에 있는 것 같았다.

크미가 물었다.

"착륙하려면 얼마나 남았나?"

"닷새 뒤가 될 겁니다. 세계 선단에서 첨단 추진 장치를 가져올 수가 없었지요. 인간이 만든 제품으로는 20G 이상 감속할 수가 없습니다. 선실 내 중력은 편안합니까?"

"조금 약하다. 지구 중력이냐?"

"링월드 중력입니다. 0.992지구 중력이지요."

"이 상태를 유지해라. 최후자, 우리에게는 관측 장비가 하나도 없다. 나는 링월드를 연구하고 싶다."

최후자는 크미의 요구를 곰곰이 생각했다.

"착륙선에 망원경이 있습니다. 하지만 그걸로는 발밑을 볼 수 없겠군요. 잠시만 기다려 보십시오."

그가 계기판으로 몸을 돌렸다. 머리 하나가 뒤로 돌더니 으르렁대고 침을 뱉고 쉿쉿거리는 영웅의 언어로 말하기 시작했다.

크미가 말했다.

"공용어를 사용해라. 그래야 루이스도 알아들을 수 있으니."

최후자는 그가 시키는 대로 따랐다.

"어떤 언어든 다시 쓰게 되니 좋군요. 그동안은 외로웠지요. 자, 보십시오. '화침'호의 망원경에 비치는 모습입니다."

루이스의 발밑에 영상이 떠올랐다. 영상은 경계선이 보이지 않는 사각형이었다. 링월드의 항성과 주변의 별들이 갑자기 훨씬 커졌다. 루이스는 손으로 항성을 가리고 살펴보았다. 링월드가 보였다. 연한 푸른색의 반원형 띠 같았다.

길이가 십오 미터이고 폭이 이십오 밀리미터인 연한 푸른색 크리스마스 리본을 떠올려 보라. 리본을 원 모양으로 엮은 다음 바닥에 내려놓고 그 한가운데에 촛불을 켠다. 그리고 규모를 키워 보라.

링월드는 믿을 수 없을 만큼 강한 물질로 만든 리본이었다. 폭 천육백만 킬로미터, 길이 십억 킬로미터의 그 리본이 반지름 일억 오천만 킬로미터의 링을 이루고 있으며 그 중앙에는 항성이 있었다. 링은 초속 천이백삼십 킬로미터로 회전하면서 바깥쪽을 향해 1G의 원심력을 생성했다. 정체를 알 수 없는 링월드 건설자들은 링의 안쪽 면에 토양과 바다와 대기를 마련해 놓았다. 그리고 공기를 붙잡아 두기 위해 링의 양쪽 테두리에 높이 천오백 미터가 넘는 벽을 세웠다. 그래도 공기가 넘치는 것을 막을 수는 없었겠지만 그 속도는 지연시킬 수 있었다. 링의 안쪽에는 스무개의 사각형 차광판이 고리처럼 달려 있었다. 차광판은 태양계의 수성 궤도에 해당하는 곳에 위치하면서 링월드에 서른 시간짜리 낮과 밤을 제공해 주었다.

링월드는 거주 가능 면적이 구조 육천만 제곱킬로미터에 달하는 행성이었다. 이는 지구 면적의 삼백만 배나 된다.

루이스와 동물 통역자와 네서스와 틸라는 거의 일 년 동안 링월드를 여행했다. 일행은 링월드의 폭을 따라 삼십이만 킬로미터를 이동했다가, '거짓말쟁이'호가 추락한 곳으로 돌아왔다. 링월드 너비의 오분의 일에 해당하는 거리에 불과했다. 그들은 링월드의 전문가와는 거리가 멀었다. 어떤 지적 존재가 링월드의 전문가라고 자처하는 일이 가능하기는 할까?

하지만 그 당시 루이스 일행은 링 벽의 바깥에 있는 우주항을 조사했다. 최후자의 말이 사실이라면 그 이상은 필요가 없었다. 우주항에 착륙해서 최후자가 원하는 물건을 찾은 다음 떠나면 그만이었다. 그것도 빨리 출발할 필요가 있었다. 왜냐하면……

그 이유는 최후자가 마련한 사각형의 망원경 영상을 보면 극히 명백했다. 링월드의 연한 푸른색 아치─삼백만 개의 지구에 해당하는 색깔의, 너무 멀어서 자세히 보이지는 않지만 차광판 때문에 짙푸른 띠가 둘러진 듯 보이는─가 중심이 되는 항성으로부터 한참 벗어나 있었던 것이다.

크미가 말했다.

"우리는 저런 사실을 몰랐다. 링월드에서 일 크진년을 보냈지만 알지 못했다. 어떻게 그럴 수가 있었지?"

최후자가 대답했다.

"당신들이 여기에 있을 때는 링월드가 균형을 잃지 않았으니까요. 그건 이십여 년 전이었습니다."

입을 열면 주의를 끌 것 같아 루이스는 고개만 끄덕였다. 전기 자극의 즐거움이 링월드 원주민의 운명에 대한 공포와, 그의 개인적인 두려움과 죄의식을 간신히 막아 주고 있었다.

최후자가 말을 이었다.

"링월드의 구조는 궤도면에서 불안정합니다. 당신들은 분명 처음부터 알고 있었을 겁니다."

"몰랐어!"

루이스는 말했다.

"나도 지구에 돌아간 다음에야 알았지. 나중에 조사를 해 보고 나서야."

외계인 둘이 그를 쳐다보았다. 그는 정말이지 그 둘의 주의를 끌고 싶지 않았다. 하지만 그러기에는 너무 늦었다. 오, 이런!

"링월드가 불안정하다는 건 쉽게 알아낼 수 있었어. 회전축 방향으로는 안정적이지만 궤도면 방향으로는 불안정하지. 회전축이 항성에 고정되게 만드는 무언가가 있었을 거야."

"하지만 지금은 중심에서 벗어나 있다."

크미가 손톱으로 투명한 바닥을 긁으며 말했다.

"그 무언가가 작동을 멈춘 거겠지."

"하지만 그러면 링월드 원주민들이 죽는다. 십억 명이, 백억 명이…… 일조 명일 수도 있다."

그가 루이스를 바라보았다.

"그 얼빠진 웃음 짜증 나는군. 드라우드를 뽑아 버리면 제대로 얘기할 거냐?"

"지금도 제대로 얘기할 수 있어."

"그럼 해라. 링월드는 왜 불안정한 거냐? 궤도면에 있지 않은 거냐?"

"당연히 그건 아니야. 무미무시한 회전력 때문에 궤도면에서는 절대로 벗어나지 않아. 하지만 링월드를 중심에서 벗어나게 살짝만 밀어도 그 거리는 점점 늘어나지. 방정식들이 너무 아슬아슬해서 컴퓨터를 돌려 봤더니 믿기 어려운 수치가 나오더군."

"우리도 한때는 직접 링월드를 만들려고 했습니다. 하지만 불안정성이 너무 컸지요. 항성풍만 세게 불어도 균형을 잃을 만한 압력이 형성됩니다. 오 년 뒤에는 항성과 맞닿게 되지요."

최후자가 말했다.

"내 계산 결과와 같군. 분명 링월드도 같은 상황일 거야."

루이스의 말에, 크미가 다시 바닥을 긁었다.

"제어용 엔진이 있겠지. 링월드 건설자들은 자세제어 엔진을 달아 놨을 거다."

"그랬겠지. 링월드 건설자들이 버사드 램제트 엔진을 쓴다는 건 알고 있잖아. 그걸 우주선의 추진 장치로 썼지. 그래, 링 벽에 커다란 버사드 램제트 엔진을 잔뜩 달면 링월드의 회전중심을 고정시킬 수 있어. 엔진은 항성풍 속에 있는 수소를 태우며 작동하니까 연료가 부족할 일은 없겠지."

"그런 건 본 적이 없다. 그런 엔진이 얼마나 거대할지 생각해 봐라."

루이스는 빙그레 웃었다.

"얼마나 거대하다는 거지? 저 링월드에서 말이야. 우리가 못 보고 지나친 거야. 그게 다라고."

그는 크미가 자신의 머리 위에서 손톱을 내밀고 서 있다는 사실이 마음에 들지 않았다.

"그렇게 간단히 말해 버리면 그만이냐? 링월드 원주민은 알려진 우주를 삼천 번 채우고도 남을 만큼 많을지 모른다. 그들은 나보다 너와 혈연관계가 가깝다."

루이스는 말했다.

"넌 무자비하고 가차 없는 육식동물이잖아. 그걸 잊어버렸나? 난 이 사실 때문에 괴로울 거야. 최후자가 드라우드를 꺼 버리고 나면 훨씬 더 괴롭겠지. 하지만 그런다고 죽지는 않을 거야. 그 때쯤이면 그 사실에도 조금 더 익숙해질 테고. 아니면, 네게 저 사람들을 도와줄 방법이라도 있나? 있으면 말해 봐."

크미가 고개를 돌렸다.

"최후자, 남은 시간이 얼마나 되지?"

"계산해 보지요."

항성은 링월드의 중심에서 한참 벗어나 있었다. 루이스는 링월드 면으로부터 항성과 가까운 쪽의 거리가 일억 천만 킬로미터쯤 된다고 짐작했다. 따라서 먼 쪽의 거리는 일억 구천이백만 킬로미터쯤 된다는 얘기였다. 가까운 쪽에는 먼 쪽보다 세 배에 달하는 햇빛이 비칠 것이다. 링월드의 하루는 서른 시간이며, 링월드 자체는 7.5일 만에 한 바퀴를 돈다. 따라서 날씨 변화가 생길 것이다. 식물은 그런 변화를 견디지 못하고 죽을 것이고, 동물과 사람이 그 뒤를 이을 것이다.

최후자는 망원경 조작을 그만두고 견고한 녹색 벽 뒤에서 컴퓨터를 만지고 있었다. 루이스는 그 보이지 않는 영역에 무엇이 숨겨져 있을지 궁금했다.

최후자가 빠른 걸음으로 다시 나타났다.

"일 년 오 개월 뒤면 링월드가 항성과 스칠 겁니다. 그러면 분해되겠지요. 회전속도로 보건대 부서진 파편은 우주 공간으로 날아가 버릴 겁니다.

"차광판은……."

루이스가 중얼거렸다.

"뭐라고 했습니까? 아, 차광판은 그 전에 항성과 충돌할 겁니다. 그래도 최소한 일 년이라는 시간이 있습니다. 우리에겐 아주 긴 시간이지요."

최후자는 힘차게 말을 이었다.

"우리는 링월드의 지면에는 절대 내리지 않을 겁니다. 당신들은 수만 킬로미터 떨어진 곳에서 우주항만 조사하면 됩니다. 그러면 링월드의 운석 방어 장치에 요격당할 일도 없지요. 내 생각에 우주항에는 아무도 없을 겁니다. 그러니 착륙해도 괜찮을 겁니다."

크미가 물었다.

"거기서 뭘 찾으면 되지?"

"당신이 아직도 기억하지 못하다니 놀랍군요."

최후자는 그렇게 말하며 계기판을 바라보았다.

"루이스, 이 정도면 충분했겠지요."

"잠깐만……."

루이스의 두뇌로 흘러 들어오던 전기 자극이 끊어졌다.

| 금단증상 |

루이스는 최후자가 벽 너머에서 자신의 드라우드를 조작하는 모습을 바라보았다.

그는 셀 수 없을 만큼 여러 번 죽음을 생각했다. 죽음이란 아주 개인적인 경험이라는 생각도 했고, 자신에게 흘러드는 전기 자극을 감시하는 외계인을 죽이겠다는 생각도 했다.

납작한 두 개의 머리가 작고 검은 장치를 가만히 살펴보다가 이윽고 천천히 다가갔다. 마치 의심스러운 음식을 조금 먹어 보는 것과 비슷한 동작이었다. 잠시 후 최후자는 타이머를 하루가 서른 시간인 주기에 맞추고 전류를 절반으로 줄였다.

그다음 날에는 인간의 감각으로 걸러지지 않은 순수한 즐거움이 흘러들었다. 그 어떤 것도 루이스를 괴롭히지 못했다. 하지만…… 루이스는 자신의 개인적인 느낌이 무엇인지 제대로 알 수가 없었다.

그날 저녁 전류가 너무 일찍 끊기자 샛노란 연기 같은 우울증이 루이스를 덮쳤다.

크미가 그에게 다가오더니 그의 머리에서 드라우드를 뽑은 다음 조종실에 보내기 위해 도약 원반에 올려놓았다. 다시 초기화시키기 위해서였다.

루이스는 비명을 지르면서 펄펄 뛰었다. 그는 크미의 털을 손잡이 삼아 넓은 등으로 기어오른 다음 귀를 쥐어뜯을 것처럼 잡아당겼다. 크미가 몸을 돌렸다. 루이스는 거대한 팔에 매달리다가 방 저편으로 날아가 벽에 부딪쳤다. 그는 팔이 찢어져 피를 흘리면서, 제대로 정신을 차리지도 못한 채 다시 몸을 돌려 공격 자세를 취했다.

바로 그 순간 크미가 도약 원반 위로 뛰어올랐고, 최후자가 입으로 조종 장치를 건드렸다.

하지만 크미는 위협적이면서도 바보 같은 표정을 한 채 검은 원반 위에 그대로 남아 있었다.

최후자가 말했다.

"당신처럼 무거운 물체는 이런 종류의 원반으로 이동할 수 없습니다. 난 바보가 아닙니다. 크진인을 조종실에 들여놓을 것 같습니까?"

크미가 으르렁거렸다.

"몰래 다가가서 나뭇잎이나 뜯어먹는 종족이 똑똑해 봐야 얼마나 똑똑하다고."

그는 루이스에게 드라우드를 던져 주고 어기적거리며 물침대로 걸어갔다.

드라우드가 작동을 멈추자마자 루이스의 머리에서 뽑아낸 크미의 행동은 위장이었다. 어디까지나 루이스를 미쳐 날뛰게 만들고 최후자의 주의를 끌기 위해서였다.

최후자가 말했다.

"다음에는 당신이 드라우드를 삽입하기 직전에 재조정을 하겠습니다. 그렇게 하면 되겠습니까?"

"젠장, 어떡해야 되는지는 알고 있잖아!"

루이스는 드라우드를 움켜쥐었다. 물론 드라우드는 작동하지 않았다. 다시 작동시키려면 타이머를 조작해야 했다.

최후자가 그를 구슬렸다.

"당신은 우리만큼이나 오래 살았습니다. 그런 즐거움은 어디까지나 일시적이란 걸 알잖습니까. 하지만 이제 곧 상상도 할 수 없을 만큼 부자가 될 겁니다. 링월드의 우주선은 비용이 저렴한 대규모 변환을 통해 만들어졌습니다. 그러니 링월드를 만드는 데에도 그런 기술을 쓴 게 분명합니다."

루이스는 깜짝 놀라서 고개를 들었다.

최후자가 말을 이었다.

"링월드 우주선의 질량과 부피를 알고 있었다면 좋았을 텐데 말입니다. 우주선이 어마어마하게 크긴 하지만 다행히도 그걸 옮길 필요는 없습니다. 필요하다면 심부 레이더를 써서 작동 구조를 홀로그램으로 만들면 되니까요. 그걸로도 내 주장을 뒷받침할 수는 있을 겁니다. 그다음에 GP 4번 우주선을 보내서 가져오면 되지요."

최후자는 전기 자극 금단증상에 빠진 인간이 일일이 대답을 할 거라고는 생각하지 않았다. 그의 생각은 맞았다. 하지만 루이스는 눈을 찡그리고 크미를 바라보며 그를 어떻게 상대해야 할지 가늠하고 있었다.

크미의 반응은 놀라웠다. 그는 잠시 넋을 놓고 있다가 말했다.

"넌 어쩌다가 특권을 상실하게 됐지?"

"아주 복잡한 얘기입니다."

"우리는 링월드 항성계에 진입했다. 남은 거리는 백칠십육억 킬로미터이고 우리는 초속 팔만 삼천이백 킬로미터로 하강해야 한다. 그리고 이제 겨우 하루가 지났을 뿐이지. 시간은 많다."

"그건 그렇군요. 별달리 할 일도 없지요. 그럼 우선 이걸 알아 두십시오. 우리에겐 역사가 깊은 양대 당이 있습니다. 보수당과 실험당입니다. 대부분 보수당이 집권을 하지요. 그런데 산업력을 남용하다가 열 공해가 심해지는 바람에 실험당이 우리 행성을 혜성의 헤일로 안으로 옮겼습니다. 실험당 정권은 두 개의 행성을 개조해서 농업용으로 바꿨지요. 그다음 정권은 멀리 있던 얼음 거대 행성의 위성 두 개를 끌어와서 행성으로 삼고……."

크미는 얘기를 들으며 동요를 진정시키고 다음에 할 말을 궁리할 시간을 벌었다. 좋은 일이었다. 동물 통역자, 즉 어린 시절 인간의 우주에 파견되었던 대사라는 옛 역할을 되찾은 셈이었다.

"……결국 우리는 이용당한 다음에 버려졌습니다. 흔한 일이지요. 하지만 크진 제국을 발견하게 되자 다시 실험당이 권력을 잡았습니다. 우리가 그다음에 한 일은 네서스가 얘기해 줬을 겁니다."

"너희는 인류를 원조했지."

크미는 이상할 정도로 차분했다. 루이스는 그가 우주선 벽을 찢어 버릴 거라고 예상하고 있었다.

"인류와 네 차례에 걸쳐 전쟁을 하면서 우리의 가장 용맹한 전사 세대가 죽었다. 그 결과 더 유순한 자들이 번성하게 됐지."

"우리는 크진인들이 다른 종족과 더 평화적으로 지낼 수 있기를 바랐습니다. 우리 당은 해당 구역에 상업 제국도 건설했지요. 하지만 성공을 거뒀음에도 권력은 우리 손을 떠나고 있었습니다. 그때 은하핵이 폭발했고 그 충격파가 이만 년 뒤에 덮쳐 올 거라는 사실이 알려졌습니다. 우리 당은 계속 권력을 쥐게 되었고 세계 선단을 탈출시켰습니다."

"너희 당에는 아주 다행이었겠군. 그런데도 다시 버림을 받았다고?"

"맞습니다."

"이유가 뭐지?"

최후자는 한동안 대답을 하지 않다가 입을 열었다.

"내가 내린 결정 중에는 큰 동의를 얻지 못한 것도 있었습니다. 나는 인류와 크진인의 운명에 간섭했지요. 당신들도 우리의 비밀을 알고 있습니다. 이를테면 우리가 지구의 출산법에 간섭해서 운이 좋은 인간을 양성하려고 했다는 사실이나, 1차 인간-크진 전쟁에 끼어들어서 합리적인 크진인을 키우려고 했다는 사실 말입니다. 내 전임자는 성간 무역 회사인 GPC를 설립했습니다. 다른 퍼페티어들은 내 전임자를 두고 광기라는 덕목을 만들었다고 했지요. 미친 자가 아니라면 목숨을 걸고 우주 공간에서 살 리가 없으니까요. 당신들로 첫 링월드 탐사대를 만드는 동안 나도 미쳤다는 얘기를 들었습니다. 그렇게 발전된 기술과 접촉하다니 미친 짓이라는 거였지요. 하지만 눈을 감는다고 위험이 사라지는 건 아니잖습니까."

"그래서 실각했군."

최후자는 안절부절못하고 걸어 다녔다. 타닥타닥타닥, 타닥타닥타닥.

"네서스가 링월드에서 돌아오면 내가 그를 배우자로 받아들이겠다고 약속한 일은 알고 있을 겁니다. 그는 그걸 하나의 권리로 요구했습니다. 그리고 돌아왔지요. 우리는 배우자 사이가 됐고, 나중에는 사랑으로 한 번 더 배우자 사이가 됐습니다. 네서스는 미쳤고, 최후자는 가끔씩 미치곤 했으니…… 자리에서 끌어내린 겁니다."

갑자기 루이스가 물었다.

"너희 둘 중 어느 쪽이 남성이지?"

"당신이 왜 그걸 네서스에게 묻지 않았는지 궁금하군요. 하긴 그러면 대답하지 않았겠지요. 그는 그런 질문에 아주 민감하니까. 루이스, 퍼페티어 남성은 두 종류가 있습니다. 내가 속한 남성은 정자를 여성의 신체에 이식합니다. 네서스 쪽 남성은 신체 기관이 가장 유사한 여성에게 난자를 이식하지요."

"퍼페티어는 유전자가 세 쌍이란 말이냐?"

크미가 물었다.

"아닙니다, 둘뿐이지요. 여성 퍼페티어는 아무런 기여도 하지 않습니다. 사실 여성은 자신들끼리, 다른 방식으로 생식을 해서 여성을 생산합니다. 정확히 말하면 우리와 다른 종이지요. 하지만 유사 이래 우리와 공생 관계를 이루며 살아왔습니다."

루이스는 놀라서 움찔거렸다. 퍼페티어는 나나니벌과 같은 방식으로 번식하는 종족이었다. 나나니벌의 자손은 무력한 숙주를 먹어 치운다. 그리고 네서스는 섹스에 대해 얘기하는 걸 꺼렸다. 그가 옳았다. 퍼페티어의 번식은 추악했다.

최후자가 말했다.

"내 선택은 옳았습니다. 링월드에 탐사대를 보낸 건 옳은 결정이었고, 난 다시 그걸 증명할 겁니다. 도착하는 데는 닷새가 걸립니다. 그리고 우주항에서 보내야 하는 시간은 열흘을 넘지 않을 겁니다. 거기서 하이퍼드라이브를 사용할 수 있는 플랫 스페이스까지 빠져나오는 데 또 닷새가 걸리겠지요. 우리는 링월드에 절대 발을 내리지 않을 겁니다. 하르로프릴라라가 링월드의 우주선에 납이 실려 있다고 했다는 얘기를 들었습니다. 운반의 용이성 때문이지요. 그걸 변환해서 여행 중에 필요한 공기와 물과 연료를 얻는다고 했습니다. 네서스가 얘기해 주더군요. 보수당 정권은 그런 기술이 미치는 영향을 감당할 수 없습니다. 그러니 나를 복권시킬 겁니다."

금단증상에 수반되는 우울증 때문에 루이스는 웃고 싶은 충동도 생기지 않았다. 그래도 최후자의 얘기가 우습다는 사실은 달라지지 않았다. 시간이 지날수록 그의 얘기는 점점 더 우스워졌다. 처음부터 자체모순이 있는 얘기였기 때문이다.

다음 날 아침, 외계인들은 드라우드의 전류를 한 번 더 절반으로 줄이고는 그 뒤로 손을 대지 않았다. 그래도 그다지 큰 차이는 없었다. 루이스는 전기 자극만 있으면 만족했다. 하지만 여러 해 동안 타이머가 멈출 때마다 우울감에 시달리다 보니 전기 자극이 재개될 때 어떤 기분이 드는지는 이미 알고 있었다. 이제 우울증은 더 심해졌고, 즐거움은 보장받을 수 없었다. 외계인들이 언제든지 전류를 끊을 수 있었기 때문이다. 물론 그러지 않는다 해도 결국은 전기 자극을 포기할 수밖에 없었다.

루이스는 외계인들이 나흘 동안 무슨 얘기를 나눴는지 알지 못했다. 오직 전기 자극이 주는 황홀감에만 집중하려고 애를 썼기 때문이다. 외계인들이 컴퓨터를 이용해 홀로그램을 띄웠던 기억이 희미하게 나긴 했다. 홀로그램 속에는 링월드 원주민들의 얼굴이 있었다. 금발로 완전히 뒤덮인 작은 사람들의 얼굴. 털을 완전히 밀어 버린 단 한 사람, 즉 사제의 얼굴. 공중을 떠다니는 성에 있던 엄청나게 큰 철사 조각상의 일부가 부서진 코, 대머리, 칼로 그어 놓은 것 같은 입. 하르로프릴라라―사실은 그녀의 동족이겠지만―의 얼굴. 그리고 틸라를 보호하겠다고 데려갔던 방랑자, 즉 탐색자―인간에 아주 가까웠지만 체격은 징크스인과 비슷했고 수염이 없었다―의 얼굴까지. 시간에 따른 풍화작용과 동력이 끊기면서 하늘에서 떨어진 공중 건물들 때문에 부서진 도시의 모습도 보였다. '거짓말쟁이'호가 차광판에 접근하는 영상도 있었고, 추락한 차광판의 연기구름 같은 실 더미에 뒤덮인 도시의 모습도 있었다.

작은 광점이던 항성은 점점 커지면서 테두리가 밝은 검은색 점이 되었다. '화침'호의 내부 선체에 있는 플레어 보호막이 항성의 빛을 가로막았다. 그러자 항성의 파란 후광이 점점 넓어지기 시작했다.

루이스는 링월드로 돌아간 꿈을 꾸었다. 그는 불에 타 버린 플라이사이클에 거꾸로 매달린 채 거대한 공중 감옥에 있었다. 삼십여 미터 아래에는 딱딱한 바닥이 있고, 그 위에는 이전에 수감되었던 사람들의 뼈가 깔려 있었다.

그는 잠에서 깨면 습관적으로 도피처를 찾았다.

그러다가 나흘째 되는 날, 루이스는 문득 눈앞에 놓인 음식을 보고는 다 그대로 갖다 버렸다. 그리고 음식 재생기를 조정해서 빵과 마음에 드는 치즈를 골랐다. 그는 자신이 ARM의 손아귀에서 완전히 벗어났다는 사실을 깨달았다. 그러니 치즈를 다시 먹을 수 있는 것이다!

루이스는 생각했다. 전기 자극 말고 좋은 게 또 뭐가 있을까? 치즈. 수면판. 사랑—이건 비현실적이지. 야생동물의 가죽을 염색하는 일. 자유와 사생활과 자존심. 패배하지 않고 승리하는 것. 젠장, 나는 그렇게 생각하는 방법을 거의 잊어버렸고, 그 결과 모두 잃고 말았지. 자유와 사생활과 자존심이라. 조금만 더 참으면 첫걸음을 뗄 수 있어. 그리고 또 뭐가 좋았지? 브랜디를 잔뜩 넣은 커피가 있고, 영화가 있지.

이십여 년 전, 동물 통역자는 '거짓말쟁이'호를 링월드 가장자리로 몰았다. 이제 크미와 최후자가 그 순간을 녹화한 영상을 보고 있었다.

그토록 가까이서 보면 링월드는 하나의 소실점에서 만나는 직선들이었다. 격자무늬를 이루는 푸른 안쪽 표면이 링 벽의 위아래 끄트머리와 만나는 지점의 바깥쪽에서 보고 있자니, 우주선 감속 장치의 고리들이 끊임없이 카메라를 향해 날아드는 것 같았다. 그 영상은 적외선과 가시광선과 자외선과 심부 레이더 스캔으로 이루어져 있었다. 동일하게 새긴 거대한 전자석들이 천천히 다가왔다가 지나가는 것처럼 보이기도 했다.

하지만 루이스는 꼬박 여덟 시간 동안 대하 판타지인 '변화하는 지구'를 감상하며 술을 들이켰다. 브랜디를 넣은 커피로 시작해서 브랜디 소다를 마시다가 결국 브랜디만 마셨다. 그가 감상한 것은 오감 체험 영화가 아니라 실제 배우와 단 두 가지 감각만을 이용하는 영화였다. 그는 현실로부터 그 두 가지 감각을 떼어 놓고 있었다.

루이스는 하마터면 새버하겐 감독이 불가능한 특수 효과를 사용했다고 크미에게 말을 걸 뻔했다. 하지만 남아 있는 기지를 전부 끌어모아서 간신히 그 충동을 억제했다. 취한 상태로 크미에게 말을 걸 만한 배짱은 없었다. 그는 속으로 웅얼거렸다. 퍼페티어들은 귀를 숨기고 있다네, 귀를 숨기고 있다네…….

링월드는 점점 커졌다.

이틀에 걸쳐 링월드는 파랗고 폭이 좁고 세밀하게 세공을 했으며 금세 부서질 것처럼 나약하고 중심이 항성으로부터 벗어나 있는 링으로 보였다. 검은 원처럼 생긴 태양이 커지자 링월드도 커졌다. 그리고 전체의 상세한 모습이 드러났다. 링월드의 안쪽에 고리처럼 모여 있는 사각형들은 차광판이었다. 링 벽은 고작 수천 킬로미터 높이였지만 점점 커지면서 링월드의 안쪽 표면이 보이지 않도록 가리고 있었다. 닷새째 저녁이 되자 '화침'호는 속력을 거의 상실했고, 링 벽은 별들을 가로막는 거대한 검정 벽이 되어 있었다.

루이스는 전기 자극에 빠져 있지 않았다. 그는 이제 억지로 전기 자극을 건너뛰고 있었다. 그리고 최후자는 무사히 착륙할 때까지 전류를 보내지 않겠다고 했다. 루이스는 어깨를 으쓱해 보였다. 이제 곧…….

"항성에서 플레어가 치솟고 있습니다."

최후자가 말했다.

루이스는 눈을 들었다. 운석 방어 장치가 항성을 가리고 있었다. 그의 눈에 보이는 것은 검은 원반을 에워싸고 있는 원 모양의 불꽃, 즉 항성의 코로나뿐이었다.

"화면으로 보여 줘."

루이스가 말했다.

엄청나게 크고 무늬가 있는 원반처럼 생긴 항성이 광도가 낮아진 채 사각형 '창'에 확대되어 떠올랐다. 항성은 지구의 태양보다 약간 작았고 온도도 조금 낮았다. 중심부가 밝게 타오르고 있었지만 흑점이나 얼룩은 보이지 않았다.

최후자가 말했다.

"좋지 않군요. 플레어가 다가오고 있습니다."

"최근에 항성이 불안정해진 걸 수도 있다. 그렇다면 링월드가 중심에서 벗어난 이유도 설명이 된다."

크미가 말했다.

"그럴지도 모르지요. '거짓말쟁이'호의 기록에 따르면 당신들이 링월드에 접근했을 때 플레어가 나타났습니다. 하지만 그 밖에는 별다른 현상이 없었습니다."

최후자가 계기판 위로 머리를 숙였다.

"이상하군요. 자기 패턴이……."

검은 원반이 링 벽의 검정 끄트머리 뒤로 미끄러져 들어갔다.

"항성의 자기 패턴이 아주 비정상적입니다."

루이스는 말했다.

"그럼 되돌아가서 다시 살펴보자고."

"무작위로 자료를 모으는 건 우리 임무에 포함되지 않습니다."

"궁금하지도 않나?"

"네."

천오백 킬로미터 위에서 내려다보니 검은 벽은 자를 대고 그은 직선처럼 보였다. 어둠과 속도 때문에 자세한 부분은 하나도 보이지 않았다. 최후자는 망원경 화면을 조정해서 적외선 영상을 띄웠다. 크게 나아지는 건 없었지만 조금 차이가 있었다. 링 벽의 하단부를 따라 여러 개의 그림자가 보였다. 그 그림자는 높이가 사오십 킬로미터쯤 되는 삼각형으로, 온도가 낮은 부분이었다. 천오백 킬로미터에 달하는 벽의 안쪽 면에서 무언가가 태양 빛을 반사하는 것 같았다. 그리고 벽의 하단부를 따라 더 어둡고 온도도 더 낮은 선이 나타났다.

크미가 얌전하게 물었다.

"착륙할 거냐, 그냥 날아다닐 거냐?"

"날아다니면서 상황을 평가할 겁니다."

"보물이 필요한 것은 너다. 그러니 손에 넣지 않고 떠나는 것도 네 자유다."

최후자는 안절부절못하고 있었다. 그의 다리가 조종석을 거세게 움켜쥐었다. 등 근육도 꿈틀거렸다.

크미는 긴장을 풀었다. 자신이 한 말이 마음에 드는 것 같았다. 그가 말했다.

"네서스는 크진인에게 조종을 맡겼다. 공포에 완전히 굴복한 적도 한두 번이 아니었지. 너는 차마 그러지 못할 거다. '화침'호를 자동조종장치에 맡기고 정지장에 들어가 있는 게 어떠냐?"

"비상 상황이 발생하면 어떻게 합니까? 그런 여지를 둘 수는 없습니다."

"그럼 네가 직접 해야 한다. 착륙시켜라, 최후자."

'화침'호가 선수를 아래로 향하더니 가속하기 시작했다.

초속 천이백 킬로미터에 달하는 링월드의 회전속도를 따라잡는 데에는 거의 두 시간이 걸렸다. 그때까지 '화침'호가 내달린 검은 선의 길이는 수십만 킬로미터에 이르렀다. 최후자는 천천히 검은 선에 다가갔다.

루이스는 접근이 너무 느린 나머지 최후자가 다시 상승할 거라고 생각했다. 하지만 인내심을 가지고 상황을 지켜보았다. 그는 자력으로 전기 자극을 거부했고, 그보다 중요한 일은 없었다.

하지만 한편으로는 생각했다. 크미는 어떻게 참는 거지? 다시 젊어진 건가? 백 살을 맞이한 인간은 세상의 모든 시간을 가진 듯한 기분이 들고 무슨 일이든 할 수 있을 거라 생각하게 되잖아. 크진인도 그러나? 아니면…… 크미는 훈련된 외교관이었지. 그래서 감정을 숨기는 건지도 몰라.

'화침'호는 하부에 있는 추진기를 이용해 균형을 잡았다. 추진 때문에 0.992G의 가속도가 생기면서 우주선의 진로가 링월드의 곡면을 따라 구부러졌다. 그 상태에서 선수를 왼쪽으로 돌리면 우주선이 우주 공간으로 튕겨 나갈 수도 있었다. 루이스는 퍼페티어의 머리 두 개가 이리저리 재빠르게 움직이며 문자판과 각종 측정기와 화면을 살피는 모습을 지켜보았다. 수치는 읽을 수 없었다.

이제 검은 선은 넓게 늘어선 여러 개의 고리가 되었다. 각 고리의 지름은 수백 킬로미터에 달했다. 그런 고리들이 빠르게 스쳐 지나갔다. 첫 번째 탐사대가 기록한 영상에는, 우주선이 링벽과 육십여 킬로미터 떨어진 채 고리들이 지나가기를 기다리면서 자유낙하 속도로부터 링월드의 회전속도에 이르기까지 가속하다가 먼 곳에 있던 우주항에 내리는 과정이 찍혀 있었다.

좌우에 있는 검정 벽은 잘 보이지 않는 먼 곳에서 한데 모였다. 이제 그 지점이 수천 킬로미터밖에 남지 않았다. 최후자는 선형가속기를 따라 관성 비행을 할 수 있도록 '화침'호를 기울였다. 고리들은 수십만 킬로미터에 걸쳐 늘어서 있었지만, 링월드인들에게는 중력 발생기가 없었다. 그들의 우주선과 승무원은 높은 가속을 견뎌 낼 수 없었을 것이다.

"고리들이 작동하지 않습니다. 심지어 접근하는 우주선을 감지하는 센서도 안 보입니다."

최후자의 머리 하나가 뒤로 돌아 그렇게 애기하고는 재빨리 업무로 되돌아갔다.

그리고 드디어 우주항이 나타났다.

우주항의 크기는 팔십오 킬로미터 정도였다. 그곳에는 크고 아름다운 곡선형 기중기들이 설치되어 있고, 둥그런 건물과 납작하고 넓은 평상형 트럭들이 있었다. 그리고 앞부분이 평평한 원통형 우주선이 네 대 보였다. 그중 세 대는 선체의 곡면이 손상되어 있었다.

"조명은 없나?"

크미가 물었다.

"아직은 우리 존재를 들키고 싶지 않습니다."

"지켜보는 자가 있다는 증거라도 발견했나? 조명도 없이 착륙시키겠다고?"

"두 질문에 대한 답은 전부 '아니요'입니다."

최후자가 말했다. '화침'호의 선수 부분에서 엄청나게 강력한 조명이 쏟아져 나왔다. 물론 그 조명은 일종의 보조 무기이기도 했다.

우주항에 있는 우주선들은 거대했다. 열려 있는 에어록이 검고 작은 얼룩처럼 보였다. 원통에 붙어 있는 수천 개의 창문이 흡사 케이크에 뿌려 둔 사탕 부스러기처럼 반짝거렸다. 그중 한 대는 멀쩡한 것 같았다. 다른 세 대는 선체가 찢어져 있었으며 서로 정도는 다르지만 내부 설비가 뜯겨 나간 상태였다. 그 세 대의 우주선은 호기심을 갖고 바라보는 외계인들의 눈과 진공상태인 허공 앞에 내장을 드러내고 있었다.

최후자가 말했다.

"공격도 없고 경고도 없습니다. 건물과 기계 설비의 온도는 우주항 표면이나 우주선과 마찬가지로 절대온도 백칠십사 도입니다. 이 우주항은 오래전에 버려졌군요."

외형이 멀쩡한 우주선의 허리 부분에 거대한 구릿빛 고리가 한 쌍 붙어 있었다. 그 고리가 우주선 질량의 삼분의 일 정도를 차지하는 것 같았다.

루이스는 고리를 가리키며 말했다.

"저건 램스쿠프 발생기일 거야. 전에 우주 비행의 역사를 공부한 적이 있어. 버사드 램제트는 전자기장을 만들어서 우주 공간의 수소를 모으고 그걸 융합용 압축 공간으로 보내. 그런 식으로 연료를 무한하게 얻을 수 있는 거야. 하지만 너무 느려서 수소를 모으지 못할 경우에 대비해 선체 안쪽에 탱크와 로켓엔진을 준비해 둬야 하지. 저기 보이는군."

내부 설비를 약탈당한 두 대의 우주선 안에 루이스가 말했던 탱크가 보였다.

그리고 세 대의 우주선에는 하나같이 거대한 고리가 붙어 있지 않았다. 루이스는 의구심을 품었다. 하지만 일반적으로 버사드 램제트는 자기단극을 사용했고, 자기단극은 그 밖에도 다른 용도가 많았다.

최후자는 다른 점 때문에 고민하고 있었다.

"납을 싣는 탱크란 말입니까? 하지만 간단히 선체 위에 씌워 놓는 편이 낫잖습니까. 그러면 연료로 변환하기 전까지 차폐막으로 쓸 수도 있을 테니까요."

루이스는 대답하지 않았다. 납이 보이지 않았던 것이다.

크미가 말했다.

"전투가 발생할 가능성이 있기 때문이다. 선체에 붙여 놓은 납이 끓어올라 버리면 우주선에는 연료가 남지 않을 테니까. 최후자, 우리를 착륙시켜 주면 손상되지 않은 우주선에 들어가서 확인해 보겠다."

'화침'호는 여전히 우주항 위를 맴돌고 있었다.

크미가 넌지시 말했다.

"떠나는 건 어렵지 않다. 우리를 우주항에 내려놓은 다음 추진 장치를 꺼라. 그리고 우리가 플랫 스페이스에 들어가면 하이퍼드라이브를 작동시키고 안전한 곳으로 도망치면 된다."

마침내 '화침'호가 우주항에 내려앉았다.

최후자는 말했다.

"도약 원반 위에 자리 잡으십시오."

크미가 그의 지시에 따랐다. 그는…… 미소를 짓는 대신 기분 좋게 가르랑거리다가 사라졌다.

루이스도 그의 뒤를 따라 원반에 올라섰다.

그리고 다른 장소에 나타났다.

| "내 계획이 뭐냐면⋯⋯." |

실내는 낯설지 않았다. 똑같이 생긴 곳은 본 적 없지만 그래도 여느 행성 간 소형 우주선의 조종실과 비슷해 보였다. 선실 중력 제어기와 우주선 컴퓨터, 추진 제어장치, 자세제어 제트엔진, 질량 탐지기는 반드시 있어야 하는 것들이었다. 세 개의 조종석은 모두 완충 좌석이었고, 안전망과 팔걸이 조종 장치와 소변을 처리하는 관과 음식을 공급하는 구멍이 있었다. 한 의자는 다른 둘보다 훨씬 컸다. 그게 전부였다. 루이스는 눈을 감고도 착륙선을 조종할 수 있을 것 같았다.

반원형 화면과 문자판 위에는 곡면으로 된 창문이 넓게 자리하고 있었다. 창문을 통해 '화침'호의 선체 일부가 위로 올라가며 밖으로 펼쳐지는 모습이 보였다. 격납고가 열리고 있었다.

크미도 조종석에 앉아 다른 것들보다 더 큰 조종간과 스위치를 살펴보았다.

"무기가 있다."

그가 작은 소리로 말했다.

화면 하나가 깜빡이더니 축소된 퍼페티어의 머리가 나타났다.

"계단을 내려가면 진공용 장비가 있습니다."

착륙선의 계단은 넓었고 가파르지 않았다. 크진인의 발걸음을 고려해 제작한 듯했다. 계단 밑에는 훨씬 더 넓은 공간과 생활 구역과 물침대와 수면판이 있고, 감옥에 있던 것과 똑같은 음식 재생기가 있었다. 크진인의 체형에 맞게 커다란 오토닥도 있었다. 오토닥의 조종은 꽤 복잡해 보였다. 루이스는 한때 시험 삼아 외과의 노릇을 한 적이 있었다. 최후자도 그 사실을 알고 있는 게 분명했다.

크미는 줄지어 있는 보관함 문을 열고 진공용 장비를 찾아냈다. 그가 투명한 풍선을 덕지덕지 붙인 것 같은 우주복 안으로 몸을 집어넣었다. 참을성 없이 급하게 움직이고 있었다.

"루이스, 너도 입어라!"

루이스는 신축성이 좋은 일체형 우주복을 꺼냈다. 우주복은 몸에 딱 맞았으며, 어항처럼 생긴 헬멧과 배낭이 달려 있었다. 표준형 장비였다. 땀을 내보내고 체온을 조절하는 기능도 있었다. 루이스는 헐렁한 외투를 추가했다. 바깥은 추울 게 분명했기 때문이다.

에어록은 세 사람이 동시에 통과할 수 있는 크기였다. 좋은 일이었다. 루이스는 에어록이 다음 사람을 위해 준비되는 동안 밖에서 기다리고 싶지 않았다. 최후자는 비상사태가 생길 리 없다고 생각했을지 모르나 루이스는 마음의 준비를 하고 있었다. 공기가 빠져나가고 진공상태가 되자 루이스의 가슴 부분이 부풀어 올랐다. 그는 '요대'를 잡아당겨 조였다. 요대는 신체의 가운데 부분에 감겨 있는 넓은 고무 밴드로, 숨을 내쉬는 데에 도움을 주었다.

크미가 착륙선 밖으로, 이어서 '화침'호 밖으로 걸어 나갔다. 시각은 밤이었다.

루이스도 연장통을 들고 가볍게 뛰듯이 그의 뒤를 따랐다.

해방감은 자극적이고 위험했다. 루이스는 우주복 통신망에 최후자가 연결되어 있다는 사실을 새삼 떠올렸다. 곧 최후자가 듣지 못하도록 크미와 대화를 나누어야 했다.

사물들의 크기가 어딘가 낯설었다. 반쯤 해체된 우주선들은 지나치게 컸다. 지평선은 너무 가깝고 너무 날카로웠다. 끝이 보이지 않는 벽이 멋지고 어딘가 익숙한 밤하늘을 절반으로 자르고 있었다. 공기가 없다 보니 수십만 킬로미터 떨어져 있는 사물들까지도 뚜렷하고 선명하게 보였다.

정상적인 우주선이 가장 가까이에 있었다. 우주선까지의 거리는 일 킬로미터가 조금 못되는 것 같았다. 지난번 링월드를 방문했을 때 루이스는 사물의 크기를 계속 잘못 판단했다. 이십여 년이 지나도 그 점은 나아지지 않았다.

그는 숨을 헐떡이며 거대한 우주선 아래에 도착했다. 그리고 착륙용 지지대에 에스컬레이터가 있다는 사실을 발견했다. 물론 그 고대 기계는 작동하지 않았다. 힘겹게 걸어 올라가야 했다.

크미는 커다란 에어록을 작동시키려고 애를 쓰고 있었다. 그가 루이스의 연장통에서 공구를 꺼내며 말했다.

"아직은 문을 태워 버리지 않는 게 좋겠다. 동력이 남아 있으니까."

그는 조종판의 뚜껑을 열고 내부 배선을 조작했다. 바깥쪽 문이 닫히고 안쪽 문이 열리자 공기가 없는 암흑이 드러났다. 크미가 레이저 플래시를 켰다.

루이스는 살짝 겁을 먹었다. 우주선에는 작은 마을을 가득 채울 만큼 많은 사람이 탈 수 있었다. 다시 말해 길을 잃을 수도 있었다. 그가 말했다.

"탐사관이 있으면 좋겠군. 선내에 공기를 채우게 말이야. 이렇게 큰 헬멧을 쓰고서는 인간용 통로에 들어갈 수 없을 텐데."

둘은 선체의 곡면을 따라 구부러진 복도로 방향을 바꿨다. 루이스의 키보다 조금 더 높은 문들이 보였다. 그는 그중 몇 군데를 열어 보았다. 문 안쪽에는 그보다 체형이 크지 않은 사람들이 사용할 수 있는 작은 접이식 침대와 의자가 있었다.

"프릴의 종족이 이 우주선을 만들었나 보군."

루이스가 말했다.

"그건 이미 알고 있잖나. 그 종족이 링월드를 만들었으니까."

크미가 말했다.

"그렇지 않아. 이 우주선을 그들이 만들었을 수도 있지만 누군가에게서 탈취한 걸 수도 있어."

헬멧 속에서 최후자의 목소리가 흘러나왔다.

"루이스, 하르로프릴라라는 당신에게 자신들이 링월드를 만들었다고 말했습니다. 그게 거짓말이라고 생각합니까?"

"그래."

"이유가 뭡니까?"

프릴은 다른 거짓말도 했거든. 하지만 루이스는 자신의 생각을 입 밖으로 꺼내지 않았다.

"행동 방식 때문이야. 프릴의 동족이 도시를 건설했다는 건 알고 있지? 공중에 떠 있는 건물이라는 건 전부 부와 권력을 과시하려고 만드는 거야. 공중 부양 건물을 기억하나? 하늘에 떠 있고, 안에 지도실이 있는 건물 말이야. 네서스가 테이프를 가져갔을 텐데."

"살펴봤습니다."

최후자가 대답했다.

"그 건물에는 높이 세운 왕좌가 있고 누군가의 머리를 집채만 한 크기로 표현한 철사 조각상이 있었어. 네가 링월드를 만들었다면 번거롭게 공중 부양 성 같은 걸 짓겠나? 안 그럴걸. 난 처음부터 그 말을 안 믿었어."

"크미, 당신 생각은 어떻습니까?"

"인간과 관련된 일은 루이스의 판단에 맡겨야 한다."

크미가 대답했다.

둘은 원형 복도로 들어섰다. 더 많은 객실이 있었다. 루이스는 그 가운데 하나를 자세히 관찰했다. 압력복이 그의 흥미를 끌었다. 압력복은 사냥꾼이 전리품 삼아 매달아 놓은 가죽처럼 벽에 걸려 있었다. 옷은 일체형이었고 지퍼가 십자로 달려 있었다. 지퍼는 완전히 열려 있어 진공상태가 되면 곧바로 입을 수 있었다.

루이스가 지퍼를 잠그고 뒤로 물러서서 그 효과를 관찰하자 크미는 마지못해 기다렸다.

압력복의 관절 부위가 부풀어 올랐다. 무릎과 어깨와 팔꿈치는 멜론 모양이 되었고 손은 뭉쳐 있는 한 줌의 호두와 비슷했다. 얼굴 부위는 앞으로 튀어나왔다. 안면 보호판 밑에는 동력과 공기의 양을 측정하는 눈금이 있었다.

크미가 으르렁거렸다.

"뭔가 알아냈나?"

"아니. 증거가 더 필요해. 가지."

"무슨 증거 말이냐?"

"난 링월드를 만든 존재도 알고…… 원주민들이 왜 그리 인간과 비슷한지도 알아냈다고 생각해. 하지만 왜 방어하지도 못할 것을 만들었을까? 그건 말이 안 돼."

"그 문제에 대해서 얘기를……."

"아니, 아직은 아냐. 가자고."

노다지는 우주선의 중심축에 있었다. 십여 개의 원형 복도가 그곳에서 교차했고, 위아래를 가로지르는 사다리가 부착된 통로도 보였다. 그리고 벽면을 넷이나 차지하는 도표가 있었다. 도표에는 그림문자로 아주 작고 상세한 설명들이 적혀 있었다.

루이스는 말했다.

"이거 참 편리하군. 꼭 우리에게 보여 주려고 만든 것 같잖아."

"언어는 변한다. 이자들은 상대성의 물결에 올라타고 있었다. 승무원들 간의 세대 차가 일 세기쯤 됐을 거다. 그러니 저런 식으로 도움말이 필요했겠지. 우리 제국도 대 인간 전쟁 전에는 저런 식이었다. 루이스, 이 우주선에는 전투 시설이 없다."

크미가 말했다.

"우주항을 경비하는 시설도 없었잖아. 하지만 단정 짓기는 이르지."

루이스는 손가락으로 도표를 짚었다.

"주방, 병원, 객실…… 우리가 있는 건 객실 구역이야. 조종실이 셋이라, 너무 많은데."

"하나는 버사드 램제트와 항성 간 여행을 담당한다. 다른 하나는 핵융합 추진과 항성계에 진입한 다음의 이동을 담당하겠지. 전투 설비가 있다면 그것까지. 나머지 하나는 생명 유지 장치를 조종하는 거다. 이게 그거군. 여기 보면 복도를 통과하는 바람이 그려져 있다."

"변환 기술이 있었다면 변환 추진을 전체적으로 사용했을 겁니다."

최후자가 말했다.

"아, 꼭 그렇지는 않아. 그 정도로 강력한 방사선이 불어닥치면 생물이 거주하는 항성계에 난리가 날걸. 아하! 여기 통로가 있군. 어디 보자…… 램스쿠프 발생기, 핵융합 엔진, 연료 공급 장치로 통하고 있어. 우선 생명 유지 장치 조종실로 가야 하는데…… 두 층 위로 올라가서 이쪽으로 가면 되겠군."

루이스가 대꾸했다.

조종실은 작았다. 완충 좌석이 있고 삼면의 벽에 문자판과 스위치들이 늘어서 있었다. 문 옆에 있는 터치식 스위치를 만지자 벽이 노란 빛을 냈고, 문자판도 빛을 내기 시작했다. 물론 읽을 수는 없었다. 대신 그림문자가 수많은 조종 장치들을 오락, 회전, 상수, 하수, 식량, 공기로 구분해 주었다.

루이스가 스위치들을 건드리기 시작했다. 그는 가장 많이 사용하는 스위치가 가장 크고 제일 가까운 곳에 있을 거라고 짐작했다. 휘파람 소리가 들리는 바람에 그는 손을 멈췄다.

그의 턱 근처에 있는 문자판에서 압력 수치가 점점 상승했다.

산소가 사십 퍼센트에 달했지만 그래도 압력은 낮았다. 습도는 낮았지만 영은 아니었다. 유해 물질은 감지되지 않았다.

크미가 우주복의 공기를 뺀 다음 벗었다. 루이스도 허둥지둥 헬멧을 벗고, 배낭을 내려놓고, 우주복을 벗었다. 우주선 안의 공기는 건조했고 조금 퀴퀴한 냄새가 났다.

크미가 말했다.

"이제 통로를 이용해서 연료 공급 장치 쪽으로 가도 될 것 같군. 내가 앞장서기를 바라나?

"그래."

참으려고 했지만 루이스의 목소리에는 긴장과 열망이 묻어났다. 그는 운이 좋으면 최후자가 그 점을 간과할 수도 있을 거라고 생각했다.

크미가 먼저 출발했다. 루이스도 크진인의 주황색 등을 보며 따라갔다.

문을 나서서 오른쪽으로 돈 다음 우주선의 중심축을 따라가다가 사다리를 내려가는데 거대한 털북숭이 손이 루이스의 팔을 움켜쥐고 복도로 끌어당겼다.

"얘기를 해야 한다."

크미가 으르렁거렸다.

"물론 그렇겠지. 그런데 너무 늦었어! 최후자가 우리 얘기를 들을 수 있다면 그만두는 게 낫다고. 그러니까……."

"최후자는 우리 얘기를 듣지 못한다. 루이스, 우리가 '탐구의 화침'호를 탈취해야 한다. 넌 그런 생각을 안 해 봤나?"

"해 봤어. 그건 불가능해. 뭐, 지난번 시도는 꽤 괜찮았지. 하지만 그런 다음에는 어떡할 건데? 넌 '화침'호를 조종하지 못해. 조종 장치를 봤잖아."

"최후자를 위협해서 조종하게 만들면 된다."

루이스는 고개를 저었다.

"네가 최후자를 이 년 동안 감시할 수 있다고 치자. 그렇게 오래 너희 둘을 살아 있게 하다가는 생명 유지 장치가 고장 나고 말걸. 최후자가 그렇게 계획을 세운 거라고."

"그럼 포기할 거냐?"

루이스는 한숨을 쉬었다.

"좋아, 더 자세히 생각해 보지. 최후자에게 그럴듯한 뇌물을 주는 방법도 있고, 그럴듯한 협박을 할 수도 있어. '화침'호를 조종할 수만 있다면 최후자를 죽일 수도 있겠지."

"그렇다."

"우선, 마법 같은 변환 장치로 최후자를 꼬일 수는 없어. 그런 건 존재하지 않으니까."

"네가 그 사실을 말해 버릴까 봐 조마조마했다."

"그럴 리가 있나. 최후자한테 우리가 아무 소용이 없다는 게 알려지는 순간 우리는 죽은 거나 마찬가지야. 그런데 뇌물로 쓸 만한 게 아무것도 없단 말이지."

루이스는 잠시 쉬었다가 말을 이었다.

"조종실에 들어갈 수도 없어. '화침'호 어딘가에는 그리로 들어가는 도약 원반이 있을지도 모르지. 하지만 우린 아직 그걸 찾아내지 못했어. 최후자에게 그걸 작동시키게 만들 수도 없지. 물론 그를 공격할 수도 없어. 탄환은 GP 선체를 뚫지 못해. 선체에는 플레어 보호막이 있고, 아마 우리 방과 조종실 사이에도 보호막이 더 있을 거야. 퍼페티어라면 그런 걸 빠뜨릴 리가 없지. 그러니 레이저 빔을 쐈다가는 벽이 거울로 바뀌어서 그대로 우리한테 반사시킬 거야. 그럼 남은 게 뭐지? 음파? 마이크를 꺼 버리면 그만이야. 내가 뭐 빠뜨린 게 있나?"

"반물질이 있지. 물론 우리한테 반물질이 없다는 사실은 얘기하지 않아도 된다."

"따라서 우리는 최후자를 협박할 수도 없고 공격할 수도 없어. 우선 조종실에 들어갈 방법도 없지만 말이야."

크미가 생각에 잠긴 채 손톱으로 목덜미를 긁었다.

루이스는 말했다.

"방금 생각난 건데, 어쩌면 '화침'호는 애당초 알려진 우주로 돌아갈 능력이 없는지도 몰라."

"무슨 얘긴지 모르겠다."

"우린 너무 많은 걸 알고 있어. 그리고 퍼페티어들은 우리를 아주 싫어하지. 최후자는 처음부터 우리를 고향에 데려다 줄 생각이 없었는지도 몰라. 직접 데려다 줄 필요가 없잖아? 그가 가려는 곳은 세계 선단이야. 여기서 이십여 광년 떨어져 있지. 방향은 우리 고향과 반대고. 우리가 '화침'호를 탈취한다 해도 살아서 알려진 우주에 갈 만한 물자가 없을지도 몰라."

"그럼 링월드 우주선을 이용해야 하나? 이 우주선은 어떠냐?"

루이스는 고개를 저었다.

"고려해 볼 수는 있겠지. 하지만 이 우주선이 제대로 작동한다고 해도 아마 조종은 힘들 거야. 프릴의 종족은 천 명의 승무원이 있었어. 그래도 그리 멀리 가지 못했지. ……적어도 프릴의 얘기에 따르면 그래. 링월드 건설자들이라면 얘기가 다르겠지만."

크진인은 이상하리만치 미동도 하지 않고 서 있었다. 몸 안에 있는 에너지를 쏟아 내기가 두려운 것 같았다. 루이스는 그가 크게 화난 상태라는 사실을 깨달았다.

"그럼 나보고 포기하라는 거냐? 복수도 할 수 없다고?"

루이스는 전기 자극을 받는 동안에 이미 그 문제를 수없이 반복해서 곱씹어 보았다. 다시 그때와 같은 낙관주의를 떠올리려 했지만 실패했다.

"시간을 벌어야 해. 우주항도 뒤져 봐야 하고. 거기서 아무것도 찾지 못하면 링월드를 뒤져 봐야지. 그럴 만한 장비는 있잖아. 우리가 원하는 걸 찾을 때까지 최후자가 포기하지 않도록 해야 해. 뭘 찾아야 할지는 모르겠지만 말이야."

"상황이 이렇게 된 건 전부 네 잘못이다."

"알아. 그러니 이게 웃긴다는 거지."

"그럼 웃어라."

"드라우드를 주면 웃지."

"네가 멍청한 이론을 세우는 바람에 우리는 미친 초식동물의 노예가 됐다. 꼭 그렇게 아는 척을 해야 속이 시원한 거냐?"

루이스는 노랗게 빛나는 벽에 등을 대고 앉았다.

"논리적인 결론인 것 같았거든. 젠장, 너도 들어 보면 논리적이라고 생각할 거야. 퍼페티어는 우리가 등장하기 여러 해 전부터 링월드를 연구했어. 링월드의 회전속도와 크기를 알고 있었고, 질량이 목성보다 조금 크다는 것도 알고 있었잖아. 항성계에 다른 천체가 전혀 없다는 사실도 알았고. 행성도 없고 위성도 없고 소행성도 없었지. 그러니 결론은 뻔하잖아. 링월드 건설자들이 목성형 행성으로 건설 자재를 만든 거야. 그리고 남은 행성 찌꺼기까지 가져다가 링월드를 만드는 데 쏟아부은 거지. 그 총질량은, 음…… 딱 태양계 정도가 되겠군."

"그건 전부 추측이잖나."

"너희 둘도 내 추측에 수긍했어. 그걸 잊지 말라고."

루이스는 끈질기게 말을 이어 갔다.

"그리고 거대 가스 행성은 대부분 수소로 이루어져 있지. 난 링월드 건설자들이 수소를 변환해서 링월드의 바닥 자재를 만들었다고 생각했어. 그 자재가 뭔지는 모르겠지만, 어쨌든 우리는 처음 보는 물질이겠지. 그리고 물질을 변환시킨 속도 역시 초신성 폭발보다 빨랐을 거라고 생각한 거야. 크미, 난 링월드를 보고 난 뒤로 못 믿을 게 없었다고."

크미는 자신도 루이스의 말을 믿었다는 사실을 잊고 코웃음 쳤다.

"네서스도 그랬다. 그리고 네서스는 하르로프릴라라에게 물질 변환에 관해 물어봤다. 그 여자는 머리 둘 달린 친구가 남의 말을 아주 잘 믿는다고 생각했고, 링월드의 우주선이 납을 갖고 다니다가 변환해서 연료로 쓴다는 얘기를 해 줬지. 납이라! 철은 왜 안 되나? 철이 부피는 더 크겠지만 구조 강도는 훨씬 높은데 말이다."

루이스가 웃었다.

"프릴은 그 생각을 못 했으니까."

"그 여자에게 물질 변환이 네 가설이라고 얘기해 본 적 있나?"

"그걸 말이라고 해? 그랬으면 아마 죽어라 웃었을걸. 그리고 네서스에게는 사실을 말할 시간도 없었어. 그때 네서스는 머리가 잘려서 오토닥 안에 있었거든."

"으르르르."

루이스는 뻐근한 어깨를 주물렀다.

"무지하기는 다 마찬가지였어. 고향에 돌아갔을 때 조사를 좀 해 봤다고 했지? 링월드만 한 질량을 초속 천이백삼십 킬로미터로 회전시키려면 에너지가 얼마나 필요한지 아나?"

"그건 왜 묻지?"

"아주 큰 에너지가 필요해. 저런 항성이 일 년 동안 내보내는 에너지의 수천 배가 필요하다고. 링월드 건설자들은 그런 에너지를 어디서 얻었을까? 목성형 행성을 십여 개 분해하거나 질량이 목성의 열 배쯤 되는 초목성형 행성을 분해하려면 뭐가 필요했을까? 그런 행성들이 거의 수소로 돼 있다는 걸 생각해 봐. 그 수소의 일부는 링월드 제작 프로젝트를 돌리는 데 썼을 거야. 그리고 그보다 더 많은 에너지를 자기병magnetic bottles에 보관했겠지. 고체 잔여물로 링월드를 만든 다음에 회전속도를 얻으려면 핵융합 로켓용 연료가 필요했을 테니까."

크미는 인간처럼 뒷다리로 서서 복도를 서성거렸다.

"그 모든 걸 이제야 깨달았다는 거냐. 아주 대단하다. 결국 우리는 존재한 적도 없는 마법의 기계를 찾겠다는 미친 외계인의 노예가 된 셈이군. 앞으로 일 년 동안 무슨 일이 벌어질 거라 생각하나?"

전기 자극이 없었기 때문에 루이스는 낙관적으로 생각하기가 어려웠다.

"탐험을 해야지. 변환 장치가 아니라도 링월드에는 뭔가 대단한 게 있을 거야. 그걸 찾으면 좋겠지. 어쩌면 국제연합의 우주선이 와 있을 수도 있어. 천 살 정도 나이를 먹은 링월드 우주선의 승무원을 만날 수도 있고. 최후자가 외로운 나머지 우리를 조종실로 들어가게 해 줄 수도 있겠지."

크미의 걸음에 맞춰 꼬리가 앞뒤로 흔들렸다.

"널 믿어도 되나? 최후자가 네 뇌로 들어가는 전기 자극을 조종할 수 있지 않나?"

"전류 중독에서 빠져나올 거야."

크미가 코웃음을 쳤다.

"이런, 젠장맞을! 크미, 나는 두 세기하고도 사분의 일을 더 살았어. 안 해 본 일이 없지. 수석 조리장도 해 봤고 다운Down에 바퀴 도시를 만들고 작동시키는 일을 돕기도 했어. 홈Home에서 개척민처럼 살기도 했고. 그런데 지금은 전선대가리야. 변하지 않는 건 없다고. 이백 년 동안 계속 유지할 수 있는 건 없다는 얘기야. 결혼도 그렇고 경력도 그렇고 취미도 그렇지. 처음 이십 년 동안은 좋아. 그리고 한 번 정도는 더 반복할 수도 있지. 난 이러저런 약물을 실험해 봤어. 트리녹 문화를 다룬 엄청난 길이의 다큐멘터리 각본을 써서 상을……."

"전류 중독은 뇌를 직접 건드린다. 그건 다르다, 루이스."

루이스는 안쪽으로 뭉친 검정 젤리의 벽이 위에서 짓누르는 것 같은 우울감을 느꼈다.

"그래그래, 다르지. 전류 중독에는 딱 두 가지 상태밖에 없어. 전기가 흐르는 상태와 끊어진 상태. 변화가 없는 거야. 이젠 그게 지겨워. 최후자가 전기 자극을 끊기 전부터 지겨웠다고."

"하지만 드라우드를 포기하지 못했잖나."

"최후자에게 그렇게 보이고 싶었거든."

"지금은 그럴 수 있다고 말하는 거냐?"

"그래."

"최후자는 왜 저러는 거지? 저렇게 이상하게 행동하는 퍼페티어가 있다는 얘긴 못 들었다."

"나도 알아. 정신 나간 무역상들은 전부 네서스와 같은 성이 아닐지 의심하는 중이야. 만약에…… 그 성에 속하는 퍼페티어를 '정자 보유 남성'이라고 부른다면, 그것들이 지배적인 성향을 가지고 있는 건지도 모르지."

"으르르……."

"꼭 그렇다는 보장은 없어. 다른 퍼페티어와 잘 지내지 못해서 지구로 오는 퍼페티어가 미쳤다고는 하지만 그건 스탈린과는 다른 종류의 광기니까. 크미, 내가 무슨 얘길 할 수 있겠나? 난 최후자가 어떻게 나올지 몰라. 우리가 그의 지혜를 인정해 주면 그는 GPC식으로 거래를 제시하겠지. 그는 그런 방식밖에 모르는 거야."

우주선 내의 공기는 차가웠고 금속 냄새가 났다. 루이스는 선내에 금속이 너무 많다고 생각했다. 하르로프릴라라의 종족이 그보다 더 나은 재료를 사용하지 않았다는 점은 이상했다. 버사드 램제트는 원시적인 종족이 만들 수 있는 물건이 아니었다.

공기의 냄새가 이상해졌다. 그리고 노란색으로 빛나던 벽이 어두워지더니 불규칙적으로 밝아졌다. 서둘러 우주복을 입는 게 좋을 것 같았다.

크미가 말했다.

"착륙선이 있다. 그걸 우주선처럼 쓸 수 있을 거다."

"우주선에 어떤 기능이 있어야 하는지 아나? 행성 간 이동 능력이 있어야 우주선이라고. 링월드를 돌아다니려 해도 그런 능력이 필요하지. 하지만 그 착륙선으로는 다른 항성계에 갈 수 없을 거야."

"그걸로 '화침'호를 들이받을 생각이다. 탈출하지 못한다면 복수라도 해야지."

"구경하기는 좋겠네. GP 선체를 들이받는다 이거지."

크미가 루이스를 보며 인상을 구겼다.

"너무 즐거워하지 마라, 루이스. 배우자도 없고 영지도 없고 이름도 없는데 일 년 동안 내가 링월드에서 뭘 하겠나."

"시간을 벌 수 있지. 그동안 빠져나갈 방법을 찾으면 돼. 그리고 우린……."

루이스는 자리에서 일어서며 말을 이었다.

"공식적으로 아직 마법의 변환 장치를 찾는 중이잖아. 최소한 탐색을 했다는 생색은 내자고."

| 결정의 순간 |

잠에서 깬 루이스는 배가 몹시 고팠다. 그는 식품 재생기를 조정해서 체다 치즈 수플레와 아이리시 커피와 검붉은 오렌지를 만들어 깨끗이 먹어 치웠다.

크미는 방어 자세를 취하듯 몸을 웅크린 채 자고 있었다. 그는 이전과 달라 보였다. 다시 말하면 더 깔끔해 보였다. 털 속에 있던 흉터가 사라지고 그 자리에 새 털이 자라고 있었다.

크미의 체력은 놀라웠다.

루이스 그와 함께 링월드인들의 우주선 네 대를 샅샅이 뒤졌다. 그리고 무한하게 많은 시설물 가운데 가장 가까운 곳에 있는 길고 좁은 건물로 이동했다. 그 건물은 우주선 가속 시스템의 유도 센터였다. 그쯤 해서 루이스는 점점 탈진해 가고 있었다. '화침'호의 구조를 조사해서 약점과 조종실로 들어가는 입구를 찾아야 했지만 그러는 대신 그는 증오심을 담은 눈길로 크미를 바라보았다. 크진인은 지칠 줄을 몰랐다.

어디선가 최후자가 나타났다. 뒤쪽에서 등장했는지, 아니면 녹색으로 칠해 놓은 비밀 공간에서 나왔는지는 알 길이 없었다. 그의 갈기는 잘 다듬어져 있었고 푹신해 보였다. 갈기에 장식된 수정이 그가 움직일 때마다 다채로운 빛을 발했다. 루이스는 그 사실에 큰 흥미를 느꼈다. 홀로 '화침'호를 조종하는 동안 퍼페티어는 꾀죄죄한 모습이었다. 새삼 죄수에게 우아함을 뽐내려고 몸단장을 한 것일까?

퍼페티어가 물었다.

"루이스, 드라우드가 필요합니까?"

필요하긴 했지만 루이스의 대답은 달랐다.

"아직은 아냐."

"열한 시간 동안 자더군요."

"링월드 시간에 적응 중인가 보지. 새로 알아낸 게 있나?"

"우주선의 선체를 레이저 분광사진으로 찍어 봤습니다. 대부분이 철 합금이더군요. 네 대의 우주선에 각각 두 번씩 심부 레이더 스캔도 했습니다. 그리고 당신들이 자는 동안에 '화침'호를 이동시켰지요. 백이십 도 방향에 우주항이 두 군데 더 있더군요. 선체 조성을 기준으로 해서 찾아보니 우주선이 열한 대 더 있었습니다. 거리가 멀어서 자세한 상태는 알 수 없었습니다만."

크미가 일어나더니 기지개를 켠 다음 루이스와 마찬가지로 투명한 벽을 바라보았다. 그가 말했다.

"우리는 해답을 찾는 대신 의문만 더 생겼다. 세 대의 우주선은 약탈당했는데 한 대는 멀쩡하다. 이유가 뭐라고 생각하나.”

“하르로프릴라라는 알고 있었을지도 모르겠군요. 중요한 문제부터 해결하지요. 변환 장치는 어디에 있습니까?”

최후자가 물었다.

“여긴 관측 장비가 없다. 최후자, 우리를 착륙선으로 이동시켜라. 조종실에 있는 화면을 봐야겠다.”

말굽형으로 생긴 착륙선의 관측 계기판 주변에서 여덟 개의 화면이 빛을 냈다. 크미와 루이스는 반투명한 버사드 램제트 우주선의 구조도를 살펴보았다. 컴퓨터가 심부 레이더 스캔의 결과물로 만들어 낸 영상이었다.

루이스는 말했다.

“내가 보기엔 같은 녀석들이 한 짓이야. 우주선은 전부 세 대였고, 제일 가져가고 싶었던 것부터 찾았겠지. 그리고 약탈을 계속하다가 어떤 이유 때문에 멈춘 거야. 공기가 바닥났을 수도 있고. 네 번째 우주선은 나중에 왔겠지. 음…… 하지만 네 번째 우주선의 승무원은 왜 그 우주선의 장비들을 가져가지 않았을까?”

“그런 건 상관없습니다. 우리 목표는 변환 장치뿐이니까요. 그건 어디에 있습니까?”

최후자의 물음에, 크미가 말했다.

“우리는 변환 장치가 어떻게 생겼는지 모른다.”

루이스는 네 개의 심부 레이더 영상을 살펴보았다.

“체계적으로 검토해 보자고. 변환 장치가 아닌 것부터 제거해

나가지."

그는 포인터를 이용해 멀쩡한 우주선의 영상에 있는 선들을 짚어 나갔다.

"여기, 선체를 에워싸고 있는 한 쌍의 고리는 분명히 램스쿠프장 발생기야. 이건 탱크고. 이것과 이것과 이건 통로고……."

최후자는 화면에 떠 있는 우주선의 영상에서 루이스가 짚는 구역들을 지워 나갔다.

"이 구역은 전부 핵융합 엔진이야. 이건 착륙용 다리를 움직이는 모터고. 다리도 지워. 이것과 이것과 이건 자세제어 제트엔진이군. 여기에 있는 작은 핵융합 발생기에서 이 튜브를 통해 플라스마를 보내서…… 여기와 여기와 여기에 있는 자세제어 추진 장치를 움직이는 거겠지. 배터리도 있군. 선체 중심부 쪽으로 돌출된 이건…… 프릴이 이걸 뭐라고 불렀더라?"

크미가 재채기와 비슷한 소리를 냈다.

"'칠탕 브론'이라고 했다. 링월드의 바닥을 구성하는 물질을 잠시 부드럽게 만들어서 통과할 수 있게 해 주는 장치지. 에어록 대신 그걸 사용했다."

루이스는 마음속으로 신이 나서 열정적으로 말했다.

"그거야. 자, 마법의 변환 장치를 선실 구역에 두지는 않았을 테지만…… 이건 선실이고, 여기와 여기와 여기는 조종실이고, 식당은……."

"혹시 그게……."

"아냐, 우리가 이미 살펴본 곳이야. 이건 그냥 자동화된 화학

실험실이야."

"계속하십시오."

"이건 정원이야. 하수처리 시설이 지나가지. 에어록은……."

루이스가 작업을 마치자 우주선은 화면에 남아 있지 않았다. 최후자는 침착하게 우주선의 모습을 되돌렸다.

"우리가 놓친 게 뭡니까? 변환 장치를 우주선에서 떼어 냈다고 해도 공간은 남아 있어야 하지 않습니까?"

슬슬 재미있어지는군. 루이스는 생각했다.

"정말로 연료가 선체 바깥쪽에 있었다면…… 그러니까, 납을 선체에 둘러 놨다면 선내에 있는 이건 수소 탱크가 아닐 거야. 그렇지? 이 안에 마법의 변환 장치를 넣어 놨는지도 몰라. 아마 완충장치를 두껍게 두르거나 절연을 잔뜩 하거나…… 액화수소로 냉각을 해야겠지만 말이야."

최후자가 질문을 할 틈을 주지 않고 크미가 물었다.

"변환 장치를 어떻게 떼어 냈다는 거냐?"

"다른 우주선에서 칠탕 브론을 가져왔겠지. 연료 탱크들이 전부 비어 있었나?"

그는 다른 우주선의 영상을 보고 말을 이었다.

"그러네. 따라서 변환 장치는…… 링월드 안에서 찾아야 한다는 얘기군. 그리고 지금은 변환 장치가 작동을 멈췄을 거야. 오염됐을 테니까."

"하르로프릴라라가 초전도체를 먹는 변종 곰팡이에 대해 얘기했지요. 기록에서 봤습니다."

최후자가 말했다.

"흠, 사실 프릴은 그 문제에 관해 자세히 알지 못했을 거야. 그녀는 우주선을 타고 오랫동안 떠나 있었거든. 우주선이 돌아왔을 때 링월드에는 더 이상 문명이 남아 있지 않았어. 초전도체를 이용하는 건 전부 멈춘 뒤였지."

루이스는 '도시의 몰락'과 관련해 프릴의 이야기를 얼마나 믿어야 할지 알 수 없었다. 하지만 무언가가 링월드를 지배하던 문명을 파괴한 건 분명했다.

"초전도체는 지나칠 만큼 대단한 물질이야. 결국은 모든 곳에 그걸 쓰게 되니까."

"그럼 변환 장치도 고칠 수 있겠군요."

"음?"

"착륙선에 초전도 전선과 섬유가 실려 있습니다. 링월드에서 쓰던 것과는 다른 종류이니 변종 곰팡이의 피해를 입지 않을 겁니다. 상거래에 필요할까 싶어서 싣고 왔지요."

루이스는 아무렇지도 않다는 표정을 계속 유지했다. 하지만 최후자의 말은 놀라웠다. 퍼페티어는 링월드의 기계 설비를 망가뜨린 변종 곰팡이를 어찌 그리 잘 알고 있는 걸까? 루이스는 이제 더 이상 변종 곰팡이의 존재를 의심하지 않았다.

크미는 그런 사실을 눈치채지 못한 듯했다.

"도둑들이 어떤 교통수단을 이용했는지 알아야 한다. 링 벽의 교통 시설이 작동하지 않았다면 우리가 찾는 변환 장치는 벽 반대편에 있을지도 모른다. 작동을 멈췄으니 주변에 아무도 없을 거다."

루이스도 고개를 끄덕였다.

"그렇지 않다면 아주 넓은 구역을 찾아봐야겠지. 아무래도 수리 시설을 찾아봐야겠군."

"그게 무슨 소리냐?"

"어딘가에 제어와 유지를 담당하는 시설이 있을 거야. 링월드가 영원히 자동으로 돌아갈 리는 없잖아. 운석 방어 장치도 있고 운석으로 손상된 곳을 수리하는 시설도 있고 자세제어 추진기도 있으니까. 그리고 생태계가 뒤엉킬 가능성도 있지. 그걸 전부 감시할 필요가 있어. 물론 그곳이 어디에 있는지는 모르지만 아주 큰 시설일 거야. 어렵지 않게 찾을 수 있겠지. 그리고 아마도 버려진 시설일 거야. 그걸 관리하는 자가 있다면 링월드가 중심에서 벗어나지는 않았겠지."

"지금까지 그걸 염두에 두고 있었군요."

최후자가 말했다.

"처음 링월드에 왔을 때는 실수가 많았어. 어디까지나 탐험을 하러 온 거였으니까. 그리고 레이저 무기에 격추당하는 바람에 살아서 탈출하는 데 시간을 다 썼지. 우리는 링월드 폭의 오분의 일에 해당하는 구역을 이동했지만 알아낸 건 거의 없었어. 그때 수리 시설을 찾아다녔어야 하는데. 그야말로 기적이 일어나는 곳일 테니까."

"전류 중독자가 이 정도로 의욕적일 줄은 몰랐습니다."

"신중하게 시작해야 해."

루이스는 그렇게 말하며 속으로 생각했다. 퍼페티어가 아니라 인간을 위해서 말이지.

"크미의 말이 맞아. 도둑들은 링 벽을 통과하자마자 변환 장치를 버렸을 거야. 변종 곰팡이 때문이지."

"착륙선을 타고 링 벽을 통과할 수는 없다. 난 천 년이나 된 외계인의 기계를 믿을 생각이 없으니까. 벽을 넘어가야 한다."

크미의 말에, 최후자가 물었다.

"운석 방어 장치는 어떻게 할 겁니까?"

"빈틈을 노려야 한다. 루이스, 아직도 그때 우리를 공격했던 게 자동 운석 방어 장치였다고 생각하나?"

"그때는 그렇게 생각할 수밖에 없었지. 젠장, 다른 생각을 할 틈이 없었다고."

루이스는 당시의 상황을 떠올렸다.

우주선은 항성 쪽으로 향하고 있었고, 다들 어딘가 불안했으며, 링월드라는 이름의 현실에 겁을 먹고 있었다. 틸라만 빼고. 그때 갑자기 보라색 섬광이 번쩍했다. 그리고 '거짓말쟁이'호는 희박한 보랏빛 기체에 둘러싸였다.

틸라가 선체 바깥을 내다보고 말했다.

'……날개가 없어졌어요.'

"레이저가 날아온 건 우리가 링월드 표면을 가로지르기 시작한 다음이었어. 분명히 자동일 거야. 수리 시설에 아무도 없을 거라고 생각한 이유는 이미 얘기했지."

"우리를 의도적으로 공격할 자가 없다 이 말이군. 잘 알았다.

루이스. 자동 방어 장치라면 링 벽의 교통수단을 공격할 리는 없을 거다. 그렇지 않나?"

"크미, 우린 교통수단을 만든 게 누군지 몰라. 링월드 건설자가 만든 게 아닐 수도 있지. 어쩌면 나중에 프릴의 종족이……."

"그 생각이 맞습니다."

최후자가 끼어들었다.

루이스와 크미는 고개를 돌려 화면에 떠 있는 퍼페티어를 바라보았다.

"망원경으로 조사를 좀 했다고 말했지요. 그때 링 벽의 교통 시설이 대부분 미완성이라는 사실을 알아냈습니다. 이쪽 벽의 교통 시설은 사십 퍼센트 정도만 완성됐고, 지금 우리가 있는 구역에는 교통수단이 없습니다. 좌측 벽의 교통 시설은 십오 퍼센트 정도입니다. 링월드 건설자들이라면 중요하지 않은 하부 시설을 만들다가 그만두지는 않았겠지요. 링월드 건설자들은 건설 감독에 사용했던 우주선과 같은 기종으로 벽을 이동했는지도 모르겠습니다."

"프릴의 종족은 나중에 온 거야. 한참 나중일 수도 있지. 링 벽에 교통수단을 만드는 데 비용이 너무 많이 들어갔던 거야. 혹은 링월드 정복 자체가 실패했는지도 모르고……. 그럼 우주선은 왜 만들었을까? 아, 젠장! 어차피 답은 알 수 없겠지. 어디까지 얘기했더라?"

루이스의 물음에 크미가 대답했다.

"운석 방어 장치에 대해 얘기하고 있었다."

"그렇지. 그리고 네 말이 맞아. 운석 방어 장치가 벽 쪽을 자주 공격했다면 거기엔 아무것도 만들 수 없었을 거야."

루이스는 잠시 생각에 잠겼다. 그의 가설에는 허점이 있었다. 하지만 다른 방법이라고는 제대로 작동하는지 알 수도 없는 고대의 칠탕 브론을 이용해서 벽을 통과하는 것밖에 없었다.

"좋았어. 날아서 링 벽을 넘어 보자고."

"엄청나게 위험한 계획을 제시하는군요. 최대한 준비는 할 수 있지만 인간의 기술밖에 사용할 수 없는 상황입니다. 착륙선이 실패하면 어떡합니까? 가진 자원을 낭비하고 싶지는 않습니다. 실패하면 발이 묶일 겁니다. 링월드는 멸망했으니까요."

최후자가 말했다.

"그건 알고 있어."

"우선 우주항부터 샅샅이 뒤져 봐야 합니다. 이쪽 벽에 우주선이 열한 대 있고 좌측 벽에는 또 얼마나 있을지……."

그러다 보면 여러 주가 지나고 최후자는 결국 변환 장치가 우주선에 없다는 사실만 확인하게 될 것이다. 그다음에는…….

"지금 당장 출발해야 한다. 보물이 바로 저 앞에 있다!"

크미가 말했다.

"연료와 보급품이 있으니 더 기다릴 수 있습니다."

크미가 손을 뻗어 조종 장치를 만졌다. 그는 어떤 순서로 조종할지 구체적으로 계획을 세운 게 분명했다. 그리고 루이스가 피로에 젖어 멍해 있는 동안 착륙선을 구석구석 연구한 게 분명했다. 작은 원추형 기체가 땅에서 삼십 센티미터 정도 떠오르더니 구십 도 회전했다. 핵융합 엔진이 작동하면서 도킹실에 흰 불꽃이 가득 찼다.

"바보 같은 짓 하지 마십시오."

최후자가 맑은 콘트랄토의 목소리로 나무랐다.

"이쪽에서 엔진을 끌 수 있으니까요."

착륙선은 곡면으로 되어 있는 승강구에서 미끄러져 나와 4G의 가속도로 난폭하게 상승했다. 최후자가 할 말을 다 하면 가속이 사라질 게 분명했다. 루이스는 사태를 미리 예견하지 못한 자신에게 욕을 했다. 크미는 젊음을 되찾아 피가 끓고 있었다. 크진인의 절반은 성인이 되지 못한다. 싸우다가 죽기 때문에…….

루이스는 자신의 문제와 금단증상인 우울증에 정신이 팔려 그런 사태를 막을 기회를 놓치고 말았다.

크미는 침착하게 물었다.

"최후자, 탐험을 네가 직접 할 생각이냐?"

계기판을 내려다보는 최후자의 머리가 희미하게 떨렸다.

"아니라고? 그럼 우리 식으로 하겠다. 아주 고맙군."

루이스는 크미를 쳐다보고 링 벽에 착륙하라고 말한 다음 그의 자세가 이상하게 뻣뻣하다는 사실을 알아챘다. 크미는 시선이 멍했고, 손톱을 내밀고 있었다. 분노 때문인가? 저 녀석 정말로 '화침'호로 돌진할 생각인가?

다음 순간, 크미가 영웅의 언어로 울부짖었다.

최후자도 크진인의 목소리로 대답했다. 그러다가 생각을 바꿨는지 공용어로 같은 말을 반복했다.

"핵융합 로켓은 두 개입니다. 하나는 선미에 있고 다른 하나는 아래쪽에 있지요. 자세제어 엔진은 없습니다. 방어 목적이 아니라면 지면을 향해서 핵융합 엔진을 작동시킬 일은 절대 없을 겁니다. 반동추진기를 쓰면 링월드의 바닥을 밀어내면서 상승할 수는 있습니다. 반중력 발생기를 써서 날 수도 있지만 반동추진기가 더 간단할 겁니다. 수리나 유지 보수도 용이하지요. 하지만 지금은 사용하지 마십시오. 링 벽을 밀어내면 우주 방향으로 가속하게 될 테니까요."

그걸로 크미가 당황하는 이유도 분명해졌다. 그는 착륙선을 제어하지 못했다. 루이스는 최후자의 설명을 듣고도 안심이 되지 않았다. 하지만 우주항은 저 아래에 있고 이륙하면서 발생했던 불안한 요동은 더 이상 느껴지지 않았다. 그들은 안정적인 4G의 가속도로 상승하고 있……다가 갑자기 가속을 잃었다. 착륙선이 자유낙하 상태로 돌입하자 루이스는 억 소리를 냈다.

"벽 위로 너무 높이 올라가면 안 된다. 루이스, 보관함을 열고 무슨 장비가 있는지 확인해 봐라."

"앞으로는 일을 저지르기 전에 미리 말해 달라고!"

"그러지."

루이스는 안전망을 풀고 공중에 뜬 채 계단을 내려갔다. 그리고 보관함과 에어록이 에워싸고 있는 생활공간으로 들어갔다. 그는 보관함들을 차례로 열기 시작했다.

가장 큰 보관함에 들어 있는 것은 넓이가 이천오백 제곱미터쯤 되는 섬세하고 윤이 나는 검은 천과 길이가 수백 킬로미터에 달하는 실을 뭉쳐 놓은 삼십오 킬로미터짜리 꾸러미들이었다. 다른 보관함에는 개조한 비행 벨트 세 개가 들어 있었다. 비행 벨트에는 어깨 부분에 자세제어 장치가 있고, 반동추진기도 달려 있었다. 그중 하나는 다른 둘보다 컸다. 하르로프릴라라의 것까지 총 세 개가 마련된 것이 분명했다. 레이저 플래시와 휴대용 음파 충격기와 중형 분해기도 찾아냈다. 크미의 주먹만 한 상자 안에는 옷에 부착할 수 있는 클립과 마이크와 전선과 이어폰──역시 둘은 작고 하나는 컸다──이 한데 들어 있었다. 부피로 볼 때 그것들은 우주선의 컴퓨터와 연결되지 않고 초소형 컴퓨터를 자체적으로 내장하고 있는 통역기 같았다. 커다란 부상식 받침대도 있었다. 화물을 공중에 띄운 상태로 옮길 수 있는 장치인 듯했다. 아주 가늘고 강력한 싱클레어 단섬유 사슬도 있었다. 작은 금괴도 있었는데, 거래용으로 쓰려는 것 같았다. 광량 증폭 능력이 있는 고글과 충격을 흡수하는 장갑복도 있었다.

루이스가 중얼거렸다.

"정말 모든 걸 다 고려했군."

"고맙습니다."

루이스가 알지 못했던 화면이 떠오르더니 최후자가 말했다.

"여러 해에 걸쳐서 준비했지요."

루이스는 가는 곳마다 최후자가 등장하자 짜증이 나기 시작했다. 그때 조종실 쪽에서 고양이 싸움 같은 소리가 들려왔다. 우스운 일이었다. 최후자는 그와 대화하면서 동시에 크미에게 착륙선의 조종법을 알려 주고 있었다. '자세제어 엔진은……'이라는 말이 들렸다.

마이크를 쓰지 않았음에도 크미의 목소리가 쩌렁쩌렁 울렸다.

"루이스, 자리를 잡아라!"

루이스는 계단을 미끄러져 올라갔다. 그가 의자에 앉자마자 크미가 핵융합 엔진을 점화했다. 하강 속도가 느려지더니 착륙선이 벽의 끄트머리 바로 위에 뜬 채 멈췄다.

벽의 꼭대기에는 착륙선이 내려앉을 만한 공간이 있었지만 여유는 많지 않았다. 루이스는 링월드의 운석 방어 장치가 그만한 공간을 어떻게 전부 감시하는지 궁금했다.

첫 탐험 당시 루이스 일행은 링월드 원호의 안쪽에서 차광판의 고리 쪽을 향해 날고 있었다. 그러다가 '거짓말쟁이'호가 보라색 빛에 휩싸였다. 선체는 즉시 자동으로 정지 거품을 만들어 몸에 둘렀다. 시간이 다시 흐른 뒤에 보니 선체와 승무원들은 아무런 피해도 입지 않았다. 하지만 자세제어 엔진과 핵융합 엔진과 관측 장비가 장착되어 있던 삼각 날개는 이온 증기로 변해 버렸다. 그 바람에 선체가 링월드로 추락하기 시작했다.

나중에 일행은 보라색 레이저가 자동 운석 방어 장치에서 날아왔다고 생각했다. 그리고 그 장치는 차광판에 달려 있다고 추측했다. 하지만 전부 짐작에 불과했다. 결국 그때 루이스 일행은 링월드의 무기에 관해 아무것도 알아내지 못했다.

링 벽의 교통수단은 나중에 추가된 설비였다. 링월드 건설자들이 운석 방어 장치를 설계하면서 동시에 그런 시설까지 만들

까닭이 없었다.

하지만 루이스는 하르로프릴라라의 동족이 버리고 떠난 건물 안에서 오래된 기록을 통해 교통수단이 작동하는 모습을 보았다. 교통수단은 분명히 움직였고, 운석 방어 장치는 선형가속기 고리들이나 그 안에 있는 우주선을 공격하지 않았다. 그는 크미가 착륙선을 벽 위에 내려놓는 동안 의자의 팔걸이를 움켜쥐고 보라색 불꽃이 번쩍이기를 기다렸다.

하지만 그런 일은 일어나지 않았다.

| 링월드 |

　두 시간에 지구를 한 바퀴 도는 우주정거장처럼 천오백 킬로미터 높이에 위치하는 곳에서 내려다보면, 지구는 거대한 구체다. 세계의 모든 왕국이 그 구체의 표면 위에서 회전한다. 둥그렇고 희미한 지평선 한쪽에서 세부 풍경들이 사라져 가고, 다른 쪽에서는 새 풍경이 등장한다. 밤이 되면 대륙의 가장자리에서 도시들이 빛을 낸다.

　하지만 링월드를 천오백 킬로미터 높이에서 내려다보면 세계는 평평하다. 그리고 모든 왕국이 한눈에 보인다.

　링 벽의 재질은 링월드와 같았다. 루이스는 링월드의 표면을 걸은 적이 있었다. 지면이 손상된 곳에서는 바닥이 드러나 보였다. 링월드의 바닥은 회색이었고 반투명이었으며 무서울 정도로 미끄러웠다. 반면에 지금 그가 서 있는 곳은 마찰력을 생성하기 위해 거친 표면 처리가 돼 있었다.

크미와 루이스는 우주복과 배낭 때문에 아주 무거운 상태였다. 그들은 조심스럽게 앞으로 나아갔다. 첫걸음이 중요했기 때문이다.

풀이 덮인 천오백 킬로미터 높이의 절벽 아래로 여기저기 끊긴 구름층과 바다가 보였다. 바다는 넓이가 수백만 제곱킬로미터에서 천오백 제곱킬로미터 남짓에 이르는 물의 덩어리였다. 그런 바다가 지면 위에 비교적 균등하게 퍼져 있고, 그물처럼 복잡한 강들이 연결되어 있었다.

루이스는 눈을 들어 더 먼 곳을 바라보았다. 바다가 점점 작아지더니 차츰 흐릿해지다가 아주 작아졌다. 그리고 바다와 비옥한 토지와 사막과 구름이 한데 섞여 검은 우주 공간을 배경으로 칼날처럼 날카롭고 새파란 경계를 이루었다.

좌우는 똑같아 보였다. 루이스는 지평선 너머에 있는 무한한 공간에서 갑자기 솟아오르는 파란 띠를 발견했다. 그 띠는 호를 그리며 상승하면서 점점 좁아지고 구부러지다가 뒤로 방향을 바꿨다. 색은 연한 하늘색에서 검푸른 빛으로 점점 바뀌었다. 좁은 아치의 띠는 바로 그 지점부터 쪼그라든 태양에 가려 보이지 않았다.

루이스가 서 있는 구역은 방금 원일점을 통과했다. 그럼에도 불구하고 태양형 항성이 시력을 손상시킬 정도로 밝게 타올랐다. 그는 눈을 깜빡이며 고개를 흔들었다. 눈과 마음이 어지러웠다. 그토록 먼 거리에 마음이 사로잡히면 몇 날 며칠이고 무한한 공간을 들여다보기 마련이었다. 정신을 빼앗길 수도 있었다. 링월드처럼 광대한 구조물 앞에 한 명의 인간이란 과연 무엇일까?

지금 루이스 자신이 바로 그 한 명의 인간이었다. 링월드를 통틀어 그와 같은 존재는 없었다. 그는 그 사실을 직시하며 생각했다. 무한은 잊어버리자. 현실에 집중하자.

그때 아치를 따라 삼십오 도 위쪽으로, 희미하지만 다른 곳보다 더 파란 부분이 보였다.

루이스는 고글의 배율을 조정했다. 고글은 안면 보호판에 고정되어 있었기 때문에 머리를 움직이지 말아야 했다. 파란 부분은 전부 바다였다. 바다는 링월드를 거의 종단하는 타원형이었으며 구름 사이로 군도가 보였다.

그는 아치의 다른 쪽 높은 곳에도 대양이 있다는 사실을 깨달았다. 그 바다는 꼭짓점이 넷이고 경계선이 불분명한 별 모양이었다. 앞서 관찰한 바다와 마찬가지로 그곳에도 아주 작은 섬들이 모여 있었다. 섬들은 거리가 멀기 때문에 작아 보였다. 하지만 그 거리란 지구를 맨눈으로 겨우 식별할 수 있을 정도의 거리였다.

무한이 다시 루이스를 부르고 있었다. 그는 간신히 시선을 아래로 내려 더 가까운 곳을 관찰했다.

거의 수직으로 가까운 곳에, 그러니까 회전 방향으로 삼백 킬로미터 정도 떨어진 곳에 원뿔을 반으로 잘라 놓은 것 같은 산이 술에 취한 듯 링 벽에 기대어 있었다. 그 산은 이상할 정도로 규칙적인 모양새였다. 전체적으로는 반원을 쌓아 올린 모양이었다. 봉우리에는 나무 없이 흙만 덮여 있었고, 먼 아래쪽에는 눈이나 얼음으로 보이는 흰색 띠가 있었으며, 그 아래로는 기슭에 이르기까지 녹지였다.

산은 홀로 외로이 서 있었다. 그 회전 방향에는 평평한 수직 절벽이 고글의 시야 한계까지 뻗어 있었다. 그 부근에 돌출한 지형이 보였는데, 만약 그게 또 다른 산이라면 두 산은 그야말로 엄청나게 멀리 떨어져 있는 셈이었다. 튀어나온 지형은 링월드가 위로 구부러지는 지점 부근에 위치하고 있었다.

반회전 방향에도 그런 돌출부가 있었다. 루이스는 인상을 찡그리며 그 문제는 나중에 생각하기로 마음을 먹었다.

멀리 좌현—앞쪽—에서 회전 방향—오른쪽—으로 조금 떨어진 곳에는 육지보다 밝고 바다보다도 밝으며 하얗게 빛나는 지역이 있었다. 검푸른 밤의 경계선이 그 지역으로 수렴되었다.

루이스는 처음에 하얗게 빛나는 것이 소금이라고 생각했다. 그 지역은 컸고, 링월드의 바다 여러 개를 잠식하고 있었다. 바다의 크기는 휴런 호수만 한 것부터 지중해만 한 것에 이르기까지 다양했다. 더 밝은 부분은 파문처럼 오가기를 반복했고…….

루이스는 그 정체를 깨달았다.

"해바라기 밭이군."

크미가 그쪽을 바라보았다.

"나를 태웠던 해바라기 밭은 저것보다 컸다."

슬레이버 해바라기는 슬레이버 제국만큼이나 오래되었고, 제국은 십억 년 이상 유지되었다. 슬레이버들은 방어에 쓸 요량으로 영토에 해바라기를 심은 듯했다. 그런 식물은 알려진 우주 내에도 존재했다. 해바라기를 멸종시키는 건 쉬운 일이 아니었다. 레이저포로 간단히 태워 버릴 수 없었기 때문이다. 은색 꽃은 레이저를 반사해 돌려보냈다.

해바라기가 링월드에서 무슨 기능을 하는지는 알 수 없었다. 하지만 첫 번째 탐험 당시 동물 통역자는 링월드 상공을 비행했고, 구름이 갈라지는 바람에 아래쪽에 있는 해바라기에 노출되었다. 그때 생긴 흉터는 이제 거의 사라졌지만…….

루이스는 고글의 배율을 높였다. 완만한 곡선이 지구와 흡사한 파란색−녹색−갈색의 세계와 은색 해바라기 밭을 구분하고 있었다. 그 곡선은 더 넓은 쪽으로 구부러졌다.

"루이스, 짧은 검은색 선을 봐라. 해바라기 밭 뒤로 약간 반회전 방향이다."

"찾았어."

끝이 없는 한낮의 풍경 속에 검은색 선이 있었다. 그들이 서 있는 장소에서 이십만 킬로미터 정도 떨어진 곳이었다.

루이스는 그게 무엇인지 알 수 없었다. 거대한 타르 구덩이일까? 그건 아니었다. 링월드에서 석유 화합물이 만들어질 리는 없었다. 그림자일까?

그렇다면 영원히 유지되는 링월드의 낮에 그런 그림자를 드리울 만한 물체가 도대체 무엇일까?

"크미, 저건 공중 도시인 것 같은데."

"그래…… 운이 아주 나쁘다면 문명의 중심지일 수도 있겠지. 수색해 봐야 한다."

그들은 첫 번째 탐험 때 옛 도시에서 공중에 떠 있는 건물들을 발견했다. 그러니 공중 도시가 없으라는 법도 없었다.

물론 곧장 공중 도시로 나아갈 생각은 없었다.

루이스가 말했다.

"우선 적당히 떨어진 곳에 착륙해서 원주민들에게 물어보지. 저쪽에서 적대적인 반응을 보이는 건 싫으니까. 공중 도시를 유지할 능력이 있다면 거칠게 나올 수도 있잖아. 그러니까 해바라기 밭 옆에 착륙해서……."

"왜 거기냐?"

"해바라기가 환경을 망치고 있을 테니까. 지역민들을 도와줄 수도 있겠지. 그러면 적대적인 반응을 줄일 수 있을 테고. 최후자, 너는 어떻게 생각하나?"

최후자는 대답하지 않았다.

"최후자? 응답해 봐……. 크미, 지금 통신이 안 되는 모양이야. 벽이 신호를 막는 것 같은데."

"자유를 그리 오래 누리지는 못할 거다. 아까 착륙선 뒤쪽 화물칸에 무인 탐사기가 있는 걸 봤다. 퍼페티어는 그걸 중계기로 쓸 거다. 남은 자유 시간 동안에 할 말이 있으면 해라."

크미가 말했다.

"어젯밤 내내 다 얘기했잖아."

"그렇지도 않다. 루이스, 우리는 서로 목적이 다르다. 너는 살아남기를 열망하고 있다. 전기 자극을 마음껏 누리고 싶은 마음은 그보다 더 크지. 나는 살아남고 싶고 자유도 원하지만, 만족하고 싶다. 최후자는 크진인을 납치했다. 그걸 후회하게 만들어 줘야 한다."

"그 심정은 이해해. 나 역시 납치당했으니까."

"전선대가리가 손상된 명예에 대해 뭘 안다는 거냐? 루이스, 나를 방해하지나 않도록 해라."

"자, 내가 사소한 옛일 하나를 말해 볼까? 넌 내 덕분에 링월 드에서 탈출했어. 내가 없었으면 '롱샷'호를 몰고 고향으로 돌아 가서 이름을 얻지 못했겠지."

"넌 그때 전선대가리가 아니었다."

"난 이제 전선대가리가 아니야. 그리고 더 이상 내게 거짓말쟁 이라고 하지 마."

"난 사실……."

"잠깐."

루이스가 손가락을 들어 한 곳을 가리켰다. 밤하늘을 배경으 로 해서 움직이는 물체가 시야에 들어왔다. 잠시 후 그들의 귀에 최후자의 목소리가 들렸다.

"말을 끊어서 정말 미안합니다. 뭘 하기로 결정했습니까?"

"탐험을 할 거다."

크미는 퉁명스럽게 대답하고 착륙선 쪽으로 몸을 돌렸다.

"자세하게 얘기해 주십시오. 탐사기 한 대를 통신용으로 할당 하는 건 나에게도 기분 좋은 일이 아닙니다. 원래 탐사기의 용도 는 '화침'호에 연료를 채우는 거니까요."

크미가 말했다.

"그럼 탐사기를 제자리에 돌려놔라. 우리가 돌아가서 자세히 보고하지."

탐사기가 소형 제트엔진을 이용해 벽 위에 자리를 잡았다. 그것은 울퉁불퉁하고 길이가 육 미터쯤 되는 원통형 기계였다.

최후자가 말했다.

"너무 간단하게 이야기하는군요. 당신들이 위험 속으로 몰고 가려는 건 내 착륙선입니다. 역시 링 벽의 하단부를 조사할 생각인가 보지요?"

그 매력적이고 사랑스러운 여성의 콘트랄토 목소리는 모든 퍼페티어 상인들이 전임자에게 배워 온 그대로였다. 그들은 여성을 매혹하는 목소리도 따로 배우는 것 같았다. 남성은 그 목소리를 들으면 시키는 대로 움직일 수밖에 없었다. 루이스는 그 사실이 불쾌했다.

그가 말했다.

"착륙선에 카메라가 있잖아. 그걸로 보면 될 거야."

"당신의 드라우드는 내가 갖고 있습니다. 계획을 설명해 보십시오."

루이스와 크미 어느 쪽도 대답하지 않았다.

"알겠습니다. 착륙선과 '화침'호를 연결하는 도약 원반을 열어 두지요. 탐사기를 이용하면 그것도 중계할 수 있으니까요. 루이스, 나한테 복종하는 법을 배우고 나면 드라우드를 가져가도 좋습니다."

내 문제점을 일목요연하게 정리하는군. 루이스는 생각했다.

크미가 말했다.

"문제가 생겼을 때 도망갈 길이 있다니 좋은 일이군. 도약 원반에 거리 제약은 없나?"

"에너지 제약이 있습니다. 도약 원반이 흡수할 수 있는 운동에너지의 준위 차에 한계가 있지요. 그리고 당신들이 도약 원반을 사용하는 순간에는 '화침'호와 착륙선 사이에 상대속도가 없어야 합니다. 그러니 '화침'호의 좌현 방향에 정확히 머무르는 게 좋을 겁니다."

"그건 우리 계획과 딱 맞는다."

"당신들이 착륙선을 버린다 해도 링월드에서 빠져나가는 길은 내가 전부 통제하고 있을 겁니다. 크미, 루이스, 잊지 마십시오. 링월드는 지구 시간으로 일 년이 지나면 차광판과 충돌합니다."

크미는 퍼페티어가 개발한 반동추진기를 이용해 이륙했다. 후방 핵융합 엔진이 불을 뿜으며 착륙선을 앞쪽 가장자리로 밀어냈고, 착륙선은 가장자리 너머로 이동했다.

루이스는 링월드의 바닥 재질에 대한 반발력으로 비행하는 것과 반중력으로 나는 것에 차이가 있다는 사실을 깨달았다. 벽과 지면 양쪽에서 힘을 받다 보니 착륙선은 가파른 곡선을 그리며 하강했다. 크미는 지면으로부터 육십오 킬로미터 떨어진 곳에서 하강을 멈췄다.

루이스는 화면 하나에 망원경의 영상을 띄웠다.

반동추진기만을 이용해 대기권 상층부에 떠 있으니 착륙선은 전혀 흔들리지 않고 사방이 고요했다. 망원경으로 관측하기 좋은 환경이었다.

링 벽의 아래쪽에 있는 언덕에는 돌이 많은 토양이 깔끔하게 깔려 있었다. 루이스는 배율을 크게 높이고 경계선을 따라 천천히 망원경을 움직였다. 풀이 없는 갈색 토양 아래에 유리 같은 회색 물질이 보였다. 이상한 점을 찾기는 어렵지 않았다.

"뭘 찾는 거냐?"

크미가 물었다.

루이스는 최후자가 엿듣고 있다는 사실을 굳이 언급하지 않았다. 최후자는 루이스와 크미가 버려진 변환 장치를 찾고 있다고 생각할 터였다.

"우주선 승무원들은 우주항을 출발해서 이 부근에 도착했을 거야. 하지만 사용 중이 아닌 커다란 기계는 보이지 않아. 작은 물체는 우리 조건에 부합하지 않잖아? 너무 커서 움직이지 못하는 물건이 아니라면 중요한 것들은 전부 가져갔을 거야. 그러자면 가지고 있던 걸 전부 버려야 했겠지."

루이스는 망원경을 멈췄다.

"저게 뭘로 보이지?"

그것의 높이는 벽 하단부로부터 사십오 킬로미터 정도였다. 형태는 원뿔을 반으로 자른 것 같았고, 일억 년 이상 풍화작용에 침식된 것 같은 생김새였다. 아래쪽 경사면에는 넓은 얼음 띠가 반짝거리고 있었다. 얼음은 두꺼웠으며 빙하처럼 흘러내린 흔적이 있었다.

크미가 말했다.

"링월드는 지구형 행성의 지형을 흉내 냈다. 내가 알고 있는 지구형 행성과 비교해 보건대 저 산은 그런 조건에 부합하지 않는다."

"맞아. 예술성을 망치고 있지. 산이란 건 보통 산맥을 형성해. 저렇게 규칙적으로 형성되지도 않고. 하지만 그게 문제가 아니야. 링월드에 있는 모든 것은 바닥면에 새겨져 있어. '거짓말쟁이'호를 타고 링월드 아래쪽으로 갔던 것 기억하나? 해저는 툭 튀어나와 있고 산은 쑥 들어가 있고 산맥은 도랑이었고 강바닥은 역도 선수의 팔에 솟은 힘줄 같았지. 심지어 강의 삼각주도 바닥면에 새겨져 있었어. 링월드는 그런 지형이 저절로 생길 만큼 두껍지 않으니까."

"그런 결과를 불러오는 지질 현상도 없지."

"그렇다면 우리는 뒤쪽에서, 그러니까 우주항에서 저걸 발견했어야 해. 난 못 봤어. 너는?"

"더 가까이 가 보지."

하지만 접근은 쉽지 않았다. 착륙선이 벽에 가까워질수록 위치를 고정하기 위해, 또는 반동추진기가 꺼질 경우에 착륙선을 들어 올리기 위해 더 큰 핵융합 추진력이 필요했다.

착륙선은 팔십여 킬로미터까지 접근했다.

그러자 도시가 눈에 들어왔다. 커다란 회색 바위들이 유빙을 뚫고 솟아 있었고, 그중에는 검은 그림자가 드리운 문과 창문이 잔뜩 달려 있는 바위도 있었다. 망원경의 배율을 높여 보니 입구에 발코니와 차양이 있고, 상하좌우로 아슬아슬한 현수교가 수백 개 놓여 있었다. 바위에는 계단이 새겨져 있고, 그 계단은 약 일 킬로미터 높이의 이상한 곡선을 그리며 갈라져 나갔다. 그중 하나는 나무들이 있는 언덕까지 그대로 이어져 내려갔다.

도시의 중심에는 운 좋게도 영구동토층과 바위가 절반씩 섞인 평지가 형성되어 있었다. 사람들이 그곳을 공공 광장으로 쓰고 있었다. 광장에 모인 군중은 눈으로 식별이 가능하고 흰색과 금색이 섞인 얼룩처럼 보였다. 광장 뒤편에 커다란 바위가 있고, 그 바위에는 털이 많고 토실토실하며 쾌활하게 웃고 있는 개코원숭이의 얼굴이 새겨져 있었다.

루이스가 말했다.

"더 접근하지 마. 핵융합 엔진으로 착륙하면 겁을 먹고 다들 달아날 거야. 그리고 다른 착륙 방법은 없잖아."

수직으로 형성된 도시의 인구는 어림잡아 천 명쯤 되어 보였다. 심부 레이더 스캔 결과 그들은 바위의 표면에 거주하고 있었다. 사실 방이 지저분한 영구동토층처럼 들러붙어 있다는 표현이 더 정확했다.

크미가 물었다.

"저 이상한 산에 대해 물어보려는 것 아니냐?"

루이스는 진심으로 대답했다.

"나도 정말 그러고 싶어. 하지만 여기 분광기하고 심부 레이더 스캔 결과를 봐. 저 사람들은 금속이나 플라스틱을 사용하지 않아. 단결정 물질은 사용하지만. 저 다리를 뭘로 만들었는지는 생각하고 싶지도 않군. 저들은 원시 부족이야. 자신들이 산 위에 살고 있다고 생각할걸."

"나도 그 생각에 동의한다. 저들에게 다가가는 건 아주 힘들다. 그럼 다음엔 어디로 가지? 공중 도시로 가나?"

"그래, 해바라기 밭을 거쳐서 가자고."

차광판 하나가 동그란 태양을 가로지르고 있었다.

크미는 후미 엔진을 다시 켜고 속도를 시속 만 오천 킬로미터까지 높인 다음 관성 비행을 시작했다. 주변을 관찰하기 어려울 만큼 빠른 속도는 아니었지만, 그래도 열 시간이면 목적지에 도달할 수 있는 속도였다.

루이스는 빠르게 지나가는 풍경을 살펴보았다.

원래 링월드는 끝이 없는 정원으로 만들어졌다. 즉 링월드는 자연적으로 진화한 세계가 아니라 설계된 세계인 것이다.

루이스 일행이 처음 링월드를 방문하며 보았던 모습은 링월드의 전형이라 할 수 없었다. 그들은 거대한 두 개의 유성체 구멍 사이에서 대부분의 시간을 보냈다. 링월드 바닥면에 뚫린 유성체 구멍은 눈동자 모양의 폭풍을 형성했고, 그 중심부에서 공기를 뿜어 댔다. 그들은 그 밖에 '신의 주먹' 주변에 있는 확장되고 융기한 지형 부근을 돌아다녔다. 물론 그 일대의 생태계는 파괴된 상태였다. 링월드 건설자들이 세심하게 설계했던 바람의 흐름이 망가졌기 때문이다.

하지만 이곳은 어떨까?

루이스는 눈동자 폭풍의 움직임을 멍하니 바라보았다. 유성체가 만든 구멍은 보이지 않았다. 그 대신 사하라사막과 비슷하거나 더 큰 사막지대가 보였다. 산맥의 마루 부근에는 진줏빛으로 빛나는 링월드의 바닥 재질이 보였다. 바람 때문에 그 위에 덮여 있던 바위가 날아간 것이다.

기상이 이렇게 빨리 악화된 걸까? 아니면 링월드 건설자들이 사막을 좋아한 걸까?

루이스는 수리 시설이 그토록 오래전부터 활동을 멈췄다는 사실에 충격을 받았다. 링월드 건설자들이 사라진 다음 하르로프 릴라라의 종족이 수리 시설을 찾아내지 못해 벌어진 현상일 수도 있었다. 그의 추측이 맞다면 링월드 건설자들이 사라진 사건이 선행되어야만 했다.

크미가 말했다.

"세 시간쯤 자고 싶다. 무슨 일이 생기면 착륙선을 조종해 줄 수 있나?"

루이스는 어깨를 으쓱했다.

"그러지. 하지만 뭐, 별일이 생기겠어? 낮게 날고 있으니 운석 방어 장치에 요격당할 일도 없잖아. 설사 방어 장치가 벽에 있다 해도 거주 구역에 조준되어 있을 거야. 우리는 잠깐 돌아다니는 거니까."

"알았다. 세 시간 뒤에 깨워라."

크미는 조종석 등받이를 펴고 잠이 들었다.

루이스는 구경거리를 찾아 조정을 하기 위해 선수와 선미에 있는 망원경 쪽으로 향했다. 해바라기 밭은 밤의 영역에 들어가 있었다. 그는 링월드 아치를 따라 망원경의 방향을 가장 가까운 태양 쪽으로 옮겼다.

태양에서 회전 방향 쪽으로, 거의 링월드의 중선中線 부근에 기울어진 가짜 화산이 있었다. '신의 주먹'이었다. '신의 주먹'은 화성보다 훨씬 더 큰 화성 빛깔의 사막지대 안에 있었다. 좌현 쪽 멀리로는 태양의 만이 뻗어 있었다. 그 만은 여러 개의 행성을 합쳐 놓은 것만큼 컸다.

착륙선은 만의 해안에 다다른 다음 마지막으로 선회를 했다.

군도가 파란 타원처럼 모여 있었다. 그중에 사막 색깔에 원반처럼 생긴 작은 섬이 있었다. 해협이 한복판을 가로지르는 원반 모양의 섬도 있었다. 이상했다. 하지만 다른 섬들은 거대한 바다에 있는……

루이스는 지구의 지도를 찾아냈다! 미국, 그린란드, 유라시아 프리카, 오스트레일리아, 남극대륙이 하얗게 빛나는 북극을 중심으로 펼쳐져 있었다. 아주 오래전, 첫 번째 탐험 당시 그가 '천국'이라 불리던 성에서 보았던 것과 똑같았다.

저 섬들은 전부 실제 행성의 지도일까?

당시에 프릴은 그 의문에 답을 주지 못했다. 지도는 그녀의 종족이 링월드에 등장하기 훨씬 전에 만들어진 것이 분명했다.

루이스는 거기 어딘가에서 탐색자를 동반한 틸라와 헤어졌다. 그들이 아직도 거기에 있을 것 같았다. 링월드의 크기와 그곳에서 통용되는 기술을 고려할 때 이십여 년 동안 먼 거리를 이동했을 가능성은 별로 없었다. 그들은 링월드 아치에서 삼십오 도 위, 즉 구십여 킬로미터 떨어진 곳에 있었다.

루이스는 두 번 다시 틸라를 만나고 싶지 않았다.

세 시간이 흘렀다.

루이스는 팔을 뻗어 크미의 어깨를 가만히 흔들었다. 커다란 팔이 불쑥 튀어나왔다. 루이스는 황급히 뒤로 물러섰지만 그것만으로는 충분하지 않았다.

크미가 그를 보며 눈을 껌뻑거렸다.

"루이스, 절대로 나를 그런 식으로 깨우지 마라. 오토닥을 쓸 거냐?"

루이스의 어깨 뒤쪽에 깊게 파인 상처 두 개가 남았다. 그는 피가 셔츠 속으로 스미는 걸 느낄 수 있다.

"조금만 있다가. 저걸 좀 봐."

그는 지구의 지도를 가리켰다. 그리고 그의 손끝이 다른 군도에서 떨어져 있는 아주 작은 섬들을 향했다.

크미는 루이스가 가리키는 곳을 보고 말했다.

"크진이군."

"뭐?"

"저건 크진의 지도다. 루이스, 우린 저것들을 축소 지도라고 가정했었다. 하지만 틀렸다. 저건 일대일 축적으로 만든 실제 크기의 지도다."

지구의 지도에서 팔십만 킬로미터 떨어진 곳에 또 다른 군도가 있었다. 그곳의 바다는 지구의 지도처럼 극투영법을 사용해

왜곡되어 있었지만 대륙은 그렇지 않았다.

루이스가 말했다.

"저게 크진이란 말이지. 난 왜 눈치채지 못했을까? 그리고 해협이 가로지르고 있는 저 원반은…… 저건 징크스야. 크기가 작은 주홍색 방울은 분명 화성이겠지."

루이스는 현기증을 없애려고 눈을 깜빡거렸다. 그의 셔츠가 피로 물들었다.

"이 문제는 나중에 생각하지. 나 좀 오토닥으로 데려다 줘."

루이스는 오토닥 안에서 수면을 취했다.

그리고 네 시간 뒤, 다시 조종석에 자리를 잡았다. 어깨의 뒤쪽과 아래쪽에는 아직도 잡아당기는 듯한 감각이 남아 있었다. 그는 두 번 다시 잠든 크진인을 건드리지 않겠다고 다짐했다.

바깥은 아직도 밤이었다.

크미는 화면에 태양을 띄워 놓고 있었다. 그가 물었다.

"몸은 어떠냐?"

"다시 정상으로 돌아왔어. 현대 의학 덕분이지."

"넌 아까 상처에 크게 개의치 않았다. 분명히 고통과 충격이 있었을 텐데도."

"아, 오십 대 무렵이었다면 난리가 났겠지. 하지만 손만 뻗으면 닿을 곳에 오토닥이 있다는 걸 알고 있었으니까. 그 얘기는 왜 하는데?"

"처음에는 너도 크진인처럼 용감한 줄 알았다. 하지만 그다음에는 전류 중독 때문에 작은 자극에는 반응하지 못하는 몸이 된 거라고 생각했다."

"그냥 용감하다고 해 두자고. 뭣 좀 알아낸 게 있나?"

크진인이 손가락으로 화면을 가리켰다.

"그럭저럭. 저건 지구와 크진과 징크스다. 징크스의 경우 두 개의 봉우리가 거의 대기가 끝나는 곳까지 뻗어 있다. 실제 징크스의 동극과 서극이 그런 것처럼. 화성의 지도도 마찬가지다. 저건 노예 행성인 크다트고……."

"이젠 노예 행성이 아니지."

"크다트인은 우리의 노예였다. 피어린도 그랬고. 이게 그들의 행성인 것 같다. 너라면 알 것 같은데, 이게 트리녹의 행성이냐?"

"그래. 그리고 트리녹은 그 옆에 있는 이 행성에 정착했을 거야. 최후자한테 지도가 있는지 물어봐야겠군."

"우리 생각이 맞을 거다."

"알았어. 그런데 기준이 뭘까? 저건 지구형 행성을 모아 놓은 게 아니야. 그리고 어딘지 알 수도 없는 곳들도 대여섯은 돼."

크미가 코웃음을 쳤다.

"아무리 한심한 자라도 그 답은 분명히 알 수 있다. 루이스, 저건 잠재적인 적들의 명단이다. 나중에 링월드에 위협이 될 수도 있는, 지적이거나 그에 준하는 지능이 있는 생물들의 행성 말이다. 피어린, 크진인, 화성인, 인간, 트리녹……."

"그럼 징크스는? 이봐, 밴더스내치가 전함을 몰고 올 거라고 상상할 수 있나? 징크스의 원주 생물은 공룡처럼 크고 손도 없다고. 그리고 다운에는 지적인 생물이 있지. 그건 어디에 있는데?"

"여기 있다."

"그렇군. 그거 인상적이네. 하지만 그록은 그렇게 대단한 위협이 못 돼. 평생을 바위 하나에 머무르다가 죽으니까."

"링월드 건설자들은 이 종족들을 전부 발견하고 다음 세대에 경고하기 위해 지도를 만든 거다. 너도 동의하나? 하지만 그들도 퍼페티어의 행성은 찾지 못했다."

"그래?"

"그리고 건설자들이 징크스에 착륙했다는 사실은 우리도 알고 있다. 첫 번째 탐험 때 밴더스내치의 뼈를 봤잖나."

"그랬지. 아마 이 행성들을 전부 방문했을 거야."

루이스는 하늘의 색이 바뀌면서 밤의 그림자가 반회전 방향으로 물러나는 것을 알아챘다. 그가 말했다.

"착륙할 때가 됐군."

"어디가 좋다고 생각하나."

전방에서 해바라기 밭이 햇빛을 받아 밝아지고 있었다.

"좌로 선회해. 그리고 밤의 경계선을 따라서 진짜 땅을 발견할 때까지 직진해. 아침이 되기 전에 착륙해야겠어."

크미가 커다란 곡선을 그리며 방향을 바꿨다.

루이스는 손가락으로 방향을 가리키며 말했다.

"경계선이 우리 쪽으로 다가오는 곳 보이지? 해바라기가 양쪽 해안을 따라 펼쳐져 있잖아? 해바라기는 물을 건너지 못하는 게 분명해. 먼 쪽 바닷가에 내리자고."

착륙선은 대기 속으로 내려갔다. 착륙선의 앞부분과 선체 주변에서 불꽃이 일며 풍경이 하얗게 빛났다. 크미는 고도를 높이 유지하면서 천천히 속도를 낮췄고, 상황을 보며 아래로 향했다. 바다가 뒤로 물러났다.

링월드의 다른 바다와 마찬가지로 그곳도 편의성 위주로 설계되어 있었다. 아주 복잡한 해안선이 만과 해변을 이루고 있었으며, 연안의 기울기는 완만했고 깊이도 일정했다. 섬이 아주 많았고 해초의 숲도 있었으며 깨끗한 백사장도 보였다. 반회전 방향으로는 거대한 초원이 펼쳐져 있었다.

해바라기 밭은 두 팔을 벌려 바다를 껴안듯이 뻗어 있었다. 강한 줄기가 S 자를 그리며 해바라기 밭을 가로질러 바다와 접하는 삼각주를 이루었다. 좌현 쪽에 보이는 해바라기들은 진흙투성이의 범람천 쪽으로 접근하고 있었다. 루이스는 빙하가 전진하듯 느릿한 움직임이 발생하는 것을 알아챘다.

해바라기들이 착륙선을 감지했다.

아래쪽에서 빛이 폭발했다. 창문이 그 즉시 어두워졌지만 크미와 루이스는 눈이 부셨다.

크미가 말했다.

"겁먹지 마라. 이 고도에 있으면 아무것도 우릴 명중시킬 수 없다."

"저 멍청한 식물이 우리를 새인 줄 알았나 보군. 시력은 정상으로 돌아왔나?"

"계기판은 볼 수 있다."

"고도 팔 킬로미터로 내려가. 해바라기 밭을 넘어가자고."

창문은 잠시 뒤에 정상으로 돌아왔다. 해바라기들 때문에 착륙선 뒤쪽의 지평선이 계속 번쩍거리고 있었다. 그리고 전방에는……

"마을이다."

크미는 더 자세히 관찰하기 위해 고도를 낮췄다. 오두막들이 두 개의 동심원 모양으로 모여 있는 마을이 보였다.

"한복판에 착륙시키나?"

"아니. 원 바깥에 내리자고. 저 사람들이 뭘 곡식으로 삼는지 알았으면 좋겠는데."

"아무것도 안 태우고 착륙할 거다."

마을 위 천오백 미터 높이에 다다르자 크미는 핵융합 엔진을 사용해서 감속했다. 그리고 평원을 덮고 있는 키가 큰 풀밭 위에 착륙했다.

루이스는 착륙하는 순간에 수풀 속에서 무언가가 움직이는 것을 보았다. 작은 녹색 코끼리처럼 생긴 생물이 짧고 납작한 코를 들어 울음소리로 경보를 울리더니 달리기 시작했다.

루이스가 말했다.

"원주민들이 키우는 동물인가? 우리가 쫓아 버렸나 본데."

더 많은 녹색 동물이 대이동에 동참하고 있었다.

"흠. 멋진 비행이었네, 선장."

측정 장비는 대기 조성이 지구와 비슷하다는 결과를 보여 주었다. 그리 놀랄 일은 아니었다.

루이스와 크미는 장갑복裝甲服을 입었다. 장갑복은 가죽으로 만든 제품이었으며 평상시에는 딱딱하지 않아 불편하지 않았다. 하지만 창, 활, 총알 등과 접촉하면 강철처럼 단단해졌다. 그들은 음파 충격기, 통역기, 쌍안경 고글도 준비했다. 그리고 경사로를 내려가 허리춤까지 자란 풀밭으로 들어갔다.

오두막은 조밀하게 모여 있었으며 울타리로 연결되었다. 당연한 일이지만 태양은 정확히 머리 위에 있었다. 시각이 새벽에 해당했으니 원주민들이 막 활동하기 시작할 때였다. 오두막에는 창문이 없었다. 하지만 다른 오두막보다 두 배는 높은 건물 한 채는 예외였다. 그 건물에는 발코니가 있었다.

원주민들은 이미 루이스와 크미를 발견한 것 같았다.

그들이 다가가자 원주민들도 움직였다. 원주민들이 한데 모여 무리를 이루고, 가성으로 서로 목청을 높이면서 울타리를 넘어 다가섰다. 그들은 체격이 작고 피부가 붉었으며 인간과 비슷한 외형이었다. 그리고 악마처럼 달렸다. 손에는 그물과 창을 들고 있었다. 루이스는 크미가 충격기를 뽑는 모습을 보며 자신의 충격기를 꺼냈다.

하지만 붉은 사람들은 그들을 지나쳐서 쏜살같이 달려갔다.

크미가 물었다.

"지금 우리가 모욕을 당한 거냐?"

"아냐. 저들은 도망간 동물들을 몰아오려고 가는 거야. 당연하잖아. 심지어 균형 감각도 나무랄 데가 없는데. 안으로 들어가 보자고. 집에 남아 있는 사람도 있겠지.”

루이스의 말이 맞았다.

그들이 다가서는 동안 피부가 붉은 아이들 스무 명 정도가 울타리 뒤에서 구경하고 있었다. 아이들은 야윈 체형이었다. 심지어 갓난아기도 그레이하운드 새끼처럼 마른 모습이었다. 루이스는 울타리 앞에서 발을 멈추고 미소를 지어 보였다. 아이들은 그에게 거의 흥미를 보이지 않았다. 그 대신 하나같이 크미의 주변으로 모여들었다.

오두막이 동그랗게 둘러싼 구역에 있는 것은 맨땅이었다. 바위를 모아 놓은 것은 꺼진 모닥불이었다. 다리가 하나뿐인 붉은 피부의 남자가 건물에서 나오더니 목발에 의지해 껑충거리면서 다가왔다. 루이스는 그 모습을 보며 조깅을 떠올렸다. 그 남자는 레이스로 장식하고 무두질을 한 가죽 킬트를 입고 있었다. 커다란 귀가 도드라져 보였고, 한쪽 귀에는 오래전에 입은 상처가 있었다. 그의 이는…… 마치 날카로운 부분을 간 것처럼 보였다. 루이스는 하나같이 미소를 짓거나 웃고 있는 아이들을 돌아보았다. 아이들의 이도 같은 모양새였고 갓난아기도 마찬가지였다. 그렇게 타고나는 게 분명했다.

노인은 울타리 앞에서 멈춰 섰다. 그리고 웃으면서 뭔가를 물었다.

루이스는 대답 대신 말했다.

“아직은 당신들 언어를 알아들을 수 없습니다.”

노인이 고개를 끄덕였다. 그리고 손을 위로 내저었다. 초대하는 것일까?

조금 더 자란 아이 한 명이 용기를 내어 뛰어올랐다. 그 아이—사내인 줄 알았으나 여자아이였다. 아이들은 킬트를 입지 않았기 때문에 확인이 가능했다—는 크미의 어깨에 앉아서 털 속에 편하게 자리를 잡고는 살펴보기 시작했다.

크미는 미동도 하지 않고 서 있었다. 그가 물었다.

"내가 어떡해야 하나?"

"그 아이는 무장하지 않았잖아. 네가 얼마나 위험한 존재인지 알려 주지 말라고."

루이스는 그렇게 말하고 울타리를 넘어갔다. 노인이 뒤로 물러서며 공간을 만들어 주었다. 크미는 여자아이를 어깨에 태운채 조심스럽게 루이스의 뒤를 따랐다. 아이는 크미의 목둘레에 있는 풍성한 털에 매달려 있었다.

일행은 모닥불 주변에 자리를 잡았다. 아이들이 루이스와 크미와 외다리 노인을 에워쌌다. 그들은 조그마한 통역기를 이용해 각자의 언어를 가르치기 시작했다. 루이스는 그런 일에 익숙했지만, 노인도 익숙한 것을 보자 이상한 생각이 들었다. 노인은 심지어 통역기의 목소리를 듣고도 놀라지 않았다.

노인의 이름은 '시비스 후키푸르라리 어쩌고'였다. 그의 목소리는 가늘고 음조가 높았다. 가장 먼저 알아들을 수 있었던 말은 '뭘 먹습니까? 말할 필요 없습니다.'였다.

"나는 식물과 해물과 불에 익힌 고기를 먹습니다. 크미는 날고기를 먹고요."

루이스는 그 정도로 말해 두면 충분하다고 생각했다.

"우리도 날고기를 먹습니다. 크미, 당신은 낯선 손님입니다."

시비스가 머뭇거리다가 말을 이었다.

"알아 둬야 할 게 있습니다. 우리는 리샤스라를 하지 않습니다. 화내지 마십시오."

통역기는 '리샤스라'라는 말을 번역하지 못하고 대신 삑 소리를 냈다.

크미가 물었다.

"리샤스라가 뭐지?"

노인은 깜짝 놀랐다.

"그 말은 모든 곳에서 사용하는 줄 알았는데요."

그가 설명하기 시작했다. 크미는 그 문제가 중심 주제가 되고 모르는 단어의 뜻을 알아 가는 동안 이상하게 조용했다.

노인의 말에 따르면 리샤스라는 타 종족과의 섹스를 뜻했다. 그 말을 모르는 사람은 없었고, 많은 종족이 리샤스라를 행했다. 어떤 종족들은 리샤스라를 통해 상호 간에 인구를 조절했다. 거래 계약 성립의 상징으로 삼는 종족도 있었다.

하지만 리샤스라를 금기시하는 종족도 있었다. 노인의 종족은 그런 타부조차 생길 수가 없었다. 그들은 그냥 리샤스라를 하지 않았다. 성적인 신호가 달랐기 때문이다. 페로몬의 차이가 큰 까닭인 것 같았다.

"이걸 모르다니 아주 먼 곳에서 왔나 보군요."

노인이 말했다.

루이스는 자신이 링월드 아치 너머에 있는 별에서 왔다고 얘기했다. 그리고 자신이나 크미는 리샤스라를 행한 적이 없으나, 같은 종 사이에도 여러 가지 차이가 존재한다—그가 알고 있는 분더란트 여성은 키가 그보다 삼십 센티미터가량 크고 체중은 오십 킬로그램 정도 가벼웠다. 팔로 안으면 깃털처럼 느껴졌다—고 말했다. 루이스는 다양한 행성과 지적인 생명체에 관해 얘기해 주었다. 하지만 전쟁과 무기에 대해서는 언급을 피했다.

노인의 부족은 다양한 동물을 키웠다. 그들은 여러 종류의 고기를 좋아했고 굶주림에 시달리는 것은 좋아하지 않았다. 하지만 서로 다른 종류의 동물을 동시에 키우는 것은 일반적으로 불가능했다. 그래서 부족들 상호 간에 동정을 파악해 가며 축제 기간을 공유했다. 키우는 동물을 교환하는 경우도 있었다. 결국은 생활 방식 전체를 공유하는 거나 마찬가지였다. 심지어 서로 간에 미리 규칙을 정해 두고 반 팔란—팔란은 열 바퀴, 즉 링월드가 열 번 회전하는 기간을 뜻했다. 링월드의 하루는 서른 시간이니 열 바퀴를 회전하는 데에는 칠십오 일이 걸린다—을 함께 보내다가 헤어지는 경우도 있었다.

목동들이 낯선 자가 마을을 방문한 걸 걱정할까? 그 질문에 대한 시비스의 대답은 '아니요'였다. 낯선 자 두 명 정도는 위험하지 않다는 얘기였다.

목동들은 언제 돌아오는가? 시비스는 정오에 올 거라고 대답했다. 가축들이 도망가는 바람에 서둘렀을 뿐이며 보통 때 같으면 함께 모여서 이야기를 나눴을 거라는 말도 덧붙였다.

루이스는 물었다.

"동물이 죽자마자 바로 먹어야 합니까?"

시비스가 미소를 지었다.

"아닙니다. 한나절 정도는 괜찮습니다. 하루가 지나면 문제가 되지만요."

"그럼 혹시……."

크미가 갑자기 일어섰다. 그는 어깨에 앉아 있던 소녀를 조심스럽게 내려놓고는 통역기를 껐다.

"루이스, 혼자 운동을 좀 해야겠다. 이렇게 가만히 있으니 미칠 것 같군. 내가 없어도 되겠지?"

"그렇긴 한데……."

크미는 이미 울타리를 넘고 있었다. 그가 뒤를 돌아보았다.

"옷을 벗지 마. 벗으면 멀리서 볼 때 네가 지적인 생물인지 구분할 수 없을 테니까. 녹색 코끼리는 죽이지 말고."

크미는 손을 흔들고 녹색 풀밭 속으로 뛰어 들어갔다.

"당신 친구는 빠르군요."

시비스가 말했다.

"나도 가 봐야겠습니다. 할 일이 생각나서요."

첫 번째 탐험 당시에는 생존과 탈출만이 관심사였다. 루이스가 지구의 레시트로 돌아가 안전하고 익숙한 환경에 안착하고 나니 그제야 비로소 양심이 움직이기 시작했다. 그는 자신이 도시

하나를 파괴했다는 사실을 떠올렸다.

차광판들은 고리 모양으로 모여 링월드와 동심원을 이루고 있었다. 판은 전부 스무 개였고, 하나같이 눈에 보이지 않는 가느다란 실로 엮여 링월드의 항성을 향한 채 고정되어 있었다. 차광판의 고리는 궤도속도보다 훨씬 빠르게 회전했고, 그 덕분에 실이 팽팽하게 유지될 수 있었다.

'거짓말쟁이'호는 추진 엔진이 타 버리는 바람에 자유낙하를 하다가 차광판을 연결하는 실과 부딪쳤다. 실은 끊어졌다. 그리고 길이가 수만 킬로미터에 달하는 실 한 가닥이 연기구름처럼 사람이 사는 도시를 덮쳤다. 착륙한 '거짓말쟁이'호를 견인하기 위해서는 그 실이 필요했다.

루이스와 동료들은 실의 끝을 찾아내 임시로 마련한 이동 수단, 즉 하르로프릴라라의 공중 감옥에 묶었다. 그리고 우주선을 잡아끌었다. 루이스는 그 도시에 무슨 일이 생겼는지 정확히 알지 못했지만 짐작은 할 수 있었다. 차광판 실은 거미줄처럼 가늘면서도 우주선 선체를 자를 만큼 강했다. 그러니 도시의 건물들은 그 실에 잘려 산산조각이 나고 지붕이 내려앉았을 것이다.

루이스는 자신의 방문으로 인해 원주민들이 또다시 고통을 겪게 내버려 두지 않을 생각이었다. 그는 전류 중독의 금단증상을 겪고 있었기 때문에 죄책감도 느끼지 않았다. 하지만 링월드를 다시 방문하면서 처음으로 벌어진 일은 가축의 탈주였다. 그는 그 문제를 해결할 생각이었다.

그리고 그 일은 엄청난 육체노동이었다.

루이스는 어느 순간 일손을 멈추고 조종실로 올라갔다. 크미가 걱정됐기 때문이다. 인간이라 해도, 그러니까 오백 년 전 성공적인 인생을 살던 중년의 평지인이라 해도 갑자기 열여덟 살로 어려진다면 당황할 것이다. 죽음을 향해 자연스럽게 나아가던 인생이 갑자기 중단되고 혈관 속에 힘과 익숙하지 않은 체액이 흐른다면 정체성이 심판대에 오르기 마련이다. 머리칼이 다시 굵어지고 색깔마저 바뀌며 상처가 사라진다면……

루이스는 계속해서 크미를 찾았다.

풀밭에는 이상한 점이 있었다. 노인의 부족이 머무는 야영지 부근의 풀은 허리 높이까지 자란 상태였다. 반면에 회전 방향 쪽에 있는 광활한 지역은 풀이 아주 짧게 잘려 있었다. 루이스는 체격이 작고 피부가 붉은 사람들이 그 경계선을 따라 동물 떼를 몰아오는 모습을 보았다. 그들이 지나간 자리는 풀이 거의 남지 않아 맨땅과 구분이 되지 않았다.

작은 녹색 코끼리는 능률적인 동물이었다. 붉은 사람들은 야영지를 꽤 자주 옮겨야 할 게 분명했다.

루이스는 근처에 있는 수풀 속에서 무언가가 움직이는 것을 알아챘다. 그는 움직임이 다시 보일 때까지 끈기 있게 기다렸다. 그리고…… 갑자기 주황색 털이 보였다. 루이스는 크미가 먹잇감을 잡아먹는 모습을 본 적이 없었다. 근처에 다른 사람은 없으니 별문제는 없었다. 루이스는 다시 작업을 시작했다.

돌아온 목동들은 만찬이 준비 중이라는 사실을 알게 되었다.

그들은 무리를 짓고 잡담을 나누며 야영지로 들어서다가 걸음을 멈추고 착륙선을 살펴보았다. 가까이 접근하는 사람은 없었다. 그 가운데 몇 사람은 녹색 코끼리 한 마리— 점심거리일까?—를 에워싸고 있었다 둥그렇게 모여 있는 오두막 안으로 들어설 때 창을 든 사람이 앞장을 선 건 우연 같았다.

그들은 루이스와 어깨 위에 여자아이를 태우고 있는 크미를 보고 놀랐고, 다듬어진 고기가 깨끗한 가죽 위에 산더미처럼 쌓여 있는 것을 보고 더욱 놀라서 발을 멈췄다.

시비스가 그들에게 외계인 둘을 소개했다. 그는 외계인들의 주장을 일목요연하면서도 꽤 정확하게 전달했다. 루이스는 그게 전부 거짓말이라는 소리를 들을 거라 생각했으나 그런 일은 벌어지지 않았다.

그리고 그는 족장을 만났다. 족장은 백이십 센티미터가 조금 넘는 키의 여성이었으며, 이름은 진저로퍼였다. 그녀가 고개를 숙여 인사하더니 불안감을 줄 정도로 날카로운 이를 드러내며 웃었다. 루이스는 그녀의 인사 방법을 최대한 흉내 냈다.

"시비스에게 들었습니다. 다양한 고기를 좋아한다면서요."

루이스는 손짓으로 착륙선의 조리대에서 가져온 것들을 가리켰다. 원주민 세 사람이 끌고 오던 녹색 코끼리를 뒤로 돌게 한 다음 창 손잡이로 엉덩이를 쿡 찔러 풀을 뜯고 있는 코끼리 무리 쪽으로 돌려보냈다. 부족민들이 점심을 먹으러 모여들었다. 비어 있는 것처럼 보였던 오두막에서도 아주 늙은 남녀 십여 명이 나와 합류했다. 루이스는 그때까지만 해도 시비스가 늙었다고 생각하고 있었다. 주름살과 관절염과 오래된 흉터가 있는 사람들을 보는 일에 익숙하지 않았던 것이다. 그는 노인들이 숨어 있었던 이유를 궁금해하다가 자신과 크미가 시비스와 대화를 나누는 동안 노인들이 활을 겨누고 있었던 거라고 추측했다.

얼마 지나지 않아 고기는 사라지고 뼈밖에 남지 않았다. 그들은 말이 없었고, 나이에 따라 음식을 먹는 순서 같은 것도 없는 것 같았다. 정확히 말하면 그들은 크진인처럼 식사했다. 크미는 함께 먹자는 원주민들의 몸짓에 순순히 응했다. 그리고 그들이 손을 대지 않는 모아 새 고기를 거의 다 먹어 치웠다. 원주민들은 붉은 고기를 선호했다.

루이스는 식사를 대접하기 위해 커다란 부상식 받침대 위에 고기를 잔뜩 얹고 옮겨야 했다. 그런 중노동 탓에 근육이 아팠다. 하지만 원주민들이 만찬에 달려드는 것을 보니 기분이 좋았다. 드라우드를 꽂고 있지 않는데도 기분이 좋았다.

식사가 끝나자 대부분의 원주민들이 코끼리를 돌보기 위해 자리를 떠났다. 남은 사람은 시비스와 진저로퍼와 노인 몇 사람이 전부였다.

크미가 루이스에게 물었다.

"모아 새라는 건 가상의 동물이냐, 아니면 진짜 새냐? 우리 족장이 사냥터에 이런 새를 풀어 놓고 싶어 할지도 모르겠다."

"한때 그런 새가 있었지."

루이스는 그렇게 대답한 다음, 족장에게 말했다.

"진저로퍼, 이걸로 가축이 도망갔던 일에 대한 보상이 됐으면 좋겠습니다."

족장의 입술과 턱에는 피가 묻어 있었다. 그녀의 입술은 두터 웠고 피부색보다 더 붉었다. 그녀가 말했다.

"감사드립니다. 그 일은 잊으세요. 굶지 않는 것보다 중요한 일도 있으니까요. 우리는 다른 사람을 만나는 걸 좋아합니다. 당 신네 세계는 정말 그렇게 작습니까? 그리고 둥글다고요?"

"공처럼 둥글죠. 내가 사는 행성이 아치 위쪽으로 저 멀리 떠 있다면 여기서는 그냥 하얀 점으로 보일 겁니다."

"그렇게 작은 곳으로 돌아가서 우리 얘기를 전할 겁니까?"

통역기는 '화침'호에 탑재된 녹음 장치로 대화 내용을 보내는 게 분명했다. 루이스가 대답했다.

"언젠가는요."

"그럼 궁금한 점이 있겠군요."

"맞습니다. 해바라기들이 목초지를 손상시킵니까?"

진저로퍼가 질문의 뜻을 이해하지 못했기 때문에 루이스는 손 으로 방향을 알려 주었다.

"회전 방향에 있는 빛 얘기군요. 우린 그게 뭔지 모릅니다."

"궁금하지 않았습니까? 조사하러 사람을 보내지도 않았고?"

그녀가 눈살을 찌푸리고 말했다.

"우린 이렇게 삽니다. 아버지들과 어머니들은 어릴 적부터 반 회전 방향으로 이동해 왔다고 하셨죠. 커다란 바다 때문에 돌아 서 이동했는데 너무 가까이 가지는 않으셨답니다. 동물들이 해안 에서 자라는 식물을 먹지 않으려고 해서요. 그때도 회전 방향에 밝은 지역이 있었는데 지금은 빛이 더 세졌답니다. 조사하러 사람을 보내지 않았냐고 묻는다면…… 젊은이들이 자발적으로 알아보러 간 적이 있습니다. 그리고 거인을 만났죠. 거인들이 동물을 죽였습니다. 그래서 빨리 돌아올 수밖에 없었죠. 고기가 없었으니까요."

"해바라기가 당신 부족보다 더 빨리 이동한다는 얘기 같군요."

"그건 괜찮습니다. 우리도 지금보다 더 빠르게 이동할 수 있으니까요."

"공중 도시에 대해서는 알고 있습니까?"

진저로퍼는 평생 동안 공중 도시를 보며 살았다. 그 도시는 링월드 아치와 마찬가지로 중요한 지형지물이었다. 도시의 노란 불빛이 밤하늘에 구름이 잔뜩 끼어도 보였기 때문이다. 하지만 그녀가 아는 건 그게 전부였다. 공중 도시는 너무나 멀어서 소문도 들을 수 없었다.

"먼 곳에서 벌어지는 일들에 대한 소문이 종종 들려오기는 합니다. 중요한 얘기들만요. 물론 틀린 얘기일 수도 있겠죠. '흘러나온 산'에는 사람이 살고 있답니다. 차갑고 하얀 지대에서 산기슭에 걸쳐 살고 있다더군요. 공기가 너무 짙은 곳인데 말이죠. 그 사람들은 '흘러나온 산' 사이를 날아다닌답니다. 하늘 썰매가 있으면 그걸 사용하는데, 더 이상은 하늘 썰매가 없다더군요. 그래서 수백 년 동안 풍선을 이용해 왔답니다. 혹시 그렇게 먼 곳도 볼 수 있습니까?"

루이스는 그녀에게 쌍안경 고글을 씌워 준 다음 배율을 조절하는 다이얼을 알려 주었다.

"왜 '흘러나온 산'이라고 부르는 거죠? 물이 흘러나왔다고 할 때와 같은 뜻입니까?"

"맞아요. 왜 그렇게 부르는지는 모릅니다. 이 접안경은 더 큰 산만 볼 수 있군요……."

그녀가 회전 방향으로 돌았다. 고글이 그녀의 작은 얼굴을 거의 전부 덮고 있었다.

"바닷가가 보이네요. 그 너머에 있는 빛도."

"여행자들이 다른 얘기는 안 하던가요?"

"우리는 주로 위험 요소에 대한 얘기를 하죠. 반회전 방향에는 머리가 모자라고 고기를 먹으며 사람을 죽이는 사람들이 있답니다. 우리와 비슷하게 생겼지만 몸집은 더 작고 피부가 검고 밤에 사냥을 한다더군요. 그리고……."

그녀는 눈살을 찌푸리고 말을 이었다.

"사실인지 아닌지는 모르지만, 아무 생각도 없이 강제로 리샤스라를 하려는 것들도 있답니다. 그러고 나면 살아남지 못한다고 했죠."

"하지만 당신들은 리샤스라를 할 수 없잖습니까. 그럼 해를 끼치지 않을 텐데요."

"심지어 우리한테도 그런다고 합니다."

"질병은 없습니까? 기생충은?"

원주민 중에 루이스의 말을 알아들은 사람은 없었다! 벼룩, 십이지장충, 모기, 홍역, 괴저병에 이르기까지, 링월드에는 그런 것이 없었다. 루이스는 그런 사실을 당연히 짐작하고 있어야 했다. 링월드 설계자들은 그저 그런 것들을 가져오지 않았던 것이다. 그럼에도 불구하고 루이스는 놀랐다. 그는 자신이 처음으로 링월드에 질병을 가져온 건 아닌지 의심했다. 그리고…… 그렇지 않다는 결론을 내렸다. 그의 몸에 위험한 요소가 있었다면 오토닥이 치료했을 것이다.

하지만 원주민들은 문명화된 인간과 아주 흡사했다. 그들은 나이를 먹었지만 병에 걸리지는 않았다.

| 신 행세 |

밤이 되려면 한참 남았건만 루이스는 지치고 말았다.

진저로퍼가 오두막을 써도 좋다고 했지만 크미와 루이스는 착륙선에서 자기로 했다. 루이스가 수면판 사이로 들어가는 동안 크미는 방어 상태를 설정했다.

루이스는 한밤중에 눈을 떴다.

크미는 잠자리에 들기 전에 확대 영상을 띄워 놓았다. 그 풍경이 비가 오는 날의 한낮처럼 환하게 빛나고 있었다.

현재 낮 시간에 해당하는 링월드 아치 위의 사각형 지역들은 천장의 조명처럼 보였다. 너무 밝은 나머지 똑바로 쳐다보기도 힘들 지경이었다. 하지만 대양에 가까운 쪽은 대부분 그림자 속에 있었다.

대양의 모습이 루이스의 흥미를 끌었다. 대양은 여러 가지 색으로 화려했다. 비정상적인 모습이었다. 루이스가 파악한 바에 따르면 링월드 건설자들은 화려함을 선호하지 않았다. 단순함과 효율을 중시했으며, 아주 오랜 시간에 걸쳐 계획을 세웠고, 전쟁에 맞서 싸웠다. 하지만 링월드는 나름대로 화려했고, 제대로 방어하기란 불가능했다. 건설자들은 왜 작은 링월드를 여러 개 만들지 않았을까? 그리고 대양은 왜 만들었을까? 앞뒤가 맞지 않는 얘기였다.

루이스는 처음부터 가정이 틀렸는지도 모른다고 생각했다. 게다가 그런 경험은 이전에도 있었다. 하지만 증거로 볼 때……

그때, 무언가가 수풀 속에서 움직인 것 같았다.

루이스는 적외선탐지기를 작동시켰다.

그것들은 체온 때문에 빛을 내고 있었다. 덩치는 개보다 컸으며, 인간과 재칼을 섞어 놓은 것 같은 모습이었다. 인공적인 조명 속에 무시무시하고 초자연적인 존재들이 있었다.

루이스는 착륙선의 포탑 속에서 음파 충격 포의 위치를 확인하느라 잠시 시간을 보낸 다음 포를 돌려 침입자들을 겨냥했다. 침입자는 전부 넷이었고, 사방에서 수풀을 가로질러 접근하고 있었다.

침입자들이 오두막 군락에서 멀지 않은 곳에 멈춰 섰다. 그들은 한동안 그 자세로 대기했다. 그러다가 몸을 반쯤 일으키고 걸음을 떼기 시작했다.

루이스는 적외선탐지기를 썼다.

링월드 표면에서 반사되는 빛을 증폭시켜 보니 그들의 행동을 파악할 수 있었다. 침입자들은 만찬 뒤에 남은 찌꺼기를 운반하고 있었다. 그것들은 '굴*'이었다. 그들에게 있어 남은 고기는 아직 먹기 좋을 만큼 숙성되지 않은 것 같았다.

루이스의 시야에 노란 눈이 등장했다. 크미가 잠에서 완전히 깨어 다가왔다.

루이스는 말했다.

"링월드는 오래됐어. 최소한 십만 년은 됐을 거야."

"왜 그렇게 생각하나?"

"링월드 건설자들이 재칼을 들여오진 않았을 테니까. 그 정도 시간이라면 원시인류가 갈라져 나와서 생태계에 자리를 잡기에 충분하지."

"십만 년으로는 충분하지 않다."

"충분할 수도 있어. 건설자들이 또 뭘 안 들여왔는지 궁금하군. 우선 모기는 가져오지 않았고."

"너무 성급한 결론이다. 하지만 흡혈 습성이 있는 동물은 가져오지 않았을 거다."

루이스는 싱긋 웃었다.

"그렇지. 상어나 쿠거도 마찬가지고, 스컹크도. 또 뭐가 있지? 독사류? 포유류는 뱀처럼 살아가지 못해. 입안에 독을 품고 있는 포유류는 상상하기 어렵군."

"루이스, 원시인류가 다양하게 진화하려면 수백만 년이 필요하다. 애당초 링월드에서 진화한 건 맞는지 그 점부터 생각해야

---

* ghoul, 시체를 먹는다는 상상 속의 괴물.

한다."

"여기서 진화한 게 맞아. 아니면 내 가정이 완전히 틀렸겠지. 진화에 걸린 시간은 그저 단순한 산수 문제야. 진화가 십만 년 전에 시작됐다고 가정하면, 기본 인구수가⋯⋯."

루이스는 말을 맺지 못했다.

재칼-원시인류는 그 자신만 한 짐을 들고도 꽤 빠른 속도로 멀찍이 떨어지더니 갑자기 멈춰서 뒤를 돌아보며 잠시 서 있다가 수풀 속으로 뛰어들어 사라졌다. 적외선탐지기를 작동시켜 보니 빛을 내는 점 네 개가 사방으로 흩어졌다.

"회전 방향에 침입자가 있다."

크미가 작은 소리로 말했다.

새 침입자는 컸다. 크미와 비슷한 크기였지만 숨으려고 애를 쓰지도 않았다.

턱수염이 난 마흔 명의 거인들이 밤을 지배하듯 어둠 속에서 진군해 왔다. 그들은 무장을 하고 갑옷을 두르고 있었으며, 쐐기 대형으로 이동했다. 대형의 앞쪽에는 궁수들이 있었고 검을 든 자들은 안쪽에 있었다. 그리고 한가운데 온몸을 갑옷으로 두른 자가 있었다. 다른 자들은 두꺼운 가죽으로 팔과 상체를 보호하고 있었는데, 한가운데 있는 자는 덩치가 제일 컸으며 금속 갑옷을 입고 있었다. 갑옷은 빛을 내는 단단한 껍질과 같았는데 팔꿈치와 주먹과 어깨와 무릎과 엉덩이 부분이 불룩했다. 앞으로 튀어나온 투구는 열려 있고, 그 안에는 흰 수염과 펑퍼짐한 코가 있었다.

"내 생각이 맞았어. 정확히 맞은 거야. 하지만 왜 링월드지? 링월드를 왜 만든 거야? 젠장, 도대체 이런 걸 어떻게 지킨다는 거야?"

크미가 충격 포의 회전을 마치고 물었다.

"루이스, 도대체 무슨 소리를 하는 거냐?"

"갑옷 얘기야. 저 갑옷을 봐. 스미스소니언협회에 가 본 적 있나? 그리고 링월드인의 우주선에서 압력복을 본 거 기억하나?"

"으르르…… 기억한다. 하지만 지금은 더 급한 문제가 있다."

"아직은 쏘지 마. 좀 더 자세히 보고……. 그래, 내 생각이 맞았어. 저것들은 마을을 가로지를 거야."

"작고 붉은 사람들이 우리 편이라는 얘기냐? 그들을 먼저 만난 건 우연일 뿐이다."

"내 생각엔 우리 편이 맞아. 잠정적으로는."

우주선 바깥에 있는 마이크를 통해 고음의 비명이 들렸고 고함소리가 그 뒤를 따랐다. 궁수들이 동시에 화살을 날리고 다음 화살을 시위에 쟀다. 체격이 작고 피부가 붉은 보초 둘이 놀랄 만한 속도로 오두막을 향해 달려갔다. 궁수들은 그 둘을 공격하지 않고 무시했다.

"포를 쏴."

루이스가 작은 소리로 말했다.

화살이 사방으로 날고 거인들이 쓰러졌다. 녹색 코끼리 두어 마리가 우렁찬 소리를 내며 일어서려다가 멈추고는 주저앉았다. 그 가운데 한 마리는 옆구리에 화살을 여러 대 맞은 상태였다.

"저자들은 가축을 뒤쫓고 있다."

크미가 말했다.

"그래, 저자들을 정말로 학살할 일은 아니지. 음, 넌 여기서 충격 포를 붙잡고 있어. 내가 나가서 협상을 해 볼 테니까."

"루이스, 난 네 명령을 받지 않는다."

"다른 생각이 있으면 말해 봐."

"없다. 최소한 거인 하나는 남겨 둬라. 질문을 해야 하니까."

거인 하나가 하늘을 보고 누워 있었다. 그의 얼굴에 있는 것은 턱수염이 아니라 갈기였다. 금색 털이 얼굴과 머리와 어깨를 온통 뒤덮고 있었으며 보이는 거라고는 눈과 코밖에 없었다. 진저로퍼가 쪼그리고 앉아서 작은 손으로 거인의 입을 억지로 벌렸다. 거인 전사의 턱은 거대했다. 그의 이는 어금니형으로 씹는 면이 평평했으며 크게 마모되어 있었다. 모든 이가 그랬다.

진저로퍼가 말했다.

"보세요. 식물을 먹는 사람입니다. 우리 가축을 죽이고 초목을 되찾으려고 한 거죠."

루이스는 고개를 끄덕였다.

"생존경쟁이 이렇게 치열한 줄은 몰랐군요."

"우리도 모르고 있었습니다. 하지만 이자들은 회전 방향에서 왔습니다. 우리 가축들이 그쪽에 있는 풀을 거의 다 뜯어먹었죠. 이자들을 죽여 줘서 고맙습니다, 루이스. 만찬을 크게 벌여야겠군요."

루이스의 명치가 욱신거렸다.

"이자들은 그냥 잠든 겁니다. 그리고 이들도 당신과 나처럼 생각을 할 수 있는 존재죠."

진저로퍼가 이상하다는 눈으로 그를 쳐다보았다.

"그리고 우리를 다 죽이겠다는 생각을 했죠."

"이들을 쏜 건 우리입니다. 우리는 이들을 살려 두고 싶군요."

"왜요? 이들이 깨어나면 우리에게 무슨 짓을 할지 모릅니다."

그게 문제였다.

루이스는 대답을 나중으로 미뤘다.

"그 문제를 해결하면 살려 두겠습니까? 나와 크미가 수면 총으로 이자들을 물리쳤다는 사실을 잊지 마세요."

그 말에는 크미가 수면 총을 또 사용할 수도 있다는 뜻이 숨어 있었다.

"의논해 보죠."

진저로퍼가 말했다.

루이스는 기다리면서 생각했다. 착륙선에는 마흔 명의 초식 거인들을 태울 만한 공간이 없었다. 물론 무장해제는 가능했지만……

루이스는 손가락이 납작하고 커다란 거인의 손에 칼이 들려 있는 것을 보고 갑자기 활짝 웃었다. 길고 휘어진 칼은 낫처럼 사용할 수 있을 것 같았다.

진저로퍼가 돌아왔다.

"두 번 다시 우리 부족과 마주칠 일이 없게 해 주면 살려 두죠.

약속할 수 있습니까?"

"당신은 똑똑한 여인이군요. 맞습니다. 이자들의 동족은 복수를 하는 전통이 있을지도 모르죠. 그리고 당신 질문에 대한 답은 '예'입니다. 이 부족과 두 번 다시 마주치지 않도록 해 드리죠."

루이스의 귀에 크미의 목소리가 들렸다.

"루이스, 그자들을 끝장내는 게 나을 거다!"

"아니야. 그러면 시간이야 벌 수 있겠지만……. 젠장, 잘 좀 봐! 이자들은 농부야. 우리에겐 상대가 안 되지. 다른 방법이 없다면 이자들을 시켜서 뗏목을 만든 다음에 착륙선으로 끌고 갈수도 있어. 해바라기는 아직 강 하류를 건너지 못했으니까. 아주멀리 데려가서 목초지에 내려놓으면 되겠지."

"그래서 얻는 게 뭐냐? 그러자면 여러 주가 걸릴 거다!"

"정보를 얻으려는 거야."

루이스는 그렇게 말하고 고개를 돌려 진저로퍼를 보았다.

"갑옷을 입은 자는 내가 데려가죠. 무기도 전부 가져갈 겁니다. 칼 한 자루도 남겨 두지 마세요. 필요한 만큼 가져도 좋긴 하지만, 웬만하면 전부 착륙선에 실어 두고 싶군요."

그녀는 확신이 들지 않는 눈으로 갑옷을 입은 거인을 바라보았다.

"이자는 어떻게 옮기죠?"

"부상식 받침대를 가져오죠. 우리가 가고 나면 나머지 사람들을 묶어 두세요. 혼자서는 못 풀게 묶고 상황을 설명해 줘요. 날이 밝으면 회전 방향으로 보내고요. 무기도 없는데 되돌아와서 공격한다면 그땐 당신 마음대로 하세요. 하지만 그러지는 않을 겁니다. 아마 아주 빠르게 평원을 건너가겠죠. 거기엔 잘 자란 풀도 없고 저들은 무기도 갖고 있지 않을 테니까요."

그녀가 생각에 잠겼다.

"그 정도면 안전하겠군요. 그렇게 하죠."

"위치를 알아내고 나면 우린 그자들의 야영지에 가 있을 겁니다. 그자들보다 먼저 가서 기다리고 있을 계획이죠."

"그럼 우리도 그자들을 해치지 않겠습니다. 내가 약속했으니 다들 지킬 겁니다."

그녀가 차가운 어조로 말했다.

갑옷을 입은 거인은 날이 밝고 얼마 안 있어 깨어났다.

그는 눈을 뜨더니 깜빡거리고는 털이 덮인 주황색 담벼락과 노란 눈과 기다란 손톱을 어렴풋이 식별했다. 그대로 눈동자를 굴리면서 아무 말도 하지 않다가 서른 명의 동료가 가지고 왔던 무기가 쌓여 있는 것을 발견했고, 에어록의 문이 전부 열려 있는 것을 보았다. 지평선이 빠르게 뒤로 지나가고 있었고, 착륙선의 속도에 맞춰 바람이 불고 있었다. 그가 몸을 굴리려 애를 썼다.

루이스는 웃었다. 그는 착륙선을 기울이면서 오락실 천장에 있는 스캐너를 이용해 거인을 관찰하고 있었다. 거인의 갑옷 가운데 무릎과 발뒤꿈치와 손목과 어깨 부위는 미리 갑판에 붙여 놓은 상태였다. 열을 조금만 가하면 금세 떼어 낼 수 있지만 몸을 뒤척이는 걸로는 역부족이었다.

거인은 요구를 하고 위협도 했다. 애원은 하지 않았다. 루이스는 별로 신경을 쓰지 않다가 컴퓨터의 통역 프로그램이 뜻을 알아내기 시작하고 나서야 그렇다는 것을 알았다. 그때 루이스는 시야에 들어온 거인의 야영지에 더 집중하고 있었다.

착륙선은 천오백 미터 상공에 있었다. 루이스는 피부가 붉은 육식인들의 오두막으로부터 팔십 킬로미터 정도 떨어진 지점에서 속도를 늦췄다.

그 일대의 수풀은 충분히 자랄 만한 시간이 있었지만 거인들 때문에 아주 넓은 지역에 걸쳐 풀이 보이지 않았다. 맨땅이 드러난 구역은 거인들의 야영지 뒤편에서 시작해 바다 쪽과 그 너머 해바라기가 번쩍거리는 곳까지 이어졌다. 거인들은 목초지로 나가 있었다. 초원 전역에 걸쳐 수천 명의 거인이 흩어져 있었다. 낫처럼 생긴 칼들이 반짝거리며 빛을 냈다.

야영지 부근에는 거인이 한 명도 없었다. 야영지 중앙에 수레가 세워져 있었지만 그 수레를 끄는 동물은 보이지 않았다. 거인들이 수레를 직접 끄는 것이 분명했다. 아니면, 하르로프릴라라가 '도시의 몰락'이라고 불렀던 천 년여 전에 벌어진 사건 덕분에 엔진을 구해서 사용하는 것일 수도 있었다.

야영지 중심에는 정체를 알 수 없는 건물이 있었다. 착륙선의 창문을 통해 살펴보니 그 건물은 검은 점처럼 보였지만 실제로는 과할 정도로 빛을 많이 내고 있는 검정 사각형이었다.

루이스는 다시 웃었다. 거인들을 적으로 간주해도 좋을 것 같았다.

화면이 하나 떠오르더니 매혹적인 콘트랄토 목소리가 말했다.

"루이스."

"그래."

"당신 드라우드를 보내겠습니다."

최후자가 말했다.

루이스는 뒤로 돌았다. 검고 작은 물체가 도약 원반 위에 놓여 있었다. 그는 적을 외면하듯 등을 돌렸다. 하지만 그 적이 사라지지 않았다는 사실은 알고 있었다.

그가 말했다.

"네가 조사해 볼 게 있어. 링 벽 아래쪽에 산이 몇 개 있는데, 원주민들은……."

"탐험에는 위험이 따르기 때문에 당신과 크미를 고른 겁니다."

"내가 그 위험을 최소화하고 싶다는 건 이해할 수 있나?"

"물론이지요."

"그럼 얘기를 끝까지 들어. 난 진심으로 '흘러나온 산'을 조사하고 싶어. 하지만 그러기 전에 링 벽에 대해서 많은 걸 알아야겠어. 네가 할 일은……."

"루이스, 왜 그곳을 '흘러나온 산'이라고 부르는 겁니까?"

"원주민들이 그렇게 부르니까. 이유는 나도 몰라. 원주민들도 모르더군. 흥미가 생기지? 그리고 그 산들은 링월드 뒤편에서 보이지 않았어. 왜 그럴까? 링월드는 말하자면 행성의 가면과 같아. 바다와 산이 그 가면에 새겨져 있지. 그런데 '흘러나온 산'은 정말로 부피가 있단 말이야."

"맞습니다. 흥미가 생기는군요. 그 의문에 대한 답은 당신들이 직접 찾아야 할 겁니다만. 우리 동족은 나를 최후자라고 부릅니다. 지도자를 왜 그렇게 부르는지 압니까? 지도자는 안전을 최우선 기준으로 삼아서 민중을 이끌기 때문입니다. 그뿐이 아니지요. 안전은 그의 특권이자 임무이고, 그가 죽거나 다치는 건 모든 이에게 재앙입니다. 루이스, 당신은 나와 같은 퍼페티어를 벌써 만나 봤잖습니까!"

"젠장맞을, 난 지금 네 고귀한 가죽을 갖다 바치라는 게 아니야! 그냥 탐사기 한 대만 쓰자는 거라고. 링 벽을 따라가면서 홀로그램만 촬영하면 된다는 얘기야. 탐사기를 벽에 있는 교통용 고리로 보내서 항성 궤도속도로 감속시켜. 그냥 원래 있는 장비를 그 사용처에 맞춰 그대로 쓰는 거라고. 운석 방어 장치는 링 벽 쪽으로 발포하지 않을 테니까……."

"루이스, 당신은 지금 순전히 추측만으로 수십만 년 전에 만들어진 무기의 반응을 예상하고 있는 겁니다. 링 벽의 교통 설비를 뭔가가 막아 놨으면 어떻게 합니까? 레이저 조준장치가 고장 났다면?"

"최악의 경우가 발생한다 해도 손해 볼 건 없잖아."

"그러면 연료 보급 능력의 절반을 상실하게 되지요. 나는 탐사기에 도약 원반 전송 장치를 심어 놨습니다. 중수소만 보낼 수 있도록 조정해서 말입니다. 수신 장치는 연료 탱크 안에 넣어 놨습니다. 그래서 탐사기를 링월드 바다에 담그기만 하면 연료를 채울 수 있는 겁니다. 탐사기가 없어지면 링월드를 어떻게 떠나겠습니까? 내가 왜 그런 위험을 감수해야 합니까?"

루이스는 분노를 간신히 억눌렀다.

"최후자, 산의 부피를 생각해 봐. '흘러나온 산'의 내부에 뭐가 있을 것 같나? 그 안에는 분명히 높이가 오륙십 킬로미터쯤 되는 반쪽짜리 원뿔이 수십만 개 들어차 있을 거야. 게다가 뒤쪽은 평평하단 말이지. 그중 하나가 조종 시설이나 보수 시설일 가능성이 있어. 아니면 그것들 전부가 그런 걸지도 몰라. 다 그렇다고 생각하지는 않지만, 그래도 접근하기 전에 조사를 해야겠다고. 그리고 그것과는 별개로, 링월드에는 자세제어 엔진이 있어야 해. 그럴 가능성이 제일 높은 게 바로 링 벽이란 말이야. 그런데 왜 보이질 않을까? 그리고 왜 작동하지 않는 걸까?"

"로켓엔진이 있을 거라고 확신합니까? 다른 방법도 있습니다. 중력 발생기도 자세제어 효과를 얻을 수 있잖습니까."

"난 그렇게 생각 안 해. 중력 발생기가 있었다면 건설자들은 링월드를 회전시킬 필요가 없었겠지. 그러는 편이 기술적인 문제를 더 줄일 수 있으니까."

"그러면 항성과 링월드 표면 간의 자기 효과를 제어하는 방법은 어떻습니까?"

"음…… 그럴 수도 있겠군. 젠장, 나도 정답은 몰라. 그러니까 네가 알아내라고!"

루이스의 행동에 최후자는 화났다기보다 당황한 것 같았다.

"어떻게 감히 나와 거래할 생각을 합니까? 내가 마음만 먹으면 당신들은 링월드와 차광판이 충돌할 때까지 여기에 남아 있어야 합니다. 내가 마음만 먹으면 당신은 전기 자극을 두 번 다시 받지 못한단 말입니다."

그때, 마침 통역기가 제대로 작동하기 시작했다.

"아, 됐어."

루이스는 최후자의 목소리를 끌 수 없었다. 하지만 최후자는 더 이상 입을 열지 않았다.

통역기에서 말소리가 들려왔다.

"고분고분할 거라고? 내가 풀을 먹으니 고분고분하단 말인가? 갑옷을 벗겨라. 그러면 맨몸으로 싸워 주겠다, 이 주황색 털 뭉치 자식아. 네놈을 우리 '무리 집'의 새 깔개로 써 주마."

거인이 소리쳤다.

"그럼 이건 어떠냐?"

크미는 윤이 나는 검정 손톱을 보여 주었다.

"작은 단검 하나만 있으면 손톱 여덟 개는 문제도 아니지. 단검이 없어도 상관없다. 그래도 싸울 테니까."

루이스는 낄낄거리면서 내부 통신을 열었다.

"크미, 혹시 투우를 본 적 있나? 그자는 틀림없이 무리의 족장이야. 거인 왕이라고!"

거인이 물었다.

"저건 누구지? 저건 뭐지?"

크미가 목소리를 낮췄다.

"저분은 루이스 님이시다. 넌 이제 위험에 처했다. 존경심을 보이는 게 좋을 거다. 루이스 님은…… 두려운 존재다."

루이스는 조금 놀라며 생각했다. 이건 또 뭐지? 내 목소리를 초대 손님 삼아서 신 행세를 하자는 건가? 뭐, 흉포한 크진인 크미가 하늘에서 들리는 목소리를 정말로 무서워하는 척 연극을 할 수만 있다면야…….

그는 말했다.

"초식인의 왕은 들으라! 너는 왜 내 숭배자들을 공격했느냐."

"그……들의 짐승이 우리 먹이를 먹어 치웠습니다."

거인이 대답했다.

"다른 곳에는 먹이가 없느냐? 그렇다면 너는 나의 분노를 피할 수 있을 것이다."

소나 물소 떼의 수컷은 다른 소를 지배하거나 그렇지 않으면 다른 소에게 복종해야 한다. 중간은 없다. 거인은 눈을 굴리면서 빠져나갈 길을 찾았지만 그런 것은 존재하지 않았다. 크미를 지배할 수 없었으니, 어떻게 감히 보이지 않는 자의 목소리를 위협할 수 있겠는가?

그가 말했다.

"저희에게는 선택의 여지가 없었습니다. 회전 방향에는 불을 쏘는 식물이 있습니다. 좌측에는 '기계인'이 있습니다. 우측에는 노출된 '스크리스'가 높은 산마루를 이루고 있습니다. 스크리스에는 아무것도 자라지 않습니다. 미끄러워서 올라갈 수도 없습니다. 그런데 반회전 방향에는 초원이 있습니다. 저희 앞을 막는 거라고는 조그마한 야만인들뿐이었습니다. 그런데 당신께서 나타나셨군요! 루이스시여, 당신은 어떤 능력이 있으십니까? 제 부하들은 살아 있습니까?"

"네 부하들은 살려 두었다. 그리고……."

루이스는 굶주리고 헐벗은 채 팔십 킬로미터 밖에서 달리고 있을 거인들을 떠올렸다.

"이틀 뒤에 네게 돌아올 것이다. 하지만 내가 손가락 하나만 움직이면 너희는 몰살당하리라!"

거인은 애원하면서 눈으로 천장을 살폈다.

"불을 쏘는 식물을 없애 주시면 당신을 숭배하겠습니다."

루이스는 의자에 등을 기대고 생각에 잠겼다. 상황이 갑자기 심각한 방향으로 흐르고 있었다.

거인은 루이스에 대해 알려 달라고 크미에게 애걸하고 있었다. 크미는 엄청난 거짓말을 지어내고 있었다. 루이스와 크미는 전에도 비슷한 게임을 한 적이 있었다. 그들은 신 행세를 한 덕분에 '거짓말쟁이'호로 돌아갈 때까지 오랫동안 생존할 수 있었다. 그때 동물 통역자는 전쟁의 신으로 숭상받았고, 그들은 원주민이 바친 공물 덕분에 굶어 죽지 않았다. 루이스는 통역자 때 크미가 그 상황을 즐겼다는 걸 알지 못했다.

크미는 지금도 즐기고 있었다. 하지만 거인은 도움을 청하고 있었고, 루이스는 해바라기를 처리할 방법을 몰랐다.

사실 간단한 해결책이 있었다. 먼저 공격한 것은 거인들이었다. 일반적으로 신은 용서를 하지 않는다. 거기에 생각이 미치자 루이스는 입을 열었다가, 도로 닫았다. 그는 잠시 생각한 다음 말했다.

"너 자신과 부하들을 살리고 싶다면 사실대로 대답하라. 그 식물이 불을 쏘지 않으면 먹을거리로 쓸 수 있겠느냐?"

거인이 적극적으로 대답했다.

"그렇습니다, 루이스 님. 저희는 먹을 게 크게 부족하면 밤에 가까이 접근해서 채집을 하기도 합니다. 하지만 아침이 되기 전에 멀리 물러나야 하지요. 그 식물은 아주 멀리서도 저희를 발견할 수 있습니다. 그리고 움직이는 건 모조리 태워 버립니다. 그것들은 동시에 얼굴을 돌리고 뜨거운 빛을 쏟아붓습니다. 그러면 저희는 타 버리고 맙니다."

"하지만 태양이 비치지 않으면 먹을 수 있다는 말이구나."

"그렇습니다."

"이 지역은 바람이 어떻게 부느냐?"

"바람 말씀입니까? 이 지역에서는…… 회전 방향으로 붑니다. 아주 넓은 범위에 걸쳐 말씀드리자면, 바람은 불을 쏘는 식물이 있는 쪽으로만 붑니다."

"그 식물이 공기를 데우기 때문이겠지?"

"신도 아닌데 제가 그걸 어떻게 알겠습니까?"

결국 해바라기가 취하는 햇빛의 양에는 한계가 있었다. 해바라기가 반응하는 방식으로 볼 때 그것들이 반사광을 쏘면 주변과 위쪽 공기의 온도가 상승하게 되어 있었다. 하지만 햇빛은 절대로 은색 꽃을 지나 뿌리에 닿을 수 없었다. 그러면 차가운 흙 때문에 이슬이 맺히기 마련이었다. 해바라기는 그렇게 수분을 얻고 있었다. 그리고 뜨거운 공기가 상승하면서 해바라기 밭의 바깥에서 안쪽으로 일정한 바람이 불 것이 분명했다.

해바라기는 움직이는 물체는 가리지 않고 공격했다. 초식동물과 새를 태워 비료로 쓰기 위해서였다.

루이스는 당면한 문제를 해결할 수 있겠다는 생각이 들었다. 그가 말했다.

"직접적인 일은 네가 다 해야 한다. 부족은 너의 것이니 부족원들도 네 손으로 구하라. 그다음에는 불을 쏘는 식물들이 죽어가는 곳으로 향하라. 그것들을 먹어 치워도 좋고, 갈아 버린 다음 그 위에 너희가 먹을 수 있는 식물의 씨를 키워도 좋다."

루이스는 영문을 모르는 크미를 보며 속으로 웃고는 말을 이었다.

"그리고 앞으로는 절대로 나의 숭배자인 붉은 사람들을 괴롭히지 말라."

갑옷을 입은 거인이 크게 행복한 표정을 지었다.

"이보다 좋은 소식은 없을 것입니다. 저희는 당신을 숭배하겠습니다. 그러니 이제 리샤스라로 서약을 맺어야 합니다."

"농담이겠지."

"예? 아닙니다. 이미 말씀드렸습니다만 크미 님은 무슨 얘긴지 모르시더군요. 합의는 반드시 리샤스라를 통해야만 완성됩니다. 사람과 신 간에도 마찬가지입니다. 크미 님께는 아무 문제도 없을 겁니다. 심지어 제 소유의 여자들과 체격도 같으시니까요."

"너희와 나의 차이는 생각보다 더 크다."

크미가 말했다.

루이스는 천장 방향에서 내려다보고 있었다. 크미가 거인에게 신체의 일부를 드러내는 것 같았다. 거인이 무언가를 보고 깜짝 놀랐다. 루이스는 그 일에는 별로 신경 쓰지 않고 생각했다. 아, 젠장! 사실 나도 대답을 생각해 봤는데. 일이 이렇게 됐으니 내가 할 일은……

"너희를 위해 하인을 하나 만들어 보내겠노라. 서둘러 만드는 대신 키가 작고 너희의 말을 하지는 못할 것이다. 그의 이름은 '우'다. 그리고 크미, 너와 단둘이 할 얘기가 있다."

| 초원 거인 |

착륙선은 사악한 백색광을 뿌리며 내려앉았다. 무리 집의 빛은 착륙선이 움직임을 멈춘 뒤에도 잠시 남아 있다가 결국 사라졌다. 마침내 경사로가 내려오며 갑옷을 완전히 갖춰 입은 거인 왕이 땅에 내려섰다. 그는 얼굴을 쳐들고 고함을 쳤다. 그 소리가 수 킬로미터 밖으로 울려 퍼졌다.

거인들이 빠른 걸음으로 착륙선을 향해 모여들었다.

크미가 먼저 내렸고 그다음이 '우'였다. 우는 키가 작았고 온몸이 털로 덮이지도 않았으며 무해한 존재처럼 보였다. 그는 자주 웃었다. 그리고 매력적이고 적극적인 시선으로 주변을 살폈다. 마치 지상에 처음 내려온 것 같았고…….

무리 집은 꽤 멀리 떨어져 있었다. 무리 집의 주 건축 재료는 진흙과 풀이었으며, 수직재가 구조를 보완하고 있었다. 지붕에는 해바라기들이 줄지어 심어져 있었다. 그 해바라기들이 오목한 거울 면과 녹색 광합성 마디를 항성이 있는 방향으로 움직이더니 사방에서 모여들고 있는 거인들을 향해 반짝거렸다.

크미가 물었다.

"적이 낮에 공격해 오면 어떻게 하나? 그리고 무리 집에는 어떻게 들어가지? 무기는 다른 곳에 보관하고 있나?"

거인은 방어 체계의 비밀을 밝히기 전에 머뭇거렸다. 하지만 크미는 루이스의 부하였으니 그의 심기를 불편하게 하면 좋지 않을 것 같았다.

"무리 집의 반회전 방향에 있는 덤불 더미가 보이십니까? 위험한 상황이 닥치면 한 사람이 뒤쪽에서 덤불 더미로 가서 천을 흔듭니다. 그러면 해바라기가 축축한 나무에 불을 붙이지요. 거기서 나온 연기에 숨어서 무리 집에 들어가 무기를 꺼냅니다."

그는 착륙선을 흘끗 보더니 말을 이었다.

"우리가 무기를 꺼내는 것보다 더 빨리 움직이는 적은 어차피 이길 수 없습니다. 해바라기가 놀라게 할 수는 있겠지만요."

"우는 자신의 짝짓기 대상을 고를 수 있나?"

"그분께 그런 자유의지가 있습니까? 제 아내인 리스를 바칠 생각입니다만. 리스는 전에도 리샤스라를 해 본 적이 있지요. 그녀는 체격이 작고, 우께서는 '기계인'과 크게 다르지 않더군요."

"괜찮겠군."

크미가 우 쪽은 쳐다보지도 않고 말했다.

이제 백 명쯤 되는 거인이 그들 일행을 에워싸고 있었다. 더 올 사람은 없는 것 같았다. 크미가 물었다.

"이게 전부냐?"

"여기에 전사들을 더한 것이 저희 부족 전부입니다. 초원 지대에 사는 부족은 총 스물여섯입니다. 기회가 있으면 함께 생활하기도 하지만 그 스물여섯을 전부 아우르는 대표자는 없습니다."

백여 명쯤 되는 거인 가운데 여덟이 남성이었다. 그 여덟 거인은 하나같이 뚜렷한 흉터가 있었고, 그중 셋은 사실상 불구나 다름없었다. 나이 때문에 주름살이 생기고 머리털 색깔이 바랜 거인은 왕 하나뿐이었다.

나머지는 여성……이라기보다 여인이었다. 거인 여성의 키는 백구십 센티미터에서 이백십 센티미터 사이였고, 남성과 나란히 서면 작아 보였다. 피부가 갈색이고, 위엄이 있었으며, 옷은 걸치지 않았다. 풍성한 금빛 머리털이 한 덩어리로 뒤엉켜 등을 덮고 있었다. 장신구는 전혀 보이지 않았다. 여인들은 다리가 굵었고, 발은 크고 튼튼해 보였다. 그들 가운데 몇은 백발이었다. 육중한 가슴을 보면 나이를 짐작할 수 있었다. 그들은 갑옷을 입은 거인이 설명을 하는 동안 흥미를 가지고 손님들을 관찰했다.

크미가 통역기를 끄고 작은 소리로 말했다.

"마음에 드는 여성이 있으면 말해라. 내가 전해 주지."

"없어. 다들 비슷하게…… 매력적이군."

"지금이라도 이 상황을 끝낼 수 있다. 미치지 않고서야 어떻게 그런 약속을 할 수가 있나."

"난 할 수 있어. 넌 몸에 화상 자국을 남긴 놈들한테 복수하고 싶지도 않나?"

"식물한테 복수를 하란 말이냐? 넌 미쳤다. 지금 우리에게는 시간이 소중하다. 어차피 일 년 후면 해바라기든 거인이든 작고 붉은 육식인이든 모두 사라질 거 아니냐!"

"그야 그렇지……."

"저들이야 사실을 모르겠지만, 네가 하는 일은 결국 아무 도움도 못 된다. 네 계획을 완성하기까지 얼마나 걸리지? 하루? 한 달? 넌 우리 계획까지 망치는 거다."

"크미, 내가 미친 건지도 모르지만 이 계획은 끝을 봐야겠어. 지난번에 링월드에 다녀간 이래, 난 자부심을 가질 만한 일을 하나도 못 했지. 그러니 증명을……."

거인 왕의 말이 이어지고 있었다.

"루이스 님께서 불을 쏘는 식물의 위험은 이제 끝이라고 직접 말씀하실 것이다. 그리고 우리가 해야 할 일도……."

루이스는 본래부터 겸손한 존재인 것처럼 커다란 크미 뒤에 섰다. 그가 자신의 손에 대고 얘기한다는 사실을 눈치챈 거인은 없었다. '루이스의 목소리'는 약 삼십 초의 시간 지연을 거친 다음 착륙선으로부터 울려 퍼졌다.

"내 말을 들으라. 모든 종류의 인간을 위해 불을 쏘는 식물을 없앨 날이 도래했다. 나는 너희가 움직이기에 앞서 구름을 만들어 준비할 것이다. 너희는 지금 불을 쏘는 식물이 살고 있는 대지에 새로 자랄 작물의 씨앗을 모아야 한다. 그리고……."

새벽이 시작되자 머리 위에서 태양이 나타나며 차광판의 가장

자리에서 빛줄기가 갈라져 나왔다. 거인들은 그와 동시에 잠에서 깨어나 움직이기 시작했다.

그들은 몸을 맞대고 자는 것을 좋아했다. 거인 왕은 여인들에게 둘러싸여 있었고, 루이스는 반쯤 벗겨진 작은 머리를 어느 여인의 어깨에 얹고 다리는 어느 남자의 길고 단단한 다리 위에 올려놓고 있었다. 흙바닥 위는 온통 살과 머리털로 덮여 있었다.

거인들은 잠에서 깨더니 순서에 맞춰 움직였다. 먼저 입구 가까이에 있던 자들이 엉켜 있던 몸을 풀고 자루와 낫을 닮은 칼을 든 채 밖으로 나갔다. 더 안쪽에 있던 자들이 그 뒤를 따랐다. 루이스는 그들과 함께 밖으로 나갔다.

멀찍이 자리하고 있는 착륙선의 바깥에서 얼굴에 흉터가 있고 팔이 하나뿐인 거인이 크미에게 간단하게 작별 인사를 했다. 그리고 빠른 걸음으로 무리 집을 향해 움직였다. 밤에 보초를 선 거인들은 낮에 실내에서 자는 것이 분명했다. 나이가 많은 여성들도 건물 안에 머물렀다.

루이스가 벽을 오르기 시작하자 거인들은 하나같이 그를 바라보았다. 풀과 진흙으로 빚은 벽의 표면은 부서지기 쉬웠다. 하지만 지붕의 높이는 사 미터 정도에 불과했다. 그는 두 송이의 해바라기 사이로 비집고 올라갔다.

해바라기들은 울퉁불퉁한 녹색 줄기 위에 매달려 있었다. 키는 삼십 센티미터 정도였다. 타원형 꽃송이가 줄기당 하나씩 붙어 있었다. 꽃의 표면은 거울처럼 매끈했고, 지름은 이십 센티미터에서 삼십 센티미터 정도였다. 꽃의 뒷면에는 동물의 근섬유와 비슷한 식물성 섬유질이 힘줄처럼 달라붙어 있었다. 그리고 모든 꽃들이 루이스에게 햇빛을 쏘고 있었다. 하지만 아직은 피해를 입을 만큼 햇살이 강하지 않았다.

루이스는 굵은 해바라기 줄기를 두 손으로 감싸 쥐고 조심스럽게 흔들었다. 하지만 뿌리가 지붕 속에 깊이 박혀 있었기 때문에 별 소용은 없었다. 그는 웃옷을 벗어서 꽃 앞을 가려 보았다. 거울 같은 꽃송이가 이리저리 흔들리다가 결정을 내리지 못하고 떨리더니 앞쪽으로 구부러지면서 녹색 돌출부를 감쌌다.

루이스는 관객을 의식하고 모양새에 신경을 쓰면서 지붕에서 내려왔다. 그가 크미에게 다가가는 동안 하얀 빛이 뒤를 따랐다.

크미가 말했다.

"밤에 보초와 얘기를 해 봤다."

"뭘 좀 알아냈나?"

"그자는 너를 철석같이 믿고 있었다. 속이기 쉬운 종족이다."

"육식인도 그랬잖아. 그냥 예의가 바른 거 아닐까."

"그렇지는 않을 거다. 육식인과 초식인은 언제든지 지평선 너머에서 낯선 존재가 나타날 수 있다고 생각한다. 외모가 자신들과 다르고 신과 같은 능력을 보유한 자들이 존재한다는 걸 알고 있다는 얘기다. 우리가 앞으로 어떤 자들과 만날지 궁금해졌다. 으르르, 보초는 우리가 링월드 건설자가 아니라는 사실도 알고 있다. 그게 중요한 문제냐?"

"그럴지도 모르지. 또 다른 건?"

"다른 부족들과는 별문제가 없을 거다. 저자들은 짐승 떼일지도 모르지만 생각이 없는 건 아니다. 초원에 나가 있는 자들은 해바라기 밭을 공격할 자들을 위해 씨앗을 모으고 있다. 그리고 출발하면서 여자를 젊은 성인 남자들에게 넘겨줄 거다. 네가 준비하고 있는 마법이 제대로 먹혀들면 아마 삼분의 일 정도가 떠날 거다. 남은 자들도 넉넉한 풀을 차지하겠지. 그러면 붉은 사람들을 공격할 이유도 사라진다."

"좋았어."

"그리고 장기적인 날씨에 대해서도 물어봤다."

"그거 잘했군! 뭐라고 했지?"

"보초는 늙은이였다. 그는 사지가 멀쩡했던 당시에 무언가에게 공격을 당해 상처를 입었다고 했다. 통역기는 그 상대를 '오거'라고 번역했지. 어쨌든 그때는 햇빛이 한결같았고 낮의 길이도 일정했다고 한다. 지금은 햇빛이 강할 때도 있고 약할 때도 있지. 햇빛이 강할 때는 낮이 너무 짧고, 약할 때는 너무 길다. 루이스, 그자는 언제부터 그런 변화가 생겼는지 말해 줬다. 십이 팔란 전, 그러니까 별자리가 백스무 번 회전한 과거에 벌어진 일이라고 했다. 그때 암흑의 시간이 있었다. 이틀에서 사흘에 걸쳐 밤이 계속됐고, 별뿐 아니라 머리 위로 펼쳐지는 반투명한 불꽃을 봤다고 한다. 그리고 마치 여러 팔란 동안 그랬던 것처럼 지금과 같은 상태가 됐다는 거다. 낮의 길이가 불규칙적이게 된 건 한참 뒤에야 깨달았다고 했다. 거인들은 시계가 없으니까."

"충분히 예상 가능한 현상이군. 하나만 빼고⋯⋯."

"하지만 밤이 계속됐다고 하잖나. 그건 어떻게 생각하나?"

루이스는 고개를 끄덕였다.

"항성의 플레어가 치솟은 거야. 그리고 차광판의 고리가 수축한 거지. 어쩌면 차광판을 유지시켜 주는 실이 자동적으로 당겨진 건지도 모르겠군."

"그렇다면 플레어가 밀어서 링월드가 중심에서 벗어난 거잖나. 이제 낮의 길이가 더 불규칙적이게 되는 바람에 거인족과 거래하는 다른 종족들도 겁을 내고 있다고 한다."

"당연히 그렇겠지."

크미가 꼬리를 한 번 내저었다.

"우리가 뭔가 해 줄 수 있으면 좋겠군. 그런데 지금 우리는 해바라기와 싸우고 있으니. 어젯밤은 즐거웠나?"

"그래."

"그럼 웃고 있어야 하잖나."

"그렇게 궁금하면 지켜보지 그랬나. 다들 그러고 있었는데. 그 커다란 건물에는 벽이 없거든. 다들 한데 모여 있지. 어쨌든 간에 거인들은 구경하는 걸 좋아하더군."

"난 그 냄새를 참을 수가 없다."

루이스는 웃었다.

"냄새가 꽤 강하긴 하지. 나쁜 냄새가 아니라 그냥 강렬한 거야. 난 의자 위에 올라서야 했어. 그리고 여자들은…… 순종적이더군."

"여자는 순종적이어야 한다."

"인간 여자는 안 그래. 거인 여자들은 멍청하지 않더군. 물론 그들의 말을 할 수는 없었지만 알아들을 수는 있었지."

루이스는 귀 안에 있는 장치를 손으로 두드리며 말을 이었다.

"리스가 청소할 인원을 모으는 과정을 봤는데, 영리하더라고. 그러고 보니 네 말이 맞군. 거인들의 조직은 소 떼와 같아. 여자들은 전부 거인 왕의 부인이야. 다른 남자들은 섹스를 할 수 없지. 예외가 있다면 거인 왕이 가끔 휴식을 선포하는 경우야. 그럴 때면 왕은 감시도 하지 않고 그냥 사라져 버리지. 그가 돌아오면 재미도 끝나는 거고, 공식적으로는 아무 일도 없던 상태로 돌아가는 거야. 사실 습격하러 나갔던 왕을 우리가 이틀이나 일찍 데려오는 바람에 다들 조금 화가 난 상태더군."

"인간 여자들은 어떻지?"

"아…… 성적인 쾌감에 차이가 있어. 모든 포유류의 수컷은 성적으로 쾌감을 느끼지. 암컷들은 일반적으로 그러지 못해. 하지만 인간 여성은 느껴. 거인 여성은 그냥 받아들일 뿐이더군. 말하자면, 음…… 그 행위에 참가하지 않아."

"그럼 넌 즐겁지 않았다는 얘기냐?"

"물론 난 즐거웠지. 섹스잖아? 하지만 적응하는 데 시간이 좀 걸렸고, 리스도 함께 즐기도록 만들어 주진 못했어. 원래 그럴 수가 없었으니까."

"나와 가장 가까운 아내가 이백 광년이나 떨어져 있다 보니 동정심이 그리 많이 생기지는 않는군. 이제 뭘 하면 되나?"

"거인 왕을 기다려야지. 아마 꽤 지쳤을 거야. 부인들과 새로 교감을 나누느라고 심하게 무리를 했거든. 사실은 직접 행동으로 나한테 방법을 알려 주느라 그랬지. 다른 길이 없었으니까. 대단하더군. 그는, 뭐라고 표현하면 좋을까…… 그는 봉사를 했어. 십여 명이 넘는 여자들에게. 젠장, 그를 따라잡으려고 애썼지만 그렇다고 해도 내 자존심은…… 그만두자.”

루이스는 피식 웃었다.

“무슨 소리냐?”

“생식기관의 비율이 달랐다는 얘기야.”

“보초는 다른 종족의 여성이 거인 남성을 경외한다고 말했다. 남성은 기회가 올 때마다 리샤스라를 연습한다고도 했다. 평화 협상을 엄청나게 즐기는 모양이더군. 보초는 루이스가 너를 여자로 만들지 않아서 유감이라고 했다.”

“루이스는 바빴거든.”

루이스는 그렇게 말하고 안으로 들어갔다.

어젯밤, 채집을 담당한 거인들은 무리 집과 멀리 떨어진 곳에서 베어 온 풀을 커다란 자루에 담아 잔뜩 쌓아 두었다. 보초들과 왕이 그 대부분을 먹어 치웠다. 채집에 나선 거인들도 일하면서 식사를 했을 것이다. 루이스는 거인 왕이 착륙선 쪽으로 달려오다가 발을 멈추고 남은 풀을 해치우는 광경을 바라보며 생각에 잠겼다.

초식인들은 먹는 일에 너무 많은 시간을 할애해. 그럼 인간형 생물은 어떻게 지능을 유지하는 걸까? 크미의 말이 맞아. 지능이 없어도 풀에는 몰래 다가갈 수 있지. 그럼 적에게 먹히지 않으려고 지능을 사용하는 걸까? 그게 아니라면…… 해바라기에 몰래 다가가려면 웬만큼 교활해서는 안 되겠지.

루이스는 누군가가 자신을 감시한다는 느낌을 받았다. 고개를 돌려 봤지만 아무것도 발견할 수 없었다.

자신이 속았다는 사실을 알면 거인 왕은 부끄러움을 느끼고 순순히 물러서지 않을 것이 분명했다. 하지만 최후자가 숨겨 놓은 감시 장치를 제외하면 조종석에 있는 것은 루이스뿐이었다. 그런데 왜 이리 뒷덜미가 간지러운 거지? 루이스는 한 번 더 뒤를 돌아보았다.

그 느낌은 착각이 아니었다. 그의 시야에 드라우드가 들어왔다. 플라스틱으로 만든 검은색 물체가 도약 원반 위에서 그를 노려보고 있었다. 전기 자극 한 번이면 신이 된 기분을 맛볼 수 있다. 그와 동시에 지금까지 준비했던 일을 단숨에 망칠 수도 있다! 크미는 전기 자극에 빠져 있는 루이스를 보며 '아무 생각 없는 해초' 같다고 말한 적이 있었다.

루이스는 시선을 돌렸다.

오늘 거인 왕은 갑옷을 입지 않고 방문했다. 그와 크미가 오락실로 들어섰다. 크미는 천장을 향해 두 손을 들고 합장을 한 다음 읊조렸다.

"루이스 님, 저희가 왔습니다."

거인도 그의 행동을 따라 했다.

루이스는 거두절미하고 말했다.

"가서 부상식 받침대를 가져오라. ……그걸 바닥에 내려놓아

라. ……잘했다. 이제 초전도체 천을 가져오라. 아래로 내려가 문을 셋 통과하면 커다란 보관함이 있을 것이다. ……잘했다. 받침대를 천으로 감아라. 조종판 부분만 남겨 놓고 다른 부분이 드러나지 않도록 완전히 감아라. 크미, 그 천은 얼마나 튼튼한가?"

"잠시만 기다리십시오, 루이스 님. 칼로는 자를 수 있습니다만, 제 손으로 찢을 수는 없습니다."

"좋다. 이제 초전도 전선을 삼십 킬로미터 정도 준비하라. 그리고 전선의 한쪽 끝을 부상식 받침대에 감아라. 아주 많이 감고 나서 잘 묶어라. ……충분히 감았느냐? 잘했다. 이제 밖으로 나갈 때 엉키지 않도록 남은 전선을 잘 감아 뒤라. 그것도 쓸데가 있으니까. 크미, 네가 직접 해라. 풀 먹는 자들의 왕이여, 네가 옮길 수 있는 가장 큰 바위가 필요하다. 네가 이 지역을 잘 알고 있으니 가서 가져오라."

거인 왕은 천장을 바라보다가 시선을 떨구고 밖으로 나갔다.

크미가 말했다.

"네 명령에 순순히 따르자니 속이 쓰리다."

"하지만 이걸 시작한 건 너잖아. 그리고 너도 내 계획이 뭔지 알고 싶어 안달이 나 있잖아. 그런데……."

"힘을 써서 털어놓게 만들 수도 있다."

"그것보다 더 나은 협상안을 내놓을 거야. 위로 올라와."

크미가 해치를 열고 달려왔다.

루이스는 말했다.

"도약 원반 위에 뭐가 있지."

크미가 드라우드를 집어 들었다.

루이스는 힘들게 말했다.

"부숴 버려."

크미가 즉시 작은 드라우드를 벽으로 내던졌다. 드라우드는 꿈쩍도 하지 않았다. 크미는 평상시에 사용하는 선체 재질 칼을 이용해 드라우드를 억지로 열고 그 안을 쑤셨다. 마침내 그가 말했다.

"이제 수리가 불가능한 상태가 됐다."

"좋았어."

"난 아래로 가서 기다리겠다."

"아냐, 나도 같이 가. 네가 만들어 둔 걸 보고 싶으니까. 그리고 아침도 먹어야지."

루이스는 불안했다. 자신의 마음 상태를 확신할 수가 없었다. 리샤스라는 그의 기대에 크게 부응하지 못했고, 전기 자극의 순수한 쾌감은 이제 영원히 끝을 맞이했다. 그러면 남은 것은…… 치즈 퐁듀면 될까? 그는 그렇다고 생각했다. 그리고 자유와 자부심이 남아 있었다. 몇 시간 뒤면 그는 해바라기의 위협을 깨끗이 없애 버리고 크미를 놀라 자빠지게 만들 생각이었다.

이제 루이스 우는 더 이상 전선대가리가 아니었다. 그는 자신의 뇌가 곤죽처럼 녹아 버리지 않았기를 바랐다.

거인 왕이 바위를 끌어안고 아주 느린 걸음으로 돌아왔다. 크미는 바위를 받으려고 움직이다가 그 크기를 보고는 잠깐 머뭇거리더니 결국 받아 들었다. 그는 바위를 든 채 고개를 돌리고 조금 부담을 느끼는 목소리로 물었다.

"루이스 님, 이제 무얼 하면 됩니까?"

아주 유혹적인 상황이었다. '아, 아주 많은 가능성이 있으니 조금 더 생각해 보고…….' 루이스는 그렇게 말하고 싶었다. 하지만 신은 머뭇거리지 않아야 했다. 그리고 거인이 보는 앞에서 크미가 바위를 떨어뜨리게 둘 수는 없었다.

"바위를 초전도체 천 위에 올려놓고 천으로 감싸라. 그런 다음 초전도 전선으로 아주 여러 번 감아라. ……매듭은 여유 있게 만들어라. ……됐다. 이제 고온을 견딜 수 있는 전선이 필요하다."

"싱클레어 단섬유 사슬이 있습니다."

"삼십 킬로미터 정도면 될 것이다. 초전도 전선보다는 짧아야 한다."

루이스는 미리 확인해서 다행이라고 생각했다. 그는 부상식 받침대가 필요한 고도에 도달했을 때 초전도 전선이 버티지 못할 수도 있다는 가능성을 간과하고 있었다. 하지만 싱클레어 단섬유 사슬은 환상적인 물건이기 때문에 충분히 견딜 수 있었다.

| 해바라기 |

루이스는 높이 날아오른 다음 회전 방향을 향해 고속으로 착륙선을 몰았다. 초원에는 갈색 지역이 너무 많았다. 녹색 코끼리에 거인들까지 가세해서 베어 내는 바람에 풀이 다시 자라지 못한 듯했다. 전방의 바다 너머에서 해바라기들이 빛을 내며 하얀 선을 이루었다.

거인 왕은 투명한 에어록을 통해 밖을 보고 있었다.

"갑옷을 가져오는 게 좋았을지도 모르겠습니다."

그의 말에 크미가 코웃음을 쳤다.

"그걸 입고 해바라기와 싸우겠다고? 열을 받으면 금속은 뜨거워진다."

루이스는 물었다.

"그 갑옷은 어디서 구했느냐?"

"저희는 '기계인'을 위해서 길을 만들었습니다. '기계인'은 그

길이 통과하는 초원을 이용해도 좋다고 했습니다. 각 부족의 왕이 쓸 갑옷도 만들어 줬습니다. 저희는 그곳을 떠나 이동했습니다. 공기가 마음에 들지 않았기 때문입니다."

"마음에 들지 않았다니?"

"맛도 이상하고 냄새도 이상했습니다. 공기 냄새가 '기계인'이 가끔 마시는 액체 냄새와 비슷했지요. 그들은 그 액체를 기계에도 넣었습니다. 아무것도 섞지 않고 그대로 말입니다."

크미가 물었다.

"네 갑옷은 모양새가 이상하다. 네 생김새와 차이가 크지 않나. 이유가 뭐냐?"

"상대가 겁을 먹고 존경하게 만드는 모양새입니다. 그렇게 보이지 않습니까?"

"그렇군. 그게 링월드를 만든 자들의 외모냐?"

"그걸 누가 알겠습니까."

"난 알고 있다."

루이스가 그렇게 말하자 거인이 소심하게 위쪽을 훔쳐보았다.

길게 자란 풀이 다시 보이는가 싶더니 갑자기 숲이 나타났다. 해바라기들이 더 밝아지기 시작했다. 루이스는 착륙선의 고도를 삼십 미터로 낮추고 속도를 급히 줄였다.

숲 너머에 긴 백사장이 있었다. 루이스는 속도를 더 줄이고 수면에 스치기 직전까지 고도를 천천히 낮췄다. 그러자 해바라기들이 주의를 돌렸다.

그는 밝기가 줄어든 해바라기 밭을 향해 비행했다. 바다는 고요했고 착륙선 후미가 일으킨 바람이 수면에 잔물결을 만들었다. 하늘은 새파랬고 구름 한 점 없었다. 구불구불한 해안선과 새까맣게 탄 봉우리가 있는 작은 섬과 중간 크기의 섬이 옆으로 스쳐 지나갔다. 해바라기가 섬 두 개를 점령하고 있었다.

해안에서 팔십 킬로미터쯤 떨어진 곳에 이르자 해바라기들이 다시 관심을 보였다. 루이스는 착륙선을 정지시키고 말했다.

"우리를 비료로 쓰려 들지는 못할 것이다. 우리는 아주 멀리 떨어져 있고 고도를 낮게 유지하고 있기 때문이다."

"멍청한 식물들."

크미가 경멸적으로 중얼거렸다.

거인 왕이 말했다.

"해바라기는 영리합니다. 작은 화재를 일으키고 나서 재밖에 남지 않으면 거기에 씨를 퍼뜨립니다."

하지만 바다 너머까지 퍼져 있단 말이지. 루이스는 생각을 입 밖으로 꺼내지 않았다.

"초원 거인의 왕은 들으라. 이제 네가 활동할 때가 왔다. 바위를 바다에 던져라. 전선에 걸리지 않도록 하라."

루이스는 에어록을 열고 경사로를 내렸다. 거인 왕이 불길한 빛을 바라보며 앞으로 나아갔다. 바위가 은색 광택이 나는 검정 전선을 끌며 오 미터 아래에 있는 물로 떨어졌다.

먼 해안에서 강한 빛이 깜빡거렸다. 식물의 무리가 착륙선을 태우려다 흥미를 잃는 것 같았다. 식물들은 움직임을 감지했지만, 그 상대가 물이라는 걸 알고 발사하지 않은 것이다. 예를 들어 폭포는 공격하지 않는다는 뜻이었다. 해바라기는 반건조 지역에서 나름대로 최선을 다하고 있었다.

"크미, 부상식 받침대를 밖으로 꺼내라. 수치를, 음…… 삼십 킬로미터로 맞추라. 전선이 엉키지 않도록 조심해야 한다."

검은색 사각 판이 떠올랐다. 은색으로 빛나는 검정 전선이 그 뒤를 따랐다. 싱클레어 사슬 가닥은 눈에 보이지 않을 만큼 가늘었지만 은색으로 빛났다. 그리고 점점 멀어지는 부상식 받침대 주변을 뿌연 빛이 에워싸고 있었다. 이제 받침대는 검은 점이 되었고, 보이는 거라고는 밝은 후광뿐이었다. 받침대는 해바라기 떼의 표적이 될 수 있는 높이에 도달해 있었다.

초전도체는 조금의 저항도 없이 전류를 통과시키는 물질이다. 그런 특성 때문에 산업적으로 가치가 매우 높았다. 하지만 다른 특성도 있었다. 초전도체는 늘 같은 온도를 유지한다.

해바라기가 쏘는 빛 때문에 공기와 먼지 입자와 싱클레어 사슬도 빛을 냈다. 하지만 초전도체 천과 전선은 검은색 그대로였다. 바람직한 현상이었다.

루이스는 빛 때문에 눈을 깜빡이다가 시선을 아래로 돌려 물을 바라보았다. 그가 말했다.

"풀을 먹는 자의 왕은 들으라. 다치지 않게 안으로 들어오라."

전선 두 가닥이 잠겨 있는 부근에서 물이 끓기 시작했다. 하얗게 빛나고 있는 회전 방향 쪽으로 수증기가 흘러갔다. 루이스는 착륙선을 우현 쪽으로 이동시켰다. 이미 상당량의 물이 수증기로 바뀌고 있었다.

링월드의 건설자들이 만든 바다 가운데 수심이 깊은 것, 즉 대양은 두 개뿐이었다. 그 두 개의 대양은 서로 균형을 맞추고 있었다. 다른 바다들의 수심은 하나같이 칠백오십 센티미터였다. 그들은 인간과 마찬가지로 해면만 사용한 게 분명했다. 루이스에게는 유리한 사실이었다. 그 덕분에 바다를 끓이기가 쉬웠다.

수증기의 구름이 연안에 닿았다.

신은 성공에 만족하는 존재가 아니다. 루이스는 그 점이 유감스러웠다.

"네가 만족할 때까지 지켜보겠노라."

그는 거인 왕에게 말했다.

"으르르."

크미가 소리를 냈다.

"제게도 보이기 시작합니다. 그런데……."

거인 왕이 말했다.

"얘기해 보라."

"불을 쏘는 식물들이 구름을 태우고 있습니다."

루이스는 불안감을 드러내지 않았다.

"더 지켜보면 알 것이다. 크미, 너는 손님에게 상추를 대접해라. 마음이 편하려면 문을 사이에 두고 먹는 편이 너희 둘에게 좋을 것이다."

루이스 일행은 전선을 담근 곳에서 우현으로 팔십 킬로미터 떨어진 위치에 있었다. 그곳은 높고 헐벗은 섬의 좌측이었다. 섬은 아직도 착륙선을 불태우는 데 관심을 보이고 있는 해바라기들의 시선을 절반 정도 가려 주었다. 하지만 어차피 대다수의 해바라기들이 다른 곳에 집중하고 있었다. 일부는 공중에 떠 있는 검은색 사각 판에, 나머지는 수증기 구름에.

물에 잠긴 바위와 전선 부근으로 삼 제곱킬로미터 정도의 범위에 있는 물이 끓고 있었다. 수증기는 구름이 되어 바다 위로 퍼져 나가다가 해안으로부터 팔십 킬로미터 정도 떨어진 곳에서 불길과 만났다. 그리고 땅 위에 상륙해 팔 킬로미터 정도를 더 나아가다가 불기둥처럼 타오른 다음 사라졌다.

루이스는 수증기에 덮인 지역을 망원경으로 관찰했다. 물이 끓는 모습이 보였다. 그는 이제 식물들이 죽어 나가기 시작할 거라고 생각했다. 약 팔 킬로미터에 걸친 식물들이 햇빛을 받지 못하는 상태였다. 그 주변에 있는 식물들은 당분을 만드는 대신 수증기 구름을 태우는 데에 햇빛을 낭비하고 있었다. 하지만 팔 킬로미터는 그야말로 아무것도 아니었다. 수증기의 넓이는 행성의 절반 규모에 이르렀다.

루이스는 바로 위쪽에서 무언가를 발견하고 망원경을 그쪽으로 돌렸다.

은색 전선이 떨어지면서 바람 때문에 회전 방향으로 날리고 있었다. 해바라기들이 싱클레어 단섬유 사슬까지 태우고 있었던 것이다. 루이스는 무력감을 느끼며 작은 소리로 한 음절짜리 단어를 내뱉었다. 하지만 초전도 전선은 아직도 검은색이었다.

초전도 전선은 견뎌 낼 것이 확실했다. 그래야만 했다.

초전도 전선은 끓는 물보다 온도가 높아질 리 없었다. 그리고 전선 전체가 같은 온도를 유지해야 했다. 해바라기가 아무리 많은 빛을 보내도 그 사실만은 바뀌지 않았다. 그 대신 물이 끓는 속도가 빨라질 뿐이었다. 그리고 전선이 잠겨 있는 바다는 거대했으며, 수증기는 그냥 사라지지 않았다. 열을 가하면 상승하게 되어 있었다.

"신은 잘 드시는군요."

거인 왕이 말했다. 그는 이미 열 개가 넘는 보스턴 버터 상추를 씹어 먹었다. 가끔 크미가 먹는 모습을 볼 뿐, 밖에서 일어나는 일에는 신경을 쓰지 않았다. 크미도 마찬가지였다.

바닷물은 신 나게 끓었다. 해바라기들은 다가오는 것이 자신들을 먹는 새라고 여기고, 기어이 쓰러뜨려서 비료를 만들겠다고 작정을 한 모양이었다. 해바라기는 고도나 거리를 가늠할 수 없었다. 굶기 전까지는 그런 방향으로 진화할 리가 없었다. 하나의 꽃송이가 녹색 광합성 마디 쪽으로 고개를 숙이고 쉬면 다른 꽃이 그 역할을 이었다.

크미가 작은 소리로 말했다.

"루이스 님, 섬 쪽을 보시죠."

검고 큰 존재가 해안가 바다에 허리까지 몸을 담그고 서 있었다. 인간과 수달을 조금씩 닮은 생물이었다. 그 생물은 커다란 갈색 눈으로 착륙선을 지켜보면서 끈기 있게 기다렸다.

루이스는 애써 침착하게 물었다.

"이 바다에 사는 사람이 있느냐?"

"그건 몰랐습니다."

거인 왕이 대답했다.

루이스는 해안 쪽으로 착륙선을 몰았다. 인간형 생물은 두려운 빛도 없이 기다렸다. 그 생물은 짧고 미끈거리는 검은색 털로 덮여 있었고, 체형은 멋들어진 유선형이었다. 목이 굵고 어깨선은 급격한 경사를 그렸으며, 얼굴에는 턱이 없고 코가 크고 납작했다.

루이스는 마이크를 켰다.

"너는 풀을 먹는 거인의 언어를 쓸 수 있느냐?"

"쓸 수 있습니다. 천천히 말하십시오. 지금 무얼 하고 있는 겁니까?"

루이스는 한숨을 쉬었다.

"바다를 뜨겁게 만들고 있다."

그 생물은 감탄스러울 정도로 침착했다. 바다의 온도를 올린다는 얘기를 듣고도 당황하지 않았다. 그가 움직이는 건물을 향해 물었다.

"얼마나 뜨겁게 만들 겁니까?"

"최종적으로는 아주 뜨거워질 것이다. 너희의 수는 얼마나 되느냐?"

양서인이 대답했다.

"지금은 서른네 명입니다. 우리는 오십일 팔란 전에 여기에 당도했고, 그때는 열여덟 명이었습니다. 우측 바다가 뜨거워지게 됩니까?"

루이스는 몸의 긴장을 풀었다. 자신이 신처럼 구는 바람에 수십 명의 사람들이 익어 버리는 광경을 상상하고 있었던 것이다. 그가 가라앉은 목소리로 말했다.

"그건 모르겠구나. 그쪽으로 가면 강의 후미가 있다. 너희는 얼마나 높은 온도까지 견딜 수 있느냐?"

"어느 정도는 괜찮습니다. 온도가 올라가면 식생활이 풍족해지겠죠. 물고기들은 따뜻한 물을 좋아하니까요. 우리 생활 터전의 일부가 파괴되기 전에 물어봐서 다행이군요. 왜 이런 일을 벌이는 겁니까?"

"불을 쏘는 식물을 죽이기 위해서다."

양서인이 잠시 생각에 잠겼다가 말했다.

"그렇다면 좋은 일이군요. 불 식물이 사라지면 우리도 '푸부비시 아들의 바다' 상류로 전갈을 보낼 수 있습니다. 그쪽 사람들은 우리가 오래전에 죽었다고 생각하고 있을 겁니다."

그는 잠시 머뭇거리다가 말했다.

"예의를 지키지 못했군요. 성별을 말해 주시면 리샤스라를 할 의향이 있습니다. 수중에서 활동할 수만 있다면요."

루이스는 잠시 시간이 흐른 뒤에야 본래의 어조를 되찾았다.

"우리는 물속에서 교미를 할 수 없다."

"대부분 그렇죠."

양서인은 별로 실망하지 않은 목소리로 말했다.

"어쩌다가 여기에 살게 됐느냐?"

"우리는 하류를 탐험하고 있었습니다. 그러다가 급류에 휩쓸려 불 식물이 있는 지역까지 왔죠. 해안으로 올라가서 걸을 수가 없었습니다. 그래서 강을 따라 여기까지 와야만 했습니다. 나는 이곳을 편의상 '투푸곱의 바다'라고 부릅니다. 좋은 곳이긴 하지만 불 식물을 조심해야 하죠. 정말 안개로 불 식물을 죽일 수 있습니까?"

"그럴 것이다."

"동료들과 함께 여기를 떠나야겠군요."

양서인은 그렇게 말하고는 첨벙거리지도 않고 사라졌다.

크미가 천장에 대고 말했다.

"무례하게 굴었으니 저들을 죽이실 줄 알았습니다."

"여기는 저들의 집이다."

루이스는 그렇게 말하고 내부 통신을 끊었다. 이 게임도 싫증이 나기 시작하는군. 해바라기를 처치할 수 있을지 확실히 알지도 못하면서 누군가의 집을 끓여 버릴 뻔하다니!

그는 드라우드가 그리웠다. 전기 자극이 뇌 속으로 흐르며 발생하는 단순한 행복감 말고는 어떤 것도 그를 위로할 수 없었다. 그는 눈을 질끈 감고 짐승 같은 소리를 내며 의자의 팔걸이를 두드렸다. 그처럼 진한 분노를 없앨 수 있는 것 역시 드라우드밖에 없었다.

하지만 시간도 약이 될 수 있었다. 시간이 흐르자 분노도 사라졌다. 루이스는 눈을 떴다.

검은 전선도 보이지 않고 끓어오르는 바닷물도 보이지 않았다. 보이는 거라고는 회전 방향으로 흐르는 거대한 안개층이 전부였다. 안개층은 해안에 도달하면 불이 붙었고, 육지 쪽으로 십오 킬로미터 정도 더 전진하다가 사라졌다. 그리고 해바라기가 뿜는 불꽃과, 지평선 부근에 나타난 두 개의 평행선이 보였다.

위쪽 선은 흰색이었고 아래쪽 선은 검은색이었다. 두 선은 지평선으로부터 오십 도가량 떨어져 있었다.

수증기는 그냥 사라지지 않았고, 가열되면서 상승했다가 성층권에서 다시 응축되었다. 흰 선은 해바라기의 공격을 받아 빛을 내고 있는 구름의 가장자리였고, 검은 선은 엄청나게 넓은 해바라기 밭에 드리운 그림자였다. 그곳까지의 거리는 대략 팔백 킬로미터에서 천오백 킬로미터 정도였다. 그 때문에 구름과 그림자가 아주 가까워 보였으며, 길이는 수백 킬로미터에 달했다. 그리고 그림자는 길어지고 있었다. 속도가 극심하게 느리긴 했지만 확실히 길어지고 있었다.

성층권의 공기는 해바라기 밭의 중심으로부터 강제적으로 바깥을 향해 흐를 것이 분명했다. 일부 구름은 비로 변하겠지만 또 물방울의 일부는 끓어오른 바다의 증기와 만나 안쪽으로 흐르면서 재순환될 것이다.

루이스는 팔에 통증을 느꼈다. 자신도 모르게 의자의 팔걸이를 죽어라 움켜쥐고 있었던 것이다. 그는 손에서 힘을 빼고 내부 통신을 열었다.

거인 왕이 말하고 있었다.

"루이스 님께서 약속을 지키셨습니다. 하지만 지금 죽어 가고 있는 식물들은 너무 멀리 있습니다. 저는 잘 모르……."

루이스는 말했다.

"오늘 밤은 여기서 머물겠노라. 아침이 되면 알게 되리라."

루이스는 착륙선을 섬의 반회전 방향 쪽에 착지시켰다. 해안에는 커다란 해조류 덩어리가 밀려와 있었다. 음식 재생기에 원료가 필요했기 때문에 크미와 거인 왕은 한 시간에 걸쳐 해조류를 모아 착륙선의 외부 해치에 집어넣었다. 루이스는 그 틈을 타서 '화침'호를 호출했다.

최후자는 조종실에 있지 않았다. '화침'호의 비밀 구역에 있는게 분명했다. 그가 말했다.

"드라우드를 부쉈더군요."

"그래. 너 혹시 뭔가……."

"드라우드는 더 있습니다."

"열 개가 있다 해도 나와는 관계없는 일이야. 끊었거든. 아직도 링월드 건설자들의 변환 장치가 필요한가?"

"물론입니다."

"그럼 협력을 좀 하라고. 어딘가에 링월드 조종 시설이 분명히 있을 거야. 만약 그게 '흘러나온 산'에 있다면 우주항에 있는 우주선에서 떼어 낸 변환 장치도 거기에 있을 거야. 그리로 뛰어들기 전에 전반적인 상황을 알아야겠어."

최후자가 생각에 잠겼다.

흔들리는 그의 납작한 머리들 뒤로, 빛을 내고 있는 거대한 건물들이 보였다. 넓은 도로가 저 멀리까지 뻗어 있고, 교차로에는 도약 원반이 있었다. 거리에 퍼페티어들이 북적거렸다. 그들의 갈기 모양은 다양하고 화려했다. 퍼페티어는 늘 몰려다니는 것 같았다. 건물 사이로 보이는 회색 하늘에는 두 개의 농업용 행성이 떠 있고, 궤도를 따라 움직이는 광점들이 각 행성의 주위를 돌고 있었다. 루이스는 배경에 깔린 소리가 외계인의 음악인지, 혹은 퍼페티어 수십만 명이 아주 먼 곳에서 알아들을 수 없는 대화를 나누는 소음인지 구분할 수 없었다.

최후자는 고향 문명의 조각들, 즉 녹화한 영상과 홀로그램 벽을 링월드까지 갖고 왔던 것이다. 어쩌면 동족의 냄새까지 늘 공기 중에 뿌려 두고 있는지도 몰랐다. 그가 있는 공간의 가구는 하나같이 곡선으로 이루었고, 무릎을 부딪칠 만한 모서리는 전혀 보이지 않았다. 이상하게 파인 바닥은 침대인 것 같았다.

최후자가 갑자기 입을 열었다.

"링 벽의 뒷면은 아주 평평합니다. 심부 레이더로도 그 내부는 볼 수 없지요. 탐사기 한 대 정도는 보낼 수 있습니다. 그래도 '화침'호와 착륙선 간의 중계기 역할은 계속할 수 있을 겁니다. 사실 고도가 높아지면 중계 효율도 올라가겠지요. 그러니 링 벽의 교통 설비 안에 탐사기를 배치하겠습니다."

"아주 좋아."

"정말로 수리 시설이 거기……."

"아니, 정말로 거기 있을 거라고는 생각하지 않아. 하지만 놀랄 만한 일이 아주 많이 있을 거야. 그러니까 반드시 확인해 봐야 한다고."

"언젠가 이번 탐험의 지휘자가 누군지 꼭 확정해야겠군요."

최후자는 그렇게 말하고 화면에서 사라졌다.

그날 밤에는 별을 전혀 볼 수 없었다.

아침은 혼돈과 함께 밝아왔다. 조종실 안에서 보이는 거라고는 형태가 불분명한 진줏빛뿐이었다. 하늘도 보이지 않았고 바다도 보이지 않았고 해안도 보이지 않았다. 루이스는 우를 다시 등장시켜서 밖으로 걸어 나가 아직도 세계가 제자리에 있는지 확인해 보고 싶었다.

하지만 그 대신 착륙선을 이륙시켰다. 오백 킬로미터 상공에는 햇빛이 있었다. 그 밑으로는 온통 하얀 구름밖에 없었다. 구름은 회전 방향 쪽 지평선으로부터 차츰 밝아지고 있었다. 안개는 내륙 쪽으로 아주 멀리 퍼져 있었다.

머리 위에 까만 점이 보이는 걸로 판단하건대 부상식 받침대는 제자리를 지키고 있는 듯했다.

아침이 되고 두 시간이 지나자 바람이 불어와 안개를 날렸다. 루이스는 바다와 육지가 면한 곳까지 착륙선의 고도를 낮췄다. 몇 분 뒤 밝은 후광이 부상식 받침대 주변을 에워쌌다.

거인 왕은 아침 내내 에어록 옆에 서서 멍하니 바깥을 바라보며 상추로 입안을 채웠다. 크미도 거의 말을 하지 않았다. 그들은 루이스의 목소리가 들려왔을 때에야 천장을 올려다보았다.

"계획했던 대로 될 것이다."

루이스는 이제 자신의 계획이 옳다고 믿었다.

"곧 해바라기들이 죽어 있는 골짜기를 보게 될 것이다. 그 골짜기는 더 커다란 해바라기 밭으로 이어질 것이고, 그 위에는 영원히 사라지지 않는 구름 마루가 떠 있을 것이다. 그곳에 너희가 원하는 식물의 씨를 뿌려라. 살아 있는 불 식물을 먹는 편이 좋다면 밤에 안개의 양쪽 끝에서 채집을 하라. 이쪽 바다에 있는 섬을 기지로 삼아도 좋을 것이다. 그러자면 배가 있어야 할 것이다."

거인 왕이 말했다.

"이제부터는 저희가 계획을 세우겠습니다. 바다 사람들 수가 적기는 하지만 그들과 가까이에 살면 좋을 겁니다. 금속 도구를 가지고 거래를 할 수 있겠지요. 그들이 저희에게 배를 만들어 줄 수도 있을 겁니다. 이렇게 비가 오는데도 식물이 자라겠습니까?"

"그것은 알 수 없다. 불타 버린 섬에도 씨를 뿌리는 것이 좋을 것이다."

"……알겠습니다. 저희에게는 특별한 영웅의 생김새를 바위에 새기고 몇 마디 말을 적는 전통이 있습니다. 이주하며 살다 보니 커다란 동상을 갖고 다니지는 못합니다. 그래도 되겠습니까?"

"물론이다."

"생김새가 어떠십니까?"

"나는 크미보다 조금 크고 머리털도 더 많아 어깨를 덮고 있다. 머리칼은 너희와 같은 색이다. 이는 육식에 적합하며 송곳니도 있다. 귀는 겉으로 드러나지 않는다. 너무 크게 신경을 쓸 필요는 없다. 이제 어디에 내려 주면 되겠느냐?"

"야영지로 데려다 주십시오. 여자들을 몇 명 데리고 바닷가를 정찰해야겠습니다.”

“그건 지금 바로 할 수 있지 않느냐.”

거인 왕이 웃었다.

“루이스 님, 감사한 말씀이긴 합니다만 제 전사들이 야영지에 돌아오면 기분이 그리 좋지 않을 것입니다. 패배한 것도 모자라서 벌거벗은 데다 배가 고플 테니 말입니다. 제가 며칠 보이지 않는 편이 더 낫겠지요. 저는 신이 아닙니다. 영웅은 휘하에 있는 전사를 행복하게 만들어 줘야 합니다. 눈을 뜨고 있는 내내 싸움만 할 수는 없는 법이지요.”

2부

| 근원 |

착륙선은 거의 음파에 가까운 속도로 팔 킬로미터를 상승했다. 이만 킬로미터의 거리를 이동하는 것은 착륙선에는 아무것도 아니었다. 그런데도 루이스는 조심스럽게 움직였다.

크미가 짜증을 냈다.

"두 시간이면 위에서 공중 도시로 내려갈 수 있다. 밑에서 올라갈 수도 있다. 조금 불편할 수는 있겠지만 한 시간에 주파하는 것도 가능하다!"

"물론이지. 핵융합 엔진으로 항성처럼 빛을 뿜으며 대기권 밖으로 나가야 하지만, 가능한 일이긴 해. 우리가 프릴의 공중 감옥에 어떻게 갔는지는 기억하고 있나? 플라이사이클의 엔진은 전부 타 버렸고, 허공에 거꾸로 매달린 채였다고."

크미가 꼬리로 의자의 등받이를 쳤다. 그도 당시 일을 떠올린 것이다.

"오래된 기계에 우리 위치를 들키지 않으려는 거야. 변종 곰팡이로 전부 다 망가지진 않은 것 같으니까."

초원이 경작지로 바뀌더니 다시 밀림으로 바뀌었다. 수직으로 비치다가 반사된 햇빛이 꽃나무들의 줄기 사이로 새어 나오고 있었다.

루이스는 기분이 아주 좋았다. 그는 자신이 해바라기 밭에서 벌인 전쟁이 무익했다는 사실을 외면할 생각이었다. 그가 세운 계획은 통했다. 그리고 할 일을 스스로 만들기도 했다. 가지고 있는 도구와 지혜를 이용해 목표를 달성했던 것이다.

습지는 끝이 없는 것 같았다. 크미가 딱 한 번 작은 도시를 찾아냈다. 건물들이 반쯤 물에 잠겨 있고 나무와 덩굴에 덮여 있었기 때문에 발견하기가 쉽지 않았다. 건축양식은 낯설었다. 벽과 지붕과 문이 바깥쪽으로 조금씩 튀어나와 있었고, 그 때문에 중앙에 있는 거리가 협소했다. 하르로프릴라라의 종족이 만든 도시는 아니었다.

착륙선이 정오까지 이동한 거리는 진저로퍼나 거인 왕이 평생에 걸쳐 움직일 수 있는 것보다 더 길었다. 루이스는 그런 야만인에게 정보를 얻으려 했다니 어리석은 판단이었다고 생각했다. 그 두 종족이 사는 지역과 공중 도시 간의 거리는 지구에서 가장 멀리 떨어진 두 지점 간의 거리와 비슷했다.

그때, 최후자가 호출을 했다.

갈기를 여러 가지 원색으로 염색하는 바람에 그의 머리칼은 현란한 무지개처럼 보였다. 그의 뒤편으로 다수의 퍼페티어가 줄

지어 있는 도약 원반을 따라 재빨리 움직이거나, 상점의 진열장 앞에 모여 있거나, 사과를 하거나 화를 내지도 않고 스쳐 지나가는 모습이 보였다. 그리고 플루트와 클라리넷을 주 악기로 삼은 듯한 나지막한 음악이 흐르고 있었다. 그 음악은 다름 아닌 퍼페티어의 언어였다.

최후자가 물었다.

"새로 알아낸 게 있습니까?"

크미가 대답했다.

"별로 없다. 우리는 시간을 낭비했다. 십칠 팔란 전에, 그러니까 삼 년 반쯤 전에 거대한 항성 플레어가 있었던 건 확실하지. 하지만 우리가 추측할 수 있는 건 거기까지다. 차광판은 링월드 표면을 보호하기 위해 닫혔다. 차광판 유도 장치는 링월드와 별개로 작동하는 게 분명하다."

"그건 우리도 짐작할 수 있었습니다. 다른 건 없습니까?"

"루이스가 상정한 수리 시설은 현재는 작동하지 않는 게 분명하다. 이 아래쪽에 있는 습지는 처음부터 설계된 게 아니다. 내가 보기엔 큰 강이 막히는 바람에 바다로 흘러 나가지 못한 것 같다. 그리고 지금까지 여러 종의 인간형 생물을 발견했다. 그중 일부는 지능이 있었다. 링월드 건설자의 흔적은 발견하지 못했다. 물론 하르로프릴라라의 조상과 링월드 건설자가 서로 다르다는 가정하의 얘기다. 나는 그들이 링월드 건설자라는 의견을 갖고 있다."

루이스는 입을 열려다가…… 다리가 참기 어려울 정도로 아프다는 사실을 깨닫고 아래를 내려다보았다. 크진인의 손톱 네 개가 그의 허벅지 위에 있었다. 그는 입을 다물었다.

크미가 말을 이었다.

"하르로프릴라라의 동족은 만나지 못했다. 아마 수가 그리 많지 않았던 모양이다. 또 다른 종족이 있다는 소문을 들었다. '기계인'이라고 하는데, 아마도 하르로프릴라라의 종족 다음으로 번성한 것 같다. 우리는 그들을 찾아볼 생각이다."

최후자가 기분 좋게 말했다.

"수리 시설이 작동하지 않는단 말이지요. 나는 많은 걸 알아냈습니다. 탐사기를 하나 보내서……."

크미가 그의 말을 잘랐다.

"탐사기는 두 개잖나. 둘 다 사용해라."

"하나는 '화침'호를 재충전할 때 쓰려고 남겨 뒀습니다. 나머지 하나를 이용해서 '흘러나온 산'의 비밀을 알아냈지요. 보십시오."

오른쪽 뒤편의 화면에 탐사기의 시야에서 본 영상이 떠올랐다. 탐사기는 링 벽을 따라 움직였다. 그러다가 무언가 희미한 것이 휙 지나가자 속도를 낮추고 방향을 바꾼 다음 되돌아갔다.

"루이스는 링 벽을 탐사하라고 조언했지요. 이걸 발견한 건 감속을 시작하기도 전이었습니다. 나는 조사해 볼 가치가 있다고 생각했지요."

링 벽에 튀어나온 것이 있었다. 끄트머리와 연결된 관이었다. 관은 벽에 납작하게 붙어 있었으며 벽과 하나로 이어졌다. 재질 또한 벽과 마찬가지로 반투명한 회색 스크리스였다. 탐사기는 속도를 낮추고 관을 향해 다가갔다. 카메라가 위를 향하자 직경이 사백 미터쯤 되는 관이 보였다.

"링월드 시설의 상당수는 정교함보다는 물량 공세로 문제를 해결했습니다."

최후자가 설명을 계속했다. 탐사기는 관을 따라 이동하더니 끄트머리를 넘어 링 벽의 뒷면으로 내려갔다. 관은 링월드 아래쪽에서 운석을 방어하는 거품형 물질 안으로 들어가고 있었다.

루이스가 말했다.

"그렇군. 현재는 작동하지 않는다 이거지?"

"맞습니다. 그리고 관을 따라가다가 몇 가지 발견한 것이 있습니다."

화면이 갑자기 바뀌었다. 탐사기는 링월드에서 멀리 떨어진 바깥쪽에서 이동했고, 어두운 물체들이 빠르게 스쳐 지나갔다. 위쪽에는 적외선을 통해 본 풍경이 뒤집혀 있었다. 탐사기가 속도를 낮추다가 멈추고는 위로 이동했다.

링월드에 충돌하는 운석은 항성 간 우주에서 접근하기 마련이었다. 그 운석은 스스로의 속도에 링월드의 속도, 즉 초속 천이백삼십 킬로미터를 더해 충돌했다. 그런 운석이 부딪친 장소가 보였다. 바다의 밑바닥에 플라스마 구름 때문에 발생한 직경 수백 킬로미터의 흔적이 있었다. 플라스마 구름은 보호 거품까지 날려 버렸다. 충돌 흔적 속에 지름이 수십 미터에 달하는 기다란 관이 보였다. 그 관은 해저 속으로 들어가고 있었다.

"재활용 설비군."

루이스가 중얼거렸다.

최후자의 설명이 이어졌다.

"부식을 상쇄하지 않으면 수천 년 뒤에는 링월드의 표토가 전부 해저에 쌓이게 됩니다. 나는 저런 관들이 해저에서 출발해서 수면 아래를 지나 링 벽에서 위로 올라올 거라고 예상했지요. 해저에 쌓인 진흙을 '흘러나온 산'으로 가져가서 버린다는 얘깁니다. 높은 산봉우리에는 공기가 거의 없기 때문에 물기는 끓어올라 날아가 버릴 겁니다. 산은 제 무게 때문에 서서히 붕괴할 테지요. 그럼 그 물질들이 바람과 강에 실려 링 벽에서 안쪽으로 이동하는 식입니다."

"추정뿐이긴 하지만 이치에 맞는 말이다. 최후자, 현재 탐사기는 어디에 있나?"

크미가 물었다.

"지금은 링월드 아래쪽에 있지만 도로 꺼내서 링 벽의 교통 설비 안에 넣을 겁니다."

"그렇게 해라. 탐사기에도 심부 레이더가 있나?"

"있습니다. 하지만 조사 가능 거리는 얼마 안 됩니다."

"'흘러나온 산'의 내부에 심부 레이더 스캔을 해 봐라. '흘러나온 산'들 간의 간격은 아마…… 삼만 킬로미터에서 오만 킬로미터 정도 될 거다. 그러니 링 벽 각각을 따라가면 약 오만 개의 '흘러나온 산'이 있다는 얘기가 되지. 그런 산을 몇 개만 이용하면 수리 시설을 숨기기에 충분하다."

"하지만 수리 시설을 왜 숨겨야 합니까?"

크미가 저속한 말을 중얼거렸다.

"하위 종족들이 반란을 일으키면 어찌할 거냐? 침략이 발생하면? 수리 시설은 당연히 숨겨야 하고, 방어 설비도 갖춰야 한다. '흘러나온 산'을 전부 뒤져라."

"무슨 얘긴지 알겠군요. 링월드가 한 번 자전하는 동안에 우측 벽을 조사하겠습니다."

"그게 끝나면 반대편 벽도 조사해라."

크미의 말에 이어 루이스가 나섰다.

"카메라도 계속 작동시켜. 자세제어 엔진도 아직 못 찾았으니까. ……하지만 슬슬 링월드 건설자들은 뭔가 다른 걸 사용했다는 생각이 드는군."

최후자가 통신을 끊었다. 루이스는 시선을 돌려 창밖을 보았다. 늪의 가장자리를 따라 구부러져 있지만 강보다는 올곧은 뿌연 선이 아까부터 계속 신경을 건드렸다. 이제 그 선을 따라 이동하고 있는 아주 작은 두 개의 점이 보였다.

"저걸 가까이에서 살펴봐야겠어. 내려가 보는 게 어때?"

뿌옇게 보이던 선은 도로였다. 삼십 미터 높이에서 살펴보니 도로의 표면이 거칠었다. 정확히 표현하자면 포장도로라기보다는 하얀 돌을 죽 뿌려 놓은 것에 가까웠다.

루이스가 말했다.

"'기계인'이 만들었나 보군. 아까 그 이동 수단을 따라가 봐야할까?"

"우선 공중 도시에 더 접근한 다음에 생각해 보는 게 좋겠다."

제 발로 걸어온 기회를 놓치는 게 아까웠지만 루이스는 감히 반대하지 못했다. 냄새를 맡을 수 있을 정도로 크미가 긴장하고 있었기 때문이다.

도로는 낮은 습지를 피해 가며 이어져 있었다. 보수 상태가 좋아 보였다. 크미는 속도를 낮추고 고도를 삼십 미터로 유지하며 길을 따라갔다.

이동하는 도중 서너 채의 건물이 나타나기도 했다. 가장 큰 건물은 화학 공장 같았다. 상자 모양의 교통수단과도 여러 차례 스쳤다. 한번은 상대에게 위치를 들키기도 했다. 상자형 교통수단이 멈추더니 인간형 존재들이 쏟아져 나왔다. 그들은 교통수단 근처를 뛰어다니다가 막대를 꺼내 착륙선을 겨눴다. 착륙선은 그 즉시 멀리로 날아갔다.

축축한 밀림 안에 크고 하얀 형체가 보였다. 빙하 때문에 마모된 바위일 리는 없었다. 적어도 그 지점에서는 불가능한 일이었다. 루이스는 그것들이 엄청나게 큰 균류일 거라고 짐작했다. 하지만 그중 하나가 움직이며 그의 생각이 틀렸다는 것을 증명했다. 그는 크미에게 그 사실을 전하려 했지만, 크미는 그의 말을 무시했다.

도로는 점점 반회전 방향으로 구부러지면서 바위투성이 산맥으로 접근했다. 그리고 하나로 나아가는 대신 산지에 있는 좁은 샛길들과 이어지기를 반복하다가 오른쪽으로 돌고는 습지와 나란히 진행되었다.

하지만 크미는 좌측으로 진로를 바꾸고 가속했다. 착륙선은 뒤로 불기둥을 남기면서 산맥의 좌측을 따라 쏜살같이 날았다. 크미가 갑자기 착륙선을 선회시키더니 공중에서 정지시켰다. 그리고 화강암 절벽의 아래쪽에 착지했다. 그가 말했다.

"나가자."

산을 덮고 있는 스크리스 덕분에 최후자의 도청이 막힐 것은 확실했지만 그들은 안전을 기하기 위해 착륙선 밖으로 나갔다. 크미가 앞장섰고 루이스가 뒤를 따랐다.

바깥은 밝았고 하늘도 맑았다. 그 밝기는 도를 넘어선 상태였다. 그들이 서 있는 지역은 링월드에서도 항성과 가장 근접한 구역이었기 때문이다. 일대에 따뜻하고 강한 바람이 불고 있었다.

크미가 물었다.

"루이스, 최후자에게 링월드의 건설자들에 대해 얘기할 생각이냐?"

"그러겠지. 안 할 이유가 없잖아?"

"너도 나와 같은 결론에 도달했을 거라 생각한다."

"과연 그럴까? 크진인은 팩 수호자에 대해 모르잖아?"

"난 스미스소니언협회에 보관 중인 얼마 안 되는 기록을 전부 읽었다. 고리인 시굴자였던 잭 브레넌의 증언도 살펴봤고, 입체영상을 통해 미라가 되어 있는 외계인 프스스폭의 유해도 봤고, 그의 우주선에 실려 있던 화물선의 영상도 봤다."

"그런 걸 다 어떻게 구한 거야?"

"그게 중요하냐? 그때 나는 외교관이었다. 크진 정부는 팩 종족이 존재한다는 사실을 여러 세대에 걸쳐서 비밀로 숨겨 왔다. 하지만 인간을 상대하는 크진인이라면 누구든 그 기록을 학습할 필요가 있었다. 적을 알려면 배워야 하니까. 어쩌면 네 혈통에 대해서도 내가 너보다 더 많이 알지 모른다. 그리고 나는 링월드를 건설한 게 팩 종족이라고 추측하고 있다."

루이스가 태어나기 육백 년 전에 팩 수호자 하나가 막중한 임무를 띠고 태양계에 도착했다. 그 사실은 프스스폭이 고리인 잭 브레넌에게 전하면서 알려졌다. 그리고 역사가들이 남은 이야기들을 알아냈다.

팩 종족은 은하계 중심에 있는 행성에 살고 있었다. 그들의 일생은 세 단계, 즉 아이, 양육자, 수호자로 나눠진다. 성인인 양육자는 몽둥이를 휘두르고 돌을 던질 수 있는 정도의 지능을 갖추고 있었다.

중년이 되기까지 살아남은 양육자 팩에게는 '생명의 나무'라고 불리는 식물을 먹고 싶은 충동이 생기게 된다. '생명의 나무'에 공생하는 바이러스는 변화를 촉발시킨다. 바이러스에 감염된 양육자는 생식샘과 이가 없어지고 두개골과 뇌가 커진다. 입술과 잇몸이 한데 합쳐져 단단하고 뭉툭한 부리로 바뀐다. 피부는 주름이 잡히고 두꺼워지며 단단해진다. 관절 역시 더 커지면서 근육의 운동성을 늘려 주고, 힘도 늘어난다. 그리고 사타구니에 심실이 두 개인 심장이 자라난다.

프스스폭은 자신보다 이백만 년 전에 지구에 도달했던 팩 종족의 개척 우주선을 따라왔다.

팩 종족은 늘 전쟁을 벌였다. 은하중심에 있는 이웃 행성에 자리를 잡았던 개척지들은 늘 뒤따라온 우주선의 물결에 희생당해야 했다. 프스스폭의 우주선이 그처럼 멀리까지 여행한 이유도 그와 다르지 않았을 것이다.

지구에 세운 개척지는 컸고, 장비도 충분했다. 그리고 그 개척지를 운영하는 존재들은 인간보다 거칠었으며 영리했다. 하지만 결국은 실패했다. '생명의 나무'는 지구의 토양에서 자랄 수 있었지만 바이러스는 그러지 못했던 것이다. 수호자들은 죽어 나갔고 남아 있던 양육자들은 홀로 생존해야 했다. 수호자들은 도움을 요청하는 기록을 남겼다. 그 기록은 삼만 광년을 날아가 팩 종족의 모성에 도달했다.

프스스폭은 팩 종족의 고대 도서관에서 그 기록을 발견했다. 그리고 광속보다 느린 우주선을 타고 태양계를 찾아 삼만 광년을 날았다. 프스스폭은 전쟁을 일으키고 정복을 해 나가면서 지식을 쌓고 정신을 단련하고 자원을 축적했으며, 그것을 바탕으로 우주선을 만들었다. 그의 화물선 안에는 '생명의 나무' 뿌리와 종자와 산화탈륨 자루가 가득했다. 그는 홀로 연구를 한 끝에 그 독특한 화합물을 토양에 첨가할 필요가 있다는 사실을 알아냈다.

프스스폭은 양육자 중에 돌연변이가 생길 수 있다는 점도 생각했다. 팩 종족의 고향에서는 변이가 생길 확률이 없었다. 아이에게서 이상한 낌새가 보이면 조상 수호자가 죽여 버리기 때문이었다. 하지만 지구에서는 어떻게 될지 알 수 없었다. 은하중심에 있는 항성들 사이에는 엄청난 우주선宇宙線이 흘렀지만 지구는 그렇지 않았다. 프스스폭은 변이가 생길 수도 있다고 생각했지만, 확률이 낮을 거라는 사실에 희망을 걸었다.

하지만 결국 양육자 사이에서 변이가 발생했다. 변이한 양육자는 프스스폭이 죽은 뒤 이전의 팩 양육자와 완전히 다른 모습이 되었다. 새로 등장한 양육자는 중년에 일어나야 할 변화의 일부를 겪지 않았다. 여성 양육자는 난자를 생산하지 못했고, 양쪽 성 모두 피부에 주름이 생겼으며 이가 사라지고 관절이 부풀었다. '생명의 나무'에 대한 갈구는 사라지고 대신 불안과 불만감이 남았다. 두 번째 심장이 없어졌기 때문에 노년이 되면 심장마비를 겪을 가능성도 생겼다.

프스스폭은 그런 사실을 전혀 알지 못했다. 팩 종족의 구원자이기도 했던 그는 거의 아무런 고통도 없이 죽었다. 자신이 구하려 했던 동족이 괴물로 변할 거라는 생각은 조금도 하지 못한 채. 그들에게 자신의 도움이 전혀 필요하지 않으리란 것도 생각하지 못한 채.

잭 브레넌은 국제연합 대표자들에게 그런 얘기를 전하고 사라졌다. 하지만 프스스폭은 이미 죽은 뒤였고, 잭의 증언은 신빙성이 없었다. 잭이 '생명의 나무'를 먹었기 때문이다. 그는 괴물이 되어 있었다. 특히 두개골이 커지고 뒤틀려 있었다. 어쩌면 그역시 미쳤는지도 모를 일이었다.

그들의 눈앞에는 바위가 많은 지역에 온통 시금치 국수를 부어 놓은 것 같은 광경이 펼쳐져 있었다. 여기저기 바위 사이에 흙이 잔뜩 쌓여 있고, 그 흙에는 보슬보슬한 녹색 나뭇잎 조각들이 착 달라붙어 있었다. 그들의 발목 주위에는 벌레 무리가 웅웅거리며 날고 있었다. 벌레들은 지면에서 멀리 떠나지 않았다.

루이스가 말했다.

"내가 내린 결론은 팩 수호자야. 하지만 그걸 믿기가 쉽진 않더군."

크미가 말했다.

"우주복과 초원 거인의 갑옷은 팩 수호자의 모습 그대로였다. 인간형이긴 하지만 관절 부위가 컸고 얼굴이 앞으로 돌출돼 있었지. 다른 증거도 있다. 우리는 서로 다른 인간형 생물을 아주 많이 만났다. 그들은 공통된 선조에서 분기한 게 분명하다. 너의 선조이기도 한 팩 양육자 말이다."

"맞아. 그러면 프릴이 죽은 이유도 설명이 되지."

"무슨 소리냐?"

"부스터스파이스는 호모사피엔스의 신진대사에 맞춰 제조한 물질이야. 프릴에게는 소용이 없었지. 그녀는 노화방지약을 따로 갖고 있었는데, 그건 아주 많은 종이 사용할 수 있었어. 그러니까 프릴의 종족이 '생명의 나무'를 이용해서 노화방지약을 만든 게 아닌가 싶다고."

"왜 그렇게 생각하나?"

"흠, 수호자는 수천 년을 살아. '생명의 나무'의 어떤 요소나 핵심적이지 않은 성분 일부가 변화하면서 인류에게 그런 효과를 일으켰을 수도 있지. 그리고 최후자가 말했잖아. 프릴의 물건들을 도난당했다고."

크미가 고개를 끄덕였다.

"기억난다. 지구인의 채굴선이 버려진 팩 우주선에 들어간 적이 있었다. 승무원 가운데 가장 나이가 많은 인간이 '생명의 나무' 냄새를 맡고 미쳤지. 그는 먹을 수 있는 것보다 더 많이 먹고는 죽어 버렸다. 동료 승무원들은 그를 제지할 수 없었다."

"맞아. 그러니 국제연합 실험실 직원이 똑같은 일을 겪었다고 생각해도 이상하진 않겠지? 프릴은 링월드의 노화방지약을 가지고 국제연합 건물로 들어갔어. 국제연합 측은 약물 표본이 필요했고. 부스터스파이스를 처음으로 사용하기에는 너무 어린 사람이…… 그러니까 마흔에서 마흔다섯 살쯤 된 사람이 용기를 연 거야. 처음에는 스포이트를 손에 들고 있었겠지만 냄새를 한번 맡고는 다 마셔 버린 거지."

크미가 꼬리를 내저었다.

"하르로프릴라라를 좋아했다고 말할 수는 없지만 그래도 우리 편이었다."

"난 프릴을 좋아했어."

먼지를 머금은 뜨거운 바람이 불었다. 루이스는 어떡하면 좋을지 몰랐다. 비밀 대화를 할 기회는 다시 오지 않을 것이다. '화침'호로 통신을 연결해 주는 탐사기가 이제 곧 아치 위로 높이 상승할 테고, 그러면 지금과 같은 방법은 쓸 수 없었다.

"크미, 네가 팩이라고 가정해 봐."

"좋다."

"넌 대양 전역에 걸쳐서 지도를 만들어 놨어. 팩 수호자는 크진과 다운과 화성과 징크스의 지도를 만드는 대신에 크진인과 그록과 화성인과 밴더스내치를 멸종시키는 편이 더 쉬웠을 거야. 왜 안 그랬을까?"

"으르르. 모르겠다. 브레넌이 한 얘기에 따르면 팩은 눈 하나 깜빡하지 않고 외계인을 멸종시킬 수 있는 종족이었다."

크미는 머리를 굴리며 서성거리다가 말했다.

"어쩌면 추격당할까 봐 걱정한 건지도 모르지. 전쟁에 졌을 경우 승자가 쫓아올 가능성이 있으니까. 십여 광년 간격으로 멸망해 버린 행성이 연달아 발견된다면 그 구역에 팩 종족이 있다는 신호가 될 수도 있다."

"흠…… 그렇겠군. 그럼 우선 왜 링월드를 건설했는지 얘기해 봐. 도대체 이런 물건을 어떻게 방어하려 한 걸까?"

"나라면 이렇게 허점투성이인 구조물은 방어할 생각도 하지 않는다. 그 대답은 나중에 알게 될 거다. 나는 무엇보다 팩이 왜 이런 구역으로 왔는지가 궁금하다. 우연의 일치?"

"그건 아니지. 너무 멀잖아."

"그럼 뭐겠나?"

"아…… 추측은 해 볼 수 있어. 다수의 팩이 최대한 빨리, 최대한 멀리 도망쳐야 한다고 생각해 봐. 물론 전쟁에 지고 팩 종족의 모성에서 쫓겨났다고 가정해야지. 그런데 나선은하의 팔 부분에 안전한 경로가 있었어. 지도도 있고. 지구에 정착한 1차 탐사대는 치명적인 위험과 마주치는 일 없이 태양계에 도착했지. 그리고 위치를 전송했어. 그래서 패자들이 뒤를 따른 거야. 그다음에 태양계에서 멀리 떨어진 곳에 안전하게 가게를 차린 거지."

크미는 루이스의 얘기를 심사숙고했다. 그리고 입을 열었다.

"여기에 온 이유가 뭐였든 간에 팩 종족은 똑똑하고 호전적이며 다른 종을 혐오했다. 그런 사실을 알려 주는 증거가 있다. '거짓말쟁이'호의 절반을 날려 버렸던 무기를 기억하나? 너와 틸라는 운석 방어 장치라고 했지만 나는 침략선을 요격하도록 조정된 무기라고 거의 확신한다. 조건만 갖춰진다면 그 무기는 '화침'호나 착륙선을 공격할 거다. 하나 더 기억해야 할 게 있다. 최후자는 링월드를 건설한 게 누군지 알아서는 안 된다."

루이스가 고개를 끄덕였다.

"링월드 건설자는 오래전에 사라졌을 거야. 브레넌이 한 얘기에 따르면 팩 수호자는 단 하나의 목적만 갖고 산다고 했지. 자손을 보존하는 것 말이야. 그러니 변이가 발생하는 걸 보고만 있지는 않았을 거야. 링월드가 항성 쪽으로 미끄러지는 걸 내버려 두지도 않았을 테고."

"루이스……."

"실제로는 수십만 년 전에 사라졌을 거야. 우리가 그동안 만났던 인류가 얼마나 다양한지 생각해 봐."

"수백만 년일 거다. 첫 번째 우주선이 도움을 요청한 직후에 떠났을 테니까. 그리고 구조물을 완성하고 얼마 안 있어 사라졌겠지. 그렇지 않고서야 이처럼 다양한 변이들이 어떻게 발생했겠나? 하지만……."

"크미, 들어 봐. 링월드를 완공한 게 불과 오십만 년 전의 일이라고 가정해 보자고. 양육자들이 널리 퍼져 살아갈 만한 시간이 이십오만 년쯤 있었고, 영토가 거의 무한했기 때문에 수호자들은 전쟁을 벌일 필요도 없었다고 생각해 봐. 그런데 수호자가 사라져 버린 거야."

"이유가 뭐지?"

"자료가 부족해서 그건 알 수 없어."

"좋다. 그래서?"

"수호자가 이십오만 년 전에 사라졌다고 쳐. 양육자에게는 지구에서 진화가 일어나 인류가 발생했던 시간의 십분의 일밖에 없었어. 시간은 십분의 일이고, 생태계에는 공백이 아주 많았지. 수호자가 양육자를 잡아먹을 만한 포식자는 가져오지 않았을 테니까. 그리고 최초 인구수가 일조라고 생각해 보자고. 이제 알겠나? 지구라면 수호자가 멸종했을 때 양육자가 오십만쯤 됐을 거야. 하지만 링월드는 공간이 삼백만 배에 달해. 그리고 수호자가 사라지기 전에 퍼져 나갈 시간도 충분했어. 따라서 변이가 얼마든지 생길 수 있었지."

크미가 조용히 말했다.

"네 생각은 받아들일 수 없다. 어딘가 빠뜨린 사실이 있을 거다. 그래도 수호자가 거의 전부 사라졌다는 건 맞다고 본다. 어디까지나 '거의'이긴 하지만. 만약 링월드가 팩 수호자의 소유이자 그들의 고향이라는 걸 최후자가 알아채면 무슨 일이 벌어질 거라고 생각하나?"

"아, 물론 도망치겠지. 우리를 내버려 두고라도."

"공식적으로는 링월드 건설의 비밀을 파악하지 못한 걸로 해야 한다. 동의하나?"

"알았어."

"루이스, 수리 시설을 계속 찾을 생각이냐? '생명의 나무'의 냄새는 너에게도 치명적일 수 있다. 넌 수호자가 되기에는 너무 늙었으니까."

"그 냄새를 맡을 생각은 없어. 착륙선에 분광기가 있나?"

"있다."

"'생명의 나무'는 토양 첨가제가 있어야만 자랄 수 있어. 산화탈륨 말이야. 여기는 은하핵 지역보다 탈륨의 양이 적어. 수호자들이 오랜 시간 동안 머무른 곳이라면 식물에 사용한 산화탈륨의 흔적이 남아 있겠지. 그걸로 수리 시설을 찾을 수 있을 거야. 찾아내기만 한다면야 압력복을 입고 들어가면 되고."

| 죽음의 향기 |

그들이 도로로 돌아오자 최후자의 목소리가 터져 나왔다.

"……착륙선 나오십시오! 크미, 루이스, 뭘 숨기고 있는 겁니까? 여기는 최후자, 착륙선 나오십시오……."

"그만해. 아, 젠장! 소리를 줄이라고! 귀청 떨어지겠다."

"내 말이 들립니까?"

"아주 잘 들려."

루이스가 말했다.

크미는 털가죽 속으로 귀를 접고 있었다. 루이스는 그가 부러웠다.

"산맥 때문에 통신이 막혔나 보군."

"통신이 끊긴 동안에 무슨 얘기를 나눈 겁니까?"

"반란에 관해 토의했지. 그러지 않기로 결론을 내렸고."

최후자가 잠시 입을 다물고 있다가 말했다.

"아주 현명한 판단이군요. 이 홀로그램을 보고 의견을 말해 주십시오."

링 벽에서 툭 튀어나온 받침대 같은 것이 화면에 떠올랐다. 영상은 약간 흐렸고 이상하리만치 밝았다. 진공 속에서 빛을 받으며 촬영한 때문이었다. 우측에 있는 링월드의 지면에서 반사된 빛도 한몫 거들고 있었다. 받침대는 벽 자체와 한몸인 것 같았다. 스크리스가 말랑말랑한 사탕처럼 늘어나 있던 모습과 비슷했다. 받침대에는 암나사나 도넛처럼 생기고 크기가 서로 다른 고리가 한 쌍 붙어 있었다. 그 밖에 보이는 거라고는 링 벽의 꼭대기가 전부였다. 크기가 얼마나 되는지 가늠하기는 불가능했다.

최후자가 말했다.

"이건 탐사기를 통해서 본 영상입니다. 당신이 조언한 대로 탐사기를 링 벽의 교통 설비 안에 넣어 뒀습니다. 지금은 반회전 방향으로 가속하고 있습니다."

"그렇군. 크미, 네가 보기엔 어때?"

"링월드 자세제어 엔진일 수도 있다. 점화할 걸로 보이지는 않지만."

"그럴 수도 있겠군. 버사드 램제트는 여러 형태로 설계할 수 있으니까. 최후자, 자기장 효과는 관측되지 않았나?"

"그렇습니다, 루이스. 기계가 활동을 멈춘 것 같습니다."

"초전도체 곰팡이가 진공상태에서는 퍼져 나가지 않은 거야. 손상된 부분은 없는 걸로 보이는군. 그래도 조종 설비는 어딘가 있겠지. 지면 쪽에 말이야. 그럼 수리도 할 수 있을 테고."

"우선 찾아내는 게 먼저겠지요. 수리 시설 안에 있겠습니까?"

"그래."

길이 늪지와 바위투성이 고원 사이로 이어졌다.

그들은 화학 공장처럼 보이는 건물을 또 발견했다. 이번에는 그쪽에도 포착된 게 분명했다. 저음의 고동 소리가 울리더니 굴뚝처럼 보이는 곳에서 증기가 솟구쳤다. 크미는 속도를 낮추지 않았다.

상자형 교통수단은 전혀 보이지 않았다.

루이스는 희미하게 깜빡이는 빛이 나무 사이를 천천히 지나가는 것을 본 적이 있었다. 늪지로 깊이 들어갔을 때였다. 그것들은 물안개나 항구에 진입하는 원양 정기선처럼 천천히 이동했다. 그런데 이제 전방 먼 곳에서 하얀 물체가 나무들로부터 벗어나 길을 향해 움직이고 있었다.

그 짐승은 희고 덩치가 컸다. 가느다란 목 위에는 감각기관이 무리 지어 솟아올라 있었다. 짐승은 지면에 댄 뱃살을 출렁거리면서 천천히 언덕을 올라갔고, 그러면서 삽날처럼 생긴 턱을 땅에 떨어뜨렸다가 늪지의 물과 풀을 퍼 올렸다. 그 짐승은 가장 거대한 공룡보다도 덩치가 컸다.

"밴더스내치군."

루이스가 말했다. 밴더스내치가 여기서 뭘 하는 거지? 징크스의 원주 동물 아닌가.

"크미, 속도를 낮춰 봐. 저 녀석이 우리와 얘기를 하고 싶은 것 같은데."

"그게 무슨 의미가 있나."

"밴더스내치는 기억력이 아주 좋거든."

"그래 봐야 뭘 기억하겠나. 저것들은 늪에 살고 흙을 먹는 데다 무기를 만들 손도 없다. 의미 없는 일이다."

"안 될 건 또 뭐야? 우선 밴더스내치가 링월드에서 뭘 하고 있는지는 알려 줄 수 있잖아."

"그건 이상한 일도 아니다. 수호자가 대양에 지도를 만들면서 잠재적으로 위협이 될 수도 있는 종의 견본까지 가져온 거겠지."

크미는 주도권 싸움을 하고 있었다. 루이스는 그 사실이 마음에 들지 않았다.

"너 도대체 왜 그래? 그냥 물어보자는 건데!"

밴더스내치는 착륙선 뒤로 점점 작아지고 있었다.

크미가 으르렁거렸다.

"넌 퍼페티어와 대결하는 걸 피하고 있다. 흙을 먹는 것들과 야만인에게 질문을 하면서! 해바라기를 죽이면서! 최후자는 끝장난 구조물로 우리를 억지로 데려왔다. 그런데 너는 해바라기를 죽이면서 복수를 미루고 있다. 일 년쯤 지나면 링월드 원주민들이 루이스 신께서 지나가다가 잡초를 뽑아 줬다는 사실을 기억이나 할 것 같으냐?"

"난 가능하면 그들을 구해 주고 싶어."

"우리가 할 수 있는 일은 없다. 우리는 길을 만든 자들을 만나야 한다. 원시적이어서 우리를 위협할 수는 없지만 질문에 대답은 할 수 있을 만큼 진보한 자들일 테니까. 홀로 떨어져 나온 교통수단을 보면 덮쳐야 한다."

정오가 되자 루이스가 조종을 맡았다.

늪은 강으로 바뀌어 있었다. 강은 회전 방향을 향해 나아갔으며, 늪지의 바닥은 더 넓게 퍼지고 있었다. 들쭉날쭉한 길은 새로 등장한 강과 나란히 나아갔다. 늪지의 바닥은 천천히 S 자를 그리면서 좌측으로 조금 치우쳐 있다가 가끔씩 좁아지며 급류나 폭포가 되었다. 늪은 뼈처럼 메말랐고, 다시 뼈처럼 메마른 사막으로 이어지고 있었다. 그 늪은 막혀 버리기 전까지 바다였던 것이 분명했다.

루이스는 망설이다가 늪 바닥을 따라갔다.

그가 크미에게 말했다.

"때를 제대로 맞춘 것 같아. 프릴의 종족은 건설자들이 사라지고 한참 뒤에야 진화했지. 지능이 있는 링월드 거주민 중에서 프릴의 종족이 가장 야망이 컸어. 그래서 크고 웅장한 도시를 여럿 만들었지. 그런데 문제의 곰팡이가 기계 설비 대부분을 망가뜨린 거야. 이제 '기계인'이라는 사람들이 등장했는데, 어쩌면 프릴과 같은 종일 수도 있어. '기계인'은 길을 만들었잖아. 그건 늪이 형성된 이후의 일이야. 그런데 내 생각에는 프릴의 종족이 만들었던 제국이 붕괴한 뒤에 늪이 형성된 것 같단 말이지. 그러니까 프릴의 종족이 예전에 세웠던 도시를 찾아볼 생각이야. 운이 좋으면 오래된 도서관이나 지도실을 찾아낼 수도 있겠지."

처음으로 탐사했을 당시, 루이스 일행은 드물긴 해도 도시를 볼 수 있었다. 하지만 오늘은 여러 시간에 걸쳐 비행을 했건만 아무것도 발견하지 못했다. 무리 지어 있는 천막과 대륙만 한 크기의 모래 폭풍을 본 게 전부였다.

공중 도시는 여전히 전방에 있었다. 착륙선 쪽에서는 옆면밖에 볼 수 없고, 아직 자세한 모습도 식별할 수 없었다. 이십여 채의 고층 건물이 도시의 측면을 둘러싸고 있었고, 중심부 쪽에는 지면을 향해 거꾸로 매달린 건물도 있었다.

메마른 강은 메마른 바다로 이어졌다. 루이스는 해안을 따라 이동하면서 삼십 킬로미터가량 상승했다. 해저에 어딘가 이상한 점이 있었다. 해저는 아주 평평했다. 하지만 인공적으로 배치되어 있는 섬들의 가장자리는 바닥으로부터 솟아올라 있었으며 세로로 된 홈이 나 있었다.

크미가 말했다.

"루이스, 자동조종으로 바꿔라!"

"뭘 봤길래 그래?"

"준설기다."

루이스는 크미에게 다가가 망원경을 들여다보았다.

크미가 준설기라고 부른 기계는 루이스가 커다란 섬의 일부라고 생각했던 것이었다. 그 기계는 거대하고 납작한 원반 모양이었다. 색은 해저에 깔려 있는 진흙과 같았다. 기계는 한동안 수면 아래에 잠겨 있던 것 같았으며, 매끄럽게 이어진 측면이 대팻날처럼 기울어져 있었다. 현재 그 기계는 스스로 해저로부터 긁어모은 흙으로 만들었던 섬에 기댄 채 멈춰 있었다.

링월드 건설자들은 그렇게 해서 진흙이 관으로 흘러드는 것을 막았던 것이다. 해저가 아주 얕았기 때문에 진흙이 저절로 흘러들지는 않았으리라.

루이스는 추측을 입 밖으로 꺼냈다.

"관이 막힌 거야. 준설기는 계속 작동하다가 망가진 거고. 혹은 어떤 이유 때문에 전력이 끊겼는지도 모르지. 예를 들면 초전도체 곰팡이 때문이라든지…… 최후자에게 알려야 할까?"

"그렇다. 최후자에게 정보를 계속 제공해야……."

하지만 최후자는 더 놀라운 정보를 제공했다.

"이걸 보십시오."

그가 말했다. 그리고 화면에 여러 개의 홀로그램을 연달아 띄웠다.

링 벽에 까치발 형태로 꺾인 받침대가 솟아 있고, 그 끝에 고리형 물체 한 쌍이 매달려 있었다. 훨씬 더 먼 곳에도 받침대가 있었다. 그리고 그 화면 속에서는 '흘러나온 산'이 링 벽의 하단부에 있었다. '흘러나온 산'의 크기는 받침대의 절반 정도였다. 화면에 세 번째 받침대가 들어왔다. 네 번째 받침대 옆에는 구조물이 있었고 다섯 번째 받침대에는…….

"잠깐! 다시 돌아가 봐!"

루이스가 소리쳤다.

다섯 번째 받침대가 잠시 화면에 머물렀다. 그 끝에는 아무것도 없었다.

최후자는 네 번째 홀로그램으로 다시 돌아갔다. 탐사기가 빠르게 이동했기 때문에 네 번째 홀로그램은 약간 흐렸다. 받침대와 아주 가까운 벽에 무거운 물체를 들어 올릴 수 있는 기중기 설비가 있었다. 즉 조잡한 핵융합 발전기와 동력 윈치winch와 통이 있고, 그 통 아래에 아무 지지대도 없이 허공에 떠 있는 갈고리가 보였다. 루이스는 통에 매달린 전선이 눈으로 식별할 수 없을 만큼 가는 모양이라고 생각했다. 차광판에 사용된 실과 같은 것일 수도 있었다.

크미가 빠르게 물었다.

"수리반이 이미 일을 하고 있다는 거냐? 으르르. 자세제어 엔진을 장착하고 있는 거냐, 아니면 떼어 내고 있는 거냐? 현재 제어 엔진이 얼마나 장착된 상태지?"

최후자가 대답했다.

"그건 탐사기로 살펴보면 알 수 있을 겁니다. 그보다 지금은 다른 문제가 있습니다. 멀쩡한 우주선의 허리를 감고 있던 고리들을 기억합니까? 그게 버사드 램제트에 사용되는 램스쿠프 장을 형성하는 거라고 가정했었지요."

크미는 화면을 자세히 들여다보다가 말했다.

"링월드의 우주선은 전부 설계가 같다. 난 그 이유가 궁금했지. 네 말이 맞는 것 같군."

루이스가 말했다.

"난 모르겠는데. 뭘 보고……."

화면 속에서 눈이 하나씩 달린 뱀 두 마리가 그를 바라보았다.

"하르로프릴라라의 종족은 교통 시설을 어느 정도 만들었습니다. 그게 완성되면 개척과 탐험에 필요한 공간을 끝없이 확보할 수 있을 테니까요. 그런데 왜 도중에 그만뒀겠습니까? 링 벽의 교통 시설만 있으면 링월드를 전부 손에 넣을 수 있었습니다. 그런데 왜 일부러 우주로 나가려 했겠습니까?"

루이스는 추한 진실을 깨달았다. 믿고 싶지 않았지만 앞뒤가 너무나 잘 들어맞았다.

"……엔진을 공짜로 손에 넣었으니까. 그들은 링월드의 자세 제어 엔진을 몇 개 떼어 내서 그걸로 우주선을 만들어 다른 별들에 진출한 거야. 그래도 눈에 띄는 문제가 생기지 않았기 때문에 몇 개 더 떼어 낸 거지. 얼마나 가져다 썼는지 모르겠군."

최후자가 말했다.

"그것도 탐사기로 조사하면 알 수 있을 겁니다. 아직도 남겨 둔 엔진이 있는 것 같더군요. 링월드가 이만큼 불안정해지기 전에 정상 상태로 되돌리지 않은 이유는 뭘까요? 크미의 질문은 핵심을 찌른 겁니다. 그들은 엔진을 돌려놓는 중이었을까요, 아니면 동족을 조금이라도 더 탈출시키려고 엔진을 훔쳐서 우주선에 장착하는 중이었을까요?"

루이스는 씁쓸하게 웃었다.

"이렇게 생각해 봐. 그들은 엔진 몇 기를 남겨 뒀어. 그런데 변종 곰팡이가 돌아서 기계 설비 대부분이 망가진 거야. 몇 사람이 그 사실을 알고 공황 상태에 빠졌지. 남은 우주선을 전부 끌어모으고, 그것도 모자라서 급히 우주선을 만든 다음 남아 있던 자세제어 엔진까지 떼어 낸 거야. 그 작업은 아직도 진행 중이고. 링월드가 파멸을 맞도록 내버려 둘 참이었단 얘기지."

"멍청이들이군. 그자들은 스스로 위기를 자초한 거다."

크미가 말했다.

"과연 그럴까?"

"내 입장에서 걱정되는 요소는 하나뿐입니다. 그들이 문명의 이기를 최대한 많이 가지고 떠났을까요? 변환 장치는 분명히 가지고 갈 것 같은데 말입니다."

최후자가 말했다.

이상한 일이지만 루이스는 웃고 싶은 생각도 들지 않았다. 그렇다고 해서 달리 대답할 말도 없었다.

대답을 한 것은 크진인이었다.

"손에 넣을 수 있는 건 전부 가져갔을 거다. 우주항 근처에 있는 거라면 뭐든지. 링 벽의 교통 설비가 허락하는 한에서 벽 주변에 있는 것도 가져갔겠지. 우리는 안쪽을 찾아봐야 한다. 그리고 수리 시설도 찾아내야 한다. 거기에 있는 하르로프릴라라의 동족은 링월드를 떠나는 게 아니라 구해 내려고 했을 거다."

"그렇겠지요."

"곰팡이가 언제부터 초전도체를 먹어 치웠는지 알 수 있다면 좋을 텐데."

루이스는 그렇게 말하면서, 최후자가 움찔거릴지도 모른다고 생각했다.

하지만 그런 일은 벌어지지 않았다. 최후자가 말했다.

"나보다 당신이 먼저 알아낼 것 같군요."

"넌 이미 알고 있는 것 같은데."

"새로 밝혀지는 게 있으면 연락하십시오."

뱀처럼 생긴 머리들이 화면에서 사라졌다.

크미가 이상하다는 듯한 시선으로 루이스를 바라봤지만 입은 열지 않았다.

루이스는 조종석으로 돌아갔다.

거대한 그림자가 밝은 지역과 어두운 지역의 경계선을 만들며 회전 방향에서 다가오고 있었다.

그때, 크미가 도시를 발견했다. 그들은 모래로 채워진 강바닥을 따라 말라 버린 바다의 좌측으로 이동했다. 강은 두 줄기로 갈라졌고, 도시는 그 사이에 자리하고 있었다.

프릴의 종족은 뚜렷한 이유도 없이 높다란 도시를 만들었다. 도시는 넓지 않았지만 아주 높았다. 그런데 공중 건물들이 아래에 있던 낮은 구조물을 덮치는 바람에 그 높이도 사라지고 말았다. 고층 건물 한 채가 남아 있긴 했지만 기울어진 상태였다. 그 건물은 오래전부터 낮은 구조물들을 꿰뚫고 있었다.

길은 도시의 왼쪽으로 들어와 메마른 강의 지류 중 하나의 바깥쪽 가장자리를 따르다가 다리를 건너 이어졌다. 육중한 버팀대가 있는 것으로 보아 그 다리는 '기계인'이 만든 것이 분명했다. 프릴의 종족이라면 더 튼튼한 자재를 사용하거나 공중에 띄웠을 것이다.

크미가 말했다.

"도시는 곧 약탈당할 거다."

"뭐, 그렇겠지. 누군가 약탈을 하려고 길을 만들었으니까. 어쨌든 내려가 보지."

"또 바보 같은 호기심이 생겼나?"

"글쎄. 그냥 선회하면서 가까이에서 살펴보자고."

크미는 자유낙하 효과가 생길 정도로 빠르게 착륙선의 고도를 낮췄다. 그의 털가죽은 거의 다 자라서 윤기가 흘렀고 아름다운 주황색 외투처럼 보였다.

루이스는 크미가 젊음을 되찾았다는 사실을 새삼 떠올렸다. 청춘은 성질을 죽이는 데 도움이 되지 않는다. 인간−크진 전쟁이 네 번 있었고 거기에 몇 가지 '사건'까지 있었으니⋯⋯. 루이스는 입을 다물고 아무 말도 하지 않았다.

착륙선이 급상승했다. 루이스는 갑작스러운 무게감이 사라질 때까지 기다렸다가 외부 카메라에 비치는 풍경을 조정하기 시작했다. 그러자마자 무언가가 눈에 띄었다.

상자형 교통수단이 기울어진 고층 건물 옆에 서 있었다. 십여 명을 태울 수 있는 차량이었다. 뒤쪽에 장착된 엔진은 우주선도 띄울 능력이 있었지만, 차량을 사용하는 이들은 원시적이었다. 루이스는 그들이 차량을 어떻게 움직이는지 짐작도 할 수가 없다. 그가 차를 가리키며 말했다.

"고립된 차량이 있으면 습격하자고 했지?"

"그렇다."

크미가 착륙선을 착지시켰다. 루이스는 그동안 주변 상황을 확인했다.

고층 건물은 사각형 구조물을 관통하고 있었다. 구조물은 지붕이 부서졌으며, 세 개의 층과 더불어 지하까지 꿰뚫린 것으로 보였다. 작은 구조물을 지탱하고 있는 것은 외벽이었다. 고층 건물의 창문에서 하얀 증기나 연기 같은 것이 불규칙하게 뿜어져 나왔다. 창백한 사람들의 형체가 아래쪽 건물의 커다란 정문 앞에서 춤을 추고 있었다. 춤을 추는 게 아니라 단거리 경주를 하는 것처럼 보이기도 했다. 그중 두 사람은 엎드려서 쉬고 있었다. 쉰다고 보기에 불편한 자세이긴 했지만……

무너진 건물에 유일하게 남아 있던 벽이 시야를 가리기 직전이 돼서야 루이스는 불현듯 진상을 깨달았다. 피부가 창백한 사람들은 자갈이 덮여 있는 길을 가로질러 입구에 도달하려고 애를 쓰고 있었다. 그리고 고층 건물에서는 누군가가 그들에게 총을 쏘고 있었다.

착륙선이 땅에 내려앉고, 크미가 일어서서 기지개를 켰다.

"루이스, 넌 운이 좋은 것 같다. 총을 가지고 있는 자들을 '기계인'이라고 보면 되겠지. 우리는 그들의 도움을 받는 쪽으로 움직여야 할 거다."

루이스는 그의 판단이 합리적이라고 생각했다.

"발사식 무기에 대해 아는 게 있나?"

"화학반응으로 추진력을 얻는 무기라고 가정하면, 휴대형으로는 우리 장갑복을 관통하지 못한다. 비행 벨트를 사용해서 고층 건물에 들어갈 수 있을 거다. 충격기를 챙겨라. 아군이 될 자들을 죽이면 안 되니까."

착륙선 밖은 완전히 밤이었으며 구름이 하늘을 뒤덮고 있었다. 그럼에도 불구하고 링월드의 아치가 넓은 띠를 이루며 희미하게 빛났다. 그리고 공중 도시의 불빛이 왼쪽에서 빽빽하게 별무리를 이루고 있었다. 따라서 길을 잃을 염려는 없었다.

루이스는 불편했다. 장갑복은 너무 딱딱했고, 후드는 얼굴을 거의 다 덮었다. 두꺼운 비행 벨트의 끈 때문에 숨을 쉬기가 어려웠고 발은 흔들거렸다. 하지만 어차피 한 시간 동안 전기 자극에 빠지는 기분을 다시 느낄 수는 없으니 다른 것들은 전부 거기서 거기였다. 그리고 최소한 이전보다 안전하다는 느낌은 받을 수 있었다.

그는 공중에 뜬 채 광량 증폭 고글을 사용했다.

공격하는 자들은 그다지 대단해 보이지 않았다. 그들은 벌거벗은 거나 마찬가지였고, 무기도 없었다. 머리칼은 은발이었고 피부는 새하얬다. 체격은 호리호리했고 외모는 예쁘장했다. 심지어 남자도 멋지다기보다는 예뻤으며, 털이 하나도 없었다.

그들은 그림자 속으로 들어가서 부서진 건물의 잔해를 방패로 삼고 있었다. 한두 사람만이 갈지자를 그리며 커다란 문을 향해 달려갔다. 인원은 스무 명이었으며 그 가운데 열한 명이 여성이었다. 길에는 다섯 구가량의 시신이 있었다. 이미 건물에 진입한 사람도 있는 것 같았다.

방어하던 사람들이 총격을 멈췄다. 탄약이 떨어진 것 같았다. 그들은 아래로 기울어진 건물 면에 있는 두 개의 창문을 이용하고 있었다. 그들이 있는 곳은 육 층쯤 되는 것 같았다. 건물의 창문은 모조리 깨진 상태였다.

루이스는 공중에 떠 있는 커다란 덩치의 크미에게 천천히 다가갔다.

"반대편으로 들어가지. 조명은 약하게 켜고, 유효 반경은 넓게 해 둬. 내가 인간이니까 먼저 들어간다. 알았지?"

"알았다."

크미가 대답했다.

비행 벨트는 착륙선과 마찬가지로 스크리스 반발력을 이용했다. 등에는 소형 추진 장치가 있었다. 루이스는 선회를 해 본 다음 크미가 따라오는지 확인하고 공격자들이 있다고 짐작되는 층의 창문으로 날아 들어갔다.

실내에는 커다란 방이 있었다. 내부는 비어 있었다. 루이스는 냄새 때문에 코가 간지러웠다. 끈으로 만든 가구가 있었는데, 끈 자체는 닳아 버린 상태였다. 기다란 유리 탁자는 산산조각이 나 있었다. 기울어진 바닥에 무언가가 보였다. 어깨끈이 달린 가방이었다. 따라서 누군가가 있었던 것이 분명했다. 게다가 냄새까지…….

크미가 말했다.

"코르다이트다. 화학 추진제지. 저들이 사격을 개시하면 눈을 보호해라."

그는 벽에 몸을 붙이고 갑자기 문을 열어젖혔다. 문 안쪽은 화장실이었고 비어 있었다.

건물이 기울어진 탓에 그보다 더 큰 문 하나가 열려 있었다. 루이스는 충격기와 레이저 플래시를 양손에 각각 들고 큰 문으로 향했다. 흥분이 솟아오르며 두려움을 덮었다.

조각으로 장식된 나무 문 뒤에는 넓은 나선형 계단이 있었다. 계단은 아래층의 어둠 속으로 빨려 들어가듯 사라졌다. 루이스는 나선형 난간을 따라 레이저 플래시를 비춰 보았다. 나선계단과 건물의 바닥이 무너져 하나가 되어 있었다. 빛줄기의 끝에 개머리판이 달린 양손 무기와 작은 금색 원통이 튀어나온 상자가 보였다. 그 아래쪽에 또 다른 무기가 있고, 끈이 달린 외투도 있었다. 그 밑에는 천으로 된 끈들이 있었다. 부서진 계단 밑에 구겨져 있는 사람의 형체가 보였다. 옷을 입지 않았으며, 공격자들보다 피부가 검고 체격이 좋아 보였다.

루이스는 점점 흥분을 참기가 힘들어졌다. 이거야말로 내가 그동안 진심으로 원했던 게 아닐까? 드라우드와 전기 자극이 아니라 목숨을 저울에 올려놓고 가치를 재 보는 것 말이지!

그는 비행 벨트를 조종해서 난간을 넘어 하강했다.

천천히 낙하하는 동안, 계단에 인간의 모습은 보이지 않았다. 그 대신 여러 가지 물건이 떨어져 있었다. 뭔지 알 수 없는 옷가지와 무기와 장화와 어깨에 메는 가방이었다. 그는 계속 내려가다…… 갑자기 자신이 원하던 층에 도달했다는 걸 깨달았다. 그리고 비행 벨트를 재빨리 조종해서 크미가 코르다이트라고 했던 물질과 완전히 다른 냄새를 쫓아 복도로 내달렸다.

루이스는 고층 건물 밖으로 나왔다. 그리고 벽과 충돌하는 상황을 간신히 모면했다. 그는 아직도 부서진 아래쪽 건물의 내부에 있었다. 그때 손에 들고 있던 플래시가 떨어졌다. 그는 고글의 광량 증폭을 전환하면서 오른쪽으로 돌았다. 빛이 보였다.

커다란 복도에 여성의 시체가 있었다. 공격자 가운데 하나였다. 시체의 가슴에는 총상이 있었고 피가 그 아래에 연못을 만들고 있었다. 루이스는 여성을 보며 깊은 슬픔을 느꼈다. 그리고 위기 상황이라는 판단하에 시체 위쪽으로 몸을 날린 다음 문을 통과해 빠져나왔다.

구름에 덮여 있었지만 광량이 증폭된 덕분에 링월드 아치의 빛이 아주 밝아 보였다. 루이스는 공격자들을 발견했다. 방어자도 있었다. 양측은 서로 짝을 짓고 있었다. 피부가 희고 날씬한 자들이 키가 더 작고 피부가 더 검은 자들과 뒤엉켜 있었다. 후자는 그래도 장화나 후드나 찢어진 상의 등 옷을 조금은 걸쳤다. 그들은 맹렬하게 짝짓기에 몰두하느라 공중에 떠 있는 사람을 알아채지 못했다.

하지만 짝이 없는 여인이 하나 있었다. 루이스가 상승을 멈추자 여인이 손을 뻗더니 아무 두려움도 없이, 그리 억지를 부리지 않으며 그의 발목을 붙잡았다. 그녀는 은발이었으며 피부가 아주 하얬고 이목구비가 무척이나 뚜렷했다. 그 아름다움은 말로 표현할 수 없을 정도였다.

루이스는 비행 벨트를 끄고 그녀 옆에 내려섰다. 그리고 그녀를 끌어안았다. 그녀가 손으로 루이스의 낯선 복장을 어루만지며 탐색했다. 루이스는 충격기를 내던지고 서투른 동작으로 조끼와 비행 벨트와 장갑복과 속옷을 벗었다. 그리고 기교라고는 전혀 부리지 않고 여인을 취했다. 너무나 다급했기 때문에 상대 여인에 대한 배려는 조금도 없었다. 하지만 여인도 그와 마찬가지로 간절했다.

루이스의 머릿속에는 온통 자신과 여인에 대한 생각뿐이었다. 그는 크미도 합류했다는 사실을 전혀 몰랐다. 크미가 레이저 플래시로 새 연인의 머리를 세게 때리고 나서야 강제적으로 그 사실을 깨달았다. 털투성이 외계인이 여인의 은발에 손톱을 파묻고 그녀의 머리를 잡아당겼다. 그와 동시에 그녀의 이도 루이스의 목에서 떨어져 나갔다.

| 기계인 |

바람이 불어 콧속으로 먼지가 들어왔다. 머리카락이 헝클어져 얼굴을 덮었다. 루이스는 머리카락을 쓸어 넘기고 눈을 떴다. 주변은 눈이 부실 만큼 밝았다. 손으로 더듬어 보니 목에 플라스틱 패치가 붙어 있고 얼굴에는 고글이 덮여 있었다. 그는 패치와 고글을 떼어 냈다. 그리고 몸을 굴려 여인에게서 떨어진 다음 일어나 앉았다.

이제 주변은 어두침침했다. 새벽에 가까운 시간이었다. 명암 경계선이 세계를 빛과 어둠으로 나눠 놓고 있었다. 루이스는 두드려 맞은 것처럼 온몸이 아팠다. 하지만 역설적으로 기분은 아주 좋았다. 그는 아주 오랫동안 거의 섹스를 하지 않았다. 설사 하는 경우가 있어도 어디까지나 위장하기 위해서였다. 전류 중독자는 전통적으로 그런 행위에 아무 관심이 없었다. 하지만 지난밤 그의 정신은 행위에 완전히 몰두했다.

상대는 어떤 여인이었을까? 여인은 키가 루이스와 비슷했고, 예쁘면서도 다부진 체격이었다. 가슴은 납작하진 않았지만 그렇다고 풍만하지도 않았다. 머리는 검고 긴 흑발이었고, 당황스럽게도 수염이 턱을 따라 띠를 그리고 있었다. 그녀는 지쳐서 곯아떨어져 있었다. 충분히 그럴 만했다. 루이스도 마찬가지였다. 기억이 슬슬 돌아오기 시작했다. 하지만 앞뒤가 맞지 않는 구석이 너무 많았다.

그는 사랑을 나누고 있었다. 아니, 사랑을 나누는 행위에 푹 빠져 있었다. 상대는 입술이 붉고 피부가 창백하며 은발인 여성이었다. 그녀의 입가에는 그의 피가 묻어 있었고, 그의 목에는 통증이 있었다. 그에게 남은 것은 끔찍한 상실감뿐이었다. 크미가 여인의 머리를 돌려 목을 부러뜨렸다. 루이스는 비명을 지르고 그가 죽은 여인을 떼어 내는 동안 격렬하게 저항했다. 크미는 성을 내며 발버둥 치는 루이스를 한쪽 겨드랑이에 끼우고, 그의 조끼에서 응급처치 도구를 꺼낸 다음 목에 패치를 붙여 주고, 응급 도구를 도로 제자리에 집어넣었다.

그다음으로 크미는 예쁘장한 은발 남녀를 모조리 죽였다. 그는 레이저 플래시의 붉고 뾰족한 바늘로 그들의 머리를 정확하게 꿰뚫었다. 루이스는 그를 말리려 했던 기억이 났다. 크미는 루이스를 집어 던졌고, 그는 부서진 포장도로 위를 굴렀다. 그는 비틀거리며 일어서다가 어떤 여인이 움직이는 것을 보고 그쪽으로 갔다. 그녀는 머리가 검었고, 방어자 가운데 유일한 생존자였다. 루이스와 여인은 서로를 끌어안았다.

난 왜 그랬을까? 크미는 내 주의를…… 끌려고 했었지. 루이스는 전쟁에 나선 호랑이가 내지르는 것 같은 비명을 들은 기억이 났다.

그가 말했다.

'페로몬 때문이야. 게다가 위험한 사람들처럼 보이지 않았어!'

그는 몸을 일으키고 완전히 겁에 질려 주변을 바라보았다. 사방에 시체가 널려 있었다. 피부가 검은 자들은 목에 상처가 있었다. 창백한 자들의 입에는 피가 묻어 있고 은색 머리카락 속에는 검은 화상 자국이 있었다.

총으로는 충분하지 않았다. 흡혈귀는 타스프보다 더 악질이었다. 그들은 효과가 극히 뛰어난 페로몬 자극제 구름을 내뿜었다. 다른 말로 표현하자면 그들이 내뿜은 것은 기꺼이 섹스를 하겠다는 인간용 냄새 신호였다. 방어자들은 밖으로 달려 나와 총과 옷을 집어 던졌으며, 서두르는 와중에 한 사람이 난간 너머로 떨어져 죽었던 것이다.

하지만 흡혈귀가 다 죽었는데도 나와 검은 머리 여인은 어째서 계속……?

머리카락이 바람에 나부꼈다. 루이스는 해답을 깨달았다. 흡혈귀는 죽었지만 그와 흑발 여인은 페로몬 구름의 영향을 계속 받고 있었던 것이다. 두 사람은 광란 속에서 맺어졌고…….

"바람이 불지 않았다면 아직도 그러고 있었겠지. 맞아. 그러면…… 젠장, 내 물건들은 전부 어디 있는 거야?"

루이스는 장갑복과 비행 벨트를 찾았다. 속옷은 찢어져 조각이 나 있었다. 조끼는 어디에······? 그는 여인이 눈을 뜨고 있는 것을 알아챘다. 그녀가 갑자기 일어나 앉으며 겁에 질려 눈을 크게 떴다.

루이스는 그녀의 심정을 잘 이해할 수 있었다. 그가 말했다.

"조끼를 찾아야 해요. 그 안에 통역기가 있거든요. 상황을 설명하기 전에 크미 때문에 놀라지 않았으면 좋겠는데······."

크미. 그는 그 상황을 어떻게 해석했을까?

크미는 커다란 손으로 루이스의 머리를 움켜쥐고 억지로 잡아끌었다. 루이스의 마음은 온통 은발 여인에게 쏠려 있었다. 육체 또한 쉬지 않고 찔러 대기를 반복했다. 하지만 그의 눈에 보이는 것은 주황색 짐승의 얼굴이었고, 귀에 들리는 것은 비명이나 다름없는 욕이었다. 루이스는 그걸 무시할 수 없었고······.

현재 크미는 보이지 않았다. 조끼는 꽤 먼 곳에 죽어 있는 흡혈귀가 움켜쥐고 있었다. 충격기는 찾을 수 없었다. 루이스는 진심으로 걱정이 되기 시작했다. 무언가 추한 기억이 머리를 찔러대고 있었다. 착륙선이 서 있던 장소가 가까워지자 그는 달리기 시작했다.

성인 남성 셋이 매달려도 들 수 없는 커다란 바위가 넉넉하게 쌓여 있는 검은색 초전도체 천을 누르고 있었다. 크미가 떠나면서 남긴 선물이었다. 착륙선은 보이지 않았다.

이 상황을 조만간 해결해야 해. 루이스는 생각했다. 지금 당장 못할 이유는 뭔데? 예전에 어떤 친구가 충격과 슬픔을 떨치라면서 그처럼 마술 같은 작은 장난을 가르쳐 준 적이 있었다. 그리고 그런 장난은 종종 효과를 보이곤 했다.

루이스가 앉아 있는 곳은 부서진 현관의 난간이었다. 말이 현관이지 주변에 있는 거라고는 모래가 덮인 보도뿐이었다. 그는 장갑복과 주머니가 잔뜩 달린 조끼를 갖춰 입었다. 자신과 광활하고 적막한 세계 사이에 옷을 끼워 두고 있었다. 갖춰 입으려는 게 아니라 두려움 때문이었다.

두려움 때문에 그가 품고 있던 야심은 소진되어 버렸다. 그는 다시 자리에 앉았다. 생각이 목적지도 없이 이리저리 표류했다. 그는 지구에서 달까지의 거리만큼이나 먼 곳에서 작동하고 있는 드라우드를 떠올렸다. 그를 구하기 위해 위험을 무릅쓰고 이곳에 착륙할 생각은 조금도 없는, 머리가 둘 달린 아군을 떠올렸다. 링월드 건설자들과 그들이 만든 이상적인 생태계도 생각했다. 본래 그 생태계 안에는 모기나 흡혈박쥐 같은 건 존재하지 않았다. 루이스는 입술을 깨물며 웃다가 죽은 사람과 같은 표정을 지었다. 그의 얼굴은 완전히 무표정했다.

루이스는 크미가 간 곳을 알고 있었다. 그는 다시 웃으면서 그래 봐야 아무 소용이 없다고 생각했다. 크미가 그 사실까지 얘기했던가? 하지만 그렇다 해도 달라질 건 없겠지. 목적이 생존이든 짝짓기 욕구든 최후자에 대한 복수심이든 간에 크미는 똑같이 행동할 테니까. 그런데 그 세 가지 가운데 크미로 하여금 나를 구하러 돌아오게 만들 만한 동기가 있기는 할까?

그리고 루이스는, 수조 명의 링월드 주민이 항성에 바짝 다가가 전멸할 마당에 한 사람의 죽음이란 얼마나 보잘것없는지를 생각했다.

그래도 크미가 돌아올 가능성은 있었다. 루이스는 자리를 털고 일어나서 공중 도시에 도달하기 위해 무언가를 해야만 했다. 공중 도시는 그와 크미의 목적지였다. 어떤 이유에서든 크미가 자신을 그토록 심하게 실망시켰던 동료에 대한 생각을 바꾸게 된다면 공중 도시에서 루이스를 기다릴 게 분명했다.

또는 루이스가 무언가 중요한 사실을 발견할 가능성도 있었다. 또는 그가…… 일이 년 동안 홀로 살아남아야만 할 가능성도 있었다.

루이스는 생각했다. 언젠가는 이 상황을 해결해야만 해. 그렇다면 지금 당장 그러지 않을 이유가 없잖아?

그때, 누군가가 소리를 질렀다.

흑발의 여인이 반바지에 상의를 입고 등에 가방을 메고 서 있었다. 그녀는 발사식 무기를 한 손에 들고 루이스를 겨누고 있었다. 그리고 다른 손으로 손짓을 하면서 다시 소리를 질렀다.

휴식은 끝났다. 루이스는 후드가 목뒤로 내려가 있다는 사실을 알고 있었다. 여인이 머리를 겨누고 쏜다면……. 하지만 루이스가 얼굴에 후드를 뒤집어쓸 정도의 여유는 줄 가능성도 있었다. 그렇게만 된다면 그녀가 총을 쏘든 말든 상관이 없었다. 도망치는 동안 날아오는 탄환 역시 장갑복이 막아 줄 수 있었다. 그가 절실하게 원하는 건 비행 벨트였다. 하지만 그조차 필요 없을 수도 있었다.

"알았어요."

루이스는 그렇게 말하면서 미소를 짓고 두 손을 들어 올렸다. 지금 그에게 진심으로 필요한 건 동료였다. 그는 천천히 한 손을 조끼 속으로 넣어 통역기를 꺼내고 목 밑에 부착했다.

"일단 학습이 끝나면 이게 말을 해 줄 거예요."

여인이 총부리를 움직였다. 앞장서라는 뜻이었다.

루이스는 비행 벨트가 있는 곳까지 걸어가서 허리를 숙이고는 느린 동작으로 집어 들었다. 그러자 벼락이 치는 소리가 들렸다. 그의 발에서 이십 센티미터가량 떨어진 돌 하나가 요란스럽게 날아갔다. 그는 벨트를 놓고 뒤로 물러섰다.

젠장, 저 여자는 말을 안 하고 있잖아! 내가 자기네 언어를 모른다고 판단한 모양이군. 그건 사실이지만 말을 안 하면 통역기가 학습을 할 수 없단 말이야.

루이스는 손을 든 채 여인이 계속 총구를 그에게 향하면서 한 손으로 비행 벨트를 만지작거리는 모습을 지켜보았다. 조종 장치를 잘못 건드리면 벨트와 천을 동시에 잃을 수도 있었다. 하지만 그녀는 벨트를 내려놓고 루이스의 얼굴을 잠시 들여다보더니 뒤로 물러서서 손짓을 했다.

루이스는 비행 벨트를 집어 들었다. 여인이 자신의 차량 쪽을 가리켰지만 루이스는 고개를 저었다. 그는 크미가 아주 무거운 바위로 눌러 놓은 사천 제곱미터가량의 초전도체 천이 있는 곳으로 걸어갔다.

그가 바위에 벨트를 두르는 동안 총구는 단 한 번도 다른 곳을 가리키지 않았다. 그는 두 팔로 바위와 벨트를 감쌌다. 벨트가 벗겨지는 것을 방지하기 위해서였다. 그리고 바위를 들어 올렸다. 바위가 따라 올라왔다. 그는 몸을 완전히 돌리고 나서 바위를 내려놓았다. 바위가 천천히 지면에 내려앉았다.

여인의 눈에 존경의 빛이 떠오른 것 같았지만 그 대상이 기술인지 힘인지는 알 수 없었다. 루이스는 비행 벨트를 끄고 그것과 초전도체 천을 함께 집어 든 다음 앞장서서 여인의 차량 쪽으로 향했다. 여인이 차량의 측면에 있는 쌍여닫이문을 열었다. 루이스는 짐을 내려놓고 내부를 둘러보았다.

세 방향에 긴 의자가 있었다. 가운데에는 조그마한 난로가 있고 지붕에는 연기를 내보낼 수 있는 해치가 있었다. 뒷좌석 너머에는 짐이 쌓여 있었다. 앞쪽 의자는 정면을 향하고 있었다.

루이스는 뒤로 물러섰다. 그리고 고층 건물 쪽으로 몸을 돌린 다음 한 걸음을 내딛고 여인을 바라보았다. 여인이 그의 생각을 알아차렸다. 그녀는 잠시 망설이다가 원하는 대로 하라고 손짓을 했다.

시신들이 냄새를 풍기기 시작했다. 루이스는 여인이 시신을 매장할지 아니면 화장할지 궁금했다. 하지만 여인은 걸음을 멈추지 않고 시신들 사이를 거닐었다. 오히려 발걸음을 멈춘 건 루이스였다. 그는 한 여인의 시체를 보고 백발 속으로 손을 넣어 더듬어 보았다.

머리카락이 지나치게 많았고 두개골은 너무 작았다. 그녀는 아름다웠지만 두뇌는 인간보다 작았다. 그는 한숨을 쉬고 앞으로 나아갔다.

여인은 그의 뒤를 따라 아래쪽 건물의 잔해를 통과하고 고층 건물의 나선형 계단을 내려갔다. 무너진 지하에는 그녀의 동족 남성이 골절상을 입고 죽어 있었다. 그 옆에 레이저 플래시가 있었다. 루이스는 뒤를 흘끗 돌아보았다. 여인의 눈에 눈물이 맺혀 있었다.

그가 레이저 플래시로 손을 뻗자 여인이 그의 옆을 겨누고 총을 쏘았다. 튕겨 나온 탄환이 엉덩이를 때리자 그는 갑자기 단단해진 장갑복 속에서 급히 동작을 멈췄다. 그리고 여인이 레이저 플래시를 줍는 동안 뒤로 물러서 부서진 벽에 기대어 있었다.

여인은 스위치를 찾아냈다. 넓게 퍼진 레이저 빔이 여기저기를 비췄다. 그녀는 초점을 맞추는 방법을 알아냈고, 빔이 한곳으로 모였다. 그녀는 고개를 끄덕이더니 레이저 플래시를 주머니에 집어넣었다.

두 사람은 차량으로 걸어 돌아왔다. 그러는 도중에 루이스는 햇살이 너무 따갑기라도 한 듯 자연스러운 동작으로 장갑복의 후드를 머리에 뒤집어썼다. 여인이 그로부터 더 이상 얻어 낼 게 없다고 생각할 수도 있고, 식수가 부족할 수도 있고, 그와 동행할 생각이 없을 수도 있었기 때문이다.

여인은 루이스를 쏘지 않았다. 그녀는 차에 올라탄 다음 열쇠로 문을 잠갔다. 루이스는 잠깐 동안 물이나 도구도 없이 버려지는 모양이라고 생각했다. 하지만 여인이 손짓을 해 그를 우측 창문 쪽으로 이끌었다. 거기엔 차량을 조종하는 설비들이 있었다. 여인은 그에게 운전하는 법을 가르치기 시작했다.

루이스는 바로 그와 같은 상황의 변화를 기대하고 있었다. 그는 여인이 창문을 통해 알려 주는 단어들을 되풀이하면서 자신이 사용하는 단어도 추가했다.

"운전대. 회전. 활성 장치. 열쇠. 가속장치. 구식 가속장치."

여인은 몸짓으로 뜻을 전달하는 솜씨가 좋았다. 한 손가락으로 바늘이 움직이는 경로를 가리키면서 손을 빠르게 움직이는 동작은 '비행 속도계'를 뜻했다.

통역기가 말을 하기 시작하자 여인이 깜짝 놀랐다. 그녀는 잠시 동안 언어 강의를 이어 갔다. 그런 다음 잠겼던 문을 열고, 총을 겨눈 채 의자 뒤로 물러서서 말했다.

"올라타. 운전해."

차는 소음이 심했고 조종이 쉽지 않았다. 아주 작은 충격도 운전석에 그대로 전달되는 바람에 루이스는 방향을 바꾸는 법을 익히기 전까지 도로에 있는 균열과 자갈과 모래 더미를 고스란히 몸으로 느껴야 했다.

여인은 아무 말도 하지 않고 그를 지켜보았다. 이 여자는 호기심도 없나? 루이스는 그렇게 생각하다가 그녀가 흡혈귀에게 십여 명의 동료를 잃었다는 사실을 떠올렸다. 그 점을 감안한다면 여인은 상당히 제정신을 차리고 있었다.

마침내 그녀가 말했다.

"난 발라버질린이야."

"난 루이스 우."

"당신 기계는 이상하군. 말하는 기계, 나는 기계, 빛이 변하는 기계…… 또 뭐가 있지?"

"이런 젠장! 쌍안경을 두고 왔잖아!"

여인이 주머니에서 고글을 꺼냈다.

"이걸 주웠는데."

그녀는 충격기도 발견한 것 같았다. 하지만 루이스는 그에 대해 묻지 않았다.

"잘됐군. 그걸 써 봐. 기능이 뭔지 보여 줄 테니까."

여인은 미소를 지으며 고개를 저었다. 그가 달려들까 봐 걱정하는 게 분명했다. 그녀가 물었다.

"옛 도시에서 뭘 하고 있었지? 이런 물건은 또 어디서 찾아낸 거야?"

"그건 내 거야. 아주 먼 별에서 가져왔지."

"날 놀리지 마, 루이스 우."

루이스는 그녀를 바라보았다.

"도시를 세운 사람들도 이런 물건을 사용했나?"

"말하는 기계는 사용했지. 건물을 공중에 띄울 수도 있었고. 그러니 날 수도 있었겠지."

"내 동료는 봤지? 여기 링월드에서 그렇게 생긴 사람을 본 적이 있나?"

여인의 얼굴이 상기되었다.

"그 사람은 괴물처럼 생겼더군. 자세히 볼 기회는 없었지만."

화제가 다른 곳으로 흘렀잖아. 바보 같기는. 루이스는 다시 물었다.

"왜 나에게 총을 겨누는 거지? 사막을 건너는 건 쉬운 일이 아니잖아. 협력해야 한다고."

"내가 왜 당신을 믿어야 하지? 지금 보니 당신은 미친 사람 같은데. 별 사이를 여행할 수 있는 건 '도시 건설자'들뿐이야."

"그렇지 않아."

여인이 어깨를 으쓱했다.

"꼭 이렇게 차를 천천히 몰아야겠어?"

"익숙해지려면 시간이 필요해."

하지만 루이스는 능숙해지고 있었다. 도로는 일직선이었고 노면은 그리 거칠지 않았다. 차를 향해 다가오는 것도 없었다. 길에 있는 것은 모래 더미 정도였다. 발라버질린은 모래 더미 때문에 속도를 줄일 필요는 없다고 말했다.

루이스는 꽤 괜찮은 속도로 자신이 바라던 목적지를 향해 나아가고 있었다. 그가 물었다.

"공중 도시에 대해 얘기해 봐."

"거기엔 한 번도 가 보지 못했어. '도시 건설자'들의 자손들이 거길 쓰고 있지. 그들은 더 이상 건설하지도 않고, 거길 지배하지도 않아. 하지만 우리는 공중 도시를 그들의 것이라고 여기지. 그리고 거길 방문하는 사람들도 많아."

"관광객이 있단 얘긴가? 그러니까, 거길 구경하러 가는 사람들이 있다는 얘기야?"

여인이 미소를 지었다.

"그렇기도 하고 다른 이유도 있어. 반드시 초대를 받아야 하고. 왜 그런 걸 궁금해하지?"

"공중 도시에 가야 하거든. 내가 당신 차를 어디까지 얻어 탈 수 있을까?"

여인은 이제 소리를 내어 웃었다.

"당신은 초대받지 못할 거야. 유명한 사람도 아니고 영향력도 없으니까."

"뭔가 방법이 있겠지."

"나는 '돌아오는 강'에 있는 학교까지 가. 가서 무슨 일이 벌어졌는지 얘기해야 하니까."

"무슨 일이 생겼던 거지? 사막에는 왜 갔던 거야?"

여인은 답을 말해 주었다. 뜻을 전달하기는 쉽지 않았다. 통역기가 모든 어휘를 변환하지 못했기 때문이다. 두 사람은 빠진 단어의 뜻을 추측해 가며 이야기를 연결했다.

'기계인'은 강력한 제국을 통치했다.

제국이란 거의 독립적인 왕국의 무리를 가리키는 전통적인 개념이었다. 각 왕국은 세금을 내야 했고 황제의 명령, 즉 전쟁을 벌이고 도적을 제압하고 소통을 유지하라는 명령에 따라야 했다. 가끔은 제국의 국교를 따르라고 명령하는 경우도 있었다. 그렇지 않을 경우 각 왕국은 독자적인 관습을 유지했다.

'기계인' 제국은 이런 정의와 정확히 부합했다. 예를 들면, 가축을 키우는 육식인의 생활 방식은 '초원인'의 생활 방식과 경쟁 관계에 있었다. 무늬가 새겨진 가죽 제품을 구입하는 상인에게 육식인의 생활 방식은 유용했고, 굴ghoul에게는 별 상관이 없었다. 여러 종족이 협업 상태를 유지하는 지역도 있었다. 그런 지역의 경우 굴이 자유롭게 통행하도록 허락하고 있었다. 각 종족은 본능에 따라 독자적인 관습을 유지했다.

굴이란 루이스가 사용하는 단어였다. 발라버질린은 그들을 '야행인'이라고 표현했다. 굴은 쓰레기를 모으는 동시에 장의사이기도 했다. 발라버질린이 동료를 매장하지 않은 것도 굴 때문이었다. 굴은 말을 할 수 있었다. 인류의 지역적 종교에 맞춰 임종 의식을 배울 수도 있었다. '기계인'은 굴을 통해 정보를 얻었다. 전설에 따르면 '도시 건설자'들이 지배하던 당시 그들 또한 굴을 통해 정보를 얻었다고 한다.

발라버질린은 '기계인'의 제국이 상업 제국이라고 말했다. '기계인'은 자신들의 상인에게만 세금을 매겼다. 하지만 그녀의 얘기가 길어질수록 루이스는 더 많은 예외를 발견할 수 있었다. 각 왕국은 제국을 연결하는 도로를 관리했다. 하지만 그것도 그럴 만한 능력이 있을 때의 얘기였다. 예를 들어, 나무 위에 사는 '매달린 사람'들은 그럴 수 없었다. 도로는 인류의 각 종이 거주하는 영토를 구분하는 경계였다. 도로를 넘어가는 정복 전쟁은 금지되어 있었다. 따라서 도로는 존재하는 것만으로 전쟁을 예방─어쩌다가 있는 일이긴 하지만!─했다.

제국은 권력을 이용해서 산적과 도적을 물리칠 병력을 모았다. 제국은 또 커다란 토지를 할당해서 교역소를 운영했는데, 그런 교역소가 종종 제대로 된 식민지로 변하곤 했다. 도로와 차량이 제국을 연결하는 수단이었기 때문에 각 왕국은 화학연료를 제조하고 준비해 둘 의무가 있었다. 제국은 광산을 매입―강매였을까?―했고, 직접 채광을 하기도 했으며, 제국이 정한 규격에 맞는 기계를 생산할 권리를 임대해 주기도 했다.

상인을 위한 학교도 있었다. 발라버질린 일행은 '돌아오는 강'에 있는 학교의 선생 한 명과 학생들로 구성되어 있었다. 그들은 현장학습을 위해 '매달린 사람'들이 사는 밀림과 '유목인'이 사는 지역의 경계에 있는 교역소로 떠났다.

루이스는 '매달린 사람'들이 팔이 긴 종족이며, 견과류와 말린 과일을 거래한다는 사실을 알아냈다. 그리고 '유목인'이 가죽 제품과 수공업품을 거래하는 육식인―하지만 그들은 몸집이 작지도 않고 피부가 붉지도 않았다. 루이스가 만났던 종족과는 다른 사람들이었다―이란 것도 알아냈다.

발라버질린 일행은 고대 사막 도시에 잠깐 들르려고 방향을 바꾼 참이었다. 흡혈귀는 예상 밖의 존재였다. 발라버질린은 흡혈귀가 사막에서 어떻게 물을 구하는지 알지 못했고, 어떻게 사막에 도달했는지도 몰랐다. 흡혈귀는 거의 멸종 상태였다. 특별한 경우만 제외한다면…….

"특별한 경우란 게 뭐지? 못 알아들은 부분이 있는데."

발라버질린이 얼굴을 붉혔다.

"옛 사람들은 이가 없는 흡혈귀를…… 리샤스라에 쓰려고 살려 두는 경우가 있었어. 아마 그 때문에 흡혈귀가 남아 있는 거겠지. 길들여진 흡혈귀 한 쌍이나 임신한 암컷 흡혈귀 하나가 탈출했을 거야."

"그거 역겨운 일이군."

루이스의 말에 발라는 침착하게 동의했다.

"맞아. 흡혈귀를 살려 둬도 된다고 허가를 받은 사람이 있다는 얘기는 들어 본 적도 없어. 당신, 도대체 어디서 온 거지? 당신네 고향에는 수치스러운 짓을 하는 사람이 없다는 거야?"

그녀의 말은 정곡을 찔렀다.

"나중에 전류 중독에 대해서 얘기해 주지. 지금은 말고."

발라버질린이 총부리 너머에서 루이스를 관찰했다. 턱을 따라 검은 수염이 나긴 했어도 그녀는 어딜 봐도 인간이었다. 다만 체격이 크고, 얼굴이 거의 정사각형이었다.

루이스는 그녀의 표정을 통해 생각을 알아내기가 힘들었다. 충분히 그럴 법했다. 인간의 얼굴은 진화를 거듭하면서 신호를 보내는 기관이 되었다. 그러니까 발라는 그와 다른 방향으로 진화한 인간인 것이다.

루이스는 물었다.

"이제 뭘 할 거야?"

"사망자가 있다는 걸 보고해야지. 그리고…… 사막에서 발견한 유물을 넘겨야 해. 현상금이 걸려 있거든. 제국 쪽에서 '도시 건설자'의 유물을 요구하긴 하지만."

"다시 말하는데 그건 내 물건이야."

"운전이나 해."

사막에 녹지가 보이기 시작하고 차광판이 태양을 가르자 발라 버질린이 차를 멈추라고 지시했다. 루이스는 기꺼이 그녀의 말에 따랐다. 그는 울퉁불퉁한 도로와 끝없이 차를 모는 임무에 지쳐 가던 참이었다.

발라가 말했다.

"당신이 저녁을 ――해."

두 사람은 불완전한 통역에 적응하고 있었다.

"못 알아들었어."

"음식을 먹으려면 어떻게든 가열해야 하잖아. 루이스, ――할 줄 몰라?"

"요리 말이군."

표면이 매끄러운 냄비나 전자 오븐이 있을 것 같지는 않았다. 계량컵이나 정제 설탕이나 버터나 루이스가 알고 있는 양념도 없을 것이다.

"할 줄 몰라."

"요리는 내가 하지. 그럼 불을 피워. 당신은 뭘 먹지?"

"고기하고 몇 가지 식물, 과일, 알, 물고기. 조리하지 않은 과일도 먹을 수 있어."

"물고기만 빼면 우리하고 똑같군. 알았어. 나가서 기다려."

발라는 루이스를 내보낸 다음 문을 잠그고 차의 뒤쪽으로 기어갔다. 루이스는 근육통을 느끼며 기지개를 켰다. 태양은 은빛을 내뿜고 있었고, 여전히 똑바로 쳐다보기 어려웠다. 하지만 사막에는 어둠이 깃들고 있었다. 널따란 띠 모양의 풍경이 반회전 방향에서 빛을 내고 있었다. 주변에는 연갈색 덤불이 보였다. 키가 크고 메마른 나무들도 보였다. 그 가운데 한 그루는 색이 하얀 것이 죽은 것 같았다.

발라가 차의 뒤쪽에서 기어 나왔다. 그리고 루이스의 발 근처에 무거운 물건을 내던졌다.

"나무를 베고 불을 피워."

루이스는 그 물건을 집어 들었다. 기다란 나무 끝에 조잡한 철제 쐐기가 고정되어 있었다.

"바보 같은 질문을 하긴 싫지만, 이게 뭐지?"

"날카로운 끄트머리를 휘둘러서 나무가 쓰러질 때까지 줄기를 때리는 거야. 무슨 얘긴지 알았지?"

"도끼군."

루이스는 크진에 있는 박물관에서 전투용 도끼를 본 적이 있었다. 그는 도끼와 죽은 나무를 번갈아 보다가…… 갑자기 더 이상은 참을 수 없다는 생각이 들었다.

그가 말했다.

"어두워지는데."

"밤에는 앞을 못 보는 거야? 이거 받아."

발라는 레이저 플래시를 던져 주었다.

"저 죽은 나무 한 그루면 되나?"

발라가 총과 함께 몸을 돌렸다. 그녀의 옆모습은 훌륭했다.

루이스는 레이저를 조절해 빔의 범위를 좁히고 출력을 올렸다. 그리고 플래시를 켰다. 밝은 빛줄기가 발라의 몸을 훑었다. 루이스는 레이저 빔을 그녀의 무기로 옮겼다. 무기가 불꽃을 내며 동강 났다. 발라는 손안에서 두 동강이 난 무기를 보며 입을 벌리고 서 있었다.

루이스가 말했다.

"친구와 동맹으로서 제안한다면 얼마든지 받아들일 생각이야. 명령을 받는 건 질렸거든. 털북숭이 동료가 내리는 명령만으로도 차고 넘쳤지. 그러니 친구가 되자고."

발라가 쥐고 있던 것을 내던지고 양손을 들었다.

"차 뒤에 탄환과 무기가 있지. 그걸 챙겨."

루이스는 몸을 돌렸다. 그리고 죽은 나무를 향해 갈지자로 빔을 그었다. 불붙은 십여 개의 나무토막이 땅에 떨어졌다. 그는 그쪽으로 걸어가서 나무토막을 걷어찼다. 그루터기 주변에 나무토막들이 빼곡히 쌓였다. 그는 나무 더미 한가운데 레이저를 쏘고 불이 붙는 광경을 바라보았다.

무언가가 어깨뼈 사이를 때렸다. 장갑복이 순식간에 단단해졌다. 그리고 천둥소리가 한 번 들렸다.

루이스는 잠시 기다렸다. 하지만 두 번째 탄환은 날아오지 않았다. 그는 몸을 돌리고 발라와 차가 있는 곳으로 걸어갔다.

그가 말했다.

"절대로, 절대로, 절대로 다시는 그러지 마."

발라는 겁에 질려 창백했다.

"안 그럴게."

"요리 도구를 같이 나를까?"

"아니, 나 혼자서도……. 총이 빗나간 거야?"

"아니."

"그럼 어떻게 된 거지?"

"도구 하나가 날 살려 준 거야. 빛이 일 팔란 동안 나아가는 거리의 천 배에 해당하는 곳에서 내가 가져온 거지. 내 물건이고."

발라는 양팔을 뒤집는 시늉을 하고 시선을 돌렸다.

| 거래 전략 |

땅에는 녹색과 노란색 줄무늬가 있는 소시지를 여러 개 연결해 놓은 것처럼 생긴 식물이 있었다. 각 소시지 사이에서 작은 뿌리가 자라고 있었다. 발라버질린은 그 식물을 잘라서 냄비에 넣었다. 거기에 물을 붓고 차 안에 있던 자루에서 꺼낸 식물 꼬투리도 추가했다. 그리고 불타는 장작 위에 냄비를 얹었다.

루이스는 속으로 욕을 했다. 그 정도라면 그도 할 수 있었다. 저녁 식사는 그의 기대에 크게 못 미칠 것 같았다.

이제 태양은 완전히 사라졌다. 좌측에 보이는 빽빽한 별 무리는 공중 도시가 분명했다. 링월드 아치는 희고 푸르게 빛나는 지평선 띠 위로 솟아 검은 하늘로 올라가고 있었다. 루이스는 어마어마하게 큰 장난감 위에 서 있는 기분이 들었다.

"고기가 있으면 좋았을 텐데."

발라가 말했다.

"고글 좀 줘 봐."

루이스가 말했다.

그는 모닥불을 등지고 고글을 썼다. 그리고 광량을 증폭시켰다. 모닥불 빛 바깥에서 그와 여인을 감시하고 있던 눈들이 시야에 들어왔다. 루이스는 마구잡이로 레이저 빔을 쏘지 않아 다행이라고 생각했다. 두 개의 커다란 형체와 작은 형체가 있었다. 굴 가족이었다.

그들과는 별개로 눈이 빛나고 몸집이 작으며 털로 덮인 그림자도 있었다. 루이스는 레이저 플래시에서 나온 기다란 빛줄기로 그 그림자의 목을 잘랐다. 굴들이 몸을 움찔거렸다. 그리고 뭔가를 속삭였다. 여성 굴이 죽은 동물을 향해 움직이다가 루이스에게 양보하듯 걸음을 멈췄다. 루이스는 동물의 시체를 집어 들었다. 여성 굴이 뒤로 물러섰다.

굴은 아주 조심스러운 것처럼 보였다. 하지만 생태계 내에서 그들이 맡은 역할은 분명했다. 발라는 사람들이 커다란 노력을 들여 죽은 자를 매장하거나 화장하려 할 때면 무슨 일이 벌어지는지 얘기해 주었다. 그럴 경우 굴은 살아 있는 쪽을 공격했다. 그들은 밤의 지배자였다. 수많은 지역 종교들의 가르침에 따르면 굴은 신체를 투명하게 만들 수 있다고 했다. 발라도 그런 얘기를 반쯤은 믿고 있었다.

하지만 굴 가족은 루이스를 괴롭히지 않았다. 그럴 이유가 없었다. 루이스가 털북숭이 짐승을 먹긴 하겠지만 그 역시 결국은 죽을 것이다. 굴들은 그때 가서 빚을 정산할 수 있었다.

굴이 지켜보는 가운데 루이스는 죽은 동물을 살펴보았다. 토끼와 비슷했지만 꼬리가 길고 끝이 납작했으며 앞발은 아예 존재하지 않았다. 즉 인류는 아니었다. 다행이군.

루이스는 고개를 들다가 왼쪽 저 멀리에서 희미하게 빛나는 보라색 불꽃을 보았다.

그는 숨을 멈추고, 미동도 하지 않으면서 고글의 광량을 증폭시키고 배율을 높였다. 관자놀이에서 뛰는 맥만으로도 영상이 흔들렸다. 하지만 그는 불꽃의 정체를 알고 있었다. 확대된 불꽃은 눈부신 보라색이었고, 진공 속에서 분사하는 로켓처럼 넓게 퍼졌다. 아래쪽은 검은 직선 때문에 잘린 것처럼 보였다. 검은 선은 왼쪽 링 벽의 모서리였다.

루이스는 고글을 밀어 올렸다. 눈이 어둠에 적응한 뒤에도 보라색 불꽃은 보일 듯 말 듯 했다. 하지만 분명 그곳에 존재하고 있었다. 불꽃은 미약했지만, 어마어마하게 컸다.

루이스는 모닥불이 있는 곳으로 돌아가서 발라 앞에 짐승의 시체를 떨어뜨렸다. 그리고 우측 어둠 속으로 걸어 들어가서 다시 고글을 썼다. 오른쪽 불꽃은 훨씬 컸지만 링 벽 또한 더 가까운 곳에 있었다.

발라는 작은 털북숭이 짐승의 가죽을 벗기고는 내장도 제거하지 않고 냄비에 집어넣었다. 루이스는 그 일이 끝나자마자 그녀의 팔을 잡고 어둠 속으로 이끌었다.

"잠깐 기다렸다가 저 멀리 파란 불꽃이 보이는지 얘기해 줘."

"그래, 보여."

"저게 뭔지 알아?"

"아니. 하지만 내 아버지는 아실 거야. 마지막으로 도시에 다녀오신 다음에 뭔가를 숨기시는 것 같았지. 저것만이 아니야. 회전 방향에 있는 아치의 아래쪽을 봐."

그쪽은 낮이었다. 파랗고 하얀 지평선의 줄무늬가 아주 밝았기 때문에 루이스는 눈을 가늘게 떴다. 그리고 손날로 빛을 가린 다음 고글을 통해 보았다. 아치의 가장자리에 두 개의 작은 촛불이 보였다. 그 위에도 아주 작은 촛불이 둘 있었다.

발라버질린이 말했다.

"첫 번째 것은 칠 팔란 전에 회전 방향 아치의 바닥 가까이에 나타났어. 그 뒤로 회전 방향 좌우에 더 나타났는데, 그것들은 훨씬 커다란 불꽃이었지. 다음으로 반회전 방향에도 작은 것들이 나타났어. 전부 합쳐서 스물한 개야. 태양이 가장 밝을 때만 나타나고, 한번 모습을 드러내면 이틀 뒤에 사라지지."

루이스는 안도의 한숨을 크게 내쉬었다.

"루이스, 난 그 동작이 무슨 뜻인지 모르겠는데. 화가 난 거야, 겁을 먹은 거야, 아니면 안심을 하는 거야?"

"나도 잘 모르겠군. 안심하는 거라고 해 두지. 생각보다 시간이 많이 남은 모양이니까."

"무슨 시간?"

루이스는 웃었다.

"내 헛소리는 그만큼 들었으면 됐잖아?"

발라가 기분 나쁜 표정으로 고개를 치켜들었다.

"어쨌든 당신을 믿어야 하는지 아닌지 선택을 해야 하잖아!"

루이스는 화가 났다. 그는 발라버질린을 증오하지는 않았다. 하지만 그녀는 성격이 까다로운 인물이었고, 이미 두 번이나 그를 죽이려 들었다.

"좋아, 말해 주지. 당신이 살고 있는 링 모양의 구조물을 그냥 내버려 두면 차광판과 맞닿게 돼. 차광판이라는 건 밤이 올 때 태양을 가려 주는 물체를 말하는 거야. 오륙 팔란이 지나면 그렇게 될 거야. 그럼 모두가 멸종해. 태양 자체와 맞닿게 되면 아예 아무것도 남지 않게 되고⋯⋯."

발라가 비명을 질렀다.

"그런데 당신은 안도의 한숨을 쉬었다고?"

"제발 좀 진정해. 링월드는 버려진 게 아니니까. 그 불꽃은 링월드를 움직일 때 쓰는 엔진이야. 지금 우리는 태양과 가장 가까운 지점에 와 있지. 그래서 엔진이 감속을 시작한 거야. 그러니까 엔진이 안쪽, 태양 쪽을 향해 점화되었다는 뜻이야. 이렇게."

루이스는 뾰족한 막대로 땅바닥에 그림을 그려 상황을 설명해 주었다.

"알겠지? 그 불꽃이 우리를 뒤로 밀어 주는 거라고."

"그럼 우리가 죽지 않는다는 거야?"

"엔진이 그만큼 강력하지는 않을 거야. 하지만 뒤로 밀어 주긴 하겠지. 시간은 십에서 십오 팔란 정도 남았고."

"루이스, 차라리 당신이 미친 거라면 좋겠어. 당신은 너무 많은 걸 알고 있군. 이 세계가 링 모양이라는 것도 알고 있는데, 그

건 비밀이야.”

발라는 무거운 물건이라도 드는 것처럼 어깨를 으쓱했다.

“알았어. 불꽃 얘기는 그쯤 하지. 이제 왜 리샤스라를 제안하지 않았는지 이유를 얘기해 줘.”

루이스는 놀랐다.

“난 당신이 일평생을 유지할 만큼 리샤스라를 했을 거라고 생각했는데.”

“웃자고 하는 얘기가 아니야. 리샤스라는 휴전을 맺는 방법이라고!”

“아, 알겠어. 모닥불 쪽으로 갈까?”

“그래야겠지. 빛이 있어야 하니까.”

발라는 음식이 완성되는 시간을 늦추려고 냄비를 불에서 조금 떨어진 곳으로 옮겨 놓았다.

“우선 협상 조건을 정해야 해. 당신은 나를 해치지 않는다는 조건에 동의해?”

그녀가 모닥불을 사이에 두고 루이스를 마주 보며 바닥에 앉았다.

“나를 공격하지 않으면 나도 해치지 않겠다고 동의해.”

“나도 똑같은 조건을 걸지. 그 밖에 원하는 게 있어?”

그녀의 태도는 딱딱하고 사무적이었다. 루이스 역시 그와 같은 정신에 물들었다.

“나를 최대한 멀리 태워다 줘. 당신이 가야 하는 길에 한해서. 아마도…… 그렇지, ‘돌아오는 강’까지면 될 거야. 또, 유물이 내 물건이라는 걸 인정해. 나나 내 물건을 그 누구에게도 넘겨주면 안 돼. 그리고 조언을 해 줘. 당신의 지식과 능력이 허락하는 한에서, 공중 도시에 도달하는 방법에 대해."

"그 대신 나에게 뭘 해 줄 건데?"

루이스는 생각했다. 지금 당신 목숨이 완전히 내 손에 달려 있는 상황 아니었나? 흠…… 뭐, 아무려면 어때.

"나는 링월드를 구해 낼 방법을 찾아낼 거야."

그는 말을 마치고 나서 그게 자신이 가장 바라는 일이라는 걸 깨닫고 상당히 놀랐다.

"그게 가능하다면, 어떤 희생을 치르더라도 알아낼 거야. 링월드를 구하는 게 불가능하다는 판단이 서면 나 자신을 구하기 위해 노력할 거고, 너무 어렵지 않다면 당신도 구해 주지."

발라가 일어섰다.

"그건 아무 뜻도 없고 공허한 약속이잖아. 당신은 헛소리를 하면서 거기에 무슨 가치가 있는 것처럼 내놓고 있어!"

"발라, 헛소리하는 미친 사람을 상대한 적이 한 번도 없어?"

루이스는 즐거웠다.

"정신이 멀쩡한 외지인도 상대한 적 없어! 난 그냥 학생일 뿐이라고!"

"진정해. 그럼 뭘 내놓을까? 지식? 대단한 건 아니지만 내가 아는 지식을 전부 내놓을 수 있어. 난 '도시 건설자'의 기계가 왜 망가졌는지 알고, 누가 그랬는지도 알아."

루이스는 하르로프릴라라의 종족이 '도시 건설자'라고 가정해도 별문제는 없을 거라고 생각했다.

"또 헛소리를 하는 거야?"

"그건 당신이 직접 판단해야지. 그리고…… 내가 다 쓰고 나면 비행 벨트와 쌍안경을 가져도 돼."

"그게 언제인데?"

"내 동료가 돌아온다면 그래도 돼."

착륙선에는 하르로프릴라라를 위해 준비했던 비행 벨트와 고글이 있었다.

"아니면 내가 죽었을 때 가져도 되고. 내가 가진 천의 절반은 지금 줄 수 있어. 그 천 몇 조각이면 '도시 건설자'의 옛 기계를 어느 정도 고칠 수 있을 거야."

발라는 그 얘기를 곱씹어 보았다.

"난 아직 거래에 능숙하지 못한가 봐. 음, 그 정도라면 당신이 원하는 조건을 전부 수용하지."

"나도 당신의 조건에 동의해."

그녀는 장신구와 옷을 벗기 시작했다. 천천히, 마치 분위기를 돋우려는 것처럼……. 루이스는 그 모습을 보다가 행동의 의미를 깨달았다. 그녀는 무기로 쓸 수 있는 모든 것을 몸에서 떼어 내고 있었다. 그는 그녀가 완전히 알몸이 되기를 기다렸다가 그녀의 동작을 흉내 내며 레이저 플래시와 고글과 장갑복을 벗어 그녀에게서 조금 떨어진 곳에 내려놓았다. 시계까지 풀었다.

두 사람은 사랑을 나눴다. 하지만 그건 사랑이 아니었다. 지난밤의 광기는 흡혈귀가 죽으면서 함께 사라졌다. 발라는 그가 선호하는 기교를 사용하라고 권하다가 강요하기에 이르렀다. 루이스는 선교사 체위를 선택했다. 두 사람의 행위는 너무나 형식적이었다. 처음부터 그럴 수밖에 없었는지도 모른다. 행위가 끝나고 발라가 냄비를 저으러 갔을 때 루이스는 그녀가 무기 쪽으로 향하지 않는지 신경을 곤두세웠다. 그래야만 하는 분위기였다.

발라는 그에게 돌아왔다. 그는 자신의 종족이 두 번 이상 사랑을 나눌 수 있다고 설명했다.

그는 책상다리를 하고 앉아서 발라를 다리 위에 앉혔다. 그녀가 두 다리로 그의 엉덩이를 감쌌다. 두 사람은 상대의 몸을 만지고 흥분시키면서 서로를 알아 갔다. 그녀는 등을 할퀴어 주는 것을 좋아했다. 그녀의 등은 근육질이었고, 어깨는 그보다 넓었다. 등뼈에는 처음부터 끝까지 한 줄기 털이 나 있었다. 그녀는 질 근육을 원하는 대로 조절할 수 있었다. 턱수염은 아주 부드럽고 가늘었다.

그리고 루이스의 정수리 머리칼 속에는 플라스틱 원반이 있었다. 두 사람은 서로 팔을 베고 누웠고, 발라는 가만히 기다렸다. 루이스가 말했다.

"전기를 사용하지 않더라도 그게 뭔지는 알고 있는 거지? '도시 건설자'가 전기로 기계를 작동시켰으니까."

"맞아. 우리는 흐르는 강물에서 전기를 만들 수 있어. '도시 건설자'가 몰락하기 전에는 하늘에서 전기를 무한하게 끌어왔다는 얘기도 있고."

꽤 정확한 표현이었다. 차광판에는 태양광 발전기가 있었고,

거기서 생산된 전력은 링월드에 있는 수집 장치로 전송되었다. 수집 장치는 당연히 초전도 전선을 사용했고, 그러니 망가지는 게 당연했다.

"음, 그러니까…… 내 머릿속 적절한 위치에 아주 가느다란 전선을 심고 극소량의 전기를 흘리면 쾌감을 담당하는 신경을 간지럽힐 수 있어. 실제로 나는 그렇게 했지."

"그럼 기분이 어떤데?"

"숙취나 어지러움 없이 술에 취하는 것과 비슷해. 상대방을 사랑해 줄 필요 없이 리샤스라나 진짜 짝짓기를 하는 것과도 비슷하고. 심지어 그만둘 필요도 없어. 나는 그만뒀지만."

"왜?"

"외계인이 내 전기 공급 장치를 빼앗아 갔거든. 나를 마음대로 조종하려고. 하지만 그러기 전부터 수치심을 느끼고 있었지."

"'도시 건설자'는 두개골에 전선을 꽂은 적이 없어. 만약 그랬다면 도시의 폐허를 탐색했을 때 알아챘겠지. 그런 관습이 있는 지역이 대체 어디야?"

발라는 질문을 마친 다음 몸을 굴려 그에게서 멀어지고는 공포에 질린 얼굴로 그를 노려보았다.

루이스는 늘 죄를 짓고 후회하곤 했다. 바로 쓸데없이 말이 많은 것이 그 죄였다. 그는 말했다.

"미안해."

"아까 말하기를 천 조각을 이용하면…… 그 천은 뭐지?"

"그 천은 전류와 자기장을 아무런 손실 없이 전달할 수 있어.

초전도체라고 부르지."

"맞아. '도시 건설자'가 그것 때문에 망했어. 그…… 초전도체가 부패해서. 저 천도 부패하는 거야? 얼마나 버틸 수 있지?"

"아니, 저건 종류가 달라서 부패하지 않아."

발라는 소리를 질렀다.

"루이스 우, 당신은 그걸 도대체 어떻게 아는 거야?"

"최후자가 말해 줬어. 최후자는 우릴 여기에 강제로 데려온 외계인이지. 그가 집으로 돌아갈 수단도 남겨 놓지 않고 우릴 여기에 버려뒀어."

"그 최후자라는 자가 당신을 노예로 삼았어?"

"그럴 생각이었지. 하지만 인간과 크진인은 노예로 만들기 힘든 종족이야."

"최후자는 믿을 만해?"

루이스는 얼굴을 찡그렸다.

"아니. 최후자는 자신의 행성에서 도망쳐 나오면서 초전도 천과 전선을 가지고 왔어. 그걸 꺼낼 시간은 없었지만, 어디에 보관해 뒀는지는 알고 있었겠지. 그는 다른 물건도 가져왔어. 도약 원반 같은 거. 도약 원반은 사용 가능한 상태였을 거야."

루이스는 무언가가 잘못됐다는 사실을 즉시 깨달았다. 하지만 그게 무언지 알기까지 조금 시간이 걸렸다.

통역기가 너무 빨리 말을 멈췄다. 그리고 아주 이질적인 목소리가 흘러나오기 시작했다.

"루이스, 그 여자에게 그런 얘기까지 하는 게 과연 현명한 일입니까?"

루이스는 말했다.

"그녀도 어느 정도는 짐작하고 있었어. 도시가 멸망한 책임을 나한테 물을 참이었거든. 통역기를 원상태로 돌려놔."

"당신이 그토록 추악한 의심을 하는데도 말입니까? 우리 종족이 왜 그토록 악의적인 행동을 했겠습니까?"

"의심이라고? 이 개자식이!"

발라는 눈을 크게 뜨고 혼잣말을 중얼거리는 루이스를 지켜보았다. 그녀는 루이스의 이어폰에서 울리는 최후자의 말을 들을 수 없었다.

루이스가 말했다.

"너희 종족은 최후자인 너를 쫓아냈고 넌 도망쳤어. 넌 최대한 많은 걸 가지고 도망쳤지. 도약 원반과 초전도 천과 전선과 우주선을 갖고서. 원반은 쉬웠을 거야. 그걸 백만 개는 만들어 뒀을 테니까. 하지만 초전도 천이 딱 알맞게 준비되어 있었을 리는 없어. 그리고 너는 그 천이 링월드에서 부패하지 않을 거라는 사실을 알고 있었어!"

"루이스, 우리가 왜 그런 짓을 했겠습니까?"

"거래상의 이익 때문이었겠지. 통역기를 돌려놔!"

발라버질린이 일어섰다. 그녀는 모닥불에서 냄비를 조금 끌어낸 다음 내용물을 휘젓고 맛을 보았다. 그리고 차량 쪽으로 가더니 나무 그릇 두 개를 들고 돌아왔다. 그녀는 국자로 음식을 덜어 그릇에 담았다.

루이스는 불편한 심정으로 기다렸다.

최후자는 통역기를 꺼 버리고 그를 버릴 수도 있었다. 그는 언어 실력이 좋지 못했고…….

"알았습니다, 루이스. 의도적으로 그런 건 아니었습니다. 그리고 내가 통치하기 전에 벌어진 일입니다. 우리는 최소한의 위험으로 영토를 확장할 방법을 찾고 있었습니다. 아웃사이더가 우리에게 링월드의 좌표를 팔았지요."

아웃사이더는 광속보다 느린 우주선을 타고 은하 여기저기를 떠도는 종족이었다. 그들은 냉혹하면서도 나약했다. 그리고 지식을 거래했다. 아웃사이더가 링월드의 위치를 알고 있었으며 그 정보를 퍼페티어에게 팔았다는 얘기는 아주 설득력이 있었다. 하지만…….

"잠깐만. 퍼페티어는 우주여행을 두려워하잖아."

"나는 그런 두려움을 극복했습니다. 링월드가 목적에 부합하다는 판단만 선다면 한 개인의 일생을 걸고 딱 한 번 우주여행을 한다는 건 그리 대단한 위험이 아닙니다. 물론 정지장에 들어가서 여행을 하는 거지요. 아웃사이더가 넘겨준 정보에 우리가 망원경과 자동 탐사기로 얻은 지식을 더해 보니 링월드는 이상적인 장소였습니다. 그러니 조사해 볼 필요가 있었지요."

"실험당이 그랬다는 거야?"

"물론입니다. 하지만 그토록 강력한 문명과 접촉하는 건 조심스러웠습니다. 그래서 레이저 분광을 통해 링월드의 초전도체를 분석해 봤지요. 그리고 그걸 먹어 치울 수 있는 박테리아를 만들어 냈습니다. 우리는 탐사기를 이용해서 그 박테리아를 링월드 전역에 뿌렸습니다. 그 정도는 추측하고 있었겠지요?"

"그래, 그 정도는 추측했지."

"우리는 나중에 무역선을 타고 다시 올 계획이었습니다. 상인 들이 시기적절하게 구조에 나설 예정이었지요. 그러면 필요한 정 보도 모두 알 수 있을 테고, 동맹도 만들 수 있을 테니까요."

최후자의 목소리는 또렷하고 음악과도 같았으며, 그 안에는 조금의 죄책감도 없었다. 그는 심지어 부끄러워하지도 않았다.

발라가 그릇을 내려놓고 루이스의 맞은편에 무릎을 꿇었다. 그녀의 얼굴은 어두웠다. 그녀의 입장에서 볼 때 통역기는 최악 의 순간에 말을 끊은 셈이었다.

루이스가 말했다.

"그런데 보수당이 정권을 잡았다 이거군. 이제 알겠어."

"어쩔 수 없는 일이었습니다. 탐사기가 자세제어 엔진을 발견 했지요. 물론 우리는 링월드가 불안정하다는 걸 알고 있었습니 다. 다만 조금 더 복잡한 방법으로 그걸 해결할 수 있을 거라 기 대했던 겁니다. 하지만 그 사실이 대중에게 알려지자 정부가 무 너졌습니다. 그래서 링월드에 올 기회도 사라지고 말았지요. 나 중에……."

"나중? 박테리아를 뿌린 게 언제였지?"

"지구 시간으로 만 천사십 년 전입니다. 보수당은 육백 년 동 안 집권했습니다. 그러다가 크진인 때문에 위험이 닥쳐왔고 실험 당이 정권을 탈환했지요. 나는 기회가 왔다는 생각이 들었을 때 네서스와 동료들을 링월드에 보내기로 했습니다. 고장을 수리할 수 있는 문화가 몰락한 다음에도 만 천 년을 견딜 수 있는 구조물이라면, 조사해 볼 가치가 있을 테니까요. 상인과 구조대를 보낼 수도 있었습니다. 하지만 불행하게도…….”

발라버질린이 무릎 위에 레이저 플래시를 올려놓고 루이스를 겨누었다.

“불행하게도 구조물은 손상을 입은 상태였습니다. 당신들은 유성이 충돌한 구멍을 발견했고, 스크리스가 드러나도록 침식된 지형도 찾아냈지요. 그리고 이제는…….”

“비상사태가 벌어졌어. 비상사태야.”

루이스는 목소리를 침착하게 유지하며 생각했다. 발라가 저걸 어떻게 가져간 거지? 양손에 김이 나는 스튜를 들고 무릎을 꿇었는데. 테이프로 등에다 붙여 둔 건가? 그건 나중에 생각하자. 최소한 아직은 쏘지 않았으니까.

“말하십시오.”

최후자가 대꾸했다.

“원격조종으로 레이저 플래시를 끌 수 있나?”

“다른 건 가능합니다. 원격으로 폭발시켜서 소지자를 죽일 수 있지요.”

“그냥 끌 수는 없고?”

“없습니다.”

“젠장, 그럼 통역기라도 빨리 원상태로 돌려놔. 지금부터 시험할 테니까…….”

통역기에서 '기계인'의 언어가 흘러나왔다. 발라는 그 즉시 반응을 보였다.

"누구와, 무엇과 말하고 있는 거지?"

"최후자와 얘기한 거야. 나를 여기로 데려온 존재 말이야. 지금 내가 공격을 당하는 건 아니라고 봐도 될까?"

발라는 주저하다가 대답했다.

"그래."

"그럼 협정은 아직 유효한 거군. 난 아직도 이 세계를 구할 정보를 모으는 중이야. 그걸 의심할 근거가 있어?"

밤공기는 따뜻했다. 하지만 루이스는 완전히 발가벗은 기분이었다. 레이저 플래시는 아직도 정확히 그를 겨누고 있었다.

발라가 물었다.

"도시를 멸망시킨 게 최후자의 종족이야?"

"그래."

발라가 단언했다.

"그럼 협정은 깨졌어."

"최후자는 정보를 수집할 수 있는 장비를 전부 가지고 있어."

그의 말을 듣고 발라는 생각에 잠겼다. 루이스는 조용히 기다렸다. 발라의 등 뒤, 가까운 어둠 속에서 두 쌍의 눈이 빛을 냈다. 루이스는 굴이 고블린처럼 생긴 귀로 어디까지 엿들었을지 그리고 어디까지 알아들었을지 궁금했다.

발라가 말했다.

"그럼 그걸 사용해 봐. 그가 얘기하는 걸 직접 듣고 싶어. 난 아직 그의 목소리도 들어 보지 못했잖아. 어쩌면 전부 당신이 상상해 낸 건지도 모르지."

"최후자, 듣고 있나?"

"듣고 있습니다."

루이스의 이어폰에서는 공용어가 흘러나오고 있었다. 하지만 그의 목에 걸린 통역기에서는 발라버질린 종족의 언어가 나왔다. 번역은 유창하고 훌륭했다.

"당신이 그 여자에게 약속하는 것도 들었습니다. 이 구조물을 안정시킬 방법을 알아내면 그렇게 하십시오."

"물론이지. 너희 종족도 여기를 이용할 수 있을 테고."

"당신이 내 장비를 이용해서 링월드를 안정시킨다면 나도 권리를 주장해야겠습니다. 보상을 요구하게 될지도 모르겠군요."

발라버질린이 으르렁거리면서 대답을 가로막으려 했다. 루이스는 재빨리 말했다.

"넌 정당한 권리를 내세울 수 있어."

"우리 정부는 피해 상황이 완료되고 만 천 년이 지난 뒤에 링월드를 도와주러 오려 했습니다. 그때의 지도자가 나였지요. 그 사실에 대한 증인이 돼 주십시오."

"조건부로 승낙하지."

루이스는 발라의 이익을 대변해 대답했다. 그리고 발라에게 말했다.

"협정에 따르면 당신은 손에 쥐고 있는 물건이 내 거라고 인정했을 텐데."

발라가 레이저 플래시를 그에게 던져 주었다. 그는 플래시를 옆에 내려놓고 몸을 축 늘어뜨렸다. 안심해서인지, 피로 때문인지, 허기 때문인지는 알 수 없었다. 하지만 그런 걸 생각할 여유도 없었다.

"최후자, 자세제어 엔진에 관해 말해 봐."

"버사드 램제트는 링 벽에 있는 받침대에 설치되어 있습니다. 간격은 오백만 킬로미터로 일정하지요. 각 벽에는 이백 개의 램제트가 있을 겁니다. 작동을 시작하면 램제트 하나가 반경 육백에서 칠백 킬로미터에 걸쳐 태양풍을 끌어모으고 핵융합이 일어날 때까지 그걸 전자기적으로 압축합니다. 그랬다가 감속을 해야할 때 뿜어내는 거지요."

"몇 개가 분사되는 걸 봤어. 발라의 말에 따르면…… 작동한게 스물한 개라고 했던가?"

발라가 고개를 끄덕였다.

"그럼 구십오 퍼센트가 사라졌다는 얘기군. 젠장."

"말이 됩니다. 마지막으로 연락한 다음에 마흔 개의 받침대를 촬영해 봤는데 전부 비어 있었습니다. 램제트를 전부 작동시켰을 때의 추진력을 계산해 볼까요?"

"그거 좋군."

"아마도 구조물이 유지될 만큼의 램제트는 남아 있지 않을 겁니다."

"그렇겠지."

"링월드 건설자들이 별개의 안정화 설비를 구축해 놨을까요?"

루이스는 생각했다. 팩 수호자가 그런 식으로 일을 하지는 않았을걸. 그들은 즉흥적인 대처 능력을 너무 과신하는 경향이 있으니까.

"아닐 거야. 하지만 계속 찾아봐야 해. 최후자, 난 지금 배가 고프고 피곤해."

"더 할 말은 없습니까?"

"자세제어 엔진을 계속 감시해. 작동하는 게 얼마나 되는지 보고 추진력을 계산해 놔."

"그러지요."

"공중 도시와 교신을 시도해 봐. 뭐라고 하냐면……."

"루이스, 링 벽이 가로막고 있기 때문에 통신은 보낼 수 없습니다."

물론 그렇겠지. 벽은 순수한 스크리스니까.

"그럼 우주선을 움직여."

"그건 안전하지 않을 겁니다."

"그럼 탐사기를 쓰든가."

"궤도를 돌고 있는 탐사기는 너무 멀어서 무작위적인 주파수 대역으로 송신을 할 수가 없습니다."

최후자가 영 마땅치 않다는 어조로 덧붙였다.

"남아 있는 탐사기로 송신을 할 수는 있습니다. 연료 보급 때문에 때가 되면 링 벽 너머로 보내야겠지만 말이지요."

"그렇게 해. 우선 벽 위에 고정시켜서 중계기로 사용해. 공중 도시와 교신을 시도해 보라고."

"루이스, 아까 당신 통역기를 추적하는 데 문제가 있었습니다. 착륙선이 지금 당신 위치에서 반회전 방향으로 거의 이십오 도나 떨어져 있더군요. 이유가 뭡니까?"

"크미와 일을 나눠서 진행하기로 했거든. 난 공중 도시로 가는 중이고, 크미는 대양 쪽으로 갔어."

루이스는 그 정도만 얘기해 두는 게 좋겠다고 생각했다.

"크미는 호출에 응답하지 않습니다만."

"원래 크진인을 부려 먹는 건 쉽지 않아. 최후자, 난 지금 지쳤어. 열두 시간 뒤에 호출해 줘."

루이스는 그릇을 집어 들고 음식을 먹기 시작했다. 발리는 양념이라고 할 만한 것을 전혀 사용하지 않았다. 익은 고기와 풀뿌리만으로는 그의 미각이 전혀 자극을 받지 못했다. 그래도 상관없었다. 그는 그릇을 싹싹 핥았고, 간신히 잊지 않고 알레르기약을 먹었다.

두 사람은 수면을 취하기 위해 차 안으로 기어 들어갔다.

| 움직이는 항성 |

푹신한 의자는 수면판과 비교할 바가 못 되었다. 게다가 계속 흔들거렸다. 루이스는 아주 피곤했다. 그런데도 잠이 들었다가 몸이 흔들려 깨고, 다시 잠들었다가 흔들리는 바람에 깨기를 반복했다.

하지만 마지막으로 그를 깨운 것은 어깨를 흔드는 발라버질린의 손이었다. 그녀가 부드러우면서도 빈정대는 말투로 말했다.

"루이스 님, 당연히 휴식을 취하셔야 하나 죄송하게도 하인 된 입장에서 깨울 수밖에 없습니다."

"아. 괜찮아. 무슨 일이야?"

"꽤 멀리 오긴 했지만 이 근방에는 '심부름꾼' 종족의 도적이 있어. 우리 둘 중 한 사람이 사수를 맡아야 해."

"'기계인'은 자고 난 다음에 식사를 하나?"

그녀가 당황했다.

"이젠 먹을 게 없어. 미안해. 우리는 한 끼만 먹고 자거든."

루이스는 장갑복과 조끼를 입었다. 그와 발라는 힘을 합쳐 무거운 금속 뚜껑을 난로 위에 올려놓았다. 뚜껑 위로 올라서 보니 루이스의 머리와 겨드랑이가 연기를 내보내는 해치 위로 빠져나왔다.

루이스는 아래를 향해 물었다.

"'심부름꾼'은 어떻게 생겼지?"

"나보다 다리가 길고 상체가 크고 손가락이 길어. 그리고 우리한테서 훔친 총이 있을지도 몰라."

차가 한 번 덜컹거리더니 움직이기 시작했다.

두 사람은 산악 지대를 지나고, 비쩍 마른 덤불과 수풀을 지났다. 시선을 돌리면 태양 빛을 받은 아치가 늘 같은 자리에 있었다. 그쪽을 쳐다보지 않을 때에는 파란 하늘에 떠 있는 희미한 형체만이 보였다. 루이스는 먼 곳에 뿌옇게 떠 있는 공중 도시를 식별할 수 있었다. 마치 동화에 나오는 장소 같았다.

전부 다 너무 생생하군. 앞으로 이삼 년만 지나면 정신병자의 몽상거리로 바뀔 수도 있는데 말이야.

그는 조끼 속에서 통역기를 꺼냈다.

"최후자, 응답하라. 최후자, 응답하라……."

"말하십시오, 루이스. 당신 목소리가 이상하게 떨리는군요."

"차로 울퉁불퉁한 길을 이동하는 중이라서 그래. 새로 알아낸 건 없나?"

"크미는 아직도 응답하지 않습니다. 공중 도시 시민들도 마찬가지입니다. 두 번째 탐사기는 별문제 없이 작은 바다에 착륙시켜 놨습니다. 나중에 누군가가 해저에서 탐사기를 발견할 가능성은 없을 것 같군요. 며칠만 있으면 '화침'호의 연료가 가득 찰 겁니다."

루이스는 바다 사람들에 대해 얘기해 주지 않기로 결심했다. 최후자가 안전하다고 느낄수록 그의 계획과 링월드와 승객들을 포기하지 않을 확률이 높아지기 때문이었다.

"전부터 물어보려고 했는데, 넌 탐사기에 도약 원반을 설치해 놨지. 탐사기가 내 쪽으로 오면 그 도약 원반을 밟기만 해도 '화침'호로 돌아갈 수 있는 건가?"

"아닙니다, 루이스. 그 도약 원반은 '화침'호의 연료 탱크에 연결되어 있습니다. 그것도 중수소 원자만 걸러 보내는 필터를 통해서지요."

"필터를 제거하면 사람도 통과할 수 있나?"

"그래도 도달할 수 있는 건 연료 탱크뿐입니다. 그건 왜 묻습니까? 어차피 크미와 만나면 일주일 안에는 돌아올 수 있지 않습니까."

"확인해 둘 필요가 있으니까. 무슨 일이 생길지 모르잖아."

루이스는 자신이 크미가 변심하고 배신했다는 사실을 숨긴 이유를 생각해 보았다. 그 사고가 부끄러웠기 때문임을 인정할 수밖에 없었다. 그는 진심으로 그 사실을 밝히고 싶지 않았다. 또한 그랬다가는 최후자가 예민해질지도 모른다는 걱정이 있었다.

"비상 대책을 마련할 수 있나 확인해 줘. 필요한 경우가 생길 지도 모르니까."

"알겠습니다, 루이스. 착륙선은 하루만 지나면 대양에 도착할 겁니다. 크미는 뭘 찾으러 간 거지요?"

"계시와 경이로움을 찾아갔지. 새롭고 이질적인 것들 말이야. 젠장, 거기 뭐가 있는지 다 안다면 애당초 갈 이유가 없잖아."

"그건 그렇군요."

최후자는 회의적인 어조로 말하고 통신을 끊었다.

루이스는 통역기를 안으로 집어넣었다. 그는 소리 없이 웃으며 생각했다. 크미는 대양에 가서 뭘 찾으려는 걸까? 사랑과 군대를 기대하겠지! 징크스의 지도에 밴더스네치가 그득하다면 크진의 지도엔 뭐가 있겠어? 성적인 충동이나 자기방어나 복수심, 크미는 그중 한 가지 때문에 크진의 지도로 날아가는 거겠지. 그에게 안전과 복수는 별개가 아니니까. 최후자를 지배하지 않고서는 알려진 우주로 돌아갈 수 없다고 생각했을 거야.

하지만 크진인 군대를 만든다 해도 무슨 수로 최후자에게 대항하겠다는 거지? 지도에 있는 크진에 우주선이 있을 거라고 보는 건가? 루이스는 크미가 낙담하게 될 거라고 생각했다.

하지만 여성 크진인이 있을 것은 분명했다.

크미가 최후자에게 복수할 방법은 있었다. 하지만 그 방법을 알아낼 가능성은 낮았다. 지금 상황으로는 루이스가 그 방법을 전해 줄 길도 없었다. 게다가 루이스는 정말로 알려 주고 싶은 건지 아직 확신이 서질 않았다. 그 방법은 너무 극단적이었다.

그는 눈살을 찌푸리며 생각했다. 퍼페티어의 회의적인 목소리가 마음에 걸려. 어디까지 짐작하고 있는 걸까? 최후자는 그야말로 언어의 전문가잖아. 게다가 외계인이니 그처럼 미묘한 지구인의 감정이 저절로 목소리에 깃드는 건 불가능해. 따라서 의도적으로 풍겼다는 얘긴데…….

루이스는 시간이 지나면 알게 될 거라고 생각했다.

키가 작은 숲이 점점 더 빽빽해지고 있었다. 누군가가 몸을 숙이고 매복하기에 적당한 숲이었다. 루이스는 끊임없이 눈을 굴리면서 전방에 있는 나무들과 산비탈의 후미진 곳을 살펴보았다. 저격수가 총을 쏴도 장갑복이 막아 줄 것이다. 하지만 운전 중인 발라가 총에 맞을 수도 있었다. 그러면 그는 연료를 태워 가며 망가진 금속 상자 안에 갇힐 수밖에 없었다.

루이스는 주변 풍경에 정신을 집중했다.

그리고 마침내 경치가 아름답다는 사실을 깨달았다. 올곧은 나무줄기는 높이가 일 미터 반쯤 되었으며 그 끝에 거대한 꽃송이가 자라고 있었다. 루이스는 엄청나게 큰 새가 꽃송이에 내려앉는 것을 보았다. 새는 부리가 창처럼 길고 뾰족하다는 점만 빼면 커다란 독수리와 비슷했다. 그가 처음으로 링월드를 방문했을 때, 지금 위치로부터 일억 오천만 킬로미터쯤 떨어진 곳에서 보았던 '팔꿈치 뿌리'보다 더 큰 종이 무작위로 세워 놓은 울타리를 휘감으며 번성하고 있었다. 그리고 어젯밤에 먹었던 소시지 식물도 있었다. 갑자기 나비 떼가 구름처럼 무리를 지어 날아올랐다. 먼 거리에서 보니 지구의 나비와 똑같아 보였다.

그 모든 것이 너무나 현실감 있게 다가왔다. 팩 수호자들은 엉성하게 일을 벌이지 않았다. 다만 팩 종족은 자신들의 작품을 너무 과하게 신뢰했고, 망가진 것을 고치거나 새로운 도구를 처음부터 완전히 새로 만드는 능력 또한 지나치게 맹신했다.

하지만 루이스의 추측은 어디까지나 칠백 년 전에 죽은 한 사람의 증언에 전적으로 의존하고 있었다. 바로 고리인 잭 브레넌이었다. 잭 브레넌은 단 한 명의 팩을 통해 팩 종족에 대해 알게 되었다. 그리고 '생명의 나무'는 그를 수호자 단계의 인간으로 바꾸어 놓았다. 그는 피부가 딱딱하게 변하고 심장이 하나 더 생기고 두개골이 확장되는 등 팩 수호자와 똑같이 변했다. 그러면서 아마도 미쳤을 것이다.

프스스폭이 독특한 팩일 가능성도 있었다.

그리고 잭 브레넌이 팩 종족인 프스스폭을 통해 알게 된 사실에 전적으로 의존하는 루이스는 솔직히 말해서 자신의 지능을 넘어서는 일들을 생각하려 애쓰고 있었다. 그래도 그는 이 모든 문제를 해결하는 길이 분명히 있을 거라고 생각했다.

수풀은 회전 방향으로부터 소시지 식물 경작지에 밀리면서 반회전 방향으로 물러났다. 마침내 루이스는 전방에서 첫 번째 급유지를 발견했다. 급유지는 제대로 모습을 갖춘 화학 공장이었다. 그 주변에는 마을이 자리 잡고 있었다.

루이스가 앉아 있는 자리 아래쪽에서 발라가 그를 불렀다.

"연기 구멍을 닫아. 그리고 차에서 절대 내리지 마."

"내가 불법적인 존재인가?"

"흔히 볼 수 있는 사람은 아니니까. 예외가 있긴 하지만 그래도 왜 당신과 동행하는지 설명을 해야 해. 그런데 마땅히 설명할 방법이 없잖아."

차가 유리창이 없는 공장 벽 옆에 멈춰 섰다. 루이스는 차창을 통해 발라가 다리가 길고 상체가 큰 사람들과 얘기하는 모습을 바라보았다. 여성들은 상체뿐 아니라 유방도 거대했다. 하지만 루이스의 눈에는 아름답게 보이지 않았다. 그녀들은 하나같이 흑발을 길러 이마와 뺨을 가리고 조그마한 T 자 형태로 얼굴을 드러내고 있었다.

발라가 조수석 문으로 짐을 넣는 동안 루이스는 앞좌석 뒤에 웅크리고 있었다. 오래 지나지 않아 그들은 다시 길을 떠났다.

한 시간쯤 지나자 인가가 전혀 보이지 않았다. 발라가 도로를 벗어나자마자 루이스는 사수 자리에서 내려왔다. 배가 고파 죽을 지경이었다. 발라는 이미 음식을 구입해 두었다. 불에 구운 커다란 새고기와 거대한 꽃에서 채취한 꿀이었다. 루이스는 새고기를 맹렬하게 물어뜯고 나서야 그녀에게 물었다.

"안 먹을 거야?"

발라가 미소를 지었다.

"밤이 되기 전엔 괜찮아. 하지만 음료는 같이 마시지."

그녀는 채색을 한 유리병을 들고 차의 뒤편으로 와서 꿀에 깨끗한 액체를 부었다. 그리고 자신이 먼저 마신 다음 루이스에게 병을 건넸다. 그도 음료를 마셨다.

깨끗한 액체는 물론 알코올이었다. 링월드에 유정을 만들 수는 없다. 하지만 발효 가능한 식물이 있는 곳이라면 알코올을 증류하는 공장은 세울 수 있었다.

"발라, 제국에 속한 종족들 중에는 이…… 음료에 너무 심취하는 자들도 있지 않아?"

"그런 경우도 있어."

"그럼 어떻게 하지?"

발라는 그 질문을 받고 놀랐다.

"배워 나가지. 취해서 쓸모가 없어지는 경우도 있고. 꼭 필요한 경우라면 서로 감시를 하기도 해."

그 역시 전류 중독 문제의 축소판이었다. 시간과 자연선택이 해결책이라는 점도 똑같았다. 발라는 그 문제에 크게 신경 쓰지 않는 것 같았다.

루이스 역시 그 문제에 계속 시달릴 수는 없었다.

"도시까지는 얼마나 남았지?"

"사나흘 정도 가면 공중 도로가 나와. 하지만 거기서 제지당할 거야. 루이스, 당신 문제를 생각해 봤는데, 그냥 날아가면 되지 않아?"

"잘 모르겠네. 피격당할 위험만 없다면 날아가도 되겠지. 당신 생각은 어때? 날아온 사람을 보면 총을 쏠까, 아니면 무슨 말을 하는지 귀를 기울일까?"

발라는 연료와 꿀이 든 병에서 한 모금을 더 마셨다.

"규칙은 엄격해. 초대받은 사람을 제외하면 '도시 건설자' 종족만 들어갈 수 있어. 하지만 공중 도시로 날아간 사람은 지금까지 없었지.”

그녀가 루이스에게 병을 건넸다. 음료는 물을 탄 석류처럼 달았고, 알코올 농도가 백 도는 되는 술처럼 아주 강렬했다. 그는 음료를 내려놓고 고글을 통해 도시를 바라보았다.

공중 도시란 고층 건물들이 수련 잎 모양으로 모인 집합체였다. 각각의 건물은 비슷한 구석이 없이 다양한 모양새였다. 벽돌로 지은 건물도 있고, 위아래가 뾰족한 바늘 모양의 건물도 있고, 반투명한 판으로 이뤄진 건물도 있고, 다면체 기둥 모양의 건물도 있고, 뾰족한 부분을 아래로 향하고 떠다니는 긴 원뿔형 건물도 있었다. 창문밖에 없는 건물이 있는가 하면 발코니밖에 없는 건물도 있었다. 우아한 곡선을 이루는 다리와 넓고 곧은 계단이 각 건물의 여러 층을 불규칙하게 연결하고 있었다. 루이스는 공중 도시를 건설한 자들이 인간과 똑같지 않다는 걸 알고 있었다. 그럼에도 불구하고 그와 같은 구조물이 의도적으로 설계되었다는 사실을 믿을 수가 없었다. 공중 도시는 기괴했다.

그가 말했다.

“저 건물들은 분명히 반경 수천 킬로미터쯤 되는 곳에서 모여들었을 거야. 동력이 끊겼을 때도 독자적인 동력으로 움직이는 건물이 있었거든. 그것들을 한데 모은 거지. 프릴의 종족이 그런 건물을 합쳐서 하나의 도시로 만든 거야. 내 말이 맞지?”

“그건 아무도 몰라. 그런데 루이스 당신은 눈으로 본 것처럼 얘기하네.”

“당신은 평생 저걸 보고 살았는데도 나와 같은 식으로 보지는 못하는군."

그는 도시에서 눈을 떼지 않았다. 다리가 보였다. 그 다리는 근처의 언덕 꼭대기에 있는, 낮고 창문이 없는 건물에서 출발해 우아한 곡선을 그리며 상승하다가 세로로 홈이 새겨져 있는 거대한 기둥의 밑부분과 연결되었다. 자갈을 깔아 만든 도로가 갈지자를 그리며 언덕 위의 건물로 이어져 있었다.

"초대받은 손님들은 저 언덕 위에 있는 건물을 통과해서 공중 다리를 건너야 하나 보군."

"당연하지."

"건물 안에서는 뭘 하는 거야?"

"금지된 물품을 반입하는 건 아닌지 검사를 해. 질문도 하고. '도시 건설자'가 출입 심사에 까다롭다고 생각한다면, 음…… 우리도 마찬가지야. 저항 세력이 폭탄을 반입하려고 시도한 적이 있거든. '도시 건설자'가 고용한 용병들이 마법의 물 수집기를 수리하기 위해 부품을 보내려고 한 적도 있었고."

"마법의 물 수집기?"

발라가 웃었다.

"아직도 작동하는 수집기가 있어. 허공에서 물을 만드는 장치야. 많이 모으지는 못하지만. 우리는 강에서 물을 길어서 도시로 보내. 도시와 우리가 정치 문제 때문에 충돌하게 되면 도시 사람들은 물을 못 마시고, 그럼 우리는 그들이 수집한 정보를 얻을 수가 없지. 그러다가 타협하게 되고."

"정보라고? 저쪽은 정보를 어떻게 얻지? 망원경이 있나?"

"아버지가 망원경 얘기를 하신 적이 있어. 도시에는 이 세계에서 벌어지는 일을 보여 주는 방이 있다고 해. 루이스 당신이 쓰는 고글보다 더 나을 거야. 어쨌든 도시는 높은 데다 전망도 좋을 테니까."

"당신 아버지에게 얘기를 들어 봐야겠군. 어떻게 하면……."

"그건 별로 좋은 생각이 아니야. 아버지는 아주…… 그러니까 시각이……."

"내 외모와 피부색이 문제야?"

"그래. 아버지는 당신이 그런 물건을 만들었다는 사실을 믿지 못하실 거야. 그리고 빼앗으려 하시겠지."

루이스는 속으로 욕을 했다.

"방문객이 저 건물을 통과하면 그다음은 뭐야?"

"아버지는 '도시 건설자'만 읽을 수 있는 문자를 왼팔에 새기고 집에 오셨어. 그 문자들은 가느다란 은처럼 빛을 내더군. 물로 씻어도 지워지지 않다가 일이 팔란 뒤에 사라졌지."

루이스는 그게 문신이 아니라 인쇄한 회로일 거라고 생각했다. '도시 건설자'는 방문객이 알아채지 못하게 영향력을 행사하는 것 같았다.

"그럼 손님들은 위에 올라가서 뭘 하지?"

"정책을 논의해. 선물도 바치고. 음식을 잔뜩 가져가고 도구도 제공하지. '도시 건설자'는 기적을 보여 주고 리샤스라를 해."

발라가 갑자기 걸음을 멈추며 덧붙였다.

"이제 이동해야겠어."

더 이상 도적에게 습격당할 위험은 없었다. 루이스는 발라와 함께 앞좌석에 탑승했다. 흔들림뿐 아니라 소음까지 심했기 때문에 두 사람은 목소리를 높여야 했다.

루이스가 소리쳤다.

"리샤스라를 한다고?"

"지금은 안 되지. 운전 중이잖아."

발라가 이를 활짝 드러내며 웃었다.

"'도시 건설자'는 리샤스라에 아주 능숙해. 거의 모든 종족을 상대할 수 있고, 그런 식으로 고대 제국을 유지했지. 우리는 리샤스라를 이용해서 교역하고, 짝을 만나 정착할 때까지는 아이를 가지지 않아. 하지만 '도시 건설자'는 끝없이 리샤스라를 하지."

"방문객으로 초대를 받을 수 있도록 도와줄 사람이 없을까? 내가 갖고 다니는 기계들이 문제가 되잖아."

"그게 가능한 사람은 우리 아버지뿐이야. 하지만 안 도와주실 거고."

"그럼 날아가는 수밖에 없겠군. 도시 밑에는 뭐가 있지? 그냥 도시 아래에서 어슬렁거리다가 날아올라도 되나?"

"아래에는 그림자 농장이 있어. 장비를 벗고 간다면 농부인 척 통과할 수도 있을 거야. 농장에는 온갖 종족이 모여 있으니까. 농부 일이란 건 더러운 작업이고. 농장 위에는 도시의 하수 방류장이 있고, 작물에 물을 주려면 하수를 사방으로 보내야 하지. 작물은 전부 동굴 식물이야. 어두운 곳에서 자라는 종들이지."

"그런데…… 음, 이제 알겠다. 태양이 절대 움직이지 않으니까 도시 아래는 항상 어두운 거군. 동굴 식물은 뭐지? 균류인가?"

발라가 그를 빤히 바라보았다.

"루이스, 태양이 움직인다고 생각하는 건 이상하잖아."

루이스는 얼굴을 찡그렸다.

"내가 다른 곳에서 왔다는 걸 깜빡했어. 미안해."

"태양이 어떻게 움직일 수 있어?"

"아, 물론 진짜 움직이는 건 행성이지. 내가 사는 행성은 회전 운동을 하는 공이라고 보면 돼. 그 공의 어느 한 지점에 살고 있으면 태양이 한쪽 하늘에서 떴다가 반대쪽으로 지는 것처럼 보이지. 태양이 다시 뜨기 전까지는 밤이 지속되고. 링월드 건설자들이 차광판을 왜 만들었다고 생각해?"

차가 좌우로 흔들리기 시작했다. 발라는 창백한 얼굴로 몸을 떨고 있었다.

루이스가 부드러운 목소리로 물었다.

"상상하기 어려워?"

"그것 때문이 아니야."

발라는 짖는 듯한 괴상한 소리를 냈다. 고통스럽게 웃는 것 같기도 했다.

"차광판 때문이지. 그걸 당연하다고 여긴 사람들은 아주 멍청하다는 거잖아. 원운동으로 돌아가는 세계의 낮밤 주기를 흉내 내려고 만든 게 차광판이라는 얘긴데. 루이스, 난 정말이지 당신이 미친 사람이었으면 좋겠어. 이제 우린 어떡하면 좋지?"

루이스는 어떻게든 대답을 해 줘야 한다는 생각이 들었다.

"태양 아래에 구멍을 뚫으면 어떨까 생각하고 있어. 태양에 가장 가까운 지점에 도달하기 직전에 말이야. 그러면 지구 질량의 여러 배에 해당하는 물이 우주 공간으로 뿜어져 나가겠지. 그 결과 링월드가 제자리로 돌아가는 효과가 생길 테고. 최후자, 내 얘기 들었나?"

완벽에 가까운 콘트랄토 목소리가 대답했다.

"실현 가능할 것 같지 않군요."

"물론 실현은 불가능하지. 우선 나중에 그 구멍을 막을 방법이 없어. 그리고 링월드가 흔들릴 텐데, 그 정도로 엄청난 충격이 발생하면 링월드의 생물은 전부 죽겠지. 대기도 사라질 테고. 그래도 난 방법을 찾아낼 거야. 발라, 내가 방법을 알아낼 거야."

그녀는 또 한 번 이상하게 짖으면서 머리를 심하게 흔들었다.

"그래도 당신은 큰 그림을 보려고 하는군!"

"링월드 건설자들이라면 어떻게 했을까? 적이 자세제어 엔진을 전부 파괴할 수도 있었을 텐데. 이런 경우에 대한 대비도 없이 링월드를 지었을 리가 없지. 그러니 그들에 대해 더 자세히 알아야겠어. 날 공중 도시에 데려다 줘, 발라!"

| 그림자 농장 |

차가 더 많이 다니기 시작했다. 차들은 크기가 다양했으며 창문이 있고 뒤에 작은 상자를 달고 다녔다. 길도 점점 넓어졌고 노면 상태도 나아졌다. 급유소가 출현하는 빈도도 높아졌다. 튼튼하고 육면체 형태인 '기계인'의 건축양식이 많이 눈에 띄었다. 상자형 차량이 점점 늘어났기 때문에 발라는 어쩔 수 없이 속도를 늦췄다. 루이스는 몸을 숨기기 어렵겠다는 느낌이 들었다.

차가 고개의 정상에 올라서자 그 너머에 있는 도시가 보였다. 발라는 점점 늘어나는 차량을 비집고 내려가면서 관광 안내인 역할을 했다.

그녀의 말에 따르면, '돌아오는 강'의 사람들은 폭이 넓은 '큰뱀 강'의 회전 방향 쪽 강가에 선창을 연이어 짓는 것이 삶의 목표라고 생각했다. 하지만 그 중심지는 이제 빈민가와 다르지 않았다. 도시는 강에 있는 여러 개의 다리를 넘어 확장되었고, 끄트머리가 조금 찌그러진 원 형태가 되었다. 그 찌그러진 부분이 바로 '도시 건설자'가 사는 공중 도시의 그림자였다.

움직이는 상자들이 두 사람의 차를 완전히 에워쌌다. 공기에서 알코올 냄새가 났다. 이제 차는 기어가고 있었다. 옆 운전자가 다른 별에서 온 이상한 체격의 사람을 볼 확률이 높아졌기 때문에 루이스는 몸을 숙였다.

하지만 그런 일은 벌어지지 않았다. 운전자들은 루이스뿐 아니라 어떤 사람도 쳐다보지 않았다. 그들은 다른 차만을 바라보았다.

발라는 마을의 중심을 향해 계속 차를 몰았다. 집들이 바짝 붙어 있었다. 집의 높이는 삼사 층 정도였고 폭이 좁았으며, 집들 사이에는 빈 공간이 없었다. 건물들이 도로 위로 튀어나와서 햇빛을 막고 있었다. 공공건물은 그와 정반대였다. 하나같이 높이가 낮고 사방으로 뻗어 나간 큰 건물이었으며, 충분한 공간을 차지하고 있었다. 공공건물들은 높이가 아니라 넓이를 두고 경쟁하는 모양새였다. 공중 도시가 구역 전체를 덮으며 떠 있었기 때문에 높은 건물은 하나도 없었다.

발라가 번창하고 있는 석조 복합건물을 가리켰다. 상인 학교였다. 다음 구역에 이르자 그녀는 교차로를 가리켰다.

"내 집은 저쪽이야. 분홍색으로 칠한 석조 건물, 보여?"

"거길 가면 도움을 얻을 수 있을까?"

그녀가 고개를 저었다.

"그럴 가능성은 거의 없어. 내 아버지가 당신 말을 절대 안 믿을 테니까. 심지어 '도시 건설자'의 말도 거의 다 허풍이라고 생각하시는 분이거든. 나도 전엔 그렇게 생각했지. 하지만 당신이 해 준 하르로프릴라라의 얘기를 듣고 나선……."

루이스는 소리를 내어 웃었다.

"그 여자는 거짓말쟁이야. 물론 그 종족이 링월드를 지배한 건 사실이지만."

차가 '돌아오는 강'을 지나 왼쪽으로 계속 나아갔다. 발라는 십여 킬로미터를 더 가서 마지막 다리를 건넜다. 그리고 거대한 그림자의 왼쪽으로 멀리 이동한 다음, 눈에 띄지 않을 만큼 작은 갓길을 빠져나와 차를 세웠다.

두 사람은 지나치게 밝은 햇빛 속으로 걸어 나갔다. 그리고 아무 말도 없이 작업을 시작했다. 먼저 루이스가 비행 벨트를 이용해서 적당한 크기의 바위를 들어 올렸다. 다음으로 발라가 바위가 놓여 있던 자리를 파고 루이스의 몫으로 남은 얇은 검은색 천을 구덩이에 집어넣었다. 마지막으로 루이스가 흙으로 다시 메운 구덩이 위에 바위를 내려놓았다.

루이스는 발라의 가방에 비행 벨트를 집어넣고 등에 멨다. 그 안에는 장갑복과 조끼와 쌍안경과 레이저 플래시와 음료수병이 들어 있었다. 가방이 무겁고 불편했다. 그는 가방을 벗고 비행 벨트를 조정해 무게를 줄였다. 그리고 통역기를 살짝 숨긴 다음 가방을 다시 멨다.

그는 발라가 준 반바지를 입고, 밧줄을 적당히 잘라 허리를 조이고 있었다. 바지는 너무 컸다. 그가 흉내 내려는 종족은 보통 얼굴에 털이 없기 때문에, 이제 그가 다른 별에서 왔다고 볼 만한 특징은 남아 있지 않았다. 통역기의 이어폰이 있긴 했지만 그건 감수해야만 하는 위험 요소였다.

목적지는 거의 눈에 보이지 않았다. 햇살이 너무 강했고 그림자가 너무 짙고 어두웠기 때문이다.

두 사람은 낮 지역에서 밤 지역으로 진입했다.

발라는 아무 불편도 없이 길을 안내했다. 루이스는 그녀의 뒤를 따랐다. 눈이 어둠에 익숙해지자 버섯 사이에 좁은 길이 있다는 사실을 알 수 있었다.

버섯은 단추처럼 작은 것부터 루이스의 머리만큼 큰 비대칭형까지 다양했다. 줄기가 루이스의 허리만큼 굵은 것도 있었다. 버섯 형태를 갖춘 것이 있는가 하면 아예 정해진 형태가 없는 것도 있었다. 공기에서 부패의 냄새가 났다. 머리 위에 펼쳐진 건물들의 틈으로는 빛기둥이 내려오고 있었다. 빛이 너무나 밝은 나머지 단단하다는 착각이 들 정도였다.

주름이 많고 자주색 띠가 있는 노란 버섯들이 땅에 드러난 회색 점판암을 덮고 있었다. 중세 시대에나 볼 수 있던 창이 땅에 거꾸로 꽂혀 있었다. 흰 창촉에는 피가 묻어 있고, 주황, 노랑, 검정 털가죽이 죽은 통나무를 뒤덮고 있었다.

사람들은 버섯만큼이나 다양했다. '심부름꾼'들은 양손의 손톱으로 주황색 띠가 있는 거대한 타원형 버섯을 베어 내고 있었다. 손이 크고 얼굴이 큰 사람들은 하얀 단추 모양의 버섯을 양동이에 담고 있었다. 초원 거인들은 커다란 양동이를 나르고 있었다.

발라가 작은 소리로 계속 설명을 해 주었다.

"대부분의 종족은 여러 명씩 함께 고용되는 걸 좋아해. 문화적인 충격을 줄이기 위해서지. 우리는 거주 구역을 서로 분리해 놓고 있어."

스무 명 남짓한 사람들이 기름과 잘 썩은 오물을 뿌리고 있었다. 거리가 꽤 멀었음에도 냄새가 풍겨 왔다. 루이스는 그 사람들이 발라의 종족인지 살펴보았다. 그의 생각대로 그들은 '기계인'이었다. 하지만 또 다른 두 사람이 그들을 감시하고 있었다. 감시자는 총을 들고 있었다.

"저 사람들은 뭐지? 죄수인가?"

"사소한 범죄로 유죄판결을 받은 사람들이야. 저런 식으로 십이 팔란에서 십오 팔란씩 사회에 봉사하고……"

발라가 걸음을 멈췄다. 경비 한 사람이 그들에게 다가오고 있었다.

경비가 발라에게 인사를 건넸다.

"여기 오시면 안 됩니다. 여기서 똥을 만지는 놈들이 아가씨를 보면 아주 좋은 인질이라고 생각할 테니까요.

발라는 지친 목소리로 말했다.

"차가 고장 났어요. 학교에 가서 제가 겪은 일을 보고해야 하는데요. 그림자 농장을 가로질러 가게 해 주세요. 부탁이에요. 일행이 전부 죽었어요. 흡혈귀한테요. 꼭 보고를 해야 해요. 제발요."

경비가 잠시 망설이다가 말했다.

"그럼 건너가시죠. 대신 호위를 붙여 드리겠습니다."

그는 짧게 휘파람을 분 다음 루이스를 바라보았다.

"넌 뭐지?"

발라가 루이스 대신 대답했다.

"짐꾼으로 쓰려고 빌려 왔어요."

경비는 루이스를 향해 천천히, 또박또박 말했다.

"너, 이분이 원하시는 곳까지 따라가라. 하지만 그림자 농장을 넘으면 안 돼. 그다음에는 원래 일하던 자리로 돌아가. 무슨 일을 하고 있었지?"

루이스는 통역기를 쓰지 않고는 얘기할 수 없었다. 그는 가방 안에 있는 레이저 플래시를 떠올렸다. 그러다가 연보라색 원숭이 의자버섯에 대충 손을 얹은 다음 비슷하게 생긴 버섯이 쌓여 있는 수레를 가리켰다.

"알겠다."

경비는 그렇게 말하고 루이스의 어깨 너머를 바라보았다.

"어이."

루이스는 고개를 돌리지 않고도 냄새로 알 수 있었다. 그는 경비가 굴 두 명에게 지시를 내리는 동안 얌전히 기다렸다.

"이분과 짐꾼을 그림자 농장 반대편까지 모시고 가라. 위험한 일이 생기면 보호해 드리고."

일행은 한 줄로 서서 길을 걸으며 그림자 농장의 중심부로 향했다. 남성 굴이 맨 앞이었고 여성 굴은 맨 뒤에 자리했다. 악취가 점점 더 고약해졌다. 다른 길에 거름을 실은 수레가 지나가고 있었다.

아, 젠장! 어떻게 해야 저 굴들을 떼 놓지?

루이스는 그렇게 생각하며 뒤를 돌아보았다. 굴 여성이 그를 보며 씨익 웃었다. 냄새에 전혀 신경 쓰지 않는 게 분명했다. 그녀의 이는 크고 날카로워 고기를 찢기에 적합해 보였다. 그녀는 고블린처럼 생긴 귀를 잔뜩 세우고 경계하고 있었다. 두 굴이 몸에 걸친 것은 어깨끈이 달린 가방뿐이었다. 그 대신 두터운 털이 온몸을 덮고 있었다.

루이스 일행은 둥글고 넓게 흙이 깔린 깔끔한 지대에 도착했다. 그 너머에 구멍이 있었다. 구멍 위에는 안개가 서려 있어 건너편 먼 곳을 볼 수가 없었다. 그리고 그 구멍으로 관에서 나온 하수가 떨어지고 있었다. 루이스는 검고 울퉁불퉁한 하늘을 향해 올라가는 하수관을 쳐다보았다.

굴 여성이 귓속말을 하는 바람에 그는 깜짝 놀라 펄쩍 뛰었다. 그녀는 '기계인'의 언어를 사용했다.

"루이스와 우가 한 사람이라는 걸 알면 거인 왕이 뭐라고 생각할까요?"

루이스는 그녀를 노려보았다.

"작은 상자가 없으면 말을 할 수 없나 보죠? 걱정은 안 해도 돼요. 우리는 당신 편이니까요."

굴 남성이 발라버질린과 이야기를 나누고 있었다. 그녀는 고개를 끄덕였고, 두 사람은 길에서 벗어났다. 루이스와 굴 여성은 그 둘의 뒤를 따라 아주 커다란 흰색 선반버섯의 기둥을 끼고 돈

다음 반대편 갓 아래에 옹기종기 모였다.

발라는 안절부절못했다. 악취 때문일 수도 있었다. 루이스도 그 불쾌한 냄새를 확실하게 맡고 있었다.

"키에레프가 그러는데 이건 새로 받은 하수래. 일 팔란이 지나면 하수가 숙성되고, 그러면 비료를 만들기 위해 하수관을 다른 곳으로 옮긴대. 그때까지는 아무도 오지 않을 거래."

발라가 루이스의 등에서 가방을 내린 다음 내용물을 땅에 쏟았다. 루이스는 통역기를 잡은 다음 ─그의 손이 레이저 플래시에 가까워지자 굴들이 긴장하며 귀를 잔뜩 세웠다─ 음량을 높였다.

그가 물었다.

"'야행인'은 어디까지 알고 있는 거지?"

"우리 생각보다 훨씬 더 많이……."

발라는 무언가를 덧붙이려다가 입을 다물었다.

굴 남성이 대답했다.

"이 세계는 몇 팔란 지나지 않아 완전히 파괴될 운명이죠. 루이스 우만이 세계를 구할 수 있고요."

그는 미소를 지으며 쐐기처럼 생긴 흰 이를 무서우리만치 활짝 드러냈다. 그의 입 냄새는 바실리스크*의 숨결과 비슷했다.

루이스가 말했다.

---

* basilisk. 이구아나과의 도마뱀을 통틀어 이르는 말. 그리스, 로마 시대의 전설 속에서는 한 번 보거나 숨을 쉬기만 해도 모든 동물과 식물의 생명을 앗아 갈 수 있는 힘을 지녔다고 하는 작은 뱀으로 나온다.

"비꼬는 건지 아닌지 구분이 안 되는군. 날 믿나?"

"이상한 일이 계속 벌어지면 광인의 말이 예언이라고 생각할 수밖에 없는 법이죠. 당신이 쓰는 도구는 다른 어느 곳에서도 볼 수 없다는 걸 알아요. 당신과 같은 종족이 있다는 얘기는 들어 본 적도 없고요. 물론 이 세계는 크고 우리라고 해서 모든 걸 다 알 수는 없죠. 당신의 털북숭이 동료는 더 낯선 종족이더군요."

"그건 내 질문에 대한 대답이 아닌데."

"우리를 구해 주세요. 우리는 감히 간섭할 생각도 하지 않을 거예요."

굴의 미소가 조금 사라졌지만 그의 입술은 아직도 벌어진 채—이가 커다랗다는 점을 고려할 때 의식적으로 노력하는 것 같았다—였다.

"당신이 미친 사람이라면 우리가 왜 신경을 쓰겠어요? 다른 종족의 활동이 우리 목숨과 연관되는 경우는 거의 없어요. 그들은 결국 모두 다 우리 차지가 될 테니까요."

"당신들이 이 세계의 진짜 지배자란 생각이 들기 시작하는군."

어디까지나 외교적인 관계를 생각해 꺼낸 말이었지만, 루이스는 불편한 마음으로 그게 진실일지도 모른다고 생각했다.

굴 여성이 말했다.

"이 세계를 지배한다고 주장하는 종족은 많아요. 자신의 영토를 지배한다고 주장하는 종족도 있고요. 우리가 '매달린 사람'들이 사는 숲의 위쪽에 대한 소유권을 주장하던가요? 혹은 '흘러나온 산 사람'의 공기 없는 고원지대를 우리 것이라고 주장하던가요? 반대로 우리의 영역을 원하는 종족도 없죠."

그녀가 루이스를 보며 웃었다. 그 표정은 분명히 웃음이었다.

루이스는 물었다.

"이 세계 어딘가에는 수리 시설이 있을 텐데, 혹시 위치를 알고 있나?"

굴 남성이 대답했다.

"당신 말이 옳다는 데에는 의심의 여지가 없어요. 하지만 우리도 그게 어디에 있는지는 몰라요."

"링 벽에 대해서 아는 게 있나? 대양에 대해서는?"

"바다는 아주 많아요. 그중 어떤 바다를 얘기하는 건지 모르겠군요. 하지만 거대한 불꽃이 나타나기 전에 링 벽에 어떤 움직임이 있었죠."

"움직임이라고! 뭘 얘기하는 거지?"

"수많은 부양 장치가 '흘러나온 산 사람'들이 사는 곳보다 더 높이 기계를 들어 올렸죠. '도시 건설자'와 '흘러나온 산 사람'이 아주 많이 모여 있었고요. 수는 더 적었지만 다른 종족도 많았어요. 그들은 이 세계의 위쪽 끝에서 작업을 수행했죠. 당신은 그게 무슨 뜻인지 아실지도 모르겠군요."

루이스는 충격을 받고 멍한 얼굴이 되었다.

"이런, 젠장. 그자들은 분명히……."

자세제어 엔진을 제자리에 돌려놓고 있었겠지.

하지만 그 말을 입 밖으로 꺼낼 생각은 들지 않았다. 아주 가까운 곳에 너무나 거대한 권력과 야심이 존재하고 있었다. 그 사실이 최후자의 신경을 건드릴 수도 있었다.

"썩은 고기를 먹는 사람들이 그렇게 먼 거리까지 소식을 전할 수 있나?"

"빛은 아주 먼 곳까지 나아갈 수 있죠. 당신이 예언했던 멸망이 이 사실 때문에 달라질 수도 있나요?"

"유감스럽지만 그렇지는 않을 것 같군."

어디선가 수리반이 활동하고 있을 확률은 높았다. 하지만 이제 제자리로 돌려놓을 버사드 램제트는 얼마 남아 있지 않았다.

"그래도 거대한 불꽃이 작동을 하고 있으니 내가 추측했던 것보다 시간이 칠팔 팔란 정도 더 남았을 거야."

"희소식이군요. 그럼 이제 어떻게 할 건가요?"

루이스는 공중 도시를 포기하고 오직 굴과만 거래를 해 볼까 잠깐 동안 망설였다. 하지만 그러기에는 너무 늦었을 뿐 아니라 어차피 굴은 어딜 가든 만날 수 있었다.

"밤까지 기다렸다가 위로 올라갈 거야. 발라, 차에 당신 몫으로 남겨 둔 천이 있어. 다른 사람에게는 보여 주지 말고, 내 얘기도 하지 않으면 정말 고맙겠어. 음…… 링월드가 두어 번 도는 동안만 그래 주면 충분할 거야. 만약 일 팔란 뒤까지 찾으러 오는 사람이 없다면 내 몫까지 파내서 가져. 나는 이 정도만 있으면 되니까."

루이스는 조끼 주머니를 두드렸다. 그 안에는 손수건 크기로 접은 일 제곱미터 정도의 초전도체가 들어 있었다.

"그걸 도시에 가져가지 않는 편이 좋을 텐데."

발라가 말했다.

"내가 차이점을 얘기해 주기 전까지는 흔한 천이라고 생각할 텐데, 뭐."

사실 그 말은 거짓이나 다름없었다. 루이스는 초전도체를 사용할 생각이었다.

그가 반바지를 벗자 굴들이 빤히 쳐다보았다. 그의 생김새를 자세히 봐 두었다가 나중에 그의 종족이 링월드의 어느 지역에서 살고 있는지 알아낼 때 활용하려는 것이 분명했다. 루이스는 장갑복을 갖춰 입었다.

굴 여성이 갑자기 물었다.

"당신은 미치지 않았다고 '기계인' 여성을 설득했어요. 어떻게 한 거죠?"

발라가 그동안 알게 된 사실을 전해 주었다. 루이스는 조끼와 고글을 걸치고 레이저 플래시를 주머니에 넣었다. 굴의 얼굴에는 이제 미소가 거의 남아 있지 않았다.

굴 여성이 물었다.

"이 세계를 구해 줄 수 있나요?"

"나한테 의지하지 마. 수리 시설을 직접 찾아봐. 이 소식을 사방으로 전달하고, 밴더스내치에게도 물어봐. 밴더스내치란 건 회전 방향에 있는 커다란 늪지에 사는 크고 하얀 짐승을 말하는 거야."

"우리가 아는 자들이군요."

"잘됐네. 발라……."

"난 가서 동료들이 죽었다고 보고를 해야겠어. 이제 다시는 못 만나겠네, 루이스."

발라버질린은 빈 가방을 집어 들고 빠른 걸음으로 사라졌다.

"우린 그녀를 호위해야 해요."

굴 여성이 말했다. 그리고 두 굴은 떠나 버렸다.

그들은 행운을 빌어 주지 않았다. 루이스는 이유가 뭔지 생각해 보았다. 살아가는 방식으로 짐작하건대, 그들은 하나같이 운명론자인 듯했다. 행운이란 그들에게 아무 의미가 없었다.

루이스는 복잡한 무늬가 그려진 하늘을 자세히 살펴보았다. 당장이라도 올라가고 싶은 마음이 굴뚝같았다. 하지만 밤까지 기다리는 편이 나았다.

그는 통역기에 대고 말했다.

"최후자, 듣고 있나?"

최후자는 응답하지 않았다.

루이스는 선반버섯 아래에서 기지개를 켰다. 지면 부근의 공기는 더 깨끗한 것 같았다. 그는 발라가 주고 간 병에서 연료와 꿀을 한 모금 마시면서 생각에 잠겼다.

굴이란 도대체 뭘까? 그들이 생태계에서 맡은 역할은 확실하지. 그럼 지능은 어떻게 유지하는 걸까? 애초에 지능이 왜 필요한 거지? 가끔씩 자신들의 특권을 지키기 위해 싸워야 할 수도 있겠지. 아니면 존중받기 위해서라든지. 천 개쯤 되는 지역 종교의식을 할 줄 알려면 상당한 언어활동을 수행해야 할 테고.

더 간단히 생각해 보자. 굴은 나한테 어떤 도움이 될까? 어딘가에는 노화방지약의 재료가 뭔지 기억하고 있는 굴들도 살고 있을까? 어디까지나 가정이긴 하지만 그 약이 정말로 팩 종족의 '생명의 나무' 뿌리로 만들어졌다면…….

한 번에 하나씩 해결하자. 도시 문제가 우선이야.

빛기둥은 점점 가늘어지다가 마침내 사라졌다. 그 대신 단단한 하늘에 다른 빛이 있었다. 조명을 켠 수백 개의 창문에서 흘러나오는 빛이었다. 하지만 그의 머리 바로 위에는 창문이 없었다. 루이스는 쓰레기 처리장과 제일 가까운 지하실에 사는 사람이 누구일지 궁금했다. 그리고 조명을 쓸 여유가 없는 사람일지도 모르겠다고 생각했다.

그림자 농장에는 인적이 없었다. 들리는 거라고는 바람 소리뿐이었다. 선반버섯 위에 올라서서 먼 곳을 둘러보니 난로만 켠 것처럼 빛이 흔들거리는 창문이 눈에 들어왔다. 인근에 거주하는 농부의 집이었다.

루이스는 비행 벨트에 있는 다이얼을 돌리고 위로 올라갔다.

| 공중 도시 |

　삼백 미터쯤 상승하고 나니 공기가 확연히 맑았다. 루이스는 이제 공중 도시의 영역 안에 있었다. 그는 거꾸로 선 자세로 끝이 뭉툭한 고층 건물의 주위를 돌았다. 사 층짜리 건물의 창문은 전부 불이 꺼진 상태였고, 그 밑에는 차고가 있었다. 차고 문은 컸으며 닫히고 잠겨 있었다. 루이스는 계속 선회하면서 깨진 창문이 없는지 찾아보았다. 하지만 목적을 이루지 못했다.

　그 창문들은 만 천 년을 버틴 게 분명했다. 그러니 깨는 게 불가능할 수도 있었다. 어차피 루이스 역시 도둑처럼 도시에 잠입할 생각은 없었다.

　그는 창문으로 들어가는 대신 남의 눈에 띄지 않도록 하수관을 따라 상승했다. 주변에 경사로가 있긴 했지만 가로등은 진혀 보이지 않았다. 그는 보도 쪽으로 이동한 다음 착지했다. 사람 눈에 띨 가능성이 낮다고 생각했기 때문이다.

주위에는 아무도 없었다. 폭이 넓은 자갈길이 띠를 이루며 상하좌우로 굽이치고 건물 사이를 가로지르며 무작위로 뻗어 있었다. 그 밑에는 삼백 미터 높이에 달하는 공간이 있었지만 난간은 하나도 없었다. 하르로프릴라라의 종족은 지구인보다 두 팔로 나뭇가지를 번갈아 잡으며 이동하던 선조에 더 가까운 게 분명했다. 루이스는 빛을 향해 터벅터벅 걸으면서 보도의 가운데에서 벗어나지 않도록 주의를 기울였다.

사람들은 다 어디에 있는 걸까? 루이스는 도시의 구조가 배타적이라고 생각했다. 주택은 아주 많았고 거주 구역을 연결하는 경사로도 있었다. 하지만 대형 상가나 극장이나 술집이나, 나무가 그늘을 드리운 산책로나 공원이나 노천카페는 보이지 않았다. 자신을 드러내는 것은 하나도 없었고 전부 벽 뒤에서 모습을 감추고 있었다.

그는 자신을 소개할 사람을 찾아낼 것인지 아니면 숨어 있을 것인지 결정을 내려야 했다. 그때 창문에 불이 켜져 있는 유리판 건물이 눈에 들어왔다. 위로부터 진입한다면 사람이 있는지 확인할 수 있을 것 같았다.

누군가가 길을 따라 다가오고 있었다.

루이스는 그 사람을 불렀다.

"내 말을 알아들을 수 있습니까?"

그는 자신의 목소리가 '기계인'의 말로 바뀌는 것을 들었다.

낯선 남자도 같은 언어로 응답했다.

"밤에 도시를 걸어 다니면 안 된다. 추락할 수 있으니까."

남자는 눈이 엄청나게 컸다. 다시 말해 '도시 건설자' 종족이 아니라는 의미였다. 남자는 자신의 키만큼이나 길고 가느다란 막대를 들고 있었다. 빛이 그의 등 뒤에 있었기 때문에 루이스가 파악할 수 있는 모습은 그게 전부였다.

"팔을 보여라."

그가 말했다.

루이스는 왼팔을 들었다. 물론 그의 팔에는 문신이 없었다. 그는 처음부터 작정하고 왔던 말을 꺼냈다.

"난 물 응축기를 수리할 수 있습니다."

그러자 막대기가 날아왔다.

루이스는 몸을 뒤로 뺐다. 막대기가 그의 머리를 살짝 건드리고 지나갔다. 그는 한 바퀴 구른 다음 몸을 웅크리며 일어섰다. 숙련된 반사 신경 덕분이었다. 하지만 팔이 너무 늦게 움직이는 바람에 다시 날아오는 막대기를 막을 수는 없었다. 막대기가 루이스의 머리를 강하게 타격했다. 눈에서 불이 번쩍이는가 싶더니 시야가 검게 변했다.

루이스는 자유낙하를 하고 있었다. 바람이 귀를 스치며 으르렁거렸다. 정신이 혼미한 와중에 그 소리의 의미를 깨달은 그는 공포에 빠져 암흑 속에서 허우적거렸다. 우주선에 구멍이 뚫렸어! 내 위치는 어디지? 운석으로 뚫린 구멍을 막아야 하는데! 압력복은 어디에 있지? 경보 스위치는?

스위치……. 그제야 반쯤 정신이 들었다. 루이스는 두 손으로 급하게 가슴을 더듬어 비행 벨트의 조종 장치를 찾아내고 급하게 다이얼을 비틀었다.

비행 벨트가 난폭하게 상승했다. 그의 몸이 휘청거렸고 다리가 아래로 내려갔다. 그는 정신을 되찾기 위해 머리를 좌우로 흔들고 위를 바라보았다. 암흑 속에 갈라진 틈으로 차광판 둘레에서 빛나고 있는 항성의 코로나가 보였다. 그리고 검고 단단한 것이 그를 짓뭉개기 위해 하강하고 있었다. 루이스는 한 번 더 다이얼을 돌려 상승 속도를 낮췄다.

이제 안전해.

속이 뒤틀리고 심장이 벌렁거렸다. 생각할 시간이 필요했다. 그의 접근 방법은 잘못된 게 분명했다.

하지만 경비병이 공중 보도에서 밀어낸 거라면…… 그는 주머니를 만져 보았다. 떨어진 물건은 없었다. 경비병은 왜 무장해제부터 시키지 않은 걸까?

루이스는 정확한 상황을 떠올리기 시작했다. 그는 뛰었고, 경비병을 붙잡지 못했고, 옆으로 굴렀다. 그리고 허공에서 정신을 잃었다. 그 사실을 기억하고 나자 사건의 성격이 달라졌다. 가만히 기다리는 게 가장 좋을 수도 있었다. 하지만 이젠 너무 늦은 뒤였다.

그래서 다른 방법을 시도하기로 했다.

루이스는 도시 아래로 유영을 해서 링 벽 쪽으로 나아갔다. 그리 멀지는 않았다. 그 주변은 빛이 너무 많았다. 하지만 중심 부근에 전혀 빛을 내지 않는 이중 원뿔형 건물이 있었다. 뭉툭한 아래쪽 끝에는 자갈을 깔아 놓은 차고가 돌출되어 있었다. 루이스는 열린 차고 문으로 날아갔다.

그는 고글의 광량을 올렸다. 그리고 자신이 진작 그러지 않았다는 사실 때문에 조금 걱정을 하기 시작했다. 머리를 맞아서 멍청해진 것일까?

루이스는 프릴의 종족, 즉 '도시 건설자'가 비행차를 몰았다는 사실을 기억했다. 하지만 차는 보이지 않았다. 그는 바닥에 깔려 있는 녹슨 철로를 발견했다. 그 끝에는 팔걸이가 없는 조잡한 의자와 관람석이 있었다. 관람석은 철로의 양쪽으로 세 줄에 걸쳐 솟아올라 있었다. 나무에는 세월의 흔적이 있고 금속은 녹이 슬어 부서지는 중이었다.

그는 의자를 살펴보고 나서야 이해할 수 있었다. 그 의자는 철로를 따라 달려가다가 끝에 다다르면 뒤집히게 되어 있었다. 그가 보고 있는 것은 관객을 위해 마련된 사형장이었다.

그럼 위에는 법정과 감옥이 있는 건가? 루이스는 다른 곳으로 이동해서 운을 시험해 보기로 마음먹었다. 그때, 어둠 속에서 귀에 거슬리는 목소리가 흘러나왔다. 그가 이십여 년 만에 처음으로 듣는 언어였다.

"침입자는 손을 들어라. 천천히 움직이도록."

루이스는 한 번 더 말했다.

"난 물 응축기를 수리할 수 있다."

통역기가 그의 말을 하르로프릴라라의 언어로 바꾸어 전달했다. 그 언어는 통역기 안에 내장되어 있던 것이 분명했다.

상대는 계단의 맨 위쪽 문가에 서 있었다. 키가 루이스와 비슷했고 눈에서 빛을 내고 있었다. 그리고 발라버질린의 것과 비슷한 총을 들고 있었다.

"넌 문신이 없군. 어떻게 여기까지 왔지? 날아온 건가?"

"그렇다."

"놀랍군. 그건 무기인가?"

상대는 비행 벨트를 가리키는 게 분명했다.

"그렇다. 어두운데도 잘 보는군. 넌 누구지?"

"마르 코르실, 여성 '야행 사냥꾼'이다. 무기를 내려놔."

"싫다."

"널 죽이고 싶진 않다. 네가 한 말이 사실일 수도 있으니……."

"사실이야."

"주인님을 깨우고 싶지 않다. 그리고 네가 이 문을 통과하게 둘 수도 없다. 무기를 내려놔."

"싫은데. 난 오늘 밤에 이미 한 번 공격받았거든. 우리 둘 다 열 수 없도록 문을 잠그면 되잖아."

마르 코르실이 문 너머로 무언가를 던졌다. 그 물건이 땅에 떨어지며 쨍그랑 소리를 냈다. 그녀는 등 뒤로 문을 닫았다.

"이쪽으로 날아와라."

귀에 거슬리는 저음으로 그녀가 말했다.

루이스는 일 미터 남짓 날아간 다음 편한 자세로 섰다.

"놀랍군."

마르 코르실이 총을 겨눈 채 계단을 내려왔다.

"얘기를 나눌 시간은 있다. 그것도 아침이 되면 끝나겠지만. 네 제안은 뭐지? 그리고 뭘 원하는 거지?"

"물 응축기가 고장 난 걸로 아는데 사실인가? '도시의 몰락' 때 작동을 멈췄나?"

"내가 아는 한, 한 번도 작동한 적이 없다. 넌 누구지?"

"루이스 우, 남성이다. 내 종족은⋯⋯ '별 사람'이라고 부르면 되겠군. 나는 이 세계의 바깥에서 왔으니까. 여기서는 너무 희미해서 눈으로 볼 수 없겠지만. 내게는 도시의 물 응축기 몇 개를 고칠 수 있는 재료가 있다. 그리고 다른 곳에 더 많은 재료를 숨겨 뒀지. 덤으로 조명도 고칠 수 있을 것 같고."

마르 코르실이 고글만큼 큰 눈으로 그를 자세히 관찰했다. 그녀의 손끝에는 손톱이 달려 있었고 그것들은 도끼날처럼 날카로웠다. 루이스는 그녀의 종족이 설치류를 잡아먹는 육식인일 거라고 짐작했다.

그녀가 말했다.

"우리 기계를 고칠 수 있다면 그건 좋은 일이다. 다른 건물의 기계를 고쳐 주는 일은 주인님께서 결정하실 테지만. 그 대가로 원하는 게 뭐지?"

"상당량의 지식이 필요하다. 도시가 축적해 놓은 지식과 지도와 역사와 설화 등등. 그 모든 것을 살펴보고⋯⋯."

"도서관에 들어갈 수 있을 거라는 희망은 버리는 게 좋아. 하지만 네가 정말로 기계를 고칠 수 있다면 아주 중요한 인물이 되겠지. 우리 건물은 부유하진 않지만 구체적인 질문을 하면 도서관에서 지식을 사 올 정도는 된다."

루이스는 그 얘기를 듣고 확신할 수 있었다. 페리클레스 시절의 그리스를 국가로 볼 수 있다면 공중 도시도 도시라고 할 수 있을 것이다. 각 건물은 독립적이었고, 그는 지금 목적에 걸맞지 않은 건물에 들어와 있었다.

"어느 건물이 도서관이지?"

그가 물었다.

"회전 방향 구역의 좌측에 있는 아래로 향한 원뿔…… 그건 왜 묻나?"

루이스는 가슴을 건드리고 떠올라서 건물 밖의 밤하늘을 향해 움직였다.

마르 코르실이 총을 쏘았다. 루이스는 바닥으로 떨어져 길게 뻗었다. 가슴께에서 불꽃이 솟았다. 그는 고함을 지르면서 비행 벨트를 급히 벗고 몸을 굴렸다. 벨트가 불에 타면서 연기와 뒤섞인 노란 불꽃이 청백색 섬광을 뿜었다.

루이스는 손에 레이저 플래시가 있다는 사실을 기억하고 마르 코르실을 겨눴다. 하지만 '야행 사냥꾼'은 그 사실을 깨닫지 못한 것 같았다.

그녀가 말했다.

"두 번 다시 그러지 마라. 부상당했나?"

두 번째 문장이 그녀의 목숨을 살렸다. 하지만 루이스는 그녀 대신 무언가를 죽여야 했다.

그가 말했다.

"무기를 내려놓지 않으면 반 토막을 내 주지. 이렇게."

그는 사형수가 앉는 의자를 향해 레이저 빔을 휘둘렀다. 의자가 불타면서 둘로 나뉘었다.

마르 코르실은 꼼짝도 하지 않았다.

루이스가 말했다.

"난 그냥 이 건물을 떠나고 싶을 뿐이야. 그런데 이제 너 때문에 갇혀 버렸군. 이제 너희 건물로 들어가는 수밖에 없겠지. 하지만 경사로가 나오자마자 떠날 거야. 무기를 내려놔. 안 그러면 죽인다."

계단에서 여성의 목소리가 들려왔다.

"마르 코르실, 무기를 내려놓아라."

'야행 사냥꾼'은 지시에 따랐다.

목소리의 주인이 계단을 내려왔다. 그녀는 루이스보다 키가 컸고 날씬했다. 코는 작았고 입술은 보이지 않을 정도로 얇았다. 머리에는 머리칼이 없었지만 귀 뒤쪽과 뒷목에는 풍성한 백발이 넘실대고 있었다. 루이스는 백발이 나이를 나타내는 거라 짐작했다. 그녀는 그를 조금도 두려워하지 않았다.

그가 물었다.

"당신이 이곳의 지배자인가?"

"나와 내 공식적인 배우자가 이곳을 지배하지. 나는 랄리스캐리어라이어다. 루위우라고 했는가?"

"거의 비슷하다."

그녀가 미소를 지었다.

"나는 작은 구멍을 통해 지켜보고 있었다. 마르 코르실이 차고에서 신호를 보냈지. 흔치 않은 일이었기 때문에 와서 눈으로 보고 귀로 듣고 있었다. 비행 장치가 파괴된 것은 유감으로 생각한다. 이 도시에는 그런 장치가 남아 있지 않아."

"물 응축기를 고쳐 주면 날 풀어 줄 건가? 조언도 해 주면 고맙고."

"당신의 처지를 생각해 보면 그런 태도를 취할 수 없을 텐데. 밖에서 기다리고 있는 경비병을 이길 수 있을 것 같은가?"

루이스는 하마터면 살인을 저지르고 탈출하는 게 운명이라고 생각할 뻔했다. 하지만 한 번 더 참기로 했다. 바닥은 흔한 자갈로 만들어진 것 같았다. 그는 레이저 플래시로 천천히 원을 그렸다. 그러자 지름이 일 미터쯤 되는 돌덩이가 어둠 속으로 떨어져 나갔다. 랄리스캐리어라이어의 얼굴에서 미소가 사라졌다.

"그럴 수도 있겠군. 원하는 대로 해 주지. 마르 코르실, 따라와라. 그리고 아무도 들여보내지 마라. 총은 그대로 두고."

세 사람은 작동을 멈춘 나선형 에스컬레이터를 걸어 올라갔다. 루이스는 네 층을 오르면서 열네 바퀴를 돌았다고 계산했다. 그리고 랄리스캐리어라이어의 나이를 잘못 짐작했다고 생각했다. 그 '도시 건설자' 여성은 힘차게 계단을 오르면서도 여유롭게 대화를 할 수 있었다. 하지만 그녀의 얼굴과 손에는 아주 오랜 세월을 살아온 것처럼 주름이 많았다.

루이스는 그녀의 외모를 보며 마음이 편치 않았다. 그는 그런 모습에 익숙하지 않았다. 머리로는 이유를 알고 있었다. 그녀의 외모에는 노화의 흔적이 남아 있었고, 그와 동시에 조상인 수호자 팩의 흔적도 있었다.

세 사람은 루이스가 손에 든 레이저 플래시의 빛에 의지하며 위로 올라갔다. 문에서 사람들이 모습을 드러냈지만 마르 코르실이 물러나라고 경고했다. 대부분 '도시 건설자'였다. 하지만 다른 종족도 섞여 있었다.

랄리스캐리어라이어는 그들이 여러 세대에 걸쳐 라이어 가문에 봉사하는 하인이라고 설명했다. 야간 감시를 맡은 마르 가문은 라이어 가문의 판사를 모시던 경찰이었다. '기계인' 요리사들도 거의 비슷한 세월 동안 봉사하고 있었다. 하인들과 '도시 건설자' 주인은 서로를 한 가문으로 여겼고, 주기적인 리샤스라와 오랫동안 유지된 충성심을 통해 연결되었다. 라이어 건물에는 통틀어 천여 명의 인원이 살았고 그 가운데 절반 정도는 서로 밀접한 관계가 있는 '도시 건설자'들이었다.

루이스는 반쯤 위로 올라간 창문을 통해 바깥을 보려고 걸음을 멈췄다. 건물의 중심을 세로로 관통하는 계단통에 창문이 있다니 이상했다. 창문으로 보이는 모습은 아주 광활하고 길게 펼쳐진 링월드의 풍경을 링 벽 쪽에서 바라본 홀로그램이었다. 랄리스캐리어라이어는 자부심과 유감을 내비치며 그게 라이어 가문에 얼마 남지 않은 보물이라고 설명했다. 보물의 대부분은 수백 팔란 동안 물값을 내느라 팔아 버렸다는 얘기도 덧붙였다.

루이스는 저도 모르게 대화를 나누고 있었다. 그는 경계를 풀

지 않았고 화가 났으며 피곤했지만, 늙은 '도시 건설자' 여인에게
는 그의 이야기를 끌어내는 어떤 요소가 있었다. 그녀는 행성이
무엇인지 알고 있었다. 그리고 루이스가 하는 얘기를 믿었으며,
경청했다.

랄리스캐리어라이어가 하르로프릴라라와 너무 흡사했기 때
문에 루이스는 그녀의 얘기를 했다. 프릴이 아주 오래된, 불멸의
우주선에서 일하던 매춘부였으며 그를 비롯한 이질적인 일행이
도착하기 전까지 반쯤 정신이 나간 여신 노릇을 하며 살았다는
얘기, 그녀가 그의 일행을 도와주었다는 얘기, 그리고 멸망한 문
명에서 함께 빠져나왔다가 결국은 죽었다는 얘기를 털어놓았다.

랄리스캐리어라이어가 물었다.

"그래서 마르 코르실을 죽이지 않은 것인가?"

'야행 사냥꾼' 여성이 크고 푸른 눈으로 그를 바라보았다.

루이스는 웃었다.

"그럴지도 모르지."

그는 또 두 사람에게 해바라기 밭을 정복한 모험담을 들려주
었다. 민감한 주제는 언급하지 않았다. 랄리스캐리어라이어에게
태양이 이 세계를 쓸고 지나간다는 사실을 말해 봐야 득이 없다
고 생각했기 때문이다.

"나는 이 세계 사람들에게 내가 아무 해를 끼치지 않았다는 사
실을 알리고 싶다. 그 일에 필요한 천을 근처에 묻어 뒀는데……
젠장, 이제 그 천을 가지러 갈 방법이 없군."

일행은 나선형 계단의 꼭대기에 도달했다. 루이스는 숨이 차

씩씩거렸다. 마르 코르실이 잠긴 문을 열자 그 너머로 또 계단이 보였다.

랄리스캐리어라이어가 물었다.

"당신은 야행성인가?"

"음? 아닌데."

"그럼 낮이 될 때까지 기다리는 게 좋겠군. 마르 코르실, 가서 아침 식사를 보내라. 휠을 시켜 도구도 보내고. 그 일이 끝나면 자러 가라."

마르 코르실이 고분고분하게 빠른 걸음으로 내려가자, 늙은 여인은 책상다리를 하고 고대의 카펫에 앉았다.

그녀가 말했다.

"밖으로 나가서 작업을 할 수 있겠다고 생각했는데. 당신이 위험을 감수한 까닭을 모르겠군. 이유가 무엇인가? 지식이라고 했던가? 어떤 지식을 원하는가?"

루이스는 그녀에게 거짓말을 하기가 쉽지 않았다. 하지만 최후자가 엿듣고 있다는 사실을 무시할 수가 없었다.

"하나의 물질을 다른 종류의 물질로 변환시키는 기계에 대해 들어 봤나? 예를 들어 공기를 흙으로 바꾼다든지, 납을 금으로 바꾼다든지."

그녀가 흥미를 보였다.

"고대의 마법사들은 유리를 다이아몬드로 바꿀 수 있었다는 얘기가 있다. 하지만 아이들에게 들려주는 옛날이야기지."

루이스는 그 정도면 충분하다고 생각했다.

"이 세계를 관리하는 수리 시설에 대해서는 들은 적 없나? 아니면…… 그런 장소가 등장하는 전설이나, 위치를 암시하는 이야기라도?"

그녀가 그를 가만히 바라보았다.

"이 세계가 누군가의 창조물에 지나지 않는다는 것인가? 이 세계가 도시의 확장판이라는 얘기인가?"

루이스는 웃었다.

"그것보다는 훨씬 더 크지. 아주, 아주아주 크다. 그럼 수리 시설에 대한 얘기는 들은 적이 없다는 얘기군."

"그렇다."

"노화방지약은 어떤가? 그건 실제로 존재하지. 하르로프릴라라가 그 약을 썼으니까."

"불사약 말이군. 물론 그것은 존재한다. 하지만 이 도시에는 약이 남아 있지 않고, 다른 곳에 있다는 소식도 들은 적 없다. 그 얘기를 좋아하는 건……."

통역기가 공용어의 어휘를 이용해 말을 이었다.

"사기꾼들이지."

"그…… 불사약이 어디서 유래했는지 언급하는 얘기는 없나?"

젊은 여성 '도시 건설자'가 바닥이 얕은 그릇을 하나 들고 숨을 몰아쉬며 계단을 올라왔다.

루이스는 독이 들어 있을지 모른다는 의심을 즉시 떨쳐 버렸다. 음식은 미지근했으며 오트밀과 비슷했는데, 두 사람은 하나의 그릇에 손을 담가 가며 음식을 나눠 먹었다.

"불사약은 회전 방향에서 유래했지."

늙은 여인이 다시 말을 꺼냈다.

"하지만 얼마나 먼 곳인지는 모른다. 그것이 당신이 가장 절실하게 원하는 지식인가?"

"절실하게 찾고 있는 지식은 한두 가지가 아니야. 불사약도 그중 하나고."

수리 시설 안에는 분명히 '생명의 나무'가 있었겠지. 그곳 사람들이 나무를 어떻게 다뤘는지 모르겠군. 수호자로 변하고 싶은 인간은 없겠지만 다른 인류라면 아마도……

하지만 루이스는 그 문제를 뒤로 미루기로 했다.

휠은 얼굴이 유인원과 비슷하고 체격이 큰 인류였다. 그는 오랜 시간이 흘러 본래의 색이 남아 있지 않은 천을 걸치고 있었다. 이제 그 옷은 미친 신의 무지갯빛이었다. 휠은 말이 거의 없었다. 그는 팔이 짧고 굵었으며 아주 강해 보였다. 그가 도구함을 들고 앞장서서 마지막 계단참을 오른 다음 동이 트고 있는 밖으로 나갔다.

그들이 서 있는 곳은 굴뚝 끝, 즉 뾰족한 끄트머리가 잘린 이중 원뿔의 끝이었다. 테두리의 폭은 삼십 센티미터 정도에 불과했다. 루이스는 숨이 턱 막혔다. 비행 벨트가 없으니 높은 곳을 두려워할 수밖에 없었다. 바람이 그를 스쳐 갔고 휠이 걸친 옷이 화려한 깃발처럼 휘날렸다.

랄리스캐리어라이어가 물었다.

"어떤가? 고칠 수 있는가?"

"여기서는 알 수 없다. 분명히 아래쪽에 기계가 있을 거다."

루이스의 추측은 정확했다. 하지만 기계까지 접근하기가 쉽지 않았다. 기어 들어갈 수 있는 정비용 통로는 그의 몸보다 고작 몇 인치 정도밖에 넓지 않았다. 휠이 앞장서 기어가면서 루이스가 지시한 대로 칸막이를 열었다.

기어 들어갈 수 있는 통로는 고리 형태를 이루며 기계 설비를 감싸고 있었다. 그리고 기계 설비가 굴뚝을 에워싸고 있었다. 본래 물이 응결해야 하는 장소는 굴뚝임에 분명했다. 루이스는 냉각을 이용하는지, 그렇지 않으면 더 복잡한 방법을 사용하는지 궁리를 해 보았다.

칸막이 안에 숨겨진 작은 기계는 속이 꽉 차 있었다. 루이스는 기계의 작동 방식을 전혀 알 수 없었다. 기계는 깔끔하게 반짝거리고 있었는데, 딱 한 가지가 그의 눈길을 붙들었다. 먼지가 전선처럼 가늘고 긴 흔적을 남기며 기계 너머로 이어지고 있었다. 그는 흔적이 시작되는 위치를 찾아보느라 애를 썼다. 기계의 다른 부분은 여전히 제대로 작동한다고 가정할 수밖에 없었다.

그는 뒤로 물러나 빠져나온 다음 휠에게 두꺼운 장갑과 코끝이 바늘처럼 날카로운 플라이어를 빌렸다. 그리고 조끼 주머니 속에 들어 있던 검정 천의 끝을 한 조각 잘라 내서 꼬았다. 그런 다음 두 개의 접촉 부위에 천을 걸고 묶었다.

눈에 띄는 변화는 없었다. 루이스는 휠의 뒤를 따라 원을 그리며 계속 이동했다. 먼지의 흔적은 총 여섯 개였다. 그는 초전도

체 조각을 여섯 개 만들고 꼬아서 본래의 위치라고 짐작되는 곳
에 각각 묶었다.

그리고 몸을 비틀어 통로에서 빠져나오며 말했다.

"물론 동력원은 오래전에 작동을 멈췄겠지?"

"확인해 봐야지."

늙은 여인이 말했다. 그녀는 계단을 올라 지붕으로 나갔다. 루
이스와 휠이 뒤를 따랐다.

굴뚝의 곡면에 수증기가 서린 것 같았다. 루이스는 무릎을 꿇
고 손을 뻗어 만져 보았다. 축축했다. 물은 따뜻했다. 이미 물방
울이 맺히고 기울어진 곡면을 따라 흐르다가 관으로 모이고 있었
다. 그는 고개를 끄덕이며 생각했다.

십오 팔란만 지나면 별 의미도 없을 일을 또 하나 해냈군.

| 라이어 건물의 경제학 |

라이어 건물의 중간층은 다른 층보다 지름이 컸고, 그 바로 아래층에 알현실과 침실을 조합한 공간이 있었다. 그곳에는 커튼이 드리워진 엄청나게 커다란 침대와 크고 작은 탁자, 그것들을 에워싼 갖가지 크기의 의자, 가장 가까운 그림자 농장의 모서리를 보여 주는 그림 창문, 아주 다양한 음료를 제공하기 위해 만들어 놓은 바가 있었다. 다만 지금의 바에는 그런 능력이 없었다.

랄리스캐리어라이어가 유리로 된 디캔터에서 손잡이가 둘 달린 잔으로 음료를 따라 한 모금을 마신 다음 바 건너에 있는 루이스에게 건넸다.

루이스는 물었다.

"여기서 누군가를 알현하나?"

그녀가 웃었다.

"그렇다고 할 수도 있지. 가족 모임이 열린다."

난교가 벌어진다는 얘기인가? 라이어 가문이 리샤스랴를 통해 유지되고 있다면 그럴 가능성이 아주 높지. 그리고 이 가문에 악운이 덮쳤단 얘기군. 루이스는 생각을 이어 가면서 잔에 든 음료를 마셨다. 꿀과 연료를 섞은 맛이 났다. 잔과 음식 그릇을 함께 쓴다는 건…… 독살의 위험 때문일까? 하지만 여인의 행동은 아주 자연스러웠다. 그리고 링월드에는 질병이 없었다.

랄리스캐리어라이어가 말했다.

"당신이 해 준 일 덕분에 우리는 지위가 올라가고 자금도 확보할 것이다. 요구 사항을 말해 보라."

"도서관까지 가서 실내에 들어간 다음 그곳을 지배하는 자들을 설득해서 보관된 지식 전체를 마음대로 살펴보고 싶다."

"그러자면 상당한 비용을 지불해야 한다."

"불가능한 건 아니란 말이군. 잘됐다."

그녀가 미소를 지었다.

"지불 능력을 넘어설 정도로 비싸다. 건물들 간의 관계는 복잡하지. 방문자와 거래를 하기 위해서는 '열 건물'이 정해 놓은 규정을……."

"열 건물?"

"열 채의 대형 건물을 가리키는 말이다. 우리 가운데 가장 강력한 자들이지. 그중 아홉은 아직도 빛과 물 응축기를 사용하고 있다. 그들이 힘을 합쳐서 '하늘 언덕'으로 가는 다리를 만들었다. 그러니 방문자의 거래 방식을 정하는 것도 그들이지. 그들은 작은 건물들에 요금을 내면서 자신들의 이방인 방문자에게 호의를 베풀어 달라고 요구하기도 하고 공공장소를 전부 사용하거나 비밀이 보장되는 건물에서 행사를 벌이기 위해 특별 요금을 내기도 한다. 다른 종족과의 계약 역시 그들이 담당하지. '기계인'이 물을 올려 보내는 것 또한 '열 건물'과의 계약을 통해 이루어졌다. 우리는 '열 건물'에 요금을 내고 물과 특별한 권리를 제공받는다. 당신이 요구하는 것은 아주아주 예외적인 권리다. 우리가 도서관에 일반 교육 요금을 내고 있음을 감안하더라도 말이지."

"도서관도 '열 건물'에 포함되나?"

"그렇다. 루위우, 우리에겐 그만한 돈이 없다. 도서관에 무언가 봉사를 할 수는 없는가? 어쩌면 당신 연구가 그들에게 도움이 될 수도 있을 것이다."

"그럴 수도 있겠지."

"봉사의 내용에 따라 요금 일부를 환불하는 경우도 있다. 낸 것보다 더 많이 받을 가능성도 있지. 하지만 우리에겐 그럴 만한 돈이 없다. 도서관에 당신의 빛 무기나 말을 대신 해 주는 기계를 팔 생각인가?"

"그러지 않는 편이 좋겠다."

"그러면 물 응축기를 더 고쳐 줄 수 있는가?"

"그건 가능하다. 조금 전에 '열 건물' 가운데 한 곳은 물 응축기가 고장 났다고 하지 않았나? 그런데 어떻게 '열 건물'이 될 수 있었지?"

"오를리 건물은 '도시의 몰락' 이래로 '열 건물'의 하나였다. 전통이다."

"그 당시 오를리는 어떤 건물이었지?"

"군사 시설, 다시 말해 무기고였다."

그녀는 루이스가 낄낄거리는 것을 무시하고 말을 이었다.

"그들은 무기를 좋아한다. 빛을 쏘는 기계라면……."

"이 기계는 손에서 놓고 싶지 않다. 하지만 그 건물도 물 응축기를 수리하고 싶어 할 것 같은데."

"당신이 오를리 건물에 들어가는 요금이 얼마인지 알아볼 생각이다."

"설마 그런 게 필요할까?"

"필요하다. 우선 당신이 무기를 빼돌리지 못하도록 감시해야 하니 비용이 들어간다. 그리고 고대 무기를 보려면 관람료를 내야 한다. 시험 삼아 사용해 보는 데도 추가 비용을 내야 한다. 그 건물의 유지 보수 시설을 보게 되면 약점을 파악할 수도 있을 테니까."

여인이 몸을 일으켰다.

"묻겠다. 리샤스라를 할 생각인가?"

루이스는 이런 순간이 오리라고 어느 정도 기대하고 있었다. 하지만 주저하기도 했다. 랄리스캐리어라이어의 독특한 외모 때문에 그런 것은 아니었다. 장갑복과 기타 장비를 몸에서 떼어 놓는 게 두려웠기 때문이다. 그는 왕이 왕좌에 앉아 생각에 잠겨 있던 옛 그림을 떠올리며 생각했다. 난 확실히 편집증이지만, 그걸로도 부족한 건 아닐까?

하지만 잘 시간이 훨씬 지났다고! 루이스는 그냥 라이어 사람들을 믿기로 했다.

"그거 좋지."

그는 그렇게 대답하고 장갑복을 벗기 시작했다.

랄리스캐리어라이어의 노화는 이상하게 진행되었다. 루이스
는 부스터스파이스가 등장하기 전에 존재했던 고대 문학과 연극
과 소설을 알고 있었다. 노화는 사람을 불구로 만드는 질병이었
지만, 그녀는 불구가 아니었다. 그녀의 피부는 늘어졌고 그녀의
팔다리는 루이스만큼 자유롭게 구부러지지 않았다. 하지만 그녀
는 끊임없이 사랑을 추구했고, 루이스의 신체와 반사 신경이 남
다름에 끝없는 관심을 보였다.

루이스는 긴 시간이 흐른 다음에야 잠들었다. 그는 머리칼 속
에 있는 플라스틱이 뭔지 얘기해 달라는 그녀의 요구를 끝내 거
절했다. 그리고 그녀 때문에 잊고 있던 드라우드가 떠올라 유감
스러웠다. 최후자에게 작동 가능한 드라우드가 있는데……. 그는
그걸 그리워하는 자신이 혐오스러웠다.

루이스는 해 질 녘이 다 되어서야 일어났다. 침대가 두 번 거
칠게 흔들렸고, 그는 눈을 껌뻑거리며 몸을 굴려 빠져나왔다. 눈
앞에 랄리스캐리어라이어와 그녀처럼 노쇠한 '도시 건설자' 남성
이 서 있었다.

랄리스캐리어라이어는 남성의 이름이 포르타랄리스플라이어
이며, 자신의 공식적인 배우자이자 루이스가 머무는 건물의 주인
이라고 설명했다. 남성은 루이스가 건물의 옛 기계를 고쳐 준 데

대해 감사를 표했다. 저녁 식사가 여러 개의 탁자 중 하나에 이미 준비되어 있었다. 루이스는 두 사람과 함께 음식을 나누어 먹었다. 음식은 커다란 그릇에 담긴 스튜였다. 루이스의 입맛에는 너무 밍밍했지만 어쨌든 그는 먹었다.

"오를리 건물이 요구하는 금액은 우리 능력을 넘어선다."

포르타랄리스플라이어가 루이스에게 말했다.

"일단 세 개의 이웃 건물에 들어갈 수 있는 권리를 사 두었다. 그 가운데 하나의 물 응축기를 고쳐 준다면 오를리 건물에 들어갈 수 있을 것이다. 그 정도면 만족스러운가?"

"훌륭하다. 나는 천백 년 동안 작동한 적이 없고 아무도 손대지 않은 기계가 필요하다."

"내 배우자를 통해 들어서 알고 있다."

밤이 찾아왔기 때문에 루이스는 두 사람이 잠들 수 있도록 그 자리를 떠났다. 두 사람은 함께 잠자리에 들자고 권했다. 커다란 침대에는 충분한 공간이 있었다. 하지만 그는 이미 잠이 깨 버렸고 몸이 근질거렸다.

커다란 건물은 무덤과도 같았다. 루이스는 위층으로 올라가 미로처럼 얽힌 다리에서 무슨 일이 벌어지는지 구경했다. 보이는 거라고는 가끔씩 눈에 띄는 커다란 눈의 '야행 사냥꾼'이 전부였다. 당연한 일이었다. '도시 건설자'가 서른 시간 가운데 열 시간을 잔다면 그러기에 좋은 때는 밤이었다. 루이스는 그들이 모두 불이 켜진 건물에서 자는지 궁금했다.

그가 말했다.

"최후자, 응답하라."

"네, 루이스. 통역기를 사용해야 합니까?"

"그러지 않아도 돼. 다른 사람은 없으니까. 난 지금 공중 도시에 있어. 하루 이틀 지나면 도서관에 들어가게 될 거고. 그리고 고립된 상태야. 비행 벨트가 망가졌거든."

"크미는 아직도 응답하지 않습니다."

루이스는 한숨을 쉬었다.

"다른 소식은 없나?"

"이틀만 있으면 첫 번째 탐사기가 링 벽을 한 바퀴 돌게 됩니다. 그러면 공중 도시로 이동시킬 수 있지요. 내가 공중 도시 거주자들과 직접 협상을 해 볼까요? 우린 그런 일에 익숙하잖습니까. 최소한 당신 얘기에 신빙성을 더할 수는 있을 겁니다."

"그럴 만한 때가 되면 알려 주지. 링월드 자세제어 엔진은 어떻게 됐지? 제대로 작동하는 엔진을 더 찾아냈나?"

"아닙니다. 물론 당신이 알고 있는 스물한 개는 분사 중입니다. 거기서도 보입니까?"

"아니. 최후자, 스크리스의 물리적인 특성에 대해 알아낸 건 없나? 링월드의 바닥을 구성하는 물질 말이야. 강도라든지, 유연성이라든지, 자기적 특성이라든지."

"조사 중입니다. 이제 링 벽에 조사 장비를 사용할 수 있으니까요. 스크리스의 밀도는 납보다 훨씬 높습니다. 링월드의 스크리스 바닥 두께는 아마 삼십 미터가 채 못 될 겁니다. 돌아오면 수집한 자료를 보여 주겠습니다."

"알았어."

"루이스, 필요하다면 이동 수단을 보내 줄 수 있습니다. 크미가 가는 편이 더 쉽겠지만 말입니다."

"그거 잘됐군! 구체적으로 어떤 이동 수단이지?"

"우선 탐사기가 그리로 갈 때까지 기다리십시오. 그 뒤에 자세한 방법을 알려 주겠습니다."

최후자가 그렇게 통신을 끊은 뒤, 루이스는 사람의 모습이 거의 보이지 않는 도시를 바라보았다. 그는 우울했다. 몰락해 가는 도시의 몰락해 가는 건물 안에서 드라우드도 없이 홀로 있자니…….

그때, 등 뒤에서 누군가가 말을 걸었다.

"주인님께서는 야행성이 아니라고 말하지 않았나?"

"아, 마르 코르실. 우리는 전기 조명을 사용한다. 가끔은 이상한 시간에 깨어 있는 사람도 있지만. 어쨌든 나는 낮이 짧은 것에 익숙하다."

루이스는 그녀 쪽으로 돌아섰다.

눈이 큰 인간은 총을 들긴 했으나 루이스를 정확히 겨누고 있지는 않았다. 그녀가 말했다.

"여러 팔란에 걸쳐서 낮의 길이가 바뀌고 있다. 고통스러운 일이다."

"그렇겠지."

"누구와 말하고 있었나?"

"머리가 둘 달린 괴물하고 얘기하고 있었지."

마르 코르실은 떠나갔다. 마음에 상처를 입은 것 같았다. 루이스는 창가에 서서 길고 다사다난했던 인생의 추억을 마음 내키는 대로 떠올리기 시작했다. 그는 알려진 우주로 돌아갈 희망을 포기한 상태였다. 드라우드도 단념하기는 마찬가지였다. 그는 지금이 포기하기에 적절한 때라는 생각을 하고 있었다.

……그보다 더한 것도.

크카 건물은 발코니로 뒤덮인 자갈판이었다. 건물의 한쪽 벽에 폭발의 흔적이 남아 있었으며, 그 때문에 여기저기 금속 골조가 드러난 모습이었다. 물 응축기는 지붕을 따라 살짝 기울어진 홈을 이루고 있었다. 아래 쪽 기계 속에 오래전에 일어난 폭발로 인한 금속 조각들이 잔뜩 떨어져 있었다. 루이스는 수리가 불가능할 거라 생각했고, 그의 짐작은 들어맞았다.

랄리스캐리어라이어가 말했다.

"내 잘못이다. 크카 건물이 이천 팔란 전에 오를리 건물과 싸웠다는 걸 잊고 있었다."

판스 건물은 거꾸로 놓인 양파 같은 모습이었다. 루이스는 수영장과 온천과 사우나와 마사지용 탁자와 체육관을 보고 나서 그 건물이 본래 헬스클럽이었던 모양이라고 추측했다. 물은 차고 넘치는 것 같았다. 그리고 어딘지 모르게…… 익숙한 냄새가 코를 간지럽혔다.

판스도 오를리와 싸운 적이 있었다. 그곳에도 역시 폭발의 흔적이 있었다. 어라이버컴판스라는 이름의 대머리 청년은 물 응축기가 아무 손상을 입지 않았다고 장담했다. 루이스는 기계 속에서 먼지 흔적을 발견했으며 접속부도 찾아냈다. 수리를 마치자 둥근 지붕에 물방울이 맺히더니 배수구로 떨어지기 시작했다.

보상을 결정하는 일에 약간 문제가 생겼다. 어라이버컴판스 일행은 리샤스라와 약속으로 보상을 대신하려 했다. 그제야 루이스는 코와 후뇌를 자극했던 냄새의 정체를 깨달았다. 판스 건물은 매음굴이었고, 건물 안 어딘가에 흡혈귀들이 있었던 것이다. 랄리스캐리어라이어는 즉시 현금을 지불하라고 주장했다. 루이스는 그녀가 벌이는 논쟁의 흐름을 따라가려 애썼다. 그녀는 판스가 물을 사지 않으면 '열 건물'의 심기가 불편해질 것이며, 사기를 쳐서 물을 얻었다는 사실을 그들이 알면 아주 행복하게 벌금을 매길 거라고 말했다. 어라이버컴판스는 현금을 내놓았다.

기스크는 '도시의 몰락' 당시 분양식 아파트와 비슷한 건물이었다. 그곳은 중심부에 공기가 흐르는 정육면체 모양이었다. 그리고 반쯤 비어 있었다. 건물에 흐르는 냄새로 판단하건대 기스크는 물 사용을 지나치게 제한하는 듯했다. 루이스는 이제 물 응축기의 구조를 파악하고 있었다. 덕분에 빠르게 수리를 마쳤고, 응축기는 제대로 작동했다. 기스크 건물은 즉시 보수를 지불했다. 그들은 랄리스캐리어라이어의 발 앞에 엎드려 감사를 표했고, 도구를 들고 있는 그녀의 하인은 무시했다. 루이스는 크게 괘념치 않았다.

포르타랄리스플라이어는 기뻐했다. 그는 금속 주화를 두 손 가득 쥐고 루이스의 조끼에 채워 주었다. 그리고 뇌물을 바치며 갖춰야 할 복잡한 예의를 설명해 주었다. 체면치레용 언어 때문에 통역기에 과부하가 걸릴 지경이었다.

그가 말했다.

"확신이 들지 않으면 행동에 옮기지 마라. 내일 오를리 건물에는 내가 동행하겠다. 협상을 내게 맡겨라."

오를리 건물은 도시의 좌측에 있었다. 루이스와 포르타랄리스 플라이어는 시간을 내 주변을 둘러보면서 전망이 좋은 곳을 찾아 가장 높은 경사로를 올랐다. 그는 도시를 자랑스러워했다.

"'도시의 몰락' 뒤에도 문명의 흔적은 남았지."

그 말과 함께 한때 황궁이었던 라일로 건물을 가리켰다. 건물은 아름다웠지만 파괴의 흔적이 남아 있었다. 황제는 도시가 자신의 소유라고 선언하려 했고, 그때 오를리 건물이 도착했던 것이다. 그리스 시대의 석주처럼 세로로 홈이 새겨진 기둥이 아무것도 떠받치지 않고 홀로 서 있었다. 그 기둥의 이름은 챙크였다. 그곳은 한때 쇼핑센터였다. 챙크는 시장과 식당과 의류 상점과 침구 상점을 비롯해 장난감 가게에서까지도 물건을 모아 '기계인'과 거래를 했다. 챙크가 없었다면 도시는 더 일찍 몰락했을 것이다. 챙크의 지하층에서 출발한 공중 보도는 나선을 그리며 하늘 언덕으로 이어졌다.

오를리 건물은 높이가 십이 미터이고 너비가 그 열 배에 달하는 원반형이었으며, 파이의 테두리처럼 지어졌다. 한쪽 끝에 거대한 탑이 있었는데, 그 탑에는 정교한 포좌, 철로와 연결된 받침대, 기중기까지 있었다. 루이스는 그 탑을 보며 커다란 전함의 함교를 떠올렸다. 오를리와 이어진 보도는 넓었다. 하지만 보도는 하나뿐이었고 입구도 하나밖에 없었다. 위쪽 테두리에는 수백 개의 작은 돌출부가 있었다. 루이스는 그것들이 카메라나 센서일 거라 추측했다. 그 장치들은 이제 작동하지 않았다. 창문은 오를리 건물이 세워진 이후에 측면에 맞춰 잘게 나누어진 듯했다. 유리가 창틀에 꼭 들어맞지 않은 모양새였다.

포르타랄리스플라이어는 노란색과 진홍색이 섞인 예복을 입고 있었다. 식물섬유로 만든 옷 같았다. 루이스의 눈에는 조악해 보였지만 멀리서 보면 입은 사람의 풍채를 살려 주는 옷이었다. 루이스는 그를 따라 오를리 건물의 넓은 안내실로 들어섰다. 조명이 있긴 했으나 빛이 일정하지 않고 깜빡거렸다. 스무 개 남짓한 알코올 전등이 천장 부근에서 타오르고 있었다.

열한 종류의 남녀 '도시 건설자'가 두 사람을 기다리고 있었다. 헐렁하고 발목이 좁은 바지를 입고 밝은색 망토를 걸치는 등 대동소이한 차림새였다. 망토의 끄트머리는 일부러 대칭을 이루지 않게 재단되어 있었다. 루이스는 망토가 서열을 나타내는 일종의 휘장일 거라 짐작했다. 백발 남성이 들어서더니 미소를 지으며 두 사람에게 인사했다. 그는 가장 공들여 만든 망토를 두르고 있었으며 어깨에는 총이 매달려 있었다.

그가 포르타랄리스플라이어에게 말했다.

"내가 직접 나오지 않을 수 없었지. 이 사람이 오천 팔란 동안 멈춰 있던 물 응축기를 고칠 수 있다고 했으니."

남자의 어깨에는 낡은 플라스틱 총집이 있고 그 안에 작은 권총이 들어 있었다. 권총은 깨끗하게 손질되었으며 효율적으로 배치되어 있었다. 하지만 총을 소지하고 있음에도 필리스트랜오를리는 호전적인 사람으로 보이지 않았다. 작은 체구의 그는 루이스를 관찰하는 내내 즐거운 호기심을 내비쳤다.

"아주 이상하게 생겼군. 하지만…… 음, 우리에게 요금을 냈으니 두고 보면 알겠지."

그가 군인들에게 손짓으로 신호를 보냈다. 군인들은 먼저 포르타랄리스플라이어의 몸을 뒤지고 다음으로 루이스를 수색했다. 그들은 레이저 플래시를 찾아내고는 확인해 본 뒤 돌려주었다. 통역기가 무엇에 쓰는 물건인지는 알아내지 못했다.

루이스는 말했다.

"나 대신 말을 해 주는 기계다."

필리스트랜오를리가 깜짝 놀라며 포르타랄리스플라이어에게 물었다.

"그런 것이군! 우리에게 팔 생각이 있는가?"

포르타랄리스플라이어가 대답했다.

"그것은 내 물건이 아니다."

루이스는 말했다.

"그게 없으면 난 말을 할 수 없다."

오를리 건물의 주인은 그 점을 받아들이는 것 같았다.

물 응축기는 넓은 천장의 중심부에 살짝 파묻혀 있었다. 그곳으로 통하는 보수용 통로는 너무 작아 루이스가 들어갈 수 없었다. 장갑복을 벗어도 달라질 것은 없을 뿐 아니라 루이스는 애초에 장갑복을 벗을 생각이 없었다.

"도대체 누가 수리를 하는 거지? 쥐를 이용하나?"

"'매달린 사람'들이 한다."

필리스트랜오클리가 대답했다.

"그들에게 도움을 청하는 수밖에 없다. 지금쯤이면 칠브 건물에서 '매달린 사람'을 보냈을 것이다. 그 밖에 또 다른 문제가 있는가?"

"그렇다."

루이스는 이제 물 응축기를 잘 알고 있었다. 그는 네 개의 응축기를 보았고 그중 셋을 제대로 수리했다. 이 네 번째 응축기는 고칠 수 없었다. 그는 접촉부로 보이는 것을 발견한 다음 먼지 자국을 찾아보았다. 하지만 실패했다.

"이전에 누군가가 수리를 한 적이 있나?"

"그럴 것이다. 하지만 오천 팔란 전의 일이니 정확히 알 수는 없다."

"수리공을 기다리겠다. 지시를 정확히 따라야 할 텐데."

루이스는 생각했다. 젠장! 오래전에 죽은 누군가가 뚜렷한 먼지 흔적을 날려 버리고 주변을 정리한 거겠지. 하지만 손을 뻗어서 만져 볼 수만 있다면 고치는 건 문제가……

그때, 필리스트랜오클리가 물었다.

"박물관을 구경하겠는가? 그 요금도 이미 지불되었다."

루이스는 무기에 큰 관심을 가진 적이 단 한 번도 없었다. 유리 벽 너머 진열장 안에 있는 살인 도구들 중에는 비록 모양새가 낯설어도 작동 원리는 익숙한 것들이 있었다. 대부분의 무기는 발사체와 폭약을 사용했다. 두 가지를 모두 사용하는 무기도 있었다. 적의 피부 속에서 작은 폭죽처럼 터지는 조그마한 탄환을 연달아 발사하는 무기도 있고, 육중하고 복잡한 레이저 무기도 있었다. 그 레이저 무기는 한때 비행 장치나 견인차에 실려 있다가 수거되어 다른 목적에 활용된 것 같았다.

'도시 건설자' 한 사람이 대여섯 명의 일꾼을 거느리고 도착했다. '매달린 사람'의 키는 루이스의 가장 아래쪽 늑골 높이와 비슷했다. 그들은 몸집에 비해 머리가 아주 컸다. 발가락은 길고 민첩해 보였으며, 손가락은 바닥을 쓸 수 있을 만큼 아래로 늘어져 있었다.

"이거 시간 낭비일 것 같은데."

'매달린 사람'들 가운데 한 명이 말했다.

"지시를 제대로 따르기만 하면 결과에 상관없이 보수를 주지."

루이스가 말했지만, 그는 루이스의 말을 비웃었다.

'매달린 사람'들은 소매가 없는 가운을 입고 있었는데, 그 가운에는 무거운 도구가 담긴 주머니가 그득했다. 군인들이 몸을 수색하려 모여들자 그들은 가운을 벗어서 내주었다. 누군가가 몸에 손대는 걸 싫어하는 것 같았다.

루이스는 그들이 너무 작다고 생각하며 조그마한 소리로 포르타랄리스플라이어에게 물었다.

"당신 종족은 '매달린 사람'들과도 리샤스라를 하나?"

'도시 건설자'는 빙그레 웃었다.

"한다. 대신 주의를 기울인다."

루이스가 보수용 통로 속에 손을 넣자 '매달린 사람'들이 곁눈질을 하며 그의 어깨 주위로 몰려들었다. 루이스는 마르 코르실에게 빌린 절연 장갑을 끼고 있었다.

"접촉부는 이렇게 생겼다. 천 끝을 이렇게, 그리고 이렇게 묶어라. 접촉부는 총 여섯 쌍이 있을 거다. 그 밑에는 먼지 자국이 있을 거고."

그는 '매달린 사람'들이 보수용 통로의 모퉁이를 돌아 사라진 다음 오를리 건물과 라이어 건물의 주인에게 말했다.

"저자들이 실수를 해도 확인할 방법은 없다. 작업 현황을 관찰할 방법이 없으니까."

하지만 또 하나의 근심거리는 언급하지 않았다.

마침내 '매달린 사람'들이 돌아왔다. 일꾼과 군인과 일꾼 주인과 루이스는 전부 지붕 위로 모였다. 그리고 안개가 형성되고 응결되면서 물방울이 응축기 중심으로 흘러드는 광경을 바라보았다. 이제 여섯 명의 '매달린 사람'들이 검은 천 조각으로 물 응축기를 수리하는 방법을 알게 되었다.

"검은 천을 사고 싶다."

필리스트랜오를리가 말했다.

'매달린 사람'과 그들을 부리는 '도시 건설자' 주인은 이미 계단통을 내려간 뒤였다. 루이스와 포르타랄리스플라이어가 탈출하

링월드의 건설자들 341

지 못하도록 필리스트랜오를리와 열 명의 군인들이 앞을 가로막았다.

"팔 생각이 없는데."

루이스의 대답에, 백발의 군인이 말했다.

"팔겠다고 할 때까지 여기에 감금할 생각이다. 굳이 얘기하자면, 말하는 상자도 팔게 만들 것이다."

루이스는 이런 일이 벌어질 것을 어느 정도 예상하고 있었다.

"포르타랄리스플라이어, 오를리 건물이 당신까지 감금할 것 같나?"

라이어 건물의 주인이 오를리 건물의 주인을 노려보며 말했다.

"아니다, 루이스. 그랬다가는 불쾌한 일들이 벌어질 테니까. 작은 건물들이 나를 해방시키기 위해 연합할 것이다. '열 건물'은 방문객 거부 운동이 벌어지는 것보다는 아홉 건물로 축소되는 쪽을 택할 것이다."

필리스트랜오를리가 웃었다.

"그러면 작은 건물들은 물 공급을 받지 못할 테니……."

하지만 그는 포르타랄리스플라이어의 얼굴을 보더니 입가에서 미소를 지웠다. 라이어 건물도 물을 나눠 줄 수 있다는 사실을 깨달았던 것이다.

"넌 나를 가둘 수 없다. 너희 방문객들은 경사로에서 밀려 떨어질 것이다. 너희는 크카 건물의 공연을 볼 수 없을 것이며 판스 건물의 시설도 이용할 수 없고……."

"그럼 너는 가라."

"루이스를 데려가겠다."

"그럴 필요 없다."

루이스는 말했다.

"돈을 받고 떠나라. 그래야 연관된 모든 사람들이 편해진다."

그의 손은 레이저 플래시가 있는 주머니 속에 있었다.

필리스트랜오를리가 작은 주머니를 내밀었다. 포르타랄리스 플라이어는 주머니를 받고 안에 든 금액을 세어 보았다. 그리고 군인들을 가로지른 다음 계단통을 내려갔다. 루이스는 그의 모습이 완전히 사라진 다음 장갑복의 후드를 머리에 뒤집어썼다.

"가격은 후하게 쳐주겠다. 십이……."

통역기가 특정 단어를 번역하지 못했다. 필리스트랜오를리의 말이 이어졌다.

"속임수를 쓰지도 않을 것이다."

하지만 루이스는 지붕 끝을 향해 뒷걸음질을 쳤다. 그는 필리스트랜오를리가 군인들에게 손짓을 하는 모습을 보며 달리기 시작했다.

지붕 끝에 가슴 높이에 달하는 울타리가 있었다. 울타리에는 '팔꿈치 뿌리'를 닮은 바큇살이 갈지자 형태로 새겨져 있었다. 아래쪽 저 멀리 그림자 농장이 보였다. 루이스는 울타리를 따라가며 보도 쪽으로 내달렸다. 군인들이 점점 다가섰지만 필리스트랜오를리는 뒤에 남아서 권총을 쏘았다. 루이스는 총소리에 놀라면서 공포심을 느꼈다. 총알이 그의 발목을 강하게 타격하자 장갑복이 단단해졌다. 그는 쓰러지는 동상처럼 넘어졌다가 몸을 일으켜 다시 달렸다. 군인 두 사람이 몸을 날려 덤벼드는 순간, 루이스는 울타리를 넘어 뛰어내렸다.

포르타랄리스플라이어가 보도 위를 걷다가 몸을 돌리고는 화들짝 돌랐다.

루이스는 얼굴부터 착지했다. 장갑복이 강철처럼 단단해졌다. 몸에 딱 들어맞는 강철 옷이 보호해 주었음에도 그는 몸을 움직일 수가 없었다. 하지만 더 누워 있고 싶다고 생각한 순간, 누군가의 손이 그를 일으켰다. 포르타랄리스플라이어가 그의 팔을 어깨에 걸친 다음 걷기 시작했다.

루이스는 헐떡거리며 말했다.

"혼자 가라. 저자들이 사격을 할 거다."

"감히 그러지는 못할 것이다. 부상당했는가? 코피가 나는군."

"그 정도는 감수하고 있었다."

| 도서관 |

　두 사람은 원통형 구조물의 끝 부분에 있는 바닥에서 작은 통로를 따라 도서관으로 들어갔다.

　사서 두 사람이 넓고 묵직해 보이는 책상 뒤에서 독서용 스크린을 보며 일하고 있었다. 독서용 스크린은 부피가 큰 기계였으며 상자를 여러 개 이어 놓은 모양새였다. 독서기를 통과한 책 테이프가 화면에 떠오르는 방식이었다. 사서들은 목깃이 들쭉날쭉하고 빛깔이 푸른 예복을 똑같이 입고 있어서 마치 남녀 사제처럼 보였다.

　잠시 시간이 흐른 뒤 여성 사서가 고개를 들고 두 사람을 쳐다보았다. 그녀의 머리는 얼룩 하나 없는 깔끔한 백발이었다. 나이가 많지 않은 것으로 보아 태어날 때부터 백발인 것 같았다. 지구 여인이라면 부스터스파이스를 처음으로 사용할 나이로 보였다. 몸이 올곧고 예쁜 여인이었다. 물론 가슴은 납작했지만 보기 좋은 체형이었다. 하르로프릴라라 덕분에 루이스는 대머리와 예쁜 두상이 섹시하다는 걸 알게 되었다. 만약 저 여인이 미소만 지어 준다면……

하지만 그녀는 포르타랄리스플라이어에게조차도 고압적이고 무례한 태도를 보였다.

"무슨 일인가?"

"나는 포르타랄리스플라이어다. 계약서는 받았는가?"

그녀가 독서기의 키보드를 두드렸다.

"그렇다. 이자가 계약서에 언급된 인물인가?"

"그렇다.

그녀는 루이스를 보며 물었다.

"루위우, 내 말을 알아들을 수 있는가?"

"그렇다. 이 기계 덕분이다."

여성 사서는 기계의 목소리를 듣고 침착함을 잃었다. 하지만 그리 오래가지는 않았다. 그녀가 말했다.

"나는 하르카비파롤린이다. 당신의 주인은 당신이 사흘 동안 원하는 대로 연구할 수 있는 권리를 구매했다. 사흘을 추가 구매할 수 있는 권리도 포함되어 있다. 거주 구역과 금으로 문을 장식한 곳을 제외하면 마음대로 도서관을 돌아다녀도 좋다. 금장식이 있는 것을 제외하면 어떤 기계든 이용해도 된다."

그녀는 주황색 격자판을 내밀었다.

"이것을 사용하려면 도움이 필요할 것이다. 나를 찾든가 목깃이 내 옷과 같은 사람을 불러라. 식당도 사용할 수 있다. 목욕이

나 취침은 라이어 건물에서 해결해야 한다."

"잘됐군!"

사서가 어리둥절한 표정을 지었다. 루이스도 조금 당황했다. 대답에 너무 힘이 들어갔던 것이다. 그는 라이어 건물이 캐니언에 있던 아파트보다 더 고향같이 느껴진다는 사실을 깨달았다.

포르타랄리스플라이어가 은화를 지불하고 루이스에게 고개 숙여 인사한 다음 도서관을 나갔다. 사서는 다시 독서기에 집중했다. 하르카비파롤린이라. 루이스는 장황한 음절로 이뤄진 이름들 때문에 지치기 시작했다. 하지만 기억해 두는 편이 좋을 것 같았다.

"가고 싶은 장소가 있다."

루이스가 말을 걸자 하르카비파롤린은 곁눈질로 주변을 둘러보았다.

"그 장소가 도서관 안에 있는가?"

"그랬으면 좋겠군. 오래전에 본 적 있는 장소다. 그곳에는 세계를 나타내는 원이 있고, 원의 중심부에 설 수가 있다. 중심부의 화면을 회전시키면 세계 어느 곳이든 크게 확대해서……."

"도서관에는 지도실이 있다. 계단을 따라서 맨 꼭대기까지 올라가라."

그녀는 그렇게 대답하고 시선을 돌렸다.

좁은 나선형 금속 계단이 도서관의 중심축을 따라 설치되어 있었다. 무게를 지탱하는 부분은 계단의 꼭대기와 아래쪽 끝뿐이었다. 루이스가 체중을 싣자 계단이 출렁거렸다. 그는 금장식이된 문을 지나쳤다. 문들은 하나같이 닫혀 있었다. 더 높이 올라가자 아치형 입구가 나타났고, 입구 안쪽에 의자와 쌍을 이루며늘어선 독서기들이 보였다. 루이스는 독서기를 이용하는 사람들의 수를 세었다. '도시 건설자'가 마흔여섯 명, 나이 든 '기계인'이두 명, 종족은 알 수 없으나 체구가 작고 털이 아주 많은 남성이한 명이었다. 그리고 어떤 방에는 굴 여인이 홀로 앉아 있었다.

지도실은 꼭대기 층에 있었다. 그는 들어서자마자 그곳이 지도실임을 알 수 있었다.

첫 번째 방문 당시 루이스 일행은 사람이 살지 않는 공중 부양건물에서 지도실을 발견했다. 지도실의 벽은 링 모양이었으며 흰색 얼룩이 있는 푸른빛이었다. 그곳에는 대기에 산소가 있는 열개의 행성을 본뜬 구체들이 있고, 확대한 영상을 볼 수 있는 화면이 있었다. 하지만 그 화면으로 볼 수 있는 광경은 수천 년 전의것이었다. 화면에 떠오른 것은 인파가 북적거리고, 도시가 빛을뿜고, 교통 시설이 링 벽을 따라 사각형의 경로를 빠른 속도로 이동하는 링월드의 문명 세계였다. 현재의 도서관 건물만큼이나 큰비행기도 보였고, 그보다 훨씬 더 큰 우주선도 있었다.

하지만 그 많은 사람들은 수리 시설을 찾지 않았다. 그 대신링월드를 탈출할 방법을 모색했다. 옛 테이프는 아무 도움도 주지 못한 게 분명했다.

그들은 너무 급히 서둘렀다. 그 결과 이십여 년이 지난 뒤 또 다른 자들이 절박한 상황에 처했고, 루이스 일행이 다시 해결책을 찾고 있는 것이다.

루이스가 계단통에서 완전히 걸어 나오자 사방에서 링월드가 빛을 냈다. 그의 머리가 있는 곳이 곧 항성의 위치였다. 지도는 높이가 육십 센티미터 정도였으며 지름은 약 백이십 미터에 달했다. 차광판들도 같은 높이에 있었지만 거리는 훨씬 더 가까웠다. 차광판은 수천 개의 별이 박혀 있고 넓이가 삼백 제곱미터에 이르는 검정 흑요석 바닥 위에 떠 있었다. 천장 역시 검은색이었고, 사방에 별이 뿌려져 있었다.

루이스는 앞으로 걸어가서 차광판을 통과했다. 짐작했던 대로 홀로그램이었다. 첫 번째 탐사 때 발견했던 지도실과 마찬가지였다. 하지만 이번에는 지구형 행성을 나타내는 구체가 보이지 않았다.

그는 몸을 돌려서 차광판의 뒷면을 관찰했다. 세부는 묘사되어 있지 않았다. 차광판의 뒷면은 약간 구부러지고 새까만 사각형이었다.

누군가가 확대 화면을 사용하고 있었다.

확대 화면은 가로가 일 미터이고 세로가 오십 센티미터쯤 되는 사각형이었다. 아래쪽에 조종 장치가 달려 있고, 화면 자체는 차광판과 링월드 사이를 오갈 수 있는 원형 선로 위에 설치되어 있었다. 어떤 소년이 제 위치에 설치되어 있는 버사드 램제트를 확대해서 보고 있었다. 화면에 떠오른 버사드 램제트는 푸른빛을 띤 불꽃으로 보였다. 소년은 눈을 가늘게 뜨고 불꽃 속에 있는 무언가를 찾고 있었다.

막 사춘기에 이른 듯한 소년이었다. 아주 가느다란 갈색 머리
칼이 두피 전체를 덮고 있었으며, 뒤통수로 갈수록 머리카락이
굵어졌다. 소년은 사서들과 같이 푸른 예복을 입고 있었다. 목깃
은 망토라고 불러도 될 만큼 넓은 사각형이었고 서열을 나타내는
표지가 단 하나만 새겨져 있었다.

루이스는 물었다.

"뒤에서 구경해도 될까?"

소년이 뒤를 돌아보았다. 그 역시 다른 '도시 건설자'와 마찬가
지로 이목구비가 작아 표정을 읽는 것이 거의 불가능했다. 그런
점 때문에 나이도 더 들어 보였다.

"허가는 받았나요?"

"라이어 건물이 모든 지식을 조사할 권한을 사 줬거든."

"오."

소년이 돌아앉았다.

"그래 봐야 아무것도 안 보여요. 이틀 뒤면 사람들이 불꽃을
끌 거예요."

"뭘 보고 있는 거지?"

"수리반 사람들요."

루이스는 눈을 가늘게 뜨고 불꽃 속을 들여다보았다. 청백광
의 폭풍이 화면을 가득 채우고 있었고, 중심부는 어두웠다. 그
어둠의 한가운데에 위치한 희미한 분홍색 점이 자세제어 엔진이
었다.

전자기력선이 뜨겁게 달궈진 항성풍 속 수소를 모아 유도한 다음 융합에 적합한 온도에 이르기까지 압축했다가 항성 쪽으로 되쏘고 있었다. 기계들은 항성의 중력을 거스르며 링월드의 위치를 유지하겠다는 일념만으로 쓸데없이 고군분투하고 있었다. 하지만 화면에 보이는 거라고는 링 벽이 이루는 선 위에 있는 청백광과 분홍색 점이 전부였다.

소년이 말했다.

"수리반 사람들은 작업을 거의 끝냈어요. 우리한테도 도움을 요청할 줄 알았는데 아무 연락도 없었죠."

소년의 목소리에는 아쉬움이 묻어 있었다.

"수리반 사람들의 호출을 들을 수 있는 기계가 없어서 그랬을 거야."

루이스는 흥분을 억누르려 애를 쓰며 말했다. 드디어 수리반을 찾아낸 것이다!

"어차피 작업을 끝낼 수밖에 없을 거야. 엔진이 남아 있지 않으니까."

"그렇지 않아요. 보세요."

소년이 링 벽을 따라 화면을 급히 움직였다. 화면이 흔들거리면서 푸른 불꽃과 멀리 떨어진 곳에서 멈췄다. 루이스는 링 벽을 따라 떨어지는 금속 조각을 바라보았다.

한참을 들여다보고 나서야 그 정체를 알 수 있었다. 떨어지고 있는 것은 길고 실패처럼 생긴, 거대한 금속 원통이었다. 그가 '화침'호의 망원경에서 보았던 해체된 부품들. 다른 말로 표현하자면 링월드의 자세제어 엔진을 제자리에 돌려놓기 위해 사용했던 받침이었다.

수리반 사람들은 링 벽의 교통 시설 일부를 사용해서 그 장치를 항성의 궤도속도까지 감속한 게 분명했다. 하지만 어떤 방법을 통해 과정을 역순으로 진행했는지는 알 수 없었다. 목적지에 도달하기 위해서는 기계를 링월드의 회전속도에 이르기까지 가속할 필요가 있었다.

대기 마찰을 이용했던 것일까?

그 물질은 스크리스만큼 튼튼할 수도 있었다. 만약 그 짐작이 맞는다면 열은 문제가 되지 않았다.

"그리고 여기도 보세요."

화면이 링 벽을 따라 건너뛰기를 반복하더니 우주항을 보여주었다. 커다란 '도시 건설자'의 우주선 네 척이 선명하게 떠올랐다. '화침'호는 작은 얼룩처럼 보였다. 위치를 미리 알지 못했다면 그냥 지나칠 만큼 작은 크기였다. '화침'호는 아직도 허리에 두른 버사드 램제트를 뽐내고 있는 단 한 척의 우주선으로부터 천오백 미터 정도 떨어진 곳에 있었다.

"저거예요. 보이죠?"

소년이 구릿빛 고리 한 쌍을 가리켰다.

"엔진이 하나 더 남았어요. 수리반원들이 저 엔진을 원래 위치에 돌려놓으면 작업이 끝날 거예요."

무게가 수백만 톤에 달하는 건설 장비가 링 벽에서 떨어지고 있었다. 그 안에 종족을 알 수 없는 사람들이 무수히 많이 뒤섞여 있는 것이 보였다. 그 모든 것들이 '화침'호가 정박한 곳으로 향하고 있었다. 최후자가 기뻐할 일은 아닌 것이 분명했다.

루이스는 말했다.

"끝나기는 하겠지. 충분하지 않겠지만."

"충분하지 않다니 무슨 뜻이죠?"

"그건 몰라도 돼. 저 수리공들이 일을 시작한 지 얼마나 됐지? 저 사람들은 어디서 왔고?"

"그런 걸 나한테 얘기해 주는 사람은 아무도 없어요. 플럽이나 마찬가지죠. 냄새나는 플럽 말이에요. 사람들이 왜 하나같이 흥분하는 걸까요? 그리고 난 이런 걸 왜 아저씨한테 묻고 있을까요? 아저씨도 모르기는 마찬가지인데."

루이스는 그 질문을 못 들은 척했다.

"저 사람들은 누구지? 위험이 있다는 사실을 어떻게 알아낸 거야?"

"아무도 몰라요. 저 사람들이 기계를 끌어 올리기 전에는 아무것도 알려진 게 없었어요."

"그게 언젠데?"

"오 팔란 전이에요."

작업 속도가 빠르군. 루이스는 생각했다. 준비 기간이 얼마나 걸렸는지는 모르겠지만 겨우 일 년 반 만에 저만한 작업을 했단 말이지. 저자들은 도대체 누굴까? 머리가 좋고, 행동이 신속하고, 결단력도 있는 데다 계획의 규모나 수치에도 겁을 먹지 않는 걸로 봐서, 저자들은 아마도……. 하지만 팩 수호자는 오래전에 사라졌잖아. 분명히 그랬을 텐데.

"저 사람들이 다른 것도 수리했니?"

"월프 선생님은 저 사람들이 막힌 쇄관鎖管을 뚫었다고 했어요. '흘러나온 산' 몇 군데에서 안개가 생기는 걸 봤거든요. 쇄관을 뚫는 건 엄청난 일이겠죠?"

루이스는 소년이 한 말에 대해 생각해 보았다.

"엄청난 일이지. 해저에 있는 준설기를 다시 작동시킬 수 있더라도…… 관을 가열해야만 해. 그 관은 땅속으로 지나가는데 말이지. 내 생각에 막힌 관 속에 있는 해저 오물은 얼어붙은 상태일 거야."

"플럼 말이군요."

"뭐라고?"

"쇄관에서 흘러나오는 갈색 물질을 플럼이라고 불러요."

"아."

"아저씨는 어디서 왔어요?"

루이스가 씨익 웃었다.

"난 별에서 왔단다. 저걸 타고."

그는 소년의 어깨 너머로 손을 뻗어서 작은 얼룩, 즉 '탐구의 화침'호를 가리켰다. 소년이 눈을 크게 떴다.

그는 소년보다 더 서투른 조작으로 링 벽을 떠난 이래 착륙선이 이동했던 경로를 따라 화면을 움직였다. 그리고 해바라기 밭이 있던 자리에서 대륙만 한 크기로 퍼져 있는 흰색 구름을 찾아냈다. 좌측으로 더 멀리 화면을 옮기자 넓은 녹색 늪지가 보였다. 그다음에는 새 강바닥을 만들고 있는 강이 있었다. 옛 바닥은 이리저리 구부러진 갈색 흔적을 남기면서 황갈색 사막을 가로질렀다. 루이스는 화면을 움직여 말라 버린 강바닥을 따라갔다. 그리고 소년에게 흡혈귀들의 도시를 보여 주었다.

소년이 고개를 끄덕였다. 아이는 별에서 온 사람이 도와주려 한다는 얘기를 믿고 싶어 했다. 하지만 남의 말을 곧이곧대로 믿는 것처럼 보일까 봐 겁을 먹고 있었다.

루이스는 그를 향해 환히 웃어 준 다음 탐색을 계속했다.

땅이 다시 녹지로 바뀌었다. '기계인'들이 만든 도로는 대부분의 경우 여타 토지와 명백하게 달랐기 때문에 따라가기가 쉬웠다. 강이 다시 방향을 바꿔 옛 강바닥 쪽으로 돌아가기 시작했다. 루이스는 배율을 도로 낮춘 다음 화면을 통해 공중 도시를 내려다보며 말했다.

"이게 우리야."

"이건 본 적이 있어요. 흡혈귀 얘기를 해 주세요."

루이스는 머뭇거렸다. 하지만 생각해 보면 소년의 종족이야말로 이종 간 섹스에 있어 이 세계에서 가장 뛰어난 전문가였다.

"흡혈귀는 다른 사람이 강제로 리샤스라에 응하도록 만들 수 있어. 일단 리샤스라를 하게 되면 상대의 목을 물지."

그는 다 나은 목의 상처를 보여 주었다.

"나를 공격한 흡혈귀는…… 크미가 죽여 버렸지."

"그 사람은 왜 흡혈귀에게 당하지 않았는데요?"

"크미는 이 세계에 사는 어떤 사람과도 다르거든. 소시지 식물에나 유혹을 당할 거라고 생각하면 돼.”

“우리는 흡혈귀를 이용해서 향수를 만들어요.”

“뭐라고?”

루이스는 통역기가 고장 난 건 아닌지 의심했다.

소년이 아주 교활한 미소를 지었다.

“아저씨도 언젠가는 알게 될 거예요. 이제 가야겠어요. 여기 더 있을 건가요?”

루이스는 고개를 끄덕였다.

“아저씨는 이름이 뭐예요? 난 카와레스크센자족이에요.”

“난 루위우다.”

소년이 계단통을 지나 모습을 감췄다.

루이스는 선 채로 화면을 보며 인상을 찌그렸다. 향수라고? 판스 건물에서 흡혈귀 냄새가 났었지…….

루이스는 하르로프릴라라가 자신의 침대로 다가왔던 밤을 떠올렸다. 이십여 년 전의 일이었다. 그녀는 루이스를 조종하려 했다. 그리고 스스로 그 사실을 밝혔다.

그녀는 흡혈귀의 체취를 사용했던 걸까?

이제는 아무 상관도 없는 일이었다. 루이스는 그렇게 생각하며 말했다.

“최후자, 응답하라. 최후자, 응답하라.”

하지만 아무 소리도 들리지 않았다.

화면을 회전시키는 것은 불가능했다. 화면은 언제나 바깥쪽, 즉 차광판에서 먼 곳을 향하고 있었다. 번거롭긴 했지만 시사하는 바도 있었다. 영상이 차광판 쪽에서 전송된다는 뜻일 수도 있었기 때문이다.

루이스는 영상의 배율을 낮춘 다음 화면을 아주 빠르게 회전 방향으로 내리다가 물밖에 보이지 않는 지점에서 멈췄다. 죽음을 향해 추락하는 천사처럼. 그는 재미를 느끼며 생각했다. 도서관 설비가 '화침'호의 망원경보다 월등하군.

지구의 지도는 오래전의 것이었다. 대륙의 모습에 오십만 년 정도 시차가 있었다. 혹은 백만 년이나 이백만 년 전의 광경일 수도 있었다. 지질학자가 아니고서는 정확한 차이를 가늠할 수 없었다.

루이스는 크진의 지도가 화면을 가득 채울 때까지 반회전 방향의 오른쪽으로 화면을 움직였다. 반짝이는 빙판 주변에 섬들이 모여 있었다. 그 지형이 어느 정도 과거의 모습일지 궁금했다. 하지만 그 또한 크미가 아니면 알 수 없었다.

이번에는 화면을 넓혔다.

루이스는 콧노래를 흥얼거리며 작업을 이어 갔다. 주황색 밀림을 스쳐 지나고, 넓은 은색 띠를 이루고 있는 강을 건넌 다음, 그 강을 따라 바다까지 나아갔다. 강들이 교차하는 곳에 도시가 있을 게 분명했기 때문이다.

그는 하마터면 찾던 것을 놓칠 뻔했다. 두 강이 합류하는 곳에 삼각주가 있고, 삼각주 안에 밀림 색깔과 비슷하지만 희미한 격자무늬가 있었다. 인류의 도시 중에도 그린벨트를 유지하는 곳은 있었다. 하지만 그가 찾아낸 크진인의 도시에서는 녹지가 건물보다 더 넓은 구역을 차지하고 있었다. 배율을 최대로 높여 봤지만 거리의 형태를 파악하는 게 전부였다.

크진인은 역사적으로 대도시를 좋아하지 않았다. 후각이 너무 예민하기 때문이었다. 루이스가 찾아낸 도시는 크기에 있어서 크진 정부의 소재지와 별 차이가 없었다.

지도에 사는 크진인들은 도시를 세웠다. 그렇다면 또 뭐가 있어야 할까? 만약 어떤 종류든 간에 산업을 발전시켰다면 아마도…… 항구? 광산촌? 루이스는 다른 시설을 찾기 위해 빠른 속도로 화면을 움직였다.

그 일대의 밀림은 뼈만 앙상했다. 전혀 도시처럼 보이지 않는 무늬 아래로 황량한 황갈색 토양이 보였다. 마치 궁수용 과녁이 녹아 붙은 것 같은 모습이었다. 루이스는 그곳이 아주 크고 오래되었으며 헐벗은 광산일 거라고 짐작했다.

크진인 견본이 그곳에 떨어진 것은 오십만 년, 또는 그보다 더 오래전 일이었다. 루이스는 광산촌이 있을 거라 기대하지 않았다. 채굴할 광물이 남아 있었다면 그야말로 운이 좋은 경우일 것이다. 그들은 오십만 년 동안 하나의 세계에 갇혀 있었다. 그 세계란 지표면의 두께가 수백 미터에 지나지 않는 곳이었다. 하지만 그들은 문명을 꾸준히 지켜 온 것으로 보였다.

크진인은 고양이와 흡사한 종족이었지만 두뇌가 있었다. 그들은 훌륭한 성간 문명을 이룩했다. 사실 인류에 중력 발생기의 원리를 알려 준 것도 크진인이었다! 그리고 크미는 힘을 합쳐 최후자에게 대항할 동맹을 찾아 여러 시간 전에 크진의 지도에 도착한 게 분명했다.

루이스는 강을 따라서 바다에 도달했다. 이제 그는 신의 눈으로 조망하면서 지도에서 가장 큰 대륙의 해안선을 따라 '남쪽'으로 이동했다. 항구를 찾으려 했지만 크진인들은 배를 많이 이용하지 않았다. 그들은 바다를 좋아하지 않았다. 크진인은 산업적인 용도로 항구도시를 세웠을 뿐, 바다가 좋아서 그곳에 사는 이는 아무도 없었다.

하지만 그건 어디까지나 천 년여에 걸쳐 중력 발생기를 사용해 온 크진 제국에나 해당되는 얘기였다. 루이스는 마침내 뉴욕항에 버금갈 만한 항구도시를 발견하고 살펴보았다. 각각 구별이될 정도로 커다란 배들의 항적이 도시를 가득 채우고 있었다. 항구는 운석이 충돌해 발생한 구멍과 비슷하게 원형을 이루었다.

루이스는 전체적으로 조망해 보기 위해 배율을 낮추고 화면을 하늘 쪽으로 잡아당겼다.

그는 눈을 껌뻑거리며 생각했다. 비례 감각이 엉망이라 또 뭔가를 잘못 본 건가? 아니면 화면을 잘못 조종한 건가?

항구 전체를 가로지르며 정박해 있는 배가 보였다. 항구가 그배 때문에 욕조처럼 보일 지경이었다.

자그마한 배들의 항적은 그대로 남아 있었다. 따라서 거대한배는 실제로 존재한다는 얘기였다. 화면 안에 있는 것은 소도시크기에 달하는 배였다. 그 배는 천연 항구의 원호를 거의 가로막고 있었다.

루이스는 자주 항해하는 배가 아닐 거라고 생각했다. 그만한 배의 엔진이라면 해저를 미친 듯이 휘저을 것이 분명했다. 배가 사라지면 항구의 파형마저 바뀔 것 같았다. 크진인들은 그처럼 거대한 배의 연료를 어떻게 조달할까? 애당초 첫 연료는 어떻게 모은 것일까? 금속은 전부 어디서 찾아냈을까?

무엇보다, 저렇게 큰 배를 왜 만든 것일까?

루이스는 크미가 크진의 지도에서 원하는 것을 실제로 찾아낼 거라고는 생각해 본 적 없었다. 하지만 이제 생각을 바꾸었다.

그는 확대 다이얼을 돌렸다. 그리고 크진의 지도가 광대하고 푸른 바다에 모여 있는 점으로 보일 때까지 화면을 계속 후진시 켰다. 화면 가장자리로 다른 행성의 지도가 들어오기 시작했다.

크진의 지도와 가장 가까운 것은 분홍빛의 둥근 점, 즉 화성이 었다. 그리고…… 화성과 크진 지도 간의 거리는 지구와 달 사이의 거리에 필적했다.

그만한 거리를 어떻게 정복할 수 있는 거지? 루이스는 생각했 다. 망원경을 사용한다 해도 삼십이만 킬로를 넘는 대기는 꿰뚫 어 볼 수가 없는데. 배로 그만한 거리를 항해할 계획을 세운다는 건, 아무리 소도시만 한 크기의 배라고 해도…… 이런, 젠장!

"최후자, 응답하라. 여기는 루이스 우, 최후자 나와라."

수리반원들이 '화침'호로 향하고 있으며 크미는 전사를 모으기 위해 크진의 지도를 뒤지고 있다. 시간이 없다.

하지만 루이스는 최후자에게 그 두 가지 사실을 얘기할 생각 이 없었다. 그래 봐야 퍼페티어가 화를 내는 것 외에 다른 소득은 없을 것이 분명했다.

최후자는 뭘 하느라 호출에 응답하지 않는 것일까?

인간이 그 질문에 대한 답을 추측이라도 할 수나 있을까?

루이스는 탐색을 계속하기로 했다.

그는 양쪽 링 벽을 한눈에 볼 수 있도록 배율을 조절했다. 그리고 대양의 좌측, 링월드의 중선 부근에서 '신의 주먹'을 찾아보았다. 하지만 없었다. 그는 시야를 더 넓혔다. 지구보다 큰 사막지대도 링월드 위에 올려놓으니 작아 보였다. 그가 찾던 것이 거기에 있었다. 중심부에 희미한 점이 있으며 황량하고 붉은빛을 띤 그것은, 정상부에 스크리스가 그대로 드러나 있고 높이가 천오백 킬로미터에 달하는 '신의 주먹'이었다.

루이스는 예전에 '거짓말쟁이'호의 추락 지점으로 향하기 위해 선택했던 경로를 따라 왼쪽으로 화면을 이동시켰다. 그가 마음의 준비를 하기 훨씬 전에 물이 등장했다. 대양에서 힘차게 뻗어 나온 폭 넓은 물줄기였다. 첫 방문 당시 루이스 일행은 그 만이 보이는 곳에서 이동을 멈췄다.

루이스는 화면을 뒤로 이동시키면서, 위에서 내려다보았을 때 변화하지 않는 직사각형 구름의 형태를 띠고 있을 대상을 찾아보았다.

하지만 눈동자 폭풍은 그곳에 없었다.

"최후자, 응답하라! 크다프트와 알라의 이름으로 너를 부르노니, 빌어먹을, 젠장! 최후자……."

"듣고 있습니다, 루이스."

"됐군! 난 지금 공중 도시의 도서관에 있어. 여기 지도실에. 네서스가 지도실에 대해 남긴 기록을 찾아서 우리가……."

"나도 기억합니다."

최후자가 침착하게 말했다.

"흠, 그 지도실은 과거의 모습을 기록해 뒀지. 하지만 이 지도실은 현재의 모습을 보여 주고 있다고!"

"당신은 안전한 상태입니까?"

"안전하냐고? 아, 아주 안전하지. 난 초전도체 천을 이용해서 친구를 만들고 영향력을 키웠어. 하지만 결국은 여기 갇히고 말았군. 뇌물을 써서 도시를 빠져나갈 수 있다 해도 하늘 언덕에 있는 '기계인'의 정류소를 뚫고 지나가야 해. 사람들에게 무기를 휘두르면서 탈출하고 싶지는 않은데 말이야."

"현명한 판단이군요."

"넌 뭔가 알아낸 게 있나?"

"두 종류의 자료를 얻었습니다. 우선 다른 우주항 두 곳의 홀로그램을 얻었지요. 우주선이 열한 척 있었는데 전부 도난당했더군요."

"버사드 램제트 엔진이 없다고? 하나도?"

"그렇습니다. 하나도 없습니다."

"다른 소식은?"

"크미는 당신을 구하러 가지 않을 겁니다. 착륙선이 대양에 있는 크진의 지도에 착지했더군요."

최후자는 그렇게 상황을 정리했다.

"짐작했어야 했는데, 크미는 착륙선을 가지고 도망친 겁니다."

루이스는 속으로 욕을 했다. 최후자의 목소리가 침착하고 그 안에 아무 감정이 깃들지 않았다는 것을 느꼈을 때 알아챘어야 했다. 그는 엄청나게 화가 나 있었다. 인간 언어의 미묘한 감정 차를 조절하는 능력을 상실할 만큼.

"크미는 어디 있는데? 뭘 하고 있는 건데?"

"크미가 크진의 지도 주위를 선회할 때 나는 착륙선의 카메라를 이용해서 감시하고 있었습니다. 그는 큼직한 배를 발견했고⋯⋯."

"그건 나도 찾아냈어."

"당신은 어떤 결론을 내렸습니까?"

"크진인들은 다른 지도를 탐험하고 식민지로 만들려는 거야."

"맞습니다. 크진인은 알려진 우주에서도 다른 항성계를 정복했지요. 크진의 지도에 있었으니 분명히 바다 건너편을 내다봤을 겁니다. 물론 우주여행 기술을 개발했을 리는 없지만 말입니다."

"그렇지."

우주여행 기술을 개발하려면 우선 무언가를 궤도에 올려야 했다. 크진의 경우, 저궤도 속도가 초당 십 킬로미터 정도였다. 크진 모양의 지도에서 같은 효과를 보려면 초속 천이백 킬로미터가 필요했다.

"그런 배를 아주 많이 만들었을 가능성은 없습니다. 그만큼 많은 금속을 어디서 구하겠습니까? 그리고 그런 항해는 최소한 수십 년이 걸립니다. 아니, 애당초 다른 지도가 있다는 사실을 어떻게 알아냈는지를 모르겠군요."

"로켓에 망원 카메라를 달아서 쏘아 올렸는지도 모르지. 그 정도 측정 장비는 금세 만들 수 있었을 거야. 하지만 미사일은 궤도에 올라갈 수 없는데. 상승하다가 추락했을 테니까."

"지구의 지도에는 도달하지 못했을 것 같군요. 그러려면 화성을 지난 다음에도 십육만 킬로미터를 더 나아가야 하는데…… 게다가 화성은 교두보로 삼기에 좋은 곳도 아닙니다."

크진인은 지구의 지도에서 뭘 찾아낼 수 있을까? 거기에는 호모하빌리스만 살고 있을까? 혹시 수호자 팩도 있는 건 아닐까? 루이스는 연달아 떠오르는 의문을 멈추고 말했다.

"오른쪽에 다운의 지도가 있어. 반회전 방향에 어떤 세계가 있는지는 몰라."

"그건 내가 압니다. 그곳의 원주민은 공동 지성체입니다. 그들이 우주여행 기술을 개발할 가능성은 전무하다고 보고 있습니다. 그러려면 공동체 전체가 생활을 유지할 수 있는 우주선이 필요하니까요."

"호의적인 종족인가?"

"아닙니다. 그들은 크진인에 맞서 싸웠을 겁니다. 그 결과 크진인은 대양 정복을 깨끗이 포기했겠지요. 그 거대한 배는 항구를 봉쇄하는 데 사용하는 것 같습니다."

"그렇군. 내 생각엔 배 자체가 정부 소재지이기도 할 거야. 크미 얘기를 계속해 봐."

"크미는 크진 지도를 선회하면서 상황을 파악한 다음 거대한 배 위로 날아갔습니다. 비행기가 떠오르고 폭발성 미사일로 그를 공격했지요. 그는 일단 반격하지 않았고 미사일은 아무 효과가 없었습니다. 하지만 다음으로 비행기 네 기를 격추시켰지요. 남은 비행기들은 탄약과 연료가 바닥날 때까지 공격을 계속했습니다. 결국 비행기가 배로 돌아가자 크미는 그 뒤를 따라 하강했습니다. 그리고 배의 사령탑 위에 있는 착륙장에 내려앉았지요. 공격은 계속 이어졌습니다. 루이스, 크미는 동맹을 만들어 나에게 대적하려는 겁니까?"

"이렇게 얘기한다고 해서 네 마음이 편해질지는 모르겠지만, 크미는 GP 선체에 대항할 만한 걸 발견하지 못할 거야. 크진인들은 착륙선에 흠집도 내지 못했잖아."

최후자는 한참 동안 가만히 있다가 말했다.

"당신 생각이 맞겠군요. 그 비행기들은 수소를 연소하는 제트 엔진을 사용했고, 미사일은 화학적 폭발을 일으켜 추진하는 방식이었습니다. 어쨌든, 나는 당신을 직접 구출할 생각입니다. 해질 녘이 되면 탐사기가 그곳에 도착할 겁니다."

"그다음에는 어떡하지? 링 벽이 가로막고 있잖아. 스크리스 때문에 도약 원반이 작동하지 않는다면서?"

"두 번째 탐사기를 이용해서 링 벽 위에 도약 원반 한 쌍을 설치해 뒀습니다. 중계기로 이용하면 됩니다."

"그렇단 말이지. 난 산 정상처럼 생긴 건물에 있어. 반회전 방향 구역의 좌측에 있는 건물이야. 탐사기를 어떻게 활용할지 결정을 내릴 때까지는 그냥 띄워 둬. 지금 떠나는 게 옳은지 확신이 서질 않으니까."

"곧장 빠져나와야 합니다."

"하지만 우리가 찾던 해답이 전부 이 도서관에 있을지도 모른다고!"

"새로 알아낸 사실이 있습니까?"

"전부 단편적인 것들뿐이야. 하지만 프릴의 종족이 알고 있었던 지식 전부가 이 건물 어딘가에 있다고. 그리고 굴들에게도 질문을 해 보고 싶어. 굴이란 건 시체 청소부 종족이고, 없는 곳이 없지."

"당신은 의문만 더 많이 만들어 내고 있군요. 어쨌든 알겠습니다. 아직 몇 시간이 더 남아 있으니까요. 해 질 녘이 되면 착륙선을 그리로 보내겠습니다."

| 중대 절도 |

구내식당은 건물의 중간층에 있었다. 루이스는 사소한 행운을 발견하고 고마움을 느꼈다. '도시 건설자'는 잡식성이었던 것이다. 고기와 버섯으로 만든 스튜는 꽤 싱거웠지만 빈속을 채워 주기에 충분했다. 링월드에는 소금을 많이 쓰는 사람이 없었다. 대양을 제외하면 링월드의 모든 바다는 민물이었다. 어쩌면 링월드 전체에서 소금을 원하는 사람은 루이스뿐일지도 몰랐다. 어쨌든 그는 소금 없이는 살 수 없었다.

루이스는 식사를 재빨리 마쳤다. 시간이 등을 떠밀고 있었다. 최후자는 이미 전전긍긍하고 있었다. 사실 루이스는 최후자가 그와 변절자 크미와 링월드를 비슷한 운명 속에 던져 놓고 도망치지 않은 게 놀라웠다. 강제로 징집했던 선원을 구출하려고 기다리는 퍼페티어를 존경할 수도 있을 것 같았다.

하지만 수리반원이 접근 중이라는 사실을 알고 나면 최후자가 마음을 바꿀 수도 있었다. 루이스는 최후자가 그 방향으로 망원경을 돌리기 전에 '화침'호로 돌아갈 생각이었다.

그는 위층으로 다시 올라갔다. 여러 개의 독서기를 조작해 봤지만 얻은 거라고는 읽을 수 없는 문자뿐이었다. 영상도 없고 음성도 없었다. 그는 줄지어 선 독서기들 앞에 앉아 있다가 마침내 익숙한 목깃을 발견했다.

"하르카비파롤린?"

사서가 몸을 돌렸다. 그녀는 코가 작고 낮았으며 입술은 칼로 그어 놓은 것 같았다. 두피에는 머리칼이 없었고 두개골은 연약하고 섬세해 보였다. 뒤통수의 백발은 길고 곱슬거렸으며…… 엉덩이가 보기 좋게 솟아올라 있고 다리는 가늘었다. 인간의 기준으로 볼 때 마흔 살쯤으로 보였다. '도시 건설자'는 나이를 먹는 속도가 인류와 다른 것 같았다. 하지만 더 빨리 나이를 먹는지 혹은 그 반대인지는 알 수 없었다.

"나를 불렀는가?"

그녀가 화난 것처럼 딱딱하게 물었다. 루이스는 다급하게 일어서서 말했다.

"음성 재생 기능이 있는 독서기와 스크리스의 특성 정보가 있는 테이프가 필요하다."

그녀가 눈살을 찌푸렸다.

"무슨 말인지 모르겠군. 음성 재생 기능이 무엇인가?"

"내용을 소리 내어 읽어 주는 테이프가 필요하다는 얘기다."

하르카비파롤린이 그를 빤히 쳐다보다가 웃음을 터뜨렸다. 그녀는 웃음을 참으려 했지만 결국 실패했다. 그리고 때는 너무 늦은 뒤였다. 사람들이 하나같이 그들을 주시하고 있었다.

"그런 물건은 없다. 아예 존재한 적이 없지."

그녀는 작은 소리로 속삭이려 했지만 웃음이 터지는 바람에 생각보다 크게 말하고 말았다.

"글을 읽지 못하는가?"

이런 젠장! 루이스는 귀와 목이 달아오르는 것을 느꼈다. 물론 글을 읽고 쓰는 것은 훌륭한 능력이었다. 그리고 누구든 때가 되면 공용어를 읽는 법 정도는 배우기 마련이었다. 하지만 그런 능력이 생사를 결정할 만큼 중요하지는 않았다. 전 세계에 음성 재생기가 보급되어 있었기 때문이다. 게다가 그런 장치가 없으면 통역기는 무용지물이나 마찬가지였다!

"아무래도 예상했던 것보다 더 큰 도움을 받아야 할 모양이다. 문자를 읽어 줄 사람이 필요하다."

"그러면 비용을 더 내야 한다. 주인에게 연락해서 협상을 다시 하라."

루이스는 그처럼 수줍음이 많고 적대적인 여성에게 위험을 무릅쓰고 뇌물을 쓸 만한 준비가 되어 있지 않았다.

"필요한 테이프는 찾아 줄 수 있나?"

"그것은 지불한 비용에 포함되어 있다. 심지어 내 조사 결과를 번역해서 건네받을 권리도 있다. 원하는 것을 말해 보라."

그녀는 힘차게 말한 다음 키보드를 두드렸다. 낯선 문자들이 적힌 화면이 빠르게 지나갔다.

"스크리스의 특성 정보가 필요하다고 했던가? 여기에 물리적인 특성이 적혀 있다. 세계의 구조와 역학을 다루는 장도 있다. 그 안에 스크리스의 정보가 포함되어 있다. 아마 너에게는 너무 수준이 높은 지식이겠지만."

"그것과 기초 물리학 교재도."

그녀는 미심쩍은 표정을 지었다.

"그러지."

그리고 키보드를 더 두드렸다.

"이것은 링 벽 교통 시설의 건축에 관해 기록한 옛 테이프다. 공학도를 위한 지식이지. 역사적인 관점만 담고 있지만 당신에겐 도움이 될 수 있을 것이다."

"그것도 필요하다. 당신 종족은 이 세계의 아래쪽으로 가 본 적이 있나?"

하르카비파롤린이 가슴을 폈다.

"분명히 그런 적이 있을 것이다. 우리는 기계를 이용해서 이 세상과 별들을 지배했다. 그런 기계가 아직 남아 있다면 '기계인'도 우리를 숭배했겠지. 하지만 그런 사건에 대한 기록은 남아 있지 않다. 이런 지식을 모아서 어디에 쓸 생각인가?"

그녀가 다시 키보드를 조작하며 물었다.

"나도 아직은 확실치 않다. 옛 불사약의 근원을 추적할 생각인데 도와줄 수 있나?"

하르카비파롤린은 작은 소리로 웃었다.

"테이프를 그렇게 많이 듣고 가지는 못할 것이다. 그 약을 만든 사람들은 제조법을 비밀에 부쳤다. 책을 쓴 사람들도 그것만은 알아내지 못했지. 종교적인 내용이 담긴 테이프와 경찰 기록과 신용 사기 기록과 이 세계 여러 곳을 탐험한 기록은 찾아 줄 수 있다. 여기 천 팔란에 걸쳐 초원 거인을 괴롭힌 불사의 흡혈귀에 대한 얘기도 있다. 시간이 지날수록 불쾌한 방향으로 교활해진 흡혈귀가……."

"그건 필요 없다."

"비축해 둔 불사약은 끝내 발견되지 않았다는 얘기군. 필요 없다고? 그럼 어디 보자, 크티스텍 건물은 다른 건물의 불사약이 바닥났을 때도 여분의 약이 있었기 때문에 '열 건물'에 합류했다. 아주 흥미로운 정치적 교훈이……."

"아니, 불사약 쪽은 그만두지. 대양에 대해서 아는 게 있나?"

"대양은 두 개다. 밤에 아치를 보면 금세 발견할 수 있지. 불사약이 반회전 방향에 있는 대양에서 유래했다는 옛이야기도 있긴 하다."

"아하."

하르카비파롤린이 히죽거리며 웃었다. 그녀의 작은 입은 까다로운 성격을 대변하는 것 같았다.

"당신은 너무 단순하다. 맨눈으로 아치를 바라보면 눈에 띄는 거라고는 단 두 개뿐이다. 만약 아주 중요한 물건이 먼 곳에서 유래했고 이제는 더 이상 눈에 띄지 않는다면, 그게 두 개의 대양 가운데 한쪽에서 유래했다고 말하는 사람이 생기겠지. 그것을 부정할 방법도 없고, 다른 가정을 제시할 방법도 없지 않은가?"

루이스는 한숨을 쉬었다.

"당신 말이 맞겠군."

"루위우, 그런 질문들 간에 어떤 연관성이 있는가?"

"어쩌면 전혀 무관한지도 모르지."

그녀는 루이스가 요청한 테이프 외에 하나를 더 추가했다. 태양에 관한 이야기를 다룬 아동용 책이었다.

"이것으로 무엇을 할 생각인지 모르겠지만, 훔쳐 갈 수는 없을 것이다. 도서관을 나갈 때 수색당할 테니까. 물론 독서기도 가져갈 수 없지."

"도와줘서 고맙다."

루이스는 책을 읽어 줄 사람이 필요했다. 하지만 아무나 붙들고 요청을 할 만한 배짱은 없었다.

그렇다면 특정 인물은 어떨까? 도서관 안에는 굴이 한 사람 있었다. 그림자 농장에 있는 굴들이 그를 알고 있었으니 도서관에 있는 굴도 그럴 가능성이 높았다. 그러나 그 굴은 보이지 않았다. 남은 거라고는 굴의 체취뿐이었다.

루이스는 독서기 앞에 있는 의자에 몸을 던지고 눈을 감았다. 쓸모없는 테이프가 그의 조끼 주머니 두 개를 가득 채우고 있었다. 아직은 포기할 게 아니지. 아까 그 소년을 다시 찾을 수 있을 거야. 포르타랄리스플라이어에게 읽어 달라고 부탁할 수도 있고, 아니면 사람을 보내 달라고 할 수도 있어. 물론 비용은 더 들겠지만. 뭘 하든 돈을 더 내야 하고 시간이 더 걸리는군.

독서기는 크고 다루기가 힘들었으며 굵은 전선으로 벽과 연결되어 있었다. 굵기로 볼 때 제작자가 초전도 전선을 사용하지 않은 건 확실했다. 루이스는 테이프를 하나 풀어 독서기에 넣고 뜻을 알 수 없는 문자를 노려보았다. 화면은 해상도가 낮았고, 스피커를 설치할 만한 공간도 없었다. 하르카비파롤린의 말은 진실이었다.

더 이상 시간을 낭비할 수는 없어.

루이스는 자리에서 일어섰다. 이제는 선택의 여지가 없었다.

도서관 옥상은 아주 넓은 정원이었다. 옥상의 중심으로부터 내려온 나선형 보도가 나선형 계단의 위쪽 끝과 이어졌다. 보도 사이에는 양분이 풍부한 검은색 토양이 있고, 거기에 꿀을 생산하는 거대한 꽃들이 자라고 있었다. 파랗고 조그마한 꽃들이 담긴 흑록색의 작은 뿔 장식도 있고, 아이의 고추처럼 생긴 식물의 밭도 보였다. 그 '소시지'들은 대부분 둘로 갈라지면서 금빛 꽃송이를 피우고 있었다. 녹황색 스파게티처럼 생긴 장식용 줄을 드리운 나무들도 보였다.

여기저기 놓여 있는 의자에는 사람들이 둘씩 짝을 지어 앉아 있었다. 그들은 루이스에게 별다른 호기심을 드러내지 않았다. 푸른 예복을 입은 사서들이 아주 많이 보였고, 키가 큰 남성 사서 한 사람은 시끌벅적한 '매달린 사람'들 관광객을 안내하고 있었다. 도서관 옥상에서 밖으로 나가는 보도는 없었다. 따라서 도둑이 하늘을 날지 않는 한 특별히 감시할 필요도 없었다.

루이스는 지금까지 받은 환대를 부적절하게 돌려줄 계획이었다. 물론 돈으로 산 환대이긴 했지만…… 그래도 마음이 편하지는 않았다.

옥상 가장자리에는 무늬를 새긴 삼각돛처럼 생긴 물 응축기가 장치되어 있었다. 응축기에서 나온 물은 초승달 모양의 연못으로 흘러들었다. 연못 주위에서는 '도시 건설자' 아이들이 법석을 떨고 있었다. 누군가가 그의 이름을 불렀다.

"루위우!"

루이스는 때마침 몸을 돌려 팽팽하게 부푼 공을 가슴으로 받았다. 지도실에서 만났던 갈색 머리 소년이 손뼉을 치더니 공을 돌려 달라고 소리쳤다.

루이스는 초조했다. 옥상에서 나가라고 경고를 해야 하나? 옥상은 잠시 후 위험한 장소로 변할 것이다. 하지만 소년은 영리했다. 루이스의 말뜻을 알아채고 경비를 부를 가능성이 있었다.

그는 공을 도로 던지고는 손을 흔들어 준 다음 그곳을 떠났다.

옥상을 텅 비울 방법이 있다면 좋을 텐데!

루이스는 주변을 둘러보았다. 옥상의 모서리에는 난간이 없었다. 그는 신중하게 걸음을 옮겼다. 그리고 마침내 줄기가 쥐어짠 행주처럼 생긴 작은 나무들이 모인 곳을 발견했다. 그는 나무 주변을 돌다가 비밀이 적절히 보장되는 공간을 발견하고 안으로 들어가 통역기를 켰다.

"최후자?"

"듣고 있습니다. 크미는 아직도 공격을 받고 있습니다. 한번은 반격을 하기도 했지요. 거대한 배의 큼지막한 회전 포탑 하나를 녹여 버렸습니다. 무슨 꿍꿍이인지 모르겠군요."

"아마 공격을 완벽하게 막아 낼 수 있다는 걸 증명하려는 거겠지. 그다음에 제안을 할 거야."

"어떤 제안을 말하는 겁니까?"

"그 자신도 아직은 확실히 모를걸. 크진인들이 그에게 내놓을 수 있는 거라고는 크진 여성을 한 명이나 세 명 소개시켜 주는 게 전부일 테니까. 최후자, 여기서는 더 이상 조사를 할 수가 없어. 화면에 뜬 내용을 읽을 수가 없거든. 게다가 자료를 필요 이상으로 모으기도 했고. 이걸 다 보자면 일주일은 걸릴 거야."

"크미가 일주일 동안 뭘 할 수 있겠습니까? 어차피 그걸 확인하려고 기다릴 생각도 없지만 말입니다."

"그래. 내가 가진 건 독서용 테이프들인데, 아마 우리가 알고자 하는 것들이 대부분 이 안에 들어 있을 거야. 읽을 수 있을 때의 얘기지만. 이걸 읽을 수 있겠나?"

"그러지 못할 것 같군요. 독서기를 하나 가져올 수 있습니까? 그것만 있으면 테이프를 재생시키고 화면을 찍어서 '화침'호에 있는 컴퓨터로 해독할 수 있을 겁니다."

"독서기는 무거워. 그리고 굵은 전선이 붙어 있어서……."

"전선을 자르십시오."

루이스는 한숨을 쉬었다.

"알았어. 그다음에는?"

"이미 탐사기 카메라를 통해서 공중 도시를 보고 있습니다. 탐사기를 당신 쪽으로 보내겠습니다. 도약 원반을 이용하려면 반드시 중수소 필터를 제거해야 합니다. 손을 쓰지 않고 붙잡을 만한 도구가 있습니까?"

"없어. 있는 거라고는 레이저 플래시뿐이야. 절단할 곳도 네가 얘기해 줘야 해."

"연료 보급원의 절반을 할애할 만한 가치가 있으면 좋겠군요. 알겠습니다. 독서기를 확보한 다음 그 기계를 도약 원반으로 통하는 입구로 집어넣을 수만 있으면 될 겁니다. 실패하면 테이프만이라도 가져오십시오. 그걸로도 뭔가 할 수 있을지 모릅니다."

루이스는 도서관 옥상의 끄트머리에 서서 발 바깥쪽을 내려다보았다. 표면이 고르지 않은 그림자 농장의 황혼이 보였다. 그림자의 끝에는 정오의 태양 빛이 남아 있었다. 격자 형태로 구분된 농장이 점점 멀어지고 있었다. '큰 뱀 강'은 왼쪽으로 구부러지다가 낮은 산 사이로 모습을 감췄다. 그 산 너머로 바다와 평지와 아주 작은 산지와 그보다 더 작은 바다가 거리에 따라 푸른빛 속으로 점점 녹아들었다. 그리고 마침내 링월드 아치가 위로, 위로 솟아올랐다. 루이스는 반쯤 몽롱한 기분으로 밝은 하늘을 머리 위에 두고 기다렸다. 이제는 혼자 할 수 있는 일이 남아 있지 않았다. 시간의 흐름을 간신히 감지할 따름이었다.

탐사기가 푸른 불꽃을 타고 하늘에 나타났다. 눈으로 식별하기 힘든 불길이 옥상을 어루만지자 식물과 토양이 주황색 화염으로 변했다. 몸집이 작은 '매달린 사람'들과 푸른 예복을 입은 사서들과 물에 젖은 아이들이 비명을 지르며 계단통으로 달려갔다.

탐사기가 불꽃을 깔고 앉더니 자세제어 엔진을 이용해 천천히 옆으로 누웠다. 위쪽에 자그마한 분사구가 무수히 달려 있고, 아래쪽에 커다란 분사구가 하나 보였다. 탐사기는 길이가 육 미터에 달하고 굵기는 삼 미터 정도인 원통형이었다. 카메라와 다른 탐사 장비가 그 원통의 표면에 달라붙어 있었다.

루이스는 불길이 거의 사라질 때까지 기다렸다. 그리고 석탄들을 헤치며 탐사기로 향했다. 옥상은 텅 빈 상태였다. 최소한 그의 눈에는 그렇게 보였다. 심지어 시신조차 없었다. 사망자가 없다면 잘된 일이었다.

그는 통역기에서 흘러나오는 지시에 따라 탐사기 윗면에 있는 분자 필터를 잘라 냈다. 마침내 도약 원반이 모습을 드러냈다.

"그다음은 뭐지?"

"다른 탐사기에 있는 도약 원반의 방향을 역전시키고 필터도 제거해 뒀습니다. 독서기를 가져올 수 있습니까?"

"해 보지. 처음부터 끝까지 마음에 드는 구석이 없긴 하지만."

"어차피 이 년만 지나면 상관없을 겁니다. 시간은 삼십 분입니다. 삼십 분이 지나면 아무거나 들고 이리로 오십시오."

루이스가 계단통에 모습을 드러낸 것은 공교롭게도 푸른 예복을 입은 사서 스무 명 정도가 그를 뒤쫓기로 결정한 참이었다. 그는 후드를 뒤집어썼다. 사서들이 쏜 무거운 금속 조각이 장갑복에 맞고 튕겨 나갔다. 그는 걷다가 서기를 반복하면서 건물 안으로 들어갔다. 사격 간 간격이 길어지더니 마침내 완전히 멈췄다. 사서들은 그의 눈앞에서 후퇴했다.

루이스는 사서들이 완전히 사라진 다음, 발밑에 있는 계단의 상부를 잘라 냈다. 나선형 계단은 맨 윗부분과 아래만 건물에 닿아 있었기 때문에 윗부분을 잘라 버리자 용수철처럼 주저앉으면서 문턱과 연결된 경사로들과 분리되었다. 사서들이 죽지 않으려고 계단에 매달렸다.

루이스는 이제 최상단 두 개 층을 홀로 사용할 수 있었다. 그는 가장 가까운 독서실로 가기 위해 몸을 돌렸다. 그때, 두 손으로 도끼를 들고 앞을 가로막은 하르카비파롤린이 눈에 들어왔다. 루이스는 말했다.

"한 번 더 도와줘야겠어."

그녀가 도끼를 휘둘렀다. 루이스는 목과 어깨를 연결하는 장갑복 부위에 맞고 튕겨 나가는 도끼를 붙잡았다. 그녀가 몸부림을 치면서 그의 손에서 도끼를 빼내려고 애썼다.

"잘 봐."

루이스는 독서기로 들어가는 전선을 향해 레이저를 쏘았다. 전선이 불을 뿜으며 두 동강 나고 불꽃이 날렸다.

하르카비파롤린이 비명처럼 소리쳤다.

"라이어 건물은 엄청난 비용을 지불해야 할 것이다!"

"그건 나도 어쩔 수 없지. 독서기를 옥상까지 옮길 생각인데 당신이 도와줘야겠어. 원래는 벽을 잘라 낼 생각이었지만 이러는 편이 낫겠군."

"그렇게는 못 한다!"

루이스는 다시 독서기를 향해 레이저를 쏘았다. 독서기가 둘로 갈라지며 불길에 휩싸였다. 고약한 냄새가 풍기기 시작했다.

"마음이 바뀌면 말해 줘."

"흡혈귀 애인 같은 놈!"

독서기는 무거웠지만 루이스는 레이저를 내려놓을 생각이 없었다. 그가 뒷걸음질을 치며 계단을 올랐기 때문에 독서기의 무게는 전부 하르카비파롤린의 몫이었다.

그는 경고하듯 말했다.

"만약 떨어뜨리면 돌아가서 처음부터 다시 시작해야 할 거야."

"멍청이 같으니라고! 너는 이미…… 전력선을 망쳐 버렸다!"

그는 대답하지 않았다.

"왜 이런 일을 벌이는가?"

"이 세계가 태양과 맞닿는 걸 막아 볼 생각이거든."

그의 말을 듣고 그녀는 하마터면 독서기를 떨어뜨릴 뻔했다.

"하지만…… 하지만 엔진은 전부 제자리로 돌아갔단 말이다!"

"그것까지 알고 있었군! 하지만 그것만으로는 턱없이 부족해. 게다가 너무 늦었지. 이곳을 떠난 너희 우주선은 대부분 돌아오지 않았잖아. 그러니 엔진이 부족할 수밖에. 계속 걸어."

두 사람이 옥상에 도착하자 탐사기가 공중에 뜨더니 자세제어 엔진을 이용해서 옆으로 내려앉았다. 그들은 독서기를 내려놓았다. 독서기는 탐사기에 들어가지 않았다. 루이스는 이를 갈며 스크린을 잘라 냈다. 그 정도라면 탐사기에 실을 수 있었다.

하르카비파롤린은 물끄러미 그를 바라볼 뿐이었다. 너무 지쳐서 말도 할 수 없는 것 같았다.

스크린이 본래 분자 필터가 있던 틈으로 들어가더니 사라졌다. 남은 것은 그보다 훨씬 무거운 독서기의 내부 장치였다. 루이스는 그것을 간신히 들어 올려 한쪽 끝을 틈에 걸쳤다. 그리고 바닥에 등을 대고 누운 다음 다리로 기계를 밀었다. 마침내 기계가 모습을 감췄다.

루이스는 사서에게 말했다.

"라이어 건물은 이 일과 아무 관계가 없어. 내가 무슨 일을 꾸미는지 몰랐으니까. 자."

그는 광택이 없는 검정 천 조각을 그녀 옆에 떨어뜨렸다.

"이걸 사용하면 물 응축기와 옛 기계들을 고칠 수 있어. 라이어 건물에 말하면 방법을 알려 줄 거야. 도시 전체가 '기계인'에게 의존하지 않고 살아가도록 만들 수도 있지."

하르카비파롤린이 공포 가득한 눈으로 그를 노려보았다. 루이스는 그녀가 자신의 얘기를 알아들었는지 확신할 수 없었다.

그는 탐사기에 발부터 집어넣기 시작했다.

그리고 '화침'호의 화물실에서 머리부터 나타났다.

3부

| 마지막 제안 |

　루이스는 소리가 울리는 커다란 유리병 안에 있었다. 주위가 거의 암흑에 가까웠다. 투명한 벽 너머로 반쯤 해체되고 석양에 뒤덮인 우주선이 보였다. 탐사기는 화물실의 뒤쪽 벽에 있는 죔쇠에 물린 채 회색으로 칠해 놓은 바닥에서 삼 미터가량 떠 있었다. 본래의 자리로 돌아간 셈이었다.

　루이스는 본래 탐사기의 중수소 필터가 들어 있던 공간에 있었다. 계란 컵에 담긴 계란처럼.

　그는 몸을 던져 밖으로 나온 그대로 양손으로 매달렸다가 바닥에 착지했다. 온몸이 피곤했다. 하지만 이제 한 가지 문제만 더 해결하면 쉴 수 있었다. 침투 불가능한 벽 너머에 안전이 자리잡고 있었다.

　그는 수면판을 바라보면서…….

　"성공했군요."

천장 근처에서 최후자의 목소리가 흘러나왔다.

"그게 독서기입니까? 그렇게 큰 줄은 몰랐군요. 꼭 두 동강을 내야만 했습니까?"

"그래."

그뿐 아니라 기계 부품들까지 삼 미터 아래로 떨어뜨려야 했다. 퍼페티어가 도구를 잘 다뤄 다행이었다.

"여기에도 도약 원반을 설치해 뒀겠지?"

"비상사태가 벌어질 거라고 예상하고 있었습니다. 선수 방향 좌측을 보면…… 루이스!"

등 뒤에서 섬뜩한 공포를 불러일으키는 신음이 들렸다. 루이스는 재빨리 몸을 돌렸다.

하르카비파롤린이 탐사기 안에 있었다. 조금 전 루이스가 있던 바로 그 자리였다. 그녀는 두 손으로 발사체 무기의 총신을 움켜쥐고 있었다. 입술은 이빨에 찢겨 있고, 눈은 불안하게 흔들리고 있었다. 두 눈동자는 상하좌우로 빠르게 움직이며 집중할 곳을 찾지 못했다.

최후자가 단조로운 목소리로 물었다.

"루이스, 내 우주선에 침입한 저 사람은 누구입니까? 위험인물입니까?"

"아냐. 침착해. 그냥 정신을 못 차린 사서일 뿐이야. 하르카비파롤린, 돌아가."

그녀의 비통한 신음이 점점 높아졌다. 그녀가 갑자기 울부짖기 시작했다.

"난 여기가 어딘지 안다! 지도실에서 본 적이 있다! 여긴 세상 밖에 있는 우주선 피난처야! 루위우, 너는 도대체 무엇인가?"

루이스는 레이저 플래시를 그녀에게 겨누었다.

"돌아가."

"아니! 당신이 훔쳐 낸 도서관 기물은 망가졌다. 만약에······ 만약에 이 세계가 위험에 빠졌다면, 나도 돕고 싶다!"

"정신이 나갔군. 어떻게 돕겠다는 거야? 이봐, 도서관으로 돌아가. 가서 '도시의 몰락' 전에 불사약이 어디서 왔는지 조사해. 그곳이 바로 우리가 찾는 장소니까. 만약에 커다란 엔진을 쓰지 않고 이 세계를 움직일 방법이 있다면, 그 조종 장치가 바로 거기 있을 거야."

그녀는 고개를 저었다.

"나는······ 당신은 그것을 어떻게 아는가?"

"거기가 그자들의 본거지거든. 수호······ 링월드 건설자들은 분명히 어떤 장소와 가까운 곳에서 특정 식물을 재배하고······ 젠장, 이건 내 생각이야. 그냥 추측이라고. 젠장맞을!"

루이스는 머리를 감싸 쥐었다. 머릿속에서 누군가가 커다란 북을 두드리는 것 같았다.

"난 이런 일 같은 건 할 생각도 없었어! 납치된 거란 말이야!"

하르카비파롤린이 탐사기에서 나와 바닥으로 떨어졌다. 올이 굵은 파란색 예복이 땀으로 축축했다. 그녀는 하르로프릴라라와 꽤 비슷해 보였다.

"내가 도울 수 있다. 내가 읽어 주면 된다."

"기계가 해 줄 수 있어."

그녀가 루이스에게 다가섰다. 총구는 기억에서 지워진 것처럼 아래를 향하고 있었다.

"우리가 상황을 이렇게 만든 것이지? 우리 종족이 자세제어 엔진을 떼어다가 우주선에 실었기 때문에 이렇게 된 것이야. 그 것을 바로잡는 데 내가 도움을 주면 안 되는가?"

"루이스, 그 여자는 돌아갈 수 없습니다. 첫 번째 탐사기에 있는 도약 원반은 계속 전송 상태에 있으니까요. 그 여자가 들고 있는 게 무기입니까?"

최후자가 물었다.

"하르카비파롤린, 그걸 이리 줘."

그녀는 지시에 따랐다. 루이스는 발사체 무기를 서투르게 손에 쥐었다. '기계인'이 만든 제품처럼 보였다.

최후자가 말했다.

"그걸 화물실의 선수 방향 좌측 구석에 내려놓으십시오. 거기 전송 장치가 있습니다."

"안 보이는데."

"위장해 놨으니까요. 무기를 구석에 내려놓고 뒤로 물러나십시오. 거기 여자, 당신도 그 자리에 가만히 있어야 합니다."

루이스는 시키는 대로 따랐다.

총이 사라졌다. 그는 선체를 통해 아주 작은 움직임을 간파했다. 총은 우주항에 떨어졌다. 최후자는 도약 원반의 수신부를 선체 바깥에 설치해 둔 것이다!

루이스는 경탄했다. 퍼페티어의 편집증에는 르네상스 시대의 이탈리아와 비슷한 면이 있었다.

"됐습니다. 이제…… 루이스! 한 사람이 더 있습니다!"

갈색 곱슬머리가 탐사기 밖으로 빠져나왔다. 지도실에서 만났던 소년이 완전한 알몸으로 물을 뚝뚝 떨어뜨리며 두리번거리다가 막 굴러떨어지려는 참이었다. 소년의 눈은 경이감으로 활짝 열려 있었다. 그는 마법과 마주하기에 딱 좋은 나이였다.

루이스가 고함을 쳤다.

"최후자, 당장 저쪽 도약 원반을 꺼!"

"껐습니다. 하지만 너무 늦었군요. 그건 누구입니까?"

"사서 아이야. 음절이 장황한 이름이었는데…… 기억 안 나."

"카와레스크센자족이에요."

소년이 웃으면서 소리쳤다.

"루위우, 여기가 어디죠? 여기서 뭘 하는 거예요?"

"그걸 누가 알겠니."

"루이스, 내 우주선에 저 외계인들을 태울 수는 없습니다."

"밖으로 쫓아낼 생각이라면 그만두는 게 좋아. 내가 용납하지 않을 테니까."

"그렇다면 화물실에만 머물러야 합니다. 당신도 마찬가지입니다. 당신과 크미가 계획을 세운 모양이군요. 당신들을 믿지 말아야 했습니다."

"어차피 처음부터 안 믿었잖아."

"다시 한 번 말해 보겠습니까?"

"여기에 있으면 굶어 죽을 거야."

최후자는 한참 동안 말이 없었다.

카와레스크센자족이 유연한 동작으로 탐사기에서 내려왔다. 루이스와 소년은 낮은 소리로 논쟁을 벌이기 시작했다.

최후자가 갑자기 말했다.

"당신은 방으로 돌아가도 좋습니다. 하지만 그 두 사람은 화물실에 남아야 합니다. 도약 원반을 연결해 둘 테니 당신이 음식을 주십시오. 어쩌면 잘된 일인지도 모르겠군요."

"무슨 소리야?"

"루이스, 링월드 원주민이 몇 사람이라도 살아남는 건 좋은 일일 테니까요."

링월드인 두 사람은 다소 떨어져 있었기 때문에 통역기에서 나오는 말을 들을 수 없었다.

루이스가 말했다.

"설마 포기할 생각은 아니겠지? 테이프 안에 들어 있는 내용을 밝혀내면 마법의 물질 변환 장치를 금세 손에 넣을 수 있을 텐데 말이야."

"그렇겠지요. 그리고 지금 크미는 여러 행성의 지도에 있는 부를 손에 넣었을 겁니다. 이틀이나 사흘 정도는 거리 덕분에 안전할 수 있겠지만 그 이상은 무리입니다. 곧 떠나야 합니다."

루이스가 다가가자 원주민 두 사람이 그를 돌아보았다.

"하르카비파롤린, 같이 독서기를 옮기지."

십 분 뒤 테이프와 독서기와 잘라 낸 스크린은 최후자가 머무는 조종실로 옮겨졌다. 하르카비파롤린과 카와레스크센자족은 다음 지시를 기다렸다.

"당분간 여기서 머물러야겠어. 앞으로 어떻게 될지는 나도 몰라. 음식과 침구는 보내 줄게. 날 믿어."

루이스는 얼굴에 죄책감이 떠오르는 것을 느끼고 얼른 몸을 돌렸다. 화물실 구석으로 걸어간 그는 잠시 후 압력복과 조끼와 기타 여러 가지를 몸에 걸친 채 자신의 방에 나타났다.

루이스는 옷을 벗고 다이얼을 조정해 편안한 잠옷 한 벌을 만들었다. 그것만으로도 기분이 나아졌다. 몹시 피곤했지만 하르카비파롤린과 카와레스크센자족에게도 침구를 보내야 했다. 음식 재생기로는 담요를 만들 수 없었다. 그는 다이얼을 돌려 후드가 달리고 아주 큰 판초를 네 벌 만든 다음 도약 원반을 이용해 두 사람에게 보냈다.

그리고 하르로프릴라라가 어떤 음식을 좋아했는지 기억을 더듬어 보았다. 그녀는 아무거나 잘 먹었지만 신선한 음식을 좋아했다. 루이스는 두 사람에게 줄 음식을 골랐다.

벽을 통해서 두 사람이 미심쩍은 얼굴로 음식을 확인하는 모습이 보였다.

다음으로 그는 다이얼을 조정해서 자신이 먹을 호두와 고급 버건디를 만들었다. 그 두 가지를 씹고 마시면서 수면장을 작동시키고, 그 안으로 몸을 던진 다음 자유낙하 상태에서 기지개를 켜며 생각에 잠겼다.

라이어 건물은 내 강도질로 인한 피해를 보상하겠지. 하르카 비파롤린은 피해를 복구하는 데 보탬이 되도록 초전도체 천을 도서관에 남겨 두고 왔을까? 아직 그것도 확인하지 못했군.

발라버질린은 지금 뭘 하고 있을까? 자신의 종족과 세계 전체를 걱정하면서도 할 수 있는 일은 하나도 없을 텐데. 그게 다 나 때문이지. 화물실에 있는 여인과 소년도 똑같이 근심하고 있을 거야. 그리고…… 만약 몇 시간 뒤에 내가 죽는다면 두 사람도 오래 살아남지 못하겠지.

그 모든 것은 치러야 할 대가의 일부야. 내 목숨도 그 안에 포함되고.

첫 번째로 해야 할 일. 레이저 플래시를 가지고 '화침'호에 탈 것. 이건 이미 달성했지.

두 번째. 링월드를 제자리로 돌릴 것. 앞으로 몇 시간만 지나면 그게 불가능하다는 사실을 내 손으로 증명하게 될지도 몰라. 어디까지나 스크리스의 자기적 특성에 달려 있지.

링월드를 구할 수 없다면, 도망쳐야 해.

링월드를 구할 수 있으면…….

세 번째. 결단을 내릴 것. 크미와 내가 살아서 알려진 우주로 돌아가는 게 가능할까?

그렇지 않다면…….

네 번째. 반란.

초전도체 천은 라이어 건물에 남겨 뒀어야 했다. 최후자에게도 탐사기의 도약 원반을 꺼 두라고 미리 말해야 했다. 그 두 가지 실수는 루이스가 최근 들어 판단력이 흐려졌다는 증거였다. 그 사실이 그를 괴롭혔다. 그가 지금부터 내려야 할 결단은 무자비하리만치 중요했기 때문이다.

하지만 지금 당장은 몇 시간 정도 시간을 훔쳐 잠을 청하기로 했다. 도둑질에 균형을 맞추기 위해서라도.

희미한 목소리가 들렸다. 루이스는 몸을 움직이고 자유낙하 상태를 반납한 다음 주변을 둘러보았다.

후미 측 격벽 너머에서 하르카비파롤린과 카와레스크센자족이 천장과 활발하게 대화를 나누고 있었다. 하지만 통역기가 없었기 때문에 루이스는 대화의 내용을 알아들을 수 없었다. '도시 건설자'들은 선체 밖에 떠서 우주항의 모습 일부를 가로막고 있는 사각형 홀로그램을 손으로 가리키고 있었다.

그 '창'에는 회색 돌로 만든 성의 안뜰이 보였다. 뜰에는 태양이 비치고 있었다.

성을 구성하고 있는 돌은 부피가 컸으며, 거칠게 다듬어진 상태였다. 따라서 성에는 수많은 직각이 존재했다. 성에 있는 창문이라고는 위아래로 긴 총안뿐이었다. 일종의 담쟁이덩굴이 벽의 한 면을 기어오르고 있었다. 풍성한 연노란 색 덩굴에는 진홍색 혈관이 있었다.

루이스는 수면장 밖으로 나왔다.

최후자는 조종실의 긴 의자에 앉아 있었다. 오늘의 갈기는 희미한 형광 빛이었다. 루이스가 다가가자 그가 머리 하나를 돌려

바라보았다.

"루이스, 푹 쉬었습니까?"

"그래. 휴식이 꼭 필요했어. 진척은 있나?"

"결국 독서기를 수리할 수 있었지요. 하지만 '화침'호의 컴퓨터로는 물리 이론을 담고 있는 테이프를 읽어 낼 만큼 '도시 건설자'의 말을 충분히 알아낼 수 없었습니다. 그래서 원주민과 얘기를 나누면서 어휘를 보충하는 중이었지요."

"시간이 얼마나 걸릴까? 링월드의 전반적인 설계에 궁금한 점이 있거든."

루이스는 생각했다. 면적이 천조 제곱킬로미터에 달하는 바닥재를 이용하면 링월드의 위치를 전자기적으로 조종할 수 있을까? 그 해답만 확실히 알 수 있으면 되는데!

"열 시간에서 열두 시간 정도 걸릴 겁니다. 다들 조금씩 쉬어야 하니까요."

너무 오래 걸리는데. 수리공들이 코앞에 닥친 판국에. 상황이 좋지 않아.

루이스는 다시 물었다.

"저 영상은 어디서 전송되는 거지? 착륙선인가?"

"그렇습니다."

"크미에게 전갈을 보낼 수 있나?"

"아닙니다."

"왜 안 되지? 분명 통역기를 가지고 있을 텐데."

"내 실수로 통역기의 작동이 강제적으로 종료됐습니다. 크미는 이제 통역기를 갖고 다니지 않습니다."

"무슨 일이 벌어진 거야? 도대체 크미는 뭘 하고 있는 거지?"

"크미가 크진 지도에 도착한 지 스무 시간이 지났습니다. 이미 말한 바와 같이 그는 정찰비행을 했고, 크진인들의 비행기가 공격하도록 내버려 두었고, 거대한 배에 착륙해서 상대가 공격을 계속하는 내내 기다렸습니다. 하지만 공격이 여섯 시간 동안 계속되자 이륙해서 다른 곳으로 날아간 겁니다. 루이스, 나는 그가 얻으려는 게 뭔지 알고 싶습니다."

"모르기는 나도 마찬가지야. 정말이라고. 얘기를 계속해 봐."

"크진 비행기들은 어느 정도 그를 뒤따르다가 돌아갔습니다. 크미는 수색을 계속했지요. 그러다가 길게 뻗어 나간 황야에 도달했습니다. 그 황야에서 가장 높은 봉우리에 돌로 만든 작은 성이 있었습니다. 물론 크미는 거기서도 공격을 받았습니다. 하지만 성을 지키는 크진인이 사용한 무기는 칼이나 활 정도였지요. 그들이 착륙선을 완전히 포위하자 크미는 충격 포를 난사했습니다. 그리고……."

"잠깐만."

크진인 하나가 둥근 아치에서 달려 나와 회색 판석을 가로지르더니 홀로그램 창을 향해 네발로 전력 질주를 했다. 분명 크미였다. 그는 장갑복을 입고 있었다. 그의 눈에는 화살이 한 대 박혀 있었다. 나무 재질에다, 아주 얇은 나뭇잎을 살깃으로 매단 긴 화살이었다. 그의 뒤로 다른 크진인들이 칼과 철퇴를 휘두르며 달려오고 있었다. 총안에서 날아온 화살들이 크미의 장갑복을 스쳐 지나갔다.

크미가 착륙선의 에어록에 도달하는 순간 창에서 강한 빛줄기가 튀어나왔다. 그 빛은 판석에 닿아 불꽃을 만들더니 착륙선에 초점을 맞췄다. 크미의 모습은 더 이상 보이지 않았다. 빛은 더이상 움직이지 않았고, 총안이 붉고 하얀 불꽃을 뿜으며 폭발하자 사라져 버렸다.

최후자가 중얼거렸다.

"경솔하군요. 적에게 무기를 내주다니!"

그의 두 번째 입이 조종간을 만지작거렸다. 그는 화면을 실내 카메라 쪽으로 전환했다.

크미는 에어록을 잠근 다음, 비틀거리며 오토닥으로 걸어가면서 간신히 장갑복을 벗어 바닥에 떨어뜨렸다. 장갑복이 사라지자 다리에 난 깊은 상처가 보였다. 그는 오토닥의 덮개를 힘겹게 들어 올리고 간신히 안으로 들어갔다.

"젠장! 오토닥의 검사기를 켜 두지 않았잖아! 최후자, 우리가 도와줘야 해."

"어떻게 도와줄 생각입니까, 루이스? 도약 원반으로 그에게 가려다가는 몸이 핵융합 온도까지 달궈질 겁니다. 당신의 이동속도와 착륙선의⋯⋯."

"네 말이 맞아."

대양은 링월드의 곡면을 따라 삼십오 도 떨어진 곳에 있었다. 그 운동에너지 차를 이용하면 도시 하나를 날려 버릴 수도 있었다. 크미를 도울 방법은 없었다.

크미가 피를 흘리며 누웠다. 그리고 갑자기 비명을 질렀다. 그는 몸을 반쯤 젖히고 굵은 손가락으로 오토닥의 키보드를 찔러댔다. 그런 다음 똑바로 누웠다가 몸을 일으키고 팔을 뻗어서 덮개를 닫았다.

"저 정도면 괜찮군."

루이스는 중얼거렸다.

화살은 얕은 각도로 바깥쪽을 향해 안구에 박혀 있었다. 뇌 조직 손상은 간신히 피한 것 같았다. 하지만…… 그렇지 않을 수도 있었다.

"그래, 크미는 경솔했어. 자, 얘기를 계속해 봐."

"크미는 충격 포로 성 전체를 훑었습니다. 그리고 세 시간에 걸쳐서 기절한 크진인들을 부상식 받침대에 싣고 건물 밖으로 옮겼지요. 그런 다음 입구를 봉쇄하고 성 안으로 들어가 버렸습니다. 그 후 아홉 시간 동안 모습을 드러내지 않았습니다. 루이스, 왜 웃는 겁니까?"

"여성 크진인은 한 명도 밖으로 옮기지 않았지?"

"그렇군요. 무슨 얘긴지 알 것 같습니다."

"재빨리 장갑복을 입을 수 있었다니 운이 좋았군. 다리에 난 상처는 장갑복을 다 입기 전에 생긴 거야."

"크미는 나에게 위협적인 존재가 아닌 것 같군요."

루이스는 크미가 스무 시간에서 마흔 시간 정도 오토닥 안에 들어가 있을 거라고 추측했다. 이제 판단은 순전히 루이스의 몫이었다.

"그와 함께 의논할 일이 있어. 하지만 그건 불가능할 것 같군. 최후자, 지금부터 이어지는 대화를 녹음해 줘. 그리고 반복 재생이 되도록 만들어서 착륙선으로 보내. 크미가 깨어났을 때 이미 외우고 있도록 말이야."

최후자가 등 뒤로 입을 뻗었다. 마치 조종판을 물어뜯는 것처럼 보였다.

"됐습니다. 무슨 주제로 의논을 할 생각입니까?"

"크미와 나는 네가 우리 둘을 알려진 우주로 무사히 돌려보낼 거라고 믿지 못했어. 너한테 그런 능력이 있다는 것조차 믿을 수 없었다고 할까."

최후자가 두 방향에서 루이스를 뚫어지게 쳐다보았다. 두 개의 납작한 머리를 양쪽으로 벌린 채였다. 마치 쌍안경을 통해 보듯 의심스러운 동맹이자 잠재적인 적을 자세히 관찰하려는 것 같았다.

그가 물었다.

"왜 그렇게 생각한 겁니까, 루이스?"

"첫째, 우리는 너무 많은 걸 알아 버렸어. 둘째, 넌 알려진 우주로 돌아갈 이유가 하나도 없어. 마법의 변환 장치를 찾든 못 찾든 간에 네가 가고 싶은 곳은 세계 선단뿐이잖아."

퍼페티어의 신체 뒤쪽에 있는 근육들이 쉬지 않고 꿈틀거렸다. 퍼페티어는 싸울 때 뒷다리를 사용한다. 적에게 등을 돌리고, 눈 사이의 거리를 벌려 상대를 겨냥하고, 걷어찬다.

최후자가 말했다.

"그게 그렇게 나쁜 일입니까?"

루이스는 인정했다.

"뭐, 여기 머무는 것보다야 낫겠지. 본래 어떤 계획을 세우고 있었는지 말해 봐."

"우리는 당신들의 인생을 아주 편하게 만들어 줄 수 있습니다. 우리가 크진인의 장수 약을 만들었다는 건 알 겁니다. 우리는 부스터스파이스도 공급할 수 있습니다. '화침'호에는 인간 여성과 크진인 여성이 탑승할 공간이 있지요. 결국은 '도시 건설자' 여성이 타게 됐지만 말입니다. 정지장을 펼치고 여행할 테니 공간이 부족한 건 문제가 되지 않습니다. 당신과 당신을 수행하는 사람들은 세계 선단의 농업 행성들 중 하나를 골라서 정착할 수 있습니다. 실제로는 그 행성을 소유하는 거나 마찬가지일 겁니다."

"목가적인 생활에 싫증이 나면?"

"그럴 리가 없습니다. 당신은 고향 행성의 도서관에 접속할 수 있습니다. 우리가 인류 앞에 모습을 드러낸 이래 당신들이 알고 싶었던 모든 지식을 소유할 수 있단 말입니다! 세계 선단은 광속에 근접한 속도로 이동하고 있으며 결국은 마젤란 성단에 도착하게 될 겁니다. 우리와 함께하면 은하핵 폭발을 피할 수 있습니다. 그리고 우리도 당신이 필요하게 될 겁니다. 진로상에 위치하는 흥미로운 지역을…… 탐험할 사람이 있어야 하니까요."

"흥미롭다는 건 위험하다는 뜻이겠지."

"당연한 거 아닙니까?"

루이스는 예상했던 것보다 더 솔깃했다. 크미는 이 제안을 어떻게 받아들일까? 복수를 연기할까? 아주 먼 미래에 퍼페티어의 고향에 타격을 줄 수 있는 기회라고 생각할까? 아니면 비겁한 선택이라고 치부해 버릴까?

그가 물었다.

"그 제안은 마법의 변환 장치를 찾아내야 유효한 건가?"

"아닙니다. 그것과는 상관없이 당신들의 재능이 필요합니다. 하지만…… 내가 지금 어떤 약속을 하든 실험당이 정권을 잡아야 실행에 옮기기 쉬워지겠지요. 크미는 둘째 치더라도, 보수당은 당신의 가치를 못 알아볼지도 모릅니다."

루이스는 그 표현이 아주 멋지다는 걸 인정하기로 했다.

"크미는……."

"변절하긴 했지만 그에게도 제안이 유효하긴 마찬가지입니다. 크미는 이미 구해 낼 여성들을 찾아냈지요. 하지만 당신이라면 설득할 수 있을 겁니다."

"과연 그럴까?"

"당신들은 결국은 각자의 행성을 다시 보게 될 겁니다. 천 년 정도 지나면 알려진 우주 사람들도 퍼페티어의 존재를 잊겠지요. 하지만 세계 선단이 광속에 가깝게 가속하면 당신들에게는 겨우 수십 년밖에 안 지난 상태일 겁니다."

"생각할 시간을 줘. 적절한 때가 오면 크미에게 말해 보지."

루이스는 흘끗 뒤를 돌아보았다.

'도시 건설자'들이 그를 지켜보고 있었다. 그들과 상의하지 못해 유감이었다. 그는 자신의 운명뿐 아니라 그들의 운명도 손에 쥐고 있었다.

하지만 그는 이미 결론을 내렸다.

"내가 이제 뭘 할 생각이냐면, 대양 쪽으로 이동할 거야. '신의 주먹'을 따라 올라간 다음에 아주 천천히……."

"난 '화침'호를 움직일 생각이 전혀 없습니다, 루이스. 운석 방어 장치 말고 다른 위험이 있을지도 모릅니다. 그것 하나만으로도 충분히 위험합니다!"

"넌 분명 생각을 바꾸게 될 거야. 버사드 램제트 엔진을 링 벽위로 끌어 올리던 기계 기억하지? 지금 그게 어떤 상태인지 봐."

퍼페티어는 잠시 동안 얼어붙었다가 몸을 급히 돌리고는 자기 선실의 불투명한 벽 뒤로 사라져 버렸다.

그쯤 해 두었으니 최후자가 꽤나 분주하게 시간을 보낼 거라고 루이스는 생각했다.

루이스는 버려둔 옷가지와 장비 더미 쪽으로 느긋하게 걸어갔다. 그리고 조끼에서 레이저 플래시를 꺼냈다. 계획의 네 번째 단계를 수행할 때가 다가오고 있었다. 오토닥이 이억 킬로미터 정도 떨어진 착륙선 안에 있다는 점은 유감이었다. 곧 그게 필요한 상황이 벌어질 것 같았기 때문이다.

'화침'호의 바깥쪽 선체에는 플레어 보호막이 있었다. 보호막이 없는 우주선은 없었다. 최소한 창문에는 있었다. 광량이 어느 수준을 넘어가면 플레어 차단 기능이 선체를 거울로 만들어 조종사의 시력을 보호했다. 차단 기능은 항성의 플레어를 막고 레이저도 막을 수 있었다. 최후자가 자신과 납치한 선원들 사이에 침투 불가능한 벽을 세워 뒀다면, 조종실 자체도 보호막으로 덮어 씌웠을 게 분명했다.

하지만 바닥은?

루이스는 무릎을 꿇었다. 하이퍼드라이브 엔진이 선체 전반에 걸쳐 세로로 뻗어 있었다. 엔진은 구릿빛이었으며, 선체 금속과 색이 같거나 황갈색을 띤 부분도 있었다. 그리고 퍼페티어가 제작한 여타 기계와 마찬가지로 모난 곳 없이 반쯤 녹아 버린 모양새였다.

루이스는 레이저 플래시의 총구가 엔진의 내부로 향하도록 겨냥한 다음 투명한 바닥을 통해 발사했다. 구릿빛 표면이 빛을 발했다. 금속 기포가 터지면서 녹은 금속이 흐르기 시작했다. 그는 레이저를 깊숙이 쑤셔 넣고 이리저리 휘저으면서 흥미로워 보이는 부품을 닥치는 대로 태우고 녹였다. 그리고 하이퍼드라이브 엔진에 대해 공부하지 않은 걸 유감스럽게 생각했다.

수 분에 걸쳐 그러고 있다 보니 손에 든 레이저 플래시가 따뜻해졌다. 그는 진공실의 허공에 엔진을 고정시키고 있는 여섯 개의 지지대 가운데 하나를 향해 레이저를 쏘았다. 지지대는 녹는 대신 부드러워지더니 그 상태를 유지했다. 그는 다른 지지대를 공격했다. 거대한 엔진이 기울고 뒤틀리기 시작했다.

가느다란 빔이 섬광등처럼 깜빡거리다가 사라졌다. 배터리가 방전된 것이다. 루이스는 최후자가 원격조종으로 폭발시킬 수 있다는 사실을 떠올리고는 레이저 플래시를 멀리 던져 버렸다. 그리고 어슬렁거리면서 자신이 갇혀 있는 우리의 선수 쪽 벽으로 다가갔다.

최후자는 보이지 않았다. 하지만 기다리다 보니 결국 고뇌하며 죽어 가는 증기 오르간 소리가 들려왔다. 그가 종종걸음으로 불투명한 녹색 구역을 나와 루이스를 마주 보고 섰다. 피부 속에서 근육이 가볍게 떨리고 있었다.

루이스는 말했다.

"자, 같이 합의를 도출해 보자고."

퍼페티어는 서두르지 않고 두 개의 머리를 앞다리 사이에 끼운 다음, 다리 셋을 전부 접고 앉았다.

| 대안 |

루이스는 머리가 상쾌하고 배가 고픈 상태로 잠에서 깼다. 그대로 자유낙하 상태를 즐기면서 잠시 숨을 돌린 다음, 손을 뻗어 수면장을 껐다. 시계를 보니 잠든 지 열한 시간이 지난 뒤였다.

'화침'호의 손님들은 우주선이 비행하는 동안 착륙선을 고정시키고 있던 엄청나게 큰 지지대 밑에서 자고 있었다. 백발 여인은 판초와 뒤엉킨 채 쉬지 않고 몸을 뒤척였다. 판초 밖으로 맨다리가 튀어나와 있었다. 갈색 머리 소년은 아기처럼 잠들었다.

두 사람을 깨울 방법은 없었다. 그럴 필요도 없었다. 벽은 소리를 전달하지 않았고, 통역기도 작동하지 않았다. 도약 원반은 수 킬로그램 정도의 물건밖에 이동시킬 수 없었다. 최후자는 정말로 복잡한 음모가 진행되고 있을 거라 예상했을까? 루이스는 웃었다. 그가 일으킨 반란은 실로 단순하기 그지없었다.

그는 간편하게 먹을 수 있는 치즈 토스트를 만들면서 방의 선

수 쪽 벽에 머리를 대고 조종실을 들여다보았다.

최후자는 가죽으로 둘러싸인 푹신한 달걀처럼 보였다. 풍성한 백색 갈기가 커다란 더미를 이루며 쌓여 있고, 다리와 머리는 몸 아래에 숨겨져 보이지 않았다. 그는 일곱 시간 동안 꼼짝도 하지 않았다.

루이스는 네서스가 그러는 것을 본 적이 있었다. 퍼페티어는 충격을 받으면 그런 반응을 보였다. 스스로를 배꼽 쪽으로 밀어 넣고 전 세계를 외면하는 셈이었다. 루이스는 그러든 말든 상관이 없었지만 아홉 시간은 지나치다고 생각했다. 그가 충격요법을 쓴 탓에 최후자가 긴장 상태에 빠져 마비되어 버렸다면 모든 일은 종지부를 찍을 수도 있었다.

최후자의 귀는 머릿속에 말려 들어가 있었다. 그에게 말을 전달하려면 살과 뼈를 통과해야만 했다.

루이스는 소리를 질렀다.

"몇 가지 제안을 할 테니 생각해 봐!"

최후자는 여전히 반응을 보이지 않았다. 루이스는 목소리를 높여 독백을 시작했다.

"링월드는 태양 쪽으로 미끄러지고 있어. 그걸 막기 위해 시도해 볼 만한 일이 몇 가지 있는데, 네가 배꼽에 대해 명상만 하고 있으면 아무것도 할 수가 없겠지. '화침'호의 관측 장비와 센서, 추진부 기타 등등을 조종할 수 있는 건 너뿐이야. 그렇게 계획한 게 바로 너잖아. 다시 말하면 네가 몸으로 발판을 흉내 내고 있는 동안에 너와 나와 크미는 천문학자라면 거부하지 못할 만큼 유혹적인 사건 속으로 시시각각 빨려들고 있는 거라고.”

그는 토스트를 먹으며 생각했다. 퍼페티어는 수많은 외계 언어를 잘 다루는 뛰어난 언어학자야. 그런 퍼페티어가 흥미로운 서두만으로 반응을 보일까?

최후자는 정말로 간신히 말을 할 수 있을 만큼만 머리 하나를 들었다.

“뭘 해 볼 수 있다는 겁니까?”

“아래쪽에서 항성의 흑점을 연구해 볼 수 있지.”

최후자의 머리가 다시 배꼽 아래로 들어갔다.

루이스는 고함을 쳤다.

“수리공들이 오고 있다고!”

최후자가 머리와 목을 다시 내밀고 마찬가지로 고함을 지르며 맞받아쳤다.

“당신이 무슨 짓을 저질렀는지 압니까? 당신이 나와, 당신 자신과, 화재를 피해 목숨을 건진 두 명의 원주민에게 무슨 짓을 했는지 아느냐 말입니다! 그냥 아무 생각도 없이 기물을 파손한 것뿐이잖습니까!”

“생각이 있어서 한 일이야. 네가 전에 말했잖아. 언젠가 탐사대의 지휘자를 결정해야 할 거라고. 지금이 바로 그때야. 네가 왜 내 지시에 따라야 하는지 말해 주지.”

“전류 중독자가 권력에 미칠 거라고는 상상도 못 했습니다.”

“그걸 첫 번째 이유로 쳐 두지. 두 번째 이유, 나는 너보다 추측을 잘해.”

"계속해 보십시오."

"우리는 링월드를 떠나지 않을 거야. 광속에 못 미치는 속도로 날아가 봐야 세계 선단까지도 갈 수 없으니까. 링월드와 우리가 공동 운명체라는 얘기지. 그러니까 무슨 수를 써서든 링월드를 제자리로 돌려놔야 해."

루이스는 조심스럽게 말을 이었다.

"세 번째 이유, 링월드 건설자들은 최소한 이십오만 년 전에 모두 죽었어. 크미라면 일이백만 년 전이라고 하겠지. 어쨌든, 링월드 건설자들이 살아 있는 동안에는 인류가 변이를 일으키거나 진화할 수가 없었어. 그런 일이 벌어지는 걸 용납하지 않았을 테니까. 수호자 팩이 바로 링월드의 건설자거든."

그는 최후자가 경악하거나 겁에 질리거나 크게 놀랄 거라고 예상했다. 하지만 최후자는 이미 체념해 버린 듯했다.

"팩 수호자는 다른 종족을 혐오하지요. 악의적이고 강하면서도 지능이 아주 높은 종족입니다."

그도 의심은 하고 있었던 게 분명했다.

루이스는 말했다.

"링월드를 만든 건 인류의 조상이었어. 그들은 위치를 제힘으로 유지할 수 있는 구조물을 만들었지. 우리 둘 중 수호자 팩처럼 생각할 확률이 높은 게 누구일까? 최소한 우리 가운데 하나는 그렇게 생각해 봐야 해."

"애초에 당신이 도망갈 기회를 망치지 않았다면 이런 논쟁을 할 필요도 없었습니다. 루이스, 난 당신을 믿었단 말입니다."

"네가 그 정도로 멍청하다고 생각하고 싶진 않은데. 나와 크미는 이 탐사대에 자원한 게 아니야. 크진인과 인간은 노예로 쓰기에 적합하지 않다고."

"네 번째 이유는 뭡니까?"

루이스는 얼굴을 찡그렸다.

"크미는 나한테 실망했어. 너를 복종시킬 생각이었거든. 네가 내 명령을 따른다고 얘기하면 감명을 받을 거야. 우리는 그가 필요해."

"맞는 말입니다. 어쩌면 크미가 당신보다 더 수호자 팩처럼 생각할지도 모르지요."

"이제 네가 대답할 차례야."

"지시를 내리십시오."

루이스는 최후자에게 명령을 내렸다.

하르카비파롤린은 몸을 굴리고 일어섰다가 구석에서 루이스가 걸어 나오는 것을 보았다. 그녀는 화들짝 놀라더니 몸을 웅크리고 판초 속으로 숨었다. 그리고 판초와 한 몸이 된 채 벗어 둔 푸른색 예복 쪽으로 슬금슬금 기어갔다.

루이스는 독특한 반응이라고 생각했다. '도시 건설자'는 맨몸을 부끄러워하는 건가? 나도 옷을 입어야 했나? 그는 나름 요령 있게 움직였다. 즉 그녀에게 등을 돌리고 소년 쪽으로 이동했다.

소년은 벽에 붙어서 해체된 대형 우주선을 보고 있었다. 판초는 그에게 너무 컸다. 그가 물었다.

"루위우 아저씨, 저게 우리 우주선이에요?"

"그래."

소년이 미소를 지었다.

"아저씨네 사람들도 저렇게 큰 우주선을 만들었나요?"

루이스는 기억을 더듬어 보았다.

"저속 우주선이 저것과 비슷한 크기였지. 광속을 돌파하기 전까지는 아주 큰 우주선이 필요했거든."

"지금은 이게 아저씨네 우주선인가요? 초광속으로 여행할 수 있어요?"

"얼마 전까지는 가능했지. 지금은 아니지만. GP 4번 선체는 아마 너희 우주선보다 클 거야. 하지만 그건 우리가 만든 게 아니야. 퍼페티어의 우주선이지."

"어제 우리와 얘기한 게 퍼페티어죠? 그가 아저씨에 관해 물었어요. 별로 해 줄 얘기는 없었지만요."

하르카비파롤린이 옆으로 다가와 대화를 듣고 있었다. 그녀는 파란 사서용 예복을 입고 평정을 되찾은 뒤였다. 그녀가 물었다.

"루위우, 당신의 지위가 바뀐 것인가? 당신은 우리를 만나는 것이 금지돼 있다고 하던데."

그녀의 말은 루이스를 똑바로 마주 보기 위한 노력의 일환이었다.

"내가 지휘권을 차지했지."

루이스가 대답했다.

"그렇게 간단히?"

"그에 맞는 대가를 지불……."

소년이 루이스의 말을 가로막았다.

"아저씨, 우주선이 움직이고 있어요."

"신경 쓸 거 없어."

"여기 조명 좀 줄여 줄 수 있어요?"

루이스는 소리를 질러 불을 껐다. 그 즉시 마음이 더 편안해졌다. 벌거벗은 몸을 어둠으로 감출 수 있었기 때문이다. 하르카비파롤린의 태도가 전염된 것 같았다.

'화침'호가 우주항 바닥에서 사 미터 정도의 높이로 떠올랐다. 그리고 몰래 이동하는 것처럼 재빨리, 불꽃 하나 쏘지 않고 세계의 끝까지 이동한 다음 그 너머로 떨어졌다.

"어디로 가는 것인가?"

여인이 물었다.

"이 세계의 밑으로 가는 거야. 태양까지 이동할 거고."

추락하는 감각은 없었다. 하지만 우주항이 소리 없이 위로 떠오르고 있었다. 최후자는 수 킬로미터를 더 내려가서 추진기를 켰다. '화침'호가 감속을 한 다음 링월드의 밑으로 넘어가기 시작했다.

암흑의 경계가 미끄러지며 이동하더니 하늘이 드러났다. 그 아래쪽에는 링월드 원주민이 대기와 아치의 뿌연 빛을 통해 보았던 것보다 훨씬 더 밝은 별의 바다가 펼쳐져 있었다. 하지만 하늘은 암흑 그 자체였다. 링월드를 거품처럼 감싸고 있는 스크리스는 별빛을 전혀 반사하지 않았다.

루이스는 옷을 입고 있지 않다는 사실이 계속 마음에 걸렸다.

"난 방으로 돌아갈 거야. 같이 갈까? 방에는 음식도 있고 갈아입을 옷도 있어. 혹시 편한 잠자리가 필요하다면 그것도 있고."

하르카비파롤린은 맨 마지막으로 도약 원반을 통과해 순식간에 반대편에 나타났다. 그리고 격렬하게 몸을 움찔거렸다. 루이스는 큰 소리로 웃었다. 그녀는 그를 노려보려 했지만 결국 부끄러움에 눈을 돌리고 말았다. 그가 맨몸이었기 때문이다.

루이스는 헐렁하고 긴 상의를 만들어 몸을 가렸다.

"이제 됐나?"

"그래. 내가 바보 같아 보이는가?"

"아니. 당신들에게 기후 조절 장치가 없었기 때문이라고 생각해. 옷을 입지 않고 돌아다닐 수 있는 곳이 거의 없으니 내 모습이 이상해 보였겠지. 내 짐작이 틀릴 수도 있겠지만."

"당신 짐작이 맞다."

그녀가 놀라면서 말했다.

"어제는 딱딱한 갑판에서 잤지? 물침대를 사용해 봐. 당신들 둘이 자도 두 사람 정도의 공간이 남을 거야. 어차피 크미는 지금 그 침대를 쓰지 않으니까."

카와레스크센자족이 털가죽에 덮인 물침대로 몸을 던졌다. 그의 몸은 탄력을 받아 튀어 올랐고, 그 출렁거림이 털가죽 밑에서 침대 바깥쪽으로 퍼져 나갔다.

"아저씨, 나 이거 마음에 들어요! 물도 없는데 헤엄치는 것 같아요."

　하르카비파롤린은 불신감으로 몸을 딱딱하게 굳힌 채 불안정한 침대 표면에 걸터앉았다. 그녀가 미심쩍은 표정으로 물었다.

　"크미는 누구인가?"

　"주황색 털로 뒤덮이고 키가 이 미터 반쯤 되는 친구야. 그 친구는…… 임무가 있어서 대양에 갔지. 이제 가서 데려올 참이고. 침대를 함께 써도 좋겠냐고 물어봐도 돼."

　소년이 소리 내어 웃었다.

　여인이 말했다.

　"당신 친구는 놀이 상대를 다른 곳에서 찾아야 할 것이다. 나는 리샤스라를 즐기지 않으니까."

　루이스는 낄낄거렸다. 그러면서 마음속으로는 '젠장!'이라고 생각했다.

　"크미는 당신이 생각하는 것보다 훨씬 낯설 거야. 아마 고추 식물과 리샤스라를 할 거라고 생각하면 비슷할걸. 그가 침대를 혼자 쓰고 싶다고 생각하지 않는 한은 아주 안전할 거야. 실제로 그런 일이 벌어질 수도 있겠지만. 흔들어서 깨우지만 않으면 돼. 그 침대가 싫으면 수면판에서 자도 되고."

　"수면판은 당신이 사용하는 것인가?"

　"그래."

　루이스는 그녀의 말에 숨은 뜻을 추측해 보았다.

　"수면장을 조절하면 두 사람의 몸이 붙지 않게 할 수 있어."

　젠장! 아이가 있어서 조심하는 건가?

그녀가 말했다.

"루위우, 당신은 임무를 수행하는 동안에 우리에게 은혜를 베풀었다. 정말 단순히 지식만 훔치러 왔던 것인가?"

정확한 대답은 '그렇다'였다. 하지만 루이스는 최소한의 진실만을 담아 말했다.

"우리는 링월드를 구하러 온 거야."

그녀가 생각에 잠기면서 물었다.

"그러면 나는 어떻게……?"

그러다가 루이스의 어깨 너머를 쳐다보았다.

최후자가 선수 쪽 벽 너머에서 기다리고 있었다. 그는 화려한 차림이었다. 손톱의 끝은 은빛이었고, 갈기는 금색과 은색으로 물들었다. 몸의 다른 부분을 덮고 있는 희고 짧은 털은 눈이 부실 정도로 빗질이 되어 있었다.

그가 노래하듯 말했다.

"하르카비파롤린, 카와레스크센자족, 승선을 환영합니다. 당신들이 급히 도와줘야겠습니다. 우리는 당신 종족과 당신네 세계가 불길로 멸망하지 않도록 구하기 위해서 별 사이를 지나 아주 먼 거리를 여행했습니다."

루이스는 웃음을 삼켰다. 다행스럽게도 손님들은 퍼페티어만 바라보고 있었다.

소년이 최후자에게 물었다.

"당신은 어디서 왔나요? 거긴 어떻게 생겼죠?"

최후자는 최대한 설명을 했다. 그는 광속에 가까운 속도로 이동하는 행성과, 오각형을 이루는 행성들과, 켐플러러의 로제트에 관해 말했다. 다섯 번째 행성의 인구를 먹여 살리기 위해 작물을 경작하는 네 개의 행성이 있고, 인공 항성들이 그 네 개의 행성 주위를 돌고 있다. 다섯 번째 행성에서 흘러나오는 빛은 거리와 건물의 불빛이 전부다. 대륙은 하얗고 노란 빛을 발하고 바다는 검다. 안개에 둘러싸인 채 그 바다에 외따로 떨어진 공장들은 밝은 별처럼 환하게 빛나고, 그것들이 뿜어낸 폐열은 물을 끓인다. 산업의 부산물인 폐열만으로도 그 행성이 어는 것을 막을 수 있다…….

소년은 숨 쉬는 것도 잊고 귀를 기울였다. 하지만 사서는 조그맣게 혼잣말을 했다.

"별에서 온 것이 분명하군. 저렇게 생긴 생물이 있다는 얘기는 들어 본 적이 없으니."

최후자는 군중으로 붐비는 거리와 엄청나게 큰 건물과 행성의 자연환경이 마지막으로 남아 있는 공원에 대해 얘기했다. 그리고 도약 원반의 배열을 이용해 행성 전체를 수 분 만에 돌아다닐 수 있다는 얘기도 했다.

하르카비파롤린이 격렬하게 머리를 내저으며 언성을 높였다.

"제발 그만. 시간이 없다. 미안해, 카와! 얘기도 더 듣고 싶고 알고 싶은 것도 많지만…… 이 세계와 태양의 문제가 있잖아! 루이스, 난 당신을 의심하지 말았어야 했다. 어떻게 도우면 되는지 말해 다오."

최후자가 말했다.

"나한테 책을 읽어 주십시오."

카와레스트센자족은 똑바로 누워서 세상의 뒷면이 흘러가는 것을 지켜보았다.

'화침'호는 형체가 없는 검정 지붕 밑을 비행했다. 그 지붕에는 최후자가 만들어 놓은 두 개의 홀로그램 '창'이 있었다. 널따란 창에는 광량을 증폭한 풍경이 비쳤다. 또 다른 창에는 링월드 아랫면의 적외선 영상이 흘렀다. 적외선으로 보면 낮 지역의 아랫면이 밤 그림자에 덮인 지역보다 밝은 빛을 내고 있었다. 강과 바다는 낮이 어두웠고 밤이 밝았다.

"가면의 안쪽 같지?"

루이스는 하르카비파롤린을 방해하지 않으려고 목소리를 낮췄다.

"갈라지고 이어지는 강이 어떻게 도드라지는지 보이니? 바다도 불룩하지. 저기 움푹 들어간 줄이, 저것 전체가 산맥이야."

"아저씨네 세계도 이렇게 생겼어요?"

"아, 그렇지 않아. 우리 행성 중 하나에선 저런 것들 모두 속이 꽉 차 있어. 그리고 지면은 전부 우연히 만들어졌지. 이 세계는 조각된 거야. 바다를 봐. 전부 깊이가 같잖아. 그리고 서로 떨어져 있기 때문에 물이 없는 지역이 없지."

"누군가 이 세상을 얕은 돋을새김으로 조각했다는 얘기군요?"

"바로 그거야."

"아저씨, 나 무서워요. 어떤 사람들이 우리 세계를 만들었단 말이에요?"

"그들은 넓게 생각하는 사람들이었고, 자손을 사랑했고, 갑옷으로 온몸을 두른 것처럼 생겼단다."

루이스는 수호자에 대해 그 정도만 말해 주기로 마음먹었다.

소년이 손가락을 들었다.

"저건 뭐예요?"

"잘 모르겠는데."

링월드에 아랫면에 옴폭 들어간 곳이 있었고…… 그 안에 안개가 있었다.

"운석 때문에 뚫린 구멍 같구나. 저 위에 눈동자 폭풍이 있을 거야."

독서기는 조종실에 있었다. 하르카비파롤린이 벽을 사이에 두고 스크린을 마주 보고 있었다. 최후자는 스크린의 손상된 부분을 수리한 다음, 꼬여 있는 전선 한 가닥을 이용해 조종판과 연결해 두었다. 하르카비파롤린이 큰 소리로 화면의 내용을 읊으면 선내 컴퓨터가 테이프를 읽으면서 문자와 그녀의 음성을 연관 짓고, 저장해 두었던 하르로프릴라라의 언어와 비교했다.

하르로프릴라라가 쓰던 말은 여러 세기에 걸쳐 변화했겠지만 큰 차이는 없을 터였다. 특히 문자와 언어를 사용하는 사회 안에서는 그럴 가능성이 높았다. 루이스는 컴퓨터가 어서 언어를 습득하기를 바랐다.

최후자로 말하자면, 보이지 않는 구역에 숨어 있었다. 그가 연달아 충격적인 일을 겪었다는 사실을 알기 때문에, 루이스는 그가 히스테리를 치료하기 위해 휴식을 취한다 해도 못마땅하지 않았다.

'화침'호는 계속 가속했다. 뒤집힌 풍경은 이제 자세히 알아볼 수 없을 정도로 아주 빠르게 움직이고 있었다. 한편 하르카비파롤린의 목소리는 점점 갈라졌다. 루이스는 잠시 쉬면서 점심을 먹을 때가 됐다고 생각했다.

그런데 문제가 생겼다. 루이스는 소의 허리 살과 구운 토마토를 만들었고, 브리 치즈와 긴 프랑스빵을 추가했다. 소년이 겁에 질린 눈으로 음식을 쳐다보았다. 사서 여인도 마찬가지였으나 그 대상은 음식이 아니라 루이스였다.

"미안해. 생각을 못 했군. 너희가 잡식성인 줄 알았지."

사서가 말했다.

"맞다. 잡식성이다. 식물도 먹고 고기도 먹지. 하지만 상한 건 먹지 않는다!"

"너무 화내지 마. 세균은 안 들어 있으니까."

적당히 숙성한 스테이크와 곰팡이의 습격을 받은 우유……로군. 루이스는 음식을 변기에 버리고 다시 만들었다. 이번에는 과일을 만들고, 생야채를 만들고, 야채를 찍어 먹을 수 있는 사워크림을 만들었다가 버리고, 해물을 만들고, 회를 추가했다. 우주선의 손님들은 해수어를 한 번도 본 적이 없었다. 그들은 바닷물고기를 맛있게 먹었지만 그 대신 갈증을 느꼈다.

그리고 그들은 루이스가 식사하는 모습을 보고 심기가 불편해진 듯했다. 겨우 그것만 먹다니 굶주릴 참이냐고 생각하는 것 같았다.

사실 그럴 가능성도 있었다. 당연한 얘기지만 루이스가 신선한 붉은색 고기를 구할 수 있는 곳은 바로 크미의 음식 재생기였다. 루이스는 레이저의 출력을 높이고 범위를 넓혀서 고기를 굽고 싶었다. 그러려면 최후자가 레이저를 충전하도록 만들어야 했다. 하지만 그가 얼마 전에 레이저로 무슨 짓을 했는지 생각해 볼 때 결코 쉬운 일은 아니었다.

문제는 그것만이 아니었다. 그들은 소금을 너무 많이 소비하고 있었다. 루이스는 그 문제를 해결할 방법을 몰랐다. 최후자에게 음식 재생기를 조정해 달라고 부탁해야 할 것 같았다.

하르카비파롤린은 점심 식사를 마치고 읽기 작업을 계속했다. 링월드는 이제 아무것도 분간하지 못할 만큼 빠르게 흘러가고 있었다. 카와레스크센자족은 쉬지도 않고 번갈아 가며 화물실과 방을 오갔다.

루이스 역시 좀이 쑤셨다. 할 일이 없진 않았다. 그는 첫 번째 탐사 때 남긴 기록을 다시 검토할 수도 있었고, 크미가 최근에 크진 지도에서 벌인 일에 대해 생각해 볼 수도 있었다. 하지만 최후자는 동참할 상태가 아니었다.

루이스는 자신을 불편하게 만드는 또 하나의 요소가 무엇인지 깨닫기 시작했다.

그는 사서에게 강한 성욕을 느끼고 있었다.

하르카비파롤린의 목소리는 사랑스러웠다. 그녀는 수 시간에 걸쳐 말을 하고 있었다. 하지만 듣기 좋은 억양은 사라지지 않았다. 그녀는 앞이 보이지 않는 아이들에게 가끔씩 책을 읽어 준다고 말한 적이 있었다. 시력을 잃은 아이라니…… 생각만 해도 속이 메스꺼워졌다. 루이스는 그녀의 위엄과 용기가 마음에 들었다. 예복을 통해 엿보이는 그녀의 몸매도 좋았다. 그리고 그는 이미 그녀의 맨몸을 훔쳐본 적이 있었다.

그가 오로지 인간 여성만을 사랑했던 건 이미 오래전의 일이었다. 하르카비파롤린은 너무 가까이에 있었다. 하지만 그녀는 루이스에게 아무런 흥미도 보이지 않았다.

최후자가 마침내 모습을 드러내자 루이스는 주의를 돌릴 대상이 생겨 반가웠다.

그들은 컴퓨터에 책을 읽어 주고 있는 하르카비파롤린에게 방해가 되지 않도록 공용어로 소리를 낮추어 대화를 나누었다.

루이스가 의문점을 털어놓았다.

"그자들은 어디서 왔을까? 초보 수리공들 말이야. 링월드에서 자세제어 엔진을 제자리에 돌려놓을 만한 지식을 갖고 있는 게 누구지? 모든 걸 다 알지는 못하는 것 같지만."

"그 문제는 내버려 두십시오."

최후자가 말했다.

"그들도 지금 작업으로는 불충분하다는 걸 알고 있을까? 어쩌면 저 불쌍한 사람들도 달리 뭘 하면 좋을지 모르는 걸 수도 있어. 그리고 어디서 장비를 구한 건지도 의문이야. 아마 수리 시설에서 가져왔을 텐데……."

"지금만으로도 상황은 충분히 복잡합니다. 그 문제는 내버려 두십시오."

"처음으로 네 말이 맞다는 생각이 드는군. 하지만 궁금증이 사라지질 않아. 틸라 브라운은 인류의 영역에서 교육을 받았지. 우주 공간에서 만든 커다란 구조물이란 개념에 아주 익숙할 거야. 그러니 태양이 미끄러지기 시작했을 때도 그게 무슨 뜻인지 알아챘겠지."

"틸라 브라운이 저렇게 큰 규모로 조직을 만들 수 있을까요?"

"아닐지도 모르지. 하지만 탐색자가 함께 있을 테니까. 탐색자의 기록은 봤나? 그는 링월드 원주민이고 아마 영원히 살 수 있을 거야. 틸라가 찾아낸 사람이지. 살짝 제정신이 아니긴 했지만 그래도 저 정도 일은 벌일 수 있어. 그의 말에 따르면 두 번 이상 왕 역할을 맡았다고 했거든."

"틸라 브라운은 실패한 실험이었습니다. 우리는 운이 좋은 인간을 만들어 내려고 했지요. 그리고 인간과 동료가 돼서 그 운을 나눠 가지려 했습니다. 틸라 브라운이 운이 좋은지 아닌지는 모릅니다. 하지만 그 운을 나눠 가질 수 없다는 건 분명합니다. 난 틸라 브라운을 만나고 싶지 않습니다."

루이스는 몸을 떨었다.

"나도 마찬가지야."

"그렇다면 수리공들의 주의를 끌지 말아야 합니다."

"크미에게 보낼 테이프에 추신을 달아 줘. 루이스 우는 세계 선단에 안식처를 만들어 주겠다는 최후자의 제안을 거절했다. 루이스 우는 '탐구의 화침'호의 지휘자가 되었고 하이퍼드라이브 엔진을 파괴했다. 크미가 이걸 들으면 정신이 번쩍 들 거야."

"나도 그랬습니다, 루이스. 하지만 내 센서는 스크리스를 관통할 수 없습니다. 크미가 지금 당장 이 소식을 들을 수는 없다는 뜻입니다."

"얼마나 걸리지?"

"약 마흔 시간 뒤입니다. 지금 초당 천오백 킬로미터를 감속하고 있으니, 이 속도로 경로를 유지하려면 5G 이상의 가속이 더 필요합니다."

"30G까지는 견딜 수 있잖아. 걱정이 너무 지나쳐."

"당신 의견은 알고 있습니다."

"젠장, 넌 진짜 따르기 힘든 명령은 받아 보지도 못했다고."

루이스는 그렇게 말하고 덧붙였다.

"너희 둘 다 말이야."

| 제국의 씨앗 |

링월드의 바닥이 구부러진 천장 밖에서 빠르게 흘러가고 있었다. 볼 거리는 그리 많지 않았다. 거리가 오만 킬로미터 정도 떨어져 있었고, 초속 만 오천 킬로미터로 스쳐 지나가고 있었으며, 스크리스 거품으로 덮여 있었기 때문이다. 소년은 결국 주황색 털가죽 위에서 잠들어 버렸다. 루이스는 링월드를 계속 지켜보고 있었다. 그러지 않으면 정말로 최후를 맞이하게 될지 걱정하면서 수면장에 떠 있는 것밖에 할 일이 없었다.

그리고 최후자가 마침내 '도시 건설자' 여성에게 말했다.

"이제 됐습니다."

루이스는 스쳐 지나가는 링월드의 아랫면에서 눈을 뗐다.

하르카비파롤린은 목을 주무르고 있었다. 그녀와 루이스는 최후자가 도서관에서 훔쳐 온 네 개의 테이프를 독서기에 넣는 모습을 바라보았다.

시간은 수 분밖에 걸리지 않았다.

최후자가 말했다.

"이젠 컴퓨터에 맡기는 수밖에 없습니다. 우선 질문을 입력해 놨으니 해답이 테이프에 있다면 답을 알 수 있을 겁니다. 아무리 오래 걸려도 몇 시간이면 됩니다. 루이스, 해답이 마음에 들지 않으면 어떡할 겁니까?"

"우선 입력한 질문이 뭔지 말해 봐."

"링월드에서 수리 활동이 벌어진 기록이 있는가? 만약 그렇다면, 수리용 기계 설비들이 한 곳에서 출발했는가? 특정 지역에서 수리 활동이 빈번하게 발생했는가? 링월드의 여러 지역 가운데 수리가 더 잘된 지역이 있는가? 팩 종족과 비슷한 존재의 언급이 있으면 모두 뽑아 놓을 것. 갑옷 모양의 변화를 추적하면 특정 지점으로 수렴하는가? 링월드 바닥의 자기적 특성은 무엇이며 스크리스의 일반적인 자기 특성은 무엇인가?"

"훌륭하군."

"빠뜨린 게 있습니까?"

"……그래, 불사약의 근원지로 가장 유력한 곳을 알아내야 해. 아마 대양일 것 같지만 그래도 물어봐."

"그러지요. 그런데 왜 하필 대양입니까?"

"아, 일단은 제일 눈에 띄니까. 그리고 우리는 불사약의 진짜 견본이 존재했다는 사실을 알고 있잖아. 딱 하나뿐이긴 하지만. 하르로프릴라라가 가지고 있던 약 말이야. 그녀를 발견한 게 대양 지역이었어."

우리가 거기에 추락했다는 사실도 이유 가운데 하나지. 루이스는 생각했다. 틸라의 행운은 확률을 비틀어 버렸어. 어쩌면 그 운이 처음부터 곧장 수리 시설로 인도했던 건지도 몰라.

"하르카비파롤린, 우리가 뭔가 빠뜨린 건 없을까?"

그녀가 거친 목소리로 대답했다.

"당신들이 무엇을 하는지 이해가 되지 않는다."

루이스는 어떻게 설명하면 좋을지 고민했다.

"저 기계는 테이프에 기록된 내용을 전부 기억하고 있어. 그리고 질문에 대한 답을 검색하라고 명령할 수 있지."

"링월드를 구하는 방법을 물어보라."

"더 구체적으로 질문해야 해. 저 기계는 기억하고 연관 짓고 종합을 할 수는 있지만 스스로 생각할 순 없거든. 그런 기계는 훨씬 더 커."

하르카비파롤린은 고개를 저었다.

최후자가 집요하게 물었다.

"해답이 틀리면 어떡하지요? 우리는 도망칠 수도 없습니다."

"그럼 다른 걸 시도해 봐야지."

"그럴 경우를 생각해 봤습니다. 항성의 극궤도로 들어가면 됩니다. 그러면 분해된 링월드의 파편과 충돌할 가능성이 최소화되지요. '화침'호를 정지장 속에 넣고 구조가 오기를 기다리는 겁니다. 사실 구조대는 안 오겠지만 그래도 지금 우리가 하려는 일보다는 위험이 적습니다."

그럴 수도 있겠지. 하지만 루이스는 말했다.

"됐어. 아직 그보다 나은 길을 찾아볼 시간이 일이 년은 남았으니까."

"그것보다는 적습니다. 만약에……."

"그만 좀 해."

사서가 탈진 상태로 물침대에 털썩 누웠다. 크진인의 인조털이 그녀를 휘감으며 출렁거렸다. 그녀는 딱딱한 자세를 유지하고 있다가 조심스럽게 힘을 뺐다. 털가죽이 계속 출렁거렸다. 그녀는 마침내 긴장을 풀고 흐름에 몸을 맡겼다. 카와레스크센자족이 잠꼬대를 중얼거리면서 돌아누웠다.

사서의 모습은 너무나 매력적이었다. 루이스는 그녀와 함께 눕고 싶은 욕망을 억눌렀다.

"기분은 어때?"

"피곤하다. 비참하고. 고향에 돌아갈 수는 있을까? 종말이 오면…… 그때가 되면…… 도서관 옥상에서 기다리고 싶다. 하지만 그때쯤이면 꽃도 죽어 버렸겠지? 불에 타고 얼어붙을 것이다."

"그래."

루이스는 감상적인 기분이 되었다. 그 역시 고향으로 돌아가지 못할 것이 분명했다.

"당신이 돌아갈 수 있도록 노력할 거야. 지금은 우선 자 둬. 등마사지도 받고."

"싫다."

이상한 일이었다. 하르카비파롤린은 '도시 건설자' 종족이고 하르로프릴라라와 동족이었다. 하르로프릴라라의 종족은 성적 매력을 주된 수단으로 이용해서 링월드를 지배했다. 루이스는 인간과 마찬가지로 외계 종족에도 특별한 개인이 존재한다는 사실을 종종 잊곤 했다.

그가 말했다.

"도서관 직원은 전문가라기보다 사제 같던데, 따로 금욕 수행을 하는 건가?"

"도서관에서 일할 때는 금욕한다. 하지만 나는 자발적으로 이러는 것이다."

그녀가 팔꿈치에 힘을 줘 몸을 일으킨 다음, 루이스를 바라보았다.

"모든 종족이 '도시 건설자'와 리샤스라를 하고 싶은 욕망에 사로잡힌다는 것은 알고 있다. 당신도 그런가?"

루이스는 그렇다고 인정했다.

"당신이 욕망을 억제할 수 있었으면 좋겠군."

그녀의 말에 루이스는 한숨을 쉬었다.

"아, 젠장. 알았어. 천 팔란 동안 살았으니 주의를 딴 데로 돌리는 방법 정도는 알고 있다고."

"어떤 방법인가?"

"보통은 다른 여자를 찾아 나서지."

사서는 웃지 않았다.

"다른 여자가 없으면?"

"음…… 지칠 때까지 운동을 해. '연료'를 취하도록 마시기도 하고, 휴식기를 정한 다음 일인용 우주선에 타고 항성 간 우주로 나가기도 하지. 탐닉할 만한 쾌락을 찾기도 하고, 일에 집중하는 방법도 있고."

"취하는 건 좋지 않다."

루이스도 그녀의 말이 맞다고 생각했다.

"탐닉할 만한 쾌락이란 것은 무엇인가?"

당연히 드라우드지! 루이스는 생각했다. 전류의 손길을 느끼고 나면 당신이 내 눈앞에서 초록색 점액으로 변한다 해도 상관하지 않게 된다고. 그런데 지금은 왜 신경을 쓰는 걸까? 당신을 존경하는 것도 아니…… 흠, 어쩌면 조금은 존경하는지도 모르겠군. 하지만 이제 당신 역할은 끝났는데. 내가 링월드를 구하게 되든 말든, 이제 당신 도움은 없어도 된다고.

"어쨌든 등 마사지는 받아 둬."

루이스는 큰 걸음으로 그녀를 돌아간 다음 물침대의 조정 장치를 만졌다. 하르카비파롤린은 깜짝 놀란 표정이었으나, 이내 미소를 지으면서 음파로 진동하는 물에 몸을 맡기고 완전히 긴장을 풀었다. 그리고 몇 분 뒤 잠에 빠졌다. 루이스는 진동이 이십 분 뒤에 끝나도록 시간을 맞춰 두었다.

그리고 생각에 잠겼다.

프릴과 일 년을 함께 보내지 않았다면 하르카비파롤린이 추하다고 생각했겠지. 대머리에 입술은 없는 거나 마찬가지인 데다가 코는 작고 납작하잖아. 하지만 프릴 때문에…….

난 '도시 건설자'라면 매끈할 부위에도 털이 있어. 그것 때문일까? 아니면 숨을 쉴 때마다 음식 냄새가 나나? 혹시 내가 모르는 사회적 신호가 있는 건가?

우주선을 탈취하고, 일조에 달하는 타인을 구하기 위해 목숨을 걸고, 중독의 극치를 넘어선 남자가 사랑스러운 동거인에게 신경이 쓰이는 정도의 사소한 일도 이겨 내지 못하다니 말이 되지 않는 일이었다. 한 줄기의 전기 자극이면 감정에 치우치지 않고 명료하게 그 사실을 깨칠 수 있을 터였다.

루이스는 결심했다.

그리고 선수 쪽 벽으로 다가갔다.

"최후자!"

퍼페티어가 종종걸음으로 모습을 드러냈다.

"팩 종족에 관한 정보를 모아 줘. 잭 브레넌의 심문 및 진료 기록, 외계인 사체의 연구 기록 등등 가진 건 전부 다."

그는 일에 몰두할 생각이었다.

루이스는 결가부좌를 틀고 허공에 떠 있었다. 헐렁한 의복이 그의 몸 주변을 떠다녔다. '화침'호의 선체 밖에 흔들림 없이 떠 있는 스크린에서는 오래전에 죽은 남자가 인류의 근원에 대해 강의하고 있었다.

남자가 말했다.

"수호자가 자유의지를 발휘하는 건 아주 드문 일이지. 우리 인간은 아주 지적이라서 정답을 따라가게 돼 있잖아. 하지만 본능이란 것도 있지. 일반적으로 수호자 팩은 살아 있는 아이가 남지 않았을 경우 죽어. 식사를 하지 않거든. 그런데 객관화를 할 수 있는 수호자가 있어. 그런 수호자는 종 전체에 기여하는 일을 찾아낼 수 있는 거야. 그 덕분에 살아남지. 내 생각엔 프스스폭보다 내가 그런 경우에 더 가까운 모양이야."

"뭘 발견한 겁니까? 계속 음식을 먹는 이유가 뭐죠?"

"당신들에게 수호자 팩을 조심하라고 경고해야 하니까."

루이스는 외계인의 해부 자료를 떠올리면서 고개를 끄덕였다. 프스스폭의 두뇌는 인간보다 컸다. 하지만 전두엽은 더 큰 부위에 포함되지 않았다. 잭 브레넌의 머리는 가운데가 움푹 들어간 모양이었다. 인간이다 보니 전두엽이 발달되었고 두개골의 후면 상부가 부풀어 있기 때문이었다.

브레넌의 피부는 깊숙한 곳까지 주름져 있었으며 가죽 갑옷처럼 질겼다. 관절은 비정상적으로 부풀어 있었다. 입술과 잇몸은 녹아 붙어서 딱딱한 부리가 되었다. 고리인 시굴자는 그토록 극단적으로 변신했건만 신경도 쓰지 않는 것 같았다.

그는 역시 오래전에 죽은 ARM 심문관에게 이야기를 하고 있었다.

"노화 증상이란 건 전부 다 양육자에서 수호자로 변하는 과정의 유물이야. 피부가 두꺼워지고 주름이 잡히지. 다시 말하면 원래는 이렇게, 칼이 박히지 않을 만큼 단단해져야 하는 거야. 나이 들어 이가 빠지는 것도 실은 잇몸이 단단해질 공간이 필요하기 때문이지. 심장이 약해지는 건 본래 사타구니에 심방이 둘인 두 번째 심장이 생기기 때문이고."

브레넌의 목소리는 거칠었다.

"관절도 원래는 더 커져야만 해. 그래야 근육에 더 큰 모멘트 암*이 생길 수 있거든. 힘이 늘어난다는 얘기지. 하지만 '생명의 나무'가 없으면 이 모든 것이 제대로 발생하지 않아. 그리고 지구에는 '생명의 나무'가 없었지. 지난 삼백만……."

루이스는 누군가의 손가락이 옷자락을 잡아당기는 바람에 펄쩍 뛰었다.

"루위우 아저씨, 나 배고파요."

"알았다."

안 그래도 조사에 싫증이 나던 참이었다. 결국 유용한 정보는 별로 없었다.

하르카비파롤린은 계속 자고 있었다. 하지만 레이저 플래시의 빔으로 고기를 익히는 냄새 때문에 깨고 말았다. 루이스는 두 사람을 위해서 과일과 익힌 야채를 만들고 마음에 들지 않는 음식을 버릴 장소도 알려 주었다.

그리고 자신이 먹을 음식을 들고 화물실로 갔다.

식솔이 있다는 건 번거로운 일이었다. 원주민 두 사람이 루이스가 벌인 행동의 피해자라는 걸 감안해도 그랬다. 하지만 그는 직접 식사를 마련하는 법조차 가르칠 수가 없었다! 음식 재생기에는 공용어와 영웅의 언어만 적혀 있었기 때문이다.

그들에게 일을 시킬 방법이 없을까?

---

* moment arm. 힘의 작용선과 회전중심선을 지나는 평행선의 수직거리. 모멘트 암이 커질수록 힘의 효율이 커진다.

루이스는 하루가 지나면 뭔가 떠오를지도 모른다고 생각했다.

컴퓨터가 결과를 내놓기 시작했다. 최후자는 분주했다. 루이스는 잠시 퍼페티어를 불러서 크미가 성을 공격할 당시의 기록을 달라고 요청했다.

성은 바위로 이루어진 언덕의 꼭대기에 자리했다. 그 아래 초원 지대에서는 몸이 노랗고 주황색 줄무늬가 있으며 돼지처럼 생긴 짐승 떼가 풀을 뜯고 있었다. 착륙선은 성 주변을 선회하다가 엄청난 화살 세례를 받으면서 성의 안뜰에 착륙했다.

몇 분 동안은 아무 일도 일어나지 않았다.

그러다가 몇 개의 아치형 입구로부터 무언가 주황색을 띤 것들이 뛰쳐나왔다. 움직임이 너무 빨라 잘 분간이 되지 않았다.

그들은 이동을 멈추고 무기를 움켜쥔 채 바닥 깔개처럼 땅에 납작 엎드려서 착륙선 밑으로 들어갔다. 분명 크진인이긴 했으나 어딘가 기형처럼 보였다. 약 이십오만 년에 걸쳐 분기가 진행되었던 것이다.

하르카비파롤린이 루이스의 어깨 너머로 기록을 보며 물었다.

"저것이 당신 동료의 종족인가?"

"거의 비슷해. 키가 조금 작고 피부색이 더 짙고…… 아래턱이 더 큰 것 같지만."

"당신을 버려두고 갔다면서? 왜 내버려 두지 않는가?"

루이스는 웃었다.

"왜, 침대를 빼앗길까 봐 그래? 내가 흡혈귀의 유혹에 빠지는 바람에 우리 둘은 전투 상태에 빠졌어. 크미는 혐오감을 느꼈지. 그의 입장에서 보자면 동료를 버린 건 나야."

"남자든 여자든 흡혈귀의 유혹에 빠지지 않는 사람은 없다."

"크미는 사람이 아니거든. 그가 흡혈귀하고 리샤스라를 하고 싶어 할 리 없지. 다른 인류도 마찬가지고."

커다란 주황색 고양이들이 더 많이 달려와 착륙선 밑에 모인 자들과 합류했다. 그 가운데 둘은 녹으로 얼룩진 금속 원통을 함께 들고 있었다. 십여 명 정도가 착륙선의 반대편으로 기어갔다.

원통이 노랗고 하얀 불꽃을 뿜으면서 사라졌다. 착륙선이 일이 미터 정도 미끄러졌다. 크진인들은 기다렸다가 효과를 확인하기 위해 다시 기어갔다.

하르카비파롤린이 몸을 떨었다.

"나까지 잡아먹을 자들처럼 보이는군."

루이스는 슬슬 짜증이 나기 시작했다.

"그럴지도 모르지. 하지만 나는 크미와 함께 굶주림에 시달린 적이 있어. 그는 나한테 손끝 하나 대지 않았지. 어쨌거나 무슨 상관이야? 당신들도 도시에 육식인들을 받아들이잖아."

"그렇다."

"도서관에도."

루이스는 그녀가 대답하지 않을 거라고 생각했다. 그때, 다수의 총안 너머에서 털투성이 얼굴들이 나타났다. 착륙선은 폭발로 아무런 손상도 입지 않은 것처럼 보였다.

그녀가 말했다.

"나는 판스 건물에 잠시 머문 적이 있다."

그녀는 루이스와 눈을 마주치지 못했다.

그는 잠시 어리둥절하다가 판스라는 이름을 기억해 냈다. 거꾸로 뒤집힌 양파처럼 생긴 공중 건물이었다. 물 응축기를 고쳐주자 그 건물의 지배자는 리샤스라로 요금을 지불하려 했다. 그리고 실내에서는 흡혈귀의 냄새가 났다.

"육식인들과 리샤스라를 한 거야?"

"'유목인', '초원인', '매달린 사람', '야행인'과 했지. 내 기억이 맞다면."

루이스는 몸을 움찔거렸다.

"'야행인'이라니, 굴 말이야?"

"'야행인'은 우리에게 아주 중요한 자들이다. 우리와 '기계인'은 그들에게서 정보를 얻지. 그들은 문명의 흔적이 남은 곳에 모여 산다. 그리고 우리는 그들이 기분 상하지 않게 조심한다."

"이런."

"하지만 그것은…… 루위우, '야행 사냥꾼'들은 냄새에 아주 민감하다. 그들은 흡혈귀의 냄새를 맡으면 미쳐 날뛰지. 나는 '야행 사냥꾼'과 리샤스라를 하라는 지시를 받았다. 흡혈귀의 향기를 이용하지 않고서. 나는 도서관으로 보내 달라고 요청했지."

루이스는 마르 코르실을 떠올렸다.

"그렇게 불쾌한 자들 같지 않던데."

"그들과 리샤스라를 하는 것은 또 다른 얘기다. 나처럼 부모가 없는 사람들은 짝을 맺고 가정을 꾸리기 전에 사회에 빚을 갚아야만 한다. 도서관으로 이동할 당시 나는 모아 둔 자금이 하나도 남아 있지 않았지. 그들은 한참이 지난 뒤에야 나를 도서관으로 보냈다."

그녀는 루이스를 마주 보며 말을 이었다.

"유쾌한 기억은 아니다. 다른 시절도 마찬가지이긴 하지만. 흡혈귀의 향기는 날아가지만 기억은 그렇지 않지. 리샤스라를 나눈 자들의 냄새가 기억나는 것이다. '야행 사냥꾼'에게선 피 냄새가 났다. '야행인'들에게선 악취가 났고."

"그런 곳에서 빠져나왔다니 다행이군."

크진인 몇이 일어서려 했다. 그리고 모조리 잠이 들어 버렸다. 십 분 뒤 해치가 열렸다. 크미는 내려와서 지배자가 되었다.

최후자는 늦은 시각이 돼서야 모습을 보였다. 부스스하고 피곤해 보였다. 그가 말했다.

"당신 추측이 맞은 것 같군요. 스크리스는 자기장을 품을 수 있습니다. 그리고 링월드 구조물 속에서는 초전도 전선이 망처럼 뻗어 있습니다."

"그거 잘됐군."

루이스가 말했다. 커다란 걱정거리 하나를 덜어 낸 셈이었다.

"정말 잘됐어! 그런데 '도시 건설자'는 그걸 어떻게 알았지? 스크리스를 파 보고 알아내진 않았을 텐데."

"그건 아닙니다. 그들은 나침반에 쓰려고 자석을 만들었지요. 그걸로 링월드의 기저에 육각형으로 뻗어 있는 초전도체 선의 구조를 파악했습니다. 육각형 하나의 크기는 팔만 킬로미터에 달합니다. '도시 건설자'는 그걸 이용해서 지도를 만들었지요. 수 세기가 지나면서 물리학이 발전했기 때문에 그 정체를 짐작할 수 있었던 겁니다. 그들은 그 짐작을 통해 직접 초전도체를 만들기에 이르렀습니다."

"네가 뿌렸던 박테리아는……."

"그건 스크리스 속에 묻혀 있는 초전도체를 건드리지 않을 겁니다. 하지만 링월드의 바닥은 운석에 취약하지요. 초전도체 격자를 망가뜨린 사람이 없길 바랄 뿐입니다."

"그럴 확률은 아주 낮아."

최후자는 곰곰이 생각하다가 물었다.

"루이스, 거대 물질 변환기의 비밀은 계속 찾을 생각입니까?"

"아니."

"그거라면 우리 문제를 수월하게 해결할 수 있을 겁니다. 엄청난 규모로 효과를 발휘할 게 분명하니까요. 물질을 다른 물질로 변환하는 것보다는 물질을 에너지로 바꾸는 게 훨씬 더 쉽잖습니까. 그냥 간단하게 한 방 쏴 버리면……. 변환 포를 만들어서 항성에서 가장 멀리 떨어진 지점의 아랫면에 쏜다고 가정해 보십시오. 그 반작용이라면 구조물 자체를 아주 쉽게 제자리로 돌려놓을 수 있을 겁니다. 물론 여러 가지 문제가 생기겠지요. 충격파 때문에 원주민이 다수 사망할 수도 있습니다. 하지만 그만큼 많은 사람들이 생존할 수 있습니다. 타 버린 운석 보호 장치는 나중에 복구하면 되고요. 그런데 왜 웃는 겁니까?"

"넌 정말 똑똑해. 그런데 문제가 있어. 애초에 변환 포 같은 게 존재했다고 믿을 만한 근거가 전혀 없다는 점이야."

"무슨 얘긴지 모르겠군요."

"프릴이 그냥 이야기를 지어냈던 거라고. 나중에 그렇다고 얘기했지. 하지만 잘 생각해 봐. 그녀가 링월드의 구조를 어떻게 알 수 있겠나? 그 일이 벌어질 당시 그녀의 조상은 원숭이와 다를 게 없었는데."

루이스는 최후자의 머리 둘이 아래로 내려가며 꺾이는 것을 보았다.

"또 몸을 웅크릴 생각은 하지 마. 그럴 시간 없으니까."

"그러지요, 선장."

"다른 건 없나?"

"그렇습니다. 패턴 분석은 아직 끝나지 않았습니다. 대양에 관한 판타지들은 내가 보기엔 아무 의미가 없습니다. 당신이 살펴보십시오."

"내일 하지."

통역하기에는 말소리가 너무 작았기 때문에 루이스는 뜻을 파악하지 못하고 잠에서 깼다. 그는 어둠과 자유낙하 감각 속에서 몸을 돌렸다.

주변은 사물을 분간할 수 있을 만큼 밝았다. 카와레스크센자족과 하르카비파롤린이 서로 팔을 베고 누워서 상대의 귀에 무언가를 속삭이고 있었다. 루이스의 통역기는 그 소리를 잡아내지 못했지만 사랑의 밀어인 것 같았다. 갑자기 치솟은 질투심이 아프게 찔러 오는 바람에 그는 자조적으로 웃었다. 루이스는 소년이 너무 어리다고 생각했다. 그리고 여인이 리샤스라를 하지 않겠다고 맹세를 한 줄 알았다. 하지만 지금 벌어지는 일은 리샤스라가 아니었다. 그들은 동족이었다.

루이스는 등을 돌리고 눈을 감았다. 규칙적인 흔들림이 들려올 거라고 예상했지만, 그런 일은 결국 벌어지지 않았다. 그는 마침내 잠이 들었다.

그리고 휴식기의 꿈을 꿨다.

그는 별 사이로 계속 추락하고 있었다. 세상이 너무 풍족해지고, 너무 다양해지고, 요구하는 바가 너무 많아질 때면 온 세상을 등지고 떠날 순간이 찾아왔다. 루이스는 전에도 그런 적이 있었다. 혼자 작은 우주선을 몰고서 알려진 우주 바깥에 있는 미지의 틈새로 나아갔다. 그곳엔 뭐가 있는지 알아보기 위해서. 그리고 자신이 아직도 스스로를 사랑하는지 확인하기 위해서. 지금의 루이스는 수면판 사이에 떠서 별들 속으로 나아가는 행복한 꿈을 꾸고 있었다. 부양해야 할 사람도 없고 아무런 약속도 할 필요가 없는 행복의 꿈을.

그때, 어떤 여인이 크게 당황한 목소리로 그의 귀에 대고 울부짖었다. 여인은 발뒤꿈치로 그의 늑골 바로 밑을 세게 걷어찼다. 루이스는 통증으로 몸을 웅크리고 숨과 비명을 동시에 토했다. 여인이 손으로 그를 두들겨 패다가 목에 팔을 감고 죽일 듯이 조이기 시작했다. 그러는 동안에도 비명은 계속되었다.

루이스는 목에 감긴 팔을 잡아 뜯으며 소리쳤다.

"수면장 해제!"

중력이 돌아왔다. 루이스와 그를 공격한 여인은 아래쪽 수면판에 안착했다. 하르카비파롤린이 비명을 그쳤다. 그리고 팔을 풀었다.

카와레스크센자족은 혼란과 공포에 휩싸인 채 그녀 옆에 무릎을 꿇었다. 소년이 '도시 건설자'의 언어로 무언가를 다급하게 물었다. 여인은 으르렁거렸다. 소년이 다시 말을 시작했다. 하르카비파롤린은 오랜 시간에 걸쳐 대답을 했다. 소년은 마지못해 고개를 끄덕였다. 내키지 않는 답을 들은 모양이었다. 그는 구석으로 걸어가더니 작별 인사를 하는 표정으로 작업실로 가 버렸다.

루이스는 그 표정이 무슨 뜻인지 전혀 알 수 없었다. 그는 통역기를 건드리며 물었다.

"그래, 도대체 무슨 일이야?"

"나는 추락하고 있었다!"

그녀는 훌쩍거리기 시작했다.

"겁낼 것 없어. 이런 상태에서 자는 걸 좋아하는 사람도 있는 거야."

그녀가 루이스의 얼굴을 마주 보았다.

"떨어지면서 잔다고?"

"그래."

루이스는 그녀의 얼굴만 봐도 무슨 말을 하고 싶은 건지 알 수 있었다. 미쳤군. 완전히 미쳤어. 그러다가 그녀가 어깨를 으쓱했다. 하지만 여전히 눈에 띄게 긴장하고 있었다.

그녀가 말했다.

"내가 더 이상 쓸모가 없다고 생각하게 되었다. 당신네 기계가 나보다 더 빨리 책을 읽지 않는가. 이제 내가 우리 임무를 도울 길은 하나밖에 남지 않았다. 당신의 어긋난 욕구를 풀어 주는 것이다."

"그거 다행이군."

루이스는 비꼬듯 말했다. 하지만 하르카비파롤린이 그런 의도를 파악했는지는 알 수 없었다. 그녀의 선심을 받아들인다면 루이스는 그야말로 자괴감에 빠질 것이 분명했다.

"당신이 목욕을 하고 입을 아주 완전히 깨끗하게 한다면……."

"그만해. 불편을 감수하고 더 큰 목적을 위해 헌신하겠다는 건 칭찬받을 만한 일이겠지. 하지만 그걸 받아들이면 난 나쁜 놈이 되는 거라고."

하르카비파롤린은 당황했다.

"루위우, 나와 리샤스라를 하기 싫다는 것인가?"

"고맙지만 사양하지. 수면장 작동."

그는 그녀에게서 떨어져 공중에 떴다. 지금까지의 경험으로 볼 때 하르카비파롤린이 소리를 질러 댈 것 같았지만 그것까지 막을 도리는 없었다. 하지만 강제로 힘을 쓰려 한다면 자유낙하 상태로 막을 수 있었다.

그의 예상은 어긋났다. 하르카비파롤린이 말했다.

"루위우, 내가 지금 아이를 가지면 아주 끔찍한 결과를 맞이하게 될 것이다."

루이스는 그녀의 얼굴을 내려다보았다. 그녀는 화가 난 게 아니라 아주 진지한 표정이었다.

그녀가 말했다.

"지금 카와레스크센자족과 맺어지고 아이를 낳는다면 결국은 태양에 타 죽고 말 거라는 뜻이다."

"그럼 맺어지지 마. 어차피 그 아이는 너무 어리잖아."

"아니, 그렇지 않다."

"아, 그렇군. 그런데 넌…… 아니지, 넌 피임약을 갖고 다니지 않겠지. 흠, 가임 기간을 계산해서 그 시기를 피하면 되잖아?"

"무슨 얘긴지 모르겠군. 아니, 잠깐. 이제 알겠다. 루위우, 우리 종족이 세계의 대부분을 지배할 수 있었던 것은 리샤스라를 다양하고 미묘하게 조종할 수 있었기 때문이다. 우리가 어떻게 리샤스라의 전문가가 됐을 거라고 생각하는가?"

"그냥 운이 좋았던 거 아냐?"

"루위우, 임신이 더 잘 되는 종이 있다는 말이다."

"아."

"우리는 선사시대부터 리샤스라를 이용하면 아이를 가지지 않을 수 있다는 것을 알았다. 동족끼리 맺어지면 사 팔란 뒤에 아이가 생기지. 루위우, 이 세계가 살아남을 수 있을까? 당신은 그 여부를 아는가?"

아, 휴식 여행을 떠나고 싶다. 작은 우주선 한 척에 혼자 타고서, 나 자신을 제외한 어느 누구도 책임지지 않고 수 광년 떨어진 곳으로 가고 싶다. 전기 자극을 받으면서……

"난 아무것도 장담할 수 없어."

"그럼 나와 리샤스라를 해 다오. 머릿속에서 카와레스크센자족을 지우게 해 다오!"

루이스는 젊은 시절에 그보다 더 기분이 우쭐해지는 제안을 받은 적도 있었다.

"저 아이는 어떻게 진정시키지?"

"방법이 없다. 불쌍하긴 하지만 알아서 참아야겠지."

그럼 너도 참아. 루이스는 그렇게 생각했지만 차마 입 밖으로 꺼내지는 못했다. 하르카비파롤린은 심각해 보였고, 상처를 받았으며, 옳은 말을 하고 있었다. 지금은 링월드에 '도시 건설자' 아이를 한 명 더 늘릴 만한 시기가 아니었다.

그리고 루이스는 그녀를 원했다.

그는 자유낙하 상태에서 기어 나와 그녀를 물침대로 데려갔다. 카와레스크센자족이 화물실로 사라졌다는 사실이 기뻤다. 내일 아침 소년이 뭐라고 할지 궁금하기도 했다.

| 물 아래에서 |

루이스는 중력의 영향하에서 눈을 떴다. 얼굴에는 미소가 퍼져 있었다. 온몸이 아팠지만 기분은 좋았으며 눈을 뜨기가 거북스러웠다.

그는 어젯밤에 거의 자지 못했다. 다급하다고 했던 하르카비파롤린의 말은 과장이 아니었다. 루이스는 ─하르로프릴라라와 함께 지내봤음에도 불구하고─ '도시 건설자'가 그렇게 열정적일 거라고는 생각하지 못했다.

그가 몸을 움직이자 커다란 침대가 몸 밑에서 출렁거렸다. 누군가가 몸을 굴리다가 그와 부딪쳤다. 카와레스크센자족이 엎드린 채 불가사리처럼 몸을 뻗고 작은 소리로 코를 골고 있었다.

하르카비파롤린은 침대 발치에서 주황색 털에 묻혀 있다가 몸을 움찔거리더니 일어나 앉았다. 그리고 사과하듯 말했다.

"자다가 자꾸 깼는데 어딘지를 알 수가 없었다. 침대가 들썩거려서……."

문화적인 충격 때문이겠지. 루이스는 하르로프릴라라가 수면장을 좋아했다는 사실과, 그럼에도 잠들기에는 좋지 않다고 했던 것을 떠올렸다.

"바닥이 훨씬 넓지, 뭐. 기분은 어때?"

"훨씬 낫다. 지금은. 고맙군."

"내가 고맙지. 배고프지 않아?"

"아직은 괜찮다."

루이스는 운동을 했다. 근육은 여전히 단단했지만 운동량이 부족했다. '도시 건설자'가 의아한 표정으로 그를 지켜보았다. 그는 운동을 끝내고 아침 식사를 마련했다. 식단은 멜론, 수플레, 그랑 마니에 수플레, 머핀, 커피였다. 손님들은 그의 예상대로 커피와 머핀을 사양했다.

최후자가 부스스하고 피곤한 모습으로 나타났다.

"공중 도시의 기록에서는 우리가 찾던 패턴이 확인되지 않았습니다. 모든 종족이 수호자 팩의 모습에 따라 갑옷을 만듭니다. 갑옷들의 생김새가 부위별로 완전히 똑같은 건 아니지만 그 차이에 어떤 패턴이 있는 것도 아닙니다. 어쩌면 '도시 건설자'의 문화가 확장되다 보니 그랬는지도 모르겠군요. 그들의 제국은 착상과 발명을 마구 뒤섞었기 때문에 근원을 추적하기란 불가능해 보입니다."

"노화방지약은 어때?"

"당신 말이 맞았습니다. 대양은 공포와 기쁨의 근원인 동시에 불사의 근원이기도 했습니다. 불사의 선물은 반드시 약물의 형태로 주어진 건 아니고, 때로는 엉뚱한 신이 아무 경고도 없이 내려주었다고 합니다. 루이스, 이런 전설은 나처럼 인류가 아닌 존재에겐 아무 의미가 없습니다."

"테이프를 볼 수 있게 준비해 줘. 우리 손님들도 함께 봐야겠어. 어쩌면 내가 모르는 걸 찾아낼 수도 있으니까."

"그러지요, 선장."

"수리 기록은 어땠지?"

"기록된 바에 따르면 링월드에서는 수리 활동이 없었습니다."

"그럴 리가 있나!"

"도시의 기록이란 게 얼마나 많은 영역을, 얼마나 오랜 기간을 다루겠습니까? 좁고 짧지요. 그건 그렇고, 잭 브레넌의 옛 심문 기록을 연구해 봤습니다. 수호자는 수명이 아주 길고 주의 지속 기간도 무척 길었던 듯합니다. 그리고 수동으로 할 수 있는 작업은 자동 장치에 맡기지 않는 경향이 있었지요. 예를 들어 프스스폭의 우주선에는 자동조종장치가 없었습니다."

"그건 앞뒤가 안 맞는데. 쇄관 설비는 분명히 자동이었잖아."

"그건 아주 간단하고 힘만 많이 드는 작업이잖습니까. 우리는 수호자들이 왜 죽었는지, 또는 왜 링월드를 떠났는지 모릅니다. 그들이 운명을 알고 있었고 쇄관 설비를 자동화할 시간은 있었다고 볼 수도 있습니다. 루이스, 이런 건 알아낼 필요도 없는 일입니다."

"아, 그래? 운석 방어 장치도 자동일 텐데? 운석 방어에 대해 더 알고 싶은 생각이 없다고?"

"알고 싶습니다."

"그리고 자세제어 장치도 자동이었지. 아마 그것들 전부를 수동으로 조작할 수 있는 수단이 있었을 거야. 하지만 팩 종족이 사라지고 나서 천여 종의 인류가 진화를 했는데도 자동 장치들은 작동하고 있지. 수호자들이 늘 떠날 준비를 하고 있었든가, 난 그렇게 생각하지 않지만, 아니면……."

"오랜 시간에 걸쳐서 천천히 죽어 갔겠지요. 그 문제에 대해서는 나도 생각한 바가 있습니다."

최후자는 거기서 입을 다물었다.

루이스는 오전 동안 재미있는 이야기들을 찾아냈다. 대양과 관련된 이야기들은 훌륭했으며, 영웅과 충성심과 수많은 발견과 마법과 무시무시한 괴물로 가득했다. 그리고 거기에는 다양한 인간 문화 속에 존재하는 동화들과는 다른 정취가 있었다. 사랑은 영원하지 않았다. '도시 건설자' 출신 영웅의 동료들은 늘 반대쪽 성이었고, 그들의 충성심은 상상에 따라 묘사한 리샤스라를 통해 유지되었다. 그 동료들은 편리하고 이상한 힘을 지니고 있었지만 자연스러운 것으로 묘사되었다. 마법사를 당연히 악으로 여기는 일은 없었다. 마법사란 우연히 만나게 되는 위험이었으며 싸우지 않고 피할 수도 있었다.

루이스는 찾고 싶었던 공통분모를 발견했다.

모든 이야기가 바다의 광대함과 폭풍의 무서움과 바다 괴물을 언급하고 있었다.

그것은 상어, 향유고래, 범고래, 거밋지 파괴자, 분더란트 그림자물고기, 함정 해초 등이었다. 그중에는 지능이 있는 괴물도 있었다. 길이가 이 킬로미터에 달하고 콧구멍에서 김을 뿜으며 ―폐의 존재를 암시하는 걸까?― 커다란 입속에 날카로운 이빨이 줄지어 있는 바다뱀도 등장했다. 접근하는 배를 모조리 태워 버리는 섬이 등장하는 경우에는 반드시 한 명이 살아남았다― 이건 판타지일까, 아니면 해바라기들을 가리키는 걸까? 어떤 섬은 한곳에 머물기를 좋아하는 바다 괴물 자체였고, 그 괴물의 등 위에는 하나의 생태계가 유지되었다. 선원들이 배를 타고 찾아와 방해하면 그 생물은 바닷속으로 들어가 버렸다. 루이스가 지구의 문학작품에서 똑같은 전설을 보지 않았다면 그 얘기를 사실로 믿었을지도 몰랐다.

흉포한 폭풍 이야기는 진짜 같았다. 일반적인 행성이라면 폭풍이 코리올리효과*에 힘입어 허리케인으로 성장하곤 하지만, 그런 효과가 없다 해도 그 정도 규모의 폭풍이라면 끔찍한 결과를 불러올 수 있었다. 루이스는 크진의 지도에서 도시만 한 배를 본 적이 있었다. 대양의 폭풍을 헤쳐 나가려면 그만한 배가 필요할 듯했다.

---

* Coriolis effect. 지구와 같은 회전체의 표면에서 운동하는 물체에 대하여 그 물체의 운동 속도 크기에 비례하고 운동 속도 방향에 수직으로 작용하는 힘을 코리올리힘이라 하는데, 지표면에서 운동하는 물체가 이 힘 때문에 북반구에서는 오른쪽으로, 남반구에서는 왼쪽으로 향하게 되는 현상을 말한다.

그는 마법사의 존재 또한 완전히 부정하지 않았다. 마법사들—세 가지 전설에 등장한—은 '도시 건설자' 종족인 것 같았다. 하지만 그들은 지구의 전설에 등장하는 마법사와 달리 강인한 전사였다. 그리고 갑옷을 입고 있었다.

"카와레스크센자족, 마법사는 언제나 갑옷을 입고 다니니?"

소년이 이상한 표정을 지으며 그를 쳐다보았다.

"옛날얘기에 나오는 마법사 말이죠? 아뇨. 하지만 대양 근처에 있다는 마법사는 늘 갑옷을 입고 있어요. 그건 왜 물으세요?"

"마법사도 싸우니? 잘 싸우는 편이야?"

"마법사는 싸울 필요가 없어요."

소년은 그런 질문에 거북함을 느끼는 것 같았다.

하르카비파롤린이 끼어들었다.

"루위우, 아이들 동화라면 내가 카와보다 더 잘 안다. 무엇을 알고 싶은가?"

"링월드 건설자들의 고향을 찾으려는 거야. 갑옷을 입은 마법사라는 게 그들인 것 같아서. 역사에 너무 늦게 등장하는 게 문제지만."

"그러면 마법사는 아니다."

"하지만 그 전설에도 기원이 있을 거잖아. 동상을 보고 만든 얘긴가? 사막에서 찾아낸 미라일까? 종적인 기억이었을까?"

그녀는 곰곰이 생각해 보았다.

"마법사는 보통 그 전설을 전하는 종족과 동족이다. 묘사도 다양하지. 신장이나 체중이나 먹는 음식 말이다. 하지만 공통점도 있다. 마법사는 끔찍한 싸움을 벌인다. 그리고 도덕심이 없지. 마법사는 싸울 대상이 아니라 피해야 할 대상이다."

'화침'호는 극지의 얼음 밑에 있는 잠수함처럼 대양 아래를 이동했다.

최후자가 이미 우주선의 속도를 낮춰 두었다. 일행은 길고 복잡하게 구부러진 대륙붕의 띠가 뒤로 멀어지는 장관을 보았다. 그 너머에 있는 대양의 해저는 육지만큼이나 활기찼다. 산들이 수면 위까지 높이 솟아 있었고, 해저 협곡은 십여 킬로미터 높이의 산등성이처럼 보였다.

지금 그들의 머리 위에는 자갈로 만든 지붕이 보였다. 그 지붕은 광량을 증폭해도 어두웠으며, 오천 킬로미터나 떨어져 있는데도 눈에 띄게 가까워 보였다. 그게 바로 크진의 지도였다. 컴퓨터에 따르면 그랬다. 처음 새겨질 당시의 크진 지도는 지각변동이 왕성했음에 분명했다. 해저가 힘차게 튀어나와 있고 산맥은 깊었으며 윤곽이 뚜렷했다.

루이스는 아무것도 알아볼 수 없었다. 스크리스 거품에 둘러싸인 윤곽만으로는 충분하지 않았다. 햇빛이 만들어 낸 무늬와 노랗고 주황색인 밀림을 봐야만 했다.

"카메라를 계속 돌려 봐. 착륙선 쪽에서 오는 신호는 없나?"

최후자가 조종석에 앉은 채 머리 하나를 뒤로 돌렸다.

"없습니다. 스크리스가 가로막고 있으니까요. 커다란 강이 끝나는 곳에 원에 가까운 만이 있는데, 보입니까? 거대한 배가 입구를 가로막고 있습니다. 지도 반대편, 두 강이 하나로 합쳐지는 곳쯤…… 그게 현재 착륙선이 위치한 성입니다."

"알았어. 몇천 킬로미터 정도 내려가 보지. 전체를 조망한 영상을…… 아니, 아래에서 잡은 영상을 띄워 봐."

'화침'호는 조각이 새겨진 지붕 아래로 하강했다.

최후자가 말했다.

"전에도 '거짓말쟁이'호를 타고 지금과 같은 경로를 따라갔잖습니까. 그사이에 변화가 있었을 거라고 생각합니까?"

"아니. 왜, 마음이 조급한가?"

"물론 그렇지는 않습니다, 루이스."

"난 그때보다 더 많은 걸 알고 있잖아. 그러니 그때 간과했던 걸 발견할지도 모르지. 이를테면…… 저건 뭐지? 남극 부근에 튀어나온 것 말이야."

최후자가 화면을 확대했다. 길고 가느다랗고 새카맣고 표면에 무늬가 있는 삼각형이 크진 지도의 중심으로부터 곧장 아래로 떨어졌다.

최후자는 말했다.

"냉각기 날개입니다. 물론 남극 지역을 저온으로 유지할 필요가 있었겠지요."

링월드 원주민들은 완전히 당황하고 있었다.

하르카비파롤린이 말했다.

"이해가 되지 않는다. 나도 과학을 모르는 것이 아닌데…… 저것은 무엇이지?"

"너무 복잡해서 설명해도 모를 거야. 최후자……."

"루위우, 나는 바보가 아니고 어린애도 아니다!"

기껏해야 마흔 살이 조금 넘었을 텐데, 뭘. 하지만 루이스는 말했다.

"알았어. 우선 행성을 모방하는 게 목적이라는 걸 이해해야 해. 회전하는 구를 떠올려 봐. 회전하는 구의 극점에서는 태양이 거의 수평 방향에서 비치지. 그래서 추운 거야. 저 지도는 행성을 모방했기 때문에 극지방의 온도를 낮출 필요가 있는 거고. 최후자, 화면을 더 확대해 봐."

냉각기 날개의 무늬는 조정이 가능하고 평평하게 누워 있는 무수한 작은 날개들의 집합이었다. 윗면은 은색이고 아랫면은 검은색이었다. 여름과 겨울이로군. 루이스는 자신도 모르게 혼잣말을 했다.

"믿을 수가 없어."

"왜 그러는가, 루위우?"

그는 감당을 못 하겠다는 듯 양손을 펼쳐 보였다.

"참기 힘든 일이 너무 자주 생겨서 그래. 이젠 다 익숙해졌다고 생각하고 있으면 갑자기 너무 커서 놀란단 말이야. 커도 너무 크다고."

하르카비파롤린이 눈물을 쏟기 시작했다.

"이제는 당신 얘기를 믿을 수밖에 없겠군. 우리 세계가 진짜 세계의 모조품이었다니."

루이스는 그녀를 팔로 끌어안았다.

"이 세계는 진짜야. 내 팔이 느껴지지? 나도 진짜고 당신도 진짜야. 발을 굴러 봐. 이 우주선이 진짜인 것처럼 이 세계도 진짜야. 그냥 클 뿐이지. 아주아주 큰 거야."

최후자가 말했다.

"루이스, 이것도 보십시오."

그가 망원경을 조정하자 지도의 주위에 더 작은 날개들이 보였다.

"당연히 남극 주변 지역의 온도도 낮춰야 했을 겁니다."

"그래. 난 조금 지나면 괜찮아질 거야. '신의 주먹'으로 가지. 하지만 천천히 이동해. 컴퓨터로 찾을 수 있나?"

"네. '신의 주먹'도 막혀 있을 것 같습니까? 당신은 눈동자 폭풍도 막혀 있거나 수리되었을 거라고 했지요."

"'신의 주먹'을 막는 건 쉽지 않을 거야. 구멍이 오스트레일리아보다 크고 대기 바깥까지 솟아 있으니까."

루이스는 눈을 감고 거칠게 비볐다.

이 상태로 가만히 있을 수는 없지. 지금 벌어지는 일은 현실이야. 현실이니까 두뇌를 이용해서 조종할 수 있어. 젠장, 전기 자극을 쓰지 말았어야 하는 건데. 그것 때문에 현실감각이 망가졌어. 그런데…… 극지에 냉각용 날개가 있다고?

우주선은 크진 지도 아래에서 빠져나왔다. 심부 레이더로는 해저 등고선 아래에 있는 관이 하나도 보이지 않았다. 즉 운석 보호 장치는 스크리스 거품으로 덮여 있다는 의미였다. 관이 없다면 바다 밑바닥에는 플럽이 잔뜩 쌓여 있어야 했다.

링월드의 아랫면에 있는 산맥은 길고 긴 해저 협곡이었다. 가장 깊은 협곡마다 준설기가 하나씩 있었고, 그 끝에는 배출구가 있었다. 그런 설비를 통해 바다 밑바닥 전체를 깨끗하게 유지하고 있었던 것이다.

"최후자, 진로를 조금 바꾸지. 화성 지도 밑으로 가. 그다음에는 지구 지도 밑으로. 그런다고 해서 경로에서 크게 벗어나는 건 아니니까."

"두 시간쯤 지연될 겁니다."

"그 정도는 감수해야지."

그 두 시간 동안 루이스는 수면장 속에서 짧은 수면을 취했다. 그는 모험가들이 틈날 때마다 잠을 잔다는 사실을 알고 있었다.

루이스는 정해 놓았던 시간보다 훨씬 일찍 눈을 떴다. 바다의 밑바닥은 아직도 '화침'호의 천장 위를 스쳐 지나가고 있었다. 그는 움직임이 느려지다가 멈추는 것을 바라보았다.

최후자가 말했다.

"화성이 사라졌습니다."

루이스는 고개를 세차게 흔들었다. 잠이 덜 깬 것 같았다.

"뭐라고?"

"화성은 온도가 낮고 건조하고 공기도 거의 없는 행성입니다. 따라서 지도 전체를 냉각시켜야 하고, 건조시켜야 하고, 거의 대기 바깥으로 나갈 만큼 고도를 유지시켜야 합니다."

"그래, 다 맞는 말이야."

"그럼 위를 보십시오. 지금 우리는 화성 지도의 밑에 있습니다. 크진 지도 밑에서 봤던 것보다 훨씬 더 큰 냉각용 날개가 보입니까? 안쪽으로 삼 킬로미터 정도 튀어나오고 거의 원에 가까운 구멍이 있습니까?"

그들의 머리 위에 있는 거라고는 거꾸로 뒤집힌 해저 등고선뿐이었다.

"루이스, 상황이 좋지 않습니다. 컴퓨터 기억장치에 오류가 있는 거라면……."

최후자가 다리를 접었다. 그의 머리 두 개가 아래로, 안쪽으로 숨어들고 있었다.

루이스는 재빨리 말했다.

"컴퓨터 기억장치는 정상이야. 긴장할 거 없어. 컴퓨터는 정상이라고. 위쪽에 있는 해수의 온도가 얼마나 되는지 확인해 봐."

최후자가 반쯤 태아처럼 웅크린 채 머뭇거리다가 간신히 입을 열었다.

"그렇게 하지요."

그리고 조종간을 조작하느라 다시 바쁘게 움직였다.

하르카비파롤린이 물었다.

"내가 제대로 이해한 것 맞는가? 당신네 행성 가운데 하나가 없어졌다고?"

"작은 게 사라졌어. 우리가 너무 무관심했어."

"그런데 이것들은 공처럼 둥글지 않군."

그녀가 생각에 잠기며 말했다.

"그렇지. 둥근 과일의 껍질을 벗긴 다음에 납작하게 눌러 놓은 거야."

최후자가 루이스를 불렀다.

"이 지역의 온도는 일정하지 않습니다. 냉각 날개 주변 구역을 빼면 섭씨 사 도에서 이십오 도 사이입니다."

"화성 지도 근처는 그것보다 따뜻해야 하는데."

"화성 지도는 없습니다. 수온도 그렇게 높지 않습니다."

"뭐…… 뭐라고? 그럴 리가 없는데."

"내가 당신 말을 제대로 이해한 거라면…… 맞습니다, 뭔가 문제가 생긴 겁니다."

최후자가 목을 둥글게 구부리더니 두 개의 머리에 달린 눈이 서로 마주 보는 자세를 취했다. 루이스는 네서스가 그러는 것을 본 적이 있고, 당시에는 그게 웃음이라고 생각했다. 하지만 이제 보니 생각을 집중하는 자세인 것 같기도 했다. 하르카비파롤린은 그 모습을 보며 불안해했지만 그렇다고 해서 시선을 돌리지는 않았다.

루이스는 서성거리며 생각했다. 화성은 반드시 냉각시켜야 했다. 그렇다면 어디에……?

최후자가 이상한 음조의 휘파람 소리를 냈다.

"초전도체 격자입니까?"

루이스는 걸음을 멈췄다.

"초전도체 격자라. 맞아, 그렇다면…… 젠장! 그렇게 간단히?"

"뭔가를 알아내긴 했군요. 이제 어디로 가야 합니까?"

루이스는 생각했다. 행성 지도의 밑면을 확인한 결과 꽤 많은 걸 알아냈어. 그럼 이제……

"지구 지도 쪽으로 가. 지하로 가 줘."

"그렇게 하지요, 선장."

최후자가 말했다.

'화침'호는 반회전 방향으로 계속 이동했다.

바다가 너무 많아. 루이스는 생각했다. 땅은 너무 적고. 링월드 건설자들은 왜 그렇게 많은 양의 소금물을 두 군데나 모아 놓은 거지? 두 개라는 건 물론 균형을 잡기 위해서였겠지. 하지만 왜 그렇게 크게 만든 거야?

저수지였나? 그런 이유도 있겠지. 버려진 팩 행성의 해양 생물을 살리려고 만든 건가? 환경보호자들이 칭찬할 일이기는 하지만 저걸 만든 건 수호자 팩이란 말이야. 수호자 팩은 자신과 후손들을 위한 일이 아니면 절대 하지 않았을 텐데.

지도야말로 엄청난 미끼였던 거군.

해저 등고선에도 불구하고 지구는 알아보기 쉬웠다. 루이스는 아프리카와 오스트레일리아와 아메리카와 그린란드 밑을 지나가는 동안 대륙붕의 납작한 곡선을 가리키면서 설명을 해 주었다. 우주선은 남극대륙과 남극해의 밑에 있는 냉각용 날개를 스쳐 지나갔다. 그러는 동안 링월드 원주민들은 눈을 떼지 않고 얌전하게 고개를 끄덕였다.

왜 관심을 가지는 거지? 자신들의 행성도 아닌데.

루이스는 그 이유를 알 것 같았다. 그가 하르카비파롤린과 카와레스크센자족을 집에 데려다 주려고 최선을 다하기 때문이었다. 두 사람을 위해 해 줄 수 있는 게 아무것도 없어서 문제지만. 루이스는 이제 생각하고 있던 만큼 지구에 근접해 있었다.

머리 위로 해저가 계속 지나갔다.

그러다가 해안이 나타났다. 대륙붕의 납작한 곡선을 경계 삼아, 맨눈으로 보기에는 너무 세밀한 만과 삼각주와 반도와 군도와 들쭉날쭉한 해안선의 미로가 펼쳐졌다. 우주선은 깊이 들어간 산맥과 평평한 바다의 밑을 가로질렀다. 가느다란 선 하나가 회전 방향으로 직진하더니 그 끝에 거의 다다르는 순간 빛이 반짝이며…….

'신의 주먹'이 등장했다.

오래전 거대한 물체가 링월드와 충돌했다. 그 화염구는 링월드의 바닥을 위로 밀어 올려 기울어진 원뿔 모양으로 만들어 놓은 다음 뚫고 나갔다.

다시 오랜 시간이 지나고 운석 하나가 그 거대한 깔때기를 스치고 지나갔다. 그 운석이란 바로 고장 난 GPC의 우주선이었다. 우주선은 승객들을 정지장에 담은 채 초속 천이백 킬로미터의 속도로 착지했다.

젠장. 그리고 실제로 스크리스를 구부리기까지 했지. 루이스는 생각했다.

'화침'호가 상승하면서 빛기둥 속으로 들어갔다. '신의 주먹'에는 구멍을 통해 들어온 순수한 항성의 빛이 흘러넘쳤다. 화염구가 뚫고 지나갈 때 얇게 찢어졌던 스크리스의 조각들이 원추형 화산 주변에 있는 작은 봉우리처럼 솟아 있었다. 우주선은 그 위를 비행했다.

사막이 아래로 기울어지며 퍼져 나갔다. '신의 주먹'을 만들어 낸 충격 때문에 지구보다 넓은 지역에 살고 있던 생물들이 단숨에 완전히 화장을 당했다. 아주 먼 곳, 즉 십오만 킬로미터쯤 떨어진 곳에서 무언가 파란 것이 보였고, 이내 바다가 되었다. 그토록 멀리까지 볼 수 있는 것은 '화침'호가 천오백 킬로미터 고도에 떠 있기 때문이었다.

루이스는 말했다.

"계속 이동해. 그리고 착륙선 카메라로 상황을 좀 보지. 크미가 어떤 상태인지 알아봐야겠어."

"그러지요, 선장."

선체 너머에 여섯 개의 사각형 창이 떠 있었다. 카메라 여섯 대가 각각 착륙선의 조종석과 하부 갑판과 네 방향에서 찍은 선외 풍경을 보여 주었다.

조종실은 비어 있었다. 루이스는 경고등이 작동하고 있나 살펴봤지만 하나도 보이지 않았다.

오토닥도 여전히 거대한 관처럼 닫혀 있었다.

외부 카메라는 문제가 있었다. 여러 가지 색깔이 물결치듯 흘러가면서 영상 전체가 흔들리고 출렁거렸다. 루이스는 성의 안뜰과 총안과 가죽 갑옷을 입고 경비 중인 크진인 서너 명을 식별할 수 있었다. 그리고 흐릿한 크진인들의 모습이 네 개의 창 여기저기에서 쏜살같이 뛰어다니는 것을 보았다.

불이잖아! 방어자 측이 착륙선 주변에 모닥불을 피운 거야!

루이스는 물었다.

"최후자, 착륙선을 이륙시킬 수 있나? 원격조종이 가능하다고 했잖아."

최후자가 말했다.

"이륙은 가능하지만 위험할 겁니다. 우린 지금…… 크진 지도에서 회전 방향각으로 십이 분, 좌측으로 약간 떨어져 있습니다. 팔십만 킬로미터 정도지요. 광속 때문에 3.5초 정도 시간 지연이 생기는데 그래도 원격조종을 해 볼까요? 그러더라도 생명 유지 장치는 잘 작동할 겁니다."

크진인 넷이 안뜰을 쏜살같이 가로지르더니 육중해 보이는 문을 열어 놓았다. 바퀴로 이동하는 기계가 들어와 멈춰 섰다. 그 기계는 루이스를 공중 도시로 데려다 주었던 '기계인'의 차보다 컸다. 기계의 사면에는 발사체 무기가 달려 실려 있었다. 크진인들이 모습을 드러내고 선 채로 착륙선을 조사했다.

성주가 이웃에게 도움을 청한 걸까? 아니면 이웃 크진인들이 무적의 공중 부양 물체를 빼앗으러 온 걸까?

무기들이 카메라 쪽으로 회전하더니 불을 뱉었다. 영상에 붉은 꽃이 피며 카메라가 몸을 떨었다. 커다란 주황색 고양이들이 몸을 숙였다가 결과를 확인하기 위해 일어섰다. 조종실의 경고등은 켜지지 않았다.

"저들에게는 착륙선에 손상을 입힐 만한 도구가 없군요."

최후자가 말했다.

폭발성 탄환들이 다시 착륙선을 뒤덮었다.

루이스는 말했다.

"일단은 네 말을 믿기로 하지. 감시는 계속하고. 도약 원반으로 착륙선에 들어갈 만큼 근접한 상태인가?"

최후자의 목들이 서로를 마주 보았다. 그는 몇 초간 그 자세를 유지했다. 그리고 입을 열었다.

"우리는 크진 지도에서 회전 방향으로 삼십만 킬로미터, 좌측으로 이십만 킬로미터 떨어져 있습니다. 좌현 쪽 거리는 상관이 없고 회전 방향 쪽 거리가 중요하지요. 그 방향으로는 '화침'호와 착륙선 간의 상대속도가 초속 천삼백 미터입니다."

"수치가 너무 큰가?"

"루이스, 퍼페티어 기술은 기적이 아닙니다! 도약 원반은 초속 육십 미터에 해당하는 운동에너지밖에 흡수할 수 없습니다."

폭발 때문에 모닥불이 흩어졌다. 갑옷을 입은 크진인들이 모닥불을 다시 만들고 있었다.

루이스는 욕지거리를 중얼거렸다.

"알았어. 최단시간에 착륙선에 도달하려면 도약 원반을 사용할 수 있을 때까지 반회전 방향으로 곧장 전진해야겠군. 그다음에는 여유 있게 우현 쪽으로 이동하면 될 거야."

"그렇게 하지요. 어느 정도 속도로 이동할까요?"

루이스는 말을 하려고 입을 벌렸다가 그 자세로 생각을 해 보았다. 그리고 말했다.

"그것참 멋진 질문이군. 링월드의 운석 방어 장치는 운석과 침략자의 우주선을 어떻게 구분할까?"

최후자가 뒤로 목을 뻗어 조종간을 씹어 댔다.

"가속을 멈췄습니다. 이 문제는 의논이 필요하니까요. '도시 건설자'들이 링 벽의 교통 시설을 만들어도 문제가 없다고 판단한 건 알겠습니다. 그리고 그 생각은 옳았지요. 하지만 그걸 어떻게 알았을까요?"

루이스는 고개를 저었다. 링월드 수호자들이 운석 방어 장치로 링 벽을 공격하지 않게 설정한 이유는 알고 있었다. 자신들의 우주선이 안전하게 이동할 통로를 확보하기 위해서였다. 그러지 않았다면 자세제어 엔진이 가스 기둥을 고속으로 뿜을 때마다 컴퓨터가 엔진을 공격했을 테니까.

"'도시 건설자'는 작은 우주선부터 만들고 덩치를 키웠을 거야. 시행착오를 통해서 답을 찾은 거지."

"어리석고 위험합니다."

"'도시 건설자'가 원래 그렇다는 건 알고 있잖아."

"이제 내 의견은 알았을 겁니다. 루이스, 명령을 내리십시오. 속도를 어떻게 맞출까요?"

고원 사막은 조금씩 아래로 기울고 있었다. 그곳은 수천 팔란 전에 불이 쓸고 지나가 생명이 전멸하고 생태계 전체가 산산조각 났으며 하얗게 타올랐던 땅이다. 도대체 어떤 물체길래 링월드를 아래쪽에서 저 정도로 후려쳤을까? 저렇게 큰 혜성은 거의 존재하지 않아. 소행성이나 행성도 없었을 거야. 링월드를 지으면서 깨끗하게 치워 버렸을 테니까.

'화침'호는 이미 상당한 속도로 날고 있었다. 전방의 육지가 녹색으로 변하고 은색 실처럼 가느다란 강이 모습을 드러냈다.

루이스는 말했다.

"처음 링월드를 탐험했을 때는 플라이사이클을 타고 2M의 속도로 날았지. 그 속도라면…… 팔 일이 지나야 도약 원반을 사용할 수 있겠군. 그건 늦어도 너무 늦어. 운석 방어 장치가 표면에 비해 상대적으로 빠른 물체에 반응한다고 가정해 보지. 얼마나 빨라야 빠른 걸까?"

"일이 터질 때까지 가속해 보면 간단히 알 수 있겠지요."

"퍼페티어가 그런 말을 하다니 믿을 수가 없군."

"루이스, 퍼페티어의 기술력을 믿어 보십시오. 정지장은 제대로 작동할 겁니다. 어떤 무기도 우리를 해칠 수 없습니다. 최악의 경우라고 해 봐야 표면과 충돌한 뒤에 정지장이 해제될 뿐이지요. 그러니 너무 빠른 속도로 날면 안 됩니다. 루이스, 위험에도 정도가 있습니다. 앞으로 이 년 동안 숨어 지내는 거야말로 가장 위험한 일일 겁니다."

"이거야, 원. 크미가 그런 말을 했다면 몰라도, 퍼페……. 조금만 시간을 줘."

루이스는 눈을 감고 생각을 정리한 다음 말했다.

"이렇게 하지. 우선 버려진 탐사기를 높이 띄우자고. 도서관에 남겨 둔 탐사기 말이야. 그걸……."

"이미 이동시켰습니다."

"어디로?"

"산마루에 스크리스가 드러난 산 중 가장 가까운 곳으로 옮겼지요. 내 생각엔 거기가 제일 안전했습니다. 이제 연료를 만들어

낼 순 없어도 쓸모가 있으니까요."

"좋은 장소군. 그건 띄우지 마. 그냥 탐사기에 있는 센서를 전부 켜고 '화침'호와 착륙선에 있는 것도 전부 켜. 그리고 방향을 전부 차광판 쪽으로 돌려. 자, 차광판 말고 또 운석 방어 장치를 설치할 만한 곳이 있을까? 링월드 바닥 밑에 있는 건 공격하지 못한다는 사실을 염두에 두고 생각해 봐."

"전혀 모르겠군요."

"알았어. 그럼 카메라로 링월드 아치 전체를 감시하자고. 차광판, 항성, 크진 지도와 화성 지도까지."

"물론입니다."

"고도는 천오백 킬로미터로 유지해. 화물실에 있는 탐사기도 꺼내야 할까? 그리고 우리를 따라오게 설정하는 거야."

"그건 유일한 연료 공급원입니다. 절대로 안 됩니다."

"준비가 끝나면 뭔가 일이 터질 때까지 가속하자고. 어때?"

"명령에 따르지요."

최후자는 그렇게 대답하고 조종에 집중했다.

루이스는 토론을 더 나누고 기운을 차릴 만한 여유를 갖고 싶었지만 입을 꾹 다물었다.

'화침'호의 승객들은 카메라에 잡힌 것을 보지 못했다. 설사 눈을 들어 보고 있었더라도 알아채지 못했을 것이다. 만약 지켜보고 있었다면 그들의 눈에는 검은 우주 공간 속에서 흰빛을 내는 별들과 푸른빛으로 알록달록한 링월드 아치와 링월드 아치의 가장 높은 곳에 있는 검은 원이 보였을 것이다. 그 검은 원은 '화침' 호의 플레어 보호막이 가려 버린 자연 그대로의 태양이었다.

하지만 승객들은 고개조차 들지 않았다.

망가진 엔진 아래로 푸른 생명으로 가득 찬 대지가 보였다. 밀림과 늪지와 황무지가 지상을 정복하고 있었고, 미친 듯이 들쭉날쭉한 경작지 조각들이 간간이 보였다. 루이스 일행이 지금까지 만나 본 인류 가운데 농부라고 할 만한 종족은 얼마 되지 않았다.

평평한 바다에는 새 떼처럼 보이는 배들이 있었다. 삼십 분에 걸쳐서 거미줄처럼 퍼진 도로망이 지나가기도 했다. 삼십 분이라면 거리로 만 킬로미터에 해당했다. 망원경은 사람을 태우거나 작은 수레를 끄는 말들을 보여 주었다. 동력 기관을 이용한 차량은 하나도 없었다. '도시 건설자'의 문화가 내리막을 걷다가 정체된 지역인 것 같았다.

하르카비파롤린이 말했다.

"여신이 된 것 같군. 이런 광경을 또 누가 봤겠는가."

루이스는 말했다.

"실제로 그런 여신이 있었지. 적어도 본인은 그렇게 생각했어. 그녀도 '도시 건설자'였지. 우주선 승무원이기도 했고. 아마 그녀도 지금 풍경을 목격했을 거야."

"아."

"당신은 자신이 여신이라고 믿을 생각도 하지 마."

'신의 주먹'은 천천히 작아지고 있었다. 그 광대한 껍질 속에는 지구의 달도 편하게 자리를 잡을 수 있을 것이다. 알려진 우주 안에 존재하는 모든 행성의 거주 가능한 지면보다 더 광활한 풍경을 사이에 두고 '신의 주먹'을 봐야 그 진정한 크기를 가늠할 수 있었다. 하지만 루이스는 신이 된 듯한 기분이 들지 않았다. 그 대신 아주 작고 나약해진 기분이었다.

착륙선에 있는 오토닥의 덮개는 여전히 움직이지 않았다.

루이스가 물었다.

"최후자, 크미가 다른 곳도 부상당했을까?"

최후자는 어딘가 보이지 않는 곳에 있었다. 하지만 목소리는 뚜렷하게 들렸다.

"당연합니다."

"그럼 저기서 죽어 가는 중일 수도 있겠군."

"그렇지 않습니다. 루이스, 나는 지금 바쁘니까 방해하지 마십시오."

망원경의 영상은 이미 흐려진 뒤였다. 천오백 킬로미터 아래에서 밝은 육지가 눈에 띄는 속도로 움직이고 있었다. '화침'호의 속도가 초속 팔 킬로미터를 넘었기 때문이다. 즉 우주선은 지구 궤도속도로 움직이고 있었다.

구름층이 눈이 아플 만큼 밝게 빛났다. 선미 쪽 저 멀리에서는 경작지의 격자무늬가 희미해지고 있었다. 우주선이 수직으로 하강하더니 수백 킬로미터에 달하는 평평한 초원 위를 수평으로 비행했다. 평지는 시야가 미칠 수 있는 곳까지 좌우로 폭넓게 펼쳐져 있었다. 평지로 진입하는 강은 늪지로 바뀌고 갑자기 녹색을 띠었다.

등고선을 그리는 큰 만과 작은 만과 섬과 반도의 들쭉날쭉한 윤곽선을 따라가면 선박의 이동과 정박에 편리하도록 설계된 링월드의 해안선을 파악할 수 있었다. 하지만 그건 회전 방향 쪽 연안에만 해당하는 얘기였다. 그다음에는 천 킬로미터에 걸쳐 평평하고 소금에 오염된 육지가 등장했고, 그다음은 파란 바다의 경계선이 보였다.

루이스는 '신의 주먹'이 충돌하면서 남겨 놓은 생생한 기념물을 보고 목 뒤의 솜털이 곤두서는 느낌을 받았다. 이렇게 멀리 날아왔는데도 대양의 해안선은 위로 들려 있고, 그 때문에 바다가 뒤로 천 킬로미터에서 천삼백 킬로미터 정도 물러나 있었다.

그는 눈이 아파 손으로 문질렀다. 지상으로 내려오니 주변이 너무 밝았다. 가장 밝은 곳이 보라색으로……

갑자기 암흑이 덮쳐 왔다.

루이스는 눈을 질끈 감았다. 그리고 다시 떠 봤지만 감은 것과 별 차이가 없었다. 커다란 괴물의 위장 속에 들어간 것처럼 주변이 칠흑 같았다.

하르카비파롤린이 비명을 질렀다. 카와레스크센자족은 몸부림을 쳤다. 그는 팔로 루이스의 어깨를 치다가 두 손으로 그의 팔을 꼭 붙들고 매달렸다. 여인의 비명이 갑자기 그쳤다. 하르카비파롤린이 이를 악물고 물었다.

"루위우, 여기는 어디인가?"

루이스는 대답했다.

"대략 추측해 보자면 대양의 밑바닥일 거야."

최후자가 콘트랄토 음색으로 말했다.

"정답입니다. 심부 레이더를 이용해서 시야를 확보했습니다. 전조등을 켤까요?"

"당연하지."

물속은 어두웠다. '화침'호는 예상보다 깊지 않은 곳에 있었다. 물고기들이 여기저기 돌아다니고, 심지어 멀지 않은 곳에 해조류의 숲도 있었다.

소년은 루이스의 팔을 놓고 벽에 바짝 달라붙었다.

하르카비파롤린도 바깥 풍경을 지켜봤지만 몸을 떨고 있었다. 그녀가 물었다.

"루위우, 무슨 일이 벌어진 것인지 알고 싶다. 제대로 설명할 수 있겠는가?"

루이스는 말했다.

"한번 해 보지. 최후자, 위로 올라가. 고도 천오백 킬로미터까지 상승해."

"명령에 따르지요."

"정지장에 얼마나 오래 들어가 있었던 거지?"

"그건 잘 모르겠습니다. 당연한 얘기지만 '화침'호의 시계가 멈춰 있었으니까요. 탐사기에 신호를 보내서 알아보지요. 하지만 광속 지연이 십육 분이라는 걸 염두에 두십시오."

"얼마나 빨리 날고 있었지?"

"초속 9.3킬로미터입니다."

"그럼 딱 초속 팔 킬로미터를 유지하고 어떻게 되나 보지."

'화침'호가 수면 근처에 다다르자 착륙선에서 날아온 신호가 다시 잡히기 시작했다. 착륙선은 아직도 불에 휩싸여 있었다. 오토닥의 덮개도 닫힌 상태 그대로였다. 지금쯤이면 크미가 나와야 할 텐데. 루이스는 생각했다.

주변이 푸른색으로 빛나기 시작했다. '화침'호는 바다에서 빠져나와 햇빛 속으로 뛰어들었다. 바닷물이 20G의 중력가속도로 떨어져 나가자 갑판이 살짝 떨리는 것처럼 보였다.

후미 쪽 풍경은 대단히 교훈적이었다.

칠팔십 킬로미터 아래에서 거대한 파도가 한때 대륙붕이었던 평평한 해변에 부딪치고 있었다. 그리고 해안선까지 길게 파인 일직선 형태의 홈이 보였다. '화침'호는 바다로 떨어진 게 아니라 화염구 상태로 지면과 충돌한 다음 그대로 전진했던 것이다.

추락 흔적을 계속 짚어 가자 초원이 나왔고 그 너머에는 숲이 보였다. 숲은 불타고 있었다. 화염 폭풍이 수천 제곱킬로미터에 걸쳐 타오르고, 사방에서 흘러든 불꽃이 숲의 중심부에서 곧장 위쪽을 향해 치솟고 있었다. 마치 아주 먼 곳에 있는 해바라기 밭으로 수증기가 몰려드는 모습과 비슷했다. '화침'호가 추락한 것만으로 그런 현상이 일어날 리는 없었다.

최후자가 말했다.

"이제 알겠군요. 운석 방어 장치는 거주 구역을 공격할 수 있게 설계됐습니다. 루이스, 경이롭군요. 저 장치에 쏟아부은 노력은 세계 선단 이동 계획과 비교해도 손색이 없겠습니다. 그런데 저런 일이 자동적으로 반복되는 거란 말이지요."

"팩 종족이 배포가 크다는 건 알고 있었잖아. 어떻게 저런 일이 가능한 건지는 알아냈나?"

"잠시 동안 방해하지 마십시오. 다 되면 알려 주지요."

최후자는 그렇게 말하고 사라졌다.

루이스는 최후자가 모든 조사 장비를 장악하고 있다는 점이 마음에 걸렸다. 그가 크게 거짓말을 해도 알아낼 방법이 없었다. 아직까지는 합의 사항을 바꿀 수도 없겠지만……. 하르카비파롤린이 그의 팔을 붙들었다. 그는 신경질적으로 쏘아붙였다.

"왜?"

"루이스, 괜히 설명해 달라고 한 것이 아니다. 나는 지금 내가 제정신인지 의심스럽다. 엄청난 힘에 두들겨 맞고 있는데 그것이 어떤 것인지 묘사도 할 수가 없다니. 부탁이다. 루이스. 무슨 일이 벌어진 것인지 설명해 다오."

루이스는 한숨을 쉬었다.

"그러려면 정지장과 링월드의 운석 방어 장치를 설명해야 해. 퍼페티어와 GP 선체와 팩 종족까지도."

그리고 설명을 시작했다. 하르카비파롤린이 고개를 끄덕이고 질문을 하면 그가 다시 말을 이어 갔다. 그녀가 얼마나 이해했는지는 알 수 없었다. 물론 그 자신도 원하는 바에 비하면 아는 것이 훨씬 적었다. 하지만 루이스는 얘기하는 주제에 대해 잘 알고 있는 것처럼 설명을 했다.

마침내 하르카비파롤린도 그렇게 믿기 시작했고, 점점 조용해졌다. 그가 의도한 대로였다. 그녀는 카와레스크센자족이 있는 것도 신경 쓰지 않고 루이스를 물침대로 데려갔다. 소년은 어깨 너머로 두 사람을 한 번 보고 소리 없이 웃더니 다시 빠른 속도로 지나가는 대양을 지켜보았다.

리샤스라는 두 사람을 안심시켜 주었다. 루이스는 그 느낌이 거짓일 거라 생각했다. 하지만 별 상관은 없었다.

아래쪽에는 분명 물이 아주 많았다.

천오백 킬로미터 정도의 높이에 올라가 있으면 두껍게 쌓인 공기층이 시야를 막기 전까지 아주 먼 곳을 볼 수 있다. 그런데 그 넓은 공간 안에 단 하나의 섬도 존재하지 않았다! 해저 등고선은 식별할 수 있었다. 그중에는 아주 얕은 곳도 있었다. 하지만 대양에 존재하는 몇 안 되는 섬들은 너무 먼 곳에 있어 보이지 않았다. 그 섬들 또한 '신의 주먹'이 대지를 변형시키기 전에는 물에 잠긴 봉우리였을 것이다.

그리고 폭풍이 있었다. 그 높이에서는 허리케인과 태풍을 나타내는 소용돌이 형상을 별 감흥 없이 내려다보기 마련이었다. 하지만 하늘에도 강처럼 보이는 구름의 흐름이 존재했다. 흐름은 강물처럼 움직였다. 그토록 높은 곳에서도 움직이고 있었다.

그와 같은 광대함에 도전했던 크진인들은 겁쟁이가 아니었고, 귀환한 자들은 바보가 아니었다. 우현 쪽 지평선에 있는 섬들은 분명히 지구의 지도였다. 그것들은 눈을 찡그리고 봐야 간신히 알아챌 만큼 작았고, 파란색 속에 완전히 묻혀 있었다.

루이스는 침착하고 명료한 콘트랄토 음성 덕분에 상념에서 풀려났다.

"루이스. 최고 속도를 초속 육 킬로미터로 낮췄습니다."

"알았어."

하지만 그는 생각했다. 육이든 칠이든 무슨 차이가 있나.

"루이스, 운석 방어 장치가 어디에 있다고 했습니까?"

최후자의 목소리에 어딘가 이상한 구석이 있었다.

"그런 말은 한 적이 없는데. 나도 모르거든."

"차광판이라고 했잖습니까. 기록이 남아 있습니다. 링월드의 아랫면을 방어할 수 없는 걸로 봐서 방어 장치는 차광판에 있는 게 분명합니다."

그의 말에는 숨은 뜻이 없었고 어떤 감정도 실려 있지 않았다.

"내 짐작이 틀렸다는 얘긴가?"

"루이스, 잘 들으십시오. 우주선의 속도가 초속 칠 킬로미터에 도달하는 순간 항성에서 플레어가 치솟았습니다. 기록도 영상으로 남아 있지요. 플레어 차단 기능 때문에 못 봤던 겁니다. 항성이 수백만 킬로미터 길이의 플라스마를 뿜었단 말입니다. 플라스마가 곧장 우리를 향해 날아왔기 때문에 관측하기가 어려웠던 겁니다. 플레어는 일반적으로 항성의 자기장을 따라 휘어지는데 이건 그렇지 않았습니다."

"우리를 공격한 건 항성의 플레어가 아니었어."

"문제의 플레어는 이십 분이 넘는 시간에 걸쳐서 수백만 킬로미터를 뻗어 나왔습니다. 그리고 보라색 광선이 됐지요."

"그럴 수가."

"엄청나게 큰 가스 레이저였다는 얘기입니다. 레이저 빔에 맞은 땅이 아직도 빛을 내고 있습니다. 추정해 보건대 빔이 태운 구역은 직경 십 킬로미터쯤이었을 겁니다. 초점이 그리 작지 않은 빔이긴 하지만 일반적으로는 그럴 필요가 없겠지요. 효율이 적당하기만 해도 그만큼 큰 플레어라면 초당 3×10^{27}에르그로 가스 레이저를 쏠 수 있습니다. 한 시간 동안 집중적으로 말입니다."

우주선 안에 침묵이 흘렀다.

"루이스?"

"잠깐 기다려 봐. 최후자, 이건 엄청난 무기라고."

그렇게 말하는 순간 루이스는 링월드 건설자들의 비밀을 깨달았다.

"그래서 링월드가 안전하다고 생각했던 거야. 그래서 링월드를 건설할 수 있었던 거고. 그들은 어떤 침공도 물리칠 수 있었어. 행성보다 크고, 지구와 달이 이루는 계보다 더 큰…… 레이저 무기가 있었으니까. 이런, 정신이 다 아득해지는군."

"루이스, 그럴 시간이 없습니다."

"원인이 뭐였지? 태양이 그냥 플라스마를 뿜어내지는 않았을 거 아냐. 자기력, 분명 자기력이겠지. 그것도 차광판의 기능 중 하나일까?"

"난 그렇지 않다고 생각합니다. 영상을 보면 레이저 빔이 지나갈 수 있도록 차광판의 고리가 옆으로 움직였습니다. 다른 차광판들의 간격은 좁아졌지요. 일조량 증가를 막으려고 그랬을 겁니다. 차광판 고리가 동시에 자기력으로 광구를 조종했다고 보긴 어렵습니다. 똑똑한 설계자라면 그 둘을 별개로 만들었겠지요."

"네 말이 맞아. 아주 정확해. 그래도 확인은 해 줘. 서로 다른 세 방향에서 측정 가능한 자기 효과를 전부 기록해 뒀잖아. 플레어가 뭣 때문에 폭발했는지 알아봐."

알라와 크다프트와 브라마시여, 제발 차광판이 그랬기를!

"최후자, 결과가 어떻든 간에 제발 몸을 웅크리지는 말아 줘."

이상한 정적이 흐른 뒤 최후자가 말했다.

"아까는 우리 모두가 죽을 수도 있다고 생각해서 그런 거였지요. 완전히 절망적인 상황이 아니면 그러지 않습니다. 루이스, 무슨 생각을 하는 겁니까?"

"어떤 경우에도 희망은 있어. 그걸 잊지 마."

마침내 화성의 지도가 시야에 들어왔다. 화성의 지도는 지구의 지도보다 멀었다. 둘 사이의 거리 차는 우현 방향으로 백오십 킬로미터 정도였다. 하지만 지구의 지도와 달리 화성의 지도는 촘촘하게 하나로 모여 있었다. 현재 위치에서 보기에 화성의 지도는 바다 위에 놓인 단일한 검정 선이었다. 최후자가 예측한 대로 그 길이는 삼십 킬로미터였다.

착륙선의 측정용 계기판에서 빨간 불빛이 깜빡거렸다. 온도가 사십삼 도에 달했다는 경보였다. 온천에 적당한 온도였다. 크미가 들어가 있는 커다란 관에서는 어떤 빛도 깜빡거리지 않았다. 오토닥은 자체적으로 온도를 조절할 수 있었다.

크진인 방어자들은 폭약을 다 써 버린 듯했다. 반면에 장작은 끊임없이 공급되는 것 같았다.

착륙선까지의 거리는 삼만 킬로미터, 우주선은 초속 육 킬로미터로 비행하고 있었다.

"루이스?"

루이스는 수면장에서 빠져나왔다.

최후자의 몰골은 볼만했다. 그의 갈기는 헝클어져 있고 석류석들은 옆으로 흘러내렸다. 그는 다리가 굳은 것처럼 비틀거리며 걸었다.

"뭔가 다른 걸 생각해 내야 해."

루이스는 벽 너머로 손을 뻗쳐서 힘을 내라는 뜻으로 최후자의 갈기를 만져 주고 싶었다.

"어쩌면 저 성에 도서관 비슷한 게 있을지도 몰라. 어쩌면 크미만 아는 비밀이 있을지도 모르지. 젠장, 어쩌면 수리공들이 이미 답을 아는지도 모른다고."

최후자의 목소리는 컴퓨터 음성처럼 쌀쌀맞았다.

"그 답은 이제 우리도 알고 있습니다. 아래쪽에서 항성의 흑점을 조사할 수 있었지요. 당신도 짐작했을 겁니다. 링월드 바닥에는 육각형의 초전도체 격자가 심어져 있습니다. 스크리스가 자성을 띠게 만들면 항성 광구가 플라스마를 뿜도록 할 수 있지요."

"맞아."

"링월드의 중심이 밀려난 것도 바로 그런 사건 때문이었을 겁니다. 원래는 플라스마를 뿜어서 운석이나 흘러 들어온 혜성을

472

요격하려 했겠지요. 지구나 크진에서 온 함대도 말입니다. 그 플라스마가 링월드를 때린 겁니다. 하지만 제자리로 돌려놓을 자세 제어 엔진이 없었습니다. 플라스마가 아니더라도 운석과 충돌하기만 하면 그런 결과가 생겼을 겁니다. 수리반이 등장하긴 했지만, 너무 늦었지요."

"그러지 않았기를 바라자고."

"초전도체 격자는 자세제어 엔진이 실패했을 때를 위한 대비책이 아니었습니다."

"그렇지. 너 괜찮은 거야?"

"괜찮지 않습니다."

"이젠 어떡할 거야?"

"명령에 따를 겁니다."

"다행이군."

"내가 지금까지 이 탐사대의 최후자였다 하더라도 이제 그만두겠습니다."

"그 말을 믿지."

"최악의 경우가 뭔지 생각해 봤습니까, 루이스? 나는 항성을 옮길 수 있나 계산해 봤습니다. 임의로 항성이 플라스마를 뿜게 조종할 수 있고, 그 플라스마는 가스 레이저처럼 작용합니다. 그러면 광자 엔진처럼 이용해서 항성 자체를 움직일 수도 있겠지요. 링월드는 항성의 중력 때문에 끌려갈 겁니다. 하지만 최대출력을 낸다 해도 너무 미미해서 도움이 안 되더군요. 가속도가 2×10^{-10}G를 조금이라도 넘으면 링월드는 따라가지 못하고 뒤에 남게 됩니다. 어느 쪽이든 플라스마의 방사선 때문에 생태계가 끝장나기는 마찬가지지요. 루이스, 지금 웃고 있는 겁니까?"

최후자의 말은 맞았다.

"항성을 움직이겠다는 생각은 해 본 적이 없거든. 엄두도 못 냈을 거야. 그런데 넌 실제로 거기까지 생각해서 계산을 해 봤다는 거잖아?"

"그랬습니다. 소용없는 일이었지요. 이제 뭘 하면 됩니까?"

"지시에 따라. 초속 육 킬로미터를 유지하면서 반회전 방향으로 비행해. 착륙선으로 건너갈 때가 되면 알려 주고."

"그렇게 하지요."

최후자는 시선을 돌렸다.

"최후자."

머리 하나가 뒤를 돌아보았다.

"포기해 봐야 소용없는 경우도 있는 법이야."

| 크진의 지도 |

모든 빛은 녹색이었다. 의학적인 상태가 어떤지는 몰라도 오토닥은 환자를 치료하고 있고, 건강한 상태는 아닐지라도 크미는 그 안에서 살아 있었다.

하지만 조종실의 온도계는 섭씨 칠십 도를 가리키고 있었다.

최후자가 물었다.

"루이스, 건너갈 준비가 됐습니까?"

화성의 지도는 정확히 우현 쪽에 있는 홀로그램 '장'의 경계 아래 누워 있는 검은 직선이었다. 크진의 지도는 그보다 훨씬 더 알아보기 어려웠다.

루이스는 화성 지도의 몇 도 앞쪽, 팔만 킬로미터가량 더 멀리 떨어진 곳에 청회색 바다를 배경으로 청회색 선들이 있다는 사실을 발견했다. 그가 말했다.

"아직 정반대 방향이 아닌데."

"맞습니다. 링월드가 자전하기 때문에 '화침'호와 착륙선 간에 아직도 속도 차가 있지요. 하지만 벡터는 수직입니다. 그러니 상쇄를 필요한 만큼 유지할 수 있습니다."

루이스는 머릿속에서 최후자의 설명을 도표로 그려 본 다음 다시 물었다.

"천오백 킬로미터 높이에서 바다로 수직 강하를 하겠다고?"

"그렇습니다. 당신이 제정신이 아니라서 이 지경까지 왔는데 이제 뭐가 위험하겠습니까?"

루이스는 웃음을 터뜨린 다음 ─퍼페티어가 나에게 용기를 가르치다니!─ 갑자기 진지해졌다. 그래야 前前 최후자의 권위를 조금이라도 되찾을 수 있다는 생각인가?

"아주 좋아. 강하를 시작해."

그는 다이얼을 조정해서 나막신 한 켤레를 만들어 신었다. 그리고 헐렁한 옷을 벗어 장갑복과 조끼를 감쌌다. 하지만 레이저 플래시만은 손에 들었다. 텅 빈 바다 풍경이 확장되기 시작했다.

"준비됐어."

"가십시오."

루이스는 큰 걸음을 내디뎌 십이만 킬로미터를 건넜다.

이십여 년 전, 크진

루이스 우는 낡은 돌 푸치 위를 기어간 다음 자신을 대견스럽게 여겼다.

476

푸치란 길고 독특하게 생긴 돌 의자였다. 지구의 공원에 긴 의자가 널려 있듯 크진의 사냥터에는 푸치가 널려 있었다. 푸치는 생김새가 인간의 콩팥과 흡사했으며, 크진 남성이 반쯤 몸을 웅크리고 눕는 의자였다. 크진인들의 사냥터는 반쯤 야생의 모습 그대로였으며 포식자와 먹잇감이 될 동물들이 우글거리는 주황색과 노란색의 밀림이었다. 그 속에서 푸치만이 문명의 산물이었다. 인구가 수억이다 보니 크진은 일반적인 크진인들로 붐볐고 사냥터도 예외는 아니었다.

루이스는 아침부터 관광을 하는 중이었다. 그는 피곤했다. 푸치에 앉아 다리를 흔들며 지나가는 인파를 구경하고 있었다.

밀림 속에 있는 주황색 크진인들은 거의 식별할 수가 없었다. 그들은 아주 잠깐 모습을 드러냈다가 금세 사라졌다. 그러다가도 체중이 이백오십 킬로그램쯤 되는 지성체 육식동물이 빠르고 겁에 질린 사냥감을 맹렬하게 추격하는 모습이 눈에 띄곤 했다.

크진 남성들은 갑자기 움직임을 멈추고 입을 굳게 다문 채, 미소를 짓고 있는 루이스를 노려보다가 ─크진인은 상대가 이를 드러내면 도전하는 셋으로 간주했다─ 그의 어깨에 있는 족장의 보호 표식─루이스는 표식이 잘 보이도록 분명하게 고정시켜 두었다─을 뚫어져라 쳐다보았다. 하지만 결국 관심을 두지 않기로 결심하고 떠나갔다.

그런 포식자가 주름이 많은 노란 나뭇잎 속에서 기척만 남길 수 있다는 건 신기한 일이었다. 루이스는 그 나뭇잎들 어딘가에 감시하는 눈초리와 장난스러운 살기가 숨어 있는 것을 느꼈다.

그리고 어느 순간, 건장한 성인 남성과 사랑스럽고 털이 잔뜩 났으며 키가 그의 절반 정도 되는 소년이 인간 침입자를 노려보고 있었다. 루이스는 영웅의 언어를 조금 알아들을 수 있었다. 크진 소년이 아버지를 올려다보며 물었다.

"저거 먹어도 돼요?"

성인 크진인과 루이스의 눈이 마주쳤다. 루이스는 활짝 웃으면서 이를 드러냈다.

크진인이 말했다.

"안 된다."

루이스는 수백 년 전에 벌어진 네 차례의 인간–크진 전쟁과 몇 가지 '사건'에서 모조리 이긴 승자의 미소를 지으며 고개를 끄덕였다. 어이, 애아버지. 네 입으로 직접 얘기하라고! 인간 고기보다는 삼산화비소를 먹는 게 낫다고 말이야!

그로부터 이십여 년 뒤, 링월드

벽을 통과하자마자 열기가 루이스를 덮쳤다. 그는 땀을 흘리기 시작했지만 불편하지는 않았다. 사우나를 이용한 경험이 있었기 때문이다. 사우나에 비하면 칠십 도는 그리 높은 온도도 아니었다.

최후자가 전송한 녹음이 영웅의 언어로 으르렁거리고 침을 뱉는 듯이 세계 선단에 안식처를 마련해 주겠다는 제안을 하고 있었다.

루이스는 명령했다.

"방송을 끊어!"

명령이 실행되었다.

불길이 계속 솟아오르며 창을 전부 막고 있었다. 포를 장착한 차량은 보이지 않았다. 일반적인 크진인과 생김새가 다른 두 명이 안뜰을 가로질러 달려오더니 착륙선 밑에 통을 두고 쏜살같이 문으로 되돌아갔다. 그들은 크진인과 달랐고 크미처럼 문명화된 자들도 아니었다. 저자들이 앞발을 내 어깨에 얹는다면…….

하지만 루이스는 착륙선 안이 아주 안전하다고 생각했다. 그는 눈을 가늘게 뜨고 불길을 통해 아래쪽을 살펴보았다. 여섯 개의 통이 착륙선의 하부를 둘러싸고 있었다. 폭탄이 분명했다. 불길 때문에 따로 터지기 전에 동시에 폭발하도록 조정해 둔 것이다. 따라서 폭탄은 언제라도 터질 수 있었다.

루이스는 미소를 지었다. 그리고 열기와 싸우면서 조종판에 두 손을 얹고 빠른 동작으로 설정을 입력했다. 버튼 역시 꽤 뜨거웠다. 그는 다리에 힘을 주고 옷을 감은 손으로 의자의 등받이를 움켜쥐었다.

착륙선이 불길 위로 날아올랐다. 밑에서는 둥그렇게 모인 화염구가 팽창했고, 잠시 후 성이 장난감처럼 점점 작아졌다. 루이스는 아직도 웃고 있었다. 유혹을 이겨 내 우쭐해졌기 때문이다. 만약 반동추진기를 이용하는 대신 핵융합 엔진을 써서 이륙했다면 크진인들은 직접 만든 폭탄의 위력에 크게 놀랐을 것이다.

우박 떨어지는 것 같은 소리가 선체와 창문을 두드렸다. 루이스는 위를 쳐다보고 깜짝 놀랐다. 날개가 달린 십여 개의 비행기 장난감이 곡선을 그리며 착륙선을 향해 날아왔다. 하지만 잠시 후, 비행기들은 점점 작아졌다. 루이스는 입을 꾹 다물고 육 킬로미터 상공에 도달하면 상승을 멈추도록 자동조종장치를 설정했다. 비행기들을 따돌릴 것인지는 아직 마음을 정하지 못했다.

루이스는 일어서서 계단 쪽을 돌아보았다. 그는 계기판을 읽고 코웃음을 쳤다. 그리고 최후자를 호출했다.

"크미는 완전히 회복됐고 오토닥 안에서 평화롭게 자고 있다. 하지만 오토닥은 크미를 깨우지도 않고 밖으로 내보내지도 않을 거야. 바깥 환경이 환자의 생존에 적합하지 않거든."

"적합하지 않다니 무슨 뜻입니까?"

"너무 뜨거워. 오토닥은 환자가 불길 속으로 걸어 나가지 못하게 만들어져 있다고. 불길에서 도망쳐 나왔으니 곧 식을 거야!"

그가 손으로 이마를 훔치자 땀이 팔꿈치까지 흘러내렸다.

"크미가 나오면 상황은 네가 설명해 주겠나? 난 찬물로 샤워를 해야겠으니까."

물줄기 속에 서 있는데, 바닥이 갑자기 아래로 떨어져 내렸다. 루이스는 수건을 낚아채 허리에 두르고 계단을 뛰어 올라갔다. 우박이 선체를 두드리는 소리가 들려왔다.

아직도 부상 중인 것처럼 천천히 그리고 신중하게 크미가 조종석에 앉은 채 뒤를 돌아보았다. 그는 어딘가 어색한 표정으로 눈을 가늘게 떴다. 눈가에 있던 털이 깔끔하게 면도되어 있었다.

허벅지에서 사타구니에 이르는 부위에도 털이 없고, 그 자리를 인조 피부가 대신하고 있었다. 그가 말했다.

"안녕한가, 루이스. 잘 살아남았군."

"그래. 지금 뭐하고 있는 거야?"

"성에 내 아이를 가진 여자들이 있다."

"그 여자들이 지금 당장 살해당할 위기에 처해 있나? 그게 아니라면 몇 분 정도 기다리자고."

"의논할 거라도 있는 거냐? 설마 내 앞을 가로막을 정도로 무모하진 않겠지."

"현재 일이 돌아가는 걸로 볼 때 그 여자들은 이 년 뒤면 죽을 거야."

"'화침'호에 태우고 정지장에 넣어서 우리 행성으로 보내면 된다. 난 아직도 최후자를 설득할 생각……."

"그럼 나를 설득해 봐. '화침'호는 내가 지휘하고 있으니까."

크미가 손을 움직였다. 착륙선 바닥이 거칠게 솟아올랐다. 루이스는 의자의 등받이를 움켜쥐고 버텼다. 계기판을 흘끗 보니 '화침'호는 하강을 멈춘 상태였다. 비 오듯 쏟아지던 탄환 역시 멈췄지만 아직도 창밖에는 십여 기의 비행기가 선회하고 있었다. 성은 일 킬로미터 아래쪽에 있었다.

크미가 물었다.

"어떻게 처리한 거냐?"

"하이퍼드라이브 엔진을 재로 만들었지."

크미는 믿기 어려울 만큼 빨랐다. 루이스는 눈 깜짝할 사이에 주황색 털에 파묻혔다. 크미가 한 손으로 그를 가슴에 끌어당기고 다른 손에 있는 네 개의 손톱을 그의 눈썹에 대고 있었다.

"빠르군. 정말 빨라. 그럼 이제 어디로 갈 계획이지?"

루이스가 물었다.

크미는 움직이지 않았다. 가느다란 핏줄기가 루이스의 눈을 지나 흘러내렸다. 그는 등이 부러질지도 모르겠다고 생각하면서도 태연한 어조로 말했다.

"이번에도 널 구해 줄 사람은 나인 것 같은데."

크미는 루이스를 놓아주고 조심스럽게 뒤로 물러섰다. 충동적으로 행동할까 봐 두려운 것 같았다. 그가 물었다.

"우리 모두를 멸망으로 밀어 넣은 거냐, 아니면 링월드 전체를 제자리로 돌려놓을 방법이라도 찾아낸 거냐?"

"후자야."

"방법은?"

"두어 시간 전이었으면 얘기해 줄 수 있었을 텐데. 이제는 다른 방법을 찾아야 해."

"왜 그런 짓을 했지?"

"링월드를 구하고 싶었거든. 최후자의 협조를 끌어낼 방법은 그것뿐이었어. 이제 그의 목숨도 위태롭게 됐잖아. 어떻게 하면 네가 협조하게 만들 수 있을까?"

"너는 바보다. 나는 내 아이들을 구할 수만 있다면 어떡해서든 링월드를 움직이는 방법을 알아낼 생각이다. 너는 나에게 네가 필요하다는 점을 납득시켜야 한다."

"링월드를 건설했던 팩 종족은 내 선조야. 그러니 나도 팩 종족처럼 생각하지 않겠나? 팩 종족은 링월드를 움직이기 위해서 어떤 장치를 해 놨을까? 그것만이 아니야. 난 링월드의 역사에 대한 지식이 풍부한 '도시 건설자' 사서 두 사람을 확보해 뒀지. 그들은 너에게 협력하지 않을 거야. 이미 네가 괴물이라고 생각하는 데다, 넌 아직 날 죽이지도 못했으니까."

크미는 루이스의 말을 곰곰이 생각해 보았다.

"겁을 주면 복종하겠지. 그들의 세계가 위험에 처해 있으니까. 그리고 그들 역시 팩 종족의 후손이다."

착륙선의 온도는 상당히 내려갔다. 벌거벗은 인간이라면 불편함을 느낄 만큼 낮은 온도였다. 하지만 루이스는 다시 땀을 흘리고 있었다.

"난 이미 수리 시설을 찾아냈어."

"장소가 어디냐?"

루이스는 잠깐 동안 그 정보를 숨기는 편이 낫지 않을까 생각했지만 그냥 대답해 주었다.

"화성의 지도."

크미가 자리에 앉았다.

"흠, 그것참 놀랄 만한 대답이군. 저 난민 크진인들은 탐험을 통해 화성의 지도에 대해 많은 것을 알아냈다. 하지만 수리 시설에 대해서는 들어 본 적도 없었다."

"내가 장담하는데 화성 지도 부근에서 배들이 실종된 적이 있을걸."

"비행기 조종사는 다수의 배가 실종됐다고 했다. 그리고 화성의 지도에는 건질 만한 게 전혀 없다고 했지. 탐험가들이 회전 방향으로 멀리 떨어진 지도에서 재화를 가져오긴 했지만, 배를 만들 만큼 많은 양을 가져온 적은 없다고 했다. 오토닥을 쓸 거냐?"

루이스는 헐렁한 옷으로 얼굴에 묻은 피를 닦았다.

"나중에. 그 멀리 떨어진 장소라는 건 지구의 지도인 모양이군. 즉 거길 지키는 사람은 아무도 없다는 얘기야."

"그렇겠지. 하지만 좌측에도 지도가 있다. 그리고 거기로 간 배는 한 척도 돌아오지 못했다. 수리 시설이 거기 있는 거냐?"

"아니. 그건 다운의 지도야. 크진인들은 거기서 그룩을 만난 거고."

루이스는 한 번 더 얼굴을 문질렀다. 상처는 깊지 않았지만 안면 출혈은 쉬이 멎지 않는 게 보통이었다.

"네 아이를 가진 여자들에 관해 얘기해 봐. 전부 몇 명이지?"

"모른다. 가임기인 여자는 여섯이었다."

"흠, 그 여자들이 다 탈 만한 공간은 없어. 그러니 성에 머물러야겠지. 혹시 성주가 그 여자들을 죽일까?"

"아니. 하지만 남자아이가 태어나면 분명 죽일 거다. 또 다른 위험 요소는…… 흠, 그건 내가 해결할 수 있다."

크미는 조종간 쪽으로 몸을 돌렸다.

"가장 오래된 탐험선인 '베헤모스'호를 중심으로 가장 강력한 문명사회가 형성되어 있다. 그들이 여기까지 나를 추격해 온다면 저 성과 전쟁이 벌어질 거다."

비행기가 횃불처럼 타오르며 추락했다.

크미는 일반 레이더와 심부 레이더, 적외선탐지기로 하늘을 확인했다. 아무것도 없었다.

"루이스, 다른 자들이 더 있었나? 착륙한 놈은 없나?"

"없을 거야. 그랬다가는 연료가 부족해서 돌아가지 못할 테고……. 도로가 있군. 도로를 조사해 봐. 무선으로 커다란 배와 연락하도록 내버려 둘 수는 없잖아."

전파는 직진할 테고, 링월드 대기에는 전파를 반사시키는 헤비사이드층*이 있을 테니까.

도로는 하나뿐이었다. 그 도로에는 직선 구간이 거의 없었다. 그리고 평지에는…….

크미는 몇 분 뒤 조사 결과에 만족했다. 파괴되지 않은 비행기는 없었다.

루이스가 말했다.

"이제 다음 단계를 생각해 보지. 단순히 성에 있는 자들을 모조리 죽일 수는 없어. 내 기억이 맞다면 크진 여성은 자립할 수 없을걸."

"그렇지……. 루이스, 이상한 점이 있다. 성의 여자들은 크진 본토의 여자들보다 훨씬 더 똑똑하다."

"너만큼 똑똑한가?"

"물론 아니다! 하지만 적지 않은 수의 어휘까지 사용할 수 있

---

* Heaviside layer. 지상 백 킬로미터가량에 있는 전리층.

었다.”

“너희 쪽 크진인이 온순한 여성들만 길러 냈을 수도 있어. 수십만 년 동안 똑똑한 여성과는 자식을 만들지 않는 방식으로 말이야. 사실 너희는 노예 종족만 골라서 키우잖아.”

크미는 안절부절못했다.

“그럴지도 모른다. 여기는 남자도 다르다. 나는 탐험선의 지도자를 처리하려고 했다. 내 힘을 보여 주고 협상하러 오기를 기다렸다는 얘기다. 하지만 그들은 그런 시도조차 하지 않았다. 그들은 둘 중 하나가 끝장날 때까지 싸워야 한다고 믿는 것처럼 행동했다. 나는 탐험선 지도자 차를의 자부심과 그의 조상까지 모욕해 가면서 조롱을 한 다음에야 겨우 입을 열게 만들 수 있었다.”

하지만 퍼페티어들은 이곳의 크진인이 순종적으로 변하도록 개량한 적이 없을 텐데. 루이스는 말했다.

“흠, 여자들을 성에서 빼낼 수도 없고 남자들을 죽여 버릴 수 없다면 결국 다른 식으로 처리해야지. 신 놀이를 하면 될까?”

“아마도. 이런 식으로 해 보면…….”

착륙선은 화살로는 절대 공격할 수 없고 침략군의 차량에 장착된 포의 사정거리보다 살짝 높은 곳에 자리를 잡았다. 착륙선의 그림자가 성의 안뜰에 남아 있는 재 위를 덮고 있었다. 루이스는 크미의 통역기에서 나오는 목소리에 귀를 기울이며 그가 신호를 보내는 순간을 기다리고 있었다.

크미는 화살을 쏴 보라고 궁수들을 도발했다. 위협하고, 약속을 하고, 다시 위협했다. 레이저 빔이 짧고 날카로운 번개처럼 날아가 바위를 잘랐고, 벼락 소리가 그 뒤를 이었다. 통역기를 통해 쉿쉿거리고, 으르렁거리고, 침을 뱉는 소리가 들렸다.

크미는 정말로 무서운 주인에 대해서는 언급도 하지 않았다.

네 시간 뒤 그는 성으로 내려갔다. 그리고 좁다란 창에서 걸어나와 공중에 뜬 채로 상승했다. 루이스는 그가 승선하기를 기다렸다가 이동했다.

마침내 크미는 비행 벨트와 장갑복을 벗고 루이스 뒤에 섰다.

루이스가 말했다.

"신을 아예 부르지도 않던데."

"기분 나빴나?"

"그럴 리가 있나."

"그랬다면 상황이 더 악화됐을 거다. 그리고…… 사실 그럴 수가 없었지. 저자들은 내 동족이다. 인간을 통해서 겁을 줄 수는 없다."

"알았어."

"카탁트는 내 아이들을 영웅으로 키울 거다. 그는 내 아이에게 무기 사용법을 가르치고, 잘 무장시키고, 적절한 나이가 되면 스스로 영토를 정복하도록 내보낼 거다. 너도 짐작하겠지만 내 아이들은 카탁트의 영지를 공격하지 않을 거고, 따라서 내가 돌아가지 않아도 생존할 확률이 높다. 나는 카탁트에게 레이저 플래시를 주고 왔다."

"그 정도면 충분하군."

"그러기를 바란다."

"그럼 이제 크진 지도에서 할 일은 다 끝난 건가?"

크미는 생각에 잠겼다가 말했다.

"생포해 둔 비행기 조종사가 있었다. 조종사들은 하나같이 이름이 있고 종합적인 교육을 받은 귀족이었지. 내가 선조들의 업적을 조롱하자 차를은 탐험 시대에 관해 많은 것을 얘기해 주었다. '베헤모스'호 안에는 광범위한 사료를 보관한 도서관이 있는 것 같다. 그걸 탈취해야 한다고 생각하나?"

"차를이 해 준 얘기를 더 말해 봐. 저들은 화성의 어디까지 진출했지?"

"저자들은 폭포의 벽을 발견했다. 신세대들은 압력복과 고공 비행이 가능한 비행기를 만들었지. 그들은 화성 지도의 끝을 탐험했고, 그중 한 탐사대가 중심부까지 진출했다. 거기엔 얼음이 있다고 했다."

"'베헤모스'호의 도서관은 그냥 둬도 될 것 같군. 안으로 들어가 보지 못한 거야. 최후자, 듣고 있나?"

마이크에서 음성이 흘러나왔다.

"그렇습니다, 루이스."

"우린 화성의 지도로 갈 거야. 너도 따라와. 하지만 도약 원반을 사용할 경우에 대비해서 좌현 쪽으로 거리를 유지해."

"명령에 따르지요. 더 알려 줄 사항은 없습니까?"

"크미가 정보를 조금 얻었지. 크진인들이 화성 지도의 표면을 탐험했는데 이상한 점은 없었던 모양이야. 그러니 어디부터 시작하면 좋을지 아직은 단서가 없는 셈인데."

"아래쪽부터 시작하는 게 좋을지도 모릅니다."

"그래, 그럴지도 몰라. 번거롭긴 하겠지만. 손님들은 잘 지내고 있나?"

"당신과 오래 떨어져 있으면 안 될 것 같습니다."

"그럼 최대한 빨리 가도록 하지. 넌 '화침'호의 컴퓨터에 화성에 관한 자료가 있나 찾아봐. 화성인에 대해서도. 이상."

루이스는 몸을 돌리며 물었다.

"크미, 착륙선을 조종하고 싶나? 초속 육 킬로미터 이상으로 가속하지만 않으면 돼."

착륙선은 상승한 다음 크미의 손길에 따라 비행하며 회색 구름의 벽을 통과했다. 구름 한 점 없는 파란 하늘이 나타났고, 상승을 계속하자 하늘은 점점 어두워졌다. 크진의 지도가 아래로 지나가더니 마침내 뒤로 물러가 버렸다.

크미가 말했다.

"퍼페티어가 꽤 순종적이더군."

"그래."

"넌 수리 시설이 화성의 지도에 있다고 확신하는 것 같고."

루이스는 미소를 지었다.

"맞아. 아주 훌륭한 미끼이긴 했지만 그래도 완벽하진 않았지. 링월드 건설자들은 너무 많은 걸 숨겨야 했어. 부피가 컸거든. 우리는 여기 오는 길에 대양의 아래쪽으로 들어가 봤지. 화성 지도 밑에서 뭘 봤을 것 같나?"

"알면서 묻는 장난은 하지 마라."

"아무것도 못 봤어. 바다 밑바닥뿐이었지. 냉각기 날개도 없었다고. 다른 지도에는 극지를 냉각하기 위한 날개가 있었어. 간접 냉각 방식이지. 화성의 지도에도 분명 냉각 장치가 있을 거야. 안 그러면 그 열이 어디로 가겠나? 열이 바닷물로 빠져나갈 거라고 생각했는데 그렇지 않았어. 그래서 열을 링월드 바닥에 파묻힌 초전도체 격자로 곧장 흘려 보낼 거라고 생각하게 된 거지."

"초전도체 격자?"

"말하자면 커다란 그물이야. 그 그물이 링월드 토대의 자기력을 조종하는 거지. 그 자기력을 이용하면 항성에도 원하는 효과를 일으킬 수 있어. 따라서 화성 지도가 초전도체 격자에 직접 연결되어 있다면 그거야말로 링월드 통제실이라는 얘기야."

크미는 곰곰이 생각하다가 말했다.

"열을 바닷물로 보낼 수는 없다. 따뜻하고 축축한 공기가 상승할 테니까. 그러면 구름들이 아주 먼 곳에서 흘러 들어오고 흘러나가는 자국이 남는다. 우주에서 본다면 화성 지도가 아주 좋은 표적이 되는 셈이지. 수호자 팩들이 그런 실수를 할 거라고 생각하나?"

"아니."

하지만 나는 그런 실수를 할 수도 있지. 루이스는 속으로만 생각했다.

"나는 화성에 대해 기억하는 게 별로 없다. 인간 역시 그 행성을 중요하게 생각한 적이 없지. 그렇지 않나? 기껏해야 전설의 소재나 제공하는 게 전부였다. 화성에 공기가 희박하다는 점을 모방하기 위해서 지도가 삼십 킬로미터 높이에 위치한다는 건 알고 있다.”

“높이가 삼십 킬로미터이고 면적은 구천만 제곱킬로미터야. 따라서 숨을 수 있는 공간의 부피가 이십칠억 세제곱킬로미터라는 계산이 나오지.”

“으르르. 네 말이 맞다. 화성의 지도는 수리 시설이고, 팩들은 최선을 다해 그 장소를 숨겼군. 차를은 대양이 아주 크고 거기에 괴물과 폭풍이 있다고 했다. 수호자 팩은 공격적이지 않고 효과가 좋은 경비를 만들어 뒀을 거다. 침략자 선단은 그 비밀을 절대 알아내지 못했겠지.”

루이스는 무의식적으로 눈썹 근처의 가려운 곳 네 군데를 긁었다.

“이십칠억 세제곱킬로미터라. 솔직히 머리가 멍해지는군. 그 안에 뭐가 숨겨져 있을까? ‘신의 주먹’을 메울 만큼 큰 땅덩어리가 있을까? 그 땅들을 옮기고, 다지고, 이어 붙일 만큼 큰 기계가 있을까? 우리는 링 벽에서 자세제어 엔진을 들어 옮기는 기중기를 봤지. 그런 기중기가 있을까? 여분의 자세제어 엔진도 있을까? 젠장, 거기에 남은 엔진이 있으면 더 바랄 게 없는데. 하지만 그렇다 해도 공간이 남지.”

“거기엔 전투 함대가 있을 거다.”

“맞아. 링월드 건설자가 엄청나게 큰 무기를 쓴다는 건 이미 알고 있지. 하지만 전투 함대라…… 당연하겠군. 그리고 난민을 태울 우주선도 있을 거야. 어쩌면 지도 자체가 커다란 난민선인지도 모르지. 인구가 생태계를 꽉 채우기 시작하면 링월드를 탈출하는 우주선으로 쓸 만큼 큰 건 분명하니까."

"저게 우주선이란 말이냐? 링월드를 제자리로 끌어 놓을 만큼 커다란 우주선이라고? 루이스, 그 정도 규모는 상상하기가 쉽지 않다."

"나도 그래. 그리고 이주용 우주선으로 쓰기에는 작다는 생각도 들어."

"그럼 넌 도대체 무슨 생각으로 하이퍼드라이브 엔진을 부순거냐?"

크진인이 갑자기 으르렁거렸다.

루이스는 피하지 않기로 결정했다.

"나는 링월드가 자기력을 이용해서 항성에 영향을 끼칠 거라고 생각했어. 추측은 거의 맞았지. 문제는……."

최후자의 목소리가 스피커를 요란하게 울렸다.

"루이스! 크미! 착륙선을 자동조종에 맡기고 지금 당장 이리로 오십시오!"

| 화성의 지도 |

크미는 무시무시한 동작으로 펄쩍 뛰어 루이스보다 먼저 도약 원반을 밟았다. 크진인도 명령에 잘 따를 수 있군. 하지만 루이스는 그 사실을 굳이 지적할 생각은 없었다.

'도시 건설자'의 시선은 선체 밖으로 향해 있었다. 하지만 그들이 보는 것은 스쳐 지나는 풍경이 아니었다. 그쪽에는 푸른 바다와 구름이 늘어선 푸른 하늘이 무한히 뻗어 있는 지평선에서 만나는 광경뿐이었다. 그들의 눈은 극장 스크린 크기의 홀로그램에 고정되어 있었다. 크미가 도약 원반의 수신부에 나타나자 두 사람은 고개를 돌렸다가 몸을 움찔거리고는 애써 태연한 척했다.

루이스는 말했다.

"크미, 이쪽은 하르카비파롤린과 카와레스크센자족. 공중 도시에서 온 사서들이야. 이 사람들 덕분에 엄청난 정보를 얻을 수 있었지."

크미가 말했다.

"그거 잘됐군. 최후자, 무슨 일이냐?"

루이스는 크미의 털을 붙잡고 손가락으로 어딘가를 가리켰다.

최후자가 말했다.

"맞습니다. 태양을 보십시오."

사각형 홀로그램 안에 흐릿하고 확대된 태양이 있었다. 그들이 바라보는 동안 유난히 밝은 중앙 부분이 이동하고 뒤틀리고 모양을 바꾸었다.

크미가 물었다.

"우리가 우주항에 내리기 직전에도 저러지 않았나?"

"그랬지. 저게 링월드의 운석 방어 장치야. 최후자, 이젠 어떻게 하지? 우주선의 속도야 낮추면 되지만 착륙선을 구해 낼 방법이 없는데."

"당신들의 소중한 목숨을 구해야 한다는 생각뿐이었습니다."

최후자가 말했다.

도망치는 '화침'호 바로 밑에서 바닷물이 매우 밝은 빛을 발했다. 그 빛은 점점 더 강해지더니 보라색을 띠었다. 그리고 갑자기, 순식간에, 더 견딜 수 없을 만큼 밝아졌다. 그들의 발밑 선체에 검은 점이 생겨 그 부분을 가렸다.

하얗고 보랏빛을 띤 테두리에 둘러싸인 새카만 줄이 회전 방향 쪽 수평선 위에 수직으로 등장했다. 그 검은 기둥은 지상에서 출발해 하늘까지 이어졌다. 대기권 위쪽은 보이지 않았다.

크미가 영웅의 언어로 무언가를 중얼거렸다.

최후자는 공용어로 말했다.

"걱정은 안 해도 되겠군요. 하지만 저 광선은 뭘 공격하는 걸까요? 우리가 목표인 줄 알았습니다만."

"저쪽에 지구의 지도가 있지 않나?"

루이스가 물었다.

"맞습니다. 그 밖에도 물이 꽤 많고 링월드 지형이 상당히 넓게 펼쳐져 있지요."

광선과 지평선이 맞닿은 부분이 하얗게 빛났다. 크미가 작은 소리로 영웅의 언어를 중얼거렸다. 루이스는 그 뜻을 짐작할 수 있었다. 저런 무기가 있다면 지구를 증발시켜 버릴 수도 있겠군.

"시끄러."

"루이스, 이건 자연스러운 생각이다."

"그러시겠지."

광선이 갑자기 끊어졌다. 그리고 다시 지면을 때리더니 좌현 방향으로 몇 도가량 이동했다.

"이런 젠장! 좋았어. 최후자, 위로 올라가지. 망원경을 사용할 수 있는 고도로 가자고."

지구의 지도에는 노랗고 하얀 점이 빛을 내고 있었다. 그 점은 대형 소행성이 추락한 모습과 비슷했다. 훨씬 멀리 떨어진 대양의 반대편 해안에도 비슷한 광점이 보였다. 항성의 플레어는 흐려지면서 점점 균일성을 잃어 가고 있었다.

크미가 물었다.

"저쪽에 비행기나 우주선이 있는 거냐? 아니면 그 외에 빠르게 움직이는 물체가 있나?"

"측정 장비에 녹화된 영상이 있을 겁니다."

최후자가 대답했다.

"찾아봐라. 그리고 고도를 천오백 미터까지 낮춰라. 표면 아래쪽에서 화성의 지도로 접근해 봐야겠다."

"루이스?"

"그냥 시키는 대로 해."

크미가 다시 물었다.

"저 레이저 빔이 만들어지는 과정은 알고 있나?"

최후자는 말했다.

"루이스가 알려 줄 겁니다. 난 바쁩니다."

'화침'호와 착륙선은 양쪽에서 날아와 화성의 지도 위에서 합류했다. 최후자는 양쪽을 도약 원반으로 왕복할 수 있도록 기체 두 대를 나란히 세워 두었다.

루이스와 크미는 도약 원반을 이용해 착륙선으로 이동해서 점심을 먹었다. 크미는 배가 고픈 상태였다. 그는 붉은 고기와 연어를 수 킬로그램 해치우고 물을 오 킬로그램가량 들이켰다. 루이스는 그 모습을 보고 식욕이 줄어들었다. 그리고 손님들이 그 광경을 보지 않아 다행이라고 생각했다.

크미가 말했다.

"왜 저런 승객을 고른 건지 이해가 가지 않는다. 저 여자와 짝짓기를 하고 싶었던 거라면 모르겠다만. 그러면 소년은 뭐냐?"

루이스는 말했다.

"둘 다 '도시 건설자'야. 링월드의 대부분을 지배하는 종족이지. 그리고 저 두 사람은 도서관에서 만났어. 크미, 좀 친해지라고. 질문도 하고."

"저들은 날 무서워한다."

"넌 외교관이었잖아? 소년 쪽을 착륙선으로 데려올 테니까 이야기를 들려줘. 크진과 사냥터와 크진 역사박물관에 대해서 얘기해 주라고. 크진인이 어떻게 짝을 짓는지도 말해 주고."

루이스는 '화침'호로 도약해서 카와레스크센자족과 이야기를 나눈 다음, 하르카비파롤린이 상황을 눈치채기 전에 그와 함께 착륙선으로 돌아왔다.

크미는 그에게 착륙선 조종법을 시연해 보였다. 착륙선이 그의 손길에 맞춰 급강하하고, 공중제비를 넘고, 쏜살같이 상승했다. 소년은 완전히 도취되었다. 크미는 그에게 쌍안경 고글과 초전도체 천과 장갑복의 마법도 보여 주었다.

소년은 크진의 짝짓기 방법에 대해 물어보았다. 크미는 말을 할 줄 모르는 여성과 짝짓기를 해 봤으며 그 일로 새로 눈을 떴다고 말했다! 그리고 카와레스크센자족에게 궁금했던 것을 물어보았다. 루이스는 아주 진부한 질문이라고 생각했지만, 소년은 결국 짝짓기와 리샤스라에 대해 털어놓았다.

카와레스크센자족은 경험이 없고 이론만 풍부했다.

"상대 종족이 허락을 하면 기록을 남겨요. 그 테이프를 모아

눈 보관소가 있죠. 어떤 종족은 리샤스라 대신 다른 행위를 하기
도 해요. 옆에서 지켜보거나 리샤스라에 대해 얘기하길 즐기는
종족도 있고요. 한 가지 체위만 고집하는 종족도 있고, 발정기가
정해진 종족도 있고, 그렇지 않은 종족도 있어요. 그런 요소들이
거래 관계에 전부 영향을 미치죠. 다양한 보조제도 있어요. 루위
우 아저씨가 흡혈귀 향수에 관해 얘기해 줬나요?"

그들은 루이스가 혼자 '화침'호로 돌아갔다는 사실을 눈치채지
못했다.

하르카비파롤린이 화를 냈다.

"루위우, 그자가 카와를 해칠지도 모른다!"

루이스는 말했다.

"그들은 사이좋게 지내고 있어. 크미는 내 동료야. 그리고 모
든 종족의 아이들을 좋아하지. 카와는 완벽하게 안전해. 만약에
당신도 크미와 친해질 생각이 있다면 귀 뒤를 긁어주면 돼."

"이마는 왜 다친 것인가?"

"내 잘못이야. 음, 당신을 조용하게 만들 방법이 떠올랐어."

두 사람은 물침대 위에서 마사지 기능을 켜고 사랑을, 리샤스
라를 나누었다. 그녀는 판스 건물을 혐오한다고 말했지만 그곳에
서 많은 것을 배웠다.

두 시간 뒤 루이스는 손가락 하나도 움직일 수가 없었다. 하르
카비파롤린이 그의 뺨을 어루만지며 말했다.

"내 발정기는 내일이면 끝난다. 그럼 당신도 힘을 되찾을 수
있을 것이다."

"그 얘기를 들으니 심정이 복잡해지는군."

그가 낄낄거렸다.

"루위우, 당신이 크미와 카와가 있는 곳으로 가 주면 내 마음이 편할 것 같다."

"알았어. 난 지금 비틀거리면서 일어선다. 그리고 도약 원반으로 걸어간다. 그다음에…… 휙 사라졌다."

"루위우, 제발……."

"아, 알았다니까."

화성의 지도는 어두운 직선이었다가 점점 커지더니 진로를 가로막는 벽이 되었다. 크미가 속도를 낮추자 착륙선의 선체 바깥에 붙어 있는 마이크가 그간 비행하면서 들었던 바람 소리보다 더 크고 꾸준한 속삭임 소리를 잡아냈다.

그들은 폭포의 벽에 도착했다.

일 킬로미터가 넘는 거리에서 보면 폭포의 벽은 완벽하게 올곧고 무한히 길게 보였다. 폭포의 최상단은 그들보다 삼십 킬로미터 높은 곳에 위치했다. 하단은 안개 때문에 보이지 않았다. 물이 떨어지며 천둥소리를 냈기 때문에 크미는 외부 마이크를 꺼야 했다. 그러자 그 소리가 선체를 뚫고 들려왔다.

소년이 말했다.

"우리 도시에 있는 물 응축기 같아요. 우리 종족은 분명히 이걸 보고 물 냉각기를 만들었을 거예요. 크미 아저씨, 내가 물 응축기 얘기를 했던가요?"

"했지. '도시 건설자'가 여기까지 왔다면 안으로 들어가는 통로를 찾아봤을 거다. 속이 비어 있는 땅에 관한 옛날얘기는 없나?"

"없어요."

"이야기에 등장하는 마법사는 꼭 수호자 팩처럼 생겼더군."

루이스가 말했다.

소년이 물었다.

"루위우, 이 큰 폭포는…… 이건 왜 이렇게 큰 거예요?"

"지도의 맨 위쪽은 분명히 전부 폭포에 둘러싸여 있을 거야. 폭포는 수증기를 끌어 내리겠지. 지도 위쪽을 메마른 상태로 만들어야 하거든. 최후자, 듣고 있나?"

"네. 지시 사항이 있습니까?"

"우리는 착륙선에 있는 심부 레이더와 기타 관측 장비를 켜고 한 바퀴를 돌 거야. 폭포 안에 있는 통로를 찾아낼지도 모르니까. '화침'호로 위쪽을 탐험해 줘. 연료 상태는 어떻지?"

"고향으로 돌아가지 않을 거라면 적당합니다."

"잘됐군. 탐사기를 꺼내고 약…… 십오 킬로미터쯤 떨어져서 지면에 아주 가까운 고도를 유지하면서 '화침'호의 뒤를 따르게 해. 도약 원반과 마이크는 계속 작동시켜 두고. 크미, 네가 착륙선을 조종할 건가?"

"명령에 따르지."

"좋아. 카와, 가자."

"난 여기 있고 싶어요."

소년이 말했다.

"그랬다가는 하르카비파롤린이 나를 죽이려고 들 거야. 어서 가자."

'화침'호가 삼십 킬로미터를 상승하자 붉은색 화성이 눈앞에 펼쳐졌다.

카와레스크센자족이 말했다.

"무시무시하게 생겼네요."

루이스는 그의 말을 무시했다.

"우리가 찾는 건 아주 큰 물체야. '신의 주먹'을 채워 넣을 수 있을 만큼 대규모로 날아가 버린 지대를 떠올려 봐. 그런 지대에 걸맞은 해치가 있을 테고, 해치를 들어 올릴 수 있는 장비가 있을 거야. 최후자, 너라면 그런 걸 화성 지도의 어디쯤에 두겠나?"

최후자가 대답했다.

"폭포 속입니다. 그러면 아무도 못 볼 테니까요. 바다는 텅 비어 있습니다. 그 대신 폭포가 모든 걸 가리고 있겠지요."

"맞아. 말이 되는 얘기군. 하지만 그쪽은 크미가 조사하고 있지. 다른 곳은 없을까?"

"내가 화성의 풍경 속에 엄청나게 큰 해치를 숨겨야 한다면 불규칙한 지형을 이용할 겁니다. 경첩으로는 길고 곧은 협곡을 이용하지요. 얼음을 이용할 수도 있겠군요. 북극의 얼음은 녹았다가 다시 얼어붙으니까 출입하는 걸 숨길 수도 있을 겁니다."

"그런 협곡이 있나?"

"있습니다. 그동안 조사를 해 놨습니다. 루이스, 극지일 확률이 가장 높습니다. 화성인들은 절대로 극지에 다가가지 않으니까요. 습기 때문에 살 수가 없지요."

화성의 지도는 극투영법을 따르고 있었다. 다시 말해서 남극이 가장자리를 따라 퍼져 있었다.

"알았어. 북극으로 가지. 거기에 아무것도 없으면 나선을 그리면서 탐색해 나가는 거야. 높은 고도를 유지하면서 관측 장비를 전부 작동시켜 보지. '화침'호가 공격당할 가능성에 대해서는 너무 신경 쓰지 말고. 크미, 듣고 있나?"

"말해라."

"아무것도 빼놓지 말고 보고해. 뭔가가 착륙선을 추적할 가능성이 있는데, 그럴 경우 어떤 반응도 하지 말고."

크미가 지시에 순순히 따를까? 루이스는 말을 이었다.

"우리는 착륙선으로 침공하려는 게 아니야. 도둑질을 하려는 거지. 그러니까 GP 선체 안에 숨어서 공격당하는 편이 나아."

심부 레이더는 스크리스 바닥을 관통할 수 없었다. 스크리스 위에 있는 산과 골짜기들은 반투명하게 보였다. 가느다란 화성 먼지가 기름처럼 흐르면서 바다를 이루었다. 그 먼지 아래 일종의 도시들이 있었는데, 그곳에는 먼지보다 단단한 석조 건물들이 있었다. 건물의 벽에는 조각이 새겨져 있고, 그 모서리는 둥글었으며, 수많은 구멍이 나 있었다. '도시 건설자'들은 루이스와 함께 그 모습을 지켜보았다. 인간의 우주의 화성인은 이미 수백 년 전에 사라지고 현재 남아 있지 않았다.

대기는 진공상태처럼 깨끗했다. 우현 쪽 지평선 너머에 지구의 그 어떤 산보다 큰 산이 있었다. 당연히 올림푸스 몬스*였다. 그 분화구에는 하얀 조각 하나가 떠다니고 있었다.

'화침'호는 하강하다가 초승달 모양의 사구들 바로 위에서 도로 상승했다. 화산 봉우리로부터 오륙십 미터 위에 떠 있는 문제의 구조물은 여전히 시야에 들어왔다. 그곳의 거주자들이 '화침'호를 목격했을 가능성은 아주 높았다.

"크미."

"말해라."

루이스는 속삭이고 싶은 마음을 억눌렀다.

"공중에 떠 있는 고층 건물을 발견했다. 높이는 삼십 층 정도고, 튀어나온 창문과 비행차 착륙장이 있어. 건물 자체는 이중 원뿔형이야. 첫 번째 탐사 때 우리가 점령했던 구조물과 아주 흡사하군. 그 멋진 '그럴 리가'호 말이야."

"똑같나?"

"똑같지는 않아도 아주 비슷해. 지금 그게 화성에서 제일 높은 산 위에 떠 있어. 얼어 죽을, 꼭 표지판처럼 말이야."

"우리에게 보내는 신호라는 얘기 같군. 그쪽으로 건너갈까?"

"아직은 그러지 마. 뭣 좀 찾아냈나?"

"폭포 안에서 엄청나게 큰 해치의 윤곽을 발견했다. 그 정도 크기라면 전투 함대 하나가 통과할 수 있고, '신의 주먹'에 있는

---

* Olympus Mons, 태양계에서 가장 높은 산이자 가장 높은 화산으로, 화성의 적도 북쪽 타르시스 지역에 위치한다. 라틴어로 '올림푸스 산'이라는 뜻이다.

분화구를 덮을 만한 땅덩어리도 지나갈 수 있다. 어쩌면 신호를 보내서 열 수 있을지도 모른다. 아직 시도는 해 보지 않았다."

"하지 마. 대기해. 최후자?"

"방사선 감지와 심부 레이더 스캔을 해 봤습니다. 저 건물은 에너지를 거의 내뿜지 않습니다. 사실 자기 부상에는 큰 동력이 필요하지 않습니다만."

"안에는 뭐가 있지?"

"보십시오."

최후자가 영상을 띄웠다. 심부 레이더 화면에 반투명한 구조물이 나타났다. 구조물은 본래 공중 건물이었고, 십오 층에 연료 탱크와 공기를 소비하는 엔진을 추가해 여행용으로 개조한 것 같았다.

"견고한 구조물입니다. 벽이 콘크리트나 그에 상응하는 밀도를 가진 재료로 만들어졌지요. 주차장에는 차량이 하나도 없습니다. 꼭대기와 지하에는 망원경과 다른 센서가 있습니다. 사람이 있는지는 알 수 없군요."

"그게 문제군. 알았어. 전술을 세울 테니까 듣고 어떤지 얘기해 줘. 일 단계, 최대한 빠른 속도로 봉우리 위를 지나간다."

"아주 완벽한 공격 목표가 될 겁니다."

"지금도 마찬가지야."

"최소한 올림푸스 몬스 안에 있는 무기는 피하고 있잖습니까."

"무슨 상관이야, GP 선체가 지켜 주고 있는데. 이 단계, 피격을 당하지 않으면 분화구에 심부 레이더 스캔을 한다. 그 결과 단단한 스크리스 바닥밖에 없다면, 삼 단계로 넘어가서 저 건물을 증발시켜 버린다. 할 수 있을까? 신속하게?"

"가능합니다. 하지만 두 번 할 만한 연료 비축분은 없습니다. 사 단계는 뭡니까?"

"수단과 방법을 가리지 않고 신속하게 지도 안으로 들어간다. 크미, 너는 무슨 수를 써서든 우릴 구출할 수 있도록 대기하고 있어. 그럼 최후자, 혹시 작전 중에 몸을 둥글게 말 생각인지 얘기해 줘."

"그런 생각을 할 수 있는 상황이 아닙니다."

"잠깐만."

루이스는 원주민 손님들이 침도 삼키지 못하고 겁을 먹었다는 사실에 생각이 미쳤다. 그는 하르카비파롤린에게 말했다.

"이 세상을 구할 수 있는 장소가 존재한다면, 그건 바로 지금 우리 발밑에 있어. 이제 그 입구를 찾은 것 같아. 그런데 그걸 발견한 게 우리만이 아니야. 그자가 누구인지는 전혀 모르겠고. 어쩌면 한 명이 아닐 수도 있지. 무슨 얘긴지 알겠어?"

"나는 무섭다."

그녀가 말했다.

"나도 그래. 애 좀 진정시켜 줄래?"

"당신부터 날 좀 진정시켜 주겠는가?"

그녀는 불안하게 웃었다.

"힘써 보겠다."

"최후자, 시작해."

'화침'호는 20G로 급상승했다가 기체를 뒤집은 다음, 공중 건물과 거의 나란한 높이에서 멈췄다. 루이스의 위장도 따라 뒤집혔다. '도시 건설자' 두 사람은 비명을 질렀다. 카와레스크센자족이 루이스의 팔을 죽어라 움켜쥐었다.

분화구에 오래된 용암이 들어찼다는 것은 눈으로도 알아볼 수 있었다. 루이스는 심부 레이더 영상을 바라보았다. 그리고 찾던 것을 발견했다! 스크리스에 구멍이 나 있었다. 그 구멍은 뒤집힌 굴뚝처럼 올림푸스 몬스를 관통하며 내려갔다. 링월드의 수리 장비가 통과하기에는 너무 작은 구멍이었다. 기껏해야 탈출용 해치에 불과했다. 그래도 '화침'호가 통과할 만한 공간은 있었다.

루이스는 말했다.

"발사."

그가 그 광선을 마지막으로 본 것은 최후자가 조명으로 사용했을 때였다. 근접한 상태에서 발사하니 그 파괴력이 무시무시했다. 공중 건물은 콘크리트가 끓어오르면서 혜성의 머리처럼 변했고 백열광의 흐름이 뒤로 꼬리를 만들었다. 그리고 남은 것은 먼지구름뿐이었다.

루이스는 말했다.

"뛰어들어."

"뭐라고 했습니까?"

"우리는 조준당하고 있어. 시간이 없다고. 뛰어들어. 20G로. 문을 직접 만들어야겠어."

이제 그들의 머리 위에는 황토색 지형이 있었다. 심부 레이더 화면에, 스크리스에 난 구멍이 아래로 떨어지며 우주선을 집어삼키는 모습이 떠올랐다. 하지만 감각으로는 올림푸스 몬스의 단단한 용암이 무시무시한 속도로 하강하며 그들을 짓뭉개는 것처럼 느껴졌다. 카와레스크센자족의 손톱이 파고드는 바람에 루이스의 팔에서 피가 흘렀다. 하르카비파롤린은 얼어붙어 있었다. 루이스는 충격에 대비했다.

그리고 암흑만이 존재했다.

어느 순간 심부 레이더 화면에 형태가 없는 흐릿한 빛이 떠올랐다. 어딘가에서 또 다른 무언가가, 초록색, 빨간색, 주황색 별들이 빛을 냈다. 그것들은 다름 아닌 조종실의 계기판이었다.

"최후자!"

대답은 들리지 않았다.

"최후자, 불을 켜 봐! 조명을 비추라고! 우리를 위협하는 게 뭔지 봐야지!"

"어떻게 된 것인가?"

하르카비파롤린이 애처롭게 물었다. 눈이 어둠에 익숙해지자 루이스는 그녀가 무릎을 끌어안고 바닥에 앉아 있는 모습을 볼 수 있었다.

선실의 불이 켜졌다. 최후자는 조종간에 등을 돌린 상태였다. 반쯤 몸을 웅크리며 줄어들고 있었다.

"루이스, 더 이상은 못하겠습니다."

"우리는 조종을 못하잖아. 방법을 아는 건 너뿐이야. 바깥을 보게 조명을 켜 봐."

최후자가 조종간을 건드렸다. 빛이 퍼지면서 조종실 앞의 선체를 물들였다.

"우린 무언가에 파묻혀 있습니다."

그의 머리 하나가 아래를 흘끗 보았다. 다른 머리가 말했다.

"용암입니다. 선체 외벽의 온도가 섭씨 칠백 도입니다. 우리가 정지장에 들어가 있는 동안 용암이 우리를 뒤덮은 겁니다. 이젠 식고 있군요."

"상대가 우리 행동에 대비하고 있었던 거야. 우주선은 아직도 뒤집혀 있나?"

"맞습니다."

"그럼 위쪽으로 가속할 수는 없겠군. 아래로는 가능하지만."

"그렇습니다."

"시도해 볼까?"

"도대체 무슨 소리를 하는 겁니까? 당신이 하이퍼드라이브 엔진을 태워 버리기 직전으로 돌아갈 수만 있다면……."

"당장 해 봐."

"……아니, 내가 인간과 크진인을 납치하기로 결심하기 직전으로 돌아갈 수만 있다면 좋겠군요. 그게 실수였나 봅니다."

"시간 낭비하지 말고."

"'화침'호의 과도한 열을 방사할 공간이 없습니다. 그러니 추진을 해 봐야 다시 정지장에 들어가서 다음 국면을 기다리는 순간을 한두 시간 정도 앞당길 뿐입니다."

"그럼 잠깐 기다려. 심부 레이더로 뭘 알 수 있지?"

"사방이 화성암입니다. 식으면서 갈라져 있군요. 범위를 넓혀서…… 루이스, 십 킬로미터쯤 아래에 스크리스 바닥이 있습니다. '화침'호의 천장 쪽 아래 말입니다. 그리고 이십 킬로미터 위에 훨씬 얇은 스크리스 천장이 있습니다."

루이스는 당황하기 시작했다.

"크미, 다 들었나?"

크미는 예상하지 못한 방식으로 호출에 반응했다. 루이스는 잔혹한 고통과 분노로 가득한 울부짖음을 들었다. 크미가 두 팔로 눈을 가린 채 도약 원반에서 전속력으로 뛰쳐나왔다. 하르카비파롤린은 몸을 날려 그를 피했다. 크미는 물침대에 걸려 넘어지더니 바닥을 굴렀다.

루이스는 단박에 욕실로 뛰어가 샤워기를 최대로 튼 다음, 다시 물침대로 달려가 크미의 팔을 목에 두르고 힘겹게 들어 올렸다. 크미의 털 속 피부는 뜨거웠다.

크미는 루이스에게 몸을 의지한 채 차가운 물줄기 속으로 끌려 들어갔다. 그리고 몸을 움직여 구석구석 찬물을 뒤집어썼다. 그러면서도 얼굴은 물줄기 밖으로 내밀지 않았다.

마침내 그가 말했다.

"어떻게 알았나?"

루이스는 대답했다.

"너도 조금 있으면 냄새를 맡을 수 있을 거야. 불에 탄 털 냄새 말이야. 어떻게 된 거지?"

"갑자기 몸에 불이 붙었다. 계기판에서는 빨간불 십여 개가 켜졌고. 그래서 도약 원반으로 뛰어들었다. 착륙선은 아직 자동조종 상태다. 부서졌다면 모르겠지만."

"그건 확인해 보지. '화침'호는 용암에 파묻혀 있어. 최후자?"

루이스는 조종석 쪽을 바라보았다.

최후자는 두 개의 머리를 배 밑에 넣고 몸을 말고 있었다. 너무 지나친 반응이었다. 하지만 루이스는 그 이유를 금세 알 수 있었다. 조종실 화면에 어느 정도 익숙한 얼굴이 떠 있었다.

심부 레이더 화면이 있던 사각형 공간에 똑같은 얼굴이 더 크게 떠올라서 루이스를 바라보고 있었다. 그 얼굴은 오래된 가죽으로 본을 뜬 인간의 가면이었다. 하지만 정확히 똑같지는 않았다. 그 얼굴에는 털이 없었다. 턱은 단단해 보였고 이가 없는 초승달 모양이었다. 두 눈썹 밑으로 움푹 들어간 두 개의 눈이 무언가를 가늠하는 시선으로 루이스를 노려보고 있었다.

| 바퀴 속의 바퀴 |

"조종사가 사라진 것 같네요."

가죽 얼굴의 침입자가 말했다. 침입자는 선체 바깥에 떠 있었다. 얼굴이 변형되고 수호자처럼 어깨 부위가 멜론 형태로 부푼 유령이 검은 바위 속에서 우주선을 에워싸고 있었다.

루이스는 간신히 고개를 끄덕였다. 충격이 너무 빠르게, 예상하지 못한 형태로 덮쳐 온 탓이었다. 그는 크미가 옆에 서서 물을 뚝뚝 흘리며 잠재적인 적을 조용히 관찰하는 것을 느꼈다. '도시 건설자'들은 침묵을 지켰다. 루이스는 그들의 표정을 보고 두려워하기보다는 경외심이나 황홀감에 빠져 있다는 느낌을 받았다.

수호자가 말했다.

"그러니 완전히 함정에 빠진 셈이군요. 곧 정지장에 들어가야 할 거예요. 그다음에 벌어질 일에 대해서는 의논할 필요도 없겠죠. 난 이제 안심했어요. 내 손으로 당신들을 죽일 수 있을지 알 수 없었거든요."

"너희는 전부 죽었다고 생각했는데."

루이스가 말했다.

"팩 종족은 이십오만 년 전에 멸종했어요."

입술과 혀가 녹아 붙었기 때문에 수호자는 자음 몇 개를 제대로 발음할 수 없었다. 하지만 수호자가 사용하는 것은 공용어였다. 왜 하필이면 공용어를 쓰는 거지? 루이스는 의문을 품었다.

"질병 때문이죠. 수호자가 전부 죽었을 거라는 가정은 옳아요. 하지만 '생명의 나무'는 화성 지도 밑에 살아 있죠. 외부에 노출된 적도 있었고요. 나는 수호자 한 사람이 어떤 계획을 실행에 옮길 자금을 구하느라 여기서 노화방지약을 만들었다고 추측하고 있어요."

"공용어는 어떻게 배웠지?"

"내가 자라면서 사용했던 언어니까요. 루이스, 날 못 알아보겠어요?"

루이스는 칼로 배를 찌르는 듯한 통증을 느꼈다.

"틸라! 어떻게······?"

그녀의 얼굴은 가면처럼 딱딱했다. 그러니 어떤 표정도 지을 수 없었다. 그녀가 말했다.

"불완전한 지식이 위험하다는 속담은 알고 있겠죠? 탐색자는 링월드 아치의 아랫부분을 찾아다녔어요. 나는 그에게 고등 지식을 펼쳐 보였죠. 아치에는 아랫부분이 없고 이 세상은 고리 모양이라고 알려 준 거예요. 그는 엄청나게 화를 냈어요. 나는 이 세계를 지배할 수 있는 장소를 찾는 거라면 건축 사무소를 찾아야 할 거라고 말해 줬죠."

"수리 시설 말이군."

루이스는 조종석 쪽을 흘끗 보았다. 최후자는 루비와 연보라 색 보석으로 장식해 놓은 가늘고 긴 흰색 발판으로 변해 있었다.

틸라가 말했다.

"당연히 건축 사무소는 수리 시설이고 힘의 중심이겠죠. 탐색 자는 대양의 전설을 떠올렸어요. 먼 거리와 폭풍과 포식자들 때문에 대양에는 자연적인 장벽이 형성돼 있었어요. 천문학자들은 대양을 관측할 수 있는 곳까지 아치를 따라 올라간 적이 있었고, 탐색자는 기억에 근거해서 지도를 만들었죠. 우리는 십육 년에 걸쳐서 대양을 건넜어요. 그 항해에서 만들어진 전설도 있을 거예요. 각 행성의 지도가 만들어졌다는 건 알고 있나요? 크진인들은 지구의 지도에 식민지를 만들었어요. 덕분에 크진인의 개척선을 탈취해서 여행을 계속할 수 있었죠. 대양에 있는 섬들 가운데 몇 개는 거대한 생명체예요. 그 등에는 식물이 자라고 있고요. 선원 한 사람이 상륙하다가 섬이 잠수하는 바람에 그만……."

"틸라! 어떻게 된 거야? 어쩌다가 그렇게 된 거냐고?"

"루이스, 어설픈 지식은 위험하다고 말했죠. 내가 링월드 건설자의 기원을 추측해 냈을 때는 이미 늦은 다음이었어요."

"하지만 당신은 운이 좋았잖아!"

틸라가 고개를 끄덕였다.

"퍼페티어들이 지구의 산아제한법에 개입해서 출산권 추첨을 만들었고, 그 결과 나는 행운을 타고 태어났죠. 당신은 그렇게 알고 있을 거예요. 하지만 난 항상 그게 바보 같은 소리라고 생각했어요. 루이스, 정말로 여섯 세대에 걸쳐 출산권 추첨에 당첨된 것만 가지고 운이 좋은 인간이 태어날 거라고 생각해요?"

루이스는 대답하지 않았다. 틸라가 그를 비웃는 것 같았다.

"게다가 딱 한 사람이 행운을 전부 가졌다고요? 추첨이 계속되면 당첨자도 계속 생길 거예요. 그 당첨자들의 후손 모두에게 있어 행운이란 게 뭔지 생각해 봐요. 이만 년만 지나면 그 후손들은 은하핵 폭발을 피해서 은하계를 완전히 벗어날 거예요. 그들이 왜 링월드에 정착하지 않겠어요? 거주 면적이 지구의 삼백만 배에 달하는 곳인데. 루이스, 게다가 링월드는 이동할 수도 있다고요. 링월드야말로 운이 좋은 상태로 태어날 미래의 후손들에게 있어 행운 그 자체예요. 내가 링월드를 구할 수 있다면, 우리가 이십여 년 전에 여기에 왔던 일 자체가 그들에게 행운이겠죠. 그리고 탐색자와 내가 올림푸스 몬스에서 입구를 찾아낸 것도 마찬가지고요. 행운은 그들의 몫이지 내 것이 아니었어요."

"탐색자도 그렇게 됐어?"

"탐색자는 죽었어요. 당연하잖아요. 우리는 '생명의 나무'의 뿌리를 마구 먹어 치우고 미쳤어요. 하지만 탐색자는 나이가 천 살이었죠. 그래서 죽고 말았어요."

"당신과 헤어지지 말았어야 하는 건데."

"당신에게는 선택의 여지가 없었어요. 나도 마찬가지였고요. 그 행운이란 게 정말로 존재한다면 말이죠. 지금도 선택의 여지

514

는 거의 없어요. 수호자는 본능이 아주 강력한 종족이거든요."

"당신은 행운을 믿어?"

"아뇨. 믿을 수 있으면 좋겠네요."

루이스는 두 손을 뒤집어 무력함을 표하고 돌아섰다. 그는 언젠가 틸라를 만날 거라고 계속 생각하고 있었다. 하지만 이건 그가 상상하던 재회가 아니었다!

그는 수면장을 켜고 공중에 몸을 띄웠다. 몸을 공처럼 말기로 한 최후자의 결정은 옳은 것이었다.

하지만 인간은 귀를 파묻을 수 없었다. 루이스는 몸을 반쯤 웅크리고 두 팔로 얼굴을 가린 채 공중에 떠 있었지만, 소리는 막을 수 없었다.

"동물 통역자, 젊음을 되찾은 걸 축하해요."

"내 이름은 크미다."

"잘 못 알아들었어요. 아, 크미, 당신은 어쩌다 여기까지 온 거예요?"

"나는 함정에 세 번 빠졌다. 최후자가 나를 납치했고, 루이스 때문에 링월드에 갇혔고, 틸라 브라운 때문에 지하에 갇혔다. 반드시 버려야 할 습관이다. 틸라, 나와 싸우겠나?"

"크미, 당신은 내가 있는 곳으로 올 수도 없잖아요."

크미는 돌아섰다.

"우리에게 뭘 바라는 거죠?"

카와레스크센자족이 '도시 건설자'의 언어로 소심하게 물었다. 그의 목소리는 통역기를 통해 공용어로 바뀌었다.

"바라는 건 없어."

틸라가 '도시 건설자'의 언어로 말했다.

"그럼 우리를 왜 여기에 가둔 거예요?"

"이유는 없지. 너희가 아무 짓도 하지 못하도록 조치를 취한 것뿐이야."

소년이 울부짖었다.

"이해가 안 돼요. 우리를 왜 땅에 묻은 거예요?"

"아이야, 난 할 일을 한 것뿐이야. 일조 오천억에 달하는 목숨이 살해당하는 걸 막아야 하거든."

루이스는 눈을 떴다.

하르카비파롤린이 열을 올리며 항의했다.

"하지만 우리는 대량 살상을 막으려고 여기에 왔다! 이 세계가 중심에서 벗어났다는 것을 모르는가? 태양 쪽으로 미끄러지고 있단 말이다!"

"알아. 그래서 내가 링월드의 자세제어 엔진을 제자리로 돌려놓고 당신 종족이 끼친 피해를 복구하도록 인원을 보낸 거지."

"루위우는 그걸로 부족하다고 했다."

"그렇지."

루이스는 이제 그들의 대화에 완전히 집중하고 있었다.

사서가 고개를 저었다.

"나는 이해가 안 된다."

"그 엔진들이 작동하면 링월드의 수명을 일 년은 늘릴 수 있으니까. 삼십 조에 달하는 지적 생명체가 일 년을 더 산다는 건 지구의 모든 인간이 천 년을 더 사는 것과 동등하지. 값어치가 있는 일이야. 협력자들도 내 결론에 동의했지. 비록 수호자들은 아니지만."

루이스는 수호자의 가죽 가면을 쓰고 있는 틸라 브라운의 얼굴 윤곽을 살펴보며 생각했다. 턱관절이 툭 튀어나왔고 두개골은 더 많은 뇌 조직을 수용할 수 있도록 부풀어 있군. 하지만…… 틸라는 그 과정을 겪느라 엄청나게 고통스러웠을 거야. 그녀는 왜 사라지지 않고 남아 있는 거지?

습관은 쉬이 사라지지 않는 법이다. 루이스는 모든 일을 분석하는 습관이 있었다. 그는 다시 생각했다. 왜 안 가는 거지? 가둬둔 양육자들과 얘기를 나눌 시간이 없을 텐데. 무슨 생각으로 저러는 거야?

루이스는 틸라를 바라보며 물었다.

"당신이 수리반을 조직했다고 했지? 그들은 누구야?"

"내 외모가 도움이 됐어요. 인류라면 대부분 내 말에 귀를 기울이죠. 나는 여러 종족에서 수십만 명의 인원을 끌어모았어요. 그중 '흘러나온 산 사람'과 '야행인'과 흡혈귀를 한 명씩 데려와 수호자로 만들었죠. 내가 못 찾은 해결책을 그 사람들이 찾아 줬으면 싶었거든요. 다들 관점이 다를 테니까요. 예를 들어 흡혈귀는 변화를 겪기 전까지 지성이 없었죠. 하지만…… 그들은 전부 실패했어요."

틸라는 분명 시간적인 여유가 있는 것처럼 행동하고 있었다. 마치 외계인과 양육자를 가둬 놓고 링월드가 차광판과 충돌할 때까지 갖고 놀 여유가 있는 것처럼!

"그들은 더 나은 해결책을 찾지 못했죠. 그래서 남은 버사드 램제트를 링 벽에 올려놓은 거예요. 엔진은 하나만 제외하고 전부 설치했어요. 이제 내가 모은 인원들은 다른 수호자의 지휘 아래 남아 있는 링월드 우주선에 설비를 마치고 가까운 항성을 찾아가서 안전하게 살아남을 거예요. 결국 링월드 원주민의 일부는 생존하는 셈이죠."

내 짐작이 맞았어! 틸라는 뭔가를 말하려는 거야!

"다시 첫 질문으로 돌아왔군. 그들은 열심히 일을 하는데 당신은 여기서 뭘 하는 거지?"

"나는 지성을 가진 인류 일조 오천억 명이 살해당하는 걸 막으려고 왔어요. 그리고 인간의 우주에서 만들어진 추진기에서 중성미자가 흘러나오는 걸 감지했죠. 그만한 범죄를 저지를 수 있는 장소는 여기뿐이었어요. 그래서 기다렸죠. 그 결과 당신들을 만났네요."

루이스도 그녀의 말에 동의했다.

"그 결과 우리를 만났지. 하지만 우리가 그 어떤 살인도 저지르지 않을 거라는 사실은 당신도 아주 잘 알고 있잖아."

"저지르게 될 거예요."

"이유가 뭐지?"

"그건 말할 수 없어요."

그럼에도 불구하고 틸라는 대화를 끝낼 기미를 보이지 않았다. 그녀는 이상한 게임을 하고 있었다. 루이스 일행은 그 게임의 규칙을 파악해야 했다.

루이스가 물었다.

"삼십조 가운데 일조 오천억을 죽여서 링월드를 구할 수 있다고 생각해 봐. 수호자라면 분명 그렇게 할 거야. 오 퍼센트를 희생해서 구십오 퍼센트를 구할 수 있으니까. 그러면 아주…… 효율적이잖아."

"루이스, 당신은 그토록 많은 지성체와 공감할 수 있나요? 아니면 자신이 주인공 역할을 맡으면서 한 번에 한 명의 죽음만 상상해 볼 수 있는 건가요?"

루이스는 대답하지 않았다.

"인간의 우주에는 삼백억 명의 사람들이 살고 있죠. 그 사람들이 전부 죽는 광경을 떠올려 봐요. 그 오십 배에 해당하는 인구가…… 예를 들어 방사선 오염으로 죽었다고 생각해 봐요. 당신은 그들의 고통과 안타까움을 느낄 수 있나요? 서로를 생각하는 마음은요? 수가 그렇게 많은데도 가능할까요? 그러기에는 수가 너무 커요. 두뇌가 감당을 못하는 거죠. 하지만 내 두뇌는 그럴 수 있어요."

"아."

"그런 일을 저지르게 내버려 둘 수는 없어요. 내가 막을 거예요. 난 반드시 당신을 막아야 해요."

"틸라. 차광판이 초속 천백 킬로미터에 달하는 속도로 링월드의 한 부분을 가격하는 광경을 떠올려 봐. 링월드가 해체되면서 인간의 우주에 거주하는 총인구의 천 배에 달하는 사람들이 죽어

가는 광경을 떠올려 보라고."

"상상해 봤어요."

루이스는 고개를 끄덕였다. 그는 지금 그림 맞추기 퍼즐을 마주하고 있었다. 틸라는 그림을 최대한 작게 자르려고 노력하는 중이었다. 그녀는 완성된 그림을 건넬 수가 없었다. 그러니 루이스가 할 수 있는 일은 계속 그림 조각을 모으는 것뿐이었다.

"다른 수호자가 있다고 했지? 본래 네 명이 있었고 지금은 당신과 다른 한 명이라고? 다른 자들은 어떻게 됐어?"

"두 명은 나와 동시에 수리공들을 떠났어요. 분명히 각자 떠났을 거예요. 그들도 당신이 올 거라는 단서를 발견했겠죠. 그들을 추적해서 막아야 할 필요가 있어요."

"그래? 만약 그들이 수호자라면 당신과 마찬가지로 일조 오천억 명의 지성체 인류를 죽일 수는 없겠군."

"그들이라면 어떤 방법을 써서 그런 일을 벌일지도 몰라요."

"어떤 방법이라."

틸라는 이제 단어를 조심스럽게 선택하고 있었다. 루이스는 끼어드는 사람이 없어서 다행이라고 생각했다. 심지어 달변의 외교관인 크미조차 입을 다물고 있었다.

"이를테면 그런 범죄를 저지를 수 있는 유일한 장소에 어떤 양육자들이 도달할 수 있도록 안배할 수도 있겠지. 당신이 막지 않았다면 그들은 그런 전략을 썼을까?"

"그럴 거예요."

"그들은 어떤 식으로든, 아주 조심스럽게 고른 양육자들이 '생명의 나무'의 냄새를 못 맡게 했겠군."

그건 바로 압력복이었다! 틸라가 항성 간 우주선을 찾아다녔던 것은 바로 그 때문이었다.

"그리고 또 어떤 식으로든 상황을 파악하게 만들겠지. 양육자들이 해답을 찾아내고 실행에 옮기기 전에 죽지 않도록 이중으로 안배한 상황을 만들어 놓은 거야. 그들이 해답을 실행에 옮기면 천문학적인 숫자의 양육자들이 죽는 대신 그보다 훨씬 더 많은 양육자가 살아남을 테니까. 그리고 당신은 그걸 막겠다는 얘기지?"

"맞아요."

"여기가 바로 그 장소고?"

"안 그러면 내가 왜 여기서 기다렸겠어요?"

"이제 수호자가 한 명 남아 있겠군. 그자가 우리를 추격할까?"

"아뇨. '야행인' 출신 수호자는 피난 준비를 감독할 사람이 자신뿐이라는 걸 알고 있어요. 그녀가 나를 죽이고 내가 그녀를 죽이면 양육자들은 가는 도중에 죽고 말 거예요."

"당신은 살인을 아주 쉽게 저지르는 것 같은데."

루이스는 씁쓸하게 말했다.

"그렇지 않아요. 나는 링월드 인구의 오 퍼센트를 죽일 수가 없어요. 그리고 당신을 죽일 수 있는지도 모르겠네요, 루이스. 당신은 내 종족 출신의 양육자니까요. 그런 사람은 링월드에 당신 하나뿐이에요."

"난 링월드를 구할 수 있는 길을 생각해 왔어. 혹시 대규모 물질 변환 장치가 있어? 우린 그걸 활용할 방법을 알거든."

"팩 종족에게는 확실히 그런 장치가 없어요. 루이스, 그 추론은 별로 영리하지 못했네요."

"두 개의 대양 가운데 하나의 바다에 구멍을 뚫고 흘러 나가는 물의 흐름을 잘 조절하면 그 반작용으로 링월드를 제자리에 돌려놓을 수 있어."

"그건 영리한 방법이군요. 하지만 링월드에는 구멍을 뚫을 수가 없고 그걸 막을 수도 없잖아요. 게다가 그보다는 적은 피해를 주는 해결책이 있어요. 그렇다고 해도 만만치 않은 피해가 생기겠지만. 나는 그 방법을 허락할 수 없어요."

"당신이라면 링월드를 어떻게 구할 건데?"

"난 할 수 없어요."

"우리는 어디에 있는 거지? 수리 시설의 이 부분에는 뭐가 있는 거야?"

틸라는 오랫동안 침묵하다가 답했다.

"당신이 이미 알고 있는 것 이상은 말해 줄 수 없어요. 당신이 탈출할 방법은 없지만 그래도 가능성은 염두에 둬야겠군요."

"난 포기했어. 패배를 인정하지. 젠장! 당신이 바보 같은 게임을 하든 말든 상관없어."

"알았어요, 루이스. 적어도 당신은 절대 죽지 않을 거예요."

루이스는 눈을 감고 자유낙하 상태에서 몸을 웅크리며 생각했다. 잘난 척하는 계집애 같으니라고.

틸라가 말했다.

"정지장에 들어가야 하는 순간이 오면 동료들은 내가 지켜 줄 게요. 내가 당신을 위해 해 줄 수 있는 건 그 정도네요. 당신들, 이름과 출신지를 거주지를 말해 봐. 당신들은 링월드와 별을 정복했던 종족이지."

루이스는 생각했다. 시끄럽군. 왜 인간은 귀를 움직여서 막을 수 없는 걸까? 그런 능력을 가진 인류가 있을까?

카와레스크센자족이 물었다.

"마법사님은 리샤스라에 대해 어떤 입장이세요?"

"꼬마야, 리샤스라는 낯선 종족을 만났을 때 중요한 일이란다. 그리고 리샤스라는 양육자들끼리만 필요한 일이야. 하지만 우리도 사랑은 하지."

소년은 대단히 즐거워하고 있었다. 그의 경이감은 끝 간 데를 모르고 뻗어 나갔다.

틸라는 자신의 위대한 여정에 관해 얘기해 주었다. 그녀를 비롯한 탐험대원들은 다운의 지도에서 그룩에게 사로잡혔다가 괴상한 거주민들에게 구출되었다. 크진 지도에는 오래전에 지구 지도에서 수입해 온 인류형 동물이 있었다. 그 동물은 특별한 재능 때문에 사육되다가 인간의 우주에 사는 개만큼이나 완전히 다른 종으로 갈라져 나갔다. 틸라와 승무원들은 그 개들 사이에 숨어 있다가 크진인의 개척선을 훔쳐 달아났다. 그들은 크릴새우를 먹는 섬 짐승을 죽여 식량으로 삼았고, 속이 빈 액화질소 탱크에 남은 고기를 넣어 얼려 두었다가 여러 달에 걸쳐 먹었다.

마침내 그녀가 말했다.

"나도 식사를 해야겠구나. 하지만 곧 돌아올게."

그리고 사방이 조용해졌다.

몇 분간의 정적은 뭉툭한 이가 루이스의 손목을 살살 무는 바람에 깨지고 말았다.

"루이스, 어서 일어나십시오. 당신 응석을 받아 줄 시간이 없습니다."

루이스는 몸을 돌리고 수면장을 껐다. 그리고 잠깐 동안 퍼페티어의 흥미로운 표정과 건강의 정점을 찍은 크진인이 그 옆에 서 있는 모습을 감상했다.

"너희는 포기한 줄 알았는데."

최후자가 말했다.

"훌륭한 환상이지만 너무 현실 같았습니다. 나는 사건이 어떻게 흘러가든 신경 쓰고 싶지 않다는 유혹에도 빠졌었지요. 우리가 죽지 않을 거라는 틸라 브라운의 말은 사실입니다. 링월드의 대부분은 부서져서 여기저기 날다가 헤일로 너머로 사라지겠지만 말입니다. 우리는 심지어 훗날 발견될 수도 있을 겁니다."

"나도 그런 기분이 들기 시작했어. 포기하고 싶었지."

"수호자들이 이십오만 년 전에 멸종했다고 말한 건 당신이었습니다."

"너한테 분별력이 남아 있었다면 내 말을 믿지 않았을 거야."

"제발 부탁이니 아직은 그러지 마십시오. 수호자는 우리에게 뭔가를 말하고 싶은 눈치였습니다. 팩 종족은 당신의 조상이잖습니까. 그리고 틸라 브라운은 당신과 같은 문화 속에서 자라났지요. 조언을 해 주십시오."

"틸라는 우리에게 더러운 일을 대신 하게 만들 생각이야. 전부다 모순이지. 젠장, 너도 수호자로 변한 브레넌의 심문 과정을 조사해 봤잖아. 수호자들은 본능에 크게 지배받지만 한편으론 지능이 초인적으로 뛰어나. 그러니 둘 사이에 충돌이 안 생길 수가 없지."

"더러운 일이란 게 뭔지 짐작이 되질 않습니다."

"틸라는 링월드를 구해 낼 방법을 알고 있어. 수호자들은 전부 알고 있었지. 오 퍼센트를 죽이고 구십오 퍼센트를 살린다……. 하지만 직접 할 수는 없었어. 다른 사람이 그러도록 내버려 둘 수도 없었지. 그래도 결국은 누군가에게 시켜야 했어. 모순이야."

"더 자세히 말해 보십시오."

루이스는 그 수치들이 어딘가 마음에 걸렸다. 이유가 뭐지? 그건 나중에 생각하고…….

"틸라는 그 건물이 프릴의 공중 감옥과 비슷했기 때문에 고른 거야. 처음 링월드를 방문했을 때 우리가 가져다 쓴 건물 말이야. 틸라는 그렇게 해서 우리의 주의를 끌었어. 그 장소 역시 일부러 골라 둔 위치였고. 수리 시설의 이 구역이 어떤 기능을 하는지는 모르지만, 십오억 세제곱킬로미터의 공간 중에서 여기를 고른 이유가 있는 거야. 나머지는 우리가 직접 풀어내야지."

"그다음 단계는 뭡니까? 틸라 브라운은 우리를 가뒀다고 확인하고 있는 겁니까?"

"뭘 시도하든 그녀는 막으려 들 거야. 결국 우리 손으로 그녀를 죽여야 해. 그녀는 계속 그 얘기를 하고 있었던 거야. 우리에게 유리한 점이 딱 하나 있지. 그녀가 지려고 싸운다는 거야."

"무슨 얘긴지 모르겠습니다."

"나는 링월드를 살리고 싶다. 그러니 너희가 나를 죽여라. 틸라는 최선을 다해서 그 얘기를 전한 거야. 하지만 그 문제를 전부 해결한다 해도, 우리가 정말로 그토록 많은 지적 존재들을 죽일 수 있을까?"

"틸라에게 연민이 생기는군."

크미가 말했다.

"맞는 말이야."

"그녀를 어떻게 죽입니까? 당신 말이 맞다면 그녀는 분명 우리 행동에 대비하고 있을 겁니다."

최후자가 물었다.

"그렇지는 않을걸. 짐작이지만 그녀는 우리가 할 수 있는 일에 대해 생각하지 않으려고 애를 쓰고 있을 거야. 그런 생각을 아예 막아 버렸겠지. 우리는 우리 뜻대로 행동하면 되는 거야. 그리고 그녀는 본능에 따라 외계 종을 죽이려들 거야. 하지만 나와 함께 있으면 아주 결정적인 순간에 잠깐 머뭇거리겠지."

크진인이 말했다.

"잘 알았다. 중화기는 전부 착륙선에 있다. 우리는 바위 속에 처박혀 있고. 착륙선의 도약 원반은 아직도 연결돼 있나?"

최후자가 조종석의 계기판을 확인해 본 다음 말했다.

"연결되어 있습니다. 화성의 지도는 스크리스로 이루어져 있지요. 하지만 두께가 수 센티미터에 불과합니다. 링월드의 바닥처럼 엄청난 하중을 견딜 필요가 없으니까요. 관측 장비도 그 정도 스크리스는 무시하고 작동할 수 있습니다. 도약 원반도 마찬가지지요. 지금까지 직면한 상황 중에 유일하게 운이 좋은 요소군요."

"좋다. 루이스, 함께 갈 거냐?"

"당연하지. 착륙선 내부 온도는 어떻게 되지?"

루이스가 묻자, 최후자는 대답했다.

"센서 몇 개가 불에 타 버려서 알 수 없습니다. 착륙선을 이용할 수 있다면 제일 좋겠지만 그럴 수 없다면 장비만 챙겨서 빨리 돌아오십시오. 견딜 수 없는 상황이라면 즉시 돌아와야 합니다. 어떤 도구를 활용할 수 있는지 확인할 필요가 있습니다."

크미도 그의 말에 동의했다.

"그럼 다음 단계는 뻔하다. 착륙선이 운행 불가능 상태면 어떻게 할 거냐?"

루이스는 대답했다.

"그래도 빠져나갈 방법은 있어. 하지만 압력복이 필요해. 최후자, 넌 우리를 기다리지 말고 현재 우리 위치를 확인한 다음 틸라를 찾아봐. 그녀는 작물을 키울 수 있고 열린 공간에 있을 거야."

"그렇게 하지요. 난 우리가 올림푸스 몬스 아래 어느 정도 깊은 곳에 있다고 생각합니다."

"너무 확신하지는 마. 틸라는 우리에게 강력한 레이저 빔을 쏴서 정지상을 작동시킨 다음에 녹은 바위를 퍼붓기에 적당한 곳으로 '화침'호를 끌어낼 수도 있었어. 그랬다면 거기가 살인이 벌어지는 현장이 됐겠지."

"루이스, 틸라 브라운이 우리가 어떻게 나올지 예상하고 있을까요? 짐작 가는 거라도 있습니까?"

"아무 근거도 없는 추측이 하나 있긴 한데…… 그건 나중에 얘기하지."

루이스는 다이얼을 돌려 목욕 수건 두 장을 만들고 그중 하나를 크미에게 건넸다. 그리고 나막신 한 켤레를 추가했다.

"준비됐나?"

크미가 도약 원반으로 뛰어들었다.

루이스도 그 뒤를 따랐다.

| 수리 시설 |

　마치 오븐 속으로 순간 이동을 한 것 같았다. 루이스는 나막신을 신고 있었지만 크미의 발바닥을 지켜 주는 건 착륙선에 깔려 있는 카펫뿐이었다. 크미는 계단을 내려가다가 금속에 스치는 바람에 딱 한 번 으르렁거렸다.

　루이스는 숨을 참고 있었다. 크미도 그러기를 바랐다. 착륙선 안의 공기는 폐가 후끈거릴 정도로 뜨거웠다. 바닥은 사오 도 정도 기울어 있었다. 그는 창밖을 바라보고 즉시 후회했다. 믿을 수 없는 광경에 몸이 굳어 버렸기 때문이다. 창밖은 흐릿하고 어두웠다. 그리고 주변을 탐색하는 상어가 보였다. 착륙선이 바닷속에 있는 것일까?

　루이스는 이삼 초가량을 낭비했다. 하지만 다시 힘겹게 숨을 참고, 코를 킁킁거려 증기처럼 뜨거운 공기를 내보내면서 크미보다 더 조심스럽게 계단을 내려갔다. 그래도 공기가 코 안으로 들어오며 숯과 부패와 연기와 열기의 냄새가 났다.

크미는 목둘레의 털을 잔뜩 부풀린 채 화상을 입은 손을 치료하고 있었다. 도구함의 손잡이는 금속이었다. 루이스는 수건으로 손을 감싸고 도구함 문을 열었다. 크미도 수건을 이용해 도구함의 내용물을 꺼냈다. 그 안에는 압력복과 비행 벨트와 분쇄기와 초전도체 천이 있었다. 루이스는 압력복 헬멧을 꺼내고 산소공급 기능을 켠 다음 수건을 보호대 삼아 목에 감고 헬멧을 썼다. 얼굴로 불어오는 바람은 약간 따뜻한 정도였다. 그는 달콤한 공기를 빨아들여 가슴 가득 채웠다.

크미의 압력복은 헬멧과 일체형이었다. 그렇다 보니 압력복을 완전히 입고 밀봉하는 수밖에 없었다. 루이스의 이어폰에서 갑자기 크미가 무시무시하게 헐떡거리는 소리가 들렸다.

루이스는 물었다.

"우린 물속에 있어. 그런데 왜 이렇게 죽어라 뜨겁지?"

"그건 나중에 물어라. 우선 이것부터 같이 옮겨야 한다."

크미가 자신의 비행 벨트와 장갑복과 검은 전선 한 묶음과 멀쩡한 초전도체 천 한 꾸러미와 무거운 양손 분쇄기를 집어 올렸다. 그리고 계단으로 향했다. 루이스는 프릴의 비행 벨트와 레이저 플래시와 압력복 두 벌과 장갑복을 들고 그를 뒤따랐다. 살갗이 열기에 익기 시작했다.

크미는 조종석의 관측 장비 앞에서 걸음을 멈췄다. 창밖의 흑록색 물에서 거품이 일었다. 그 속에서 작은 물고기 한 마리가 아주 넓은 해초 숲에 길을 만들고 있었다.

크미가 숨을 헐떡거리며 말했다.

"저기, 계기판에…… 네 질문에 대한 답이 있다. 틸라는 극초단파를 쏴서…… 나에게 열기를 퍼부었다. 생명 유지 장치는 망가졌다. 스크리스 반발 장치도…… 작동하지 않았다. 착륙선이 가라앉고, 물 때문에…… 극초단파가 차단됐다. 착륙선이 뜨거운 이유는…… 냉각장치가 먼저 망가지고…… 절연이 너무 잘됐기 때문이다. 착륙선은 이제 사용할 수 없다."

"젠장, 그렇군."

루이스는 도약 원반을 사용했다.

그리고 다음 순간, 들고 있던 물건을 바닥에 떨어뜨렸다. 땀이 눈과 입으로 쏟아져 들어왔다. 그는 달궈진 헬멧을 벗고 시원한 공기를 빨아 들였다. 하르카비파롤린이 그의 팔을 목에 두르고, '도시 건설자'의 언어로 안심시키는 말을 중얼거리면서 반쯤 끌다시피 침대로 데려갔다.

크미는 나타나지 않았다.

루이스는 하르카비파롤린에게서 몸을 빼내고 헬멧에 머리를 끼운 다음 비틀거리면서 도약 원반으로 돌아갔다.

크미는 계기판을 만지고 있었다. 그는 자신의 장비를 루이스의 품에 안겨 주었다.

"가지고 가라. 곧 돌아가겠다."

"명령에 따르지."

루이스가 압력복을 반쯤 입었을 때 크미가 '화침'호에 모습을 나타냈다. 크미는 자신의 압력복을 벗었다.

"루이스, 서두를 것 없다. 최후자, 착륙선은 이제 쓸모없어졌다. 그래서 핵융합 엔진을 사용해 올림푸스 몬스로 날아가도록 설정해 뒀지. 어디까지나 유인용이다. 틸라는 착륙선을 부수느라 몇 초가량을 낭비할 거다."

스피커에서 대답이 흘러나왔다.

"좋습니다. 나도 진전이 있었는데, 보여 줄 수는 없습니다. 틸라 브라운이 우리 통신을 도청할 수도 있으니까요."

"그래서?"

최후자는 조종실에서 루이스가 있는 곳으로 도약해 왔다. 이제 그는 기계를 통하지 않고 말할 수 있었다.

"당연한 얘기지만 관측 장비는 대부분 쓸모가 없습니다. 그래도 목적지는 알고 있지요. 우현 쪽으로 삼백육십 킬로미터쯤 떨어진 곳에서 상당량의 중성미자가 방사되고 있습니다. 아마 핵융합 발전소일 겁니다. 심부 레이더 스캔 결과 사방에 빈 공간이 있습니다. 대부분은 일반적인 방 정도의 크기에 불과하지만 엄청나게 큰 공간도 있더군요. 그 안에는 무거운 기계류가 들어차 있었습니다. 그리고 수리공들이 쓰는 발판을 보관해 둔 동굴도 찾아냈습니다. 동굴의 크기와 모양과 바닥에 놓인 받침대들을 보고 내린 결론입니다. 동굴의 입구에는 거대하고 구부러진 문이 있는데, 그 문은 지도의 벽 안에 있었습니다. 폭포로 감춰져 있지요. 대형 운석이 충돌한 지점에 덮을 흙덩이를 보관해 둔 창고도 찾았고, 거기에도 해치가 있었습니다. 작은 우주선들도 보관돼 있는데, 그게 전투용인지는 모르겠군요. 어쨌든 거기에도 해치가 있습니다. 폭포 안에 총 여섯 개의 해치가 있는 겁니다. 그리고 간신히……."

"최후자, 넌 틸라 브라운을 찾았어야 했다!"

"아까 루이스에게 서두를 것 없다고 하지 않았습니까?"

"루이스는 인간이지. 참는 게 뭔지를 안다. 하지만 너, 풀이나 뜯어먹는 짐승이 도가 지나쳤다."

"당신은 수호자 팩으로 변한 인간을 살해할 계획입니다. 설마 일대일로 대결할 생각은 아니겠지요? 고함을 치면서 뛰어들면 틸라 브라운이 맨손으로 덤벼 줄 것 같습니까? 우리는 머리를 써서 틸라와 싸워야 합니다. 서두르지 마십시오. 위험성을 고려해야 한다는 말입니다."

"계속해 봐."

"난 올림푸스 몬스의 위치를 간신히 알아냈습니다. 현 위치에서 반회전 방향으로 천삼백 킬로미터 떨어진 곳에 있지요. 틸라 브라운은 대형 레이저나 그와 유사한 도구를 이용해서 '화침'호를 계속 공격하는 방법으로 우리를 정지장 안에 가둬 놓고 천삼백 킬로미터 떨어진 곳으로 끌어낸 겁니다. 이유는 추측할 수가 없군요."

"틸라는 준비해 둔 용융 암석을 들이부을 수 있는 위치로 우릴 보낸 거야. 그 위치는 결국 그녀가 예상하는 대량 살상이 벌어질 장소일 테지. 하지만 방법은 우리가 찾아내야 해. 젠장, 틸라가 우리 지능을 과대평가한 것 같군."

"내 생각은 다릅니다, 루이스. 그건 바로 우리 밑에 있으니까 말입니다."

최후자의 머리 하나가 위쪽으로 구부러졌다.

"우주선이 뒤집혀 있으니 위쪽이겠군요. 거기 여러 개의 방이 있고, 상당량의 전기적 활동이 포착됐습니다. 주기적으로 중성 미자가 방사되는 건 말할 필요도 없지요. 따라서 대여섯 개의 심부 레이더 장치가 있을 겁니다. 그리고 직경이 육십이 킬로미터인 반구형 공간도 찾아냈습니다. 반구형 공간의 벽을 따라 약간 올라간 곳에 중성미자를 방사하는 물체가 더 있었습니다. 그 물체는 움직이고 있고, 출력은 핵융합 발전소처럼 불규칙적입니다. 당신들이 착륙선에 다녀온 몇 분 사이에 그리 먼 거리를 이동하진 못했으니, 반구형 공간의 내부 백팔십도를 완전히 가로지르는 데에 열다섯 시간이 걸릴 겁니다. 오차는 플러스마이너스 삼 분입니다. 육식자 전사께서는 뭐 떠오르는 게 없습니까?"

"인공 태양이군. 농지가 있는 거다. 그게 어디냐?"

"여기서 지도의 오른쪽 끝 방향으로 사백 킬로미터 떨어진 곳입니다. 하지만 당신들은 올림푸스 몬스를 통해서 진입할 거잖습니까. 그러니 오른쪽에서 반회전 방향으로 십이 도 떨어진 곳을 조사해야 합니다. 그쯤에 뚫을 수 있는 벽이 있을 겁니다. 이동식 분쇄기를 가져왔습니까?"

"그래, 나도 완전히 지능이 없는 건 아니라서 가져왔지. 최후자, 착륙선이 올림푸스 몬스에 도달할 수만 있다면 우리는 도약 원반을 이용해서 착륙선의 화물실까지 곧장 이동할 수 있다. 하지만 그 전에 틸라가 격추시키려 들 거다."

"틸라 브라운이 왜 그러겠습니까? 우리가 타지도 않았는데 말입니다. 그녀도 심부 레이더 스캔이 가능하니 알 겁니다."

"으르르르. 그럼 틸라는 심부 레이더를 켜 두고 우리가 착륙선에 나타나기를 기다렸다가 부숴 버리겠지. 너희 종족은 지능이 고작 그 정도라 몰래 다가가 나뭇잎이나 뜯어 먹고 사는 거다."

"그 지능으로 나는 이런 생각을 했습니다. 당신들은 착륙선이 도착하기 수 시간 전에 올림푸스 몬스에 들어가야 합니다. 이미 탐사기가 우리를 따르도록 설정해 뒀지요. 탐사기 안에는 도약 원반 수신부가 있습니다. 물론 '화침'호로 돌아올 방법은 없을 겁니다."

"으르르. 그거라면 통하겠군."

"어떤 장비를 사용할 겁니까?"

"압력복, 비행 벨트, 레이저 플래시, 분쇄기를 쓸 거다. 이것도 가져왔다."

크미는 초전도체 천을 가리키고 말을 이었다.

"틸라는 이게 있다는 걸 모른다. 그러니 우리에게 도움이 될 거다. 천을 엮어서 옷을 만들면 압력복을 덮을 수 있지. 거기, 하르카비파롤린, 바느질을 할 줄 아나?"

"모른다."

"내가 할 줄 알아."

루이스가 말하자, 소년이 뒤를 이었다.

"나도요. 원하는 게 뭔지 알려 주세요."

"그러지. 멋지게 만들 필요는 없다. 틸라가 발사형 무기나 전투용 도끼 대신 레이저 무기를 쓰기를 바라야지. 장갑복을 압력복 위에 또 입을 수는 없으니까."

"꼭 그런 것만도 아냐, 크미. 예를 들어 네 장갑복을 내 압력복 위에 입는 방법도 있어."

루이스가 말했다.

"그렇게 잔뜩 입으면 빠르게 움직일 수가 없다."

"그건 그렇지. 하르카비파롤린, 넌 괜찮아?"

"루이스, 난 잘 모르겠다. 수호자는 당신 편인가, 적인가?"

루이스는 부드러운 목소리로 대답했다.

"틸라는 적이긴 하지만 자신이 지기를 바라고 있는 거야. 그렇다고 대놓고 말할 수 없을 뿐이지. 지금 그녀가 벌이는 게임의 규칙은 그녀의 이성과 본능에 깊게 새겨져 있는 거야. 당신이라면 그 둘 중 하나만 믿을 수 있겠나?"

하르카비파롤린이 주저하다가 말했다.

"수호자는 마치…… 마치 무서운 누군가에게 말과 행동을 감시당하는 사람처럼 행동했다. 내가 판스 건물에서 훈련을 받을 때와 비슷했지."

"바로 그거야. 틸라의 경우는 그녀 자신이 그 감시자인 거지. 당신이 지면 전 세계가 멸망하리라는 걸 알고도 수호자와 싸울 수 있겠나?"

"싸울 수 있을 것이다. 최소한 수호자의 주의를 끄는 정도는 할 수 있겠지."

"좋았어. 당신도 같이 가. 다른 '도시 건설자' 여성에게 주려고 가져왔던 장비가 있으니까. 당신이 입게 될 장비가 뭔지 최대한 설명해 주지. 크미, 이 여자는 압력복을 입은 다음에 그 위에 네 장갑복을 입고 마지막으로 초전도체 옷을 입을 거야."

"하르로프릴라라 몫의 레이저 플래시도 줘라. 내 것은 부주의 해서 잃어버렸다. 나는 분쇄기를 가져가지. 그리고 나는 예비 배 터리를 사용해서 순식간에 동력을 보충하는 방법도 알고 있다."

최후자가 미심쩍은 얼굴로 말했다.

"그 배터리는 퍼페티어가 만든 거라 내가 더 잘 압니다. 비상 용으로 설계한……."

"어차피 써 보면 알겠지. 그리고 너는 모든 통신 경로를 닫아 둬라. 우리가 준비를 끝내기 전에 틸라가 식사를 마치고 돌아올 가능성이 높다. 시간이 너무 부족하군. 루이스, 카와레스크센자 족에게 초전도체 옷을 만드는 법을 알려 줘라. 초전도 전선을 실 로 쓰라고 해."

"그래, 나도 알고 있어. 젠장, 정말 시간이 너무 부족하군."

루이스 일행은 장비 때문에 뒤뚱거리면서 도약 원반으로 뛰어 들었다.

하르카비파롤린은 옷을 잔뜩 껴입어 형체를 알아보기 어려울 정도였다. 그녀는 헬멧을 쓴 채 잔뜩 긴장하면서 집중하고 있었 다. 압력복에 비행 벨트에 레이저에…… 싸움은 둘째 치고 그 많 은 물건의 사용법을 제대로 기억하기만 해도 운이 좋은 셈이었다. 루이스는 생각했다. 저렇게 옷을 껴입었으니 멀리서 보면 나라고 착각할 수도 있겠군. 그러면 틸라가 머뭇거릴지도 몰라. 그런 사소한 차이가 결과를 바꿀 수 있을 거야.

하르카비파롤린이 사라졌다. 루이스는 비행 벨트를 켜고 그 뒤를 따랐다.

크미와 하르카비파롤린과 루이스가 올림푸스 몬스의 녹색 경사면 위로 검은색 휴지를 말아 놓은 공처럼 떠올랐다. 탐사기는 공중에 떠 있지 않았다. 연료가 떨어질 때까지 비행하다가 땅에 떨어져 구르는 바람에 심하게 부서진 상태였다. 하지만 도약 원반은 멀쩡했다.

루이스는 턱 밑에 있는 계기판을 보고 공기가 아주 희박하고 건조하며 이산화탄소가 풍부하다는 사실을 알았다. 대기는 화성과 아주 흡사했지만 중력은 지구와 별 차이가 없었다. 이곳의 화성인들은 어떻게 살아남았을까? 아마 적응을 하고 먼지 바다를 떠다니면서 살아갔겠지. 이미 멸종한 사촌들보다 강했기 때문에……. 아니지, 일에 집중해야 해!

분화구의 테두리는 경사면을 따라 육십사 킬로미터 위에 있었다. 그곳까지 이동하느라 십오 분이 걸렸다. 하르카비파롤린은 비행이 서툴었기 때문에 경사면에서 발을 끌었다. 그녀는 끊임없이 조종간을 만지작거리는 것 같았다.

분화구 바닥에 있는 해치는 녹슨 바위 색깔이었으며 표면이 거칠었다. 해치는 안쪽으로, 아래쪽으로 터져 나간 모습이었다.

일행은 암흑 속으로 하강했다.

그들은 비행 벨트를 이용해 공중에 떠 있었다. 본래는 그렇게 작동하지 않는 장치였다. 반발 장치는 위쪽과 아래쪽에 있는 평평한 스크리스 판을 모두 밀어내고 있었다. 하지만 스크리스 천장은 부하를 지탱할 필요가 없기 때문에 아래에 있는 링월드 바닥보다 훨씬 더 얇았다.

루이스는 시야를 적외선으로 바꿨다. 그는 하르카비파롤린이 설명을 잊지 않기를 바랐다. 적외선으로 바꾸지 않으면 눈이 멀게 분명하기 때문이었다. 아래에는 작고 밝은 원이 있고, 그곳에서 열기가 올라오고 있었다. 주변은 광활하고 흐릿했다. 원반들이 늘어서 있고, 그 측면과 삼면의 벽에 가느다란 사다리가 있었다. 그리고 커다란 공간 안에 고리를 쌓아 올린 기울어진 탑이 있었다. 일행은 고리를 하나씩 지나며 하강했다. 루이스는 그 탑이 올림푸스 몬스 정상으로 향하는 선형가속기일 거라 짐작했다. 그렇다면 원반은 출격 비행을 기다리고 있는, 수호자가 탑승하는 일인 전투기일 수도 있었다.

바닥에는 아래로 향하는 구멍이 뚫려 있었다. 일행은 그곳으로 하강했다. 하르카비파롤린도 계속 잘 따라왔다. 열의 근원은 여전히 아래쪽에 있고, 점점 더 커지고 있었다.

총 열두 개의 층이 곧바로 연결되고, 모든 층에 구멍이 뚫려 있었다. '화침'호가 남긴 파괴의 흔적은 엄청났다. 마지막 구멍 역시 상당히 큰 편이었고, 그 속에서 적외선 광선이 타오르고 있었다. 열원이 있는 공간은 붉고 뜨거우며 얕았다. 크미는 루이스보다 훨씬 먼저 그 속으로 뛰어들었다. 그는 잠시 후 다시 떠올라서 그 위층 바닥에 착지했다.

그들은 무선통신을 계속 끄고 있었다. 루이스가 크미의 행동을 흉내 내 마지막 구멍 속으로 뛰어들었다. 사방에서 적외선이 번쩍거리고, 엄청난 열기가 뿜어져 나왔다. 그리고 그보다 더 밝은 빛이 번쩍이는 굴이 있었다.

루이스는 다시 올라와서 크미와 합류했다. 그가 손짓을 하자 하르카비파롤린이 쿵 소리를 내며 옆에 착지했다.

루이스는 생각했다. 그래, 이게 '화침'호를 끌어낸 흔적이군. 정지장은 저 열 때문에 작동했고. 추적은 쉬운데…… 들어가면 타 버린다는 게 문제군. 이제 어떡하지?

우선 크미를 따라가야지. 크미는 빠른 속도로 상승하고 있었다. 무슨 생각을 하는지는 알 수 없었다. 말만 할 수 있으면 좋을 텐데. 루이스는 그런 생각을 하며 크미를 뒤따랐다.

일행은 거주 공간을 통과했다. 그곳은 어디까지나 고속으로 비행하는 사람들을 위한 구역이었다. 칸막이 방에는 문이 없었다. 심지어 금고 문처럼 생긴 문도 없었다. 최소한의 사생활을 보장하는 커튼도 없었다. 수호자 팩들은 어떻게 살았을까? 루이스는 칸막이 방 안을 슬쩍 들여다보았다. 실내는 금욕적으로 단순했다. 어떤 방에는 관절이 부풀고 두개골이 튀어나온 백골도 있었다. 높이가 일 킬로미터 이상 되는 정글짐을 비롯해 운동기구로 보이는 장비들이 잔뜩 들어찬 커다란 방도 있었다.

루이스 일행은 여러 시간을 비행했다. 길이가 수 킬로미터에 달하는 직선 통로들도 있었다. 그들은 빠른 속도로 그런 통로를 통과했다. 가끔은 갈림길이 나오는 경우도 있었다. 막다른 곳에 문이 있으면 크미가 담당했다. 그는 분쇄 광선을 뿌려서 문을 단분자 연기로 만들어 날려 버렸다.

커다란 문이 등장하자 다시 먼지구름이 피어올랐다. 하지만 먼지가 가라앉아도 문은 건재했다. 아무 장식도 없는 사각형 문이었다. 루이스는 스크리스가 분명하다고 생각했다.

크미가 왼쪽으로 동료들을 인도했다. 하지만 똑같은 문이 버티고 있었다. 루이스는 하르카비파롤린의 뒤로 물러나서 들어왔던 방향으로 비행하며 틸라가 나타날 것에 대비했다. 커다란 문은 열리지 않았다. 틸라가 그 안에 있다 해도 루이스 일행을 감지할 수는 없었다. 수호자에게도 한계는 있었다.

그들은 굴을 따라가서 위쪽에서 비행 중인 '화침'호로 갈 수도 있었지만 그러지 않았다. 크미가 '화침'호의 위치를 기준 삼아 방향을 잡고 오른쪽에서 반회전 방향 십이 도쯤 향하는 곳으로 진로를 정하고는 앞장섰다. 그리고…… 벽을 따라 반쯤 올라간 곳에서 중성미자를 방사하는 물체가 움직이고 있는 커다란 반구형 공간에 도달했다. 훌륭한 결과였다.

그들은 기회가 생기자 오른쪽으로 방향을 바꿨다. 스크리스 문이 또 등장했지만 이번에는 앞을 가로막고 있지 않았다. 그들이 따라가며 돌고 있는 공간은 아주 컸다.

비상용 제어실인가? 나중에 다시 와야 할지도 모르겠군. 루이스는 생각했다.

그들은 열네 시간 동안 거의 천오백 킬로미터를 이동하고 나서야 멈추고 휴식을 취했다. 그런 다음 중앙에 허리 높이의 금속 고리가 있는 아주 광활한 바닥에서 수면을 취했다. 그 공간의 용도는 알 수 없었지만 최소한 몰래 접근하는 적을 발견하기는 쉬웠다. 루이스는 배가 고파 영양 시럽만 빼면 뭐든 먹을 수 있을 것 같았다. 문득 틸라가 식사를 하고 일하러 갔다가 다시 배가 고파졌을지 궁금했다.

비행은 계속됐다. 이제 거주 구역은 벗어났지만 그래도 곳곳에 칸막이 방이 보였다. 비어 있는 식량 창고와 배관과 짧게 수면을 취할 수 있는 멋진 층들도 보였다. 하지만 그곳들은 더 이상 아무것도 남아 있지 않은 커다란 방일 뿐이었다.

그들은 고막을 뒤흔들 정도로 큰 소리가 나는 장소를 비행하며 빠져나왔다. 소리로 짐작하건대 엄청나게 큰 펌프인 것 같았다. 크미는 왼쪽으로 방향을 잡고 벽을 부순 다음 동료들과 함께 지도실에 도착했다. 루이스는 너무나 큰 지도실 때문에 위축되었다. 크미가 반대편 벽을 부수자 홀로그램이 번쩍하더니 사라졌다. 그들은 계속 앞으로 나아갔다.

루이스는 이제 목적지가 가까워졌다고 생각했다. 그들은 작동을 멈춘 핵융합 발전기의 꼭대기에서 잠을 청했다. 그리고 네 시간 뒤 다시 이동했다.

그들은 반대편에 빛이 있는 복도를 지나갔다. 등 뒤에서 바람이 불었다.

그들은 빛 안으로 들어갔다.

태양이 구름을 찾아보기 힘든 하늘의 천정天頂을 막 지나가고 있었다. 눈앞에는 끝없는 지형이 태양 빛을 받으며 펼쳐져 있었다. 연못과 작은 숲과 곡식이 가득한 들판과 줄지어 있는 흑록색 채소에 이르기까지. 루이스는 공격의 목표가 됐다는 느낌을 받았다. 그의 어깨에는 말아 놓은 검정 전선이 붙어 있었다. 그는 전선을 풀어서 던져 놓았다. 한쪽 끝은 여전히 그의 옷에 붙어 있었다. 이제 틸라가 공격하면 전선이 열을 방사할 수 있었다.

틸라는 어디에 있는 거지?

여긴 없는 것 같군.

크미가 앞장서서 작은 구릉 지대를 가로질렀다. 그는 물이 고여 있는 웅덩이를 빙 돌아 내려갔다. 루이스가 그를 따랐고, 하르카비파롤린은 루이스의 뒤를 따라갔다. 크미는 우주복을 열어 두고 있었다. 루이스가 착지하자 그는 손바닥을 내밀어 보이고 옷을 단단히 여미는 시늉을 했다. 우주복을 열지 말라는 뜻이었다. 그는 하르카비파롤린에게도 말을 전했다. 그녀가 동작의 의미를 이해한 것은 분명했지만, 루이스는 그렇다는 확신이 들 때까지 그녀를 지켜보고 있었다. 그리고 생각했다.

이제 어떡하면 좋지?

땅이 너무 평평해 숨을 곳이 거의 없었다. 고작해야 숲과 뒤쪽에 있는 완만하고 손바닥만 한 언덕들이 전부였다. 공격의 목표가 되기에 너무 쉬웠다. 물속으로 숨어야 하나? 루이스는 그것도 괜찮겠다고 생각했다. 그는 풀어 놓았던 초전도 전선을 되감기 시작했다. 공격에 대비할 여유가 수 시간은 될 것 같았지만, 틸라는 일단 행동을 개시하면 번개처럼 빠를 것이 분명했다.

크미는 옷을 벗고 알몸이 된 다음 초전도체 옷만 도로 입었다. 그리고 하르카비파롤린에게 다가가서 장갑복을 벗도록 도와주고 그걸 받아서 입었다. 하르카비파롤린은 그만큼 무방비 상태로 남은 셈이었다. 하지만 루이스는 크미의 행동을 가로막지 않았다. 그는 생각했다.

태양 뒤에 숨으면 어떨까? 태양은 작고 핵융합 에너지로 작동하는 데다 중성미자를 내뿜지. 최소한 아주 뻔한 은신처는 아니군. 하지만 실제로 숨을 수는 있나? 초전도 전선을 연못에 담가만 뒤도 온도가 물의 끓는점까지는 올라갈 판국에. 젠장, 좋은 생각인 것 같았는데! 화성 표면 근처라면 실현 가능했겠지. 거기선 물이 적당한 온도에서 끓으니까.

하지만 루이스 일행은 링월드의 표면과 너무 가까운 곳에 있었다. 따라서 기압은 해수면과 별 차이가 없었다.

여러 날을 기다려야 할 수도 있었다. 우주복 안에 있는 물과 설탕 시럽은 충분했다. 루이스는 그 정도라면 인내심도 바닥나지 않을 거라 생각했다. 크미는 이미 우주복을 벗은 상태였다. 그가 사냥할 만한 동물이 존재할 가능성도 없지는 않았다.

하지만 하르카비파롤린은 어떨까? 압력복을 연다면 그녀는 '생명의 나무'의 냄새를 맡게 될 터였다.

크미가 압력복을 도로 부풀렸다. 그리고 비행 벨트를 그 위에 둘렀다. 그는 압력복의 양 발등에 바위를 올려놓고, 비행 벨트를 조정해서 압력복이 팽팽하게 뜨도록 만들었다. 영리한 생각이었다. 바위를 걷어차 버리고 벨트의 추진기를 켜면 공격이 날아오는 방향으로 압력복이 날아갈 수 있었다.

루이스는 그에 맞먹는 생각을 하나도 떠올리지 못했다.

틸라는 그들이 기다리고 있는 장소에 이 주에 한 번씩만 올 수도 있었다. 그리고 '생명의 나무'의 뿌리를 다른 곳에 보관하고 있을지도 모르는 일이었다.

도대체 '생명의 나무'란 게 어떻게 생겼지? 잎이 흑록색이고 화려해 보이는 저 식물이 '생명의 나무'인가? 루이스는 그 식물을 한 그루 뽑아 보았다. 식물의 아래쪽에 참마나 고구마와 약간 비슷하게 뚱뚱한 뿌리가 달려 있었다. 처음 보는 식물이었다. 하지만 사실 그곳에 있는 모든 것이 낯설었다. 링월드에 살고 있는 대부분의 생물도, 지금 이 장소에 있는 것들도 전부 은하핵에서 들여온 것들이었다.

그때 루이스의 귀에 틸라의 웃음소리가 들렸다.

| 수호자 |

루이스는 화들짝 놀라기만 한 게 아니라 헬멧 속에서 비명을 질렀다. 틸라는 웃으며 말을 했고, 어쩔 수 없이 자음을 제대로 발음하지 못했다. 입술과 잇몸이 달라붙어 딱딱한 부리로 변했기 때문이다.

"난 퍼페티어와 절대 다시 싸우고 싶지 않았어요! 크미, 당신은 스스로 아주 위험한 존재라고 생각하죠? 그런데 저 퍼페티어는 거의 날 잡을 뻔했다고요."

방법은 알 수 없었지만 틸라는 꺼 놓은 이어폰을 통해 얘기하고 있었다. 만약 같은 방법을 사용해 위치까지 추적할 수 있다면 루이스 일행은 어차피 죽은 목숨이었다. 그러니 그럴 수 없다는 가정하에 행동해야 했다.

"당신들 우주선에서는 아무 신호도 잡히지 않는군요. 통신이 끊어졌어요. 그 안에서 무슨 일을 꾸미는지 알고 싶어서 도약 원반에 들어갈 수 있도록 뭔가를 설치해야 했죠. 쉬운 일은 아니더 군요. 우선 퍼페티어가 고향 행성에서 도약 원반을 가져왔다는 걸 떠올려야 했고, 작동 방식도 추측해야 했고, 장치를 만들어서…… 어쨌든 도약 원반을 통해 들어가 봤더니 퍼페티어가 정지장 스위치에 손을 뻗고 있더군요. 송신 원반이 어디에 있는지를 아주 빨리 알아내야 했죠. 결국 난 빠져나왔고, 당신들의 우주선은 지금 정지장 안에 들어가 있을 거예요. 따라서 도우러 올 사람은 없어요. 그리고 이제 내가 왔어요."

루이스는 틸라의 목소리에 후회가 묻어 있는 것을 알아챘다.

이제는 기다리는 것밖에 방법이 없었다. 최후자는 '화침'호에 실어 둔 모든 장비들과 함께 아무 도움이 되지 못한다. 루이스 일행이 사용할 수 있는 거라고는 현재 갖고 있는 장비들뿐이었다.

하지만 틸라는 잠시 머무를 것처럼 말하고 있었다. 물론 그 말이 거짓일 가능성도 있었다. 루이스는 비행 벨트를 조종해 위로 떠올랐다.

고도가 일 킬로미터가 되고 이 킬로미터가 됐지만 천장은 아직도 먼 곳에 있었다. 연못과 냇물과 완만한 언덕을 품고 있는 천오백 제곱킬로미터 넓이의 정원이 황야로 변했다. 잎이 잔뜩 달린 종 모양의 나무들은 정글을 이루며 왼쪽으로 뻗어 나갔다. 수백 제곱킬로미터에 걸쳐 회전 방향의 오른쪽을 덮고 있는 노란색 수풀 지역에는 아직도 줄에 맞춰 심어 놓은 흔적이 보였다.

루이스는 회전 방향에 있는 커다란 입구 하나를 발견했다. 그보다 작은 입구도 최소한 세 개가 있었고 그중 하나는 반회전 방향으로 나아가는 통로와 연결되었다. 바로 루이스 일행이 들어온 통로였다.

루이스는 지면에 닿을 정도로 하강하며 생각했다. 네 방향을 방어해야 해. 하지만 움푹 들어간 지형이 있다면……. 저기 있군! 중심에서 떨어진 곳에 냇물이 있고 낮은 언덕이 그 냇물을 둘러 싸고 있었다. 냇물 한가운데라고 해서 문제 될 건 없었다. 그는 허공에 뜬 채 냇물을 관찰하면서 뭔가 핵심적인 요소를 놓치고 있다는 느낌을 받았다.

그리고 해답을 찾았다.

루이스는 전속력으로 크미가 자리하고 있는 곳으로 날아간 다음, 그의 팔을 흔들고 손가락을 치켜들었다.

크미가 고개를 끄덕이고는 풍선을 다루는 것처럼 압력복을 끌면서 아까 들어왔던 통로로 달려갔다. 루이스는 비행 벨트를 사용해 상승하면서 하르카비파롤린에게 따라오라고 손짓했다.

낮은 언덕 지대에는 들쭉날쭉한 마루가 있고, 그 뒤에 연못이 있었다. 기습하기에 아주 좋은 지형이었다. 루이스는 언덕마루에 착지한 다음 납작 엎드렸다. 그곳에서는 입구를 감시할 수 있었다. 그는 잠시 몸을 젖혀 초전도 전선 묶음을 연못 쪽으로 내던지고 전선이 제대로 물에 가 닿는지 확인했다.

'화침'호에서 나오는 길은 하나뿐이었다. 틸라가 뛰어들 수 있는 도약 원반은 올림푸스 몬스의 경사면 위에 있는 탐사기와 연결되어 있었다. 틸라는 루이스 일행이 이동했던 경로를 따라와 지금 그들이 있는 곳에 도착하게 되어 있었다.

루이스는 설탕 시럽을 몇 모금 삼키고 물도 그만큼 마셨다. 긴장을 풀 필요가 있었다. 크미는 보이지 않았다. 어디로 갔는지 짐작도 할 수 없었다. 하르카비파롤린이 그를 쳐다보고 있었다. 루이스는 복도를 가리키고 어서 가라고 손을 흔들었다. 그녀가 손짓의 의미를 알아챘다. 그리고 언덕을 돌아 미끄러지듯 이동했다. 이제 루이스는 혼자였다.

언덕들은 지나치게 얕았다. 키가 그의 허벅지쯤 되고 흑록색 잎이 달린 덤불은 움직이는 사람을 숨겨 주기에 역부족이었다. 하지만 이동을 지연시킬 수는 있었다.

시간은 계속 흘렀다. 루이스는 압력복에 있는 위생 장치를 이용하면서 무력감과 초조함을 동시에 느꼈다. 하지만 제자리로 돌아가서 준비 상태로 기다렸다. 틸라는 수리 시설의 내부 교통수단을 이용할 수 있었으니 곧 도착할 것이 분명했다. 여러 시간 뒤, 혹은 지금 당장이라도 당도할 가능성이 있었다.

바로 그때였다! 틸라가 통로의 천장에 바짝 달라붙은 채 유도 미사일처럼 도착했다. 루이스는 그녀를 흘끗 보고 사격을 하기 위해 몸을 굴렸다. 그녀는 운전대와 기타 조종 장치가 달린 수직 기둥을 꼭 붙잡고, 직경이 이 미터쯤 되는 원반 위에 몸을 꼿꼿이 세우고 서 있었다.

루이스는 사격을 개시했다. 크미도 은신처에서 사격했다. 진홍색 빛줄기 두 가닥이 하나의 목표에 명중했다. 틸라가 몸을 웅크리고 원반 뒤로 숨었다. 그녀는 필요한 것을 전부 눈으로 보았고, 루이스와 크미의 위치를 빠짐없이 확인했다. 하지만 비행 원반이 진홍색 불꽃을 뿜으며 추락하기 시작했다. 루이스가 흘끗 본 순간 틸라는 낯설고 잎이 무성한 나무들 뒤로 떨어졌다.

그러나 다음 순간, 그녀가 조그마한 패러글라이더를 폈다.

루이스는 그녀가 살아 있으며 부상도 입지 않았고 빠르게 움직일 거라고 가정했다. 그는 효율적인 동작으로 언덕마루를 넘어가 반대편에서 감시를 계속했다. 그 방법이 효과를 볼 수도 있었다. 게다가 그의 몸과 연결된 초전도체 가닥은 여전히 연못 속에 들어가 있었다. 하지만 틸라는 보이지 않았다.

옆에 있는 언덕마루에서 무언가가 뛰어올랐다. 녹색 빛이 허공에서 그 물체를 관통하고는 계속 유지되었다. 물체가 불꽃에 휩싸였고, 그로써 크미의 우주복은 수명을 다했다. 하지만 손바닥만 한 크기의 투척 무기들이 녹색 레이저 빔의 근원지를 향해 날아갔다. 오르막의 뒤편에서 대여섯 개의 섬광이 터지더니 가까운 곳에서 벼락이 떨어지는 것처럼 우지끈 소리가 났다. 크미가 퍼페티어의 배터리로 폭탄을 만드는 데 성공했음을 알리는 소리였다.

틸라는 가까이에서 레이저를 사용하고 있었다. 그녀가 연못을 돌아 언덕마루 뒤편으로 바짝 다가붙는다면……. 루이스는 자세를 고쳤다. 불에 탄 크미의 우주복은 너무 천천히 낙하했다. 수호자라면 내부가 비었다는 사실을 알아챌 것이 분명했다.

크툴루*와 알라시여! 행운이 따르는 수호자를 어떻게 대적할

---

* Cthulhu, H. P. 러브크래프트Lovecraft가 창조한 신적 존재. 잠에서 깨어나면 세계에 재앙을 가져올 사악한 존재로 묘사된다.

수 있단 말입니까?

틸라는 비탈에서 갑자기 나타났다. 루이스가 예상하던 것보다 더 낮은 지점이었다. 그녀는 녹색 빛의 창으로 루이스를 꿰뚫고는 그가 손 하나 까딱하기도 전에 사라졌다. 루이스는 눈을 깜빡거렸다. 헬멧의 플레어 차단막이 시력을 보호해 주었다. 본능 때문이든 아니든, 틸라는 확실히 그를 죽이려 하고 있었다.

그녀가 다른 곳에서 다시 나타났다. 녹색 빛은 검정 천에 맞고 사라졌다. 이번에는 루이스도 반격했다. 틸라는 금세 사라져 버렸기 때문에 루이스는 그녀를 맞혔는지 알 수 없었다. 그는 틸라가 조금 늘어지고 유연한 가죽 갑옷을 입고 있으며 관절 부위가 엄청나게 부풀었다는 사실을 순간적으로 파악했다. 그녀의 손가락 관절은 호두 같았고 무릎과 팔꿈치는 멜론 같았다. 즉 그녀가 입고 있는 갑옷은 자신의 피부뿐이라는 뜻이었다.

루이스는 옆으로 굴러 언덕을 내려갔다. 그리고 빠른 속도로 기기 시작했다. 기어서 움직이는 것은 무척 힘들었다. 다음에는 어디서 나타날까? 루이스는 평생 이런 게임을 해 본 적 없었다. 이백 년을 살면서 그는 단 한 번도 군대에 들어간 적이 없었다.

루이스의 왼편에서 하르카비파롤린이 갑자기 일어나 레이저를 쏘았다. 틸라는 어디에 있는 거지? 그녀는 레이저를 쏴 자신의 위치를 노출시키지 않았다. 하르카비파롤린은 검정 예복을 씌워 놓은 과녁처럼 서 있었다. 그러다가 몸을 숙이고 언덕을 뛰어내려가서는 엎드린 채 왼쪽 경사를 따라 기어오르기 시작했다.

그녀의 왼쪽에서 바위가 날아왔다. 루이스는 틸라가 어떻게 그리 빨리 이동하는지 알 수가 없었다. 바위는 뼈를 부수고 소매를 찢어 버릴 만큼 거세게 하르카비파롤린의 팔을 짓이겼다. 여성 '도시 건설자'가 울부짖으며 일어섰고, 루이스는 그녀가 죽는 순간을 가만히 기다릴 수밖에 없었다. 젠장, 젠장, 젠장! 하지만 광선을 거슬러 올라가면⋯⋯.

그러나 광선은 날아오지 않았다. 루이스는 감시만 할 수가 없었다. 움직여야 했다. 그는 바위가 날아왔던 지점을 봐 두었다. 두 언덕 사이에 마루가 있었고, 그는 할 수 있는 한 가장 빠르게 기어갔다. 비탈을 사이에 두고 틸라의 반대편으로 이동하기 위해서였다. 그다음에는 비탈을 돌아서⋯⋯.

젠장, 크미는 도대체 어디에 있는 거야? 그는 위험을 무릅쓰고 언덕마루 너머를 훔쳐보았다.

하르카비파롤린은 비명을 멈춘 상태였다. 그녀는 훌쩍이면서 한 손으로 비행 벨트를 벗어 떨어뜨리고 검은색 천을 찢어서 던져 버렸다. 다른 팔은 부러져서 흔들거리고 있었다. 그녀는 압력복도 벗기 시작했다. 틸라는 이미 다른 곳으로 이동한 뒤였다. 그녀는 하르카비파롤린을 무시하고 있었다.

하르카비파롤린의 헬멧은 빠지지 않았다. 그녀는 압력복 옷감을 찢으려고 잡아당기면서 비틀거리는 걸음으로 언덕을 내려가더니 헬멧의 안면 보호판을 바위에 짓찧었다.

시간이 너무 많이 흘렀다. 이제 틸라는 어디서든 출현할 수 있었다. 루이스는 예전에 흐르던 개울물 때문에 생성된 V 자 모양의 지형을 향해 다시 움직였다. 언덕 꼭대기로 가면 틸라가 기다리고 있을 것이 뻔했다.

그녀는 정말로 내 움직임을 전부 예측하는 건가? 수호자는 그런 존재인가! 그녀는 지금 어디에 있는 거지? 등 뒤에 있나?

루이스는 뒷목이 근질거리는 감각을 느끼고 아무 근거도 없이 뒤로 돌아서 레이저를 쏘았다. 그와 동시에 작은 금속 도구가 그의 갈빗대를 갈랐다. 그 투척 무기는 그의 옷과 살을 찢고 조준도 흔들어 놓았다. 그는 조금 전에 틸라가 서 있던 곳을 향해 진홍색 광선을 발사하면서 왼손으로 찢어진 섬유를 움켜쥐었다. 틸라는 다시 나타났다가 광선이 몸에 닿기 전에 사라졌다. 무거운 금속 공이 날아와 부딪치는 바람에 그의 헬멧에서 부스러기가 날렸다.

루이스는 왼손으로 옷을 꽉 여민 채 비탈 아래로 몸을 굴렸다. 다음 순간, 별 무늬 장식이 생긴 헬멧을 통해 틸라가 크고 검은 박쥐처럼 다가오는 것이 보였다. 루이스는 그녀가 피하기 전에 진홍색 광선을 쏘았다.

그는 속으로 욕을 내뱉었다. 틸라는 피하지 않았다. 그럴 필요가 없었다. 그녀는 하르카비파롤린이 입고 있던 검정 초전도체 옷을 걸치고 있었다. 루이스는 두 손을 이용해 광선을 그녀의 몸에 계속 쏘아 댔다. 자신이 죽기 전에 그녀가 먼저 불쾌할 만큼 뜨거워지기를 기대하면서. 순간, 갑옷을 입은 악마가 그를 향해 뛰어들었고, 그녀가 입은 검정 옷이 젖은 휴지처럼 조각나고 있었다. 조각난다고? 왜? 그리고 이건 무슨 냄새지?

틸라는 급선회하면서 레이저를 투척 무기처럼 옆으로, 크미를 향해 던졌다. 분쇄기와 레이저 플래시가 크미의 손에서 조금 떨어진 곳에서 돌다가 부딪쳤다.

그때, '생명의 나무'의 냄새가 루이스의 코와 뇌로 들어왔다. 그 냄새는 전기 자극과 달랐다. 전류는 그 자체로 충분했으며 완벽해지기 위해 다른 무엇을 요구하지 않았다. 그러나 '생명의 나무' 냄새는 환희 그 자체면서도 극심한 허기를 촉발시켰다. 루이스는 이제 '생명의 나무'가 무엇인지 알았다. '생명의 나무'는 잎이 흑록색이고 화려했다. 그 뿌리는 고구마와 비슷했다. '생명의 나무'는 사방에 널려 있었고, 그 맛은…… 그의 뇌가 어떤 이유 때문인지 낙원의 맛을 기억하고 있었다.

생명의 나무는 사방에 널려 있었지만 루이스는 먹을 수가 없었다. 정말로 먹을 수가 없었다. 헬멧 때문이었다. 그는 헬멧을 고정시켜 주는 조임쇠로부터 억지로 두 손을 떼어 냈다. 수호자 팩의 인간 변종이 크미를 죽이려는 판국에 허기에 사로잡힐 수는 없었기 때문이다.

레이저 플래시는 반동을 일으키지 않지만 그럼에도 불구하고 루이스는 두 손으로 무기를 쥐었다. 크미와 수호자가 완전히 한 덩어리가 되어 아래쪽으로 굴러가고 있었다. 그들이 지나간 자리에는 검은색 천 조각들이 남았다. 루이스는 그들을 따라 내려가면서 한 줄기 광선을 발사했다. 그는 우선 방아쇠를 당긴 다음 조준하면서 생각했다. 난 진짜로 배가 고픈 게 아니야. 그걸 먹으면 죽는다고. 수호자로 변신하기에는 너무 늦었기 때문에 죽는단 말이야.

하지만 냄새가 사라지지 않았다. 그의 두뇌는 냄새 때문에 비틀거렸다. 냄새에 저항해야 한다는 압박감은 끔찍했다. 그 느낌은 지난 십팔 년간 매일같이 드라우드의 타이머를 재설정하지 않는 것과 아주 똑같이 불쾌했다. 루이스는 도저히 견딜 수 없다고 속으로 외치면서 광선을 계속 겨냥한 채 기다렸다.

틸라는 크미의 복부를 겨냥하고 발길질을 했으나 맞히지 못했다. 그녀의 다리는 아주 잠깐 동안 허공에 멈춰 있었다. 붉은 빛줄기가 그 다리를 맞혔고, 그녀의 정강이가 눈부신 빛을 뿜었다.

루이스는 한 번 더 광선을 발사했다. 그 빛은 명중하면서 사라졌다. 크미의 털 없는 분홍색 꼬리 일부가 불을 뿜으며 떨어져 나가 상처를 입은 벌레처럼 꿈틀거렸다. 크미는 느끼지 못하는 것 같았다. 하지만 틸라는 광선의 위치를 정확히 파악하고 크미를 그쪽으로 밀려고 애썼다. 루이스는 붉은 광선을 옆으로 치우고 기다렸다.

크미는 여러 차례 상처를 입었다. 그 상처마다 피가 흐르고 있었다. 하지만 그는 자신의 질량을 이용해 수호자를 깔아뭉개고 있었다. 루이스는 근처에 모서리가 날카로운 돌이 있다는 걸 알아챘다. 그 돌은 쪼개진 손도끼처럼 생겨 크미의 두개골을 부술 수도 있을 것 같았다. 루이스는 방아쇠를 당기고 돌을 겨냥했다. 틸라가 신속하게 손을 뻗어 돌을 쥐려 했지만 그녀의 손은 불꽃에 휩싸이고 말았다.

맛이 어떠냐, 틸라! 젠장, 이 냄새는 정말! 난 '생명의 나무'의 냄새를 맡기 위해서라도 널 죽여 버릴 거야!

틸라는 손과 정강이가 각각 하나씩 없었기 때문에 불리했지만 그림에도 불구하고 크미에게 심각한 피해를 입혔다. 둘 다 힘이 빠진 게 분명했다. 루이스는 틸라의 딱딱한 부리가 크미의 굵은 목에 박히는 것을 똑똑히 보았다. 크미는 몸을 틀었고, 바로 그 순간 틸라의 기형적인 두개골 뒤에는 파란 하늘밖에 없었다. 루이스는 그 순간을 놓치지 않고 그녀의 두뇌를 향해 빛을 쏘았다.

크미의 목에 박혀 있던 틸라의 턱을 열기 위해서는 그와 루이스의 힘이 전부 필요했다. 크미가 헐떡거리며 말했다.

"틸라는 본능에 몸을 맡기고 싸웠다. 정신을 이용한 게 아니라. 네 말이 맞았다. 그녀는 지려고 싸운 거다. 그녀가 이기려고 싸우지 않은 건 크다프트의 은총이었다."

싸움은 끝났다. 남은 것은 크미의 털을 적시는 피와, 루이스의 몸에 새겨진 멍과 아마도 부러진 게 분명한 갈빗대와 몸을 비트는 것 같은 통증이었다. 그리고 문제의 냄새가, '생명의 나무'의 냄새가 남아 있었다. 그 냄새는 끈질기게도 사라지지 않았다.

하르카비파롤린이 무릎까지 오는 연못 속에 서서 충혈된 눈으로 입에 거품을 문 채 헬멧을 열려고 죽어라 두들기고 있었다. 그들이 팔을 붙들고 끌어내자 그녀는 몸부림을 치며 저항했다.

싸우기는 루이스도 마찬가지였다. 그는 여러 겹으로 줄지어 있는 '생명의 나무' 쪽으로 다가가지 않기 위해 스스로와 싸워야 했다.

크미가 통로에서 걸음을 멈췄다. 그리고 죔쇠를 푼 다음, 루이스의 헬멧을 벗겨 냈다.

"이제 숨을 쉬어도 된다. 바람이 농장 쪽으로 불고 있다."

루이스는 코를 킁킁거렸다. 냄새는 나지 않았다. 그들은 하르카비파롤린의 압력복에서 냄새가 빠지도록 그녀의 헬멧을 벗겼다. 그녀는 괘념치 않는 것 같았다. 그 대신 충혈된 눈으로 노려보았다. 루이스는 그녀의 입가에 묻은 거품을 닦아 주었다.

크미가 물었다.

"견딜 수 있겠나? 저 여자가 이리로 되돌아오지 못하게 막을 수도 있나? 너도 마찬가지다."

"그래. 다른 사람은 몰라도 갱생한 전선대가리는 그럴 수 있지. 한번 해 봤으니까."

"으르르?"

"넌 절대 이해하지 못할 거야."

"그럴 생각도 없다. 비행 벨트나 내놔라."

비행 벨트는 크미의 몸을 조였다. 그는 상처가 쓸려 고통을 느끼는 게 분명했다. 그런 와중에도 잠시 사라지더니 하르카비파롤린의 비행 벨트와 자신이 쓰던 분쇄기와 레이저 플래시 두 개를 가지고 돌아왔다.

하르카비파롤린은 더 조용해졌다. 피로 때문인 것 같았다. 루이스는 끔찍한 우울증과 싸우고 있었다. 그 때문에 크미의 말도 겨우 알아들었다.

"우리는 전투에 이기고 전쟁에는 진 모양이군. 이제 뭘 하면 좋지? 네 여자와 나는 치료받아야 한다. 아마 착륙선까지는 갈 수 있을 거다."

"우린 '화침'호까지 갈 거야. 전쟁에 졌다는 건 무슨 소리지?"

"너도 틸라의 말을 들었잖나. '화침'호는 정지장 속에 있고 우리는 빈손이다. '화침'호의 탐사 장비가 없는데 여기 있는 기계들의 용도를 무슨 수로 알겠나."

루이스는 크진인의 비관주의가 없어도 충분히 비참한 느낌에 사로잡혀 있었다.

"우린 이겼어. 그리고 틸라의 얘기가 다 맞는 건 아니야. 그녀는 결국 죽었잖아? 최후자가 정지장 스위치를 켰는지 안 켰는지 틸라가 어떻게 알겠나? 최후자는 그럴 이유가 없어."

"수호자가 우주선에 올라타고 바로 벽 너머까지 접근했기 때문이겠지."

"최후자는 바로 그 방에다가 크진인을 한 명 가둬 두고 있었잖아. 그 벽은 GPC가 만든 거야. 내 장담하는데 최후자는 도약 원반을 끄려고 손을 뻗었을걸. 조금 굼뜨잖아."

크미는 루이스의 얘기를 생각해 보았다.

"우리에겐 분쇄기가 있다."

"그리고 비행 벨트는 두 개뿐이지. 어디 보자, '화침'호까지 거리가 얼마나 될까? 약 삼천 킬로미터 정도군. 우리가 왔던 길을 전부 다시 돌아가야 해. 젠장."

"인간들은 부러진 팔을 어떻게 처리하나?"

"부목을 대지."

루이스는 자리에서 일어섰다. 계속 움직이기는 힘들었다. 그는 기다란 알루미늄 막대를 찾아내고서 자신이 무엇에 쓰려고 막대를 구했는지 되새겨 봐야 했다. 부목을 고정시킬 거라고는 초전도 천밖에 없었다. 하르카비파롤린의 팔은 무섭게 부어 있었다. 루이스는 그녀의 팔을 묶어 주었다. 그리고 검정 실을 이용해서 크미의 몸에 난 가장 큰 상처를 꿰맸다.

제대로 치료를 받지 않으면 둘 다 죽을 수도 있었다. 하지만 치료할 방법이 없었다. 그리고 루이스는 기분 때문에 앉은 채 죽을 수도 있을 것 같았다. 젠장, 계속 움직여야 해. 안 움직여도 고통은 마찬가지일 거야. 결국 언젠가는 이걸 극복해야 하잖아. 그럼 지금 당장 그럴 수도 있겠지.

"비행 벨트로 들것을 만들어야겠군. 어떤 재료가 있지? 초전도체는 약해서 안 되고."

"다른 걸 찾아봐야 한다. 루이스, 나는 부상이 너무 심해서 정찰을 할 수가 없다."

"그럴 필요 없어. 하르카비파롤린의 압력복을 벗기게 도와줘."

루이스는 레이저를 사용해서 압력복의 앞부분을 잘라 냈다. 그리고 풀려 있던 섬유를 갈가리 잘라 끈을 만들었다. 다음으로 남아 있는 압력복의 가장자리에 구멍을 뚫고, 고무를 덧댄 기다란 섬유들을 그 구멍에 묶었다. 마지막으로 반대쪽 끈을 자신의 비행 벨트에 묶었다.

압력복은 이제 하르카비파롤린 모양의 들것이 되었다. 그들은 그녀를 들것에 눕혔다. 그녀는 이제 지시에 잘 따랐지만 입은 열지 않았다.

크미가 말했다.

"영리하군."

"칭찬 고맙군. 넌 비행할 수 있나?"

"모르겠다."

"한번 해 봐. 지금은 도저히 못 하겠다면 나중에 기분이 좋아졌을 때 하나 남은 비행 벨트를 사용할 수 있겠지. 아무래도 눈에 잘 띄는 지형지물을 하나 정해 놔야겠어. 그래야 너를 찾으러 돌아올 수 있을 테니까."

그들은 들어올 때 이용했던 통로를 통과하기 시작했다. 크미의 상처에서 다시 피가 나오고 있었다. 루이스는 그가 고통스러워한다는 것을 눈치챘다. 삼 분 동안 여행한 끝에 그들은 직경이 이 미터인 원반이 있는 곳에 도착했다. 원반은 지면으로부터 삼십 센티미터 높이에 떠 있었으며 그 위에는 여러 장비가 쌓여 있었다. 그들은 원반 옆에 착지했다.

"미리 짐작할 수도 있었겠군. 틸라가 화물을 운반하는 원반을 사용했다는 것도 여러 가지 흥미로운 우연의 일치 가운데 하나였는데 말이야."

루이스가 말했다.

"그것도 게임의 일부라는 얘기냐?"

"그래. 뭐, 우리가 살아남게 되면 사실 여부를 알 수 있겠지."

외계인의 눈으로 볼 때 원반 위에 있는 것들은 하나같이 낯설었다. 하지만 나사가 녹아 버린 묵직한 상자는 예외였다.

"이게 뭔지 기억나. 틸라의 플라이사이클에 실려 있던 구급상자야."

"크진인에게는 소용없는 물건이다. 그리고 약품들도 이십여 년 전의 물건이다."

"그래도 하르카비파롤린에게는 없는 것보다 낫겠지. 너는 알레르기 약을 먹는 데다 감염될 위험도 전혀 없어. 여긴 크진의 지도에서 아주 멀리 떨어져 있기 때문에 크진 박테리아가 없거든."

크미는 혈색이 좋지 않았다. 무리하게 서 있었기 때문이다. 그가 물었다.

"조종할 수 있겠나? 나는 그럴 만한 상태가 아닌 것 같다."

루이스는 고개를 저었다.

"조종을 왜 해? 넌 하르카비파롤린과 함께 원반에 타. 이미 공중에 떠 있으니 내가 끌면 되지. 넌 잠이나 자라고."

"그렇군."

"우선 구급상자로 하르카비파롤린을 치료하지. 그다음에는 너희 둘 다 조종 기둥에 몸을 묶어."

| 1.5×10^{12} |

크미와 하르카비파롤린은 루이스가 원반을 끄는 동안 서른 시간에 걸쳐 내리 수면을 취했다. 루이스의 갈빗대 오른쪽 옆에는 크고 검붉은 멍이 자리하고 있었다.

루이스는 하르카비파롤린이 잠에서 깨는 것을 보고 이동을 멈췄다.

그녀는 끔찍한 충동이 자신을 쥐고 놓지 않으며, '생명의 나무'라는 이름의 교활한 악마가 공포와 환희를 동시에 준다는 사실을 횡설수설 늘어놓았다. 루이스는 그때까지 그 사실을 떠올리지 않으려고 노력하고 있었다. 그녀는 시적인 언어를 기가 막히게 사용해 자신의 이야기에 광을 냈고 도무지 입을 다물 생각을 하지 않았다. 하지만 닥치라고 할 수도 없었다. 그녀는 말을 할 필요가 있었기 때문이다.

하르카비파롤린이 어깨에 팔을 두르고 위로해 달라고 말했다.

그는 그녀의 요청을 들어주었다.

루이스는 틸라의 옛 구급상자를 한 시간 동안 팔에 걸어 두었다. 그리고 갈빗대의 통증이 조금 줄어들고 머리가 맑아지자 돌려놓았다. 아직도 맴돌고 있는 '생명의 나무'의 냄새로부터 주의를 돌릴 수 있을 만큼의 고통은 남겨 두었다. 비행 벨트가 '생명의 나무'와 스치는 바람에 냄새가 묻었을 수도 있고, 그렇지 않으면 냄새가 영원히 그의 머릿속에 남은 걸 수도 있었다.

크미는 점점 의식이 혼미해졌다.

루이스는 하르카비파롤린에게 크미의 장갑복을 입으라고 말했다. 장갑복은 틸라와 싸우는 바람에 찢어져 있었지만 그래도 정신을 못 차리는 크진인 옆에 누워야 하는 여성이라면 입고 있는 편이 나았다.

장갑복은 최소한 한 번 이상 그녀의 목숨을 살렸다. 크미는 하르카비파롤린이 틸라와 너무 닮았다며 손톱을 휘둘렀다. 하르카비파롤린은 그를 극진히 보살펴 주었으며 자신의 압력복 헬멧에서 나오는 물과 영양소를 먹여 주었다.

크미는 나흘째 되는 날 정신을 차렸지만 여전히 허약하기는 마찬가지였고, 극도의 허기에 시달렸다. 인간의 압력복에 들어 있는 시럽은 그에게 부족했다.

일행은 꼬박 나흘이 지난 다음에야 '화침'호가 있을 것으로 짐작되는 곳에 도착했다. 그리고 하루를 더 소비해 벽을 뚫고 나서야 녹아 붙은 현무암의 단단한 벽을 찾아냈다.

현무암은 굳은 지 일주일이 지났어도 따뜻했다.

루이스는 틸라가 '화침'호를 끌어다 놓았던 굴을 따라 한참 동안 하강하다가 비행 원반과 승객들을 내려놓았다. 그리고 압력복 헬멧을 쓴 채 신선한 공기를 안으로 호흡하면서 손으로 분쇄기를 붙잡고 방아쇠를 당겼다. 먼지 폭풍이 뒤로 날리고 앞쪽에는 굴이 생겼다.

루이스는 안으로 걸어 들어갔다. 안에는 아무것도 없었고 아무 소리도 들리지 않았다. 현무암이 분해되는 굉음만이 스쳐 지나갔다. 뒤쪽 어딘가에서는 전하들이 특권을 되찾고 있었다. 틸라는 대체 용암을 얼마나 많이 퍼부은 것일까? 그는 여러 시간째 굴을 파고 있었다.

그러다가 무언가와 맞닥뜨렸다.

루이스는 창문을 통해 이상한 공간을 들여다보았다. 거실에 긴 의자와 공중에 뜬 커피 탁자가 있었다. 하지만 하나같이 어딘가 부드러워 보였다. 다시 말해 그곳은 날카로운 모서리나 단단한 표면이 전혀 존재하지 않고 살아 있는 생물이 무릎을 부딪칠 가능성이 하나도 없는 공간이었다. 안쪽 창문 너머에 거대한 건물들이 서 있고 그 사이로 검은 하늘이 살짝 보였다. 거리에는 퍼페티어들이 우글거렸다.

하지만 모든 것이 거꾸로였다.

그 가운데 긴 의자 하나가 루이스의 관심을 끌었다. 루이스는 레이저 플래시의 출력을 낮추고 켰다가 꺼 보았다.

한동안은 아무 일도 일어나지 않았다. 그러다가 납작한 머리와 목이 나타나더니 얕은 그릇에 담긴 물을 마시려다가 놀라서 움찔거리며 쏜살같이 배 아래로 되돌아갔다.

루이스는 가만히 기다렸다.

이윽고 최후자가 자리에서 일어섰다. 그는 루이스를 이끌어 선체 바깥을 돌게 했다. 루이스가 분쇄기로 길을 내야 했기 때문에 이동 속도는 느렸다. 그리고 마침내 최후자가 선체 바깥에 마련해 둔 도약 원반 전송 장치에 도착했다. 루이스는 고개를 끄덕이고 동료들이 기다리는 곳으로 돌아갔다.

십 분 뒤, 그는 선체 내부에 있었다. 십일 분 뒤, 그와 하르카비파롤린은 꼭 크진인처럼 식사를 하고 있었다. 크미의 식욕은 말로 표현하기 어려울 정도였다. 카와레스크센자족이 경외감을 느끼며 그를 바라보았다. 하르카비파롤린은 그런 사실을 알아채지도 못했다.

우주선은 굳어 버린 용암에 파묻혀, 햇볕이 닿는 지면으로부터 수십 킬로미터 떨어진 지하에서 아침을 맞이했다.

최후자가 말했다.

"오토닥이 정상적으로 작동하지 않습니다. 그러니 크미와 하르카비파롤린은 최대한 직접 치료해야 합니다."

그는 조종석에 앉아서 선내 통신으로 말하고 있었다. 그 사실은 중요할 수도 있고 그렇지 않을 수도 있었다. 틸라는 사라졌고, 링월드는 살아남을 수 있었다. 퍼페티어는 갑자기 아주 긴 수명을 지켜 나가야 할 처지가 되었다. 따라서 외계인과 어깨를 맞대는 일은 피해야 했다.

"착륙선과 탐사기 둘 다 연결이 되질 않습니다. 착륙선과 통신이 끊기는 순간에 운석 방어 장치가 작동했지요. 그게 뭘 뜻하는지는 모르겠습니다만. 손상된 탐사기에서 오던 신호는 틸라 브라운이 '화침'호에 침입한 직후에 끊어졌습니다."

크미는 ──물침대를 독차지한 채── 수면을 취하고 식사를 마친 뒤였다. 젊은 몸으로 돌아갔던 크미의 가죽에는 다시 흥미로운 흉터가 생겼다. 하지만 상처는 아물고 있었다.

그가 말했다.

"틸라는 탐사기를 보자마자 파괴했을 거다. 위험한 적을 고의적으로 뒤에 남겨 둘 수는 없었을 테니까."

"위험한 적이라고 했습니까? 누굴 말하는 겁니까?"

"최후자, 틸라는 네가 크진인보다 위험하다고 말했다. 우리 둘을 동시에 모욕하려는 전술적인 계책임에 분명하다."

"확실히 그랬지요."

두 개의 납작한 머리가 잠시 서로를 마주 보았다.

"어쨌든 이제 우리가 가진 물자는 '화침'호와 탐사기 한 대밖에 없습니다. 탐사기는 공중 도시 근처의 산봉우리 위에 있지요. 센서도 작동하고 있고 통신도 문제없이 이뤄지고 있으니 필요하면 활용할 수 있습니다. 지역 시간으로 엿새 동안은 쓸 수 있을 겁니다. 그리고…… 우리는 다시 근본적인 문제로 돌아왔군요. 실마리를 얻었지만 문제도 늘어났습니다. 링월드의 안정성을 어떻게 회복해야 합니까? 출발점은 제대로 찾은 게 확실합니다. 그렇지요? 틸라의 행동은 지능이 뛰어난 존재라고 보기엔 일관성이 없었고⋯⋯."

루이스는 아무 말도 하지 않았다. 그는 아침 내내 입을 다물고 있었다.

카와레스크센자족과 하르카비파롤린은 벽에 등을 기댄 채 책상다리를 하고서 팔을 맞대고 바짝 붙어 있었다. 하르카비파롤린은 팔에 붕대를 감고 삼각건을 걸고 있었다. 소년이 가끔씩 그녀의 얼굴을 훔쳐보았다. 그녀는 이상한 표정이었고, 소년은 그녀를 걱정하는 듯했다. 물론 하르카비파롤린은 진통제의 영향을 받고 있었다. 하지만 그것만으로는 그녀가 무기력한 이유를 설명할 수 없었다.

루이스는 소년에게 말을 건네야 한다고 생각했지만, 무슨 말을 해야 할지 알지 못했다.

'도시 건설자'들은 화물실에서 지난밤을 보냈다. 하르카비파롤린은 어떤 상황이든 간에 수면장이 야기하는 추락의 공포를 이겨낼 수 없었다.

그녀는 루이스와 함께 아침을 먹으면서 서두르는 기색 없이 리샤스라를 제안했다. 그녀가 말했다.

'하지만 팔은 건드리지 않게 조심해야 한다. 루위우.'

루이스가 살던 곳에서는 섹스를 거절하려면 요령이 필요했다. 그는 그녀의 팔이 흔들릴까 봐 걱정이 된다고 말했고, 그 말은 진심이었다.

그와 동시에 성욕이 생기지 않는다는 것 역시 사실이었다. 그는 '생명의 나무'가 영향을 끼친 거라고 생각했다. 하지만 노란색 뿌리에 대한 갈망도 느낄 수 없었고, 심지어 전류가 흐르는 전선조차 그립지 않았다.

루이스는 그날 아침 그 어떤 충동도 느낄 수가 없었다. 일조 오천억에 달하는 사람들 때문이었다.

최후자가 말했다.

"틸라 브라운에 대한 판단은 루이스를 믿어 보지요. 틸라는 우리를 여기로 인도했습니다. 그녀도 우리와 뜻을 같이하고 있었지요. 그러니 실마리를 최대한 많이 줬을 겁니다. 하지만 어떤 게 실마리일까요? 그녀는 양쪽 편에 서서 싸움을 벌였습니다. 수호자를 셋 더 만들고 그중 둘을 죽인 것에 뭔가 의미가 있겠습니까? 루이스, 당신은 어떻게 생각합니까?"

루이스는 생각에 잠겨 있다가 네 개의 날카로운 손톱이 경동맥을 찌르는 것을 느꼈다.

"뭐라고 했어?"

최후자가 말을 되풀이했고 루이스는 거세게 고개를 끄덕였다.

"틸라는 운석 방어 장치를 이용해서 두 명의 수호자를 죽였어. 아주 중요한 요소인 우리가 아니라 다른 목표를 향해 운석 방어 장치를 두 번이나 쐈다는 얘기야. 우리는 정지장에 들어가지도 않은 상태에서 그 광경을 지켜볼 수 있었고. 그러니 그게 또 하나의 실마리였던 거지."

크미가 물었다.

"그럼 그녀가 다른 무기를 쓸 수도 있었다는 거냐?"

"무기와 시간과 상황과 살아 움직이는 수호자까지 동원할 수 있었지. 선택의 여지는 얼마든지 있었어."

"지금 우리와 게임을 하는 거냐? 아는 게 있으면 말해라."

하르카비파롤린은 루이스가 죄책감 어린 눈으로 자신을 바라본다는 사실을 깨닫고 졸지 않으려고 애썼다. 카와레스크센자족은 주의 깊게 경청하고 있었다. 자의로 선발된 영웅 두 사람이 세계의 구원에 기여할 기회를 기다리는 셈이었다.

루이스는 속으로 욕을 하며 말했다.

"일조 오천억의 사람들이 문제야."

"그 덕분에 이십팔조 오천억의 생명을 구할 수 있다. 우리 자신도 포함해서."

"크미, 넌 그 사람들을 모르잖아. 안다 해도 그리 많이 알지는 못하지. 난 적어도 너희 둘 중 하나는 그 사실을 생각해 주기 바랐어. 어떡해서든 다른 방법을 찾으려고 머릿속을 들쑤시고 있는데……."

"모른다고? 누굴 모른다는 거냐?"

"발라버질린. 진저로퍼. 거인 왕. 마르 코르실. 랄리스캐리어라이어. 포르타랄리스플라이어. '유목인', 초원 거인들, 양서류 인간들, '매달린 사람'들, '야행인', '야행 사냥꾼'……. 우리는 구십오 퍼센트를 살리려고 오 퍼센트를 죽여야 해. 어디선가 들어본 숫자 같지 않아?"

그 질문에 대답한 쪽은 최후자였다.

"현재 링월드의 자세제어 엔진 가운데 작동하고 있는 게 오 퍼센트입니다. 틸라의 수리반원들이 링월드 원호의 오 퍼센트에 해당하는 구역에 제어 엔진을 다시 탑재했으니까요. 루이스, 그 사람들이 죽어야 한다는 겁니까? 그 구역에 있는 사람들이?"

하르카비파롤린과 카와레스크센자족은 방금 들은 말을 믿을 수가 없어 루이스를 노려보았다. 루이스는 두 팔을 벌려 무력함을 표했다.

"미안해."

소년이 소리를 질렀다.

"루위우! 이유가 뭐예요?"

루이스는 말했다.

"난 약속을 했어. 약속만 안 했어도 선택의 여지가 있었을 거야. 나는 발라버질린에게 무슨 일이 있어도 링월드를 구하겠다고 말했지. 그녀를 구해 주겠다는 말도 했어. 가능하다면. 하지만 가능하지가 않아. 그녀를 찾아낼 시간이 없으니까. 시간을 끌수록 링월드를 중심에서 밀어내는 힘이 점점 커지게 돼. 그녀는 바로 그 구역에 있고. 공중 도시도 그렇고, '기계인' 제국도 그렇고, 몸집이 작고 피부가 빨간 육식인도 그렇고, 초원 거인도 그래. 그들은 전부 죽는 거야."

하르카비파롤린이 소리 내어 두 손바닥을 맞부딪쳤다.

"하지만 그렇다면 우리가 이 세계에서 알고 있는 모든 사람들이 죽는다는 말이다! 이름만 들어 봤던 사람들까지도!"

"나도 당신과 같은 처지야."

"그러면 아무도 구하지 못하는 것이다! 그 사람들이 왜 죽어야 하는가? 어떻게 죽는다는 것이지?"

"죽는 건 다 마찬가지야."

루이스는 그렇게 말하고 잠시 머뭇거리다가 말을 이었다.

"방사선 오염 때문에 죽을 거야. 이삼십 종에 속한 일조 오천억의 사람들이. 하지만 그것도 우리가 모든 걸 제대로 수행할 때나 가능한 얘기지. 우선 우리 위치부터 알아내야 해."

최후자가 합리적인 질문을 던졌다.

"우리는 어디로 가야 합니까?"

"장소는 두 군데야. 운석 방어 장치를 조종할 수 있는 곳이지. 플라스마와 항성 플레어를 유도할 수 있는 힘을 손에 넣어야 해. 그리고 플라스마를 레이저로 바꾸는 보조 장치를 끄는 거야."

"그런 장소는 이미 찾아냈습니다. 당신들이 없는 동안에 운석 방어 장치가 요격을 했지요. 아마 착륙선을 부수려고 그랬을 겁니다. 자기력 때문에 관측 장치의 절반이 엉망이 됐지만 그래도 유도의 근원은 찾아낼 수 있었습니다. 항성 플레어를 발생시키고 조종하는 건 링월드의 바닥에 흐르는 엄청난 전류입니다. 그리고 그 전류를 발생시키는 장소는 화성 지도 북극의 밑에 있지요."

크미가 말했다.

"그런 장치는 분명히 냉각이 필요할⋯⋯."

"그건 됐어! 레이저를 만들어 내는 장치는?"

"그 부분은 여러 시간 뒤에 포착할 수 있었습니다. 규모가 더 작고 규칙적이었기 때문이지요. 그 장소는 이미 당신에게 말했습니다. 바로 우리 머리 위입니다. 우주선이 뒤집혀 있으니까요."

크미가 말했다.

"그 장치의 연결을 끊어야 한다는 얘기군."

루이스는 코웃음을 쳤다.

"그건 쉬워. 레이저 플래시나 폭탄이나 분쇄기만 있으면 돼. 항성 플레어를 일으키는 방법을 알아내는 게 문제지. 분명 조종 장치가 복잡할 텐데, 우리는 시간이 별로 없거든."

"그다음은 뭐냐?"

"그다음은 사람들이 살고 있는 땅을 불살라 버리는 거지."

"루이스, 자세하게 말해라!"

루이스는 이십여 종족의 멸망을 선언해야 했다.

카와레스크센자족은 얼굴을 돌리고 있었다. 하르카비파롤린의 얼굴은 돌처럼 굳어 있었다.

그녀가 말했다.

"당신이 원하는 대로 하라."

루이스는 그녀의 말에 따랐다.

"자세제어 엔진은 현재 오 퍼센트만 작동하고 있지."

크미는 그의 다음 말을 기다렸다.

"그걸 작동시키는 연료는 항성에서 뿜어져 나오는 뜨거운 양성자야. 태양풍 말이지."

"아. 항성의 플레어를 끌어오면 연료 공급을 스무 배까지 늘릴 수 있습니다. 그 플레어 아래 있는 생물은 죽거나 엄청난 변이를 겪을 겁니다. 추진력도 그만큼 늘어나겠지요. 자세제어 엔진은 우리를 안전한 곳으로 데려다 주든가, 아니면 폭발할 겁니다."

최후자가 말했다.

"최후자, 우린 그걸 다시 설계할 시간이 없어."

"루이스의 말이 맞다면 그건 문제가 안 된다. 틸라가 엔진을 장착하면서 살펴봤을 테니까."

크미가 말했다.

"맞아. 엔진이 그만큼 튼튼하지 않았다면 그녀의 운이 안전율을 수정하게 인도했겠지. 거대한 항성 플레어라는 불운이 발생하지 않도록. 그녀는 그게 가능하다는 걸 알고 있었어. 모순이지!"

"일이 조금 쉬워지는 것뿐이지만, 플레어를 유도할 필요는 없다. 우선 레이저를 만드는 보조 장치를 끈다. 그리고 필요하다면 플레어가 떨어져야 하는 위치에 '화침'호를 가져다 놓으면 그만이다. 목표물로 활용하는 거지. 운석 방어 장치가 작동할 때까지 가속하는 거다. '화침'호는 부술 수 없다."

루이스가 고개를 끄덕였다.

"더 정확하게 겨냥할 수 있으면 좋겠는데. 그러면 일도 빨리 끝나고 희생도 줄일 수 있으니까. 하지만……. 그래, 다 해낼 수 있어. 할 수 있다고."

최후자는 그들과 함께 가서 운석 방어 장치를 살펴보았다. 그러라고 지시한 사람은 아무도 없었다. '화침'호에서 가져온 센서들을 조종하려면 퍼페티어의 입술과 혀가 필요했다. 그는 루이스에게 이쑤시개와 핀셋으로 조종 장치를 조작하는 방법을 가르쳐 주려 했지만 루이스는 웃어 버리고 말았다.

최후자는 '화침'호의 감춰진 구역에서 여러 시간을 보냈다. 그런 다음 다른 일행과 함께 통로를 통과했다. 그의 갈기는 백여 가지의 다양한 색깔로 물들어 있었고 아름답게 빗질이 되어 있었다. 루이스는 누구든 자신의 장례식에서는 잘 보이고 싶은 법이라고 생각했다. 하지만 최후자도 그렇게 생각하는지는 확인할 수 없었다.

레이저 보조 장치에 폭탄을 던질 필요는 없었다. 최후자는 '화침'호에서 꺼낸 장비들을 비행 원반에 잔뜩 싣고 간 다음 꼬박 하루를 소비해 가며 스위치를 뒤졌다.

그리고 마침내 찾아냈다.

초전도 전선망의 연결점은 화성 지도 북극에서 삼십 킬로미터 아래에 있는 스크리스 속에 있었다. 루이스 일행은 삼십 킬로미터 길이의 중앙 기둥을 찾아냈다. 스크리스로 만든 껍질이 화성 지도의 냉각기를 둘러싸고 있었다. 그들은 바닥에 있는 복잡한 시설이 통제실이라고 판단했다. 그리고 일련의 에어록으로 이뤄진 미로를 발견했다.

각 해치를 열기 위해서는 일종의 그림 퍼즐을 풀어야 했다. 퍼즐은 최후자가 담당했다.

그들은 마지막 문을 통과했다. 그 너머에 조명이 밝은 반구형 공간이 있었다. 바닥에는 메말라 보이는 토양이 깔려 있고, 중앙에는 연단이 있었다.

루이스는 냄새를 맡자마자 주위를 둘러보고는 당황하고 있는 카와레스크센자족의 가느다란 손목을 움켜쥐고 미친 듯이 도망쳤다. 에어록을 닫자 소년이 저항하기 시작했다. 루이스는 그의 이마를 한 대 때리고 계속 달렸다. 그리고 세 개의 에어록을 더 지나고 나서 걸음을 멈췄다.

이윽고 크미가 되돌아와 두 사람에게 합류했다.

"길은 토지를 가로지른다. 위에는 인공 항성이 있었다. 자동 경작 시설은 고장 났고 살아 있는 식물은 얼마 되지 않았다. 하지만 알아볼 수는 있었다."

"나도 그랬어."

루이스가 말했다.

"난 그 냄새를 기억한다. 약간 불쾌한 냄새였지."

크미의 말에, 소년이 소리를 질렀다.

"난 아무 냄새도 못 맡았어요! 그런데 왜 날 그렇게 집어 던진 거예요? 날 왜 때렸냐고요?"

"플럽."

루이스는 그렇게 말했다. 그는 결국 카와레스크센자족이 너무 어리다는 사실을 깨달았다. '생명의 나무'의 냄새는 그에게 아무 영향을 끼칠 수 없었다.

'도시 건설자' 소년은 그렇게 외계인들과 동행했다. 하지만 루이스는 통제실의 상황이 어떤지 알 수가 없었다. 그는 혼자 '화침'호로 돌아갔다.

탐사기는 아직도 먼 곳에 있었다. 광속으로 수 분이 걸리는 거리였다.

'화침'호 밖에 있는 검정 현무암 속에는 홀로그램 창이 떠 있었다. 그 창에는 탐사기의 카메라가 찍고 있는 광경이 보였다. 지구의 태양보다 약간 작은 항성이 망원경을 통해 흐릿하게 떠올라 있었다. 최후자가 우주선을 나서기 전에 그렇게 설정해 놓은 것이 분명했다.

하르카비파롤린의 팔뼈는 살짝 구부러진 상태로 나아 가고 있었다. 틸라가 가지고 있던 구식 구급상자로 그것까지 교정할 수는 없었다. 그래도 골절상은 회복되고 있었다. 루이스는 그녀의 감정 상태가 더 걱정되었다.

이제 그녀는 완전히 낯선 곳에 있었다. 그리고 그녀가 알고 있던 모든 것들이 곧 불길에 휩싸일 예정이었다. 그녀는 흔히 말하는 문화적 충격을 받고 있었다. 루이스는 그녀가 물침대에 앉아서 확대된 태양을 지켜보고 있는 것을 발견했다. 루이스가 인사하자 그녀는 고개만 끄덕였다. 그리고 수 시간이 지나도록 꼼짝도 하지 않았다.

루이스는 그녀에게 말을 걸어 보았다. 결과는 좋지 않았다. 그녀는 과거 전부를 잊으려 노력하고 있었다.

그는 더 나은 접근법을 찾아냈다. 그는 물리적인 상황을 설명하려 애썼다. 그녀도 약간의 물리 지식은 있었다. '화침'호의 컴퓨터나 홀로그램 장치를 사용할 수 없었기 때문에 루이스는 벽에 도표를 그렸다. 그는 두 팔을 휘저으며 열심히 설명했고, 그녀도 조금은 이해하는 것 같았다.

우주선으로 돌아온 다음 날 밤, 루이스는 눈을 떴다가 그녀가 물침대 위에서 책상다리를 하고 앉아 있는 모습을 보았다. 그녀는 무릎 위에 레이저 플래시를 올려놓은 채 그를 바라보며 생각에 잠겨 있었다. 그는 그녀의 무표정한 시선을 마주 보다가 팔로원을 그리며 몸을 반대로 돌리고는 다시 잠이 들었다. 그리고 아침에 일어나서는 아무려면 어떻겠냐고 생각했다.

그날 오후 그와 하르카비파롤린은 태양에서 솟아오른 불길이 혀를 날름거리면서 점점 더 커지는 것을 지켜보았다. 두 사람은 거의 아무 말도 나누지 않았다.

일 팔란 후: 링월드가 열 번 자전한 후

링월드 원호를 따라 아주 먼 곳에서 스물한 개의 촛불이 밝게 빛을 냈다. 그 불꽃은 태양이 활동 과잉 상태로 들어가는 바람에 차광판의 가장자리를 넘어 빛나는 코로나만큼이나 밝았다.

'화침'호는 여전히 화성 지도 아래의 현무암 속에 묻혀 있었다. '화침'호의 승무원들은 탐사기의 카메라에 예의를 갖추며 홀로그램 창을 들여다보았다. 탐사기는 그동안 화성 지도의 절벽 끝, 이산화탄소의 눈 위에서 머물고 있었다. 그곳은 화성인들이 손을 댈 가능성이 없는 장소였다.

두 줄로 늘어선 그 촛불들 사이에서 식물과 동물과 사람 들이 죽어갈 것이다. 식물들은 시들거나 이상한 형태로 자라겠지만, 그래도 그 수에 비하면 인간의 우주는 생물이 살지 않는 거나 마찬가지였다. 곤충과 동물 들은 새끼를 계속 낳겠지만 똑같은 종이 태어나지는 않을 것이다. 발라버질린은 그녀의 아버지가 왜 죽었는지, 자신이 왜 자꾸 토하는지, 원래 멸망이란 그런 것인지, 별에서 온 사람은 도대체 뭘 하고 있는지 궁금해할 것이다.

하지만 구천만 킬로미터 떨어진 곳에서는 그런 모습을 하나도 볼 수 없었다. '화침'호의 승무원들이 볼 수 있는 것은 차고 넘치는 연료를 태우는 버사드 램제트의 불꽃뿐이었다.

최후자가 말했다.

"이런 선언을 하게 돼서 기쁘군요. 링월드의 무게중심이 항성 쪽으로 이동하기 시작했습니다. 앞으로 예닐곱 바퀴만 더 회전하면 운석 방어 장치가 원래대로 운석을 요격할 수 있도록 설정할 수 있겠지요. 자세제어 엔진의 오 퍼센트라는 비율은 구조물을 제자리로 돌려놓기에 충분할 겁니다."

크미는 만족스러움을 표하며 으르렁거렸다. 루이스와 '도시 건설자'들은 경외심을 가지고 검정 현무함 속에서 빛을 내는 홀로그램을 계속해서 지켜보았다.

"우리가 이겼습니다. 루이스, 당신은 나에게 링월드 전체만큼이나 어마어마한 임무를 맡겼습니다. 그리고 내 목숨을 위태롭게 만들었지요. 승리를 거뒀으니 당신의 오만함은 받아들이겠습니다. 하지만 조건이 있습니다. 나한테 축하한다고 말해 주지 않으면 산소 공급을 끊어 버릴 겁니다."

"축하해."

루이스가 말했다.

그의 양쪽에 각각 앉아 있던 여인과 소년은 울기 시작했다.

크미는 코웃음을 쳤다.

"승자니까 적어도 만족스러워할 권리 정도는 있을 거다. 지금까지 죽은 사람과 죽어 가는 사람들이 마음에 걸리나? 그들이 자원을 한 것도 아니니 존경할 필요는 없다."

"난 그 사람들에게 기회도 주지 않았지. 이봐, 너한테 죄책감을 느끼라는 얘기가 아니라……."

"내가 왜 그래야 하지? 나쁜 뜻으로 하는 말은 아니다. 하지만 이미 죽었거나 죽어 가고 있는 자들은 전부 인류다. 루이스, 그들은 너와 동족이 아니다. 나와도 당연히 동족이 아니고, 최후자도 마찬가지다. 나는 영웅이다. 나는 거주자가 있는 두 개의 행성과 맞먹는 세계를 구했고, 그 거주자들은 나의 동족이다. 혹은 아주 가까운 혈연관계지."

"알았어. 무슨 얘긴지 알았다고."

"그리고 나는 이제 선진 기술을 바탕으로 제국을 만들어 갈 것이다."

루이스는 자신도 모르게 미소를 지었다.

"그래, 그거 좋네. 크진 지도에다가?"

"그런 생각도 해 봤지. 하지만 나는 지구의 지도 쪽이 더 좋다. 틸라는 크진인 탐험가들이 지구의 지도를 지배한다고 말했다. 그들의 정신은 크진 지도의 타락한 놈들보다 세계 정복의 야망을 꿈꾸는 우리 종족과 더 비슷하다."

"그래, 아마 네 말이 맞을 거야."

"게다가 지구 지도에 있는 크진인들은 우리 종족의 오랜 숙원을 이뤘지."

"그게 뭔데?"

"지구 정복 말이다, 멍청한 놈."

루이스는 실로 오랜 만에 소리를 내어 웃었다. 평지에 사는 유인원들을 정복한다니!

"이 세상의 영화는 그렇게 사라져 가는도다!* 그런데 거긴 어떻게 갈 생각이지?"

"'화침'호를 여기서 꺼내고 올림푸스 몬스까지 가는 데에는 그리 대단한 솜씨가 필요하지 않⋯⋯."

최후자가 부드러운 목소리로, 하지만 날카롭게 크미의 말을 끊었다.

"내 우주선은 내가 조종합니다. '화침'호는 내가 바라는 곳만 갈 겁니다."

크미의 목소리에 날이 섰다.

"넌 어디로 가고 싶나?"

최후자가 말했다.

"아무 데도 안 갈 겁니다. 내 생각을 정당화할 생각도 없습니다. 당신은 내 동족도 아니잖습니까. 게다가, 나를 해칠 수는 있습니까? 하이퍼드라이브 엔진을 또 태워 버리기라도 할 겁니까? 그래도 당신은 내 동료이긴 하니, 더 자세히 설명해 주지요."

---

* Sic transit gloria mundi, 옛 라틴어 격언.

크미는 벽에 등을 기대고 서서 퍼페티어의 말에 완전히 귀를 기울였다. 손톱을 내밀고 목둘레의 털을 부풀린 채로. 당연한 반응이었다.

최후자가 말했다.

"난 전통을 어겼습니다. 당장 죽어도 이상하지 않은 상황에서 활동을 계속했다는 뜻입니다. 내 목숨은 거의 이십 년 동안 위태로웠고, 위험은 조금씩 증가했지요. 이제 그 위험은 사라졌습니다. 난 여전히 추방당한 상태지만, 그래도 살아남았습니다. 이제 쉬고 싶군요. 오래오래 쉬고 싶다는 내 욕구에 공감할 수 없습니까? '화침'호에 있으면 나는 예상할 수 있는 한에서 최대한 집처럼 편하게 지낼 수 있습니다. 우주선은 바위 속에 파묻혀 있어서 안전합니다. 그리고 위아래로 스크리스층이 있습니다. 스크리스는 '화침'호의 선체만큼이나 튼튼하지요. 난 이제 고요함과 안전을 얻은 겁니다. 나중에 탐험할 생각이 들면, 그땐 우주선 밖에 십오억 세제곱킬로미터에 달하는 링월드 수리 시설이 기다리고 있잖습니까. 나는 지금 바로 내가 원하던 곳에 있단 말입니다. 그러니 여기 남을 겁니다."

그날 밤 루이스와 하르카비파롤린은 리샤스라―아니, 사랑을 ―를 나눴다. 꽤 오래간만이었다. 루이스는 그동안 욕구가 사라진 건 아닌지 두려워하고 있었다.

리샤스라가 끝나자 그녀가 말했다.

"난 카와레스크센자족과 맺어졌다."

루이스도 그 사실은 알고 있었다. 하지만 그녀가 말하는 것은 영원한 결속이었다.

"축하해."

"여기선 아이를 키울 수가 없다."

그녀는 굳이 아기를 가졌다는 말을 하지 않았다. 하지만 물론 임신 중이었다.

루이스는 말했다.

"링월드 전역에 '도시 건설자'들이 퍼져 있을 거야. 그러니 아무 데나 정착해도 돼. 솔직히 말하면 난 너희와 함께 가고 싶어. 우리는 이 세계를 구했잖아. 그러니 모두 영웅이라고. 그 말을 믿어 줄 사람이 있을지는 모르겠지만."

"하지만 루이스, 우린 여길 떠날 수가 없지 않은가. 위로 올라가도 숨을 쉴 수가 없지. 압력복은 산산조각이 났고 우린 대양 한가운데에 있으니까."

"그렇게 절박한 상황은 아니야. 넌 꼭 마젤란 성운에 맨몸으로 떨어진 것처럼 말하고 있지만, 그렇지도 않아. 이동 수단은 '화침'호만 있는 게 아니라고. 우선 비행 원반이 수천 개는 있어. 최후자가 심부 레이더 스캔을 해 봐야 구조를 전부 파악할 수 있을 만큼 아주 큰 우주선도 있고. 그것들을 뒤지다 보면 해결책이 생길 거야."

"머리 둘 달린 당신 동료가 우리 앞을 막지 않겠는가?"

"그 반대야. 최후자, 듣고 있나?"

천장에서 목소리가 흘러나왔다.

"그렇습니다."

하르카비파롤린은 깜짝 놀랐다.

루이스가 말했다.

"넌 링월드에서 가장 안전한 장소에 있어. 네 입으로 그렇게 말했지. 지금 네가 직면할 수도 있는 가장 불안한 위험 요소는 네 우주선에 타고 있는 외계인들이야. 우리를 어떤 방법으로 제거할 거지?"

"생각해 둔 방법이 있습니다. 크미를 깨울까요?"

"아니, 내일 얘기하자고."

물이 응결되기 시작하는 곳은 바로 절벽의 끝이었다. 그곳에서부터 아래로 흘러갔다. 그 물은 수직으로 흐르는 강이 되었고, 높이가 삼십 킬로미터에 달하는 폭포가 되었다. 바닥에는 수백 킬로미터 밖으로 뻗어 나가 진짜 바다와 이어지는 안개의 바다가 있었다. 화성 지도의 측면을 내려다보는 탐사기의 카메라에는 오로지 떨어지는 물과 하얀 안개만 보일 뿐이었다.

최후자가 말했다.

"하지만 적외선으로 보면 완전히 다른 모습이 됩니다. 잘 보십시오."

그 안개 속에 배가 있었다. 배는 기다란 삼각형이었고 설계가 독특했다. 배에는 돛대가 없었다. 루이스는 잠깐 동안 계산을 해 보았다. 높이가 삼십 킬로미터라는 걸 감안하면……

"저 배는 길이가 천오백 미터나 되는군!"

최후자가 동의했다.

"거의 비슷합니다. 틸라 브라운이 크진인의 개척선을 탈취한 적이 있다고 했던 걸 기억하겠지요."

"좋았어!"

루이스는 그 자리에서 신속하게 마음의 결정을 내렸다.

최후자가 말했다.

"나는 탐사기에서 손상되지 않은 중수소 필터를 분리해 놨습니다. 나중에 틸라가 부숴 버린 탐사기 말입니다. 그걸로 저 배의 연료를 채울 수 있습니다. 틸라는 대단히 힘든 여행을 했지만 당신들은 그럴 필요가 없을 겁니다. 비행 원반들을 가져가면 탐험에 쓸 수도 있고, 육지에 도착하면 물물교환용으로 쓸 수도 있겠지요."

"그거 좋은 생각이야."

"정상적으로 작동하는 드라우드도 줄 수 있습니다만."

"그 얘기는 두 번 다시 꺼내지 마. 알았나?"

"알았습니다. 대답을 회피하는군요."

"됐어. '화침'호에 있는 도약 원반 한 쌍을 떼어다가 배에 설치해 줄 수 있나? 그게 있으면 심각한 문제가 닥쳤을 때 후퇴할 수 있을 텐데."

그는 퍼페티어의 눈과 눈이 마주 보는 것을 알아채고 말을 덧붙였다.

"그럼 네 목숨도 구할 수 있을 거야. 아직 수호자 한 명이 남아 있잖아. 그자는 우리 덕분에 링월드를 떠날 필요가 없었지."

"설치해 주지요. 흠, 이게 본토까지 가기에 적절한 수단이라고 생각합니까?"

대답은 크미가 했다.

"그렇다. 아주 긴 항해가 되겠지만. 십만 킬로미터에 달하는 여행이지. 루이스, 너희 종족은 항해를 평화로운 것으로 여긴다면서."

"이 항해는 평화롭기보다 흥미로울 거야. 우리는 회전 방향으로 곧장 나아갈 필요가 없어. 반회전 방향에 아직 밝혀지지 않은 세계의 지도가 있거든. 거리도 두 배보다는 조금 짧고."

루이스는 '도시 건설자'들을 보며 미소를 지었다.

"카와레스크센자족, 하르카비파롤린, 전설들을 직접 확인해 볼까? 새 전설도 좀 만들어 보고."

『링월드의 건설자들』 끝

역자 후기

SF 작가 래리 니븐이 만들어 낸 일종의 미래사 시리즈, 이른바 알려진 우주 시리즈는 크게 두 개의 축으로 이뤄진다. 그 첫째는 시리즈의 핵인 '링월드'에서 출발하는 링월드 시리즈이고, 둘째는 '세계 선단'으로 시작하는 링월드 프리퀄 시리즈이다. 이 두 시리즈에 인간-크진 전쟁 관련 작품 및 우주관을 공유하는 여러 중단편들을 합치면 비로소 알려진 우주 시리즈가 완성된다.

하지만 시리즈 전체에서 가장 중요한 핵심은 역시 링월드라는 구조물이다. 전작 『링월드』와 본서를 통해 링월드의 모습이 상세하게 펼쳐지는 탓에 그에 대해 자세히 설명하지는 않겠지만, 링월드란 한 항성계 안에 위치하는 행성 전부를 건설자재로 삼아 만든 거대한 반지 모양의 구조물이다. 이 반지는 질량중심에 항성을 두고 회전하고, 반지의 안쪽 면에 사는 생물과 각종 시설들은 항성에서 나오는 에너지를 활용한다.

그리고 과학기술이 인류보다 월등히 발달한 퍼페티어 종족이 링월드에 큰 관심을 갖게 된다. 인공물인 링월드는 엄청난 힘을 가진 외계인이 존재함을 뜻하기 때문이다. 겁이 많고 매사에 지나치게 신중한 퍼페티어들 가운데 예외적으로 모험심이 있고 무모하기까지 한 퍼페티어가 인간과 크진인을 데리고 링월드를 탐색하는 이야기가 전작『링월드』였다면, 거의 흡사한 구성원이 다시 한 번 링월드를 방문해 뜻하지 않게 멸망의 위기를 해결한다는 것이 본서『링월드의 건설자들』의 내용이다.

저자가 '감사의 말'을 통해 밝혔듯, 본서는『링월드』의 부족한 부분을 보충하기 위해 쓰였다. 따라서 사고실험의 산물인 링월드가 '정말로' 존재하고 운용되기 위해서 필요한 요소들이 더 본격적으로 도입되어 있다. 링월드 본체는 역학적으로 볼 때 불안할 수밖에 없으며, 그 불안 요소를 해결하기 위해서는 보조적인 장치들이 필수다. 전작의 애독자들이 이구동성으로 요구했다는 '자세제어 엔진'이 대표적이다. 래리 니븐은 여러 요구를 적극 수용하면서 많은 이들의 도움을 받아들여 링월드를 새로 단장했다.

그리고 그 결과물이『링월드의 건설자들』에 고스란히 전시되어 있으니, 독자들께서는 루이스 우나 크미를 조연으로 삼아 거대하게 군림하고 있는 주인공, '링월드'의 참모습을 본서에서 처음으로 엿볼 수 있을 것이다.

……하지만 이렇게만 얘기하면 고개를 갸우뚱거릴 분도 계실 것이다.『링월드』에서 거대 인공 구조물의 인상이 너무나 강렬했던 건 사실이지만, 그 이면에는 작지 않은 음모가 숨어 있었기 때

문이다. 『링월드』는 퍼페티어가 인류와 크진인의 역사에 오래전부터 개입하고 있었다는 사실을 알려 주었다. 링월드라는 거대인공 구조물이 은하계 전체의 역사와 연관되어 있다면, 퍼페티어의 음모는 알려진 우주에 사는 여러 종족과 더 밀접한 관계가 있다. 수학적이고 물리적인 경이로움을 떠나 소설 속 인물 간의 관계만 두고 본다면 이런 갈등 역시 어떡해서든 해소되어야 할 요소였다.

그 갈등의 초점에 틸라 브라운이 있다. 인공적으로 조작된 행운의 집결체, 틸라 브라운은 『링월드』 팬들조차도 달가워하지만은 않은 존재였다. 국내 독자뿐 아니라 영미권 독자들 중에도 틸라 브라운의 이름을 들으면 인상을 찡그리는 이들이 적지 않았다. 틸라 브라운이 인류를 움켜쥔 거대한 손의 상징이었기 때문이다. 작중 인물 루이스 우의 반응도 똑같다. 그의 심경은 본서 내에서 단 한 줄로 확실하게 표현된다.

루이스는 두 번 다시 틸라를 만나고 싶지 않았다.

래리 니븐은 독자와 작중 인물이 공유하고 있던 그 껄끄러움을 본서에서 명쾌하게 해결해 준다. 그것도 한 문단 분량의 대사만으로, 논리적이면서도 간단하게. 역자가 아니라 한 사람의 독자 입장에서 볼 때 이 부분이야말로 『링월드』에서 『링월드의 건설자들』로 이어지는 이야기의 백미이자 절정이라고 생각한다. 번역 작업에 몰두하다가 그 대목에서 받은 자극은 실로 짜릿해서, 개인적으로 래리 니븐을 좋아하는 작가 목록에 넣게 만들었던 단편 「중성자별Neutron Star」을 처음 접했을 때와 맞먹는 쾌감을 느낄 수 있었다. 래리 니븐의 매력이 날카로운 통찰을 잘 벼리는 재치에 있다는 데에 동의하는 분이라면 역자의 감상에 공감할 수 있을 것이다.

SF는 본질적으로 사고실험이다. 래리 니븐이 스토리텔러로서 얼마나 역량이 있는지는 독자 각자가 기준에 따라 다르게 판단하겠지만, 사고실험의 규모와 유지라는 면에서만 보자면 링월드 시리즈는 여타 유명 미래사 시리즈에 뒤지지 않는다. 게다가 시리즈의 출발점인 『링월드』는 설정 자체부터 하드 SF와 스페이스 오페라를 동시에 내포하고 있었다. 래리 니븐은 등을 떠밀려 속편을 만들었다는 엄살이 무색하게도 우직하게 시리즈를 밀어붙여 ―비록 전 시리즈를 혼자 힘으로 쓴 건 아니지만― 2012년 작인 『세계의 운명Fate of Worlds』에서 양대 시리즈의 막을 내리고 있다. 총 아홉 권에 걸친 갈등과 충돌의 역사인 셈이다. 두 시리즈가 마음에 들었던 독자분이라면 그 대단원에 이르는 길을 느긋하게 즐겨보는 것도 좋은 경험이 될 것이다.

김창규